西王母画像石　　京都　藤井有隣館所蔵

唐祥瑞鏡(瑞図仙岳八花鏡)　京都国立博物館所蔵

中国の神話と物語り

中国の神話と物語り

——古小説史の展開——

小南一郎著

岩波書店

目　次

目　次

目　次

序　章

一定の長さを持った物語りを文学史研究の対象として分析を加えようとするとき、なんらかの形でそれを要約し、いくつかの項目に帰納してその内容を取り挙げざるを得ない。しかし要約し帰納するという作業には常に大きな危険がともなう。

たしかにレフ・トルストイが言ったように、『アンナ・カレーニナ』の内容は、その作品の全ての細節を含めた全体であって、それ以外のなにものでもない(1)。ある文藝作品の筋書きを要約し、あるいはその中から作者の人間観、世界観等々を抽出する作業は、一つの全体としての作品を殺すものでしかないであろう。しかしここで作品を要約することを問題にしようとするのは、そうした高次の文学的内容に関してではない。無反省な作品の要約が文学の研究を混乱させることが多いということについてのみ、問題にしようとするのである。すなわち一つの作品を要約するという作業は、その要約されたものの中に必然的に要約者の価値観が滲透し、もとのテキストの持つ本来の意味体系を多かれ少なかれ乱さずにはすまないのである。それは不可避なことなのであるが、特にこうした点に無反省な場合には、要約者自身の特定の視点で内容に取捨選択を加えて抽出し、そのようにして抽出された要約の上に要約者の価値観を承けた結論が導き出されるということになる。これは一つの作品を材料にした、いわば要約者の自画自讃であって、自讃する本人を語るには適しても、対象となった作品に即しての十分に客観的な研究法だとは言いがたいであろう。

あるいは、本来の内容をいささか誤解している所があっても、ある要約が現代に生きる人々の心をそそり、現代人の〝生〟に即してある種の有効性を持つならばそれでよいのだという主張も、それはそれなりに意味を持っている。

物語りは語り変えられつつ時代の流れの中を生きてゆくのであって、現代の関心によってそれを要約するというのも、時代に順応する物語りの一つの姿だとして見ることができるからである。

しかしそうではあっても、研究という営為は、直接に現代と関ろうとする評論や創作とは一線を画している。研究活動が内包する創造性は、対象を可能な限り客観的に分析した上で、その確実な基礎の上に築かれるものでなければならないと考える。(2) もちろんその客観的という態度がどこまで可能であるかは大いに疑問である。特に文藝作品はある特定の時代環境の中で生れ読みつがれてゆくものであるが、その時代環境の全てを解明することは不可能なのである。したがって我々の、特に隔たった時代の作品に対する研究は、その内部に多くの仮設を含みこまざるを得ない。確かにそうした不安定さを含むのではあるが、しかし我々はなお、過去の作品を安易に現代的感覚で読むことを排して、作品の客観的な読みから出発しようとする。

作品を恣意的に読むことを極力避けようとするとき、近年の構造主義の方法による作品の読解は一つの方向を示すものと言えよう。作品を純粋に内的構造の分析を通じて読もうとするその方法は、特に民話などに適用されて大きな成果を挙げている。またロラン・バルトの『物語の構造分析』(3) に示されるような原理的な方法論は、小説の分析に関ろうとする者が必ず念頭に入れておくべきものと言えよう。

このような構造主義による作品分析は、いわば作品を無機質の段階にまで分解して組み立てなおすものである。ただ私はこの書物において、物語り分析の客観性を、そうした無機質の段階まで降った客観性ではなく、いささか不純な要素も含みこむことになるのであるが、作品を歴史的な環境の中に位置づけることに求めようとした。ある時代環境の中で一つの作品は特定の位置や作用など、いわば客観的な〝意味〟を持っていたにちがいない。前述のようにその〝意味〟を完全に復元することはもとより不可能である。ただ安易に現代的な意味に読みかえることを排し、さまざまな試みを通じて元来の〝意味〟にできるかぎり接近しようとするのである。

社会との函数であるそうした〝意味〟は、当然のことなのではあるが、過去の作品において、現在の考え方で予想するのとは大きく異なった様相を示している。そうした違いに対する新鮮な驚きがこの書物の研究の原動力になってきたように思う。この研究に客観性を越えるものがあるとすれば、それは、ある作品や作品群がそれぞれの社会の中で独自の〝意味〟を持ったという事実を現代的な視点で見ようとする所に在ると言えよう。言いかえれば、その驚きの意味を考えようとするものなのである。

上述のような観点によって考察を進めるにさきだち、この書物で分析を加えたいくつかの文藝作品の背後にあった歴史的な環境をまず巨視的に描いてみよう。

後漢時代(後二五―二二〇年)から三国(―二六五年)両晋時代(―四二〇年)にかけての歴史記録を読むものは、誰しも時代の流れが急湍にさしかかっていることを強く感じないわけにはゆかない。豪族たちの土地兼併が進行して多数の流民が出現し、黄巾の乱に繋がる農民たちの反乱がしだいに高漲してゆく後漢時代の歴史は、そうした動きが歴史の最前線を進む中原地帯で最も鋭く進展しているだけに、歴史の流れの先端が、これまでの一定の安定を得ていた時期から、いやおうなしに動乱の時期に突入しつつあったことを示している。

政治や社会の混乱は、歴史の進行に伴って、不可避のものとして人々の上にふりかかってくる。個人の誠実さや善意は、こうした大きな流れの中にあって、いかにも力弱いものでしかない。混乱をひたすらひどくしているように見える暗愚な皇帝や政権闘争の権謀術数のみにあけくれる高級官僚たちも、いわば歴史の必然が生み出した配役たちであったのである。

政治や社会の混乱は軍閥たちの抗争を呼び起す。そうして打ち続く兵乱は、豪族たちの兼併によってすでに解体しつつあった古い共同体を決定的に壊滅させ、人々の日常生活をその根本からくつがえしてしまう。そのあとに残るのは無人の荒野である。

後漢末の軍閥たちの横行の最初をなす董卓の伝記には次のような一節がある(三国志巻六)。

董卓はあるとき軍隊を陽城(洛陽東南の地)へと動かした。ちょうど二月の社《しゃ》(土地神の祭り)の時節で、民衆たちはそれぞれの社のもとに集《つど》っていた。そうした民衆たちを軍隊で取り籠め、男子《おとこ》たちの首を斬り、彼らの車や牛を駆って、婦女《おんな》たちや財宝をそれに載せると、斬った首を車の轅《ながえ》や車軸にくくりつけ、車をつらねて洛陽に帰還した。賊を攻めて大きな戦果を挙げたのだと称し、万歳をとなえた。開陽門から洛陽城内に入ると、男子たちの首を焚《や》き、婦女たちは婢妾として兵士たちに分け与えた。

戦乱の中で直接に戦場となった村落都邑はもちろんのこと、この例のような軍閥たちの横行の被害も加わって、中原から長安近辺の関中にかけての地域は荒廃に陥った。「三国志」やその裴松之注の引く諸書には、都の近辺において「数百里にわたって人煙が絶えた」とか「孑遺《げつい》が無い」といった表現がしばしば見られる。

ちょうどこの時代を生きた文学者の王粲は、「七哀の詩」(文選巻二三)の「西京は乱れて象《みち》なく、豺虎は方《まさ》に患《わざわい》を遘《かま》う」と始まる詩の中で、この荒廃の中の一情景を次のように歌う。

出門無所見　　門を出でて見る所なく
白骨蔽平原　　白骨　平原を蔽う
路有飢婦人　　路に飢えし婦人あり
抱子棄草間　　子を抱きて草間に棄つ
顧聞号泣声　　顧みて号泣の声を聞くも
揮涙独不還　　涙を揮いて独《ただ》還らず

未知身死処　未だ身《みずから》の死処をも知らず
何能両相完　何ぞ能く両《ふたり》ながら相い完《まった》からん
駆馬棄之去　馬を駆りて之を棄てて去る
不忍聴此言　此の言を聴くに忍びず

これは戦乱を逃れて南方に行こうとする王粲が、長安からの出発に際して目にした所として描かれている。城門を出れば蕭条とした荒野が広がり、人煙は絶えて、白骨が野を蔽うという光景は、かつては高い生産力を誇っていた中原・関中地帯の多くの場所でくりひろげられていたに違いない。先秦時代以来、いくつかの曲折はあったにしても、着実に発展してきた中国の中心地域が、ここで一転して全面的な荒廃に直面したのである。

中原地帯が荒廃に瀕したことの意味は、単にそこに物理的に人々が住まなくなったというに止まらない。前に引いた「三国志」董卓伝に見えた「社」の祭りがそうであるように、人々の日常生活を背後から支え、人々の連帯の紐帯となっていたさまざまな制度、習俗、信仰などが、この時代にその存続の基盤を喪失してしまったという事実の方がより重要である。荒廃した土地に人々を強制的に移住させることはできるかも知れない。しかしもとの共同体が持っていた精神的な紐帯をそのまま再現させることは不可能なのである。恐らく中国における農耕の起源の時期にまでその祖形をたどることができるであろう、人々の生活に密着した地縁的結合組織の喪失は、その根源において人々の日常生活の上に成り立っている説話全般にも大きな影響を及ぼさずにはいなかった。

説話はその生命力を人々の生活の中に仰いでいる。それは単に人々がその日常生活での見聞を語り伝えるといったことに止まらず、人々の精神生活の重要な一環として、日常生活に密着し、相互補完的（すなわち日常生活が説話を生み出し、生活に則《のっと》った価値観に従ってそれを発展させ、また一方では説話が媒介となって日常生活の意味が結晶化する)に存在しているのである。

後漢時代の後半から特に顕著になる社会的な混乱が、説話がその生命力の源泉としている人々の日常生活を根こそぎにしてしまったとき、生活に密着して存在していた多くの説話が亡び去ったであろう。しかしある種類の説話は、この新しい情況に直面して、自らを変容することによってこの混乱期を乗り切り、新しい社会情況の中で新しい展開を示した。

この書物の第一章「西王母と七夕伝承」の章は、その神話的な伝承の核となる部分は恐らく中国の農耕のはじまりの時期まで遡るであろう文化的な複合体が、儀礼という枠組みに支えられながら、いかに変容しつつこの時代をくぐりぬけ、後世に承け継がれていったのかを見ようとしたものである。

古い農耕儀礼と結びついていたであろう再生をくりかえす女神の伝承が〝西王母〟という名の神格に結晶し、その両性具有という形で示される絶対性が男神と女神とに分裂したあと、男女神の季節を定めた会遘(それを通じての宇宙的生命力の再生)という儀礼的な筋書きを生み出した。それが更に、魏晋南北朝の社会の中で七夕の年中行事に変容し、儀礼的な筋書きも宗教的な色彩を払拭して、男女二神の恋愛譚として独立して発展していったのである。恋愛譚として神々の人間性を強調するようになったとき、その伝承はもう狭い地縁的な共同体の範囲を越えて、より広い人々の共同の幻想の中に根を下ろそうとしていた。共同体からの自立はまた文藝としての自立でもあったのである。そうして中原地帯の地縁的な共同体が徹底的に破壊されたという社会情況は、説話の文藝としての自立をいやおう無しに要求した。自立のできない、共同体に密着しすぎた説話は、古い共同体とともに亡びざるを得なかったのである。

説話の、狭い地縁的な共同体からの自立を考えようとするとき、まず第一に、自立した文藝を支える専門的な伝承者たちのあり方を正しく位置づけることが必要となる。人々の日常生活を越えて自立した説話には、その背後に必ず専門的な(すなわち共同体の一般成員から一定の独立性を持った)伝承者を想定することができる。恐らく一つの様式の説話の日常生活からの自立の度合いは、専門的な語り手の一般の人々からの乖離の度合いに正比例する函数として理解されよう。

第二章「「西京雑記」の伝承者たち」は、そうした専門的な語り手(更にすすんで職業的な語り手)の姿を魏晋時期の社会の中に追おうとした一つの試みである。残念ながらこうした語り手の社会的な位置を中心にすえた追求は、中国小説史の研究において、十分に展開されてきたとは言い難い。宋代以降の都市の繁華の中に姿をあらわす講釈師たちについても、彼らが小説文学の形成にいかなる役割りを果したのかという問題を正面にすえて十全に分析を加えた研究は多くない。資料がずっと乏しい魏晋南北朝の専門的な語り手については、なおさらのことである。そうした基礎的な研究の不足の故に、この章では、日本の民俗学や物語り史研究の成果をそのまま中国の説話伝承に応用した仮設的な部分が多い。

また物語りが文藝として洗練されればされるほど、伝承者たちが直接に物語りの表面にその影を見せることが少なくなる傾向にある。「西京雑記」という作品が文藝として一定の完成度を持っていることも、この作品を通じて伝承者の姿を追おうとする試みを困難にしているのである。そうしてその完成度は、古来の士大夫的な倫理観によるものではなく、恐らく新興の都市住民たちの生活感情や価値観の上に築かれたものであろうと推定した。

この書物の後半の二章は、神仙・道教思想の展開と、神仙たちの物語り形成との関り合いの様相を分析した。後漢時代から三国両晋時期にかけての大きな社会の変動をいかなる性格のものと位置づけるか(例えば、古代から中世への変遷期と考えるかどうかなど)については、歴史家たちの中に議論のある所であろう。ただ前に述べたように、この時期の社会の混乱が中国の古代的な共同体を、それまでの先進地域で徹底的に破壊してしまったことは確かである。そうした、地縁的な結合とその背後にあって太古から伝承されてきたと意識される宗教儀礼を紐帯とした共同体が破壊されたあと、人々は、古代的な共同体原理にかわって、別の原理によって結合した新しい性格の共同体を求めなければならない。共同体の性格の変質という下部構造の変化は、そのまま人間の対他・社会意識に関連する上部構造の問題でもあったのである。

こうした共同体の全体的な構造変化があってはじめて、外来の佛教も中国の社会に根を下ろして中国の佛教となれたことは、中国社会史の最近の研究が徐々に明らかにしつつあるところである。佛教の中国での盛行は、このようにその根本的な原因が共同体の変質の中にあるのであるが、それはとりもなおさず佛教の内包するものが中国の精神史の新しい展開に応え得るものであったことをも意味する。

古代人の心性が神的存在と人間との間に、此岸の人間には決して越えることのできない大きな距離を置くのに対し、新しい時代の精神史の展開は、人間がこの世に在るままで神的存在に接近し同化することの可能性を探索するようになる。古代においては考えることもできなかった、特に選ばれたものでない一般の人間がいかにして神的存在になり得るかという問題が、精神史の新しい課題となったのである。

如来になるべく努力しつつある菩薩という存在を重視する大乗佛教の展開が、この精神史の新しい課題に十分に応え得るものであり、それゆえ佛教は中国において広く受け入れられた。しかしまた、中国在来の思想がこうした精神史の課題を全て佛教にまかせ、いささかの反応も起さなかったのではなかった。

現在の我々から見ればいささか滑稽な所もないではない「神仙伝」に収められた仙人たちの伝記も、その背後にはいかにして人間は神的存在(すなわち神仙)になり得るかという課題を背おっていたのだと考えられる。「史記」封禅書などに見えるのが、選ばれた英雄(帝王)たちの〝古代的〟な神仙術だとすれば、魏晋時代に盛行した神仙説は、原則的には全ての人間に可能な〝新しい神仙説〟であった。こうした視点からこの時代の新しい神仙説の流行の意味を追おうとしたのが、第三章「神仙伝――新しい神仙思想」である。

この章においても、第二章を引きついで、神仙説話を語り伝えた人々の社会的な位置とその位置の神仙説への反照を見ようとした。神仙たちの事跡を物語りとして発展させた人々を、民間の祠廟での祭祀を掌る巫覡とその祭神に宗教的感情を託する民衆たち、宗教者の中から成長しながら宗教に対して一定の独立性を得た職業的な藝能者たち、そうして〝新しい神仙思想〟に新しい時代の個人の意識の伸長を託そうとした知識人たちと、三つの階層に大別して分析を加え、それぞれの層での神仙観念の内実と各層相互の影響関係とを窺おうとした。しかし最もの基礎を成している民衆層における神仙観念の動態は十分に捕えることができない。ただこの時代の民衆層の中にあった神仙観念が大きなエネルギーを持ったものであったであろうことは、数多くおこる民衆の反乱が多く宗教的反乱の形を取り、その結合の紐帯にしばしば神仙信仰があったことからも窺われよう。民衆の反乱は外的な諸条件に迫られて起されるものではあるが、その反乱がまたたく間に燃え広がり、社会全体に対し大きな衝撃力を持ち得るのは、そこに、なんらかの形で、それまでの社会のものを越えた新しい人間関係が実現されていた(少なくとも新しい人間関係への萌芽が含まれていた)からであったにちがいない。後漢末以来の戦乱の中で古い地縁的な共同体の結合原理を喪失した民衆たちを、より広い範囲で再び結合させることのできる原理が、この、反乱にまで結びつく民衆たちの神仙信仰の中には含まれていたと考えられるのである。

文献に残るものの大部分は、そうした民衆層の、水面下に沈んだ神仙信仰の上に乗っかった、藝能者たちと知識人たちの神仙説に限られている。文献に伝えられた神仙たちの事跡は、前にも述べたように、現在から見ればいささか滑稽で微笑をさそう点が多い。しかしそうした内容も〝超越者たちの現世での事跡〟として当時の人々の心に深くい入るものを持っていたのである。それは、たとえば南朝の道教の第一人者である陶弘景が道教に志したのは「神仙伝」を読んだからだとその伝記にあることからも知られよう。もちろん陶弘景の回心が本当に「神仙伝」によるものかどうかは確かめにくいが、少なくとも当時の人々が、神仙たちの伝記には一人の士人に官界を棄てて求道の生活に入る決心をさせるだけの力があると信じていたことだけは確かである。もし我々に神仙たちの事跡の記録の中にあった真剣なものが感受できないとすれば、それはこの時代の人々の精神のあり方に対する我々の理解がまだまだ不十分なものであることを意味している。

自らの努力によって神的存在(神仙)になり得るのだという精神史上の新しい展開は、最も典型的な形で知識人たちの観念の中に反映し、たとえば「抱朴子」内篇の自恃の神仙説を作り上げるのであるが、しかしそれは知識人層の内部で、間もなく風化していってしまう。精神史上の動きを、現在の高みに立って、挫折という位相で記述するのはいささか安易な方法論ではあるが、この〝新しい神仙説〟は、知識人たちの自己凝視の不徹底さゆえに、確かに挫折と位置づけざるを得ないような袋小路に入ってしまった。こうした神仙説の風化のあとを受けて、佛教の影響を大きく受けつつも、中国土着の宗教的感情、習俗習慣、思考形態などを基礎にして、新しく精神史の課題を荷おうとしたのが道教であった。

この書物の最後に位置する「「漢武帝内伝」の成立」の章は、道教が知識人たちの思想として大きく展開してゆく歴史の中で、「漢武帝内伝」という物語りが、ある所までは道教の展開に同伴し、ある所以後は道教思想から乖離して、文藝としての独自の領域を確保して作品を形成する様相を分析した。すなわち「漢武帝内伝」には、その文体、そこに出現する経典名、思想的な用語など様々な面で魏晋南北朝前半期の道教との密接な関係が認められる。しかしそうした道教的な要素を詳しく検討してみると、少なからざる個所でそれらが本来の道教的な意味あいを失っており、いわば〝道教的雰囲気〟をかもし出すためにのみ利用されたのだと考えられるのである。「漢武帝内伝」の編者〔たち〕は道教的な材料を縦横に〝利用〟している。そのことはかえって彼らが道教を悉知しながらも当時の道教のあり方に反撥を持っていたことを示すのだと思われる。「内伝」の内容は、ある所までは江南での道教の展開と並行しつつ蓄積されてきたのであるが、南方の道教が、初期の神仙思想にあった反権力的な指向をなげ棄てて現実の政治権力と妥協する姿勢を強めて行ったとき、それに反撥を感ずる人々によって、漢の武帝の〝帝王としての求道〟をあげつらう物語りが最終的に纏め上げられたと推定されるのである。

このように見るとき、「漢武帝内伝」の核となっているのは、当時の道教の展開の先端的な部分に比すればいささか〝遅れた〟意識であったと言えよう。もちろん思想の歴史的な展開と文学の流れとの照応関係はきわめて入りくんで一律に規定できるものではない。或る場合には文学作品が思想の展開を先取りすることもないではないが、しかし多くの場合、文学は思想の展開に一歩遅れて、先進的な思想がすでに振り棄ててしまったものをもう一度じっくり味わおうとする傾向にある。そうした現象は、文学が思想の展開を十分に追えないという否定的な面からのみ理解されるべきではない。文学という人間の営為が人々の日常生活の実感の上にその基礎を置いて、着実に人間とその社会を凝視しようとしていることの一つの表れにほかならないのである。

ここに集めた四篇の論文は、以上に述べたように、後漢から魏晋南北朝期にかけての大きな社会の変動の中で文藝というものがいかに社会の動きに対応しつつ時代の中を生きてゆくのかを、四つの方向から見てみようとした試みである。それぞれの題材の違いによりその方法は各おの異なってはいるが、追求しようとした問題はその根本において一つであり、その問題は唐宋以後の小説史の展開の中でも常に浮かび上ってくるものである。しかし時代が遠く隔たり、残された資料も論考を着実に進めようとするには乏しすぎる。ここに提出したいくつかの仮設も、新しい資料の発見と共に大きく訂正を加えなければならないものが多いであろう。ただ私にとってのなによりの収穫は、こうした論考を進める過程を通じて次のような確信が徐々に固まってきたことであった。すなわち文藝を生み出しそれを展開させてゆくのは決して少数の天才的な文学者たちの繊細な感受性なのではなく、人々の共通の生活の実感こそがその原動力なのであって、それ故、人間の社会が存在するかぎり文藝（もちろんその様式は変化して文藝とは呼べなくなるかも知れないが）的なものは絶えず生み出され伝承されてゆくのだ、というきわめて平凡なことである。そうした平凡なことが、単に観念として理解されるだけではなく、大きな重みをもって感じとれるようになってきたことが、私の文学史研究の立場にいくばくかの確実さを与えてくれるように思うのである。

（1）　ヴェ・ヤ・プロップ「魔術昔話の構造的研究と歴史的研究」『口承文芸と現実』斉藤君子訳、一九七八年、三弥井書店、の引用による。
（2）　研究と評論とに歴史へのかかわり方によって一定の区別をつけようとする考え方については、小南「中国文学史研究の方向」『文学』一九七九年十一月号、岩波書店、をご覧いただければ幸いである。
（3）　ロラン・バルト『物語の構造分析』花輪光訳、一九七九年、みすず書房。

第一章　西王母と七夕伝承

古代の神話は、社会構造の時代的な変遷の中にあって、あるものはそのモチーフや中心的な神格が後世に引き継がれなかったことで表面的には亡び、あるものは伝説や物語りに意匠を変えて生きのびてきた。この章では後者の例として西王母の場合を取り上げ、その神としての性格が七月七日の夜における男神と女神の交会の説話と密接に関係していることを述べつつ、その基礎にあった神話としての意味構造とそれが時代の流れの中で変貌する様相とを見てみたいと思う。

西王母が「山海経」に見えるような恐ろしい姿をした神からやがて「漢武帝内伝」に登場するような美しい女神に変化してゆくことに、古代から魏晋南北朝時代への説話の流れの方向を見ようとする説明は、いくつかの中国小説史が援用する所である。(1)このような進化論的な説明は、その表面的な現象の記述にのみ止まっている限り、全くの誤りではないにしても、それほど意味を持つものとは思われない。〝古代の神々がだんだんと人間らしくなってきた〟というのは、一見もっともらしく分かりやすい説明ではあるが、そこには歴史と社会に対するしっかりとした把握が欠け、〝人間らしくなる〟こと自体に深い歴史的な意味があることに十分に思い及んでいないように見えるからである。より広げて言えば、信仰の変質とそれに密接に結びついた説話の変化とは、たしかにある面では漸進的なものであるにしろ、その本質的な面では、歴史の流れの中の鋭い転折点を軸とした飛躍的なものだと考えられるのである。

説話の変化が本質において飛躍的な部分を含むことは、歴史の発展(その基盤としての社会構造の変化)が、常に漸進的であるのではなく、大きな変化は多く急激なものであることと対応しよう。説話の変容と社会構造の変化とは密接に対応している。しかし同時に、その対応関係は直線的なものではない。説話の表面に現れているものがそのままその属する社会を反映しているのでなく、社会生活の種々相は必ず一定の屈折を受けて説話に反映するのである。

この複雑な関係にある説話と社会とを結ぶ結節点となっているのが、説話の背後にある儀礼・祭式である。宗教儀礼は、その場、構成人員(参加者)、その儀式にともなう幻想の様式といった種々の面で、その時代の社会と強く結びついている。同時にまたその儀礼を支えている伝承的な共同の幻想は社会から一定の独立を得て発展し、物語りとして結晶してゆく。こうした位置にある儀礼とそれにともなう共同の幻想とを視点に入れることによって、説話と社会との対応関係の構造が少しでも明らかになることを願い、そのための一つの事例として、この章では西王母と七夕の伝承とを取り挙げるのである。

(1)　たとえば譚正璧編『中国小説発達史』一九三五年、上海、第二章第四節「西王母故事的演化与東王公」。

一　牽牛織女と乞巧奠

夏の夜空を南北に流れる天漢(天の河)を挟んで牽牛星と織女星とが瞬き交している。「史記」天官書は、このあたりの星座を次のように記述する。(1)

牽牛は犠牲《いけにえ》を為《つかさ》どる。其の北に河鼓《かこ》あり。河鼓の大星は上将、左右〔の星〕は左右の将なり。婺女《ぶじょ》あり。其の北に織女あり。織女は天〔帝〕の女孫なり。

ここでは河鼓の南に牽牛星があるとされているが、「爾雅」釈天篇は、何鼓(河鼓)がすなわち牽牛だとする。河鼓は、「史記」にもあるように左右に星を従えた形をし、西洋の呼び名で言えば、アルタイル(Altair)とわし座のβ・γ星の横に一の字に並んだ三つの星(三つの星が一直線に並ぶところから天秤棒《てんびんぼう》とも呼ばれる)(2)、織女は、「晋書」天文志に「織女三星」とあるように、ベガ(Vega)を頂点としてこと座のε星とζ星とが構成するよく目につく三角形の星座に比定される。

この三角形の星座は、織女の頭の上にかぶさるようにして、山東省肥城県の孝堂山郭巨祠の、後漢時代の画像石に描かれている。その織女と月(蟾蜍《がまがえる》と兎が描かれた円)との間の、月に近い位置に描かれた一直線にならぶ三つの星が牽牛(河鼓)であろう(3)(図一)。同様の図は河南省南陽の画像石にも見え(図二)、この場合には、織女は四つの星の下にひざまずいている。また星座とは独立して牽牛と織女のみを描いたものとして、四川省郫県の後漢墓の石棺の蓋に、龍虎戯璧図と対になって牽牛・織女が描かれたものがある(図三)。その報告によれば、織女が手に持つのは繞糸板(かせとり)であるという。また朝鮮の壁画墓では、高句麗の大安里一号墳に、朱雀の上に天漢を表すのであろう波が描かれ、その上に建物の中で機《はた》を織る織女がいる(図四)。同じく高句麗の、永楽十八年(四〇九年)の紀年を持つ徳興里壁画墓には、天漢をはさんで立つ牽牛と織女(織女の後ろに犬がいる)とが描かれている(図五)。

この牽牛と織女の二つの星座が二つ一組で何らかの特別の意味を持っていたらしいことは、古く「詩経」の次のような詩句から窺うことができそうである。小雅の大東篇(4)。

維《こ》れ天に漢《あまのがわ》あり、監《み》れば亦《まこと》に光あり。跂《き》たる彼の織女、終日　七襄す。則ち七襄すと雖も、報章を成さず。睆たる彼の牽牛、以って箱《くるま》に服せず。

この篇は、周王朝の苛斂誅求に苦しむ東方の人々が、天に織女がいても現実に織物ができるわけではない、牽牛星があってもその牛に車を引かせるわけにはゆかぬ、と歌ったのだとされる。注意すべきはここで織女が「一日の間に七襄する」と歌われていることである。この七襄の語について、朱熹「詩集伝」はその意味を未詳としつつも、毛伝と鄭箋を引用して次のように言う(5)。

毛伝には〔襄は〕反なりと言う。鄭箋には〔襄は〕駕の意で、駕とはその肆《し》を経過するのをいうのであると言う。考

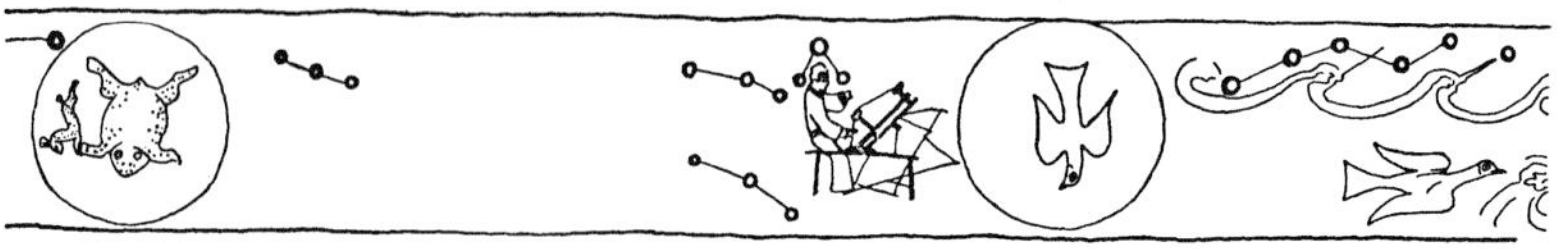

図1　孝堂山画像石

図2　南陽画像石

図3　郫 県 石 棺

図4　大安里一号墳壁画

図5　徳興里古墳壁画

えてみるに、天には十二次(黄道上の星座)がある。それが日月が止舎する所であって、肆《し》と言われているものである。恒星は一昼夜の間に天を左むけに一めぐりして少しゆきすぎる。したがって日中の間に卯から酉にまで進む。七つの次を経過することになるのである。

朱熹は一応分からぬとしながら、鄭玄によりつつ、日中の間に卯(東方)から酉(西方)までの七つの星次を経過する、それが七襄だと言う。しかしこの説明はたいへん苦しい。「七襄すと雖も、報章を成さず」という表現から言っても、襄はなんらかの意味で機織りの作業に関係する用語であったと思われる(襄の字が衣に従《したが》っていることもその推測を助けるであろう)が、それはさておいても、七襄の七という数字に籠められていた観念は、その根本で七月七日の儀礼と通じあっていたと想像されるのである。

この詩経の詩を受け継ぎつつ、より物語り化した歌謡に、漢代の「古詩十九首」中の一篇がある。(6)

迢迢たる牽牛星、皎皎たる河漢《あまのがわ》の女。繊繊として素手を擢《あらわ》し、札札として機杼《ひ》を弄《あやつ》る。終日　章を成さず、泣涕《なみだ》零《お》ちて雨の如し。河漢　清く且つ浅く、相い去ること復た幾許《いくばく》ぞ。盈盈たる一水の間、脈脈として語るを得ず。

ここでは、牽牛と織女の星が人格化され、二人は天漢に隔てられ、互いを見やっても言葉を交すことはできない、と歌われている。この「古詩十九首」の成立を漢代のいつごろに置くかについては議論のある所である。しかし少なくとも後漢末には既に七月七日が牽牛と織女の会合の日と考えられていたらしい。後漢の崔寔の「四民月令」には次のように見える。(7)

七月七日、経書を曝《むしぼし》にす。酒脯と時果とを設け、香粉を筵上に散《ま》き、河鼓と織女に祈請す。言う、この二星の神当に会うべしと。夜を守る者　みな私願を懐く。或いは云う、天漢の中に奕奕として正白の気あり、地河の波の如く、輝輝として光の五色に曜《かがよ》うあるを見れば、これを以って徴《しるし》応となす。見る者　便《すなわ》ち拝して乞願すれば、三年にして乃ち得《かな》うと。

この一段の後半は、晋の周処の「風土記」の文が混入したものかも知れないとされる。(8) 同じく後漢の応劭の「風俗通義」(歳華紀麗巻三所引)には、

織女は七夕に当に河を渡らんとして、鵲《かささぎ》をして橋とならしむ。

とあって、織女は鵲の渡した橋をわたって牽牛を訪れるとされている。(9) 六朝の後半、梁の呉均の作とされる「続斉諧記」には、世人はこの夜、織女が牽牛に嫁するのだという(藝文類聚巻四所引)とある。

また牽牛と織女とがなぜ七月七日にしか会えなくなったのかについては、同じく梁の宗懍の「荊楚歳時記」(10) に、

天河の東に織女あり。天帝の子なり。年年織杼《はたおり》に労役し、織りて雲錦天衣を成す。天帝　其の独処《ひとり》なるを哀れみ、河西の牽牛郎に許配す。嫁せし後、遂に織紝を廃す。天帝　怒り責めて、河東に帰らしむ。唯だ毎年　七月七日の夜、河を渡りて一会す。

とあって、これは我々の知っている七夕の故事にきわめて近い筋書きである。ただ注にも記したように、この「荊楚歳時記」の逸文にはいささか問題がある。

「太平御覧」巻三一(11) は、

日緯書に曰く、牽牛星、荊州に呼びて河鼓と為す。関梁(関所と橋)を主《つかさ》どる。織女星は瓜果を主どる。嘗つて道書を見るに云う、牽牛は織女を娶るに、天帝の銭二万を取(借)りて礼を備う。久しくして還さず。駆《お》われて営室(星座の名)に在り、是れなりと。言は不経なりと雖も、これ有るは怪たるなり。

という一文を載せる。最後の部分は文章が乱れているようであるが、「道書に云う」の一段は「荊楚歳時記」の杜公瞻(隋の人)の注にも引用されていて、唐代以前の説話であることが知られる。しかし借金に首がまわらなくなって夫婦が離ればなれになったというきわめて世俗的な筋書きは、恐らく本来の神話的伝承からいささか分岐したものなのであろう。

趙仲邑氏は、中国に伝わる牽牛織女説話を三つの類型に分けて整理している。(12)必ずしも網羅的で厳密な区別ではないようであるが、それを紹介すれば、第一は、ここに挙げた「荊楚歳時記」と同じ系統のもの、第二は、梁山伯と祝英台の物語りを結合したもの(例、王茀橋「牛郎織女的故事」『民俗』第一八期)、第三は、白鳥処女説話と結びついたもの(例、常任俠『民俗藝術考古論集』)である。第一の類型に属する例を現在の中国に伝わる民話の中から挙げれば、鍾敬文氏の伝える陸安(広東省海豊)での民話には次のようにある。(13)

牛郎と織女とは、天上の一組の美しく賢い若者たちであった。彼らがまだ結婚せぬ前には、二人とも一所懸命に各自の仕事に精を出していた。牛郎は牛を飼い、織女は機《はた》を織ったのである。天帝は二人のこうした健気《けなげ》な生活を見て、彼らを夫婦にしてやった。ところがどうしたことか結婚したあとは、二人は仲良くばかりしていて仕事はちっともしなくなった。やがてこうしたありさまが知れると、天帝はひどく腹を立て、すぐさま命令を下し、烏鴉《からす》に彼らの所に行って、以後は二人は河の両側にいて七日に一度だけ河を渡って会うことを許す、と伝言させた。烏鴉は口べたな鳥で、このとき天帝の命令を受けると、あわてて二人が一緒にいる所へ飛んでいった。そうしてちゃんと七日ごとに一度会うと言うべき所を、間違って毎年七月七日に一度会うと伝えた。これ以後二人は毎年一度しか会えなくなった。七夕のお祭りのあと、烏鴉の羽毛はみな抜けてつるつるになってしまう。これはほとんど毎年見られる現象である。いったいどうしたわけなのだろう。それは二人の、間違った命令を伝えられたことに対するお返しなのだ。

ちなみに日本の民話の中での七夕の物語りは、白鳥処女説話的な要素が強い。また七日ごとと言うのを七月七日と言い間違えたという筋書きも存在している。(14)

七夕の行事にまつわる重要な要素として、以上に述べた男女の会合ということのほかに、もう一つ〝巧を乞《こ》う〟と

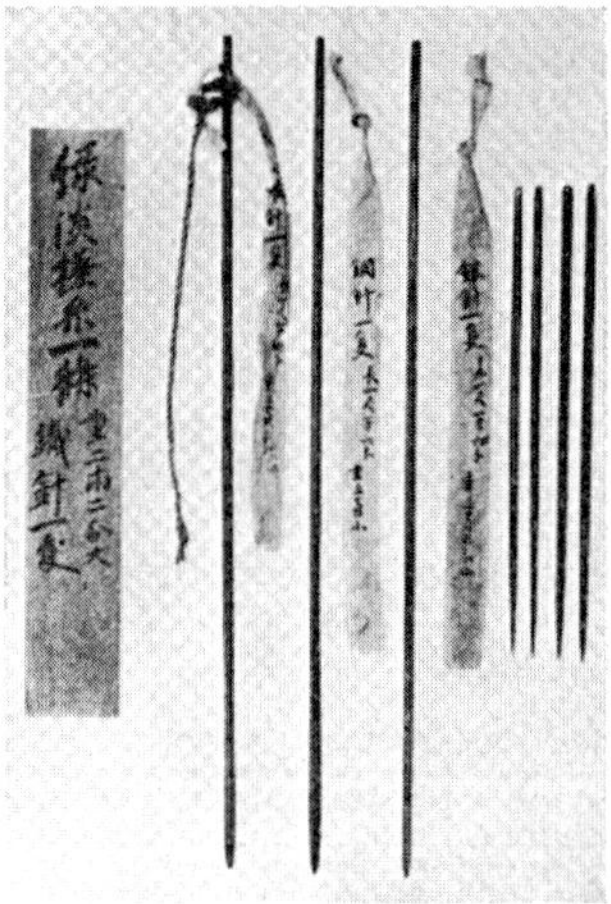

図6　正倉院 針七隻

いうことがある。

「荊楚歳時記」には次のようにある(15)。

> 七月七日、牽牛織女、聚会の夜たり。この夕、人家の婦女、綵縷《いろいと》を結び、七孔の針を穿《うが》つ。或いは金銀鍮石《しんちゅう》を以って針となす。几《つくえ》と筵《しきもの》と酒脯瓜菓を庭中に陳《つら》ね、以って巧みならんことを乞う。喜子《くも》の瓜上に網する有れば、則ち以って符応《しるしあり》となす。

七孔の針(七本の針)に綫《いと》を通す(月に向かって綫を通すのだとされる)ことについては、「西京雑記」巻一に漢代の綵女たちの風習として記され、実際にこの行事に用いられたのであろう、七本一組の針が、我が国の正倉院の御物の中にも留められている(図六)。このように七夕には女性たちが特に針仕事の上達を祈って〝乞巧〟を行なうともされてきた。

この行事は普通、乞巧奠《きっこうてん》と呼ばれるが、乞巧奠については、唐の柳宗元の「乞巧文」という作品がすぐ記憶に上ろう。その一部を引けば(16)、

> 私が外庭から女たちのいる奥の庭に戻ったところ、祠《まつ》りのそなえがなされて、膏粥《あぶらがゆ》や餌《もち》がかんばしく香り、蔬《やさい》や果《くだもの》がつらなり、建てられた竹には綏《かざりひも》(短冊の起源か)がかけられ、大小さまざまに割られた瓜が陳べられていた。人々は拝んだり祈ったりしている。私がいぶかしんで尋ねると、侍女の一人が進み出て言った、「きょうは秋のはじめの七夕の晩で、天女の孫娘が河鼓のところにお嫁入りします。この時をとらえてお祠りをしますと、特別に巧《たくみ》さを与え、拙《つたな》さを追いはらってくれます。そうすると手と目とがよく利くようになり、機織りも裁縫も、心のままにすらすらと出来るようになります。だからお禱りをするのです。」

これを聞いた柳宗元は、自分も世渡りが大いに拙なので、〝巧〟になれるようひとつ祈ってみるかと言い、祭台の前に出て祈りの言葉を述べるが、しかし結局、へそまがりの彼は考えなおして、一生、拙を抱いて生きてゆくよりしかたあるまいと自ら納得する。

この〝巧を乞う〟という行事が七月七日の儀礼全体の中でも重要な位置を占めており、七夕の祭礼がまず〝乞巧〟の行事だと理解されていたことは、例えば李岳南「〝牛郎織女〟物語りの演変とその思想性、藝術性を論ず」(17)という論文が古今を通じて集めているいくつかの例からも知られる。宋代には民間で人々が七夕に〝乞巧棚〟を設けたという記事(東京歳時記、未見)、清朝(明朝の誤りであろう)では宮中に〝乞巧山子〟を設けたという記録(劉若愚「酌中志」巻二〇)のほか、最近の例として李岳南氏は次のような記事を引用している。

北京では、以前は乞巧節の前日――旧暦の七月六日に、娘たちはお碗いっぱいに清水を汲んで露天に出しておく。次の日のお昼に、彼女たち(既婚の女性も含む)は、それぞれ一本ずつ新しい笤帚《ほうき》のほさきを折って水面に浮かべ、あらそってお碗の底にうつる影を見る。もしその影が針仕事の道具――熨斗《ひのし》や針に似ておれば、織女が器用さを下さったと言って喜ぶ。もしその影が〝串児疙瘩〟(ひとつながりの珠子)や洗濯棒のようであると、がっかりして、自分は不器用だから一所懸命に針仕事を習って上手にならねばならないと考える。(18)

また南方の浙江省紹興あたりの風習では、

七夕には姉妹行(女性たちの擬制的な姉妹組織か)の七人が集まって〝乞巧会〟を組織し、紵麻《あさ》で織った七尺の長さの布一幅をそれぞれ一尺ずつ剪って目かくしをし、牽牛織女二星を視る。そのようにして見えたものの景象《かたち》で一生の幸と不幸とを占う。(19)

紹興の例では、なぜこの組織が〝乞巧会〟と呼ばれたのかはよく分からない(単に乞巧の日に組織する会という意味かも知れない)が、ここでも七人の女性が七尺の織り物を用いるとあるように、七の数に結びついた呪術的な行事が乞巧と呼ばれているのである。

以上に述べてきた七夕の行事に関する二つの要素——男女の会合と巧を乞うことと——は、元来どのように結びついていたのであろう。

羅永麟「試論牛郎織女」の論文[20]は、趙翼「陔余叢考」[21]に乞巧の行事が行なわれるのは七夕の日だけに限られるのではないという指摘があるのを援用しつつ、牽牛織女と乞巧の風習とは元来無関係のもので、「荊楚歳時記」の段階になって両者が結合したのだとしている。

しかし私は、この二つの要素がもともと全く無関係のものであったとは考えない。〝巧を乞う〟ことは、女性の仕事としての機織りと密接に結びついていて、古い神話的な観念の大きな複合体に由来する、七夕伝承の本質的な部分であったと推定するのである。そのことを以下の節に、いささか廻り道をしながら述べてゆきたい。

（1）「史記」巻二七天官書
牽牛為犧牲。其北河鼓。河鼓大星上将、左右左右将。婺女。其北織女。織女天女孫也。

（2）「爾雅」釈天「何鼓謂之牽牛」郭璞注
今荊楚人呼牽牛星為担鼓。担者荷也。
郝懿行「爾雅郭注義疏」中之四釈天
今南方農語猶呼此星為扁担。蓋因何鼓三星中豊而両頭鋭下、有儋何之象、故因名焉。

（3）夏鼐「洛陽西漢壁画墓中的星象図」『考古』一九六五年第二期、のちに『考古学和科技史』一九七九年、北京は、洛陽の前漢墓の脊梁の部分にも河鼓と織女三星が描かれていることを指摘し、孝堂山の例も引く。

（4）詩小雅大東
維天有漢、監亦有光、跂彼織女、終日七襄、雖則七襄、不成報章、睆彼牽牛、不以服箱。

（5）「詩集伝」巻一二大東
伝曰反也、箋云駕也、駕謂更其肆也。蓋天有十二次、日月所止舎、所謂肆也。経星一昼一夜、左旋一周而有余。則終日之間、自卯至酉、当更七次也。

(6)　古詩十九首(文選巻二九)

迢迢牽牛星、皎皎河漢女、纖纖擢素手、札札弄機杼、終日不成章、泣涕零如雨、河漢清且浅、相去復幾許、盈盈一水間、脈脈不得語。

(7)　崔寔「四民月令」(藝文類聚巻四所引)

七月七日、曝経書、設酒脯時果、散香粉於筵上、祈請於河鼓織女。言此二星神当会。守夜者咸懐私願。或云、見天漢中有奕奕正白気、如地河之波、輝輝有光曜五色、以此為徴応。見者便拝乞願、三年乃得。

(8)　守屋美都雄『中国古歳時記の研究——資料復元を中心として——』一九六三年、帝国書院、二八六頁。

(9)　韓諤「歳華紀麗」巻三、鵲橋已成

風俗通云、織女七夕当渡河、使鵲為橋。

なお范寧氏は「牛郎織女故事的演変」『文学遺産』増刊第一輯、一九五五年、北京、の論文において、これと同文の記事を「佩文韻府」巻一〇〇が「風俗記」として引くところから、これが果して応劭の文章であるかどうか疑問であるとする。これは恐らく「風俗通」と西晋の周処「風土記」とが混同されたものであろう。守屋『中国古歳時記の研究』三一四頁を参照。

また「淮南子」の佚文(草堂詩箋巻二一所引)には、

烏鵲塡河成橋、以渡織女。

とあり、また後漢末の圏称の「陳留風俗伝」(季嶠雑詠注所引)にも、

七月七日、織女会牽牛、烏鵲塡河為橋。

とある。更に「南史」巻三には、劉宋の後廃帝が七夕の夜、おつきの楊玉夫に織女が度《わた》ったら知らせるようにと言って見はらせたあと、自分は酔って寝てしまい、楊玉夫に殺されたという挿話が載せられている。いずれも織女の方が天漢を渡るようである。

(10)　「荊楚歳時記」

天河之東有織女。天帝之子也。年年織杼労役、織成雲錦天衣。天帝哀其独処、許配河西牽牛郎。嫁後遂廃織紝。天帝怒責、令帰河東。唯毎年七月七日夜、渡河一会。

この一文は、玄珠(茅盾)『中国神話研究ＡＢＣ』一九二六年、上海、袁珂『中国古代神話』一九五七年増訂本、上海、范寧

「牛郎織女故事的演変」(前掲)、北京師範大学中文系五五級学生編『中国民間文学史初稿』一九五八年、北京、などに引用されるが、現行「荊楚歳時記」の諸本には見えず、なにに出るのか不明。守屋『中国古歳時記の研究』の佚文輯録にも見えない。羅永麟「試論牛郎織女」(『民間文学集刊』第二本、一九五七年、上海、また『中国民間文学論文選(一九四九―一九七九)』下、一九八〇年、上海)は、「琅琊代酔篇」巻一から、「述異記」(劉宋の祖沖之あるいは梁の任昉の作とされる)の文としてほぼ同様の文を引く。

(11)「太平御覧」巻三一時序

日緯書曰、牽牛星、荊州呼為河鼓。主関梁。織女星、主瓜果。嘗見道書云、牽牛娶織女。取天帝銭二万備礼。久而不還。被駆在営室、是也。言雖不経、有是為怪也。

(12) 趙仲邑「牛郎織女故事的演変」『随筆』第二集、一九七九年、広東。

なお牽牛(中国では牛郎と呼ばれる)織女の説話については多くの論考がある。古い随筆や剳記類を除き、また他の注中に引用したもの以外に、出石誠彦「牽牛織女説話の考察」『支那神話伝説の研究』一九四三年、中央公論社、皮述民「牛郎織女神話的形成」『南洋大学学報』第五期、社会科学与人文科学之部、一九七一年、などを参照したほか、七夕の民俗的な事例については、呉玉成「七夕」『粤南神話伝説及其研究』一九三二年、広州、の記事が興味深いものであった。

(13) 静聞(鍾敬文)「陸安伝説」『北京大学研究所国学門週刊』第一〇期、一九二五年。

(14) 関敬吾『日本昔話集成』一九五三年、角川書店、第二部の1、天人女房の項。また日本における七夕の風習については、柳田国男「眠流し考」「犬飼七夕譚」(いずれも『柳田国男集』第一三巻、一九六三年、筑摩書房)をも参照。

日本の場合もそうであるように、中国周辺の諸民族の間に、牽牛織女の説話はさまざまな形で、さまざまな儀礼や行事と結びついて伝承されている。たとえば南方の苗族では歌垣の起源と結びついて語られ(「牛郎織女的故事」『民間文学』一九七九年四月号、また『中国民間愛情故事』一九八〇年、潜江県)、北方の朝鮮においては二つの国の王子と王女の物語りとして伝説化しており(李岳南『神話故事、歌謡、戯曲散論』一九五七年、上海、の引用する『北朝鮮游記』)、また内モンゴルにおいては、織女の父親が課する〝難題婿《なんだいむこ》〟のモチーフとその岳父からの逃走のモチーフとが中心となり、天河は逃走の途中に牛郎が金簪ですじを引いて出現させたものとなっている(「天牛郎配夫妻」『民間文学』一九五七年六月号)。

漢族およびその周辺民族の牽牛織女故事の比較からその祖形に遡るのが説話学の正統的な方法であろうが、いまはそのための十分な準備がない。

(15)「荊楚歳時記」(宝顔堂秘笈本、また守屋美都雄訳注、布目潮渢ほか補訂『荊楚歳時記』一九七八年、平凡社、東洋文庫、を参照)

七月七日、為牽牛織女聚会之夜。是夕、人家婦女、結綵縷、穿七孔針。或以金銀鍮石為針。陳几筵酒脯瓜菓於庭中、以乞巧。有喜子網於瓜上、則以為符応。

(16)「柳河東集」巻一八騒「乞巧文」

柳子夜帰自外庭。有設祠者。餥餌馨香、蔬果交羅、插竹垂綏、剖瓜犬牙、且拝且祈。怪而問焉。女隷進曰、今茲秋孟七夕、天女之孫将嬪於河鼓。邀而祠者、幸而与之巧、駆去蹇拙、手目開利、組紝縫製、将無滞於心焉。為是禱也。

(17)李岳南『神話故事、歌謡、戯曲散論』一九五七年、上海、所収。

(18)『工人日報』一九五七年八月十一日(李岳南論文所引)。なお同様の北京における七夕の風習については、李家瑞編『北平風俗類徴』上冊、国立中央研究院『歴史語言研究所専刊』一四、一九三七年、を参照。

(19)『民俗周刊』(李岳南論文の引用による)一九三一年十一月。

(20)『民間文学集刊』第二本、一九五七年、上海、また『中国民間文学論文選(一九四九―一九七九)』下、一九八〇年、上海、所収。

(21)趙翼「陔余叢考」巻二一「競渡乞巧登高」の条。

二　七夕と西王母

西王母は、陳夢家氏によれば、殷の卜辞に見える神〝西母〟に既にその前身的な姿を見せている。(1)そうして現代の民話に及ぶまで中国の歴史の長い流れを通じてその名は人々の心から忘れ去られることがなかった。このような長い伝承の流れの中に西王母は様々な姿を示すが、次に引用する漢末から南北朝時期にかけて形成された西王母と漢の武帝との会合の物語りも、その特色ある様相の一つである。

西晋時代の張華によって纏められたとされる「博物志」には次のような一段がある。(2)

漢の武帝は仙道を好み、名山や大沢を祭祀して神仙の道を求めた。そうするうち、西王母からの使者が白い鹿に乗ってやってくると、武帝にむかって、「西王母がやってこられます」と告げた。そこで承華殿に帳《とばり》を用意し、その到来を待った。七月七日の夜、水時計が七刻を指すころ、西王母は紫雲の車に乗って御殿の西側に到着し、南面して(?)東向きに坐した。王母は、その頭上に〃七勝〃を戴き、〔身に帯びる〕青い気は、もくもくと雲のようであった。三羽の青い鳥がいて、その大きさは烏ほど、それが西王母の両傍に侍していた。この場には九微灯が設けられていた。武帝は、東面に西向きに坐った。

西王母は〔侍者に〕七つの桃を取り出させた。その大きさははじき弓の弾《たま》ほどの大きさであった。その内の五個を武帝に与え、王母自身は二個を食べた。武帝は桃を食べおわるごとに核《たね》を膝の前に置いた。王母が言った、「この核を残して置こうとするのは、何の為ですか。」武帝が言った、「この桃が甘美なので、植えてみようと思います。」王母が笑って言った、「この桃は三千年に一度実を結ぶのですよ。

この場には、武帝と王母だけが対坐し、侍者たちは誰も入ることが許されなかった。

この一節を読んでまず気付くのは、七月七日の夜、水時計の七刻というのみならず、七勝(頭につける飾り)、七個の桃と、西王母に関係して七という数字が盛んに使用されていることである。このいわば呪術的に使用されている七という数字が、この物語りの基盤になった伝承に由来するものであり、西王母もその伝承に深くかかわっていたらしいことが予想されるであろう。

「漢武故事」は、通行本にその撰者を漢の班固と題しているが、三国時代以後の作品であり、成立したのは「博物志」とそれほど異ならぬ時代で、この作品の基盤となった伝承やそれを編纂した人々の性格も、「博物志」の場合と重なる所の多いものであったと考えられる(その伝承と編纂者たちの性格については、本書第二章を参照)。この「漢武故事」にも七夕における武帝と西王母との会見を記す一条がある。(3)

西王母は使者を遣して、「七月七日に、お訪ねしましょう」と武帝に告げさせた。武帝は、その日になると、宮中を掃除し、九華灯をともした。七月七日、武帝が承華殿で斎戒していると、ちょうど正午のとき、西方から青い鳥が飛んできて殿前にとまるのが見られた。……この夜、水時計が七刻を指すとき、天には雲ひとつなかったが、雷のような音がどよもし、空全体が紫色にそまった。ややあって西王母が到着した。

西王母は紫の車に乗り、玉女たちが周囲をとりまいて車を御していた。王母は、頭に〝七勝〟を戴き、玄《くろ》い瓊《たま》で飾った鳳の文様のある舃《くつ》を穿き、雲のような青気〔を戴き〕、鳥に似た二羽の青い鳥が両側に侍していた。

西王母が車から降りると、武帝は迎え出て挨拶をし、王母を座にいざなうと、不死の薬を賜わるようにと願った。王母が言った、「太上の薬として、中華の紫蜜、雲山の朱蜜、玉の液や金の漿があり、それに次ぐ薬としては、五雲の漿、風の実《み》や雲の子《み》、玄《くろ》い霜や絳《あか》い雪があり、高くは蘭園の金精を採り、降っては円丘の紫柰《からなし》を摘《つ》んで〔薬とすることができます〕。ただあなたは〝情〟が滞ったまま発散することなく、欲心がなお少なくない所から、不死の薬はまだ招き寄せることができません。」そう言うと桃を七個取り出し、王母自身は二個を食べ、武帝には五個を与えた。武帝は座席の前にその核《たね》をのこしておいた。王母が尋ねた、「それをどうするのですか。」武帝が言った、「この桃が美味《おいし》いので種《う》えてみようと思います。」王母は笑って言った、「この桃は三千年に一度実をつけるのです。下界では植えても育ちません。」

西王母は五更(夜あけ近く)まで滞在し、世間のことを話したが、鬼神については語ろうとしなかった。やがて行列を整えて去っていった。

「博物志」と「漢武故事」の述べる所はほとんど同じで、同一の伝承をあまり隔たらぬ時期に文字に定着したものと考えてよいであろう。「漢武故事」においても、七の呪術に関係して、ここに引用しなかった部分に、武帝は七月七日に生れたとあるほか、西王母は頭に〝七勝〟を戴くともされている。この〝勝〟は髪飾りである以前に、より本質的には機織りを象徴するものであったことは、次節以下で説明する所である。

この「博物志」と「漢武故事」の両書といささか異なった基調で同じ故事を記すものに、これも成立年代がはっきりしないが六朝期半ばには成立していたと考えられる「漢武帝内伝」がある。この「内伝」にあっては、西王母と漢の武帝との会合がより詳細に描写されている(4)。

孝武皇帝(武帝)は、長生の術に心を向け、常々名山や大沢に祭祀を行なって神仙を求めていた。元封元年(前一一〇年)正月甲子の日、嵩山において祭祀を行ない、神宮を建て、武帝はそこで七日の斎戒をし、祭儀を終えたあと、都にもどった。

四月の戊辰の日、武帝が夜、承華殿においてくつろぎ、東方朔と董仲舒とが傍に侍していたとき、どこからともなく一人の女性が出現した。彼女は青衣を着け、とても美しい容姿であった。武帝が驚いて尋ねると、その女性が答えた、「私は墉宮の玉女、王子登です。さきほど西王母のいいつけを被り、崑崙山からやってまいりました。」そう言うと西王母からのことづてを武帝に伝えた、「あなたは天下の支配者という禄《さいわい》をもかなぐりすてて、道を求め永遠の生命を追求し、帝王としての尊位をおりて、しばしば山岳に禱《いの》られていると聞きました。まことに御熱心なことです。教えを垂れるに足るように見うけます。今より百日の間、斎戒をなし、俗事には関られぬように。七月七日には、あなたのもとを訪れましょう。」武帝は席より下ると跪いて、おおせをかしこむむね伝えた。言葉が終ると、玉女はふと見えなくなってしまった。

七月七日になると、後宮の内を掃き清め、殿上に座をしつらえ、床《ゆか》には紫の羅《うすぎぬ》をしき、百和の香を焚き、雲錦の帳《とばり》をはり、九光の灯をともし、玉門の棗を準備し、蒲萄の酒を樽にみたし、帝みずからが御馳走を吟味し、天の官吏たちの食事を整えた。準備が整うと、武帝は盛装して陛《きざはし》の下に立ち、命令を出して端門(宮殿の正門)より内の全ての者が、みだりにこの場を窺うことがあってはならぬと禁じた。このようにして内も外もひっそりとして、天仙たちの車馬の到着を待った。

二唱も過ぎた頃、にわかに天の西南に白雲のようなものがもくもくと立ち昇ると、まっすぐ宮殿を指してやって来た。見る間にそれは近づき、雲の中からは簫《ふえ》や鼓《たいこ》の音、人馬の響きが聞かれた。それから間もなく西王母が到着した。〔西王母一行の行列が〕宮殿の前の空中に留まった様は、ちょうど鳥がつどうようであった。あるものは龍虎に駕し、あるものは獅子に乗り、あるものは白虎を御し、あるものは白麟にまたがり、あるものは白鶴の手づなを取り、あるものは軒車《くるま》に乗り、あるものは天馬に乗って、群仙たち数万が、宮殿や宮庭を輝かせた。到着すると、従官たちはその姿が見えなくなり、ただ西王母が紫雲の輦に乗り、それを九色の斑《まだら》の龍に引かせ、別に五十人の天仙がいて、西王母の鸞輿《くるま》につきそっているのが見えるだけであった。天仙たちは皆な身の丈《たけ》が一丈、それぞれに綵《いろどり》のある羽毛のついた節《せつ》(棒状の信旗《しるしばた》)を手に持ち、金剛の霊璽を腰に佩び、天真の冠をかぶっていた。彼らは皆な殿の前に留まった。

西王母はただ二人の侍女だけにつきそわれて殿に昇った。〔侍女は〕年齢十六七ばかり、青い綾《あやぎぬ》の袿《うちかけ》を着て、容眸は魅力的で、清らかで気だかい様子をし、まことに美人である。王母は、殿に昇ると、東向きに坐った。黄錦の袷襴《あわせ》を着て、色どりは目にも鮮かに、しかもその立居振舞いは淑穆《しとや》かであった。霊飛の大綬(印璽を腰に佩びるためのリボン)を帯び、分頭の剣を腰にし、頭には大華の結《もとどり》をゆい、太真晨嬰の冠をかむり、玄《くろ》い璚《たま》で飾った鳳の文様の舄《くつ》を穿いていた。見たところ年は三十ばかり、背丈は高からず低からず、天生の美質は溢れるばかり、容貌は世に並びなく、まことに霊人と称すべき様子であった。

以下に続く武帝と西王母の会合の席上での出来事をあらすじだけ記せば、西王母は、武帝の請いに応じて元始天王から伝えられた長生の秘術を語る。語り終えた西王母はそのまま去ろうとするが、武帝が慇懃に引き留める。そこで西王母は使いを遣って、もう一人の女仙　上元夫人を招く。西王母と上元夫人をまじえた席で、武帝は西王母から

「五岳真形図」と呼ばれる護符《おふだ》の一種を、上元夫人からは六甲霊飛など十二篇の神霊を招く方を授かる。明け方近くなり二人の女神は帰ってゆく。その後、武帝は西王母たちの戒めを守らなかったため、天火が降って授けられた経典は失われてしまい、武帝の求道は未完成のままで終った。

この「漢武帝内伝」においては、「博物志」や「漢武故事」と異なって、七という数の呪術的な働きがかげをひそめ、代って出来事を詳細、華麗に描写することにこの作品の編纂者の力が注がれているように見える。こうした変質が六朝期の道教の流れと直接に関係しているであろうということは、本書の第四章で詳しく分析する所である。

古来の呪術的な伝承が道教信仰にその意匠を変える時、ある部分は脱落してしまい、ある部分は哲学化される。しかしその儀礼の中には、なお古い呪術のかげを見ることができる。例えば、「博物志」以下の三つの作品において、西王母と武帝の会合は特殊な灯火の下で行なわれている。「博物志」はそれを九微灯と呼び、「漢武故事」は九華灯と呼び、「漢武帝内伝」は九光之灯と呼んでいる。みな九つの火皿をもった灯明を言うのであろう。こうした灯明台が実際に道教の儀礼の中で用いられていたことは、南北朝時代の末に纏められた道教の百科事典「無上秘要」巻五一の次のような記事からも知られる。(5)

飛天神人曰く、一年の六斎日、一月の合十日、及び八節日、甲子日、庚申日に、家の中庭において、一長灯を安《お》き、高さ九尺ならしめ、一灯の上において九灯火を然《とも》し、みな光明ならしめて、上は九玄諸天の福堂を照らし、下は九地無極世界の長夜の中を照らし、九灯の下において、灯を繞《めぐ》りて行道せよ、と。

注目すべきはこの九つという灯火の数が、九玄諸天・九地無極世界を照らすとあって、九天・九泉といった天地の構造と対応していることである。宗教儀礼の場が一つの小宇宙となり、祭祀の用具は宇宙の基本的な構造と対応することによって独自の意味を持つ。人間の宗教的思考の分析にあたっては、シンボルの働きの重さを正しく捉えることが特に重要だとエリアーデ(M. Eliade)は主張するが、(6)ここにもその一例を見ることができよう。そうして七月七日の儀礼の背後にある七の数の呪術も、それが呪術として一定の力を持ちえたのは、宇宙の構造に結びついた神話的な観念に由来するものであったからだと推定することができるであろう。

上に紹介した「博物志」以下の三つの小説的な作品の全てが、西王母が武帝のもとを訪れるのを七月七日の夜のこととしている。西王母は七夕の祭祀にどのように関っていたのであろう。前に挙げた趙仲邑氏の分類とは別に、羅永麟氏は、現在中国各地に流伝する牛郎織女の物語りを、西王母との関係のしかたで次の二種に分けることができるという。(7) 第一類の物語りは、西王母が登場せぬもので、前節に引用した陸安の例もこれに属する。それに対し第二類の物語りでは、織女は王母娘娘《ニャンニャン》(西王母)の外孫女であるとされる。羅永麟論文の示すこの一類の物語りの梗概は次のようなものである。この物語りの枠組みは、白鳥処女説話の形態を取っている。

織女は王母娘娘の外孫女で、天上にあって雲を織っていた。牛郎(牽牛)は人間世界の牛飼いで、兄嫂の虐待を受けていた。ある日、飼い牛が牛郎に言った、「織女が他の仙女たちと一緒に銀河にいって水あびをしますから、仙衣を一つ取ってしまい、織女が衣服を捜している時、仙衣を還すと共に彼女に結婚を申しこみなさい。彼女はきっと同意するでしょう」と。牛郎は言われた通りにした。織女は牛郎と結婚をすると、一男一女をもうけた。王母娘娘はこの事を知ると織女をつかまえてつれ帰った。飼い牛はそこでまた牛郎に告げ、彼れ(牛)の皮を身にまとって、天上まで追ってゆくように、と言った。牛郎が二人の子供をかついで(8)天上まで追ってゆくと、王母娘娘は簪《かんざし》をぬいて織女のうしろに一本の線を引いた。するとそれが天河となって、夫婦の間を隔ててしまった。しかし二人が河を隔てて望みやって泣いているのが王母娘娘の心を動かし、彼らが毎年七月七日に一度会合するのを許した。会う時には喜鵲《かささぎ》が橋をかけるのである。

このように現在の民話では西王母は七夕の伝承に深く関っている。この西王母と牽牛織女との密接な関係はどこまで遡ってたどれるのであろう。范寧氏は「西王母が牛郎織女の説話に入ってきた、その最初の記録は蓬蒿子編の「新史奇観」に始まるようであり、その説く所は蟠桃会の影響を受け、明らかに後人の附会であると見てとることができる」と言われる。(9) 残念ながらこの「新史奇観」を直接読むことはできないのであるが、孫楷第『中国通俗小説書目』(10)によれば、「新史奇観」は清の無名氏の撰。「新世弘勲」「盛世弘勲」「定鼎奇聞」などとも呼ばれ、順治辛卯(一六五一年)の序があるという。しかし果して西王母と牽牛織女の伝承とはもともと無関係に存在したもので、明清の交になって初めて結びついたものであったのだろうか。前節で取り挙げた乞巧という行事と同様に、西王母と牽牛織女との関係も、たとえ文献的に追跡できるのはさほど時代を遡らぬにしても、その根本にある神話的な観念において両者は密接に結びついており、その観念は人間の精神史のきわめて古い層に属するものであったであろうというのが、私が以下に検討しようとする仮説の一つである。

文献的な探索の範囲を超えて神話的な観念に迫るためには、なによりも神話的な存在をその名称で把えることを止め、その働き(宇宙・世界の構造論的働き)の中で把握することが必要である。一つの文化圏の中で、たとえ時代がいささか隔たり、その名称も変化していても、同質の働きをする二つの神格が前後して存在しておれば、両者の間になんらかの継承があったことを推定することが可能である。そうして神話的な存在の働きは、その神格をめぐる説話に表現されると同時に、その神格に対する祭祀や儀礼の中により本質的に示されるのである。

(1)　陳夢家「古文字中之商周祭祀」『燕京学報』第一九期、一九三六年。このほか西王母の神話については、B. Karlgren, "Legends and Cult in Ancient China", *Bulletin of the Museum of Far Eastern Antiquities*, No. 18, 1946, 小川環樹「中国の楽園表象」『文学における彼岸表象の研究』一九五九年、中央公論社、のちに『中国小説史の研究』一九六八年、岩波書店、M. Loewe, *Ways to Paradise—The Chinese Quest for Immortality—*, 1979, London, 第四章などを参照。

(2)　「博物志」通行本巻八(連江葉氏本巻三)。范寧『博物志校証』一九八〇年、北京、の校訂を参照。
漢武帝好仙道、祭祀名山大沢、以求神仙之道。時西王母遣使、乗白鹿、告帝当来。乃供帳九(承)華殿以待之。七月七日夜漏七刻、王母乗紫雲車而至於殿西、南面東向。頭上戴七種(勝)、青気鬱鬱如雲。有三青鳥、如烏大、使(夾)侍母旁。時設九微灯。帝東面西向。王母索七桃、大如弾丸、以五枚与帝、母食二枚。帝食桃、輒以核著膝前。母曰、取此核、将何為。帝曰、此桃甘美、欲種之。母笑曰、此桃三千年一生実。唯帝与母対坐、其従者皆不得進。

ちなみに敦煌の変文「前漢劉家太子伝」に見える西王母の漢宮廷訪問の記事は、「漢武故事」や「漢武帝内伝」よりも、この「博物志」のものに近い。王重民『敦煌変文集』一六二頁、「至七月七日、西王母頭戴七盆(笙=勝)花、駕雲母之車、来在殿上」以下を参照。

(3)「漢武故事」(魯迅『古小説鈎沈』第三二条)

王母遣使謂帝曰、七月七日、我当暫来。帝至日、掃宮内、然九華灯。七月七日、上於承華殿斎。日正中、忽見有青鳥従西方来集殿前。……是夜漏七刻、空中無雲、隠如雷声、竟天紫色、有頃王母至。乗紫車、玉女夾馭。戴七勝、履玄瓊鳳文之舄、青気如雲、有二青鳥如烏、夾侍母旁。下車、上迎拝、延母坐、請不死之薬。母曰、太上之薬、有中華紫蜜、雲山朱蜜、玉液金漿。其次薬有五雲之漿、風実雲子、玄霜絳雪、上握蘭園之金精、下摘円丘之紫柰。帝滞情不遣、欲心尚多、不死之薬、未可致也。因出桃七枚、母自啗二枚、与帝五枚。帝留核着前。王母問曰、用此何為。上曰、此桃美、欲種之。母笑曰、此桃三千年一著子、非下土所植也。留至五更、談語世事、而不肯言鬼神。粛然便去。

なお「漢武故事」にはフランス語訳があって、『藝文萃訳』(Lectures Chinoises)第一、中法漢学研究所、一九四五年、北京、に収められている。

(4)「漢武帝内伝」(守山閣叢書本)

孝武皇帝……好長生之術、常祭名山大沢、以求神仙。元封元年正月甲子、祭嵩山、起神宮、帝斎七日、祠訖乃還。至四月戊辰、帝夜間居承華殿。東方朔、董仲舒侍。忽見一女子、著青衣、美麗非常。帝愕然問之。女対曰、我墉宮玉女王子登也。向為西王母所使、従崑山来。語帝曰、聞子軽四海之禄、尋道求生、降帝王之位、而屢禱山岳。勤哉。有似可教者也。従今百日清斎、不閑人事。至七月七日、王母暫来也。帝下席跪諾。言訖玉女忽然不知所在。……至七月七日、乃修除宮掖之内、設座殿上。以紫羅薦地、燔百和之香、張雲錦之帳、然九光之灯、設玉門之棗、酌蒲萄之酒、躬監肴物、為天官之饌。帝乃盛服立於陛下、勅端門之内、不得妄有窺者。内外寂謐、以俟雲駕。至二唱之後、忽天西南如白雲起鬱然、直来逕趨宮庭間。須臾転近、聞雲中有簫鼓之声、人馬之響。復半食頃、王母至也。県投殿前、有似鳥集。或駕龍虎、或乗獅子、或御白虎、或騎白麟、或控白鶴、或乗軒車、或乗天馬、群仙数万、光耀庭宇。既至、従官不復知所在。唯見王母乗紫雲之輦、駕九色斑龍、別有五十天仙、側近鸞輿。皆身長一丈、同執綵毛之節、佩金剛霊璽、戴天真之冠、咸住殿前。王母唯扶二侍女上殿。年可十六七、服青綾之袿、容眸流眄、神姿清発、真美人也。王母上殿、東向坐。著黄錦袷襡、文采鮮明、光儀淑穆。帯霊飛大綬、腰分頭之剣、頭上大華結、戴太真晨嬰之冠、履玄璚鳳文之舄。視之可年卅許、脩短得中、天姿掩藹、容顔絶世、真霊人也。

なお「漢武帝内伝」には、K. M. Schipper, *L'Empereur Wou des Han dans la légende Taoiste*, Publications de l'École Française d'Extrême-Orient, vol. LVIII, 1965, Paris にフランス語訳があり、その Introduction の部分は「内伝」と六朝期の道教との関係を述べて詳細である。

(5)「無上秘要」巻五一（道蔵太平部）

飛天神人曰、……一年六斎日、……一月合十日、及八節日、甲子日、庚申日、於家中庭、安一長灯、令高九尺、於一灯上然九灯火、毎令光明、上照九玄諸天福堂、下照九地無極世界長夜之中、……於九灯之下、繞灯行道。

(6) Mircea Eliade, *Images et Symboles, Essais sur la symbolisme magico-religieux*, 1952, Paris など。

(7) 羅永麟「試論牛郎織女」（前掲）。

(8) ここに、二人の子供をかついで行くというのは、牽牛の星座（天秤棒と呼ばれる——一四頁）の形からの連想であろうか。

(9) 范寧「牛郎織女故事的演変」（前掲）。

(10) 一九三二年、一九八二年重訂本、北京。

三　人日と玉勝

「山海経」には三度西王母の名が見え、いずれの場合にも頭に〃勝〃を戴くとされている。(1) 西山経には次のようにある。

また西すること三百五十里。玉山と曰う。是れ西王母の居る所なり。西王母、其の状は人の如く、豹尾虎歯にして善く嘯《うそぶ》く。蓬髪にして勝を戴く。是れ天の厲及び五残を司どる。

郭璞の注は、勝を説明して、「玉勝なり、音は龎《ほう》」と言う。郝懿行の「山海経箋疏」は、厲と五残を共に星の名と

する。また海内北経では、

西王母、几に梯《よ》りて勝杖を戴く。其の南に三青鳥あり。西王母のために食を取る。昆侖《こんろん》の虚《やま》の北に在り。

とあって西王母は几《き》(前に置いてよりかかる脇息)に凭《よ》って勝を戴いている。勝杖の杖の字は、郝懿行の「箋疏」は、他の引用例に杖字のないことを挙げて、衍字であろうことを示唆する。しかし緯書の一つ、「孝経援神契」に仙薬を述べて「或いは仙人杖と名づけ、或いは西王母杖と名づく」とあり、皇甫謐の「帝王世紀」には「舜の時　群瑞　畢《ことごと》く臻《いた》る。崑崙の北、玉山の神、人身にして虎首豹尾、蓬頭にして勝と払枝杖を戴く。……名づけて西王母と曰う。舜の徳を慕いて、来りて白環を献じ、及《ま》た益地図を貢す」とあることなどから言って、杖が衍字であるにしても、この字が附け加わったのは古い時代であって、西王母の杖に特別な力を認める人々のしわざであったと考えられる。同じく大荒西経、

西海の南、流沙の濱、赤水の後、黒水の前に大山あり、名づけて昆侖の丘と曰う。……其の下に弱水の淵ありてこれを環《めぐ》る。其の外に炎火の山あり。物を投ずれば輒《すなわ》ち然《も》ゆ。人ありて勝を戴き、虎歯にして豹尾あり。穴処す。名づけて西王母と曰う。此の山　万物　尽《ことごと》くあり。

ここでは西王母は、崑崙山にいて、勝を戴き恐ろしい姿をしているほか、穴処するとされている。この穴処は、後に西王母が石室に居るとされる(たとえば「列仙伝」の赤松子の条)のと同じ意味を持つのであろう。

「山海経」の中で西王母を特色づけるものとして常にその頭に戴かれていた〝勝〟の具体的な形態は、漢代の遺物から知ることができる。

武氏祠の画像石の中の祥瑞図の一つに「玉勝」という傍題のある図があり、中央が丸く左右に台形のひれが出た二枚の板状のものを一本の軸で連結したものが描かれている(図七)。傍記には「王者」とだけあるが、祥瑞図の他の例から推して、王者が善政を敷けば祥瑞として玉勝が出現すると書かれるはずであったろう。この板状の部分だけが朝

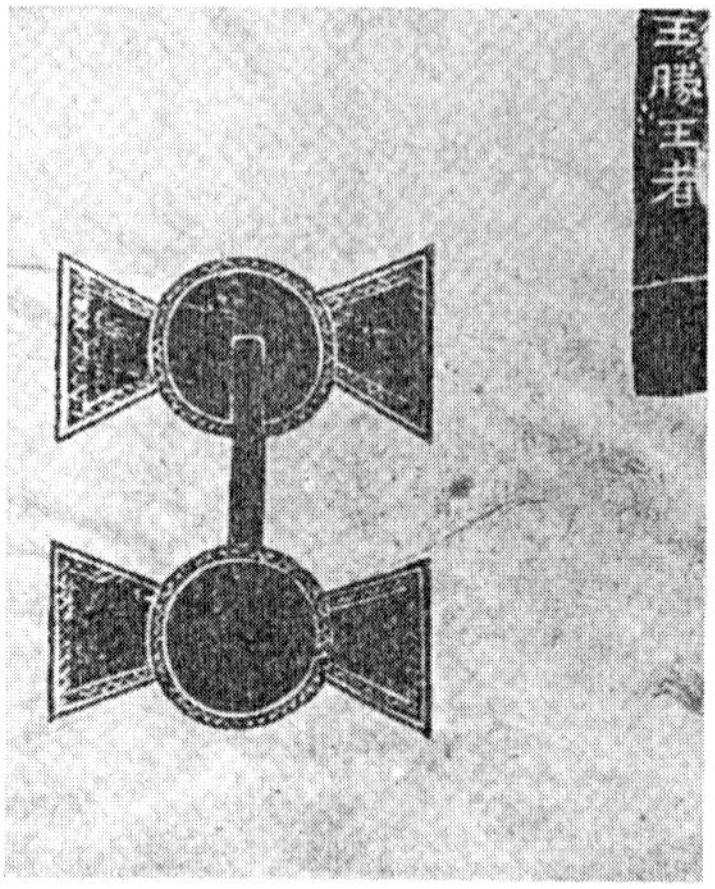

図 7　武氏祠画像石「玉勝」

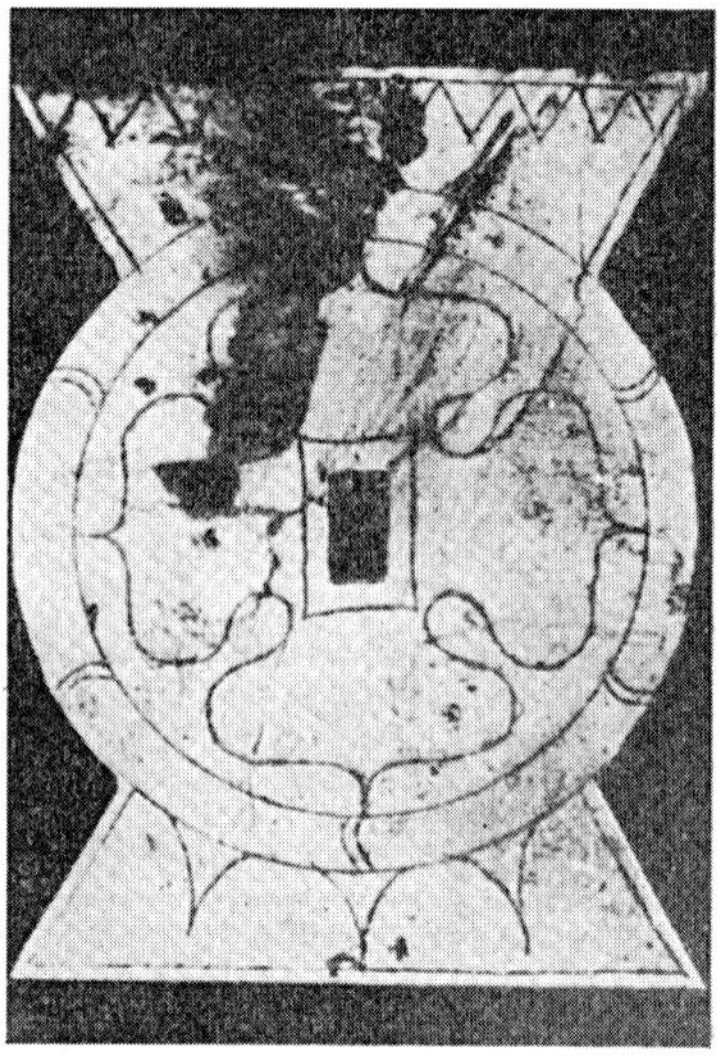

図 8　楽浪出土玉勝

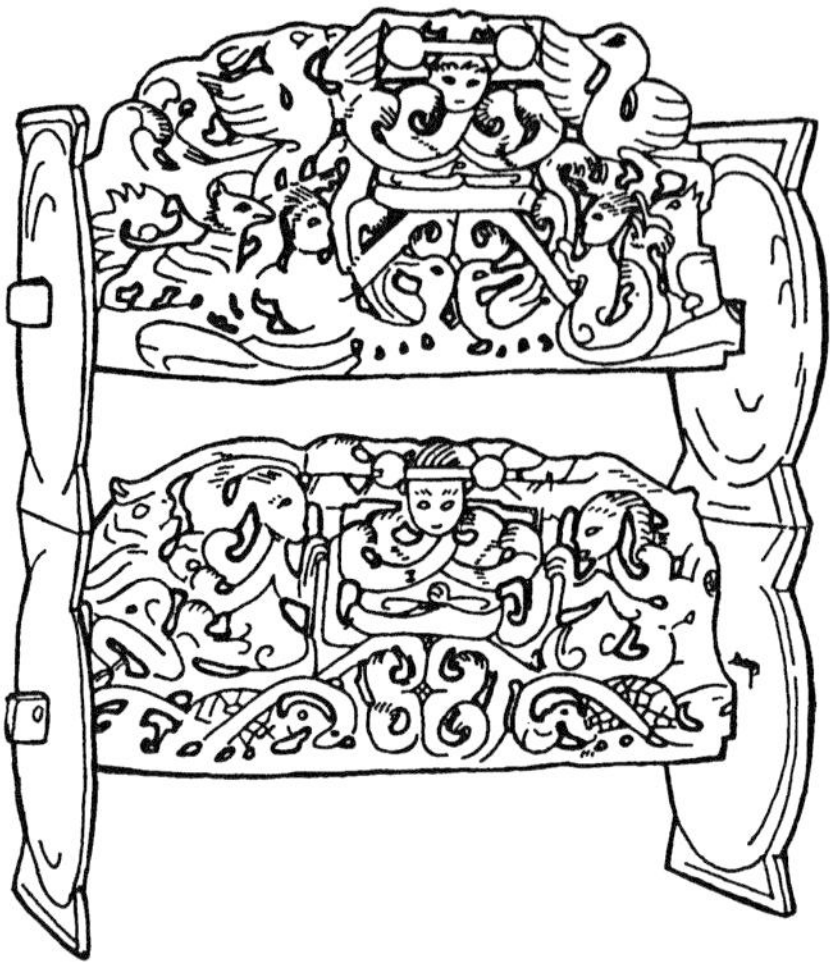

図 9　定県漢墓出土玉勝座屏

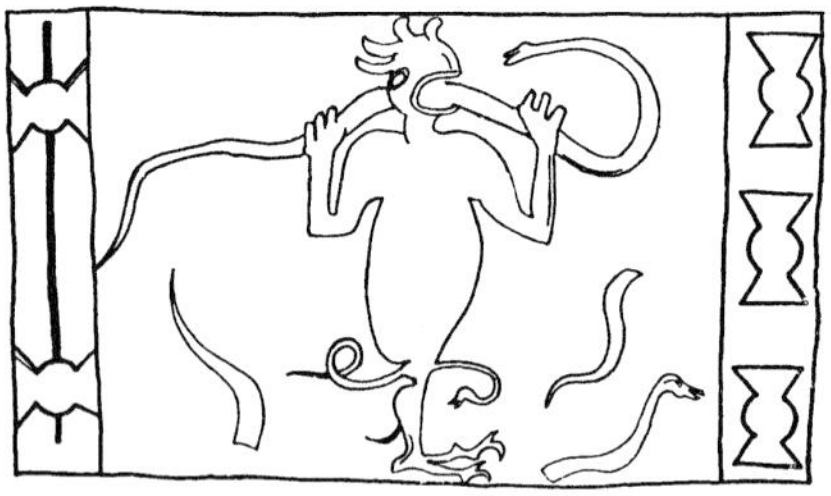

図 10　鎮江東晋墓画像磚

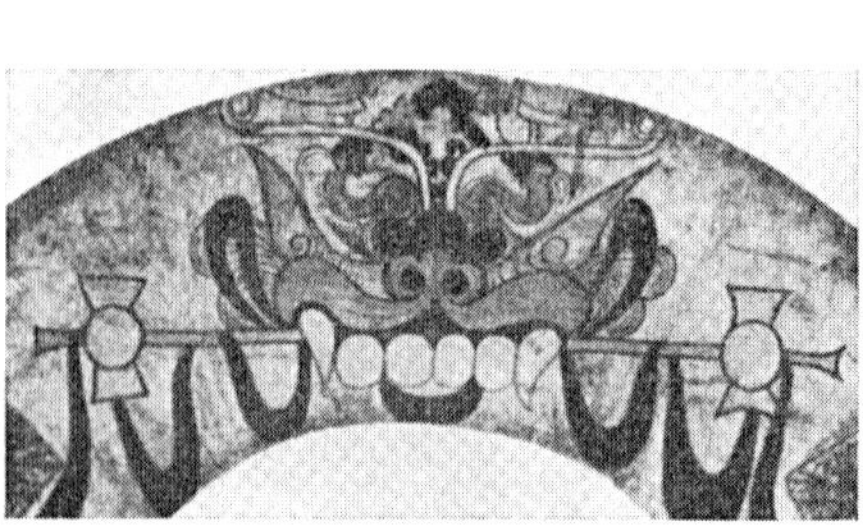

図 11　鄧県南北朝墓彩画磚

図12　金王陳南朝陵墓画像磚

図13　郫県石棺 迎賓図

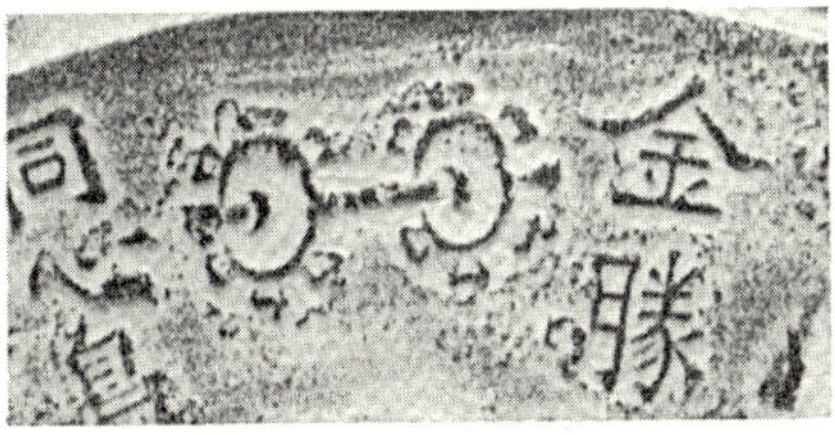

図14　唐祥瑞鏡「金勝」

図15　人勝剪り紙

鮮の楽浪郡時代の遺物の中にある(図八)。また玉勝を組み合わせて作った座屏に西王母と東王公(西王母と対になる神格)であろう二神の像が刻された例(図九)も発見されている。魏晋南北朝期には、この玉勝が壁画墓や墓磚の図がらとしてたびたび出現し、一本足の怪神の傍に描かれたり(図一〇)、墓門を守る虎がくわえたり(図一一)するほか、壁面を飾る文様の一つとして六朝墓でしばしば目にするものとなる。図一二の例はその一つであるが、円の部分が蓮弁となり、日輪(三足烏)や月輪(桂樹と兎)と組み合わされている。こうした〝勝〟の図がらが墓門や墓室の壁面に出現するのは、恐らくそれに魔除けの働きがあると考えられたことによるのであろう。図一三に示すように、四川省の後漢墓石棺の画像に、家の入口の上に〝勝〟が画かれたもののあることも、

図16　西王母画像鏡

それを暗示する。

更に時代が降るが、唐の祥瑞鏡には「金勝」の図があり(図一四、また口絵図版二)、この場合には七つ(あるいは六つ)の突出物のある二つの歯車を一本の軸で連結したようなものが描かれている。これは、あるいは「博物志」「漢武故事」で西王母が戴いているとされる〝七勝〟にあたるものかも知れない。また新疆省トルファンの盛唐・中唐墓の出土品の中に、剪《き》り紙による「招魂を寓意する人勝」がある。これは次に述べる、「荊楚歳時記」人日の条の「綵《あやぎぬ》を人のかたちに剪る」という風習によりながら、その人の立ち姿の中になお原来の〝勝〟の形を留めたものである(図一五)。

以上のような〝勝〟のみを描いた画像のほかに、実際に勝を頭に戴いた女神の像を、後漢から三国時代にかけての画像鏡の上に少なからず見ることができる。その女神が〝西王母〟であると明記した例として、浙江省紹興出土の画像鏡を挙げよう(図一六)。中央に西王母が文様のある敷き物の上に坐る。敷き物の上には、食物を載せるための方形の盤が置かれている。西王母は頭に勝を戴き、左手には便面(うちわの一種)を持っている。その前には、やせ形で頭髪を特殊な形に結《ゆ》った羽人が正坐をし、手をさし出してなにかを貰い受けようとしている。西王母のうしろには侍女が立つ。盤に入れて手に捧げ持つのは恐らく桃であろう。侍女のうしろには、鳥のような鳥が、口に霊草らしいものをくわえて飛んでいる。

このように西王母と密接な関係を持つ勝は、六朝時代の年中行事の中では人日(正月七日)と強く結びついていた。六朝時代の長江中流域、荊州附近の年中行事を記録した「荊楚歳時記」は、人日の行事を次のように記している。(2)

　正月七日を人日という。七種の菜でもって羹《あつもの》をつくる。綵《あやぎぬ》を剪って人の形になし、或いは金箔を鏤《うが》って人の形になして、屏風に貼りつける。またこれを頭鬢《あたま》に戴く。また華勝を作っておくり物とする。高い所に登って詩を賦す。

すなわち人日には、七草粥を食べ小高い所に登って詩を賦すほかに、華勝の贈答が行なわれるのである。この風習の起源について隋の杜公瞻の注は、

　華勝は晋代に起る。賈充の李夫人の「典戒」に見ゆ。云う、瑞図の金勝の形に像どる。また像を西王母の正月七日に勝を戴きて武帝に承華殿に見《まみ》ゆるに取る、と。

と言い、華勝(南北朝時代には女性の髪飾りとなっていたであろう)が祥瑞図に見える金勝や西王母の戴く勝を祖形とするものと考えられていたことを明らかにする。それと共にこの注で特に注目すべきは、西王母が承華殿を訪れ武帝と会ったのを、七月七日でなく、正月七日だとしていることである。

一月十五日(上元)と七月十五日(中元)と十月十五日(下元)とを一組にした三元の祭日が南北朝期のいつごろに成立したかについては、かつて吉岡義豊氏と秋月観暎氏との間に論争があった。(3)その結論はさておいて、論争の中で明らかになったのは、三元に先だつものとして道教教団の中で三会日(一月七日・七月七日・十月五日)が重要な日として

存在したということであった。ここで日本の民俗学の知識を援用すれば、一月七日と一月十五日、七月七日と七月十五日は決して別のものではなく、七日が祭祀に入る日、十五日がその終了の日であったと考えることができよう。これに関係する記述を、日本の行事について述べた和歌森太郎氏の『年中行事』(4)から拾えば、「一般に七日は十五日の行事の皮切りのような性質の行事を営む時である。それから考えると、正月七日は、十五日正月、つまり小正月の前哨として先ず精進を期する日であっ」た。そうしてなぜ七日と十五日が選ばれたかについては、「事実において日を月のみちかけで数えるところにも暦が成り立ったことはたしかである。そのばあい、最も印象づよいのは、満月の日である。次に最も細くかすかな朔日である。さらには上弦下弦の日である。今の伝承的な年中行事の日取りが、多く十五日とか一日、七、八日か、二十二、三日というふうになっているのは、これらの日が、月によって日を数えた人々にとり、印象が特に深」かったことによるのである。中国において七日が祭日として重視されたのは、和歌森太郎氏の言われるようにそれが上弦の日であったことによると同時に、また七を聖数と考える古いシャマニズムの伝承を受けたものでもあったと考えられる。ただ中国における九を聖数とする卓越した伝統の中で、七を重んずる伝承がどのようにして形成され受け継がれてきたのか(5)という複雑な問題については、別に専論を用意してそれを検討する必要があるであろう。

更に日本の行事との対比で推論をすれば、三元、三会日の最後のひとつ、すなわち十月の行事は、もともと他の二つとは少し起源を異にし、この三つの日どりが一つに結合したのは、後来的な展開の相であったろうと考えられる。すなわち日本では佛教的な于蘭盆の行事が伝来する以前に、すでに正月と七月は対になった祖霊祭の月であり、農耕祭祀の月であった。同様に中国においても三会日以前には、正月七日と七月七日を対とする半年ごとの祭祀の日があったと想定することができる。たとえば唐の韓鄂の「四時纂要」は、正月の項に「上会日、七日なり。斎戒早起すべし。男　赤小豆一七粒を呑み、女　二七粒を呑まば、一年　病まず」と言い、七月の項に「七日、小豆を呑む。男一七を呑み、女　二七を呑む。歳に病いなし」(河図記に出づと注す)とあり、十月にはこうした記事は見えない。これも赤小豆を呑むという呪術的な風習の中に、正月七日と七月七日とが同じ性格の一組の祭日であった古い伝承が留められたものであろう。

西王母が武帝を訪れたのが七月七日であると共に、「典戒」(歳華紀麗巻一に引く董勛の「問礼俗」にも荊楚歳時記注と同様の記事がある)に見えるように正月七日だとする物語りがあったらしいことは、西王母についてのこの伝承が古い半年サイクルの祭礼と関係を持っていたことを暗示しよう。そうして織女星も、この半年サイクルの祭礼と関係づけられていたらしいことが、次の記事から窺うことができそうである。「石氏星経」巻下。(6)

織女三星　天市の東に在り。……常に七月一月の六七日に東方に見《あら》わる。色赤くして精明なれば、女功善し。

すなわち織女三星は、七月六七日の夕方に東方の空に現れることが注目されるのみならず、一月六七日の夜明けの東方の空に現れた様子も注意深く見まもられ、その輝きから機《はた》仕事の出来と不出来とが占われたのである。このように正月七日・七月七日という古い季節の祭礼と深い関りを持ち、またその祭礼の主人公の役を果すこともあったと考えられる西王母が、その特徴的な持ち物として頭に戴いている〝勝〟は、元来いかなる意味をもつものだったのだろう。

劉熙の「釈名」釈首飾篇には次のようにある。(7)

華勝。華は草木の華を象《かた》どるなり。勝は、人の形容の正等《ひとし》きとき、一人これを著《つ》くれば則ち勝《まさ》るを言う。髪前を蔽いて飾りとなすなり。

ここでは専ら装身具としての華勝が述べられている。勝と呼ばれるのは、それを着ければ容貌が人に勝《まさ》って見えるからなのだと言うのである。これはもちろん漢人《かんひと》一流の語呂合わせによる語源説明にすぎない。

「開元占経」巻一一四に引く「晋中興書」徴祥説は、祥瑞としての金勝を述べて、(8)

金勝は仁宝なり。琢せずして自から成る。光は水月の若し。四夷賓服すれば則ち出づ。穆帝の永和元年、陽穀(宋書符瑞志下は春穀とする)の民、金勝一枚を得たり。長さ五寸、状は織勝の如し。後に桓〔温〕蜀路を平らぐ。此れ四方来服の応なり。

と言う。「太平御覧」巻七一九にも、「晋中興書」を引いていう、

〔花勝〕、一に金称(金勝)と名づく。〔孝経〕援神契に曰う、神霊滋液し、百珎宝用さるれば、金勝あり、と。晋の孝武の時、陽穀の氏(民)金勝一枚を得たり。長さ五寸、形は織勝の如し。

この両例は少し年代が違うが同じ事件を記したものであろう。ここで金勝の形は〝織勝〟の如しと形容されている。勝というものが機織りに用いられる用具の一つであったことが知られよう。また「方言」巻八には戴勝と呼ばれる鳥が見える。(9) 頭に目だった羽冠を戴いた鳥なのであろう。

尸鳩、燕の東北、朝鮮洌水の間、これを鶝鴀と謂う。関より東(中原地帯)、これを戴鵀と謂う。東斉海岱の間(山東地方)、これを戴南と謂う。南は猶お鵀のごときなり。……或いはこれを戴勝と謂う。

この戴勝の語に郭璞は注をして、勝は紝を纏する所以——糸を巻き付ける道具——だと言う。

このように見てくると、勝は、郭宝鈞氏が「古玉新詮」の論文の中で述べている、織機において経糸《たていと》を巻き付ける横木の〝縢〟と重なるものであることが知られる。郭氏の玉製品との比定には問題があるかもしれぬが、華勝をその横木の両端についた歯止めの〝縢花〟を象どったものとする説は、取ってよいであろう(10)(図一七—一九、矢印を参照)。このように見てくるとき、勝を頭に戴いた西王母は、自ら養蚕紡織に深い関りを持つことを顕示していることになる。南北朝期の小説的な作品「別国洞冥記」には、(11)

東方朔は、元封年間に、濛鴻《もうこう》の沢(濛鴻はカオスを意味する。神話的な地名)に遊んだ。ふと見ると王母が白海の岸辺で桑を摘んでいた。そこへ黄翁が現れ、阿母(西王母)を指さして東方朔に告げた、〔彼女は〕むかしは私の妻

図19 成都土橋出土画像石

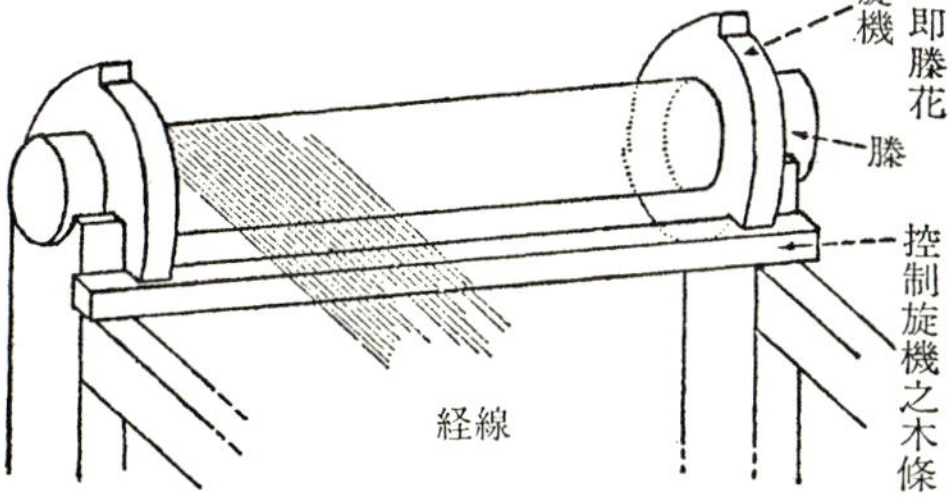

図17 縢 花

図18 泗洪県曹荘出土画像石

だったのだ。身体を仮りに託して太白(金星)の精となった、と。

とあって、西王母は桑を摘んでいるのである。

「続漢書」輿服志は、皇室の女性が華勝を着ける場合を述べて次のように言う。(12)

太皇太后や皇太后が廟に入る際に着るのは、上部が紺、下部が皁《くろ》。養蚕には上部が青、下部が縹《そらいろ》。共に深衣(ワンピース)の制による。……簪は瑇瑁《たいまい》をもって擿《あし》となし、長さは一尺。その端は華勝とする。

太皇太后や皇太后が祖先神を祭ったり、養蚕を行なったりする時には、冠をとめる簪の両端に華勝が付けられたのである。皇太后などと同様に、皇后は天下の女性を代表して模擬的な養蚕を行なった。

「礼記」月令篇の季春の月(三月)の条に言う、(13)

この月には、野虞(田野をとりしまる役人)に命じ、桑柘《くわ》の木を伐ることを禁じさせる。鳴鳩が羽根を打ち振い、戴勝のとりが桑の木に降る。曲《まぶし》・植《かいこだな》・籧筐《くわかご》など養蚕の道具を備《ととの》える。后妃《きさき》たちは斎戒し、親しく東に出て、手ずから桑つみを行なう。婦女《おんな》たちが化粧することを禁じ、婦《おんな》の家事を省いて、養蚕にはげませる。養蚕のことが完了すると、繭を等級づけし生糸を検査し、その仕事の成果をたてまつって、郊祀(天の祭祀)や廟祭の際の礼服にあてる。おろそかにするようなことがあってはならない。

季春の月に后妃たちによって養蚕のことが始められるが、その時節を知らせるとされるのが〝戴勝〟の鳥なのである。鄭玄《じょうげん》はここに注して、「戴勝は織紝の鳥。是の時、恒《つね》に桑に在り。降ると言う者は、時に始めて天より来るが若し。これを重んずるなり」という。あたかも養蚕の季節の到来を告げるため天から遣されたかのように、戴勝と呼ばれる鳥が桑の木にとまるのだと言うのである。

人日には、前述のように華勝の贈答が行なわれた。加えて「新唐書」百官志下によれば、織染署では七月七日に杼《ひ》を祭るという。こうした機織りに関係する象徴物の働きを通して窺われるのは、人日と七夕の祭祀の根本的な意味が、牽牛と織女の恋物語りなどにあるのではなく、織るという行為に象徴されるものの背後にあったらしいことである。すなわち、天上の巧みな機織りの恙《つつが》なからんことを祈ってこれらの祭祀が行なわれ、またその巧みな機織りにあやかろうとしたことが、乞巧奠の行事ともなったと推定されるのである。

(1)「山海経」西山経(郝懿行箋疏本)
又西三百五十里、曰玉山、是西王母所居也。西王母、其状如人、豹尾虎歯而善嘯、蓬髪戴勝。是司天之厲及五残。
同、海内北経
西王母梯几而戴勝杖。其南有三青鳥、為西王母取食。在昆侖虚北。
同、大荒西経

西海之南、流沙之濱、赤水之後、黒水之前、有大山、名曰昆侖之丘。……其下有弱水之淵環之。其外有炎火之山、投物輒然。有人戴勝、虎歯有豹尾、穴処。名曰西王母。此山万物尽有。

(2) 「荊楚歳時記」(宝顔堂秘笈本)

正月七日為人日、以七種菜為羹。翦綵為人、或鏤金箔為人、以貼屛風。亦戴之頭鬢。亦造華勝以相遺。登高賦詩。(杜公瞻注、華勝起于晋代。見賈充李夫人典戒、云、像瑞図金勝之形。又取像西王母、正月七日、戴勝見武帝于承華殿也。)

(3) 秋月観暎「道教の三元思想について」『宗教研究』一六六、「三元思想の形成について」『東方学』二二。吉岡義豊『道教と佛教』第二、一九七〇年、豊島書房、第二篇第二章。

(4) 一九六六年、至文堂。また柳田国男「眠流し考」『柳田国男集』第一三巻、前掲、も参照。

(5) 北アジアのシャマニズムにおいて、九を聖数とする伝承(天が九層から成っている)と七を聖数とする伝承(七層の天)とが混合しているとされる。七夕の伝承が七という数に強く結びついていたことは、本文中に挙げた諸例に見えるほか、七月七日という期日の設定が、三月上巳や五月端午の例とは異なって、最初から七月七日に定まって変動することがなかったことからも窺われよう。中国において、九を聖数とする強い伝統の中に、七を聖数とする伝承も脈々と受けつがれていたのである。M. Eliade, *Le Chamanisme et les techniques archaïques de l'extase*, 1951, Paris(堀一郎訳『シャーマニズム』一九七四年、冬樹社)第八章、参照。

(6) 「石氏星経」巻下(漢魏叢書本)

織女三星在天市東。……常以七月一月六七日見東方。色赤精明、女功善。

(7) 劉熙「釈名」釈首飾第一五(王先謙校本)

華勝、華象草木華也。勝言人形容正等、一人著之、則勝。蔽髪前為飾也。

(8) 「晋中興書」徴祥説(大唐開元占経巻一一四所引)

金勝者仁宝也。不琢自成、光若水月。四夷賓服則出。穆帝永和元年、陽穀民得金勝一枚、長五寸、状如織勝。後桓平蜀路。此四方来服之応也。

「晋中興書」(太平御覧巻七一九所引)

一名金称。援神契曰、神霊滋液、百珎宝用、有金勝。晋孝武時、陽穀氏得金勝一枚、長五寸、形如織勝。

(9) 揚雄「方言」巻八(四部叢刊本)

尸鳩、燕之東北、朝鮮洌水之間、謂之鶝鵄。自関而東、謂之戴鵀。東斉海岱之間、謂之戴南。南猶鵀也。……或謂之戴勝。

(10) 郭宝鈞「古玉新詮」『歴史語言研究所集刊』第二〇本下、一九四九年、また林巳奈夫「中国古代の祭玉、瑞玉」『東方学報京都』第四〇冊、一九六九年、二一一頁、参照。

(11) 「別国洞冥記」巻一(古今逸史本)

朔以元封中、遊濛鴻之沢、忽見王母采桑於白海之濱。俄有黄翁、指阿母以告朔曰、昔為吾妻、託形為太白之精。

(12) 「続漢書」輿服志

太皇太后、皇太后入廟服、紺上皁下。蚕青上縹下。皆以深衣制。……簪以瑇瑁為擿、長一尺、端為華勝。

(13) 「礼記」月令、季春之月

是月也、命野虞無伐桑柘。鳴鳩払其羽、戴勝降于桑。具曲植籧筐。后妃斉戒、親東郷躬桑。禁婦女毋観、省婦使、以勧蚕事。蚕事既登、分繭称糸効功、以共郊廟之服。無有敢惰。

四　崑崙山——中心のシンボリズム

西王母は崑崙山にいるとされる。「古本竹書紀年」周穆王十七年の条に、[1]

十七年、西のかた崑崙邱に征し、西王母に見《まみ》ゆ。西王母これを止《とど》めて曰く、鳥ありて人を鴇す、と。

とある。また「山海経」大荒西経の郭璞注は、「河図玉版」という緯書らしい書物を引用して、

西王母　来見し、昭宮に賓す。

西王母は昆侖の山に居る。

と述べる。

南方的な神話を強く留めていると考えられる「山海経」に、西王母も崑崙山も出現しながら、両者が密接には結びついていないのは、西王母が崑崙山にいるとするのが北方の伝承に起源するためであろうか。[2]

崑崙山とはいかなる意味を持った山なのであろう。崑崙山は、中国から見て西北方向の極遠の地にあり、そこには大地の軸があるとされた。緯書の「河図括地象」(文選蕪城賦李注所引)には、

崑崗の山、横たわりて地軸となる。

と述べられている。「博物志」は、地軸の形態をより具体的に記す。(3)

崑崙山の東北、地の転下すること三千六百里、八玄幽都あり。方二十万里。地下に四柱あり。四柱の広《はば》は十万里。地に三千六百軸ありて、犬牙《いりみだ》れて相い牽く。

また「水経」は河水が発源する山としての崑崙山を述べて次のように言う。(4)

崑崙の墟《やま》は西北に在り。嵩高を去ること五万里。地の中なり。其の高さ万一千里。河水は其の東北の陬《くま》に出づ。

ここに見えるように、崑崙山は大地の中央を表す山なのである。大地の中央に位置すればこそ、そこに地軸があるとされる。同様のことを「河図括地象」は次のように述べている。(5)

崑崙山は柱たり。気は上りて天に通ず。崑崙なるものは地の中なり。下に八柱あり。柱の広《はば》は十万里。三千六百軸ありて、互いに相い牽制す。

この柱が銅でできていたことは後に引用する「東方朔神異経」に見え、漢魏の鏡の画象にも「銅柱」と称するものが鋳出された例がある。(6)

大地の中央という観念は、神話学において重要な意味を持っている。エリアーデの述べる所によれば、その表象や機能は次のように要約されるであろう。(7)

世界の中心は山岳(宇宙山)・植物(世界樹)・柱(あるいは梯子段)などであらわされる。そうした垂直にそびえるものは、天上と地上と地下の世界を貫いて、そこにおいてのみ三つの世界の交通が可能になる。この世のものは、その山や樹木を登ることによって天の門を入り、不死性を得ることができるのである。人類が誕生したのはこの中心にお

いてであり、全ての秩序はここに源泉する。

中国においても古く「尚書」の一篇、西周初年の洛邑建設を述べた召誥篇にいう、(8)

王は〔洛邑に〕来られ、天帝の意を承けて、土中において自ら政治を執られた。周公旦が言った、「大いなる邑《みやこ》を作り、そこで皇《おお》いなる天〔の意〕にかなった統治を行なわれますよう。毖《つつし》んで天地を祀《まつ》り、その祀りによって中から安定を敷き広げられますように。王はしっかりした天命を保持しておられるのですから、民を治めて、やがて休《めでた》さを穫られましょう。」

また「逸周書」作雒篇にも、(9)

そこで大いなる邑《みやこ》成周を土中に作った。千七百二十丈平方の内城と、七十里四方の外城とを定め、南は雒水(洛水)に繋《つな》ぎ、北は郟山に依って、天下の全ての者がみな湊《つど》うところとなした。

とあって、いずれも土中(大地の中心)に都邑《みやこ》を作り、そこで天を祭り民を治めるという西アジア的な中心の観念が強調されている。

「周礼」地官大司徒には、土圭《どけい》(長さ一尺五寸の玉製品。高さ八尺の日時計の景《かげ》の長さを測定するのに用いる)を用いて大地の中心を測定する方法が述べられている。(10)

〔大司徒の職務の一つとして〕土圭を使用した測定の法に則《のっと》り、ある地点の、大地全体の中での位置を測り、景《かげ》の長短を正しく観察して、地中(大地の中心)を定める。〔すなわち〕その場所が太陽との関係で南に過ぎると、景は短く、暑さがきびしい。太陽との関係で北に過ぎると、景は長く、寒さがきびしい。太陽との関係で東に過ぎると、正午の時に太陽はすでに西に傾き、その土地には風が多い。太陽との関係で西に過ぎると、正午の時に太陽はまだ南中せず、その土地は陰《くもり》がちである。夏至の日の〔正午の〕景《かげ》が一尺五寸である(すなわち土圭の長さとぴったり一致する)場所を地中(大地の中心)と謂う。そこは天と地が接触する場所であり、四つの季節がかわるがわる交替する場所であり、風と雨とがこもごもやって来る場所であり、陰と陽とが調和する場所である。だからこの大地の中心においては、全ての存在がゆたかな生命力を発揮し、しかも安定している。こうした場所に王国を建てるのである。

この大地の中心に位置すると考えられた地点は、後代には、中岳嵩山を大地の中心とする観念を加味して訂正されたものであろうか、洛陽から少し離れた潁川の陽城の地ということになる(周礼大司徒鄭衆注)のであるが、「白虎通」京師篇にも見えるように、[11]京師《みやこ》こそ大地の中心に位置してそこに発出する教道(秩序)が天下に遍《あまね》くゆきわたるとするのが古い観念であったにちがいない。

しかしエルサレムが宇宙山の頂上に位置し、キリストが血を流したゴルゴタの丘がその絶巓であって、アダムとエバもそこで誕生したのだというような西アジア的な強い中心の観念は、中国人の現実主義的な心性の受け入れぬものであったらしい。それゆえ遥か西方に位置する崑崙山に世界の最高峰があるという考え方がより強くなったものであろう。

崑崙山の世界の中心としての表象・機能はさまざまな面に表されている。そこに大地の軸があるとされることについては既に述べた。山岳・建物・柱などは、その上端が北極星を指すことによって、それが世界の中心に位置することを明らかにする。「水経河水注」巻一は、「東方朔十洲記」を引いて崑崙山の構造を次のように記している。[12]

> 崑崙の山は、西海の西北西。北海の北北西に位置し、岸より十三万里の距離にある。……山上には三つの角があり、面ごとに一万里平方の広さを持つ。形は伏せた盆のようで、下は狭く上は広い。それで崑崙と呼ばれるのである。山には三つの角があり、その一つの角は真北を向き、辰星(北極星)の輝きをさえぎる。名づけて閬風《ろうふう》の巓という。もう一つの角は真西を向き、名づけて玄圃《げんぽ》の臺という。もう一つの角は真東を向き、名づけて崑崙の宮という。……淵精の闕、光碧の堂、瓊華の室、紫翠の丹房があって、〔空には〕景燭が太陽のように輝き、朱霞

(オーロラの類か)は九種の光を発する。ここに西王母はその役所を置き、真人の官僚たちや神仙霊人たちが宗《おおもと》と仰ぐところである。

ここには、大地をとりまく大海の中にそびえる崑崙山がひどく複雑に描写されているが、その頂上の一つが北極星の輝きを干《おか》すと述べられている所にも、世界の中心としての表象を見ることができよう。

「尚書緯」(緯書集成巻二、四九頁)に、「北斗は天の中(中央)に居り、崑崙の上に当る。運転して指す所、二十四気を随え、十二辰を正し、十二月を建つ」とあり、また「周礼」春官大司楽の鄭玄注に、「天神は則ち北斗に出で、地祇は崑崙を主《つかさ》どる」と言うのも、北斗と辰星とが混同されてはいるが、大地の中心の崑崙山が北極星と対応して、天と地がそこで結びつき、北斗の星の運転が二十四気、十二辰、十二月を正しく定めてゆくとあるように、地上の秩序もその中心軸を通してもたらされるという観念に出るものなのである(13)。

なお附言すれば、「楚辞」離騒篇の崑崙の語に対する洪興祖の「補注」は、「東方朔十洲記」と「神異経」を引用したあと、また一説に云うとして(14)、

大五岳なる者は、中岳の崑崙、九海の内にありて、天地の心となる。神仙の居る所、五帝の理(治)する所なり。

と記す。この大五岳説がいつごろ始まるのかは明らかでないが、鄒衍の大九州説を受けたものであることは確かであろう。中国から見れば西北の果てに位置する崑崙山も、大九州の中の大五岳では中岳にあたり、真の意味での大地の中心に位置するのだ、と説明するのである。

また植物を通して表象される大地の中心の観念は、中国でもその例をいくつか見ることができるが、特に建木がよく知られている。建木については、「山海経」などと共に「呂氏春秋」有始覧篇に見える次の例が最も早い言及の一つであろう(15)。

白民の南、建木の下、日中すれば影なく、呼べど響きなし。蓋し天地の中なり。

図21　陶製桃都樹

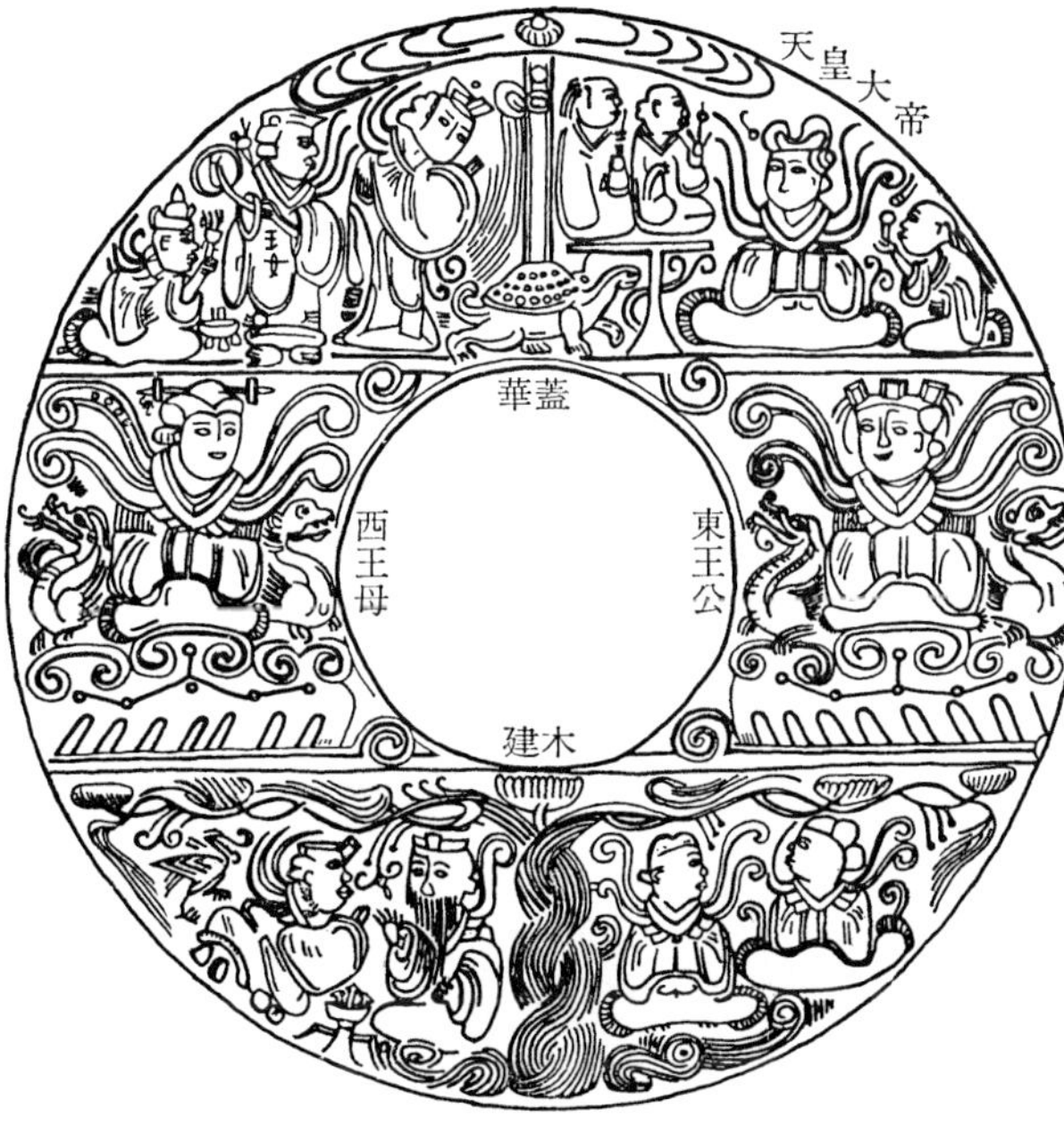

図20　三段式神仙画像鏡

これに高誘は注をして、

建木は広都の南方に在り。衆帝のよりて上下する所なり。また白民の南に在り。建木の状は牛豕の皮あるが如く、黄葉は羅《うすぎぬ》の如きなり。

と言う。衆帝（天帝たち）の上下する所とあるように、そこで天地の交通が可能であるのである。この南方の世界樹については、すでに林巳奈夫氏に考証があり[16]、漢魏の鏡の画像（例えば図二〇）の中に建木が見出されること、詳しくは林氏の論文を参照していただきたい。

同様に「括地図」（玉燭宝典巻一所引）や「玄中記」に見える、桃都山に三千里にわたって蟠屈し、その頂上ににわとりがとまるとされる大きな桃の木も、世界樹の一種であろう。この桃都の樹の模型と思われる陶製の樹が河南省済源県の前漢晩期の墓から発見されている。まっすぐな幹から九つの枝が分出し、それぞれの枝に動物たちがのり、頂上にはにわとりがとまっている（図二一）。九つの枝が九層の天を象徴するのは、前に述べた九華灯の場合と同様である。この遺物については郭沫若氏の論考があるので、これも詳しい説明はそちらに譲りたい。[17]

それ故ここでは、特に扶桑樹の世界樹的な性格を取り上げよう。扶桑と呼ばれる植物は、「淮南子」天文訓にも見えるように、東方の太陽が昇る所にあるとされる。「玄中記」はそれを次のように描写している。[18]

天下の高きもの、扶桑無枝木あり。上は天に至り、盤蜿し下屈して、三泉に通ず。

この記述からも黄泉から天までを結合する扶桑の世界樹的な性格を見ることができよう。この東極の地にある扶桑が、太陽の沈む所にある若木《じゃくぼく》と、その起源を一にするであろうとの推定を既に述べたことがあるが、[19]まだいくつかその証拠を捜すことができる。「山海経」海外東経には、[20]

湯谷(太陽が出る場所)の上に扶桑あり。十日の浴する所なり。黒歯の北に在り。水中に居る。大木あり。九日下枝に居り、一日上枝に居る。

とある。少し文章が乱れているようであるが、その大意は、扶桑の大木に十個の太陽がぶらさがり、その日の出番の太陽だけが高い枝に登って、他の九個の太陽は低い枝でじっとしているということであろう。同様なことが若木についても言われている。「淮南子」墬形訓には次のようにある。[21]

若木は建木の西に在り。末《こずえ》に十日あり。その華《ひかり》は下地を照らす。

高誘の注は、「若木の端に十日あり。状は蓮華の如し。華は猶お光のごときなり。光 其の下を照らすなり」という。前に引いた「呂氏春秋」の建木の注に「建木の状は牛冢の皮あるが如し」と言うのや、ここの「状は蓮華の如し」という表現から見て、高誘はなにか図のようなものを見ていたのではないかと思われるが、それはさておいて、若木にも十個の太陽が懸っているのである。

このような所から、扶桑と若木とは元来一つのもので、大きな桑の木の如き植物が世界の中央に一本生え、太陽の一日の運行は、その木の下の枝から出発して最高の枝まで登り、また降ってくると考えられていた。それがやがて東と西とに分かれて別々の木のようになったと推定することができるであろう。

林巳奈夫氏が鏡背の画像の中に比定された建木は、たとえば図二〇の三段式神仙画像鏡のように、みな二本の木がからまり合ったように描かれている。これは扶桑が「海内十洲記」[22]に、

扶桑は碧海の中に在り。地は方万里。上に太帝の宮あり。太真東王父の治する所の処。地は林木多く、葉はみな桑の如し。また椹樹あり。長《たか》きもの数千丈、大《ふと》さ二千余囲。樹は両両根を同じくして偶生し、こもごも相い依倚す。ここを以って名づけて扶桑となす。

とあって、同根で互いに依りかかり合っている(〝扶〟し合っているから扶桑と呼ばれる)姿とよく似ている。これは恐らく祥瑞としての木連理(口絵二、参照)とも同様の意味を持ち、建木と扶桑とが、その本来の意味において決して別のものではなかったことを表している。そうしてこの扶桑が東王父(東王公)の治処だとされているが、東王父は、後に述べるように西王母と対をなす神であったのである。

世界樹の頂上は天界に達し、そこには宇宙の最高神が座を占める。陝西省北部の綏徳附近で発見される後漢時代の画像石には、世界樹と思われる樹木の最高頂に坐った西王母がいくつか描かれている(図二二)。地上からふしくれ立った植物が上にのび、三本の内の中央のものが抜きんでてそびえる。左右のものは言わば行き止りになっていて、その上で動物たちが戯れている。中央の植物は上端で広がって、そこに玉勝をつけた西王母が坐る。西王母の横には侍者がおり、霊薬を調合する兎のような動物がいることもある。おもしろいのは、同じ種類の画像の西王母の位置に羽根を広げたような牛やにわとりに似た動物が描かれている場合があることである[23]。同様の植物の上に坐る西王母は、楽浪郡王盱墓出土の永平二年(六九年)銘の漆盤にも見える(図二三)。この盤には西王母のほかに、青龍と白虎とが彩色で描かれ、銘文によって蜀郡で作られたことが知られる。

若木と扶桑とが元来一つのものであったろうことを述べたが、崑崙山もいわゆる東海の三神山と全然別のものでは

図 22　陝北画像石

図 23　楽浪王旴墓漆盤漆画

なかった形跡が見える。東海の三神山は、蓬萊・方丈・瀛洲《えいしゅう》と呼ばれ、燕から斉にかけての渤海のほとりの方士たちが宣伝した神仙境であると、「史記」の封禅書は言う。これらの神山には仙人が住み、不死の薬があり、そこにいる神怪や禽獣はまっ白で、黄金や白銀で造られた宮闕があるのである。

この三神山のミニアチュアが漢の長安城内の太液池に作られていたことが、班固の「西都の賦」に見える。(24)

唐中を前にして太液を後にし、滄海の湯湯たるを覧る。波濤を碣石に揚げ、神岳の嶵嶵たるを激《う》つ。瀛洲と方壺を濫《うか》べ、蓬萊　中央に起つ。

ここでは方丈が方壺と呼ばれている。晋の道士の王嘉が作ったとされる「王子年拾遺記」になると、三神山はみな壺をつけて呼ばれるようになる。(25)

三壺は則ち海中の三山なり。一を方壺と曰う。則ち方丈なり。二を蓬壺と曰う。則ち蓬萊なり。三を瀛壺と曰う。則ち瀛洲なり。形は壺器の如し。此の三山、上は広く中は狭く下は方たり。皆な工制せしが如し。猶お華山の削り成せるに似たるが如きなり。

すなわち三壺と呼ばれるのは、その三つの海中の山の形が壺に似ているからなのである。

崑崙山も三つの嶺からなると考えられたらしいことは、既に引用した「十洲記」の「上に三角あり」という表現からも窺われよう。そうしてそこでもその嶺の形が「偃盆の如く、下が狭く上が広い」と述べられていた。三壺山も崑崙山も上が下より広いとされているのは、常人にはそこに登りつくことが不可能であることを表し、此岸と彼岸との間に横たわる困難の表象の一つなのである。(26)

この三神山と崑崙の三峰に関係があると考えられる画像として、沂南画像石の対になった二神の像がある(図二四)。両者とも、神々の台座として、壺形に見えなくもない三本の円柱状のものが下部で一つになって描かれている。これは三壺山・崑崙三峰に関係するものであろう。その円柱の間に龍と虎とがいて、龍(青龍)のいる方が東方を、虎(白

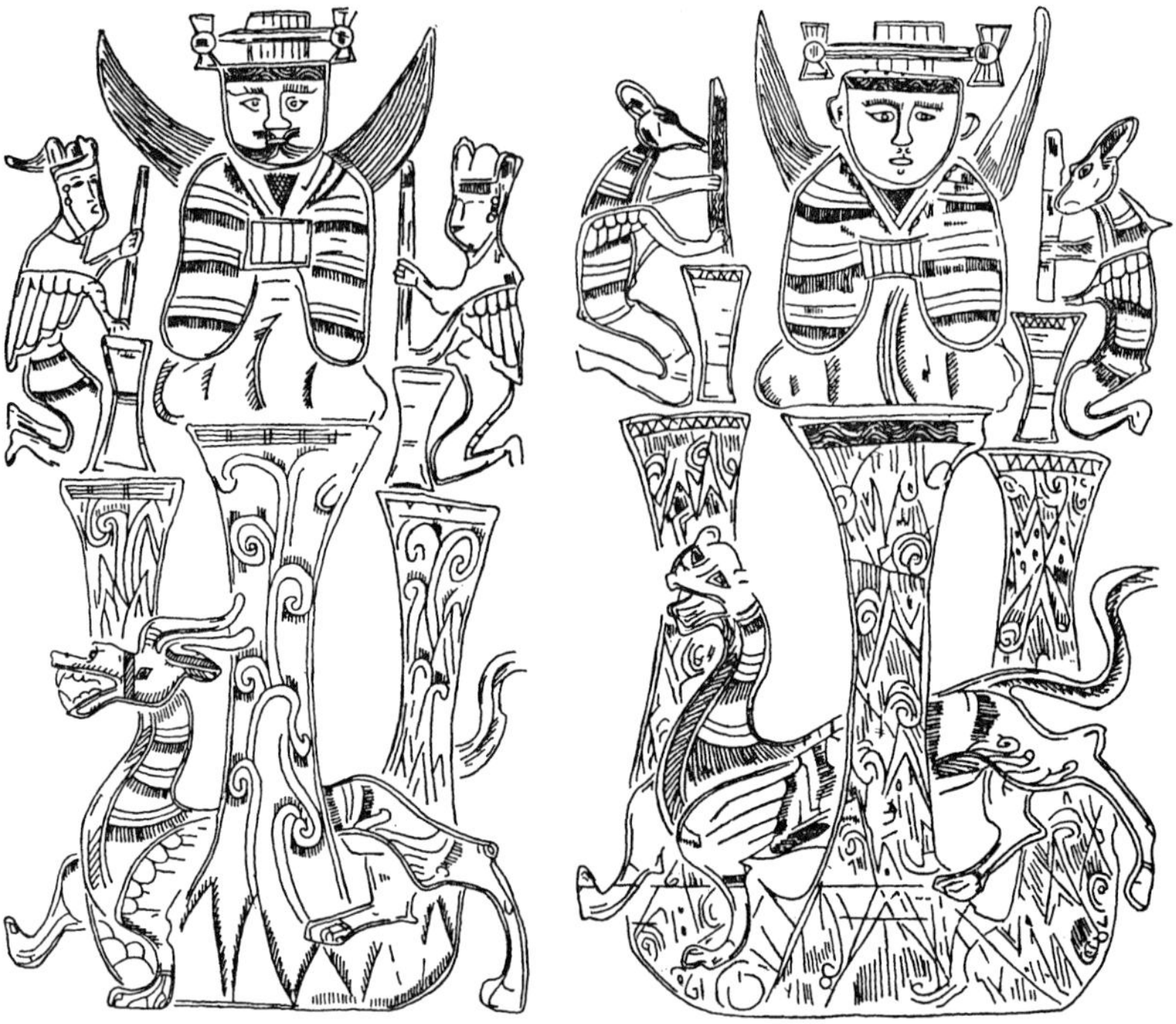

図24　沂南画像石

虎）のいる方が西方を表していることは明らかである。三本の円柱の中心のものの上には、両方とも玉勝をつけた神人がいるが、髭が見えるように、東方に位置する神は男性である。

もう一つ、西王母と三つの山とを結びつける遺物を挙げれば、四川省を中心とした後漢時代後期の墓から出土する銭樹座と呼ばれる陶製の台座にその例がある。ちょうどそれにあてはまる図や写真が得られないので、于豪亮氏の紹介をそのまま要約して次に引こう[27]。

この陶製の台座は、三山聳立の状をなし、中央の山頂に龍虎座に坐った西王母が、両側の山上に各おの日月を捧げ持った羲和《ぎか》が浮き彫りによって表されている。その山の周囲には、馬・猿・鵙梟・蟾蜍・舞人・琴を弾く楽人などがいる。中央の山の頂上には中空の柱

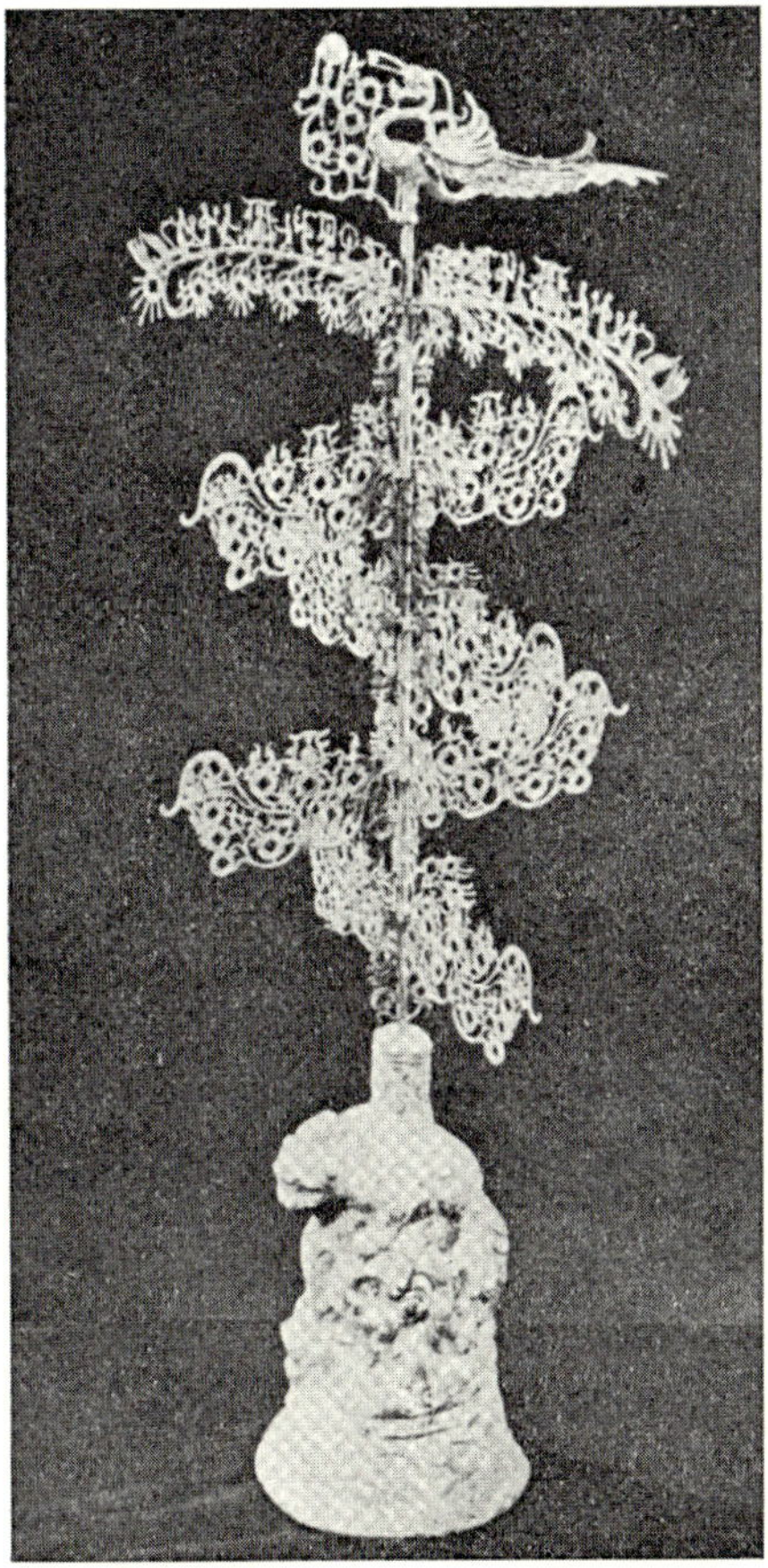

図25　揺　銭　樹

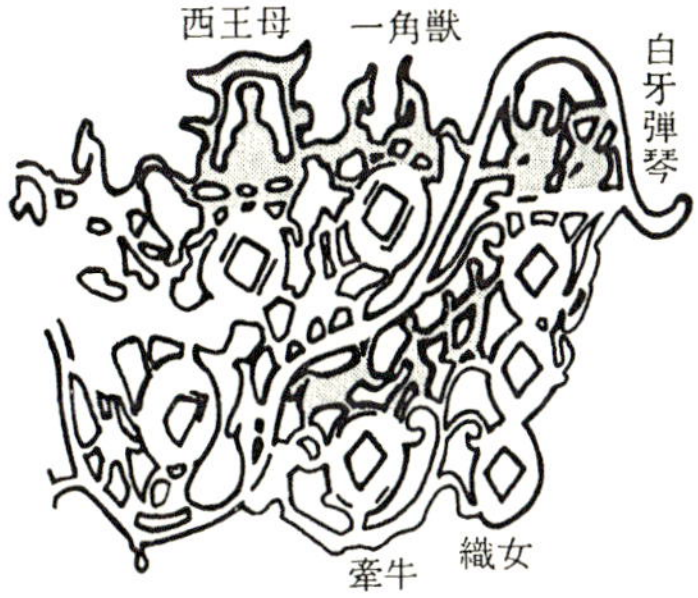

図25　(部　分)

があり、そこに銭樹(銭などを板に鋳出した銅製の樹、揺銭樹とも言う)を挿しこむようになっている。

大地の中央を表わす山岳や世界樹に、ここと同様にその幹をめぐって動物たちがいる例は、すでに挙げた桃都の陶樹や陝北の画像石の西王母の図にも見えた。こうした動物たちは、恐らく世界の中心にある楽園を表象しているものなのであろう。また龍虎座に坐り日月を従えている西王母については、第六節において、絶対者としての西王母の性格を考えるとき、詳しく述べることになる。

なお、三山聳立の状はなさぬのであるが、四川出土の同時代の揺銭樹の一例を、

図二五に挙げた。高さは一四四センチと、これまでに発見された揺銭樹の中では最も大きい。その説明によれば、(28)この揺銭樹の先端には朱雀がとまっており、その前に人がいて朱雀の口に丸薬を入れている。朱雀とならんで一人の羽人がおり、日月をささげ持っている。その太陽には金烏がおり、月には玉兎がいる。朱雀と羽人との間には四枚の大きな銅銭が置かれ、ひもで連結されている。

ここで特に興味深いのは、枝の上に表された神仙や霊獣の方である。書きおこしの部分図に示したように、両側から支えられた華蓋(あるいは石室)の下に西王母がおり、その側《そば》には二匹の一角獣、こずえの先端には「白牙弾琴」らしい図がらが見えるほか、枝の下方には牛が見える。この牛を引くのが牽牛であるとすれば、その右に小さい人物を挟んで手をつないでいるのが織女ということになろう。そうすると二人の中間の小さい人物は、牽牛と織女との間に生れた子供だと推定され、現在の民話と同様に、子供が出現する筋書きの話しがすでに後漢ごろにはあったことを窺わせるのである。

(1)　范祥雍編『古本竹書紀年輯校訂補』一九六二年、上海、二七頁
十七年、西征崑崙邱、見西王母。西王母止之曰、有鳥𩿧人。
西王母来見、賓于昭宮。
(2)　西王母が昆侖の丘に居るとする大荒西経は、「山海経」の中でも新しい附加の部分と考えられている。小川琢治『支那歴史地理研究』一九二八年、弘文堂、を参照。
(3)　「博物志」巻一(連江葉氏本も同じ)
崑崙山之東北、地転下三千六百里、有八玄幽都。方二十万里。地下有四柱、四柱広十万里。地有三千六百軸、犬牙相牽。
(4)　「水経河水注」(経の部分)
崑崙之墟在西北、去嵩高五万里、地之中也。其高万一千里。河水出其東北陬。
ちなみに「酉陽雑俎」前集巻二に「崑崙為天地之斉」とある斉も、単に中央を意味するのみならず、「斉《ほぞ》を噬《か》む」などとあるように、そのまま臍《へそ》を意味し、世界の中心を臍(omphalos)と呼ぶ、全世界的な神話的観念に通ずるのであろう。

（5）「河図括地象」（太平御覧巻三六所引）

崑崙山為柱。気上通天。崑崙者地之中也。下有八柱、柱広十万里。有三千六百軸、互相牽制。

なお注（3）に引いた「博物志」も、連江葉氏本の配列から知られるように「括地象」に出るものである。

（6）王士倫編『浙江出土銅鏡選集』一九五七年、北京、図二七。

（7）M. Eliade 前掲書（前節注5）及び *Le Mythe de l'eternel retour*, 1949, Paris.

（8）「尚書」召誥

王来紹上帝、自服于土中。旦曰、其作大邑、其自時配皇天、毖祀于上下、其自時中乂。王厥有成命、治民今休。

（9）「逸周書」作雒解（朱右曾集訓校釈本）

乃作大邑成周于土中。立城方千七百二十丈、郛方七十里。南繋于雒水、北因于郟山、以為天下之大湊。

なお新出の金文「何尊」の銘にも、「唯武王既克大邑商、則廷告于天、曰、余其宅茲中国、自之辟民」――中国（国の中央）に宅《お》りて、ここを基点に民衆を辟《おさ》めるのだ――とある（『文物』一九七六年第一期）。中国古代都市のシンボリズムについては、Paul Wheatley, *The Pivot of the Four Quarters—A Preliminary Enquiry into the Origins and Character of the Ancient Chinese City*, 1971, Chicago, 特に第五章 "The Ancient Chinese City as a Cosmo-Magical Symbol" を参照。

（10）「周礼」地官、大司徒之職

以土圭之灋測土深、正日景以求地中。日南則景短多暑、日北則景長多寒、日東則景夕多風、日西則景朝多陰。日至之景、尺有五寸、謂之地中。天地之所合也、四時之所交也、風雨之所会也、陰陽之所和也。然則百物阜安、乃建王国焉。

（11）「白虎通徳論」京師篇巻三

王者必即土中者何。所以均教道、平往来。

（12）「東方朔十洲記」（水経河水注巻一所引）

崑崙山在西海之戌地、北海之亥地、去岸十三万里。……上有三角、面方広万里。形如偃盆、下狭上広、故曰崑崙。山有三角。其一角正北、干辰星之輝、名曰閬風之巓。其一角正西、名曰玄圃臺。其一角正東、名曰崑崙宮。……淵精之闕、光碧之堂、瓊華之室、紫翠丹房、景燭日暉、朱霞九光。西王母所治、真官仙霊之所宗。

（13）漢代の画像に見える崑崙山については、曾布川寛「崑崙山と昇仙図」『東方学報京都』第五一冊、一九七九年、また同氏『崑崙山への昇仙』一九八一年、中公新書、を参照。

(14) 洪興祖「楚辞補注」離騒「邅吾道夫崑崙兮」注
又一説云、大五岳者、中岳崑崙、在九海中、為天地心。神仙所居、五帝所理。

(15)「呂氏春秋」有始覧巻一三
白民之南、建木之下、日中無影、呼而無響。蓋天地之中也。(高誘注。建木在広都南方、衆帝所従上下也。復在白民之南。建木状如牛豕之有皮、黄葉如羅也。)

(16) 林巳奈夫「漢鏡の図柄二、三について」『東方学報京都』第四四冊、一九七三年。

(17) 郭沫若「出土文物二三事」『文物』一九七二年第三期、また「桃都、女媧、加陵」『文物』一九七三年第一期。小南「桃の伝説」『日本の文様』第二一巻、一九七五年、光琳社、も参照。

(18)「玄中記」(斉民要術巻一〇所引)
天下之高者、有扶桑無枝木焉。上至於天、盤蜿而下屈、通三泉。

(19) 小南『楚辞』一九七三年、筑摩書房、一〇五頁。

(20)「山海経」海外東経
湯谷上有扶桑。十日所浴。在黒歯北。居水中。有大木。九日居下枝、一日居上枝。

(21)「淮南子」墬形訓第四
若木在建木之西。末有十日、其華照下地。(高誘注。若木端有十日、状如蓮華。華猶光也。光照其下也。)

(22)「海内十洲記」(古今逸史本)
扶桑在碧海之中。地方万里。上有太帝官(宮)。太真東王父所治処。地多林木、葉皆如桑。又有椹樹、長者数千丈、大二千余囲。樹両両同根偶生、更相依倚。是以名為扶桑。

同様の説明は葛洪に仮託される「枕中書」にも見える。

(23) ここに描かれるにわとりは、中国の宇宙樹の頂上に居るとされる天鶏や金鶏と同じ性格のものであろう。また牛が描かれているのは、民話の牛郎織女の物語りで牛郎の飼う牛が活躍する(織女の羽衣を盗むように言うのは牛であり、牛郎が天に昇る際には牛の皮を被《き》たり、三日月がたの牛の角を船にしたりする)ことから考えて、牽牛の背後には神話的に大きな機能を持つ牛自体の存在があったことが推定される。牛は中国の農耕儀礼の中でも重要な役割を果している。例えば新しい年を迎える行事の中に土牛が出現することも、犂耕に結びついた農耕儀礼に祖形をもとう。D. Bodde, *Festivals in Classical China,*

第七章 "The Bull Cult", 1975. Princeton U. P. を参照。
(24)　班固「西都賦」(文選巻一)
前唐中而後太液、覧滄海之湯湯、揚波濤於碣石、激神岳之嶈嶈、濫瀛洲与方壺、蓬萊起乎中央。
(25)　「王子年拾遺記」巻一(古今逸史本)
三壺則海中三山也。一曰方壺、則方丈也。二曰蓬壺、則蓬萊也。三曰瀛壺、則瀛洲也。形如壺器。此三山、上広中狭下方、皆如工制、猶華山之似削成。
(26)　方壺山のことは「列子」湯問篇にも見える。同じ篇中に、終北の国の壺領と呼ばれる山のことを述べて、その頂上には神瀵の泉(生命の泉の一種)が湧き、その山の状(かたち)は甔甀(林巳奈夫氏によれば、手水鉢のようなかめ)の若し、と言う。壺やかめの形をした神山が、中国における楽園表象に重要な役割りを演じていたことが知られる。
(27)　于豪亮「銭樹、銭樹座和魚龍漫衍之戯」『文物』一九六一年第一一期。
(28)　沈仲常・李顕文「後漢・銅枝陶座揺銭樹」『人民中国』一九八〇年第一二期。

五　陰陽の交会——天地構造との対応

元狩三年(前一二〇年)、漢の武帝は昆明国を伐とうと企て、昆明の滇池での水戦にそなえて船戦の訓練を行なうため、長安の西南郊に昆明池を穿った。

武帝の当時からあったかどうかは確かめられないが、少なくとも後漢時代にはこの池のほとりに牽牛と織女の石像が立っていた。班固の「西都の賦」は天子の車駕が昆明池に御幸するさまを描いて次のように言う(1)。

大路(天子の馬車)は鑾《すず》を鳴らし、容与として徘徊す。予章の宇《やかた》に集《とど》まり、昆明の池に臨む。牽牛を左にし、織女を右にして、雲漢《あまのがわ》の涯なきに似たり。

「三輔黄図」の漢昆明池の条は、「関輔古語」という書物の「昆明池中に二石人あり。牽牛織女を池の東西に立て、

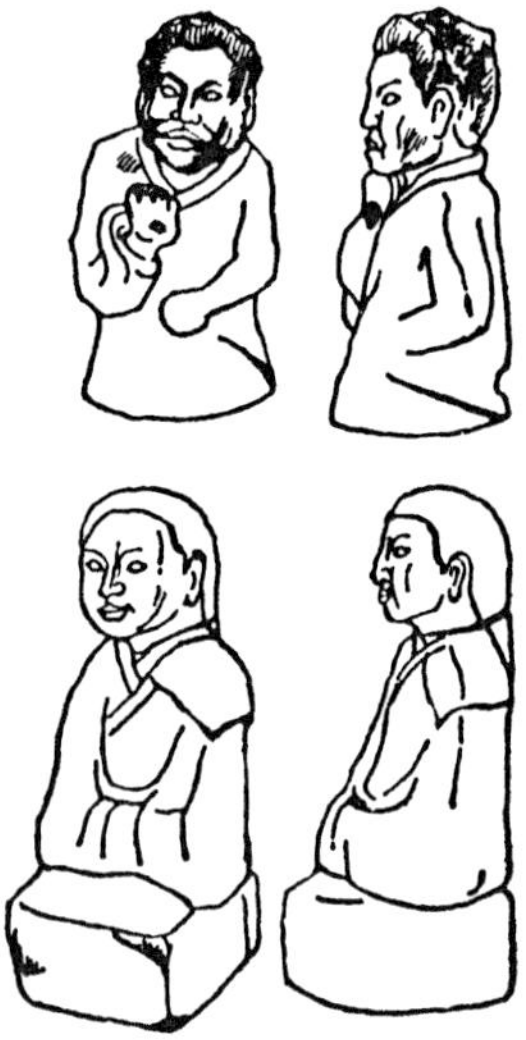

図26　牽牛(上)織女(下)石像

以って天河を象どる」という言葉を引用したあとに、「いま石父・石婆神祠　廃池にあり。疑うらくは即ち是れならん」と注釈をつけている。

漢代の牽牛織女の石神そのままなのか、それともいく度も作りかえられた後代のものなのかは分からぬが、昆明池畔に牽牛と織女の石像と考えられるものが現存している(2)(図二六)。残念ながら簡単なスケッチしか見られぬため、これから多くのことは知り得ない。

張衡の「西京の賦」にも昆明池の牽牛織女が見えている(3)。

　廼《すなわ》ち昆明の霊沼、黒水玄阯あり。周《めぐ》らすに金堤を以ってし、樹《う》うるに柳杞を以ってす。予章の珍館　掲焉として中に峙《そび》え、牽牛　其の左に立ち、織女　其の右に処る。日月　是《ここ》においてか出入し、扶桑と濛汜に象どる。

日と月がここに出入し、扶桑と濛汜(太陽が没する所)に象どると述べられている所から、昆明池が一つの小宇宙をなしていたことが知られるであろう。同様に漢の宮城内にあった太液池も宇宙を象どるものであった。「三輔旧事」は次のように言う(4)。

　日は暘谷に出で、咸池に浴す。虞淵に至りて即ち莫《く》る。此の池(太液池)これを象どる。

こうした昆明池や太液池の構造に託された神話的観念は、太陽の運行と関連して、宇宙を水の広がりとして捉えている所に特色がある。その水の広がりとしての宇宙の両端に立つのが牽牛と織女なのである。

牽牛と織女との、宇宙構造の中での位置の重要さは、例えば図一に挙げた孝堂山郭巨祠の画像の例からも窺われる。すなわちこの石造の祠堂は墓地を背にして南向きに建てられているのであるが、この建物の天井の中央に南北に掛け渡された三角石梁の下面に図一の牽牛（河鼓）と織女とが描かれている。この祠堂に入って上を見あげれば、その中央に、南北に牽牛と織女とが見え、しかもその牽牛は月と、織女は太陽と組み合わされており(5)、更に月の左にあるのが北斗七星、太陽の右にあるのが南斗六星だとされる(6)。祠堂の内部が一つの小宇宙となり、それを南北に掛け渡す陰陽対比の構造に牽牛織女の対も組み込まれているのである。

古代の都市の形態や宮殿の配置などが宇宙の構造と対応しているのは(7)全世界的な現象で、中国でも、例えば都市の方形のプランが大地の形を模しているほか、秦の都の咸陽についていえば、咸陽の南を流れる渭水とその橋とが、天漢とそれを掛け渡すものという構造を持っていたのだという記録がいくつかある。

たとえば「三輔旧事」は(8)、

渭水の都を貫くは、以って天河に象どる。横橋の南渡するは、以って牽牛に象どる。

といい、「三輔黄図」はより詳しく、

咸陽の故城は、秦の孝公より始皇帝、胡亥に至るまで、並《み》な此の城に都す。始皇　天下を兼せ、咸陽に都す。北陵に因りて殿を営む。端門　四達するは、以って紫宮に則《のっと》り、帝居に象どる。渭水の都を貫くは、以って天漢に象どり、横橋の南渡するは、以って牽牛に法《のっと》る。

と述べている。紫宮は天の北極のまわりの紫微宮であるが、天にこのような星座があり、都の構造がそれに対応するのも、同じ一つの宇宙観にもとづけばこそである。そうして牽牛は、水の広がりとしての宇宙の両端を架け渡すものとされている。

更に附言すれば、前節の三神山を述べた所で引用した班固の「西都の賦」に、この宇宙を表す太液池に三神山が濫《う》かんでいると述べられていた。また「太平御覧」巻四九七の引く「尸子」には(9)、

赤県〔神〕洲なる者は、寔《まこと》は崑崙の墟たり。其の東には則ち瀛水島山、左右の蓬萊あり。

と言う。この一段の文章の後半は少し読みにくいのであるが、ここに言う赤県神洲が鄒衍の言う所に従って我々の住む中国の土地だとすれば、それがすなわち崑崙の墟であり、同時にまた三神山の中心の山でもあって、左右に二つの蓬莱山を従えているのだと解することができる。こうしたことからも、三神山や崑崙山が東海中にあるのでも極西の地にあるのでもなく、実は我々の住むこの大地そのものであり、それらが東極あるいは西極に位置するとされるのは、その異域への転写であったことが知られるであろう。

きわめて大雑把にいって、祭儀の場とその祭具とが静的な宇宙の構造を象徴するのに対し、実際の祭礼のシナリオは宇宙の運動を象徴していると考えることができる。そうしてこの宇宙の動きを象徴した部分から古代的な物語りが成長してゆくのである。

牽牛星と織女星は天漢の両端に位置を占めているだけでなく、年に一度、七夕の祭礼の日に会合するとされている。同様に西王母も、歳ごとに東王公のもとを訪れる。「東方朔神異経」にいう。(10)

崑崙山には銅柱がある。それは高くそびえて天にまで突入している。いわゆる天柱である。その囲《まわ》りは三千里、円くてその周囲は削ったようである。下に廻屋があり、仙人の九府がここに役所を置く。上には大きな鳥がいて、希有《けう》と呼ばれる。〔その鳥は〕頭を南に向け、左の翼《つばさ》をのばして東王公を覆い、右の翼で西王母を覆っている。その背中には少しばかり羽毛のない所がある。〔その広さは〕一万九千里。西王母は歳ごとにこの鳥の翼の上に乗って東王公のもとに行くのである。……この鳥の銘には次のようにいう、「鳥あり　希有、緑赤　煌煌たり。鳴かず食らわず、東は東王公を覆い、西は西王母を覆う。王母　東せんと欲し、これに登りて自ら通ず。陰と陽と相い須《ま》ち、惟れ会すること益《ます》ます工《たく》みなり」と。

この天柱上の希有鳥は、桃都樹の頂上の金鶏(天鶏)や図二五の揺銭樹の頂上にとまる鳥と同じ性格のものであり、その働きは、天漢に橋をかけて織女を牽牛のもとに渡す鵲とも重なるものであることは明らかであろう。西王母は、この希有鳥に乗って歳に一度、東王公を訪れるのである。

西王母が東王公(東王父)などと対になって登場するとき、その神としての性格は、西極にいる女性神で、東方の太陽神に対して月神であり、広くいって大地母神的な影をやどしている。東方の太陽神が西の果ての生命の国(生命の樹や生命の泉がある)を訪れて不死を得ようとするという全世界的に広がった物語りの一つとして西王母の伝説を位置づけるべく、土居光知氏は『古代伝説と文学』、『文学の伝統と交流』、『神話・伝説の研究』などの著作を発表してこられた[11]。少なくとも中国の説話に関する限り、文献の操作が安易すぎるようであるが[12]、しかしその根本的な探求の方向は間違ってはいないであろう。

更に附言すれば、こうした時節を定めた陰陽の結合という観念は、七夕と対になる人日の行事についても、それを指摘することができる。「荊楚歳時記」の引用する「呂氏俗例」という書物には[13]、

正月の初めの七日、楚の地方の人たちは、南と北の二つの山の土を取ってきて人像一体を作り、真南に向けて、庭の中央に立てる。人々はその像のそばに集《つど》って宴を開き、陰を追いはらい陽を助け起す。すなわち人像の北を冬の気となし、陰の気の禍を拒み、人像の南を春の気となし、陽の気の祐《さいわい》を招く。それ故〔この日を〕人日と呼ぶのである。

とあって、この日、南と北の山から採った土で作った人像の下で宴会をする風習のあったことが知られる。ここでも南北に象徴される陰陽の結合の観念が重要な役割りをはたし、その結合の際の宴会は、単なる行楽のためのものではなく、宇宙のカオスへの還元にともなうオルギー(orgy)にその根源を持ったものであろうことが推測される。七夕における西王母と漢の武帝の会食も、そのもとを遡れば、同様の意味を持ったものであったにちがいない。

陰陽の結合は新しい生命力を生み出す。「淮南子」覧冥訓には[14]、

羿は不死の薬を西王母から請い受けた。姮娥はその薬を盗んで月に逃げていった。とあり、高誘はこれに注して、「姮娥は羿の妻。羿　不死の薬を西王母に請う。未だこれを服するに及ばずして、盗みてこれを食す。仙を得、奔りて月中に入り、月精となる」と説明する。この伝説について小川環樹教授は、古い日と月の神話の変形であるかも知れぬ、と言われる。(15) きわめて屈折した形で示されてはいるが、太陽を射たとされる羿が太陽神であり、不死を属性とする月神が西王母と姮娥とに分裂して物語りが形成されているのである。月に不死性があるとされるのは、言うまでもなく欠けては満ちるという天文現象にもとづいている。張衡の「霊憲」には、姮娥は蟾蜍《ひきがえる》になったとある(開元占経巻一一)が、蟾蜍が月を象徴する動物とされるのも、冬の間すがたを見せず春になって出てくるその習性に再生のシンボルを見たからである。

不死の観念は、老いさらばえていつまでも生きのびるというのではなく、正確に言えば再生を繰り返すことを意味するものであった。その再生が可能となるのは、二元論的な宇宙観にあっては、その二つの根本的な要素がなんらかの形で結合することを通じてであった。希有鳥の銘にも、「陰と陽と相い須ち、惟れ会すること益ます工みなり」とあったように、陰的要素と陽的要素とが会することが必要であったのである。牽牛と織女の会合も天下の陰陽を調和させるためだとされたことは、「開元占経」巻六一に「黄帝占」を引いて、「牽牛　織女星と直《あ》(値)わざれば、天下の陰陽　和せず」(16) といっていることからも知られよう。同じく「開元占経」巻六五は、後漢末の劉表・劉叡の撰とされる「荊州占」を引き、二つの星座の形にむすびつけて次のようにも言っている。(17)

織女、一に天女と名づく。天子の女なり。牽牛の西北に在りて、鼎足にして居る。星の足は常に牽牛の扶筐《くわかご》に向かう。牽牛の扶筐も亦た常に織女の足に向かう。其の故《もと》の如からざれば、布帛　其の価を倍にし、若《も》くは喪あり。

ここに牽牛の扶筐というのは、牽牛星あたりの星座を扶筐に見たてたものであろう。このように牽牛と織女とが正確に反応しあっていることで世界の秩序は保たれているのである。二つの星座の形を見て歳の吉凶を占うといった風

図27　陝北画像石(西王母・東王公)

図28　山東画像石(西王母・東王公)

習は、こうした宇宙論的な観念がいささか風化した段階で出てきたものと考えられよう。

不死は、秦の始皇帝や漢の武帝などといった帝王たちの個人的な欲望の対象であるだけではなかった。より重要なのはこの宇宙が年ごとに再生する必要があるとされたことである。そうしてその再生を生み出す陰と陽との結合は、最も端的に男女の性的結合によって象徴された。宇宙の四つの方向を表す四神の内、北方を表し冬を表す〝玄武〟が蛇と亀とのからみ合った奇妙な形で描かれるのも、冬至の時期の衰え切った宇宙(太陽)に再び活力を与えるために宇宙的な規模での性的結合が必要だと考えられたことによるのであろう。南陽の画像石では、青龍と白虎の両星宿に対して、玄武の位置に牽牛織女の星宿が描かれている(例えば図二二)ことも、以上の推論から言えば決して偶然ではない。「史記」天官書にも見えるように、牽牛織女のあたりが新しい年の初めに太陽が位置する星座とされていることが、この星々が注目された重要な理由の一つであったであろう。

古くは一年を東南西北と遊行して過ごす太陽神(男神)が年に一度、冬の時期に極西の月神(女神)を訪れることによって神婚が行なわれ、それによって宇宙が再生すると考えられた。そうした観念の一つの説話化が「穆天子伝」の物語りであった。後漢時代の画像にも女神(西王母)を訪れるべく旅をしている男神を描いたものがいくつかある。例えば陝西省の綏徳軍劉家溝の後漢墓の門楣石《まぐさいし》に雕られた画像(図二七)では、左端に中に蟾蜍のいる月が描かれ、その横に玉勝をつけた西王母が正面を向いて坐っている。右端には中に烏がいる太陽があって、その左方に三羽の鳥に引かれた雲車に乗って西王母の方

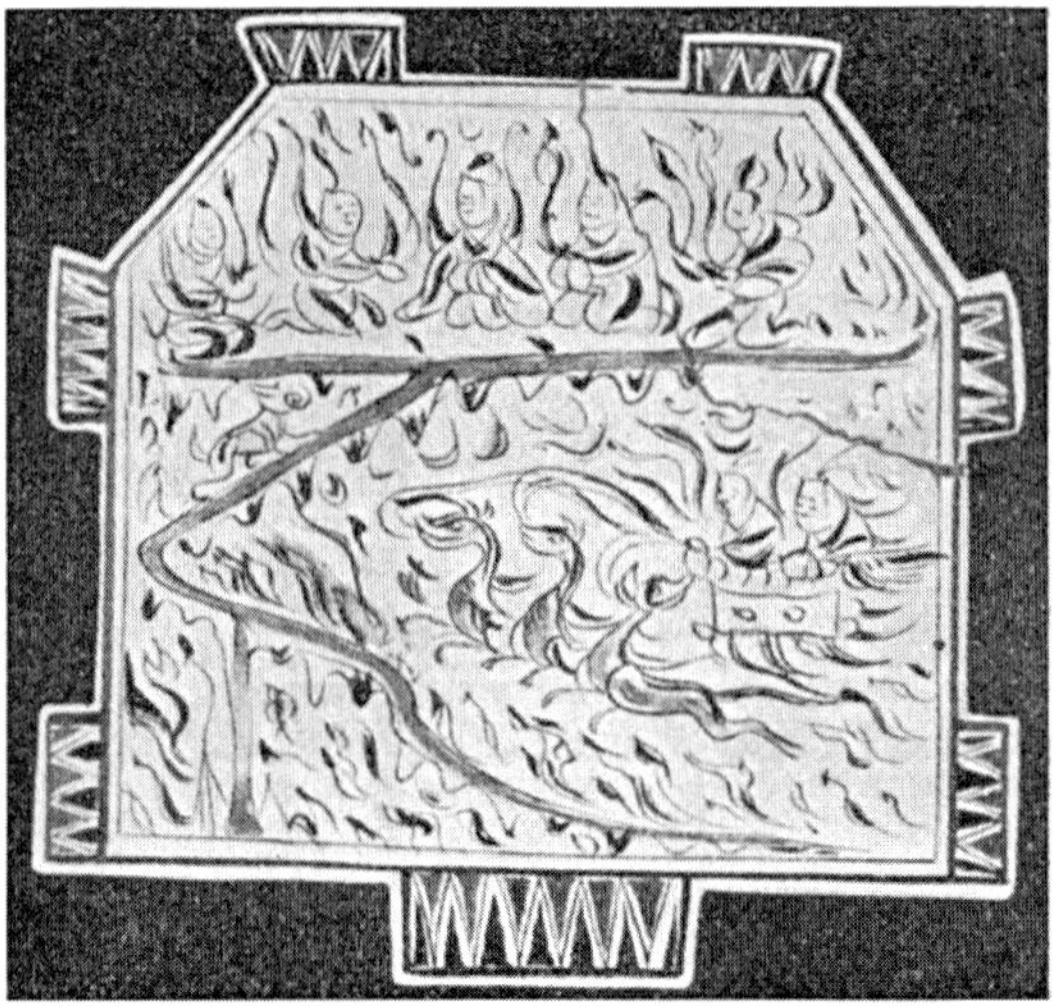

図29　望都二号漢墓玉枕 しきり板

に向かって進む太陽神が描かれている。同様に太陽神が三羽の鳥の引く雲車に乗って西王母の方に向かう図は、山東省の画像石にも見える(図二八)。

しかし、中国に招婿婚が発達していなかったことが原因なのであろうか、魏晋以後の説話に見られる両者の会合の形式は、女性神の方が男性神を訪れるという筋書きに限られ、その逆の例は容易には見付からない。既に挙げた西王母が希有鳥に乗って東王公を訪れるという「東方朔神異経」の記事や、同じ種類の小説的な作品、「洞冥記」巻二の「東方朔曰く、むかし西王母　霊光の輦に乗りて、以って東王公の舎に適《ゆ》く」という一節がそうであり、七夕にも織女の方が天漢を渡って牽牛のもとを訪れている。

十分な資料が得られぬので一つの仮定に止まるが、漢代においては、冬が極まって春に向かうとき(人日)に男性神が西王母を訪れ、夏が極まって秋に向かうとき(七夕)には西王母が男性神を訪れるという、陰陽交会の宇宙的リズムが考えられていたのではなかろうか。このような漢代の人々の宇宙の運動の観念を知るために一つの参考になるのが、望都二号墓(光和五年——西紀一八二年——の銘のある買地券が伴出)で発見された玉枕である。この枕は断面が六角のかまぼこ形をし、両端と中央に合計三枚のしきり板がある。両端の板は両方とも外に向いた面に二羽の鳳が仙草をくわえた図、内に向いた面には四神が描かれる。中央のしきり板には、その説明によれば、一面に西王母、他面に東王公が描かれ、それぞれの神の下部には、その神のもとに馳せ向かう三匹の馬に引かれた車がいる(図二九)。この枕の内部が一つの宇宙となり、四神が静的な宇宙の構造を象徴するのに対して、西王母と東王公とが宇宙の運動の原理をなすことを表していると考えることができよう。紹興の画像鏡で西王母と東王公との間に往来する馬車が描かれるのも、同様の宇宙運動論に基づくものなのである。

男女の性的結合が宇宙を再生させるという観念は、特に農耕儀礼と結びついて、人間の性行為が農作物の豊穣を生むというかまけわざとなる。これについてはフレイザー(G. Frazer)が『金枝篇』の中で全世界から多数の例を集めている所である。[18] 七夕に織女が牽牛に嫁するというのも、同様の農耕儀礼的な色彩が強かったものであろう。牽牛によって男性のつとめである農耕が、織女によって女性のつとめである養蚕紡織が代表されていたのである。

「礼記」祭義に、[19]

> むかし天子は千畝の農地で藉田(模擬的な農耕)を行なった。その際には、朱《あか》い紘《あごひも》のついた冕冠《べんかん》をかむり、自ら耒《すき》を秉《と》った。諸侯は百畝の農地で藉田を行なった。青い紘のついた冕冠をかむり、自ら耒を秉った。このようにして天地・山川・社稷・祖先の神々に仕え、祭礼の際の醴酪《のみもの》や斉盛《そなえもの》にはこの藉田の収穫物を当てたのである。……いにしえの天子や諸侯のもとには、必ず公《おおやけ》の桑畑と蚕室とがあって、流れの近くに設けられていた。そこには高さ十尺の宮殿が建てられ、棘の牆《かきね》で外とは隔てられていた。大昕(三月一日)の朝になると、主君は皮弁の冠をかむり素積の衣装をつけ、卜占によって三宮(後宮)の夫人や世婦の中から吉なる者を選んで、蚕室に入ってかいこの事を行なわせた。

とあるのも、農耕養蚕における男女の原理的分業をよくあらわしており、そうした分業が天地の構造と対比されていたことは、三国時代の呉の楊泉の「蚕の賦」の次の句にも示されている。[20]

> 農は天父の洪業、桑は地母の盛事。

(1)　班固「西都賦」(文選巻一)

大路鳴鑾、容与徘徊、集乎予章之宇、臨乎昆明之池、左牽牛而右織女、似雲漢之無涯。

（2）湯池「西漢石雕牽牛織女辨」『文物』一九七九年第二期、によれば、織女像の高さは約二三〇cm、牽牛の方は約一九〇cm（下半身は地中にある）。顧鉄符「西安附近所見的西漢石雕芸術」『文物参考資料』一九五五年第一一期、は牽牛と織女の比定を逆にしている。また胡謙盈「漢昆明池及其有関遺存踏察記」『考古与文物』一九八〇年第一期、も参照。

（3）張衡「西京賦」（文選巻二）

廼有昆明霊沼、黒水玄阯、周以金堤、樹以柳杞、予章珍館、掲焉中峙、牽牛立其左、織女処其右、日月於是乎出入、象扶桑与濛汜。

（4）張澍輯本「三輔旧事」太液池

日出暘谷、浴于咸池、至虞淵即莫。此池象之。

（5）男性たる牽牛が陰の月と組み合わされ、女性の織女が太陽と組み合わされるのは、伏羲と女媧の持ちものが、伏羲が尺金《さしがね》で陰（方）と、女媧がコンパスで陽（円）と組み合わされているといった例と同様の、中和の観念に出るものであろうか。

（6）羅哲文「孝堂山郭氏墓石祠」『文物』一九六一年第四・五期、を参照。

（7）「宋書」第六六何尚之伝に、元嘉二十三年、建康の北郊に玄武湖を造ったとき、その中に方丈・蓬萊・瀛洲の三神山を立てることが計画されたとあり、また宮中の山水が宇宙の構造と対比して命名されたこと、「洛陽伽藍記」巻一の華林園の条に、蓬萊山、羲和嶺、姮娥峰、玄武池、臨危臺、扶桑海などの名が見えることからも知られる。

（8）「三輔旧事」

渭水貫都、以象天河。横橋南渡、以象牽牛。

「三輔黄図」（孫星衍校本）

咸陽故城、自秦孝公至始皇帝胡亥、並都此城。始皇兼天下、都咸陽、因北陵営殿。端門四達、以則紫宮、象帝居。渭水貫都、以象天漢。横橋南渡、以法牽牛。

（9）「尸子」（御覧巻四九七所引）

赤県洲者、寔為崑崙之墟。其東則滷水島山、左右蓬萊。

（10）「東方朔神異経」（水経河水注巻一所引）

崑崙有銅柱焉。其高入天。所謂天柱也。囲三千里、円周如削。下有廻屋、仙人九府治。上有大鳥、名曰希有。南向、張左翼覆東王公、右翼覆西王母。背上小処無羽、万九千里。西王母歳登翼上之東王公也。……其鳥銘曰、有鳥希有、緑赤煌煌、不鳴不食、東覆東王公、西覆西王母、王母欲東、登之自通、陰陽相須、惟会益工。

(11) 一九六〇年、一九六四年、一九七三年、いずれも岩波書店。

(12) 例えば『神話・伝説の研究』三五―三六頁において、「尚書」堯典篇と「史記」五帝本紀との重なる記述を比較し、西方からの新しい暦法の中国への伝来がBC二〇〇年前後であろうという推定のもとに、「尚書」の文章は「史記」に基づいて後に書かれたものとされる。もしこの仮設を主張されるのであれば、堯典篇の最終的な成立の時期及びその契機についての厳密な論証が不可欠であろう。

(13) 「年中行事秘抄」正月、人日事(群書類従本)

荊云、呂氏俗例云、其初七日、楚人取南北二山之土、以作人像一頭。令向正南、建立中庭、集宴其側、却陰起陽。即以人北為冬気、拒陰気之禍、以人南為春気、招陽気之祜。故名云人日也。

(14) 「淮南子」覧冥訓巻六

羿請不死之薬於西王母、姮娥窃以奔月。(高誘注。姮娥羿妻。羿請不死之薬於西王母、未及服之、姮娥盗食之、得仙、奔入月中、為月精也。)

(15) 小川環樹「中国の楽園表象」(前掲)。

(16) 「開元占経」巻六一所引「黄帝占」

牽牛不与織女星直者、天下陰陽不和。

「文選」洛神賦の李善注に引く「天官星占」にも、

牽牛一名天鼓、不与織女値者、陰陽不和。

とある。なお牽牛と織女とが〝直〟するというのは、もともと古代中国の天文学の専門用語であると、橋本敬造氏の御教示を受けた。

(17) 「開元占経」巻六五所引「荊州占」

織女、一名天女、天子之女也。在牽牛西北、鼎足居。星足常向牽牛扶筐。牽牛扶筐亦常向織女之足。不如其故、布帛倍其価、若有喪。

(18) G. Frazer, *The Golden Bough*, 1922, "The Influence of the Sexes on Vegetation" の章。

(19)「礼記」祭義
昔者天子為藉千畝。冕而朱紘、躬秉耒。諸侯為藉百畝、冕而青紘、躬秉耒。以事天地山川社稷先古、以為醴酪斉盛、於是乎取之。……古者天子諸侯、必有公桑蚕室、近川而為之。築宮仞有三尺、棘牆而外閉之。及大昕之朝、君皮弁素積、卜三宮之夫人世婦之吉者、使入蚕于蚕室。
(20) 楊泉「蚕賦」(玉燭宝典巻三所引)
農者天文(父)之洪業、桑者地母之盛事。

六　両性具有――絶対者としての西王母

これまでにもいくつか西王母の画像を取りあげてきたのであるが、ここでは特色あるものを地域別に纏め、その時代の中での変化の様相を見てみようと思う。中心になるのは後漢から三国両晋時代にかけてのものである。

玉勝を戴いた西王母の画像が最初に出現するのは、前漢末から後漢時代初年のことであった。図三〇に示したのは鄭州新通橋の漢墓の空心磚に押されたスタンプで、勝をつけた西王母と仙薬を搗く兎とが見える。この墓の年代は、発掘報告によれば(1)、前漢晩期のものである。同様の画像は青銅鏡にも見える。王莽の始建国二年(西紀一〇年)の紀年銘のある鏡の例(図三一)では、西王母が手を伸ばして兎に仙薬を乞うているかのようである。

この二例は、前漢から後漢への交替の時期における、当時の政治的・文化的中心であった洛陽附近での西王母信仰の様相を伝えるものと考えてよいであろう。そこでは西王母と共に仙薬を搗く兎が重要な位置を占めていたのである。しかし、西王母の画像が最も早く出現する中原地帯では、それ以後、西王母信仰は変質してしまったらしい。すなわち中原地帯には、河南省の南陽を中心として多くの後漢時代の画像石が存在するのであるが、そこには西王母が画かれることがない。もちろん画像がないからと言ってその信仰がなかったと早急に結論づけることはできないのであるが、少なくとも初期の画像をもった西王母信仰とはその内容が別のものになっていたことは確かであろう。

画像をもった西王母信仰は、中原を離れた地域に伝わり、そこで保存された。後漢時代の西王母の画像が残る主要な地域は、陝北、四川、山東などの地なのである。あるいはこれも、文化や信仰の周圏的な伝播の一例と考えてよいのかも知れない。

陝北地域(すなわち陝西省北部のオルドスにつながる地帯)の墓室石刻に見える西王母については、すでに主要なものを図二二と二七に示した。その年代については、永元十二年(西紀一〇〇年)、同十五年などの年号が石刻銘に見え、次に述べる四川省や山東省の画像よりも少し早い時期のものである。[2]

四川省の西王母画像の特徴は、いわゆる龍虎座に西王母が坐っていることである。すでに三段式神仙鏡(図二〇)——これは少し時代が下り、四川の西王母画像の影響を受けた他の地域のものか——にも見えたのであるが、右を向いた虎(西方をあらわす白虎)と左を向いた龍(東方をあらわす青龍)との中間に、ちょうど龍と虎の胴体に腰をかけるような形で西王母が座を占める。後に示す武氏祠第一石の西王母(図四二)なども同様の座に坐ってはいるが、そうした例は他の地域ではきわめて少数であるのに対し、四川の西王母は、ほとんど例外なくこの龍虎座に坐している。

ただ四川省においても、最初から西王母と龍虎座とが結合していたのではないことは、さきに図二三に示した楽浪の王盱墓から出土した漆盤の画像の例からも

図 30　鄭州出土空心磚

図 31　王莽始建国二年銘鏡

図 32　楽浪出土銅盤

図 33　成都出土方磚

図 34　成都西門外出土方磚

推定される。すなわち、この漆盤には永平十二年(西紀六九年)に蜀郡西工の盧氏が作ったという銘があり、盤上に西王母と龍と虎とが画かれてはいるが、まだ龍虎座を形成してはいない。しかし同時にまた、西王母が龍(東方)と虎(西方)との二つの要素を統合するのだという、龍虎座の背後にある観念がすでに後漢時代の早い時期に存在したであろうことも、この漆盤の画像構成から確かめることができるのである。

同じく楽浪出土の盤の例を挙げると、これは銅製のものであるが、図三二のような西王母の画像を持つものがあって、ここではすでに西王母は龍虎座に坐っている。そこには龍虎座のほか両側から支えられた華蓋(これも四川地域の西王母画像の特徴の一つである)が見えることから言って、この銅盤も四川で製作されたものか、或いは少なくとも四川の文化的影響の下にある地域で作られたものと考えてよいであろう。なおこの銅盤は、鋳造の際の範《かた》もたせのあとがそのまま穴として残っていて、液体を容れるという、盤の一般的な用途には役立たず、恐らく信仰のための用具であったのであろう。

四川の後漢墓の壁面にはめこまれた方磚は、そこに塩井や耕作や狩猟など当時の日常の生活や労働の様子が生き生きと描かれていて貴重なものなのであるが、それらとは少し画題の性格が異なって、西王母を描いたものもいくつか存在する。図三三は成都市近郊の後漢墓から出土した方磚の例である。この種の画像磚については于豪亮氏の説明が詳しいので、それを要約して次に引こう(3)。

西王母は雲気の中の龍虎座に坐る。西王母の左側には三足烏がいる。これは西王母のために食物を捜してくる使者である。司馬相如の「大人の賦」に、「吾れ今日　西王母を覩《み》たり。暠然と白首に勝を戴きて穴処す。三足烏ありてこれが為に使いす」、また「括地図」(太平御覧巻九二〇所引)に、「崑崙　弱水の中に之(在《あ》)り。龍に乗るにあらざれば至るを得ず。三足烏ありて西王母のために食を取る」。西王母の右側に白兎がいて霊芝草を持つ。霊芝草は仙薬だとされる。張衡の「思玄の賦」に、「王母に銀臺に聘し、玉芝を羞《すす》めて以て飢を療やす」とあり、太平御覧巻九〇七に引く楽府詩歌には、「神薬を山端に採取し、白兎搗《つ》きて蝦蟆丸と成す」という。白兎の傍らの雲気の上に九尾の狐がいる。九尾の狐は祥瑞の象徴である。「白虎通」封禅篇にいう、「狐の九尾なるは何ぞや。狐は死して丘を首《まくら》にす。本《もと》を忘れざるなり。安にして危を忘れざるを明らかにするなり。必ず九尾なるは何ぞや。九妃　其の所を得、子孫繁息するなり。尾に於いてするは何ぞや。後の当に盛んなるべきを明らかにするなり。」古籍中に西王母と九尾狐を結びつける記載はないが、この画像磚によって古籍の不備を補うことができる。西王母の前に一匹の蟾蜍がいる。張衡の「霊憲」にいう、「羿　不死の薬を西王母に請う。姮娥　これを窃《ぬす》みて以て月に奔《はし》る。遂に身を月に託す。是を蟾蜍となす。」兵器を持って立つのは大行伯であろう。「山海経」海内北経にいう、「西王母、……人あり、大行伯と曰う。戈を把《と》る。」下部の二人の人物は西王母の侍者であろう(あるいは西王母の擬制的な娘である玉女たちかも知れない——小南)。笏を持って跪拝するのは、千里を遠しとせず福を求め、薬を求めてやってきた人物。西王母を訪れて薬や福を求めること、「焦氏易林」などにも見える。

図35　新津出土画像磚

図36　郫県出土石棺画像

以上が于豪亮氏の説明であるが、この于氏が説明を加えたものの外に、聞宥『四川漢代画像選集』所収の成都西門外出土の方磚にも同様の西王母が描かれ、その細部がいささか異なる(図三四)。この例では、中央に位置する龍虎座は樹木(世界樹)の上に載っているようであり、また龍虎座の龍と虎の方向は前例のものとは逆になっている(これは恐らくこの方磚が嵌められる墓中の位置と関係するのであろう)。左下方にはきのこのような台座に載った二人の人物が見える。中央下方に鈴を鳴らす人物がおり、また二人の羽人が龍と虎に霊草を食べさせているのも、前例の方磚には見えなかった所である。

　四川に多いこうした方磚のほかに、もちろん横長の画面に表された西王母も存在する。一例を挙げれば、図三五は新津出土の画像磚のものである。中央に玉勝を戴いた西王母、右側に九尾の狐、三足烏。左側では羽人と蟾蜍とが仙薬を搗き、その右に龍に霊草を与える人物がいる。この画像の構成要素は、前述の二種の方磚のものと基本的に異ならない。図三六は、郫県後漢墓の石棺の側面に刻された図である。ここでは、九尾狐や三足烏などの基本要素のほか、山上で六博《すごろく》をする二人の羽人が見える。

以上に河南、陝北、四川の後漢時代の西王母画像のあり方を検討してきたが、しかし数的にも質的にも最も注意すべきは、やはり山東(徐州地域を含む)の画像石である。

　図三七に示したのは、嘉祥県洪山の画像石である。左よりに几《き》に凴《よ》った西王母がおり、その左右に歯朶類の植物の葉のようなものを手に捧げ持った三人の人物が正坐する。右側では九尾狐と三足烏が剣のようなものを帯び、三匹の

兎が仙薬を調合している。中央には蟾蜍がいて、両手に短い殼竿《からざお》のような棒を持つ。同様の蟾蜍は陝北の画像石にも見えた(図二七)。図三八の、済寧県慈雲寺天王殿画像石のものは、九尾狐と蟾蜍とが見えず、かわりに二つの人首を持った四足獣が出現している。すでに図二八に示した、太陽神が三羽の鳥の引く雲車に乗って西王母を訪れる画像もこの一類に属している。

山東省の西王母の画像には、また西王母の左右に便面《うちわ》を持った蛇身の侍者がはべっている一類がある。口絵図版一の藤井有隣館所蔵の画像石は、正確な出土地は知られないが、この一類に属している。図三九に示した滕県宏道院画像石では、その侍者の蛇身がからみ合っている。この時代に多い伏羲と女媧の像が下半身をからみ合わせ、陰陽の性的結合をあらわしているのと、その基盤で通い合うものを持っていたのかも知れない。

なお特殊なものとして、滕県西南郷の画像石(図四〇)がある。ここでは西王母が樹下に坐り、その前の一段高くなった所に小さな人物がいる。この画像の背後には、なんらかの説話伝承があったと考えられるが、詳しいことは不明である。

図四一は、最近報告のあった嘉祥県宋山の画像石。少し簡化された世界樹の上に位置を占める西王母に、羽人が

図37　洪山画像石

図38　慈雲寺天王殿画像石

図39　宏道院画像石

図40　西南郷画像石

蓋をさしかけている。調薬の兎と蟾蜍が見えるほか、羽人が多く描かれ、西王母の左下の鳥首の人物は手にコップのようなものを持っている。

この宋山の画像石を特に取り挙げたのは、これと同じ墓に、もう一種類、少し画風の違う画像石が混在していることからである。すなわち、図四一に示したようないささか稚拙な画風のもののほかに、あきらかに武氏祠画像石と同一の手法になる流麗な画風のものが雑りあって一組みの祠堂を形成している。この混在の原因がどこにあるのか——単に石匠たちの間の作風の差であるのか、または少し時代の遡る他の墓の石材を一部分使用したためであるのか——は、今後の検討を待たなければならない。ただ、こうした混在の中で特に注目に値いするのは、画風のちがいが描かれる西王母の属性のちがいとも対応していることである。すなわち、武氏祠系の一類では、図四二(これは武氏祠のもの)にも見えるように、西王母はもう一体の男性神と対となって表現されることが多く、頭上の玉勝も失われてゆく傾向にあるのである。

同様に二種類の西王母の画像が並存する例として、沂南画像石墓も忘れることができない。沂南画像石の西王母は、その一つをすでに図二四に示した。そこでは西王母と共に、東方をあらわす男性神も玉勝をつけていた。沂南のもう一つの西王母は、中室を支える八角柱に表されたもので、これも東方を表す男性神と対になり、西王母の玉勝は失われている(図四三)。この場合、両神とも植物的様相をもった三神山の中央のものの頂上に坐り、左右の山の上にもそれぞれ小さい羽人らしいものがいる。西王母の坐る三神山の下には、亀のような動物がいて神山全体を支えている。「楚辞」の天問篇に、「鼇《おおがめ》山を戴きて抃す」とあり、その王逸の注は「列仙伝」を引いて、「巨霊の鼇あり。背に

図 43　沂南画像石(中室八角柱)

図 41　宋山画像石

図 42　武氏祠画像石

蓬萊の山を負いて抃舞し、滄海の中に戯《たわむ》る」という。「列子」湯問篇にも、東海の神山が巨鼇の上に載っているとある。図四三の大亀は、この巨鼇にあたるもので、より古い神話的な観念としては大地全体が亀の背の上に載ると考えられたものであろう。杜光庭の「墉城集仙録」巻一に、西王母の道教的なフルネイムを「九霊太妙亀山金母」あるいは「太虚(霊)九光亀臺金母元君」と呼び、いずれも亀山、亀臺でその居処を示しているのは、こうした古い観念に繋がるものであるにちがいない[4]。

なおこの沂南画像石墓の中室八角柱の画像は、別の点からも注目に値いするものである。すなわち、この八角柱の東西両面が西王母と東方の男性神(東王公)で占められるのに対し、それと直角に交わる南北の両面には佛教図像らしいものが見えるのである[5]。この東西を西王母と東王公が、南北を佛教図像が占めるという空間分割の様式はあとの時代にまで引き継がれ、例えば敦煌の西魏窟の西王母と東王公の華麗な出行図と佛教図像の組み合わせの中にもそれを見ることができる[6]。ただ、西王母など中国本来の神仙信仰の中に佛教的要素が混入してくる様

図 44　紹興画像鏡「東王公」

図 45　浙江出土画像鏡「東王母」

相については、問題が大きく複雑であるので、ここではこれ以上述べない。

　西王母の画像は、以上述べたように画像石や画像磚にさまざまな形で見えるほか、同時代の青銅鏡の背面の画像の上にも多数出現している。すでに三段式神仙鏡にその一例を見たが、特に後漢末から三国時代にかけての時期に属する、浙江省紹興附近出土の画像鏡のものが注目に値いする。これまでの西王母の比定は専らその頭上の玉勝で行なってきたのであるが、これらの鏡には画像の横に「西王母」という傍記のあるものが相当数ふくまれていて、確実にそれらの画像が西王母を表したものであることが知られる。すでに示した図一六が紹興鏡の一例である。

　画像鏡の西王母は、「東王公」と傍記のある東方の神と鏡の中心の紐を挟んで対になって出現することが多い。またここでも西王母の玉勝は失われる傾向にある。東王公は進賢冠をつけたもののほか、独特の三つの峰を持った山字形の冠をかぶるものがある(図四四)。この山字形の冠は、のちの「仙伝拾遺」[7]に、

　木公、亦た東王父と云い、亦た東王公と云う。蓋し青陽の元気、百物の先なり。三維の冠を冠り、九色雲霞の服を服す。

と見える三維の冠に繋がるもので、恐らく三という数字は太陽神の属性の一つ(例えば三足烏や三羽の鳥に引かれた雲車など)なのであろう。図三に示した牽牛が同様の冠をつけていることも、牽牛の元来の性格を考える上で興味深い。このほか特殊なものとして「東王母」と傍記のある、舞いをまう女性を表した画像が、同様の浙江出土鏡に見え

る(図四五)が、これは、殷代の〝東母〟のあとを受けた東方の女神としてそうした名の神もいたのか、(8)それとも単なる傍記の誤りなのであろうか。

以上、おお急ぎで後漢時代を中心とした中国各地の西王母の画像を見てまわったが、このような忽卒な観察からも次のようなことが知られるのではなかろうか。すなわち、古い時期の西王母は単独で表されることが多いこと。東方を表す神(紹興鏡の銘文によれば東王公)と対になって出現するときには、武氏祠や紹興鏡の画像に見えるように玉勝をつけなくなる傾向にあること。西王母が単独で表される場合には、その周囲に月を象徴するもの(兎・蟾蜍)と共に太陽を表すもの(三足烏)も配されていること。ちなみに三足烏は、司馬相如の「大人の賦」や「括地図」(御覧巻九二〇所引)にも見えるように西王母のために食を取る鳥であり、「山海経」に見える三青鳥と同じ性格のものであったが、「春秋元命苞」(初学記巻三〇所引)では、太陽の中に三足烏がいて、それが陽の精だとされている。後漢時代には既に三足烏が太陽と関係づけられていたことが知られるのである。

これらの事実を基礎に次のような仮定をしてみたい。すなわち、西王母は元来単独で存在し、この神の下に陰的要素(たとえば月)と陽的要素(たとえば太陽)とが統合されていた。龍虎座に坐るのも、青龍に表される東方的なものと白虎に表される西方的なものを統合していることを表そう。西王母は陰的なものと陽的なものとの両性を具有することによってその全能性を表していた。玉勝は、その全能性と関係する一つの表象であったと考えられる。時代が下るにつれて原西王母の両性具有という性格が二つに分裂し、西王母が西方・月・女性などの陰的要素だけを表す傾向を強めてくると、それと対になる東方・太陽などの性格を持った男性神が別に登場してきたのである。こうした宗教史の一般的な流れについて、エリアーデは、対になる神というものは、常に、神々を特色づけていた原初的な両性具有(androgyny)に対する後世的な変形であり、不完全な公式化である、と言っている。(9)

西王母は、元来ただ一人、大地の中心の宇宙山（世界樹）の頂上に坐って、絶対的な権力でもってこの世界を秩序づけていたのである。その秩序づけが、彼女が機《はた》を織るという行動に象徴されていた。いわば世界の秩序を織り出していた。さればこそ織機の部分品の〝勝〟がその頂上に載っているのである。

「淮南子」覧冥訓は、この世の秩序が失われた時代のことを述べて(10)、

　西老は勝を折り、黄神は嘯吟す。飛鳥は翼を鎩《そば》め、走獣は脚を廃す。

という。高誘はこれに注して、「西王母は其の頭上に戴く所の勝を折る。時に法度なきがためなり。黄帝の神は道の衰うるを傷み、故に嘯吟して長歎するなり」と説明する。西老は、孫詒譲「札迻」巻七によれば、西姥であって、西姥は西王母を言うのである。「勝を折る」の語は、「焦氏易林」无妄之賁の条にも見える(11)。

　縷を織りて未だ就《な》らず、勝は折れて後《かわり》なし。女工　多能にして、我が政事を乱す。

同じく「易林」の益之小過の条には、

　月は削《ほそ》り　日は衰え、工女　機を下る。宇宙は明を滅し、三光を見ず。

という。こうした条から、宇宙の秩序が天上の女神の機織りによって保たれ、勝が折れたりして機織りが止るとき、宇宙は秩序を失って原始のカオスの状態に戻るのだという観念が存在したことを窺い知ることができよう。織女の機織りの仕事も、西王母のこのような職能とその根元において重なるものであったはずである(12)。

西王母を描いた四川省の方磚の実際の出土情況を見てみると、たとえば図四六に示した新繁県清白郷の後漢墓の例にも見えるように、墓の壁面の天井近くの目立つ位置に、左右に円盤を懐いた羽人の像を配して嵌めこまれている。これと同様の羽人像に図四七のような例があり、それぞれの羽人の懐く円盤の中に、一方には烏、一方には蟾蜍と桂の木があって、太陽と月とを表している。この羽人が太陽と月とを表すことから、図四六の配置もまた、西王母が太陽と月とを統合して一段高い位置に立つという観念を反映したものであることが知られる。

図四七の羽人像には、それぞれその下方に特色ある三角形を構成する星座が描かれている。この星座は、恐らくこの章の最初に述べた織女三星を表したものであろうと考えられる（右の太陽の方には、三星にもう一つ別の星が結ばれており、或いは別の星座かも知れない）。もしこの推定が正しいとすれば、織女星は、西王母の統合する陰と陽の要素のそれぞれに分裂して出現していることになる。それは、沂南の画像石において、三神山の上に坐る男神と女神が共に戴いている〝勝〟と同じ表れかただと言えよう。

織女が陰と陽との対《つい》に分裂する傾向を帯びてきたとき、その対の一方に、おそらく異なった来源を持つのであろう牽牛があてはめられた。その詳しい経過については、現在に伝わる資料だけからでは、十分に知ることができない。ただ後漢時代の西王母や織女星の画像から、陰陽に分裂した織女（牽牛・織女）を統合するものとして西王母がすでに存在していたことは確かめられるであろう。牽牛織女の説話が、范寧氏の言われるように「新史奇観」で始めて西王母と結びついたのではなく、少なくとも後漢時代にはすでに牽牛と織女の行動を見守りそれに干渉するものとして西王母が存在したのである。民話の中において西王母が牽牛と織女との間を割いたり、また一年に一度会うことを許したりしているのは、宇宙の秩序を維持するために牽牛と織女（陽的要素と陰的要素）に干渉する

図 46　新繁画像磚墓

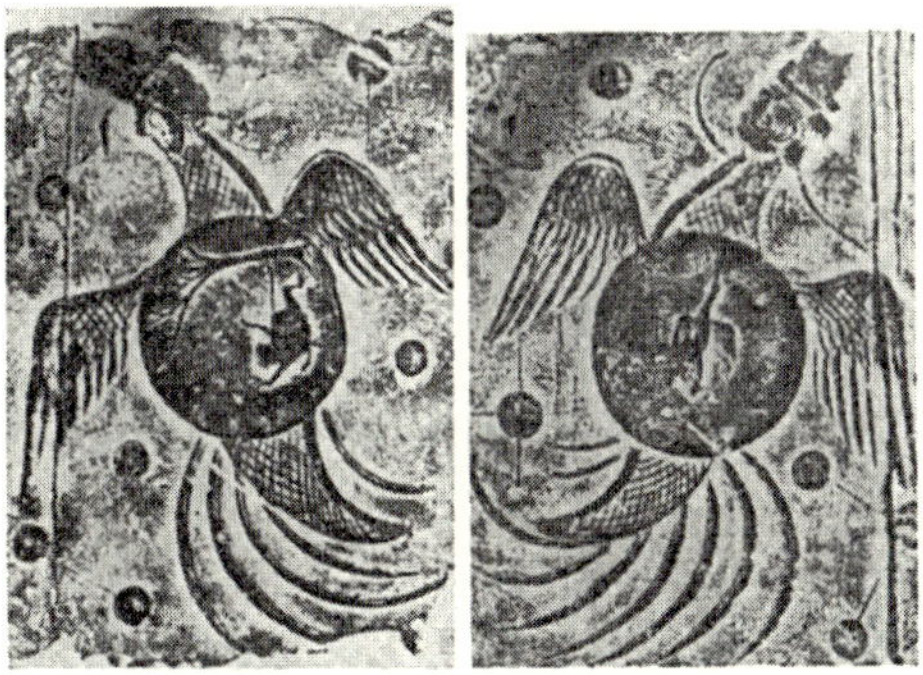

図 47　邛崍花牌房方磚

西王母の元来のつとめの、いささか変形し矮小化した反映であったのである。

(1) 鄭州市博物館「鄭州新通橋漢代画像空心磚墓」『文物』一九七二年第一〇期。
(2)『陝北東漢画像石刻選集』一九五九年、文物出版社、北京。
(3) 于豪亮「幾塊画像石的説明」『考古通訊』一九五七年第四期。
(4) ちなみに現在、華南の各地の寺院に多く見られる南海観音像はみな大魚の上に乗っており、説明によれば、その大魚がまばたきをすると地震がおこるので、観音菩薩がそれをおさえているのだという。この南海観音も、大地をしずめる女神という機能を通じて亀山にのる西王母と繋がっている。観音の乗る大魚は、馬王堆一号・三号漢墓出土の帛画に見える地下の魚とも通じ、またそれが鯰魚だという説明もあって、日本における地震となまずの伝承もその影響を受けたものであろう。
(5) 兪偉超「東漢佛教図像考」『文物』一九八〇年第五期、を参照。
(6) 例えば第二四九窟。敦煌文物研究所『敦煌壁画』一九五九年、文物出版社、北京、図四二・四三など。また拙論「佛教中国伝播の一様相――図像配置による考察」樋口隆康教授退官記念論文集『展望アジアの考古学』一九八三年、新潮社。
(7)「仙伝拾遺」(太平広記巻一所引)
木公、亦云東王父、亦云東王公。蓋青陽之元気、百物之先也。冠三維之冠、服九色雲霞之服。亦号玉皇君。
(8) 土井淑子「古代中国における仙界図像」『美術史研究』第八冊、一九七一年、を参照。
(9) M. Eliade, *Patterns in Comparative Religion*, 1963, New York, 第一二章 "The Myth of Divine Androgyny" の項。
(10)「淮南子」覧冥訓第六
西老折勝、黄神嘯吟、飛鳥鎩翼、走獣廃脚。(高誘注。西王母折其頭上所戴勝、為時無法度。黄帝之神傷道之衰、故嘯吟而長歎也。)
(11)「焦氏易林」无妄之賁
織縷未就、勝折無後、女工多能、乱我政事。
同じく益之小過
月削日衰、工女下機、宇宙滅明、不見三光。
(12) こうした宇宙の秩序を保つための機織りという観念は、王者による政治の比喩の中にもその縮小された反映を見ることができる。徐幹「中論」爵禄第一〇にいう、「易曰、聖人之大宝曰位。何以為聖人之大宝曰位。位也者立徳之機也、勢也者行義之杼也。聖人蹈機握杼、織成天地之化。使万物順焉、人倫正焉、六合之内各竟其願、其為大宝不亦宜乎」。すなわち、聖人は機を蹈み杼を握《と》って、教化を織り出し、全世界を調和づけているとされるのである。

七　神話的原理とその人間化

神話の中の神々の行動から物語り的な要素を最大限に切り捨てていったとき、あとに残る神話的な存在の本質を一つの〝意味(機能)〟それ自体だと考えることができよう。そのきわめて形而上学的な〝意味〟を現世的に体現して、さまざまな風貌の神々が時代の流れの中に姿を現す。それぞれの時代の中でその意味を人間化してさまざまな物語りが形成されるのである。その人間化のしかたの中に深く押された時代の刻印を見ることができる。

西王母信仰の歴史的な流れを考える場合、前漢末という時期が一つの転機であったと思われる。この章において、ここまでの議論には多く後漢から南北朝時期にかけての材料を用いてきた。この一節では、纏めの意味も兼ねて先秦時代以来の記録を通して西王母のあらわれ方を考察し、その根本にあるすぐれて形而上学的な〝意味〟の、時代の流れの中でのさまざまな人間化の様相を見てみようと思う。

原西王母は、宇宙の秩序を体現した絶対者であった。その絶対的な力を両性具有で表していた。ただ一人で再生することができたのである。西王母がほら穴(石室)に住むとされるのも、日本のアマテラスと同様、一定期間そこに籠ることによって再生すると考えられたことによるのであろう(1)。自分自身で一定のリズムを持って再生し、世界を秩序づけているという宇宙の運動論が、西王母が機《はた》から世界の秩序を織り出していると物語り化されたのである(2)。そうして西王母の特徴的な持ちものである玉勝は、この段階の西王母の働きの象徴物であった。

「荘子」大宗師篇で、道を得た者を列挙した中に西王母の名も見える(3)。

西王母　これ（道）を得て少広に坐し、其の始めを知るなく、其の終りを知るなし。

少広を、司馬彪の注は穴の名だとしている。西王母が道を得ていたとされるのは、西王母のもつ絶対性の道家的な解釈であることは言うまでもない。

また「大戴礼記」少間篇にいう[4]、

むかし虞舜《ぐしゅん》（舜帝）は、天の降した徳によって堯帝のあとを嗣ぎ、治績を挙げ、徳を敷き広げ、礼を制定した。朔方・幽都〔といった北方の国々〕も来たって属国となり、南は交趾をなつけ、日月の出入する所まで（？）、つれだって使者を送ってこぬものはなかった。西王母がやって来てその地〔の宝〕の白琯を献上した。穀物を常食とする民衆たちは、はっきりと〔舜の徳の〕輝かしさを目にしたのである。

琯は管の字の別体で、白琯とは玉製の管《ふえ》。西王母がわざわざ管を献上したのはなぜなのであろう。「楽法図」（緯書の楽叶図徴）にいう[5]、

聖人は天〔の法則〕に従い、音楽に管《ふえ》を用いる。管を吹くことによって音律を知ることができる。管の音が調えば、律暦《こよみ》が正しくなる。

楽器の演奏が気候を調え、風俗を改め、ある場合には人の姓名を正しく定めることなど、種々の記録に見える所である[6]。すなわち管を吹いて律暦を正すというのは、この世界を象徴的に秩序づけることなのである。世界の中心に居る西王母は、この世に秩序をもたらすために舜帝に玉琯を献上した。ここに全ての秩序は世界の中心に発源するという、中心のシンボリズムの一つの物語り化を見ることができるであろう。

舜の統治がみごとであったので、その治世にはさまざまな祥瑞が出現したとされる。しかし玉琯の例にも見られるようにその因果関係は逆であって、元来の意味は、世界の中心を象徴する器物や動植物がこの世に秩序をもたらすためにやって来たのである。漢代から唐代にかけて、祥瑞の出現が政治史に種々の影響を及ぼしているが、その中でも

代表的なもの、木連理、比目魚、比翼鳥、日月合璧などに、両性具有のシンボルを見てとることができよう。口絵図版二に挙げた唐の祥瑞鏡の祥瑞の例も、そのほとんどが両性具有としての本質を持つものなのである。そうして玉勝(金勝)も、その本来の意味はほとんど忘れられて、祥瑞の一つに数えられていることは既に述べた所である。

「荘子」と「大戴礼記」を引いて述べたのは、西王母が一人で世界の秩序に責任を持っているという基本的な構造の伝承にもとづくものであったが、前漢時代以前に既に原西王母の両性具有的な性格が陰的な存在と陽的な存在とに分裂して表されている場合がある。原西王母の独裁のもとにある宇宙では、周期的に宇宙の秩序が失われて原始のカオスの状態となり、その中から西王母が一人で再生するのであるが、原西王母が分裂した二元論的な宇宙では、かわりに周期的に陰陽の交会が行なわれねばならない。これは、より運動感のある宇宙観であって、その運動の物語り化は、原西王母の場合に比べ、より容易であったと思われる。

その一つの例は「穆天子伝」に見られる。これについては陰陽交会の節ですでに述べた。穆王の物語りで特色があるのは、太陽神がほとんどその神的性格を失い、現世の王者となっていることである。しかし地上の主君がその背後に太陽神としての性格を持つと考えられたことは、「尚書」舜典篇(もともとは堯典篇)で舜帝が春には東岳へ、夏には南岳へ、秋には西岳へ、冬には北岳へと太陽の動きを追って巡狩してゆくことからも窺われよう。そうして太陽神は秋から冬の時期にかけて、月神と結合して再生することが必要であったのである。

穆王は、西王母のもとでなにを得たのかは書かれていないが、「淮南子」では太陽神の羿が西王母から不死の薬を手に入れたとされている。不死が再生の観念の変形であったことは既に述べた。前漢時代の「焦氏易林」に西王母の名がいく度か見えるが、そこでは、西王母のもとを訪れて獲得するのはきわめて現世的な利益となってしまっている。一例を挙げれば、明夷之萃の卦。[7]

　稷は堯のために使いし、西のかた王母に見《まみ》ゆ。拝して百福を請えば、我れに喜(善)子、長楽・富有を賜わる。

原西王母が分裂したもう一つの例は、既に一度引用したが、「淮南子」覧冥訓に「西老は勝を折り、黄神は嘯吟す」とある、西王母と黄神との組み合わせである。高誘は西老を西王母とし、黄神を黄帝の神であると注している。そうしてこれも既に引用したのであるが、「別国洞冥記」の中で、黄翁という神が西王母はむかし自分の妻であったと言っている。また「穆天子伝」には、崑崙の丘に黄帝の宮があるという。これらの資料から原西王母が分裂して西王母と黄神（黄帝・黄翁）との対をなす二神が生れるという別の流れがあったことが窺われよう。ただこの組み合わせについてはその詳細を知ることができない。西王母の相手が黄の字を冠した神名をなのるのは、あるいは五行思想にもとづき大地の中心を体現したことの表れであったのだろうか。そうして牽牛星が一名黄姑と呼ばれるという（荊楚歳時記）のも、この組み合わせに無関係なものではなかったと思われる。[8]

前漢時代も終りに近く、社会的な不安が熱狂的な西王母信仰を生み出した。そのありさまは「漢書」の哀帝紀、天文志、五行志などに見えるが、ここでは五行志の記事を引用しよう。[9]

哀帝の建平四年（前三年）正月、民衆がものにつかれたように走りまわり、藁《わら》あるいは棷《おがら》一本を互いに手渡し伝えて、〝詔《みことのり》の籌〟を廻すのだといった。そういった者たちが往来で人と会合し、多い場合には千という単位にまでのぼった。あるものは被髪《さんばらがみ》で徒跣《はだし》のまま、あるものは夜間に関《かんぬき》を破り、墻《かきね》をのりこえて入りこみ、あるものは車馬で馳せまわり、駅伝によってつぎつぎと伝え、郡や国々二十六を経歴して、京師《みやこ》にやって来た。その年の夏、京師や郡国の民衆たちは、里巷《ちまた》や阡陌《どうろ》につどい集まり、祭礼の用意をし賭博《ばくち》の道具を備え、歌舞して西王母を祠った。また書《てがみ》を伝えた〔が、その内容は次のようであった〕、「西王母が百姓《たみ》たちに告げる。この書を身に佩びるものは死なない。私の言葉が信じられぬなら、門の枢《くるる》の下を見なさい。そこに白髪があるはずだ」と。秋になって〔この騒ぎは〕止んだ。

哀帝紀によれば、この爆発的な信仰は関東（中原地帯）に始まり、西王母の籌を伝えて京師に入ってきたという。また天文志には、西王母を祠ると共に「縦に目のついた人がもうすぐやってくる」と呼号したと記される。

残念ながら資料が多く残らず、この時期に西王母が具体的にどのような種類の信仰の対象であったのかを明確には知りえないのであるが、しかし少なくとも祭っている人々にとって、西王母は新鮮な新来《いまき》の神であり、救世主であったはずである。さればこそ爆発的な信仰が可能になったのである。このとき初めて西王母が民衆の神となったか、少なくとも新しい相貌で民衆の前に立ち現れたと考えてよいであろう。

両性具有の原西王母が新しく分裂をおこし、西王母と東王公(父)との二神となったのは、恐らくこの爆発的な西王母信仰のあとを受けたものであろう。東王公の名は、後漢時代の鏡の銘文などに盛んに見えながら、文献にはあまり現れない。「呉越春秋」巻九の、「越王　東郊を立てて陽を祭る。名づけて東皇公と曰う。西郊を立てて陰を祭る。名づけて西王母と曰う」とある東皇公が、東王公らしい名の見える最も古い例の一つであろう。西王母と東王公の名が鏡銘や買地券など日常的な生活や習俗に密着した遺物に多く見えながら、文献には姿を現さぬことは、この時代の西王母信仰が文献では拾い上げられない民衆の生活の中に沈潜していったためだと考えられる。西王母が画像に現れるのも、前節で検討したように、この時期以降のことなのである。

後漢末の社会的アノミーは、西王母信仰などでは解消されぬ深さを持ち、ついに黄巾の宗教的反乱を引き起した。後漢末の混乱の中での、社会構造の変質の具体的な様相については、歴史家の研究を待たなければならないが[10]、民間伝承の面での変化を一つだけ指摘すれば、これ以後さまざまな歳時記、あるいは季節の行事に関連する物語りや歌謡が残されるようになったことである。このことは、それ以前にこうした行事が盛んでなかったことを意味しない。元来それらは生活に密着し信仰に支えられた行事であったがために、外からの視点でそれが記録されることがなかったのである。

恐らく多くは農耕の開始の時期までその来源が遡るのであろう季節的な祭礼が、共同体的な信仰から切り離されて、魏晋南北朝時期になると行楽のための年中行事として再組織された。[11] ここに太古以来連綿と続いてきた土着的な信仰の決定的な零落を見ることができよう。古来の信仰を支えてきた人々が、後漢末以来の戦乱の中で、祖先代々暮らしてきた土地から切り離されて、古い共同体的な生活が決定的に破壊されたことが、その信仰零落の最大の原因であったと考えられる。そうして古くからの神々は、たとえそれが根源的には人間生活の反映であるにしても、現象的には彼らが絶対的な神として宇宙の秩序を体現し、人々の生活の方がそれを模倣するものであったものが、ここで大きくその性格を変えなければならなかった。すなわち神々は、信仰の外衣を失うと共に、人間としてのドラマを演じなければならなくなったのである。牽牛と織女との間に悲恋の物語りが形成されたのもこうした時代の流れに対応したものであった。

「宋書」礼志二は、三月上巳《じょうし》の行事に関する考証をこまごまと記している。[12]

史臣　案ずるに、「周礼」の女巫は季節ごとの祓除釁浴の儀礼を掌《つかさど》るとあるが、これは現在、三月上巳の日に水のほとりに出かけて〔行なう祭礼の〕ようなものである。釁浴というのは、香《かお》り草の薬で身体を洗うことを言うのである。「韓詩〔章句〕」に、鄭国の風俗として、三月上巳の日には、溱水と洧水という二つの川のほとりにゆき、魂を招き魄を続《つ》ぎ（活力を失った自分の魂魄のたまふりを行なう）、蘭草を手に持って不祥を払う、というから、こうした儀礼は久しい昔から行なわれていたのである。……いま世に行なわれている水渡りの行事については、「礼記」月令篇に、暮春には天子が初めて船に乗る、とあり、蔡邕の「月令章句」は、陽気が温暖にして、鮪魚がこの時節になるとやって来るので、この鮪魚を取って寝廟《おたまや》に供えようとする。だからそのために船に乗って主要な河川で禊の儀礼を行なうのである。「論語」にも、暮春には沂《き》の川で浴すると言うように、身分の上下に隔てなく、古《いにしえ》にはこの儀礼があった。現在、三月上巳の日に水濱に祓の礼を行なうのは、思うにここに起源するのであろう、と。蔡邕の言う所は正しい。張衡の「南都の賦」の、陽濱に祓す、というのもこれである。この行事は、秋に行なわれることもある。「漢書」では、八月に灞《は》水のほとりで祓の儀礼が行なわれている。劉楨の「魯都の賦」には、素秋の二七、天漢《あまのがわ》は隅を指す、人胥《ひとびと》は祓除し、国子は水戯す、とあるが、七月十四日にもこの行事が行なわれたのである。魏以後は三日に行なうことに限られ、巳《み》の日に行なうことはなくなった。

ここで特に注目すべきは、三月上巳と同様の水辺での祭礼が秋にも行なわれるとされていることである。「宋志」の筆者は七月十四日（二七を十四日と解したものであろう）としているが、「素秋二七」は七月七日を言い、魯都（山東省）のあたりでは七月七日にこの行事が行なわれていたと考えたい。「詩経」鄭風の溱洧の詩の「溱のかわと洧のかわと、方《まさ》に渙渙たり。士《わかもの》と女《むすめ》と、方に蕑《らん》を取る。女曰く観しか、士曰く既にせり。且つ往きて観ん。洧のかわの外《むこう》は、洵《まこと》に大いにして且つ楽し。維《こ》れ士と女と、伊れ其れ相い謔《たわむ》れ、之に贈るに勺薬《しゃくやく》を以ってす」といった句に記録されている春の男女の水渡りと草つみとが、「韓詩」の説のように三月上巳の行事の祖形をなす儀礼であり、グラネが指摘するように、それが男女の性的結合にいたる歌垣に似た場であったとすれば[13]、七月七日の水辺の行事にも同様の内容を持つ農村共同体的な祖形があったと想像することは不可能ではない。このように考えてくるとき、七月七日の織女の天上での水渡りと牽牛との結婚というシナリオは、地上での水辺の行事と相い反映しあうものであったことが知られるのである。もちろんこれは少ない資料にもとづいた推論で、それを確かめるためには今後の努力が必要であろう。ただ、文献的には後世になって初めて現れるにしても、織女の七夕における水渡りと牽牛との結婚というシナリオが、古く詩経国風時代の農村生活の中の季節の行事にまでその源流を遡ってゆけることを示唆するものである。

西王母と織女とには機織りと七月七日における祭礼という共通性があった。しかしそこから一歩を進めて、織女には原来西王母信仰と強いつながりがあったのか、それとも別々の神格がある時期にその性格の共通性から結合したものかについては、現在得られる資料からだけでは明確な判断は下せない。ただ牽牛と織女との組み合わせも、両性具有の原西王母と強い結びつきをもつ、対をなす一組の神格として存在したことは確かである。

原西王母は対をなすさまざまな二神に分裂したが、その中にあって牽牛と織女との組み合わせは最も成功を収めたカップルだと言えるであろう。他の黄神や東王公との対が時代の流れの中で忘れられていったのに対し、牽牛と織女とは今も人々に親しい。それはこの二神が民衆の労働や生活に深い関りを持ち、それ故に信仰が風化する中にあっても年中行事に転身できたことと、そうして何よりも、年に一度(あるいは二度)の陰陽交会のシナリオを男女の悲恋の物語りに〝人間化〟しえたことにその大きな理由があったのである。

(1) 西郷信綱『古代人と夢』一九七二年、平凡社。

(2) 日本のアマテラスが天上で機を織っているとされるのも、普通はタナバタツメとして訪れてくる神のために神衣を織っているのだと説明されるが、更に古い観念においては、或いは原西王母に近い性格を持っていたのかも知れない。

(3) 「荘子」大宗師篇
西王母得之、坐乎少広。莫知其始、莫知其終。

(4) 「大戴礼記」少間篇
昔虞舜、以天徳嗣堯。布功散徳制礼。朔方幽都来服、南撫交趾、出入日月、莫不率俾。西王母来献其白琯。粒食之民、照然明視。

(5) 「楽法図」(太平御覧巻五八〇所引)
聖人承天、楽用管。吹管者以知律。管音調、則律暦正。

(6) 後漢から魏晋南北朝期にかけての画像鏡に「白牙弾琴」の図がよく見えるのも、単に伯牙の故事を描いただけに止まるものではなく、音楽により全宇宙を調和させるという観念に出たものであろう。さればこそ伯牙は、図像の中で中央上部という最も重要な位置を占めているのである。西田守夫「神獣鏡の図像——白牙挙楽の銘文を中心として——」MUSEUM, 一九六八年六月号、を参照。

(7) 「焦氏易林」明夷之萃
稷為堯使、西見王母。拝請百福、賜我喜子、長楽富有。

(8) 「楽府詩集」巻六八に収める「東飛伯労歌」の古辞(梁の武帝の作ともいう)には、「東飛の伯労　西飛の燕、黄姑と織女時に相い見ゆ」云々の句がある。また現在の伝説で黄姑が西王母の侍女とされている(たとえば「白雲洞——嶗山伝説」『民間文学』一九八一年第一〇期）のも、屈折はしていても古い来源を持つ伝承であろう。

(9)「漢書」五行志下

哀帝建平四年正月、民驚走、持稾或棷一枚、伝相付与曰、行詔籌。道中相過逢、多至千数。或被髪徒践、或夜折関、或踰墻入、或乗車騎奔馳、以置駅伝行。経過郡国二十六、至京師。其夏、京師郡国民、聚会里巷仟佰、設祭張博具、歌舞祠西王母。又伝書曰、母告百姓、佩此書者不死。不信我言、視門枢下、当有白髪。至秋止。

(10) 一つの参考になる事例として、古来、地域共同体の祭祀の中心であった〃里社〃(社は土地神に起源する)の性格の変化が挙げられよう。寧可「記晋当利里社碑」『文物』一九七九年第一二期、の論考は、晋代の社碑の銘文を分析し、漢代までの、里の組織がそのまま社の組織であるという基本的な性格が、この時代すでに失われて、自由参加という性格が強まり、このように社の地縁性が弱まったことと反比例して、地域を超え、血縁を基礎にした〃宗社〃や、佛教活動に結びついた〃邑義〃や〃法社〃といった別の結合原理による〃私社〃が盛行したことを指摘している。恐らく佛教の中国社会内への定着、道教の宗教としての展開も、こうした社会基盤の大きな変質があってはじめて可能になったものであろう。

(11)「宋書」巻五文帝紀の元嘉四年三月壬寅の条(南史巻二も同じ)に、「夏至の日の五糸命縷の属を禁断する。これは富陽令の諸葛闡之の議によるものである」という一段がある。五色の糸を臂に結んでたまむすび(長命・続命)の呪術とすることは「荊楚歳時記」五月五日の条にも季節の行事の一つとして見えており、なぜわざわざこの風習を禁断にまでせねばならないのか、その理由が分かりにくい。しかし、前漢末の西王母信仰の爆発的な流行と思いあわせるとき、共同体から切り離された信仰伝承というものは、時に政治体制に大きな衝撃を与えるような働きを示すことがあって、為政者たちがそれを危険視していたことが知られよう。六朝期に完成する、五節句の基本となる季節の行楽の行事の整備は、こうした危険性の除去と並行したものであったと考えられる。

(12)「宋書」礼志二

史臣案、周礼女巫掌歳時祓除釁浴、如今三月上巳如水上之類也。釁浴謂以香薫草薬沐浴也。韓詩曰、鄭国之俗、三月上巳、之溱洧両水之上、招魂続魄、秉蘭草、払不祥。此則其来甚久。……今世之度水也、月令、暮春天子始乗舟。蔡邕章句曰、陽気和暖、鮪魚時至、将取以薦寝廟、故因是乗舟禊於名川也。論語、暮春浴乎沂。自上及下、古有此礼。今三月上巳、祓於水濱、蓋出此也。邕之言然。張衡南都賦、祓於陽濱、又是也。或用秋。漢書、八月祓於霸上。劉楨魯都賦、素秋二七、天漢指隅、人胥祓除、国子水嬉。又是用七月十四日也。自魏以後、但用三日、不以巳也。

(13)　M. Granet, *Fêtes et Chansons anciennes de la Chine*, 1919. 内田智雄訳『支那古代の祭祀と歌謡』一九三八年、弘文堂。

第二章　「西京雑記」の伝承者たち

これまでの魏晋南北朝の小説史は、多く、怪異を内容の中心とした志怪小説と人事を述べた志人小説(逸事小説)とに大別して記述されてきた。この両類の作品群は、なお多くの不明な点があるにしても、作者についても制作時代についても、その大体を知ることができる。しかし魏晋南北朝時代の成立と考えられる、この両類に属さない小説的な作品が、無視できない数で存在している。「博物志」、「王子年拾遺記」、「漢武別国洞冥記」、「西京雑記」、「漢武故事」、「漢武帝内伝」などがその例である。これらの作品の現行のテキストにはそれぞれ張華、王嘉、郭憲、葛洪、班固などの名が作者として冠されてはいるが、それらはいずれも信ずべき十分な根拠を持っていない。正確な作者や制作の年代が不明であるところから、小説史の流れの中には位置づけにくく、その結果として、こうした作品に対する研究は従来あまり進んでいないように見える。

上に挙げた「博物志」以下の作品を纏めて考えてみるとき、真の作者や制作の年代が共通して不明という以外に、これらの作品どうしを結びつける共通の性格が見付け出せそうである。その共通の特徴を列記してみると、内容が帝王と宮廷のことを述べることが多いこと。時代は現在から切り離された過去、特に漢代に取ることが多いこと(魯迅『中国小説史略』が「今所見漢人小説」の章で取り挙げている作品は、みなここでその性格を考えようとする作品群に属している)。空間的に言えば、都での事件を述べることが多いと同時に、遥かな異域が関心にのぼっていること。また作品全体が方術的な雰囲気に彩られることが多いこと。加えて、志怪・志人小説には鋭い事例の列挙という傾向が顕著であるのに対して、こうした作品群には、より柔らかい物語り的な性格が強いように見えること、などである。

このような、これまでの小説史研究の視野に完全には入ってこなかった作品群には、扱いにくいというネガティブな意味での共通性だけでなく、その成立の基盤においても共通するものがあったのではなかろうか。

ここでは、こうした一群の作品の中では比較的研究の進んでいる「西京雑記」をまず取り挙げてみた。字句の小さな異同はあるにしても、孔天胤刊六巻本(四部叢刊本)と盧文弨校二巻本(抱経堂叢書本)とを代表とする現行の諸テキストは、「西京雑記」の古い形態をよく伝えていると考えられる。類書などをよく調べられた西野貞治「西京雑記の伝本について」の論文や、[1]金嘉錫「西京雑記斠正」[2]の詳細な対校の仕事からも、現行のテキストが十分に信頼できるものであることが知られる。以下この論文中での「西京雑記」の本文の引用に当っては、四部叢刊本に拠りつつ、盧文弨の校本と金氏の「斠正」を参照した。

(1) 『人文研究』(大阪市立大学)第三巻七号、一九五二年。
(2) 『文史哲学報』第一七期、一九六八年。

一 仮託された著者

「西京雑記」の著者として、これまでに葛洪、呉均、蕭賁などの名前が挙げられてきた。著者の推定についての多くの人々の意見を一つ一つ検討するわけにはゆかないが、その中から代表的なものを、次に挙げてみよう。

両「唐書」の経籍・藝文志をはじめとする諸目録が「西京雑記」を西晋時代末の葛洪の撰とするのに拠りつつ、断定はせぬまでも葛洪を作者に比定しようとする有力な議論として、余嘉錫『四庫提要辨証』[1]がある。梁の呉均を作者とするのは、段成式「酉陽雑俎」語資篇に引用される庾信[2]の言葉に拠るのであるが、「四庫全書簡明目録」が呉均の作と断定するのはこれを信じたものであろう。

「南史」斉武諸子伝に、蕭賁が「西京雑記」六十巻(十を衍字とする)を著した、という記事があるのに拠って、蕭賁が作者かも知れぬと考えるものに、労榦「論西京雑記之作者及成書時代」(3)の論文がある。

このようなさまざまな議論を纏めた形で洪業氏の論文「再説西京雑記」(4)があり、上記の余嘉錫氏の議論とともに、「西京雑記」に対する文献学的な追求の頂点を示している。しかし、目録や古人の断片的な記録などの外的な材料をいくら巧みに整合させ、相互の間を矛盾なく説明できるようにしたとしても、極言すればそれは一種の知的な遊びにすぎない。たとえそれがいかに整理されていて美しかろうとも、結局は作品内部の渾沌に直接立ち向かってゆこうとする方法には及ばないであろう。

「西京雑記」の内部に入りこむ手段として、ここでは説話とその伝承者の探求という方法を取ってみたいと思う。「西京雑記」という作品は、前漢時代のみやこ長安における瑣事を雑然と纏め記録したという体裁を取っているが、そこに集められたものは、内容的にも、またその記述の表面に表れた枠組み的構造の点でも、きわめて伝承説話的なのである。

例えば、「西京雑記」の記述には羅列的な部分が多い。巻一には、上林苑を作ったとき、臣下たちや遠方の土地から献上された名果や異樹に美名を付けたとして、

○梨十　紫梨　青梨実大　芳梨実小　大谷梨　細葉梨　縹葉梨　金葉梨出琅琊王野家、太守王唐所献　瀚海梨出瀚海北、耐寒不枯　東王梨出東海中　紫条梨
○棗七　弱枝棗　玉門棗　棠棗　青華棗　梬棗　赤心棗　西王母棗出崑崙山
○栗四　侯栗　榛栗　瑰栗　嶧陽栗

などと、百余種の樹果の名前を挙げる。

また同じ巻に、趙飛燕が皇后に冊立されたとき、それを言祝《ことほ》いで、昭儀の位にあったその妹が手紙と共に贈った衣服調度三十五種の品目が列挙される。

金華紫輪の帽　金華紫羅の面衣《ベール》　織成《つづれおり》の上襦《アンダーシャツ》　織成の下裳　五色の文綬《ひざかけひも》　鴛鴦の襦《したぎ》　鴛鴦の被《かけぶとん》　鴛鴦の褥《しきぶとん》　金錯の繡襠《ぬいとりのパンツ》　七宝の綦履《かざりひものくつ》　五色文玉の環　同心七宝の釵《かんざし》　黄金の歩揺《かみかざり》　合歓の円璫《みみだま》　琥珀の枕

亀文の枕……

こうした多数の品目の列挙は、恐らく個々の品名に注目して理解されるべきものではなく、全体が一つの纏まりとなって受け取り手に強い印象を与えることを目的とした表現であったと考えられる。その印象というのは、金や玉、それに紫色などの鮮かな色彩に彩られた豪華さや、瀚海・玉門といった異域、東王・西王母といった神仙的雰囲気など、いずれも日常生活の地平を超えた世界への暗示を含むものである。

またこの書物に少なからず見える、衒学的な知識のひけらかしも、背後にあった説話伝承者たちの性格に由来するのであろう。例えば巻三には、将軍の樊噲が陸賈にむかって、いにしえより君主はみな命(天命)を天から授かったのであり、それに際しては瑞応があるとされるが、本当にそんなことがあるのか、と尋ねたのに対する陸賈の答えを載せている。陸賈はいう(5)、

「確かにございます。目がせわしなくまばたくのは酒食のふるまいを受ける前兆であり、灯火がぱちぱちはぜるのはお金が儲かる前兆、乾鵲《かささぎ》が噪ぐのは旅行に出ていた者が戻ってくる前兆、蜘蛛《くも》が集まるのは全てがうまくいって喜びのある前兆でございます。小事にこうした前兆があります以上、国家の大事についてもまた同様なのでございます。」

等々と、民間の信仰習俗を利用した、あまり論理があるとも見えない陸賈の議論を長々と載せている。これに続く条では、霍去病の家に双子が生れ、先に出てきた子を兄にすべきか、或いはまた、上に居た者を兄とした方がよいとい

う点から、後から出てきた子を兄とすべきか、意見が二つに分かれたとき、霍光が、殷王の祖甲が双子を生んだ例から近代に至るまでの種々の双子の故事を挙げてそれを判定したことを記している。また巻五の、元光元年七月に京師に雹が降ったとき、鮑敞が董仲舒に雹の成因について尋ね、それに対する董仲舒の答えとして載せられた篇中最長と思われる一条、弓の名人の李広が放った矢が石につきささったことについての議論なども同様に衒学的な性格を持ったものである。

巻六の最後の条には、秋胡の話しを載せる。新婚早々宮仕えに出た秋胡という男が、三年ののち、故郷への帰途、道ばたで桑をつむ女性を見て、金を与えて挑もうとするが、その女性はなびかない。家に帰りついてみて、桑をつんでいた女性は実は彼の妻であったことを発見する。夫の不貞に絶望した彼女は自殺してしまうという、後漢時代以来、画像石に描かれ(図四八)、六朝の歌謡にもしばしば歌われる物語りである。[6]

図48　秋胡故事画像石

「西京雑記」は、この話しを載せるために、もう一人別に同名の秋胡がいて、こうした伝説があるため結婚ができなくなりそうになったとき、馳象という人物がそれを執り成して「むかし魯人の秋胡は……」と語って、別人であることを明らかにしたという込み入った形式を取る。その後に二人の曾参、二人の毛遂の例を挙げ、[7]

「玉の未だ理《おさ》めざる者を璞《はく》と為し、死鼠の未だ腊《せき》せざる者も亦た璞《はく》と為す。月の旦を朔《さく》と為し、車の輈《ながえ》も亦た之を朔《さく》と謂う。名は斉《ひと》しきも実は異なる。宜しく辨ずべき所なり。」

と、いささか得意げな口調で、結論をつけている。

こうした衒学的な部分は、その議論自体としてはあまり内容のないものである。董仲舒の雹についての陰陽の気による説明が四字句で文章を整えようとしていることから言っても、このような議論はその内容よりも表現、あるいはその衒学的な語り口自体に、興味の中心があったものであろう。

上に述べた羅列的な特色と衒学的な特色とは、「博物志」の内容とも重なるものであるが、こうした記録が知識人のための百科事典的な記載であったと言うより、かえって講釈師(物語りを専門的に語る人物)が扱う説話となんらかの関係があったことを示唆している。すなわち、こうした性格は、彼らの口演に当っての話しの内容と聴衆に対する姿勢のティピカルな表出である、その語り口に由来するものと考えられるのである。我が国の軍記ものなどの講唱文藝的な物語りの処々にあらわれる有職故実や中国の典故のひけらかしや、例えば「平家物語」の源氏揃の巻に見られるような羅列と同じような性格を見て取ることができるであろう。

また、巻二には、匡衡が貧乏の中で学問に励んだときのこととして、燭《あかり》がないので隣家との間の壁に穴をあけ光を盗んで書物を読んだという逸話と並んで、邑人の大姓の文不識のもとで仕事に励み、その代償として書物を譲り受けたという話しを載せている。文不識(文字を識らぬ)という名前の付け方の無造作さは、愚公や智叟の出てくる寓話や昔話しを連想させる。寓意的な人名の付け方にあまり異和感を懐かない、いわば非文学的な説話の場の中で、この話しが成長したことを暗示しよう。

「四庫提要」子部小説家類の西京雑記の条は、「西京雑記」の内容に「史記」や「漢書」と合致しない点が多いことを一々指摘している。それに対し、必ずしも間違ってはいないのだとする弁護論もある。例えば、巻三の、

文帝為太子立思賢苑、以招賓客、苑中有堂隍六所、客館皆広廡高軒、屛風幃褥甚麗

の条について、「四庫提要」は「文帝　太子為《た》りしとき、思賢苑を立て、以って賓客を招く」云々と読み、文帝は代王から即位したのであって、太子となったことはなく、「西京雑記」の記事は誤りだとする。それに対し、前に挙げた洪業氏の「再説西京雑記」の論文は、この一文は「文帝　太子の為《ため》に思賢苑を立つ」と読むべきであって、そうすれば正史と矛盾しているなどと言い立てる必要はないと論じている。

この部分は恐らく洪業氏の如く読むべきであろうが、「提要」の指摘するように、この書物の中に正史と合致しない記事が少なくないのも確かである。しかしこうした問題も、その記事が正しいとか誤っているとか言うのではなく、説話の伝承という視点から考えてゆくべきではなかろうか。この書物と同様に、表面的には春秋時代末の呉と越の争いの歴史記録という形式を取りながら、処々で正式の歴史書と矛盾する記事を内容としている書物に「呉越春秋」がある。陳中凡氏は「論呉越春秋為漢晋間的説部及其藝術上的成就」(8)と題した論文の中で、「春秋左氏伝」「国語」「史記」などの歴史書と「呉越春秋」の内容とを比較され、多くの矛盾する点があるところから、「呉越春秋」を〝説部〟なのだとしている。陳中凡氏が〝説部〟の語によって具体的にどのようなものを考えておられるのか十分には明らかでないが、「呉越春秋」が説話伝承者の間で発達し、その伝承の過程で正式な歴史書とは矛盾する内容を附加してきたのだと、陳氏の結論を演繹することが許されるであろう。

「西京雑記」の場合も同様に考えることができよう。そうして更に「西京雑記」の場合には、陳中凡氏がその性格について具体的には述べられなかった説話伝承者の姿を、その文章の間から見てとることができるのである。

説話の伝承者を追うという視点で「西京雑記」の本文を読んでみると、まず劉歆が浮かび上がる。この書物の処々に伝承者の位置を示す「余」、「家君」といった言葉がちりばめられていて、「西京雑記」全体が劉歆に記録者としての視点を置いて纏められていることを知ることができるのである。

まず「余」の例を挙げれば、巻三に、(9)

郭威、字は文偉、茂陵の人である。読書を好んだ。彼の意見では、「爾雅《じが》」は周公の作とされるが、「爾雅」の本文に「張仲孝友」の句があり、張仲は周の宣王の時代の人物であるから、この書物が周公の作ではないことは明白である、とのことであった。私(余)は、あるときこの事について揚子雲(揚雄)の意見を求めた。揚子雲は言った、孔子の門徒の子游や子夏らが記したもので、六藝の解釈に役立てようとしたのである、と。

とあり、上述の衒学的な特色を持った条の例にもなる。また巻六には、次のような条がある。(10)

昆明池には、戈船と楼船とが、それぞれ数百艘ずつあった。楼船は、船上に物見やぐらを建て、戈船は、船上に戈や矛を立て、四すみにはみな幡旄《のぼり》を垂らし、旌《はた》や葆《はねかざり》、衣笠《きぬがさ》などが水涯《みずぎわ》に照り映えていた。私(余)は、若い頃、これを見たときのことを、まだ思い出すことができる。

「家君」の例としては、前引の「爾雅」の作者についての議論の最後に家君(自分の父)の説を引き、「爾雅」は周公の作で、「張仲孝友」といった類の句は後人が附加したものだと結論づけているほか、巻二には次のような条がある。(11)

成帝は蹴鞠《けまり》を好まれた。臣下たちは、蹴鞠は身体を疲れさせますゆえ、至尊がなさるにはふさわしくございません、と意見をした。帝は言われた、朕はこれが好きなのだ。なにか似ていて身体を疲れさせぬ遊びを捜して申すように、と。父上(家君)が弾棊(おはじきの一種)を作って献上したところ、帝は大いに喜ばれ、青い羔裘(小羊の皮ごろも)と紫色の糸履(絹の靴)を賜わった。父上は〔それ以来〕それらを着用して朝観された。

こうした「余」や「家君」の語の使用から確認されるのは、これらの記録が、正式の歴史書のように個人を離れた鳥瞰的な視点から記述されるのではなく、ある個人の目を通したという形式で書きとめられていることである。その個人(すなわち余)が劉歆であると、「西京雑記」の本文からだけでは断定できない。しかし父親が成帝の朝に仕え、自身は揚雄と親しい関係にあった(揚子雲と字で呼ぶのもそれを強調しようとしてのことであろう)人物であり、劉向

「新序」などの意見が内容に利用されていることと考え合わせて、後述のこの書物の跋文と切り離して考えても、劉歆がその内容の記録者としての役目を負わせられていたことは、ほぼ間違いのないところであろう。

「世説新語」巧藝篇の劉孝標注に引く傅玄「弾棊の賦」の叙は、劉向が蹴鞠の代りに弾棊を作ったと述べている。(12)上に引用した巻二の家君の条と対照するとき、晋の傅玄の時代までには、家君が劉向で余が劉歆であるという「西京雑記」の結構の骨となる枠組みができていたことを知ることができるのである。

このように記述がある個人の目を通して行なわれているということに関連して、「漢武故事」も同様の技法を用いていたらしいことを推測させる条がある。すなわち、東方朔の房中術による長生を述べて、「漢武故事」には次のような記事がある。(13)

ただ長陵の徐氏で儀君と呼ばれる一婦人だけが、よく東方朔の術を伝え、今上陛下の元延年間に到って、すでに百三十七歳になっていたが、見たところは童女のようであった。……都の内の淫乱を好む者たちは、争って彼女のもとを訪れた。翟丞相は上奏をし、風俗を損ずるゆえ淫乱の最もひどい者を死刑に処せられるように、と願い出た。今上陛下はそれを許されず、かわりに、この婦人を敦煌に流された。彼女は、そののち異民族の間にまぎれてしまって、その終りは分からない。

元延年間とあることから、この条に見える「今上」は前漢時代末の成帝を指していることが知られる。成帝を今上と呼ぶ時代設定から言って、「漢武故事」も、もともとその記録者として劉向あるいは劉歆を置いていたのではないかと考えることもできよう。更に大胆に飛躍をすれば、「西京雑記」と「漢武故事」とが同じような時代と事柄とを扱いながら内容の点ではほとんど重なることがないのは、両書が元来は一つのものであったことに由来するのだとも考えられる。一つの書物が分裂してこの両書になったのだとまでは断言できぬにしても、両書が補いあう関係にありつつ並存したのだと考えることは可能であろう。

劉歆という人物を軸とした「西京雑記」と「漢武故事」との結びつきについてはなお推測の域を出ないが、少なくともこの両書は、その結構の枠組み的な部分の性格の共通性から言っても、密接な関係を持ちつつ成立したものと考えることができる。「漢武故事」の通行本に筆者として班固の名が冠せられているのは、元来の、前漢末のある人物の目を通して記述されるという仮託の意味すら分からなくなった時代の者のしわざなのである。[14]

(1)　「旧唐書」経籍志史録起居注類、西京雑記一巻、葛洪撰(地理類同)。「新唐書」藝文志起居注類、葛洪西京雑記二巻(地理類同)。「日本国見在書目録」旧事家、西京雑(記)二巻、葛洪撰。
余嘉錫『辨証』巻一七、子部小説家類、一九五八年、北京。

(2)　「酉陽雑俎」巻一二。庾信作詩時、用西京襍記事、旋自追改曰、此呉均之語、恐不足用。

(3)　『歴史語言研究所集刊』第三三本、一九六一年。

(4)　同右、第三四本下、一九六三年、のちに『洪業論学集』一九八一年、北京。

(5)　有之。夫目瞷得酒食、灯華得銭財、乾鵲噪而行人至、蜘蛛集而百事喜。小既有徴、大亦宜然。

(6)　ちなみに、秋胡伝説は遡ってゆけば、その祖形になったものが民間で実際に伝承されていた説話であったであろうことは、次のような、張良に関する民間伝説との対比からも知られるであろう(烏丙安『民間文学概論』一九八〇年、春風文藝出版社、沈陽、一〇五頁の引用による)。

漢王朝の初年のこと、張良という人物がいた。彼は、劉邦(漢の高祖)が天下を取るのを助けたのであるが、後に劉邦が皇帝となると、張良は、各地に遊んで山川を楽しみ、神仙を学んだ。彼は長い間、一度も家に帰ったことがなかった。ある日、たまたま自分の家の綿ばたけのそばを通りかかった。見れば十八歳の年ごろの娘が、ちょうどはたけで綿花を摘《つ》んでいた。その娘はとても美しく、張良は一目見て気をそそられた。しばらく見つめたあと、彼は声を張りあげ、大きな声でその娘に唱いかけた。

誰の畑で、誰の綿花《わた》
綿花を摘むのはどこの娘さん？
どこかの娘さんが、いっしょに二三晩、寝てくれたなら
冬には綾羅《あやぎぬ》を、夏には紗《うすぎぬ》を着せましょう

その娘は、声を聴き頭を上げて見て、彼女をからかっているのが、まぎれもなく久しく家に帰ってこぬお父さんだと知った。そこで彼女も声を張りあげ、歌で返事をした。

張の家の畑で、張の家の綿花
張良の娘が綿花を摘みます
阿娘《おっかさん》は、あんたと長らくいっしょに寝たけれど
阿娘が、冬に綾羅を、夏に紗を着たことなど、とんと見たことありません

張良はこれを聴き、恥かしくて顔もよう上げず、そのまま慌ててあたふたと行ってしまった。

この張良とその娘とのかけ合い、秋胡とその妻とのやり取り、そうして、これも楽府歌曲に留められる、桑畑での秦羅敷と太守の応酬など、登場人物は様々であっても、その基本的な構造は一貫していることが知られる。すなわち農耕地における男女の性的な応酬ということがいずれの場合にもその枠組みとなっているのである(そうして遡ればこれは豊饒を祈る農耕儀礼に起源するのであろう)。張良の物語りに示されているように、男女の応酬はもともと歌謡によって行なわれていた(歌垣である)。この歌謡による応酬が起源となって、故事全体を歌謡で叙述する秋胡や秦羅敷の楽府も、その一つの展開の形として生長したのだと推定される。

(7)　玉之未理者為璞、死鼠未腊者亦為璞。月之旦為朔、車之輈亦謂之朔。名斉実異、所宜辨也。
なおこうした知識が物語り的背景を持ったものであったこと、「戦国策」秦策第三の「鄭人謂玉未理者璞」の条を参照。

(8)　『文学遺産増刊』第七輯。また中鉢雅量「呉越の春秋」『大安』一九六五年五・六号、も参照。

(9)　郭威、字文偉、茂陵人也。好読書、以謂、爾雅周公所制、而爾雅有張仲孝友、張仲宣王時人、非周公之制、明矣。余嘗以問揚子雲。子雲曰、孔子門徒游夏之儔所記、以解六藝者也。

(10)　昆明池中有戈船楼船、各数百艘。楼船上建楼櫓、戈船上建戈矛、四角悉垂幡旄、旌葆麾蓋、照灼涯涘。余少時猶憶見之。

(11)　成帝好蹴鞠。群臣以蹴鞠為労体、非至尊所宜。帝曰、朕好之。可択似而不労者奏之。家君作弾棊以献。帝大悦、賜青羔裘紫絲履。服以朝覲。

(12)　傅玄弾棊賦叙曰、漢成帝好蹴鞠。劉向以為労人体、竭人力、非至尊所宜御。乃因其体作弾棊。

(13)　「漢武故事」(古今逸史本)
惟有一女子長陵徐氏、号儀君、善伝朔術、至今上元延中、已百三十七歳矣。視之如童女。……京中好淫乱者争就之。翟丞相

奏、壊風俗、請戮尤乱甚者。今上弗聴、乃徙女子于燉煌。後遂入胡、不知所終。

なおこの一条は、魯迅『古小説鈎沈』所収の輯本「漢武故事」には見えない。類書等に引用のない条であるから議論に使用せぬのが安全なのかも知れない。しかしこの章では、「漢武故事」に限らず「王子年拾遺記」「漢武別国洞冥記」などの小説的な作品についても、現行のテキストをそのまま用いた。唐宋の書物中の引用文から原本の形をしっかりと見定めて、その上で議論をするのが正道であろうが、恐らくきわめて複雑なテキストの伝承を経ているであろうこれらの物語り的諸作品に対しては、現行のテキストを可能なかぎり利用してその大まかな性格を規定し、その基礎の上に細部の整理を行なう方法も、過渡的にはありうると考えるからである。

さらに附言すれば、引用の条に見える儀君が房中術を行なって敦煌に流されたという話しは、「弘明集」巻八の釈玄光「辯惑論」に、「夫滅情去欲、則道心明真、群斯班姓、妄造黄書、呪癩無端、以伏軽諂、乃開命門、抱真人嬰児、廻戯龍虎、作如此之勢、用消災散禍、其可然乎、其可然乎。漢時儀君行此為道、觝魅乱俗、被斥燉煌」とあり、この一条の内容をなす荒筋が少なくとも六朝中期には存在していたことが知られる。時代が大きく降ってからの附加ではないことを消極的にではあるが証明しよう。

(14) 余嘉錫『四庫提要辨証』も「漢武故事」の内容が時代的に班固と合わないことを指摘している。

二 方術と小説

「西京雑記」には、余や家君がある一条の直接の登場人物として出現するほかに、匠人の丁緩、幻術者の鞠道龍《きくどうりゅう》、宮女の賈佩蘭などが語ったことを自分(余)あるいは別人が聞いて記録したのだという形式を取っている条がいくつかある。

匠人の例としては、巻一に、趙飛燕の妹が住んでいた昭陽殿の建物や調度の贅をつくした様子を記述したあとに、次のような附記がある。(1)

匠人の丁緩、李菊は、巧は天下第一たり。締構すでに成り、其の姉子の樊延年に向いてこれを説く。而して外人知ること稀に、能く伝うる者なし。

丁緩や李菊たちが、自分たちが完成した宮殿や調度のすばらしさについて、姉の子の樊延年にこまごまと語った。樊延年が聞いたその内容が、「西京雑記」に記録されることになったのである。「外人は知ること稀に、能く伝うる者はない」のであるが、こうした伝承過程を経て、この書物にだけは伝わっているのだと強調する所に特色がある。

同じ巻一の、上林苑に献上された名果異樹を列挙したあとに置かれた注記も同様である(2)。

余《われ》 上林令の虞淵に就きて、朝臣の上《たてまつ》りし所の草木名二千余種を得たり。隣人の石瓊 余に就きて借らんことを求め、一に皆な遺棄す。いま記憶する所を以って、篇右に列《なら》ぶ。

自分が上林苑の管理者から聞いた詳しい草木の名前二千余種は、その記録を人に貸したために失われてしまい、ただ自分の記憶にあるものだけをここに記したと言う。こうした屈折した伝承を経てこの書物にだけ伝わるのだという思わせぶりの表示は、大きく言えば「西京雑記」の成立基盤にも繋がっているように見える。こうした思わせぶりは、「西京雑記」の編者の読者に対する基本的な姿勢なのであり、それは恐らくこの書物を作り上げている個々のエピソードを伝承してきた講釈師たちの聴衆に対する基本的な口調の反映であったのであろう。語り手は、自分は漢の宮中の人と特別な関係があり、その関係を通じてこのことは自分だけが知っているのだと強調し、聴く者の方も、自分だけがそれを聴けるという、なにか共犯者的な心理となってそれを有難がる――そのような物語りの場が想定できるかも知れない。

巻三では、幻術者の鞠道龍が、黄公という方術者が術力おとろえて虎に食い殺されたことを語っている(3)。

余《われ》の知る所に鞠道龍なるものあり。善く幻術を為《な》す。余に向いて古時の事を説く。東海の人、黄公あり。少《わか》き時術を為し、能く蛇を制し虎を御し、赤金の刀を佩び、絳《あか》き繒《きぬ》を以って髪を束《つか》ね、立《たちどころ》に雲霧を興《おこ》し、坐《いながら》に山河を成す。衰老に及び、気力羸憊《おとろ》え、酒を飲むこと度に過ぎ、復た其の術を行なうこと能わず。秦の末に、白虎あり、東海に見《あらわ》る。黄公乃ち赤金の刀を以って往きて之を厭《よう》す(まじないで退ける)。術すでに行なわれず、遂に虎の殺す所となる。三輔(都近郊)の人の俗《ならい》 用いて戯《しばい》と為す。漢帝も亦た取りて以って角抵《かくてい》の戯(あらごとのしばい)と為す。

又た説く。淮南王 方士を好む。方士は皆な術を以って見《まみ》ゆ。遂に地を画して江河を成し、土を撮《つま》みて山巌を為し、嘘吸して寒暑を為し、噴嗽して雨霧を為すことあり。王も亦た卒《つい》に諸《もろもろ》の方士と倶《とも》に去る。

ここにおいても、黄公や淮南王のことを鞠道龍が語ったのを自分が記録をしたのだという、中間にクッションのある伝承の形式が取られている。黄公の条の最後には、この事が劇に仕組まれて宮中でも上演されたと注記される。「赤金の刀を佩び、絳《あか》き繒《きぬ》もて髪を束ぬ」という記述は、恐らく演劇の装束と関連しよう。しかしここに記されるように説話が先にあってそれが演劇に取り入れられたのではなく、逆に演劇に結びついてこの話しが存在していたのだと考えるべきであろう。

この東海の黄公の劇が実際に宮中で上演されていたことは、張衡の「西京の賦」の宮中の百戯を描写した部分からも知ることができる。この賦の終り近く、平楽観で行なわれる百戯を述べた部分を次に挙げ、薛綜(三国呉の人)の注によって補いつつ解釈をつけてみよう。[4]

大駕は平楽のやかたに幸《みゆき》し、甲乙〔の帳《とばり》〕を張り、翠《みどり》の被《うちかけ》を襲《かさ》ぬ。珍宝の玩好なるを攢《あつ》め、瑰麗にして以って奓靡なるを紛《まじ》う。迴《ひろびろした》 望の広場に臨み、角觝の妙戯を程《こころ》む。

天子は平楽観に入ると、観の前の広場で百戯を始めるようにと命じた。観は、恐らくこうした藝能を見るための建物で、南面して前に広場(そこが舞台となる)があり、東を上手《かみて》としていたらしい。

烏《う》獲《かく》は鼎を扛《あ》げ、都盧《とろ》は橦《はたざお》を尋《のぼ》る。狭きを衝《くぐ》り燕のごとく濯《みずあ》びし、胸に銛《するど》き鋒《やいば》を突きたつ。丸剣の揮《めまぐるしい》 霍たるを跳《おど》らせ、索《つな》の上を走りて相い逢う。

力士が重い鼎を持ち挙げ、身軽な藝人が旗竿を登り降りする。剣の輪の中をくぐり、水盤の上を飛んだり跳ねたりして鳥の水あびのような軽わざをし、胸に刀を突き立てる。丸《たま》や剣をお手玉にし、ピンと張られたロープの両端から走ってきた綱渡りの藝人が中央でみごとに行きちがう。

華岳は峩峩として岡巒《やまやま》は参差《しんし》。神木霊草、朱《あか》き実は離離《たわわ》なり。総《すべ》て僊倡を会《あつ》め、豹を戯《おど》らせ羆《ひぐま》を舞わす。白虎は瑟《こと》を鼓《ひ》き、蒼龍は篪《ふえ》を吹く。女娥《じょが》 坐して長歌すれば、声は 清暢《きよくのびやか》にして蜲蛇《なよやか》なり。洪涯《こうがい》 立ちて指麾し、毛羽の襳襹《せんし》なるを被《き》る。曲を度《つ》ぎて未だ終らざるに、雲起り雪飛ぶ。初め飄飄たる若く、後には遂に霏霏たり。

やがて舞台には華山が出現する。山には霊草が茂り、仙果がたわわに実り、虎や龍のぬいぐるみをつけた楽人たちが音楽を奏しており、神女が歌い、羽人がそれを指揮する。音楽が終らぬうちに、雪が降ってきて舞台上の一切をかき消してしまう。

複陸重閣、石を転じて雷と成す。礔礰《へきれき》激して響を増し、磅礚《ぼうがい》 天威を象《かた》どる。巨獣の百尋なる、是《これ》を曼延《まんえん》となす。神山の崔巍《けわし》き、欻《たちま》ち背《せ》より見《あらわ》る。熊虎 升りて拏攫《つかみあい》し、猨狖《ましら》 超《こ》えて高く援《よ》ず。怪獣は陸梁《あば》れ、大雀は踆踆《(たちもとおる)》たり。白象は行《ゆ》くゆく孕《はぐく》み、垂れし鼻は轔囷たり。海鱗変じて龍と成り、状《かたち》 蜿蜿として以って蝹蝹。含利 颬颬として、化して仙車となり、四鹿に驪《つら》ね駕し、芝蓋に九つの葩《はな》あり。蟾蜍《ひきがえる》と亀と、水人は蛇を弄ぶ。

複道(二階だての渡り廊下)の上で石を転がして雷鳴に擬すると、舞台は一変する。百尋もある巨獣が現れて曼延の戯をなすのである。巨獣は舞台の中央まで進むと、背中からぱっと神山を現す。神山には熊や虎、猿たちが登っている。怪獣があばれまわり、大きな雀や白い象も出てくる。大魚が龍に変り、含利の獣も、四匹の鹿に引かせた仙車に化ける。蝦蟇と亀とが踊り、水人は蛇をおもちゃにする。

奇幻 儵忽《しゅくこつ》として、貌を易《か》え形を分かつ。刀を呑み火を吐き、雲霧 杳冥たり。地を画して川を成し、渭のかわを流し涇のかわを通ず。東海の黄公、赤刀もて粤祝《えつじゅ》す。白虎を厭《よう》せんと冀《こいねが》いて、卒《つい》に救う能わず。邪を挟《さしはさ》み蠱を

図49 曼衍角抵戯

図50 沂南画像石百戯図

作すも、是に於いて售《おこな》われず。

続いて幻術師たちが登場する。目まぐるしく容貌を変え分身の術を使う。刀を呑み、口から火や雲霧を吹き出し、地面に線を引くとそれが大河となる。東海の黄公が現れ、赤い刀を持ち南方の蛮人風の呪文を唱えて虎を退治しようとするが、逆に虎に食われてしまう。

まだ百戯は続けられているが、黄公が虎に食われた所で引用を止めたい。この最後の幻術の部分は、文選李善注も指摘するように、「西京雑記」の中で鞠道龍が語る物語りとその内容がよく符合している。黄公のことは言うまでもないが、同じく鞠道龍が語る、淮南王劉安の昇仙の話しにおいても、方士たちが「地を画して江河を成し、土を撮みて山巌を成し」、また「噴嗽して雨霧を為す」のは、「西京の賦」の「地を画して川を成し」「雲霧杳冥たる」に対応しよう。同じく劉安の昇仙を説く葛洪「神仙伝」巻四には、老人の姿で現れた淮南八公が門番の目の前でたちまち八人の童子に変ったとあるが、これも「西京の賦」に「貌を易え形を分かつ」とある幻術になんらかの関係があろう。すなわち淮南王の昇仙の話しや黄公の虎退治の物語りは、宮中の百戯、その中でも特に幻術的部分と、強い結びつきがあったことが推定されるのである。なお、図四九・五〇に示したのは、後漢時代以来の画像石などに見える百戯の例である。この画面からも、こうした藝能にともなう雰囲気を窺うことができよう。

黄公についてもう少し考えて見ると、「西京の賦」の薛綜の注は次のように言う。

　東海に能く赤刀もて禹歩し、越人の祝法を以って虎を厭する者あり、黄公と号す。

この刀を持って禹歩《うほ》(特別のステップを踏む)(5)することに関連して「冥祥記」の次のような記事が注意される。劉齢という人物がいて、佛法を奉じ、宅中に精舎を立てて、怠りなく佛事を修していた。元嘉九年(四三二年)三月二十七日に父親が急病で死んだ。巫祝《みこ》たちはそろって、劉の家からは更に三人の死者が出るだろうと告げた。隣家に住む道士祭酒の魏叵《ぎは》は、章符を用いて呪術を行ない、附近の民衆の信仰をあつめていたのであるが、その魏叵が劉に言った、「あなたの家の衰禍がやまないのは、胡神(異民族の神――佛陀)を奉じているからです。〃大道〃に仕えれば必ず福祐《さいわい》を蒙ります」と。このように勧誘して佛法を棄てさせると共に、精舎の中のお経や佛像や旛幀のたぐいを燃やしてしまおうとした。しかしそれらの佛具は少しも燃えず、かえって佛像は中夜になると明るい光を放った。しかし魏叵はあきらめない。(6)

　叵らの師徒、猶お盛意やまず。被髪して禹歩し、刀と索《なわ》とを執り持ちて、佛を斥《しりぞ》けて胡国に還し、中夏に留まりて民に害を為すをえざらしめんと云う。

刀と縄とを手に持ち、ざんばら髪で禹歩を行なうのは、邪悪なものを踏み鎮め、人間世界から追放するための呪法であったのであろう。その邪悪なものは、黄公の場合は虎なのであるが、魏叵師徒は胡神の佛陀もその一類と見なして追いはらおうとしたのである。「冥祥記」の記事からも知られるように、南北朝期においてもこうした呪法が道士たちによって実修されていた。

恐らく同様の実修を持っていた漢代の方士たちが宮廷に近づくと共に、その儀礼は元来持っていた宗教的な意味を失い、「老いさらばえた呪術者が頼りない腰つきで虎に近づき、結局は虎に食われてしまう」という内容の滑稽劇に変身したものであろう。

中国の演劇の起源は、古く遡れば先秦時代の宮廷の俳優たちの所作事《しょさごと》にゆきつく。しかし幾分かはその内容を知り得て後世に繋がってゆくのは、王国維の『宋元戯曲史』が唐の開元以後に盛んになったとしている、踏揺娘や参軍戯などの滑稽劇である。演劇が宗教儀礼の中から自立してくるその最初が滑稽劇であったと限定はできぬにしても、演劇史の初期に顕著である滑稽劇の具体的な存在は、少なくとも「西京の賦」の作者、後漢の張衡の時代まで遡らせてたどることができよう。また南北朝期の道士たちがまだ宗教的な意味を喪失させずに実修していた儀礼が、宮中では早く演劇化していた原因は、宮廷という特殊な世界に入ると共に本来の成立基盤から切り離されてしまったことに求めることができるであろう。民衆の生活から離れた呪術師たちは、彼らの実修を積極的に藝能化することによって、代って支配者層の保護を求めたのである。「西京の賦」にも見られる、宮中の百戯の持つ強い神仙的雰囲気は、このような藝能人化した方士たちとの関係を考えることによって、よく理解されるであろう。(7)

「漢書」藝文志の小説家の条には、一見したところ雑多な書物が載録されているようであるが、その大部分は宮中の口頭藝能に関係があったであろうことを指摘できる書物である。〃小説〃という語は、魯迅『中国小説史略』も指摘するように、先秦諸子の文章の中に既に見える。しかし後世に繋がってゆく意味での小説の説の語は、「西京雑記」においても、

鞠道龍が古時の事を説いた。

賈佩蘭が宮中で見た事を説いた。

等々とあるように、なんらかの意味で〃語り物〃を意味していたと思われる。「三国志」巻二一の裴松之注に引く「魏略」には、[8]

曹植は、白粉をつけると、冠をとり膚ぬぎになって、邯鄲淳の前で、胡舞や五椎鍛の戯、跳丸《おてだま》や撃剣を行ない、俳優の小説数千言を誦した。

とあって、小説が百戯的な藝能の一部をなすと共に、それが〃誦する〃ものであったことが分かる。再び「西京の賦」に拠れば、上林苑に向かう主君の属車には小説家も侍している。[9]

乃ち秘書あり。小説九百、もと虞初《ぐしょ》よりす。従容《しょうよう》の求《たず》ねに、寔《ここ》に俟《ま》ち寔に儲《そな》う。

この虞初の「周説」九百四十三篇(漢書藝文志)は、周代のことを語る歴史物語りであったにちがいないが、これも「周の説」と名付けられている。そうして藝文志の班固の自注に、この虞初が武帝のとき方士の技能を以って侍郎となったと記されていることは、上述の方士と藝能者(小説家を含む)との密接な関係を裏付けるであろう。[10]

この章でその性格を考えようとしている「博物志」「王子年拾遺記」等々の作品の中に漢の武帝が主人公となっている話しが多く、特に「漢武故事」が武帝時代の物語りを中心にして成り立っているのも、「漢書」武帝紀に、[11]

〔元封〕三年春、角抵の戯を作る。三百里の内、みな来たりて観る。

同じく西域伝の賛に、

孝武の世……酒池肉林を設けて、以って四夷の客を饗し、巴兪都盧・海中碭極・漫衍(曼衍)魚龍・角抵の戯を作りて以って之に観視《みせ》しむ。

などとあり、虞初も武帝のとき侍郎となっているように、こうした藝能者たちを積極的に宮中に取り入れたのが武帝であったことに一つの原因があろう。「史記」封禅書に見えるように、武帝の事跡自体が神仙的な説話に結びつきやすかったこともあろうが、上述したように封禅書に活躍する方士たちと百戯の藝人とがほとんど一つのものであったとすれば、武帝の方士登用に附随して宮中に入った藝能者たちが、子孫代々、藝能の制度を整えた主君として武帝に特別の親しみを懐き、多くの説話を武帝に集中させたであろうことも想像にかたくない。「漢武故事」に、(12)

　未央庭中に角抵の戯を設け、外国を享す。三百里の内、みな観る。角抵なる者は六国(戦国時代の東方諸国)の造《はじ》めし所なり。秦　天下を幷せ、兼ねて之を増広す。漢興《おこ》りて罷《や》むと雖ど、然れども猶お都《み》なは絶えず。上(武帝)に至りて復《ま》た採りてこれを用う。四夷の楽を幷せ、襍《まじ》うるに奇幻を以ってし、鬼神の若きあり。角抵なる者は、角力をして相い抵触せしむる者なり。其の雲雨雷電、真に異なるなし。地を画して川と為し、石を聚めて山を成す。倏忽として変化し、為さざるなし。

とある記事は、藝能者たち自身の百戯の起源についての伝承に拠った記述なのであろう。

　小説家と方士とを結びつけて考える議論として、既に王瑶氏に「小説与方術」の論文がある。(13) 王瑶氏は、巫から発達した方士たちが、支配者層の歓心を買うために、自らの術を〝神〟(神秘化し霊験あらたかなものに見せる)にしようとして小説的な作品の著述を行なったのだとされる。そうして特に彼らが漢の武帝を取り挙げることが多いことについては、「ちょうど儒家が堯舜を称道するように、方士(のちの小説家)も、一人の帝王を取り挙げて、方士を信任したがために太平興国を致すことができたという標準的な実例にする必要があった。……秦の始皇帝は国祚が短く、当然おめでたい例ではない。こうした点から標準に最もよく適合する人物として、漢の武帝に勝るものはなかった」とされる。私もこの説明を否定はしない。ただ方士と小説家の中間に、両者をつなぐものとして、宮廷藝能者を入れることが、この時代の小説の様式と内容の特色とを考えるとき、どうしても必要だと思う。(14)

(1)　匠人丁緩李菊、巧為天下第一。締構既成、向其姉子樊延年説之。而外人稀知、莫能伝者。

(2)　余就上林令虞淵、得朝臣所上草木名二千余種。隣人石瓊就余求借、一皆遺棄。今以所記憶、列於篇右。

(3)　余所知有鞠道龍、善為幻術。向余説古時事。有東海人黃公。少時為術、能制蛇御虎、佩赤金刀、以絳繒束髮、立興雲霧、坐成山河。及衰老、気力羸憊、飲酒過度、不能復行其術。秦末、有白虎見於東海。黄公乃以赤刀往厭之。術既不行、遂為虎所殺。三輔人俗用以為戯、漢帝亦取以為角抵之戯焉。又説、淮南王好方士、方士皆以術見。遂有画地成江河、撮土為山巌、噓吸為寒暑、噴嗽為雨霧。王亦卒与諸方士倶去。

(4)　張衡「西京賦」(文選巻二)

大駕幸乎平楽、張甲乙而襲翠被、攢珍宝之玩好、紛瑰麗以奓靡、臨迴望之広場、程角觝之妙戯。烏獲扛鼎、都盧尋橦、衝狭燕濯、胸突銛鋒、跳丸剣之揮霍、走索上而相逢。華岳峩峩、岡巒参差。神木霊草、朱実離離。総会僊倡、戯豹舞羆。白虎鼓瑟、蒼龍吹篪。女娥坐而長歌、声清暢而蝼蛇。洪涯立而指麾、被毛羽之襳襹。度曲未終、雲起雪飛。初若飄飄、後遂霏霏。複陸重閣、転石成雷。礔礰激而増響、磅礚象乎天威。巨獣百尋、是為曼延。神山崔巍、欻従背見。熊虎升而拏攫、猨狖超而高援、怪獣陸梁、大雀踆踆、白象行孕、垂鼻轔囷。海鱗変而成龍、状蜿蜿以蝹蝹。含利颬颬、化為仙車、驪駕四鹿、芝蓋九葩。蟾蜍与亀、水人弄蛇。奇幻儵忽、易貌分形。呑刀吐火、雲霧杳冥、画地成川、流渭通涇。東海黄公、赤刀粤祝、冀厭白虎、卒不能救。挟邪作蠱、於是不售。

(5)　禹歩の詳細は「抱朴子」内篇登渉篇に見える。また M. Granet, *Danses et Légendes de la Chine ancienne*, p. 549, Le pas de Yu, 1926, Paris, 藤野岩友「禹歩考」『中国の文学と礼俗』一九七六年、角川書店、を参照。

(6)　王琰「冥祥記」第八五条(魯迅『古小説鉤沈』輯本)

叵等師徒、猶盛意不止。被髪禹歩、執持刀索、云斥佛還胡国、不得留中夏、為民害也。

(7)　宮中の百戯については、濱一衛「角觝百戯について」『文学論輯』七号、一九六〇年、劉光義「秦漢時代的百技雑戯」『大陸雑誌』第二二巻六期、一九六一年、などを参照。

(8)　魚豢「魏略」

植……傅粉、遂科頭拍袒、胡舞五椎鍛、跳丸撃剣、誦俳優小説数千言。

(9)　乃有秘書、小説九百、本自虞初。従容之求、寔俟寔儲。

(10)　虞初の方術の一端は、「漢書」郊祀志下に、太初元年、大宛を征伐するに際し、虞初らが方祠をもって匈奴大宛を詛したとある記事からも窺われよう。〝詛〟の方術は、「詛楚文」などによっても、古代の巫祝の術に結びついていることが知られる。虞初らの方術(さらに広くは〝小説〟の技法)も巫祝の技術にその源流を持っていることが推定されよう。

(11)　「漢書」武帝紀第六、元封三年

三年春、作角抵戯、三百里内皆来観。

同西域伝第六六賛

孝武之世……設酒池肉林、以饗四夷之客、作巴兪都盧、海中碭極、漫衍魚龍、角抵之戯、以観視之。

(12) 「漢武故事」(『古小説鈎沈』輯本)

未央庭中設角抵戯、享外国、三百里内皆観。角抵者、六国所造也。秦幷天下、兼而増広之。漢興雖罷、然猶不都絶。至上復採用之。幷四夷之楽、襍以奇幻、有若鬼神。角抵者、使角力相抵触者也。其雲雨雷電、無異於真。画地為川、聚石成山、倏忽変化、無所不為。

(13) 王瑶『中古文学史論集』一九五六年、上海、所収。

(14) 更に附け加えれば、王瑶氏は方士から小説家への線上に志怪・志人小説の発生や発達ものせて説明される。例えば干宝「捜神記」序の「神道の誣《いつわ》りならざるを発明する」という宣言も、方士たちが自らの術を〝神〟にしたのと同性質のものだとされている。もちろん志怪・志人小説がこうした方士たちに起源する物語りと無関係だとは言えない。しかし志怪・志人小説の編者たちの記述する内容に対する態度には、私がここで範囲を限定して扱っている作品群の場合と、いささか隔たりがあるように見える。ここで主に取り扱っている作品群に対しては、王瑶氏の論はよく当て嵌まるであろうが、志怪・志人小説に属する諸作品については、知識人たちの現実意識という項目を附加した、もう一段の考察が必要であろう。

三 伝承者たちとその技法

以上のような分析にもとづいて考えるとき、「西京雑記」の内容をなしているエピソード群、更に広くこの章で総体的に扱おうとしている六朝期の小説的諸作品の内容は、その重要な部分が宮廷の藝能者と繋りを持つ職業的な伝承者の中で成長してきたものだと推定できるのではなかろうか。例えば前に引いた劉向の蹴鞠と弾棊の条からも窺える、「西京雑記」が全体として持っている〝遊び〟への指向性(それは日常生活から乖離した〝祝祭〟への指向性とも言えよう)は、広くそうした〝遊び〟を取り扱った藝能者たちの間の伝承に由来するのであろう。説話伝承者たちが、そうした広い範囲の藝能者と一体であった場所として、宮中の雑多な藝能の接触の場が最も考えやすいものである。

「西京雑記」は賦《ふ》という形式の文学に大きな関心を持っている。巻四には、梁の孝王が忘憂の館に遊んで遊士たちにそれぞれ賦の制作を命じたという枠組みのもとに、枚乗の「柳の賦」など八篇の賦を載せている。これらは、その風格から言って、いずれも前漢時代の作品とは考えにくいものである。また司馬相如や揚雄に関係させて、賦を作るための心得や賦の制作にまつわる逸事が処々に収められている。例えば巻二には次のような一条がある。(1)

司馬相如　上林・子虚の賦を為《つく》る。意思《おもい》は蕭散《さつぱり》として、また外事と相い関《かかわ》らず。天地を控引《ひきよ》せ、古今を錯綜《いりまじ》えて、忽然として睡るが如く、煥然として興《お》く。幾百日にして後に成る。其の友人の盛覽、字《あざな》は長通なるもの、牂柯の名士なり。嘗つて問うに賦を作るを以ってす。相如曰《いわ》く、綦組《くみひも》を合わせて以って文《あや》を成し、錦繡を列《つら》ねて質《きじ》と為す。一は経《たていと》に一は緯《よこいと》に、一は宮に一は商に、此れ賦の迹なり。賦家の心は、宇宙を苞括し、人物を総覧す。斯《こ》れ乃ちこれを内《こころ》に得るも、得て伝うべからず、と。覧は乃ち合組の歌・列錦の賦を作りて退き、終身また敢て賦を作るの心を言わず。

こうした賦との関り合いも、賦の制作と伝承とが宮廷の〝優倡《わざおぎ》〟たちと密接にむすびついていたことから説明されよう。宋玉や司馬相如について、彼らが主君の無聊を慰めるための藝人に近かったことを示す多くの逸話が伝わっている。「漢書」枚乗伝には、宮廷文学者の枚皐《ばいこう》について次のようにいう。(2)

枚皐は経術に通ぜず。詼笑は俳倡に類《に》たり。……また言う、賦を為《つく》りて乃ち俳、視らるること倡の如しと。自ら倡に類るを悔ゆるなり。……凡そ読むべきもの、百二十篇、其の尤も嫚戯にして読むべからざるもの、尚お数十篇あり。

すなわち、賦という文藝様式が、優倡たちの俳諧の口頭藝能と紙一重のものであり、その基盤をそうした藝能の中に置いていたことをよく示す記事だと言えよう。宋玉や司馬相如の作だとして後世に伝わっている賦の中に多くの偽物が入っており、また例えば司馬相如の「長門の賦」について、特にその序の記述が史実と合わないことが指摘されている。(3) そうしたことも、賦という文藝が基盤として持つ非個人的な宮廷の藝能という性格に由来するのであり、「西京雑記」が賦と関係を持つのもこうした性格を通じてなのであろう。

このような宮廷の藝能者たちの伝承が、いつの時代にか民間に出ていた。後漢末以後の政治社会の混乱の中で、官の庇護を受けられなくなったことから彼らは民間に出たものかも知れない。「西京雑記」の主要な内容をなしている、宮中のできごとや行楽や華麗な調度の描写を憧れをもって熱心に聴いたのは、宮廷から隔絶された民間の人々であったにちがいない。そうした際の語り口をよく伝えているのが、巻三の賈佩蘭の条である。(4)

戚夫人の侍女であった賈佩蘭は、後に宮中から出て扶風の人の段儒の妻となった。彼女は、宮中にあった時に目にした所だとして、次のように語った。

戚夫人は高祖のおそばに侍ったときには、〔自分の生んだ〕趙王如意を〔太子に立てて欲しいと〕常々言っていた。これに対し、高祖は思いをめぐらし、ほとんど半日ものを言わず、ため息をつきいたましそうな顔つきをするばかりで、どうしてよいか分からなかった。そうしていつも夫人に筑《こと》を演奏させ、高祖自身は「大風の歌」を唱ってそれに和するのであった。

また次のようにも語った。宮中にあった時には、いつも絃《こと》や管《ふえ》や歌舞でもって楽しみをなし、競いあって目に立つ服飾を着け、良い時節を楽しんだのであった。十月十五日には、皆《みんな》して霊女廟に入り、豚と黍《きび》とをささげて神を楽しませ、笛を吹き筑を弾いて、「上霊の曲」を唱った。そのあと皆が臂《うで》を連《つら》ね地を踏んで拍子を取りつつ「赤鳳凰来」の歌を唱った。(中略。七月七日、八月四日、九月九日、正月上辰、三月上巳と、宮中の季節ごとの行楽が順に述べられる。) このようにして一年を過ごすのである。戚夫人が死ぬと、侍女たちはみなまた民間人の妻となったのである。

ここで日本の民俗学の研究の成果を参考にすることができるとすれば、例えば小野の小町の事跡や和泉式部の墓が各地に散在することから、自分こそは小町であり和泉式部だと称し、自分は昔これこれの事をしたのだと語って各地を巡っていた伝承者たちがいたらしいこと、少なくとも聴衆は話しの主人公が自分の身の上を語っているのだと信じて疑わなかったことが明らかにされている。また別の形式ではアリォウと名のる伝承者たちが、自分の主人であったと称する俊寛僧都の物語りを語って歩いていたことも知られている(5)。

前漢時代の宮中のでき事も、同様の性格を持った人々によって伝承され、物語りとして成長しつつあったと推定できるであろう。上引の例で言えば、戚夫人の侍女であったと称する伝承者が、自分が宮中で実際に見聞したことだとして宮中でのでき事を語り聞かせていたのである。「西京雑記」の中にも幾条か収められた、戚夫人の呂太后との確執とその惨死、趙王如意の廃立と暗殺などの物語りが彼女たちのレパートリイであったのであろう。そうして武帝時代のことを見てきたのだと称して語る者、前漢末の事件を同様にして語る伝承者たちもいたはずである。

こうした伝承者の姿を、もう少し外がわからとらえた記録が「博物志」に見える(6)。

後漢の末年、関中が大いに乱れたとき、前漢時代の墓を発《あば》いた者がいた。墓中の人はまだ生きていて、外につれ出されると、もとのように健康な身体となった。魏の郭皇后は、彼女(女性の伝承者であろう)をいとおしんで気をつかってやり、宮中に入れると、いつも側近く侍らせた。彼女に漢代の宮中の事を尋ねると、手に取るように語り、皆なつじつまが合っていた。郭皇后が崩ずると、ひどく泣いて、彼女も死んでしまった。

このように前漢時代のことを語る者は、実際に前漢時代を生きた〔とされる〕ものでなければならなかった。恐らくこの時代の聴衆には、昔のことを全然なんの保証もなく語られたとしても信ずることができず、かと言ってそうした物語りを虚構として楽しむ心構えもなかったのである。だから賈佩蘭は、自分が宮中で見てきたことなのだという形式をとって、真実の話しとして人々に語らねばならなかった。人々の心のあり方が、まだ十分には虚構の物語りを虚構として楽しむという段階にまで発達していなかったことが、宮中の物語りという虚構を、更に自分がそれを直接に見聞してきたのだという虚構の枠組みの中で語るという、二重の虚構の構造を必要とさせたのである。

このような、自らが見てきたのだとする虚構の枠組みを用いた物語りのしかたも、その起源に遡れば、方士的な小説家たちが用いた技法と密接な関係があったと考えられる。「史記」封禅書に、(7)

上(武帝)は古い銅器を持っておられ、その銅器のことを〔方士の〕李少君に尋ねられた。李少君が言った、「この器は斉の桓公の十年に、柏寝に陳《なら》べられていたものでございます」と。それを聞いて器の刻銘を調べてみたところ、果して斉の桓公の器であった。宮中の人々はみな驚き、李少君は神秘な能力を持ち、数百年にもなる人物なのだと考えた。

とあるように、古い時代の事件に自分も立ち合ったのだとするのが、方士たちが長寿を誇示し自らを神秘化する常套手段であったに違いない。次に引用する「漢武別国洞冥記」の一条も、(8)方士が自分はその場に立ち合ったと称して周時代のことを語っているのであるが、前に挙げた虞初の「周説」も同様の語り口によっていた(少なくとも語り口の形式の一つとして用いていた)と考えることが可能であろう。

孟岐は河清の逸人である。年齢は七百歳ばかり。彼の語ることは周王朝の初めにまで及んで、詳細で目の前に見るようであった。〔彼は周初のできごとを次のように語った。〕孟岐は、〔成王の即位に際して〕周公に侍して壇にのぼり、手で成王の足を撫でた。周公は玉の笏を下さった。孟岐はそれをいつも大切に手に持ち、たびたび衣服の袂で拭っている内に、笏には七分の厚さがあったのであるが、今ではすり切れて折れてしまった。いつも桂の葉を切りきざんで食べて〔長寿を保ち〕、武帝が神仙を好むと聞いて、草で編んだ蓋《かさ》を被《かぶ》ってやって来て、帝に目通りしたのである。

時代は降って、西晋時代に実際にいた太古の物語りの語り手として、「抱朴子」内篇第二〇祛惑篇に方士の古強の名が見える。自ら四千歳だと称するだけに、古強の物語りはそのレパートリイがきわめて広く、また具体的である。(9)以前、古強という者がいて、薬用の草木を服用し、また容成子《ようせいし》(仙人の名)や玄女・素女の法(房中術)をいささか実修して、年は八十ばかりであったが、目や耳はまだはっきりしており、肉体的にもあまりおいぼれてはいなかった。当時の人々は、こうしたことから彼を仙人だと評判したり、千歳の老人だと言ったりした。広州刺史の稽使君(嵇含)はそのことを聞いて試しに宜都〔の幕府〕に招きよせた。彼はやって来ると、口ごもってあまり多くは語りたくないというふりをし、実はずっと多くのことを知っているのだが全部は口にのぼせていないといった様子であった。そのため好事者たちは、声に応ずる響の如く、形に応ずる影のように、評判を聞きつけて、雲や霧のように、彼のまわりに寄り集まり、きそって彼のことを称嘆した。彼のパトロンになる者が続々とあらわれ、いつも金銭はありあまっていて、欒大や李少君がかつて漢の宮廷で重んぜられたのも、これに過ぎるものではなかった。彼はいつも天門冬《くさすぎかずら》(薬草)を服用して切らすことがなかった。だから金丹大薬を服して体質を変え〔長寿を得〕たものではないことが知られるのである。しかし古強は以前に少しは書物を読んだことがあり、古い時代のことをいささか知っている所から、自分はもう四千歳になったと言い、大胆に虚偽の物語りを、少しの恥じる色もなく語った。

彼は、自分は堯や舜や禹や湯王に会ったことがあると言い、その語り方は真に迫るようであった。〔例えば彼は次のように語った〕、世間では堯の眉は八采(八つの色どりがある)だと言われているが、実はそうではない。ただ両眉の端がひどく〔垂れ下って〕竪《たて》になっていて八の字に似ていただけなのである。堯は背たけが高く立派なひげを持っていた。酒を飲めば一日に二斛あまりを飲みほした。世の人々はそれを大げさに言って千鍾を飲んだと言うが、実はそんなには飲めはしなかった。私自身もいく度か堯帝がぐでんぐでんに酔っぱらっているのを見たことがあるのだ。聖人といっても年をとればその政事《まつりごと》はだんだん若い時代に及ばなくなる。四凶の悪人をしりぞけ、八元・八凱の賢人をとりたてるのを見たが、それは舜の手腕をかりてやっとできたのである。

実は堯帝は、世に言われるような八采の眉はもたず、千鍾の酒は飲めなかったのだという語り口は、柳田国男が「東北文学の研究」で指摘する、義経物語りの伝承者たちが、自分は何百年もむかしに義経に会ったことがあるが、世に言われるような美男ではなく「色黒でそっ歯であった」と語っている語り口と思い合わせるべきであろう。[10] 古強は更に次のような物語りもする。

舜というのは〔もともと〕ひとりぼっちの貧乏な家の子供にすぎなかった。しかし優れた才能を持っていた。人にかくれて歴山で耕作をし、雷沢《らいたく》で魚をとり、海辺で陶器を作っていたが、当時の人たちはまだその優れた点を認識することができずにいた。私は、彼が行く先ざきで徳によって民衆を教化していることや、その目には二つの瞳子《ひとみ》があることを見て、彼がとても高貴な身分になる相を持つことを知った。〔そこで〕いつも舜を励ましなぐさめて、自分の行動を高く持し、富貴になれぬことを心配したりせぬように、火徳の王者が終ったあと、黄(土)の精をうけた王者が起《た》ちます、天の歴数《めぐりあわせ》をしっかりと受けとめる人物として、あなた以外に誰がおりましょう、と〔励ました〕。ところがその父親はとても頑迷で、その弟はとびっきり腹黒く、いつも舜を殺そうとねらっていた。私はいつもこの父と弟とを諫めて言った、この子はあなたの家を盛んにすることになり、天下全体がその恩恵を被ることになりましょう。彼はあなたの家だけのものではないのですから、めったなことをしてはなりません(?)と。〔そうする内に〕急に禅譲を受けることとなった。つねづね私の言葉に徴《しるし》のあったことを思い出している。
また次のようにも語った。孔子の母親が年十六七の時、私は彼女の人相をみて、きっと高貴な子を生むであろうと占った。仲尼が生れてみると、まことに人なみすぐれた人物であった。身のたけは九尺六寸で、その額《ひたい》は堯帝に似、その項《くび》は皐陶《こうよう》に似、その肩は子産のもので、腰より下は禹に三寸だけ及ばなかった。貧乏で父なし子ではあったが、子供のころからすでに俎豆《おまつり》のことを好んだ。私は〔こうした様子を見て〕将来きっと立派な人物になるであろうと知ったのである。彼が成人すると、その優れた論議は人々を驚かせ、遠近の人たちが彼のもとにやって来て、学問を授かる者が何千人も登録された。私も彼の語る所を喜んで、しばしばそのもとを訪れた。ただ残念であったのは、私に学問が無くて、孔子と質疑応答のできなかったことである。孔子は、あるとき私に「易」を読むように勧めて言った、これはすばらしい書物だ、丘《わたくし》自身もこの書物を好み、韋《かわ》の編《あみひも》が三たび絶《き》れ、鉄の撾《ばち》が三たび折れるほど読んで、いまやっとはっきり理解された、と。魯の哀公十四年、西に狩して麟を獲たが、その麟は死んでいた。孔子はこのことについて私に尋ねた。私は、これは善い祥《しるし》ではない、と語った。孔子はそれを聞いて愴然として涙を流した。その後、悪夢を見て、私に会いたいと望んだ。ちょうど四月のことでひどい暑さのため、私は会いに行くことができなかった。間もなく孔子が病気になったという知らせが入り、七日目に病没した。今でも孔子の顔色がありありと記憶の中に残っている。

また次のようにも語った。秦の始皇帝は私を彭城までつれてゆき、〔水中から〕周代の鼎を引き上げようとした。私は秦の始皇帝に告げて言った、この鼎は神物でございます。徳があれば自から出てまいりますが、無道であれば淪《しず》みかくれております。あなた様にはひたすらおん身をつつしまれますよう。そうすれば此のものは自然と出てまいります。力で以ってやって来させるわけにはまいりません、と。始皇帝はこの時、私に対してひどく不機嫌そうな顔をした。しかしこの鼎を綱で引き上げようとしたが、果して引き出すことができなかった。〔始皇帝は〕そこで私に陳謝して言った、あなたは真に深い見識を持った人だ、と。

この始皇帝が古代の鼎を水中からつり上げようとして失敗したということが一つの物語りとなっていた（あるいは一種の劇となっていた）らしいことは、後漢時代以降〝升鼎図〟と呼ばれる画題が画像石にいくつか見えることからも推測される[11]。図五一がその一例である。

図51　武氏祠画像石升鼎図

彼はまた漢の高祖や項羽のことを語ったが、みな目に見えるようであった。

こうした類のことは、その全てを書き記すことができない。その当時〔稽含の幕府にいた〕人々は、それぞれに彼の物語りがいかなるものかをちゃんとわきまえていて、笑い話しとして聞いていた。ところが一般の人々は彼の物語りを聞いて、みなその言葉を真実だと信じた。

この古強は、上述の李少君のまねをして失敗している。また古強はだんだんと耄碌してきて、これまでにあったことの成りゆきを忘れてしまうようになった。稽使君は玉の巵《さかずき》を一つ古強に与えたことがあった。後になってふとした折りに古強は稽使君に語った、むかし安期先生はこの巵を私に下さいました、と。

古強が死んだ時にも彼が仙人（尸解仙）であったのではないかと考える人がいたと言う。

古強は、後に寿春の黄整の家で病気になって死んだ。黄整は彼が仙化したのではないかと考え、一年ばかりして、ためしにその棺を掘り出して見てみたが、彼の死骸はちゃんとそのままあった。

以上「抱朴子」の記録を長く引用したが、ここに見える稽使君(嵇含)と筆者の葛洪とには直接の交渉があった所から言って、この古強に関する記事は葛洪が直接見聞したか、少なくとも嵇含の幕府にいた人々からの伝聞であったと推定され、西晋末ごろの物語りの語り手の姿を窺いうる絶好の資料と考えたからである。

一般の人々は古強の語る所を真実だと信じたと書かれている。すなわち人々は彼が四千歳であるということを信じ、それ故にその目撃談と称する物語りを信じたのであり、四千歳という寿命を可能にした方術をも信じていたのである。おかげで古強は尸解仙ではないかと考えられ、その棺があばかれることにもなった。

たしかに語り手が方術によって長い寿命を得たとして古い時代の物語りをするのは、一つの有効な語りの技法であった。(12) しかしこれ以外にも、方術の力を信じているとは限らない聴衆に対して物語りをする場合には、別の技法があったらしい。そうしてその新しい技法によって、物語りにまつわっていた方術的な色あいがうすめられ、世話もの的色彩の強い題材が語りの内容となることが可能となってきたものと考えられる。

すなわち、魏晋時代以降の一般の語り手たちにとって、前漢時代ので き事であっても、それを見てきたとして語るにはすでに時代的な隔たりが大きすぎた。その時間的な隔たりを超えるため、上引の「博物志」の魏の郭皇后の侍女のように「語り手は一度は死んだのだが、今の世に生きかえって、死ぬ以前に見聞した所を語る」という形式をとったのである。そうして、以前に生きた時代を種々に設定すれば、さまざまな時代の物語りをすることが可能になる。

郭太后の侍女は、「宋書」五行志、人痾の条では、周代の人とされている。(13)

魏の明帝の太和三年、曹休の部曲の兵であった奚農の娘が一旦死んだあと、また生きかえった。この当時、周代の墳墓をあばいた人がいて、墓中に殉葬されていた女性を見つけた。この女性は、数日で息がかようようになり、更に数月して言葉がしゃべれるようになった。郭太后が彼女をいとおしんでめんどうを見た。

この女性が「博物志」の郭皇后の侍女と同一人物で、その異伝であるのか、あるいは別の人物であったのかは分かりかねるが、周代の人と称したとすれば、それを裏付けるため、周代の物語りをしたのであろう。このように周代から生き返ったとして周代の物語りをする人物、漢の武帝時代から生き返ったとして武帝時代の物語りをする人物など、それぞれ専門の時代設定を持った語り手が名のり出てくることになる。

南北朝時期に蘇生譚が多いのは、一つにはこの時代の人々の興味が強く幽冥世界に向いていたことによるのであろうが、またそうした精神のあり方と対応しあって上述のような〃蘇生者による語りもの〃とも称すべき技法を持った伝承者たちが活躍したことにもその原因が求められよう。死んだあともう一度よみがえって地獄での見聞を語るという形式の地獄めぐりの語りものが南北朝時期に盛行したのも、この場合は時間ではなく此岸と彼岸とを飛び越えたのであるが、虚構の物語りがそのままでは聴衆の耳に入らないという時代的な制約を示している。

「博物志」の上例に続く条には次のようにある。(14)

漢末のこと、范友朋の墳墓があばかれた。墓中では、范家の奴《めしつかい》がまだ活《い》きていた。范友朋は霍光の女婿《むすめむこ》である。この奴は霍光の家中の事件や、主君の廃立の事件などについて語り、その内容は大部分が「漢書」とも矛盾することがなかった。この奴は、いつも民間を流浪していて、定住する家もなく、現在ではどこに行ってしまったか分からない。まだ生きているという人もある。私は彼のことを人から聞いた。〔その説く所は〕確かなことと思われるが、もう目に見ることはできなくなってしまった。

この場合は、霍光の女婿の范友朋(「漢書」霍光伝や匈奴伝に見える范明友の訛伝であろう)の家の召し使いが、生きかえって、霍光の家のことや宮中の事件を語ったという形式をとっている。その語り手が「常に民間を遊走し、止住の処なし」とされているのは、趙宋以後の記録に見えるような都市に定着した講釈師ではなく、ジプシーのような流浪の生活を送る伝承者の姿を捕えたものと考えられよう。そうしてその語りの内容が「漢書」に応ずると言っている記録者の視点は、次に述べる「西京雑記」の跋文と重なるものを持っており、最後の「信ずべくも目に見るべからず」という詠嘆の調子は、「西京雑記」全体を流れる基調とも通い合っているのである。

(1) 司馬相如為上林子虚賦、意思蕭散、不復与外事相関。控引天地、錯綜古今、忽然如睡、煥然而興。幾百日而後成。其友人盛覧、字長通、牂柯名士、嘗問以作賦。相如曰、合綦組以成文、列錦繡而為質、一経一緯、一宮一商、此賦之迹也。賦家之心、苞括宇宙、総覧人物。斯乃得之於内、不可得而伝。覧乃作合組歌列錦賦而退、終身不復敢言作賦之心矣。

(2) 「漢書」巻五一枚乗伝

皐不通経術、詼笑類俳倡。……又言為賦乃俳、見視如倡。自悔類倡也。……凡可読者百二十篇、其尤嫚戯不可読者尚数十篇。

(3) 福島吉彦「長門賦について」『大安』一九六四年一〇号—六五年一号。

ちなみに、中国において長篇小説の発達が遅れることがよく取り挙げられるが、賦の文学の存在がそれを補うものであったかも知れぬことを指摘したい。長篇小説は古いものほど唱う部分に重点があるという一般的な流れからすれば、賦が長篇小説の一つの源流となっていたと考えることも可能であろう。

(4) 戚夫人侍児賈佩蘭、後出為扶風人段儒妻。説在宮内時、見戚夫人侍高帝、嘗以趙王如意為言。而高祖思之、幾半日不言、歎息悽愴、而未知其術。輒使夫人撃筑、高祖歌大風詩以和之。

又説、在宮内時、常以絃管歌舞相歓娯、競為妖服、以趣良時。十月十五日、共入霊女廟、以豚黍楽神、吹笛撃筑、歌上霊之曲。既而相与連臂踏地為節、歌赤鳳凰来。……如此終歳焉。戚夫人死、侍児皆復為民妻也。

なお王粛「聖証論」(御覧三四六所引)には「昔国家有優、曰史利。漢氏旧優也、云梁冀有火浣布切玉刀」云々とあって、もと漢朝の優人だと称する人物が、後漢時代の権力者梁冀にまつわる話しをしていたことが知られる。

(5) 『柳田国男集』第七巻「物語と語り物」「東北文学の研究」、同第八巻「女性と民間伝承」、また塚崎進『物語の誕生』一九五五年、岩崎書店。

(6) 「博物志」通行本巻七、連江葉氏本巻二

漢末関中大乱、有発前漢時冢者。人猶活。既出、平復如旧。魏郭后愛念之。録著宮内、常置左右。問漢時宮中事、説之了了、皆有次序。后崩、哭泣過礼、遂死焉。

(7) 「史記」巻二八封禅書

上有故銅器、問少君。少君曰、此器斉桓公十年陳於柏寝。已而案其刻、果斉桓公器。一宮尽駭、以為少君神、数百歳人也。

(8) 「漢武別国洞冥記」巻二(古今逸史本)

孟岐、河清之逸人也。年可七百歳。語及周初事、了然如目前。岐侍周公昇壇上、岐以手摩成王足。周公以玉笏与之。岐嘗宝執、毎以衣袂払拭、笏厚七分、今鋭断。恒切桂葉食之、聞帝好仙、披草蓋而来謁帝焉。

（9）「抱朴子」内篇第二〇祛惑（王明『抱朴子内篇考釈』一九八〇年、北京、を参照）

昔有古強者、服草木之方、又頗行容成玄素之法、年八十許、尚聡明不大羸老。時人便謂之為仙人、或謂之千載翁者。広州稽使君聞而試迎之於宜都。既至、而咽嗚掣縮、似若所知実遠、而未皆吐尽者。於是好事者、因以聴声而響集、望形而影附、雲萃霧合、競称歎之。饋餉相属、常余金銭、雖欒李之見重於往漢、不足加也。常服天門冬不廢、則知其体中未嘗有金丹大薬也。而強曾略渉書記、頗識古事。自言已四千歳、敢為虚言、言之不怍。

云已見堯舜禹湯、説之皆了了如実也。世云堯眉八采、不然也。直両眉頭甚豎、似八字耳。堯為人長大美髭髯、飲酒一日中二斛余。世人因加之云千鍾、実不能也。我自数見其大酔也。雖是聖人、然年老、治事転不及少壮時。及見去四凶、挙元凱、頼用舜耳。

舜是孤犖小家児耳。然有異才。隠耕歴山、漁于雷沢、陶于海濱、時人未有能賞其奇者。我見之所在以徳化民、其目又有重瞳子、知其大貴之相。常勧勉慰労之、善崇高尚、莫憂不富貴、火徳已終、黄精将起、誕承歴数、非子而誰。然其父至頑、其弟殊悪、恒以殺舜為事。吾常諫諭曰、此児当興卿門宗、四海将受其賜。不但卿家、不可取次也。俄而受禅、嘗憶吾言之有徴也。

又云、孔子母十六七時、吾相之、当生貴子。及生仲尼、真異人也。長九尺六寸、其顙似堯、其項似皋陶、其肩似子産、自腰以下、不及禹三寸。雖然貧苦孤微、然為児童便好俎豆之事、吾知之必当成就。及其長大、高談驚人、遠近従之、受学者著録数千人。我喜聴其語、数往従之。但恨我不学、不能与之覆疏耳。常勧我読易云、此良書也。丘竊好之、韋編三絶、鉄撾三折、今乃大悟。魯哀公十四年、西狩獲麟、麟死。孔子以問吾。吾語之言、此非善祥也。孔子乃愴然而泣。後得悪夢、乃欲得見吾。時四月中、盛暑不能往。尋聞之病、七日而没。於今髣髴記其顔色也。

又云、秦始皇帝将我到彭城、引出周時鼎。吾告秦始皇言、此鼎是神物也。有徳則自出、無道則淪亡。君但修己、此必自来、不可以力致也。始皇当時大有怪吾之色、而牽之、果不得出也。乃謝吾曰、君固是遠見理人也。

又説漢高祖項羽皆分明。如此事類、不可具記。時人各共識之、以為戯笑。然凡人聞之、皆信其言。

又強転惛耄、廃忘事幾。稽使君曾以一玉卮与強。後忽語稽曰、昔安期先生以此物相遺。

強後病於寿春黄整家而死。整疑其化去。一年許、試鑿其棺視之。其尸宛在矣。

（10）『柳田国男集』第七巻。

（11）　尾崎直人「秦始皇の升鼎図」『日本美術工藝』四八八・四八九号、一九七九年、を参照。
（12）　たとえば「後漢書」方術列伝第七二下に「魯女生数説顕宗時事、甚明了。議者疑其時人也」とある。顕宗は後漢の明帝のこと。後漢末の方術士魯女生が、後漢時代初期の事件を語るとき、人々は彼がその時代に生きていたのではないかと疑ったという。こうした人々の心情を語り手たちは積極的に利用したのであろう。
（13）　「宋書」巻三四、五行志五
魏明帝太和三年、曹休部曲兵奚農女死復生。時人有開周世冢、得殉葬女子、数日而有気、数月而能語。郭太后愛養之。

なおこの女性については、「三国志」巻三の裴注に引く顧愷之「啓蒙注」の記事も参照。
（14）　「博物志」通行本巻七、連江葉氏本巻二
漢末発范友朋冢、奴猶活。友朋、霍光女壻。説光家事廃立之際、多与漢書相似。此奴常遊走於民間、無止住処。今不知所在、或云尚在。余聞之於人、可信而目不可見也。

なお范明友の家の奴と称する者が前漢時代の事件などを説いていたことについては、「三国志」巻三の裴注に引く「世語」や「洛陽伽藍記」巻三の菩提寺の条などに見える。また陶弘景「真誥」巻一四に道書「方諸洞房経」に見える話しとして、漢の大将軍霍光の典衣の奴子であった還車という者が〝二星〟を伺見することによって六百歳の長寿を得て今も生きているという記事を載せる（雲笈七籤巻一〇四にもこのことが見える）。恐らくその長寿を証するため霍光の家とその時代のことを見てきたこととして語っていたであろう。こうした物語りの技法が道教の中にも流れこんでいたらしいことが知られて興味深い。

四　口承藝能から文字へ

「西京雑記」の跋文（序文の位置に置くテキストもある）が最初から本文に附属していたかどうかについては、議論のある所である。前に挙げた労榦氏の論文「論西京雑記之作者及成書時代」は、「隋書」経籍志や「漢書」匡衡伝の顔師古注が「西京雑記」の作者を不明としているのは、唐初までのテキストにはこの跋文がなかったことを意味すると考えている。葛洪の名が明記されているこの跋文があったなら、作者としてその名を挙げないはずがないと考える

のである。しかし例えば顔師古がこの跋文を読んではいても、これを偽造の跋文だと判断して作者の名を挙げなかったとすれば、唐以前のテキストに跋文がなかったことにはならない。また、葛洪は再編者にすぎず、劉歆の「漢書」の存在は信じられぬとして両者の名を挙げなかったのかも知れない(1)。十分に資料の残らぬ今となっては、こうした外的な証拠による議論は結局は水かけ論に終始するであろう。

私は、この跋文の内容が、これまでに分析してきたような、「西京雑記」のもつ、説話伝承者に関係するための特徴的な構造とよく合致することから、本文を離れて全然別に跋が書かれたものとは考えない。跋文が或いは本文よりも時代の降るものであったとしても、本文の虚構のための独自の構造を十分に理解した同じ流れの伝承者たちの中で書かれたものと考えたい。少し長くなるが、次にその跋文の全文を挙げよう(2)。

洪が家に世《よ》よ劉子駿(劉歆)漢書一百巻あり。首尾題目なく、但だ甲乙丙丁を以って其の巻数を紀《しる》すのみ。先父これを伝う。歆 漢書を撰《あらわ》さんと欲し、漢事を編録するも、未だ締構を得ずして亡《ゆ》く。故に書に宗本なく、止《た》だ雑記するのみ。前後の次を失し、事類の辨なし。後の好事者、意を以ってこれを次第す。甲に始め癸に終り十秩をなす。秩ごとに十巻、合わせて百巻たり。洪の家 具《つぶさ》に其の書あり。試みに此の記を以って班固の作る所を考校するに、殆どこれ全て劉の書を取り、小《いささ》かの異同あるのみ。固の取らざる所を拼《あわ》するに、二万許言に過ぎず。いま抄出して二巻となし、名づけて「西京雑記」と曰う。以って漢書の闕を裨《おぎな》わんとす。のちに洪の家 火に遭い、書籍みな尽く。此の両巻は洪の巾箱中に在りて、常に以って自ら随う。故に猶お在るを得たり。劉歆の記す所、世人有ること希《まれ》なり。縦《たと》いまた有る者も、多くは備足せず。其の首尾参錯し、前後倒乱するを見るに、また何の書なるかを知らず。能く全録すること罕《すく》なし。恐るらくは、年代稍《や》や久しく、歆の撰する所ついに没し、拼《なら》びに洪の家の此の書二巻も、出所を知らざらん。故にこれに序して爾《し》か云う。

洪の家にまた漢武帝禁中起居注一巻、漢武故事二巻あり。世人これを有する者希なり。いま五巻を拼せて一秩と為す。庶《ねがわ》くは淪没を免れんことを。

この跋文は、その文章のいささか冗長な調子から言っても「抱朴子」の著者葛洪のものとは考えにくく、「洪の家」と盛んに繰り返すことも、かえって仮託であろうことを疑わせるものである。しかし述べている内容は「西京雑記」本文の構造とよく合致している。跋文の言う、劉歆が集めた記録が葛洪のもとに伝えられてこの書物を形成したという構造は、前漢時代に生きた人物が直接見聞したことを、蘇生したあとに語ってそれを記録したのだという「西京雑記」の本文から抽出される虚構の枠組みに対応するであろう。劉歆が、漢代の宮中にいたと称する人たちの役目を、葛洪が、蘇生したあとで物語りを説く人たちの役目を、果しているのである。

また跋文の最後に見える「漢武帝禁中起居注」は、少し虚構の枠組みの性格が異なり前漢時代に既に記録されていたという形式を取るのであるが、起居注と名づけられているところから見て、これもその当時の直接の見聞だということを看板にした、「西京雑記」本文の枠組みの虚構と共通性を持った書物であろう。

「隋書」経籍志史部起居注類に、[3]

起居注なるものは、人君の言行動止の事を録紀す。……漢武帝に禁中起居注あり、後漢の明徳馬后　明帝起居注を撰す。然らば則ち漢の時、起居は宮中に在りて、女史の職たりしに似たり。然れどもみな零落し、また知るべからず。

また「史通」外篇史官建置に、

漢武帝の時に至りて、禁中起居注あり。明徳馬皇后　明帝起居注を撰す。凡そ斯《こ》の著述は、宮中に出づるに似たるも、其の職司を求むるに、未だ位号を聞かず。

などとあり、明徳馬皇后撰と称する「明帝起居注」と共に、「漢武帝禁中起居注」も宮中の雑事を記録した小説的な作品であったにちがいない。[4]零落して現在ではその詳細が分からなくなってしまった史官が存在したというのは、漢代の物語りを語る伝承者たちの枠組み的虚構の影響を受けた記述であり、特に女史の職とされているのも、すでに「周礼」天官などに見える官名ではあるが、恐らく前述の賈佩蘭のような女性の伝承者の存在と関係をもった設定であったのであろう。

更に「西京雑記」の本文の中にも、劉歆の「漢書」を用いてこの書物が編まれたという虚構を確かなものとして印象づけるためであろう、原本が破損しているという編者の注意書きが挿入されている。例えば巻五の、公孫弘が賢良に推挙されたとき、同郷の鄒長倩がそれを祝おうと思ったが貧しくてお金がない、そこで自分が着けていた衣冠と芻一束と素糸一襚《すい》と撲満(貯金箱)一個とを贈り、それに手紙を添えてそれぞれの贈り物の持つ意味を書き送った、という一条の最後には、

公孫弘の答えは爛敗して存せず。

という注記がある。これに続く一条には、「漢朝に輿駕して甘泉・汾陰に祠るに、千乗万騎を備う。大僕　轡を執り、大将軍　陪乗す。名づけて大駕となす」という書き出しで、その大駕の儀杖扈従の細目が詳しく記されている。その最後に、

華蓋、これより後は糜爛して存せず。

とあって、華蓋は云々と続くはずの所が失われていると記す。いずれの場合も、「この部分以下は残欠している」と注記することによって、かえって劉歆の原本の存在を印象づけようとする巧妙な手段が取られているのである。

本章第二節に講釈師的な語り手の語り口と関連するであろうと推定した、もったいぶって自分だけにこの事が伝えられているのだと強調するやり方も、この跋文に見られる。他に完本の稀な劉歆の「漢書」が自分の家に伝わり、更にこの書物自体も火災をやっとのことで免れたのだと記しているのがそれである。

このような二重の枠組みによる虚構と屈折した伝承過程の強調とは、物語り伝承者の口演の際の技法であった(「抱

朴子」に見える古強も、語りしぶるふりをして、かえって多くの事を知っていそうだという印象を人々に与えようとしていた）はずであるが、それを巧みに説話を文字に定着する際に応用してできたのがこの「西京雑記」である。「西京雑記」の真の編纂者の探求は今後に待たねばならないが、この技法の応用のみごとさと、この書物が漢の雑事を集めた小説的な作品の中でも他を抜いて独自の風格を完成させていることとは、恐らくともに編纂者〔たち〕の文学的洗練と、次に述べる〝非士大夫〟的な価値観への共感の深さとに由来するのであろう。

前漢末の劉向や劉歆たちが「漢書」を著したかどうかを議論することは、我々自身が「西京雑記」の編者の虚構にたぶらかされたことになるであろう。しかし跋文がこの書物は「漢書」に載らなかった記事を集めたものだと強調していることは、単に虚構の技法というに留まらない、より大きい意味があったものと考えたい。説話伝承者たちが「漢書」の存在を気にしていたことは、上に引いた「博物志」の范友朋の奴の条にも見えた。また「史記」に載らなかったことだとして、「王子年拾遺記」には次のような記事を載せる。(5)

むかし〔秦の始皇帝が陵墓を築いたとき〕工人を塚内に生き埋めにした。再び陵が開けられたとき、彼らは皆な死んではいなかった。工人たちは塚内にあって、石を刻んで龍や鳳や仙人の像を作り、また碑文や辞や讃を作っていた。漢代の初年、この塚があばかれて〔こうしたものが発見された〕。いろいろな史伝を調べてみても、〔始皇の陵に〕列仙や龍鳳を作って入れたという記録はない。そうしたことからこれらは生き埋めにされた工人たちが作ったものであることが知られたのである。後人たちはこの碑文を写し伝えたが、その文章には酷いしうちに対する怨みを述べた言葉が多い。それでこれを怨碑と呼んだ。「史記」はこのことを省略して記録していない。

このように「史記」や「漢書」の存在を気にしている伝承者たちには、正史の権威を仮りて自分たちの物語りの真実性を強調しようとする姿勢がなかったとは言えない。しかしそれだけに留まらず、ここに記されたのは「史記」や

「漢書」にはない記事だと強調していることは、伝承者の間に正史のものとは別の歴史観が生長しつつあったことを表し、正史のものとは違うのだという意識が、逆に正史の存在にこだわらせることになったのだと考えたい。

北魏の都、洛陽にいた隠士の趙逸は、西晋の武帝の時の人と称し、当時の様子を見聞した者でなければ不可能と思われるような察知力を示して、人々を信服させていた。好事者から晋朝の京師について尋ねられたとあるように、彼も長生という仮構を背景に、古い時代の物語りをしていたのであろう。「洛陽伽藍記」巻二の崇義里の条に、彼の言葉を次のように記録している。(6)

永嘉の乱から二百余年、その間に国を建て王と称した主君が十六人あった。自分は彼らの都邑《みやこ》のそれぞれをみな訪れたことがあり、そこで起ったことを親しく目にしてきた。彼らの国が亡びたあと、それぞれの国家の歴史を記した史書を読んで見ると、その全てが実際の出来事の記録ではない。〔歴史の記録者たちは〕例外なく、過失は他人(すなわち亡びた王朝)に押しつけ、善い事は自分の方に取りこんでいる。〔例えば〕苻生は、武勇にはやり酒を嗜《たしな》んだとはいえ、慈愛を持ち殺伐なことはやらなかった。彼の国家統治の掟を見てみても、必ずしも暴虐なものではなかった。しかし彼について記した史書を見れば、〃天下の悪はみなここに帰す〃ということになっている。苻堅も、それなりに賢明な統治者であったのであるが、自分の主君(苻生)を殺して位を奪い取ると、主君の悪事をでっち上げて歴史書に書きつけた。史官というのは、結局のところ全てこんな風な〔権力にへつらって筆をまげる〕連中なのだ。ところが人々は、自分から遠いものごとは貴ぶが、身近なことは尊重しない。〔それゆえこうした不正確な歴史の記録を〕正しいものだと信じてしまう。

現在の人も、生きている内は愚者であっても、死ねば賢者ということになる。ひどくおかしな話しだ。

人がそんな風に言うわけを尋ねると、趙逸は言った。

生きている時は平凡な人間にすぎぬのに、その人物が死ぬと、碑文や墓誌で〔ほめたたえられ〕、例外なく、天地たらめな言葉が正しさを傷つけ、飾った表現が事実を損うのだ。

しいとされる。……いわゆる〝生きては盗跖(大どろぼう)たるも、死んでは伯夷・叔斉となる〟という例だ。で

の大徳を窮め、生民の能事を尽し、主君であれば、堯や舜と肩をならべ、臣下であれば、伊尹や皐陶《こうよう》と功績が等

当時の文章家たちは、趙逸のこの言葉に恥じ入った。

この趙逸は、隠者の風貌を取っているだけに、これまでに見てきた講釈師的な人々に比べて、より知識人的ではあるが、歴史書を批判的に見る彼の言葉の中からも、遠い過去の記録が重要なのではなく、彼が確かに目撃した身近な事実こそ貴重なのだという、物語りの語り手の基本的な姿勢を見てとることができるであろう。そうして目撃した事実こそ重要なのだという主張は、そのまま、物語りの聴き手たちが現にその中に生活し、彼らがいま目撃している現実こそが貴重なのだという現実尊重の見方につながってゆく。過去の物語りは、単にそうした事件や故事が遠いむかしに有ったというだけの興味で聴かれるのではなく、物語りの語り手を中継点として、現在の現実の中に直接に侵入し、その物語りの聞き手たちに、現実を見直す機会を与えるものであったのである。

同様のことを少し別の方向から言えば、個人の生を離れて大局的な視点で歴史の流れを見渡そうとするのが公の史書の歴史意識の集約されてゆく方向であるとすれば、物語り伝承者たちの持っていた視点は、范友朋の召し使いが霍光の家や宮中の事件を語ったと「博物志」にあるように、ある個人の目(それは同時に物語り享受者たちの最大公約数的な目でもある)に執着して歴史の動きを見ていこうとするものである。個人に執着するそうした視点は、事件の推移を記述することそれ自体よりも、事件の経過を通じて浮かび出る人々の生の哀歓を詠嘆することにその重点があったものと考えられよう。

こうした視点が成熟してゆく先きは、一定の人間観で再構成された歴史としての長篇小説である。歴史の流れの中で無数に生み出されるエピソード、そうしたエピソードに一定の人間観によって取捨選択を加え、仮構の時間の流れ

（すなわち因果関係）の中でそれらを再構成することによって、長篇小説を作り上げることが可能になる。私は、「西京雑記」「漢武故事」等々の作品の延長線上に、ついに稔らなかった「漢書演義」とでも称すべき長篇小説が存在しえたと想像する。言わばばらばらのエピソードの段階にある「西京雑記」などの作品の中に、長篇小説を生むべき基調が既に用意され、一定の取捨選択が行なわれていると考えるからである。

その既に用意されていた基調の性格は、基本的に〝非士大夫〟的なものであった。「西京雑記」の中では工藝者たちが活躍し、巻二の、長安において馬鞍を高価な宝玉で飾り立てることが盛行したことを記す条にも見えるように、都市の華やかな流行を追った生活が讃美されている。また巻三の、茂陵の富人の袁広漢の豪奢な生活の描写など、百金を累《つ》んだ人々が処々に登場し、それが素直にすばらしいことだと肯定されている。巻二の王昭君の条にあっても、王昭君の悲運を慨嘆するよりも画工たちの生態に注意が向けられ、彼らが賄賂によって巨万の富を積んだことについては、非難がましい口つきをしていない。

巻一の掖庭（後宮）の様子を述べた条には次のように言う[7]。

漢の掖庭に、月影臺・雲光殿・九華殿・鳴鸞殿・開襟閣・臨池観あり。簿籍に在らず。みな繁華窈窕の棲宿する所なり。

ここに「簿籍に在らず」とあるのは、「宮殿簿」の類の書物には見えないと言うことで、前述の正史には見えないというのと同様の構造の虚構であろうが、この一条は、特にこうした宮殿に〝繁華窈窕〟の美人たちが住まうことに注目して書き留められている。恐らくこうした華やかさへの嗜好は、宮廷それ自体の描写というよりも、都市に生活する商工業者たちの生活意識を憧れとして結晶化したものであったと考えてよいであろう。

それぞれの挿話を成り立たせている倫理（価値）構造も、士大夫層の教訓的な物語りの持つ倫理観とは全く別のものである。その独自の倫理構造が、「西京雑記」では、時間の流れを振り返って懐かしもうとする強い傾向の中にその一端を示している。

巻二に載せられたエピソード、太上皇(漢の高祖の父親)は、漢の王朝が開かれると深宮に住むことになったが、平生親しんでいた〝屠販の少年〟たちを懐かしんで心楽しまなかった。それを知った高祖は、新豊の町を作って、ふるなじみたちをそこに移住させた[8]。

高帝　既に新豊を作り、幷せて旧社を移す。衢巷、棟宇、物色は惟だ旧たり。士女老幼、相い携えて路首にあれば、各おの其の室を知る。犬羊鶏鴨を通塗に放てば、また競いて其の家を識る。其れ匠人の胡寛の営みし所なり。移りし者、みな其の似たるを悦びてこれを徳とす。故に競いて賞贈を加え、月余にして百金を累《つ》むを致す。

ここでは宮中にありながら無頼布衣の故人《ふるなじみ》たちを懐かしんだ太上皇の行為が強く肯定されている。犬羊鶏鴨すら自分の家が分かったという一節からも、過去を懐かしみ忘れないということがこのエピソードの眼目であったことが知られる。逆に故人を忘れるとひどい目にあう。同じ巻に収められた、出世して丞相となった公孫弘のもとを故人の高賀が訪れたが、それを粗末に扱ったために公孫弘は手酷い仕返しを受けたという話しがその例である。また武帝が乳母を殺そうとした時、東方朔がそれを助けようとして逆説的に言った言葉、「汝　宜しく速かに去れ、帝いますでに大なり。豈に汝の乳哺の恩を念わんや」を聞いて、帝は愴然として乳母を舎《ゆる》したという話しも、同じく故人はなによりも懐かしむべきだという倫理を基調としたエピソードである。

懐かしまれている過去の時間は、光に溢れた輝かしいものである。既に挙げた巻六の昆明池の戈船楼船の条で、船に立てられた旗や蓋《きぬがさ》が水ぎわに照り映えていたのを覚えていると述べられている所に、それがよく表れているであろう。同様にこの書物が光(それも風の中にゆれ輝く光)に敏感なことを表す条を挙げれば、次のような条がその例である。共に巻一[9]。

楽遊苑に自から玫瑰《ばいかい》樹を生ず。樹下に苜蓿《クローバー》多し。苜蓿は一に懐風と名づく。時人或いはこれを光風と謂う。風其の間に在れば、常に蕭蕭然たり。日　其の花を照らせば、光采あり。

趙飛燕の女弟《いもうと》、昭陽殿に居る。……好風の日ごとに、幡旎の光影、一殿を照耀す。

少し象徴的な言い方をすれば、こうした条において照り輝いているのは、思い出の中の時間なのである。あるいは、過去の時間と現在との間にある隔たりが、ひどく明るく輝いているのである。

こうした時間の輝きを捉え、巨万の富を素直にすばらしいとする精神にとっては、前漢時代を振り返ってそこに物語りの場を設定することが相応しかった。それは、班固の「両都の賦」や張衡の「両京の賦」を読むことによっても知られよう。この二つの賦は、いずれも西都長安と東都洛陽とを比較し、前漢時代と後漢時代とを秤にかけて、道徳律のしっかり保たれていたとされる後漢時代の洛陽に軍配を上げるものである。しかしその表現は、道徳的な規制によるかげりのない、盛大で自由な遊びの雰囲気に満ちた西京を描くことに冴えを見せている。一般的な通念として人人の脳裏にこうしたイメージを結ぶ前漢時代の西京こそが、物語りをはぐくむ絶好の土壌であったのである。

しかしこうした漢代の物語りに見える遊びの雰囲気は、無制限な快楽主義に陥ってゆくものではない。その歯止めをなしているのは、「漢武故事」中の武帝の「秋風の辞」に典型的に見られるような、楽しみの後の悲しみの情、時間の経過に対する感傷である。それが宮中の華麗さと対比されるとき、無常観の如きものをも抽出することができるであろう。

恐らくこれと関係するのであろう、「西京雑記」のいくつかの条では、死あるいは死に関連することがらが扱われている。巻四には次のような一条がある。滕公(夏侯嬰)があるとき馬車に乗って東都門を通りかかると、馬は嘶くばかりで前に進まなくなり、盛んに脚で土を掻いた。滕侯がその場所を掘らせてみると、石槨が出現し、それには古代文字の銘文があった。[10]

以って叔孫通《しゆくそんとう》に問う。通曰く、科斗の書なり。今文を以ってこれを写すに、曰く、佳城　鬱鬱たり。三千年にして白日を見ん。吁嗟《ああ》滕公　此の室に居れ、と。滕公曰く、嗟乎《ああ》天なり。吾れ死すれば其れ即ち此こに安んぜんか、と。死して遂にここに葬る。

巻一には、呂后が趙王如意を暗殺させたときのこととして、次のような記事を載せる。(11)

呂后　力士に命じて被中に於いてこれを縊殺せしむ。死するに及びて、呂后これを信ぜず。緑嚢を以ってこれを盛り、載するに小軿車を以ってして、入りて見《しめ》す。

緑の嚢に入れ、小さな幌つきの車で呂后のもとに運びこまれる死体の記述や、また同じ巻の、戚姫がつけていた錬金の彄環《ゆびわ》はキラキラ光って指の骨まで透視したという描写などから、こうした物語りの伝承者たちの死への嗜好的ともいうべき関心を見ることができよう。遊びと華麗な祝いごとを好むと同時に華美の背後に常に死を見るというこの書物の精神は、恐らく日常生活に密着した、吉祥―不祥を軸とする価値体系に支えられたものであったのであろう。この吉―不吉を軸とする価値観が、士大夫的な政治倫理的価値観と全く次元を異にするものであることに注目したい。

過去を振り返りひたすら懐かしむ姿勢、巨万の富への素直なあこがれ、遊びと死への関心、これらのいずれもが、いわゆる伝統的な士大夫的なものではない。漢の宮廷の雑事を述べる説話群の中にこのような特徴的な基調が存在することは、非士大夫的な文化担当者の誕生を示し、彼らの生活に密着した倫理・価値体系にもとづく新しい人間観が、長篇の小説「漢書演義」を組み立てる柱となるはずであったと、私は考える。(12)

「西京雑記」に登場する皇帝たちは、いずれも力弱いものとして描かれている。前に引用した賈佩蘭の条では、高祖は戚夫人に口説かれても太子変更のことはどうすることもできず、思い余って「大風の歌」を歌う。「史記」の描く高祖が「大風の歌」を歌う場面とはなんという相違であろう。また巻一に、始元元年に黄鵠が太液池に降りたとき昭帝が歌った歌の最後には次のようにある。

自ら顧みるに菲薄、爾《なんじ》の嘉祥に愧ず。

このようにきわめて弱いものとして描かれている皇帝たちには、「西遊記」の三蔵法師と同様の性格を感じとることができる。こうした弱い性格は、民衆たちの、自分たちとは隔絶した高い位置にある人物に対する一つの性格規定に由来するのであろう。更に「西遊記」との対比を用いて言えば、「漢書演義」には、三蔵法師にあたる人物はいたが、個々のエピソードを数珠つなぎにする糸[13]となるべき強い個性を持った孫悟空がまだ出現していなかったのである。

最後に「西京雑記」の編者に葛洪が擬せられていることについて一言したい。前に挙げた「西京雑記」の跋文によれば、「漢武帝禁中起居注」と「漢武故事」と「西京雑記」とは、いずれも葛洪の手を経て伝承されたものとされる。「西京雑記」と「漢武故事」に密接な関係があったと推定されることについては前に述べた。「漢武帝禁中起居注」が孫詒譲が言うように「漢武帝内伝」の原本であったかどうか[14]については急に結論はつけられぬにしても、「抱朴子」論仙篇が引用する「漢禁中起居注」と称する書物となんらかの関係があったものであろう。「漢武帝内伝」の中で西王母が武帝に授ける「五岳真形図」は、「抱朴子」が道教経典の中でも特に重要なものの一つとしているものである。こうした「西京雑記」の跋文に関係する小説的な諸作品や、更に加えて現行の「神仙伝」、「葛洪枕中書」などは、相互の内容的な重なり合いから言っても、単に葛洪が神仙思想家として著名人であるので彼の名前が著者として仮りられただけのものとは考えられない。これらの作品は、種々の点から葛洪とその思想に関係を持ち、〝葛洪グループ〟とでも称すべき独自の纏まりを持っているのである。葛玄から葛洪に伝わる葛氏道と呼ばれる道教の一派[15]が葛洪以後どうなったかについては不明な点が多いが、葛洪グループの諸作品と共に「西京雑記」も、葛氏道の後裔たちと関係を持ちつつ南北朝期に江南で編纂されたと考えるのが、現在のところ最も可能性のある結論ではなかろうか。

(1)　顔師古が「漢書」匡衡伝注に「今有西京雑記者、其書浅俗、出於里巷、多有妄説」と強い口調で述べているのは、かえって彼が作者についてなんらかの説を聞いており、それを否定しようとしたためであったと推定できそうである。少なくとも、劉知幾は「孟堅(班固)の亡《うしな》いし所もて、葛洪はその雑記を刊す」(史通外篇忤時)と言い、唐初にすでに序文のあったことを窺わせる。なお顔師古の注釈の姿勢については、吉川忠夫「顔師古の漢書注」『東方学報京都』第五一冊、一九七九年、に詳しい。

(2)　洪家世有劉子駿漢書一百巻。無首尾題目、但以甲乙丙丁紀其巻数。先父伝之。歆欲撰漢書、編録漢事、未得締構而亡。故書無宗本、止雑記而已。失前後之次、無事類之辨。後好事者以意次第之、始甲終癸、為十秩、秩十巻、合為百巻。洪家具有其書。試以此記考校班固所作、殆是全取劉書、有小異同耳。幷固所不取、不過二万許言。今抄出為二巻、名曰西京雑記。以裨漢書之闕。爾後洪家遭火、書籍都尽。此両巻在洪巾箱中、常以自随、故得猶在。劉歆所記、世人希有。縦復有者、多不備足。見其首尾参錯、前後倒乱、亦不知何書、罕能全録。恐年代稍久、歆所撰遂没、幷洪家此書二巻、不知出所。故序之云爾。

　洪家復有漢武帝禁中起居注一巻、漢武故事二巻。世人希有之者。今幷五巻為一秩。庶免淪没焉。

(3)　「隋書」経籍志史部起居注類

　起居注者、録紀人君言行動止之事。……漢武帝有禁中起居注、後漢明徳馬后撰明帝起居注。然則漢時起居似在宮中、為女史之職。然皆零落、不可復知。

　「史通」外篇、史官建置第一

　至漢武帝時、有禁中起居注。明徳馬皇后撰明帝起居注。凡斯著述、似出宮中、求其職司、未聞位号。

(4)　「明帝起居注」は、「風俗通義」(永楽大典巻二二三四所引)や「文選」顔延之赭白馬賦の李善注などに引用されている。「漢武帝禁中起居注」については、注(14)を参照。

(5)　「王子年拾遺記」巻五(古今逸史本)

　昔生埋工人於塚内。至被開時、皆不死。工人於塚内琢石為龍鳳仙人之像、及作碑文辞讃。漢初発此塚。験諸史伝、皆無列仙龍鳳之製、則知生埋匠人所作也。後人更写此碑文、而辞多怨酷之言、乃謂為怨碑。史記略而不録。

(6)　楊衒之「洛陽伽藍記」巻二

　云、自永嘉以来二百余年、建国称王者十有六君。吾皆遊其都邑、目見其事。国滅之後、観其史書、皆非実録。莫不推過於人、引善自向。苻生雖好勇嗜酒、亦仁而不殺。観其治典、未為凶暴。及詳其史、天下之悪皆帰焉。苻堅自是賢主、賊君取位、妄書君悪。凡諸史官、皆是類也。人皆貴遠賤近、以為信然。当今之人、亦生愚死智、惑已甚矣。人問其故。逸曰、生時中庸之人耳。及其死也、碑文墓志、莫不窮天地之大徳、尽生民之能事、為君共堯舜連衡、為臣与伊皐等跡。……所謂生為盗跖、死為夷斉。佞言傷正、華辞損実。当時構文之士、慚逸此言。

(7) 漢掖庭有月影臺、雲光殿、九華殿、鳴鸞殿、開襟閣、臨池観。不在簿籍。皆繁華窈窕之所棲宿焉。

(8) 高帝既作新豊、幷移旧社、衢巷棟宇、物色惟旧。士女老幼、相携路首、各知其室。放犬羊鶏鴨於通塗、亦競識其家。其匠人胡寛所営也。移者皆悦其似而徳之、故競加賞贈、月余致累百金。

(9) 楽遊苑、自生玫瑰樹、樹下多苜蓿。苜蓿一名懐風、時人或謂之光風。風在其間、常蕭蕭然、日照其花、有光采。

趙飛燕女弟居昭陽殿。……毎好風日、幡旐光影、照耀一殿。

(10) 以問叔孫通。通曰、科斗書也。以今文写之、曰、佳城鬱鬱、三千年見白日、吁嗟滕公居此室。滕公曰、嗟乎天也、吾死、其即安此乎。死遂葬焉。

なおこの条と同じ内容の異伝が「博物志」巻七(葉氏本巻八)に見える。

(11) 呂后命力士、於被中縊殺之。及死、呂后不之信。以緑囊盛之、載以小軿車入見。

(12) しかしこのことは「西京雑記」の最終的な編纂者が知識人階層の者ではなかったという結論を導くものではない。原来の説話の伝承者たちには〃非士大夫〃的な性格の人々が多かったにしても、そうした説話を文字に定着するに際しては、知識人(読書人)の介入が必要であったと考えられる。「後漢書」列伝第一四馬援伝に、

馬援自還京師、数被進見。為人明須髪、眉目如画、閑於進対、尤善述前世行事。毎言及三輔長者下至閭里少年、皆可観聴。自皇太子諸王侍聞者、莫不属耳忘倦。

とあるように「三輔の閭里少年」の物語りを楽しむ心が知識人たちの中に成長してきたことが、こうした物語りを文字に定着することを可能にしたと考えるべきであろう。

(13) 小さなエピソード群を一人の主人公が貫いて長篇の物語りが形成される以外に、物語りの中に物語りが入る、いわゆる枠入り物語り(frame-story)の形式で長篇が形成される道もある。この形式は『千一夜物語』から『デカメロン』に受け継がれ、西方世界においては逸話と小説とをつなぐ橋の役目を果している(ウェレック、ウォーレン『文学の理論』太田三郎訳、一九六七年、筑摩書房、参照)。この枠入り物語りの技法が東方に全然なかったのではないことは、日本の物語りの祖《おや》である「竹取物語」において、かぐや姫に求婚する貴公子たちの冒険の部分に見える説話の接合の仕方がこれに近いことからも知られる。「西京雑記」の、私が二重の虚構と述べた構造も、或いはこの技法の応用であるのかも知れない。原田淑人「漢と安息との文化関係について」『東亜古文化論考』一九六二年、吉川弘文館、が言うように漢代の宮廷の百戯に西方からの影響があるとすれば、この物語りの技法が西方から輸入されたということもありえよう。

(14)　孫詒譲「札迻」巻一一西京雑記
案此書塙為稚川所仮託。漢武帝禁中起居注、漢武故事、蓋亦同。故序幷及之。抱朴子論仙篇引漢禁中起居注説李少君事、与今本漢武帝内伝末附李少君伝略同。張柬之洞冥記跋云、昔葛洪造漢武内伝、西京雑記。疑内伝即起居注、後改題合名。漢武故事似亦即合所伝本。蓋諸書皆出稚川手、故文亦互相出入也。

(15)　葛氏道については、福井康順「葛氏道の研究」『東洋思想研究』第五巻、一九五三年、を参照。後代の道教において、重要な神格はその大部分が、観念的に生み出された哲学的な神々となるのに対し、葛氏道↓初期霊宝派の神格の中には神話伝説に由来する神々が多く含まれていたことも、この一派と物語り文藝との結びつきを考える際の参考となろう。

第三章 「神仙伝」――新しい神仙思想

一 新しい神仙思想――その基盤としての祖霊祭祀

後漢末期から東晋王朝崩壊までの時期を、中国中世史の中でも一つの纏まりを持った時代として取り出すことができるであろう。この時期を一つの時代として纏めることが可能であることを示唆する特徴的な指標は少なくない。文学史や思想史などを広く含めた精神史の展開という視点から見ても、この時代は他の時期にはない、独自の〝主張〟に裏づけられた特色ある要素をいくつも持っている。中国中世の精神史の中心になる流れは、この一時代に新しく重要な意味をもって登場してきたものが、それに続く時期に風化し変質してゆく過程だとしてすら理解できるかも知れない。そうしてここで取り挙げようとする〝新しい神仙思想〟も、この一時代を特徴づける重要な項目の一つだと言うことができるのである。

この章では、新しい神仙思想という形で結晶化したこの時代の独自の主張の諸様相を観察すると共に、その主張が結局は風化してしまわなければならなかった原因を追求し、更にその風化の中から神仙世界の幻想が現実社会と対置される一つの世界として成長してゆく過程を見てみたいと思う。おおよそ、人々が現実社会の内部にあって〝生活〟という地平に密着して生きつつも、しかし現実全体を見わたす視点を獲得しうるのは、強固な思想性に裏づけられた、現実から乖離している点から言えば〝架空〟の、価値観に支えられてである。新しい神仙思想の風化のあとに留められた神仙世界の幻想も、そこに視点を置いて現実が顧みられる時、いささか安易に流れる点はあるとは言え、架空の世界と現実社会とを対照させて、現実の意味を問い直そうとする意欲を附随させていた。さればこそ、中国の小説(物語り)[1]の長い歴史を通じて、神仙世界と現実世界とを二重写しにするという技法が、物語りの枠組み的な方法として絶えず用いられ続けてきたのだと理解されるであろう。

すでにいく度か〝新しい神仙思想〟という言葉を用いた。それは、「史記」封禅書や「漢書」郊祀志に記録されるような神仙術[2]とは異なった性格と形態の神仙思想が魏晋時期に成長し、広く行なわれたと考えるからである。「史記」や「漢書」に記録された古い神仙思想が基本的には帝王たちの神仙術であったとすれば、新しい神仙思想はより普遍性を持ったものであった。この新しい神仙思想がどのような背景を持って形成され、この時代を生きる人々にとってそれがどのような意味を持っていたのかを、ここでは特に神仙たちの伝記(その中心になるのは葛洪の撰とされる「神仙伝」)を通じて考察してみようと思う。

魏晋の神仙思想を専ら思想として扱うのであれば、当然、葛洪の「抱朴子」内篇をその考察の中心に据えねばならない。しかし神仙説は、純粋に論理的な観点から見れば、本来、雑多で矛盾が多く、首尾一貫性を欠く点が多いものである。それは、神仙説が人々の思想よりも情念の上に基盤を置くことが大きかったことに関係しよう。それ故、ここでは思想の更に基礎にあるものを追求しようと、物語りに現れた神仙たちの事跡に目を注いだ。すなわち、神仙たちの超現実(あるいは反現実)的な事跡を分析することによって、現実の中でしか生きることのできない人々のあこがれと、そのあこがれの根となっている現実生活の苦痛とも称すべきものを抽出しようとするのである。もちろん「抱朴子」もしばしば引用されるが、論者の視点は、思想の体系としてではなく、物語りとして定着される人々の生活意識の方に重きがあり、また両者(思想と物語り)の重なる点と相違点(特に後者の、物語りの持つ独自性)を追求するのも、この章の目的の一つである。

神仙思想（あるいは神仙観念と言った方がよいかも知れない）を扱うに際し、最も厄介であるのは、それが民衆の生活の中に深く根を下ろしていて、たとえそれが知識人の観念の中に位置を占めることになった時期にあっても、なお民衆的な色彩の濃い要素をその中に多分に残しているということである。他の多くの観念や思想が、その本当の基盤は民衆の生活の中にあるにしても、一応はそれを捨象して知識階層内部での思想的展開として扱えるのとは、この点で大きく異なっている。神仙思想について考察しようとする時、知識人の思想的営為と生活感情にもとづく民衆的な幻想という両端に常に目を配って、しかもその両端を結ぶ構造を様々な面から把握していなければ、文化現象としての神仙思想の十全な理解は不可能なのである。

こうした理由から、まず最初に、基礎にある民衆層の神仙観念を位置づけるため、少し武断で単純化しすぎるきらいはあるが、作業仮設として次のような考え方を提出してみたい。すなわち、この新しい神仙思想の基盤には民衆的な祖霊信仰があり、その基礎の上に、魏晋の時代と社会とに反応して、神仙観念のこの時代に特徴的な様相が形作られたのだ、と。

この仮設を軸として、祖霊信仰の展開と変質の上に、知識人層をはじめとするさまざまな階層の神仙観念を位置づけるという形で、以下に魏晋時期の神仙思想に対する分析を行なってゆきたい。この視点からすれば、古い神仙思想と新しい神仙思想との関係は次のように考えることができるであろう。すなわち、「史記」や「漢書」に見える帝王の神仙術が古代の神話的英雄伝承にその根源を持つ（そうして、そうした伝承のほとんど最後に位置する）のに対し、魏晋の神仙観念は普遍的な祖霊信仰に直接にその基盤を置いており、両者の根本的な区別はその基盤のちがいにあるのである。もちろんこの両者には入りまじる要素も多く、劃然と区別をすることは困難である。しかし、前者の根源が〝選ばれた英雄の生命の国を求める伝承〟にあるとすれば、後者は死ねば誰でも祖霊になれるという意味で、全ての者に開かれた神仙説であった(より正確に言えば、そうした太古以来の祖霊の観念が、神仙説という形態を取り、この時期に文化の表層に浮かび上がってきたのである)。神仙的存在が、以前のように我々から隔絶した絶対的な位置にあるものではなく、原則的には全ての人間に到達可能なものになったということが、この時代の精神史の展開にとって最も重要な点であった。そうして、死を経ずして一種の祖霊となり永劫回帰的な時間の中に生きようとするのが、この時代の神仙修行の最も重要で基盤的な筋書きであったと考えることができるであろう。

祖霊信仰と言えばすぐに祖霊が鳥の形を取るという全世界的な共通観念を思いおこすであろう。ある人物が死んだ後、鳥の形を取って飛び去り、神仙となったという筋書きは、中国の神仙説にもしばしば見られるところである。例えば、すでに「楚辞」天問篇の一章が彼のことを述べたのだとされる仙人王子喬は、「列仙伝」に次のような変身譚を留めている(3)。

崔文子は、泰山の人である。仙道を王子喬から習った。王子喬は白蜺に化し、崔文子に仙薬を手渡そうとした。崔文子はびっくりすると、戈を手に執って切りつけた。戈は命中し、蜺は持っていた薬を取り落した。よく見てみると地上に横たわるのは王子喬の死体であった。その死体を奥の部屋に安置し、その上にこわれた筐《かご》をかぶせておいた。ほどなく死体は大きな鳥に化し、筐をひらいて見たところ、その鳥ははばたいて飛び去っていった。

もう一つ例を挙げれば、「水経漯水注」巻一三は、大翮《かく》山・小翮山にまつわる仙人王次仲の伝説を記録している(4)。

秦の始皇帝は三度まで王次仲を徴《め》したが、三度とも彼はやって来なかった。王次仲は、〝真〟を履《ふ》み行ない〝道〟に心をよせて、道術のすばらしさを窮めようと全力を尽していたのである。始皇帝は彼が言いつけに聴き従わぬことに腹を立て、命令を出して彼を檻車におしこめて都まで護送させた。出発して間もなく、王次仲は大きな鳥に化し、羽根をはばたかせて飛び去った。その鳥が二枚の翮《はね》をこの山に落した。そうしたことからこの山の峰には大翮と小翮の名が付けられているのである。

おそらく祖霊信仰の基礎の上に生み出された神仙たちは、もともと人間から鳥に変形するのが原則であったのであろうが(5)、仙化したあとの事跡がより人間的になるにつれて、その形態も完全には鳥に変形してしまわなくなった。しかしなお原初の形を残して、神仙たちは、人間の形をしてはいても、漢代の画像などに見られるように腕や肩の所に羽根が付いていたり(6)(図五二・五三)、更に人間化した場合にも、仙鶴に乗って空を飛んだりするのである。

祖霊信仰のもう一つの重要な要素は、季節や日時を定めて祖霊が現世にもどって来て子孫たちの祭祀を受けることであろう。そうしてその日どりは農耕行事と密接な関係を持ち、村落共同体の中での祖霊祭祀が農耕儀礼の一環となっている場合が多い。前に挙げた仙人王子喬について、「列仙伝」は、王子喬が昇仙したあと、七月七日に白鶴に乗って緱氏山頭に駐まり、家人たちに挨拶をしたという話しを載せる。この一段も、七月七日に祖霊が山に降り、子孫た

図 53　銅羽人

図 52　銅連枝灯(部分)

図 54　営城子漢墓壁画

ちの祭祀を受けるという民衆的な信仰と関係するものにちがいない。中国古代において七月七日が祖霊帰還の日であったという私の推定については、この書物の第四章で検討することになる。ちなみに図五四に示した営城子漢墓の壁画では、中央右の背の高い人物が死者であって、下方で子孫たちが捧げる祭りを享《う》けるために降ってきた姿だともされる。死者の足の下には雲気が見える。

この時代の神仙観念の最も基礎となる部分に、このような村落共同体的、あるいは宗族的な祖霊観念が存在することを仮定してみた。しかしこうした観念は言わば通時的なものであって、ある特定の時代と強く結びついたものではない。また個々の祖霊は、時代を経ると共にその個性を失ってゆく。天子の祖霊ですら、一般には四代が過ぎればその位牌が撤せられて、御先祖さま一般としてしか祭祀を受けられないのが中国古代の礼の定めである。(7) 一つの祖霊が個性を失うことなく、神仙として後代にまで名を留めるためには、なんらかの形で村落共同体的・宗族的祭祀の範囲を越える必要があった。いわば通時的な祖霊観念も、この限界の越え方とその後の新しい展開の諸相の中に深く時代の刻印を留めることになる。そうして、結論を先取りして述べるようなことになるが、後漢から魏晋にかけての時期にそれまでの古代的な共同体が崩壊してゆくと共に、その中で自足的に祭祀を受けていた神々の多くが亡び去ったが、同時にまた一部の神格は、さまざまな契機から共同体的な祭祀の範囲を越えてより広い地域と階層との中で信仰を集めることになってゆく。祖霊信仰の基礎の上に成り立った新しい神仙思想も、そうした神々の世界の展開(それはとりもなおさず人間精神の展開)に対応して開花したものであった。

(1) 小説の語は、必ずしも近代ヨーロッパに成長した小説(fiction)に限定せず、より寛い意味で使用した。それが「漢書」藝文志以来の、中国での小説の語の使用法であるからである。その小説の中でも、口頭の文藝と強い関係を持ち、長篇化の傾向を持つもの(ヨーロッパのromanceに重なる点が多い)を物語りと呼んだ。

(2) 中国の神仙思想一般を述べたものとして、津田左右吉「神僊思想の研究」『全集』第一〇巻、一九二四年、武内義雄「神仙説」岩波講座『東洋思想』第八巻、一九三四年、金谷治「神仙の形成」筑摩書房『世界の歴史』第三巻、一九六八年、などがあり、特に津田氏のものは有用である。また「史記」封禅書を中心に神仙説を扱ったものとして、福永光司「封禅説の形成」『東方宗教』六・七号、一九五四・五五年、がある。

(3)　崔文子者、泰山人也。学仙于王子喬。子喬化為白蜺、而持薬与文子。文子驚怪、引戈撃蜺、中之、因堕其薬。俯而視之、王子喬之尸也。置之室中、覆以敝筐。須臾化為大鳥。開而視之、翻然飛去。

引用は「捜神記」巻一の文によった。同じ内容の記事は、王逸「楚辞章句」天問篇の引用にも見える。「捜神記」のこの前後の条の配列から見て、この一条も「列仙伝」に収められていたと考えてよいであろう。王照円「列仙伝校正」巻上を参照。

(4)　「水経瀔水注」巻一三

秦始皇時、……三徴而輒不至。次仲履真懐道、窮数術之美。始皇怒其不恭、令檻車送之。次仲首発於道、化為大鳥、出在車外、翻飛而去。落二翮於斯山。故其峯巒有大翮小翮之名。

(5)　ちなみに現在の中国では、祖先神が鳥の形を取ることをトーテム信仰で説明する場合が多い(たとえば、孫作雲「説羽人――羽人図羽人神話及飛仙思想之図騰主義的攷察――」『国立瀋陽博物院彙刊』第一号、一九四七年)。しかしトーテミズムという概念が果して成立するかどうかはきわめて問題であり(たとえば、レヴィ＝ストロース『今日のトーテミズム』一九六五年、は、人間が観念の中で自然と結ぶ様々な関係性の内の、特殊なものだけを取り出して作り上げた架空の概念がトーテミズムであり、そうした概念が作り上げられるについては、〝野蛮人〟は不可解なことをするものだという〝文明人〟からの蔑視がその背景にあったのだとしている)、中国においても、鳥以外の動植物について似たような現象が顕著でないことから言って、祖霊信仰の一つの現れとして理解する方が妥当であろう。

(6)　漢代の仙人たちは、羽根を持つほか、一般に痩せぎすで、耳が長く、異形のものという形態を留めている。王充「論衡」無形第七にいう、「図仙人之形、体生毛、臂変為翼、行於雲、則年増矣、千歳不死。此虚図也」。

(7)　「礼記」王制篇、「天子七廟、三昭三穆、与太祖之廟而七」。この天子七廟の制については種々の説明があるが、周代の例とされるものによれば、太祖の廟には遠い祖先の后稷が祀られ、昭廟と穆廟のはじめには文王と武王とが祀られて、この三つの廟は毀《こぼ》たれることがない。したがって実際に廟を持つのは現在の王から遡って四代前の祖先までである。四代が過ぎるとその廟は毀たれ、位牌は太祖の廟に入れられ、個別の祭祀を受けることがなくなる。

二　祀廟の祭祀と巫覡たち――淮南王の昇仙

上述の祖霊信仰(それは季節の祭礼の中に絶えず帰還を繰り返す、いわば非歴史的なものである)が、村落共同体的な祭祀の範囲を、どのような形で、またどのような人々に支えられて越えたのかを、淮南王劉安の昇仙譚を取り挙げて考えてみようと思う。

「神仙伝」巻四に収められた淮南王劉安の物語りを荒筋だけ記すと、おおよそ次のような内容である。

淮南王劉安は、漢の高祖の孫にあたる。父の厲王劉長が罪を獲て死んだあとも、文帝の心づくしで淮南国に封ぜられることができた。劉安は、普通の皇族たちのように奢侈や娯楽にふけることは好まず、儒学に心を用い、兼ねて占候《うらない》や方術にも興味を懐いていた。特に劉安の文学的才能は武帝にも重んぜられるほどであったほか、彼は広く天下に「道書」や方術の士を求め、彼らを鄭重に待遇した。やがて八公と呼ばれる八人の老人が彼の門を訪れて神異を示し、劉安は彼らに弟子の礼を執って「丹経」三十六巻を教授された。劉安の太子が郎中の雷被といさかいをおこし、それが原因で雷被と伍被の二人は、劉安が謀反をくわだてていると朝廷に告発した。これを知った八公たちが劉安に言うには、こうした難儀が降りかかったのは実は天があなたに現世を捨てさせようとして引き起したことなのです、と。劉安と八公とは山に登って祭祀を行なったあと〝白日昇天〟した。武帝は、劉安が昇仙したことを知ると、自らもそれにあやかるべく、天下に有能の士を求め、八公に遇いたいと願った。しかし結局は成功せず、公孫卿や欒大に欺かれる結果に終った。

淮南王劉安についての正式の伝記は、「史記」巻一一八、「漢書」巻四四に見える。そこには、劉安は、父親の劉長が謀反をおこし蜀への配流の途上で死んだあとを受け、淮南王の位に即いたが、彼もまた帝位を狙って反乱をたくらみ、猶予している内に朝廷から糾問の使者が遣わされて、自殺したことが記されている。この二つの正史は、劉安が「賓客方術の士　数千人を招致した」こと、「中篇」八巻を著わし「神仙黄白(錬金)の術」を述べたことは記すが、彼が昇仙したことについては一言も語っていない。

劉安の昇仙のことが文献にあらわれてくるのは後漢時代になってからで、王充「論衡」の道虚篇、応劭「風俗通義」の正失篇などが、淮南王は死んだのではなく天に昇ったのだという伝説が人々の間に行なわれていたことを伝えている。

この淮南王昇仙の伝説は、その発展の過程から大まかに二つの層に分けて考えることができるであろう。一つは、淮南地方での在地的な民間信仰にまつわった伝説の段階――その伝承の核となったのは劉安を祭る祀廟とそれに関係する巫覡たちである。そうしてそこから更に一段進んだのが、より広い地域に伝承される方術者たちの語る物語りの段階である。

非業に倒れたその地の支配者の霊をなぐさめるため、その人物を神として祭り、祀廟が建てられる。日本で言えば御霊信仰のようなものが劉安を神格化する最初であったと考えられる。

たとえば都　建康の北に臨む鍾山に廟堂を持ち、六朝期の歴史記録や物語りの中にしばしば姿を見せる蔣侯神は、もともと蔣子文という武将で、その非業の死後、種々の災異を引き起し、巫的な人物を通じて自分を祠るようにと人人に要求したとされる。(1)また呉興に廟があって憤王、祟君などと呼ばれた項羽神にも、(2)憤・祟などの字が冠されていることからも知られるように、非業に倒れた英雄に対する御霊信仰のかげを見ることができよう。恐らく劉安も、祟りをなすという形で人々の日常生活や農耕に直接に介入し、その祖霊の〝個性〟を強く主張したのであろう。

人間的な〝個性〟の主張は、歴史的な時間の上に立ってはじめて可能である。永劫回帰的な時間の中にある祖霊たちのものとは違った性格の物語り(すなわち多分に人間的な要素を持った物語り)が、個性的な祖霊が歴史的時間の上にあることを証明するものとして、必然的に附随してくるのである。ただ日本の御霊信仰の場合とは異なり、そうした祖霊の前歴である、非業の生涯というものは強調されず、人間から神となった(昇天した)という筋書きの方に重点を置いてその事跡が伝承されたのである。

「水経肥水注」は、寿春(すなわち淮南国の治所)の八公山に淮南王劉安を祭った廟があって、そこには劉安と八公たちの像が画かれていたことを伝える。酈道元が引用する崔琰の「余《わ》れ寿春に下り、北嶺(八公山)に登る。淮南の道室、八公の石室あり」という文からも知られるように、少なくとも後漢から三国の交には、劉安と八公とを祭る廟が淮南国の故地にできていたのである。

このような、巫覡たちが荷い手となり非業の英雄を祀る廟を拠点にした伝承は、たしかにその基礎にあった永劫回帰的な時間の中での祖霊信仰の狭い範囲をすでに脱け出たものではあったが、(3) しかしなお多分に在地的・民間信仰的な要素を留めたものでもあった。「神仙伝」の劉安伝の筋書きの中で言えば、劉安や八公たちと共に鶏や犬も仙薬を舐めて昇天し、それゆえ〔今でもこの地方では〕鶏が天上で鳴き、犬が雲中で吠えるのが聞えると伝えられているという最後の一段や、「水経注」が記す、劉安は馬に騎《の》って昇仙したが、その足あとが山上に残されているという言い伝えなどが、劉安昇仙の物語りの中でも、特によく在地的・民衆的信仰の様相を伝えた部分である。神が馬に騎って出現し、その足あとを石の上に留めるというのは、なかんずく水辺の石に関して伝えられることが多いが、きわめて普遍的な民間伝説のモチーフである。

また鶏犬の声は、「老子」第八〇章や陶潜の「桃花源記」などにあらわれて、村落共同体での安定した日常生活を象徴するものであり、天上にもそうした生活を思い描く人々の心は、後に述べるような天上にがっちりした官僚体制を思い描く人々に比べて、より民衆的な層に属したことは確かである。なによりも、「聴いてごらん、空の上で犬や鶏が鳴いているのが聞えるよ」と語る語り口は多分に日常生活に密着したものであり、また「あそこの岩の上のくぼみが、劉安の馬の足あとなのだ」と説明する物語りは特定の土地（それも狭い地域）と切り離せないものである。

附言すれば〔仙人といっしょに昇天した〕鶏や犬が天上で鳴くという一節は、仙人唐公房の伝説の中にも見られる。「水経沔水注」巻二七に次のような物語りが記録されている。(4)

> 穴水は東南に流れ、広々とした河原をすぎる。このあたりを壻郷《せいきょう》と呼び、流れを壻水川という。〔ここに〕唐公の祠《ほこら》がある。唐君、字は公房、成固の人である。道を学んで仙を得、雲臺山に入って金丹を調合し、それを服して〝白日昇天〟した。〔鶏や犬も昇天し〕鶏が天上で鳴き、犬が雲の中で吠えている。ただ鼠だけは憎まれて、地上に残された。鼠はそうしたことから憤慨し、月ごとの晦日《みそか》には、胃腸を吐いて〔死んでは〕蘇生する。そこで当時の人々は〔その鼠を〕唐鼠と呼んだのである。
>
> 唐公房が昇仙した日、その女壻《むすめむこ》は他出していて帰りが遅れたため、一緒に天へ昇ることができなかった。彼は人人と約（村落共同体の自律的な盟約——その盟約を支えていたのは唐公房の神威であったのであろう(5)）を結んでこの河原に住居を定め、ここには霜や蛟《みずち》や虎の災害がないと宣伝して〔人々を集めた〕。人々はそれを信じて〔ここに村落を作った〕。そうしたことからその村は壻郷と呼ばれ、川の名もそこから取られたのである。民衆たちはこれを記念するためにその場所に廟を立てると、石を刻んで碑を立て、不思議な事跡を表し伝えた。

ここには昇天した鶏や犬のほか、昇天できなかった鼠が出てくる。その鼠は、月のみそかごとに胃腸《はらわた》を吐いて死にまた生きかえるのだといった、動物の特殊な習性を説明する説話が語られていて、唐公房の昇仙譚もこうした民衆的な伝承と深く結びついていたことが窺われる。

「捜神記」巻一や「楽府詩集」巻五八に見える劉安の昇天を唱った歌曲(6)は、この民衆的な祠廟祭祀の段階に属し、巫覡たちの歌舞による神降ろしとその神への供応の際の楽曲に起源するのであろう。「捜神記」が記録する淮南操《わいなんそう》（操は琴曲の意）と呼ばれる歌は次のような文句からなる。

明明上天照四海兮　明明たる上天は四海を照らし
知我好道公来下兮　我れの道を好むを知りて公(八公)来下す
公将与余生羽毛兮　公は将《みちび》きて余《わ》れと与《とも》に羽毛を生じ
升騰青雲蹈梁甫兮　青雲に升騰して梁甫《りょうほ》を蹈み
観見三光遇北斗兮　三光を観見して北斗に遇い
駆乗風雲使玉女兮　風雲に駆乗して玉女を使う

ここでは劉安の事跡がその天上遊行のさまを中心にして歌われ、それも第一人称で自らの行動を誇らしげに述べる形で記述されている。この第一人称の表現は、神降ろしの場において、よりましに憑依した劉安の口から出る言葉にその起源をもつのだと推定できるであろう。

こうした、民間に起源し巫覡たちによって管理されていた淮南王信仰にもとづく伝承が、巫覡より一段高い知識と藝能とを持った方士たちの手に渡ることによって、新しい展開を示すことになった(7)。

この巫覡から方士たちへと受けつがれてゆく過渡の形態を暗示するものとして後漢時代の城陽景王の民間祭祀の例を挙げることができる。

城陽景王劉章は、劉安と同様に漢の王室の一族。前漢時代のはじめ、呂后をはじめとする呂氏一族が政治を思うままにしたとき、呂氏一族を平らげて劉氏の統治を恢復するのに力があった。劉章の封国が山東省にあったため、彼の死後、その地方で盛んにその祭祀が行なわれていた。王莽が政権を握ったとき、それに反抗する漢の一族の劉盆子の軍中で「常に斉巫ありて、鼓舞して城陽景王を祠り、以って福助を求めた」ことが、「後漢書」劉盆子伝に見える。そこには更に、景王が巫に降って言葉を発したこと、その巫を嘲笑した者たちはみな病気になったことなども記されている。

この城陽景王の祭祀を淫祠だとして弾圧を加えた者に、後漢末の陳蕃や曹操がいる。「三国志」魏書巻一の裴松之注に引く「魏書」は次のようにいう。(8)

もともと城陽景王の劉章は漢の王朝に功績があったところから、その封国（城陽国――山東省莒《きょ》県）では彼のために祠《やしろ》が立てられた。やがて青州（山東省）一帯の諸郡がつぎつぎとそれに倣い、済南が最も盛んで、祠の数は六百をこえるに至った。商人たちは、祭神を郡守と同様の車馬礼服や儀仗の行列で飾り、演藝や音楽がなされたりした。そうした祭礼は日をおって盛んになり、民衆はそれがために貧乏のどんぞこに沈んだ。しかし歴代の郡守たちは、〔その盛んさをはばかって〕敢て禁絶しようとする者はなかった。太祖曹操がこの地にやって来ると、祠屋を全てとり毀させ、官吏や民衆に禁止令を出し、その祭祀を許さなかった。更に政権を握るようになると、曹操はひきつづいて姦邪・鬼神の事（宗教結社や民間信仰）の駆除につとめ、世間の淫祀はこれがために根絶やしになった。

「風俗通義」怪神篇によれば、城陽景王の祭祀は陳蕃や曹操によって一旦は下火になったが、やがてもとの如く復活したという。もちろん大局的には曹操政権の民間祭祀弾圧政策の仮借ない遂行によって衰微に向かうのであるが、少しでも手をゆるめるとすぐに根を張る民間信仰の生命力の強さと、(9)その生命力が新しい秩序を確立しようとする権力にとって大きな障害になっていたことを如実に窺わせるであろう。

ここで注目したいのは、上引の「魏書」の祇園祭りを思わせる祭祀の記述や、また「風俗通義」にも見えるように、民衆的な祭祀が数郡にわたるほどの規模となったとき、その祭祀の主導権が商人たちの手に渡っていたらしいことである。ある土地と密接に結びついていた民間信仰にもとづく伝承を、次に述べる方士たちに橋わたしした仲介者として、商人たちの存在を考慮してみる必要があるであろう。

神仙や異人たちの事跡は、都市の市場と結びついて語られることが少なくない。それは単に彼らの原像になる人物たちが市場において売卜や売薬をなりわいにしていたからという単純な理由によるのではなく、恐らくその根本の原因は、この時代の商人階層が神仙伝説の伝承に相当深く関っていたことにあるのであろう。「神仙伝」の中から商人たちと密接な関係を持っていたであろうと推定される仙人の名を挙げれば、巻五に載る劉憑がその一例である。

劉憑の伝には、賈人たちが万金の価の雑貨をもって旅をする途中、山中で数百人の賊に襲われたが、劉憑の道術によって賊たちが降参したことを記す。劉憑が賊たちにむかって、正道について勤勉に仕事に励むようにと説いているのは、実は彼の代弁を通じて商人たちの生活倫理が宣伝されているのだと考えることができるであろう。ちょうど勃興期の資本主義社会の倫理がプロテスタンティズムと強く結びついていたように、この時代の商人たちの倫理と神仙思想のある一面とが通いあっていたのである。残念ながらこの時代の商人階層の実態と彼らの世界観についてはほとんど知る所がない。(10) しかしこの劉憑伝の筋書きからも、劉憑という仙人像を作り上げたのが商人階層であり、彼らの崇信を受けていたが故に、劉憑は商人の保護者として現れ、また商人たちの倫理を代弁しているのだと推定できそうである。

(1) 干宝「捜神記」巻五、蔣山祠(一)の条に詳しい。
(2) 趙翼「陔余叢考」巻三五、宮川尚志「項羽神の研究」『六朝史研究——宗教篇』一九六四年、を参照。
(3) 漢代の、民間に基盤を持つ巫たちが、すでに大きな自立性を持ち、広い範囲に影響力を及ぼしていたことは、増淵龍夫「漢代における巫と俠」『中国古代の社会と国家』一九六〇年、弘文堂、の論文からも窺われる。また英雄たちの祠廟における祭祀が広汎な民衆たちによって支えられていたことを示す例として、諸葛亮の廟の建立をめぐるいきさつを挙げることができよう。「三国志」蜀書第五の裴松之注は「襄陽記」の次のような記事を引いている。

亮初亡、所在各求為立廟。朝議以礼秩不聴。百姓遂因時節私祭之於道陌之上。……歩兵校尉習隆、中書郎向充等共上表曰、……亮徳範遐邇、勲蓋季世。王室之不壊、実斯人是頼。而蒸嘗止於私門、廟像闕而莫立。使百姓巷祭、戎夷野祀。非所以存徳念功、述追在昔者也。……臣愚以為、宜因近其墓、立之於沔陽、使所親属以時賜祭。凡其臣故吏、欲奉祠者、皆限至廟。断其私祀、以崇正礼。

すなわち、劉蜀の政権が猶予している間に諸葛亮に対する民間での私祭が盛んになった。そうした動きに制限を加えるために沔陽に彼の廟が建てられたのである。ここに「百姓は遂に時節に因りて、私《ひそ》かにこれを道陌の上に祭る」といい、また「巷祭す」とあるのは、多くの民衆が集まっての死霊祭祀であったことを思わせる。西王母を祭るために民衆が「里巷阡陌に聚会」したことは、第一章第七節(八八頁)に見えた。

(4)「水経沔水注」巻二七

穴水東南流、歴平川中。謂之壻郷、水曰壻水川。有唐公祠。唐君、字公房、成固人也。学道得仙、入雲臺山、合丹服之、白日升天。鶏鳴天上、狗吠雲中。惟以鼠悪留之。鼠乃感激、以月晦日、吐腸胃更生。故時人謂之唐鼠也。公房升仙之日、壻行未還、不獲同階雲路。約以此川為居、言無繁霜蛟虎之患。其俗以為信然。因号為壻郷。故水亦即名焉。百姓為之立廟於其処也。刊石立碑、表述霊異。

ここでは特に、仙人の伝承を背景に〝約〟によって結合した村落があったことに興味を引かれる。ちなみに後漢時代に刻された「仙人唐公房碑」(隷釈巻三など多くの石刻資料集に収められる)が残っていて、そこには唐公房の事跡が詳しく述べられている。たとえば、唐公房がいよいよ昇仙することになったとき、妻子が家を棄てるのをためらったので、神薬を屋柱に塗りつけたところ、家ごと天に昇っていったという一段がある。鶏や犬のみならず家屋までも天に昇ったのである。

(5)約については、増淵龍夫「戦国秦漢における集団の〝約〟について」『中国古代の社会と国家』前掲、を参照。

(6)また「宋書」楽志第二二に引く「淮南王篇」の歌も淮南王の求仙を述べ、その最後に「徘徊桑梓遊天外」と唱うように、故郷と天外とを結ぶ祖霊の遊行の伝承の存在が、その背後に推定される。

(7)巫覡と方士との間に質的な差異があったであろうとする考えは、王瑶「小説与方術」『中古文学史論集』一九五六年、に詳しい。漢代を中心とした方士の性格については、陳槃「戦国秦漢間方士考論」『歴史語言研究所集刊』第一七本、に分析がある。

(8)初城陽景王劉章、以有功於漢、故其国為立祠。青州諸郡転相倣効、済南尤盛、至六百余祠。賈人或仮二千石輿服導従作倡楽。奢侈日甚、民坐貧窮、歴世長吏無敢禁絶者。太祖到、皆毀壊祠屋、止絶官吏民不得祠祀。及至秉政、遂除姦邪鬼神之事、世之淫祀由此遂絶。

(9) 城陽景王の祭祀が後まで引き継がれていたことは、例えば「捜神記」巻七や「宋書」五行志五、第二四に見える、晋の恵帝元康五年に臨淄で、大蛇が小蛇二匹を背に乗せて漢城陽景王祠の中に入っていったという怪異の記録からも窺われる。

(10) 「史記」貨殖列伝に引用される大商人任氏の「任公家約」の次のような言葉が商人たちの生活倫理の一端を暗示するかも知れない。

非田畜所出、非衣食。公事不畢、則身不得飲酒食肉。

三 方士たち——物語りの語り手として

淮南王昇仙の物語りが在地的信仰の段階を離れて新しい展開を示す、その新しい展開の特質を端的に示すのが、「神仙伝」の劉安の条にそっくり引かれている「左呉記」という記録である。劉安は八公と共に仙去するに際して、左呉、王眘、傅生ら五人を倶《とも》なった。玄州(玄洲——水平方向の極遠の地、大海の中の楽土。天上の玄都と対応しているとされる)まで同道したあとこの五人は現世に送りかえされたが、彼らの神仙世界での見聞を左呉が代表して記録したという形で著されたのが「左呉記」である。左呉は次のように語る。(1)

劉安は、まだ天に上れずにいる間に、仙伯たちと会うことがあった。劉安は若い時から尊貴な位にいるのに慣れ、へり下った礼を執ったりすることがほとんどなかったため、立居振舞いは尊大で、高い声で物を言い、時には間違って「寡人《かじん》」などと称した。その結果、仙伯の主者《かしら》は、劉安は不敬なるゆえ、追放すべきだと奏上した。八公が代って謝罪したためなんとか赦されたが、都廁(共同便所)の管理の役に謫《おと》された。三年あとで散仙人(職守のない仙人)となって、役職を得られぬまま、ただ不死を得ているのみである。

この左呉の語る、劉安の玄州での境涯はあまりぱっとしない。八公の力ぞえでやっと不死だけは保っているという状態である。自らの天上遊行を誇らしげに語る、巫覡たちの歌舞祭祀の中の劉安像とは明らかに性格を異にしてしまっている。

「抱朴子」祛惑篇では、項曼都という方士が、同様の内容の淮南王の物語りを語っている。(2)

むかし淮南王劉安は、天に昇って上帝に目通りをしたが、あぐらをかいて坐り、大言をし、自ら「寡人」と称したりした結果、位を落されて、三年間、天厨の管理にあたらせられた。

この項曼都の名は「論衡」道虚篇にも見え、そこで彼は次のような物語りをしている。(3)

河東蒲坂の項曼都の物語り——

曼都は道を好み仙を学ぶと、家族をほったらかしにして行くかた知れずになり、三年たって帰ってきた。家の者がどんなことがあったのかと尋ねると、曼都は言った、「出て行った時のことは自分でもよく分からない。突然倒れたようになってしまった。仙人が数人あらわれ、私をつれて天に昇り、月から数里離れた所に止まった。見れば月の上と下とはまっくら闇で、闇の中では方角も分からなかった。月の傍にいると、寒さがぞくぞくと身に滲みた」と。

やがて項曼都は地上に送り返される。河東の人は彼を斥仙人と呼んだという。(4) また「抱朴子」祛惑篇においても、前に引いた淮南王の物語りの前段として、項曼都が龍に乗って昇天し、紫府を過《よぎ》り、天帝に目通りしたことを語っている。

左呉も、項曼都と同様の、方士的性格の強い人物で、自分が親しく見聞した所だとして淮南王の物語りを語っていたものであろう。このほかにも「神仙伝」の中には、同様の形式(すなわち同様の虚構の枠組み)によって物語りをしていたと考えられる者たちがいる。例えば、巻一〇の陳長の伝において、呉中の周詳という人物が、あやまって東海の中の仙島である紵嶼《ちょよ》に行き、三年間そこに留まったあと帰ってくると、その地の様子を人々に語ったとされているのが、それである。

「抱朴子」内篇金丹第四にも、葛洪自身の見聞として、「流移の俗道士」たちが、「誇誕自誉し、また人を欺いて、自分は長寿を保っているのだといい、また曾つて仙人と共に遊んだことがあると言う者が、ほとんど大半であった」という。現在に伝わる記録では仙人たちの客観的な伝記として記述されている事跡の中にも、恐らく原来はこうした〝俗道士〟たちによって、仙人たちと接触をもった際の彼ら自身の直接の見聞譚だとして語られたものがずっと多かったにちがいない。「神仙伝」の仙人の伝記の中には、中心になる筋書きには直接関係のない登場人物があり、彼らが後に道士や方術者となったとされている例がいくつかある。(5) 仙人たちの伝記の第一次の語り手は、恐らく彼らであったと推定することができるであろう。自らの道術や方術の霊験を誇示するために、その術を授けてくれたと称する仙人たちの事跡を神秘化して宣伝したのである。

巫覡たちの管理する淮南王の物語りが、基本的には神降ろしの儀礼にともなう淮南王の第一人称の語りであったのに対して、左呉たち方術者の語る物語りは淮南王の事跡を他人の目を通して外から記述するものであった。しかもその目は、方士たちの支配者や君主権に対する屈折した心情を反映するのであろう、きわめて冷やかなものになっているのである。先に引用した「抱朴子」内篇第二〇に記録された項曼都の語る劉安は三年間〝天厨〟の管理に当っているが、「左呉記」では〝都厠〟の管理を命ぜられている。この厨と厠との両者に文字のあやまりがなく、しかも項曼都の語るものの方が時代的に先んじたものであったことが証明されるとすれば、項曼都と左呉の物語りの間にも劉安の境涯の零落があったことになろう。

方士たちの物語りの中で劉安の境涯が淪落したのに反比例して、八公の方が物語りの正面に出てくる。その八公には方士的な語り手自身の影が強く反映しているのである。

八公が最初、劉安の宮殿の門前にあらわれたとき、彼らが白髪の老人であると聞き、長生術などを知ってはいまいと考えた劉安は、門番に彼らを追い払わせようとする。(6)

八公は笑って言った、「我々は、王が才能ある人物を鄭重に遇され、辛辛労苦して、いささかでも才能ある者は、全て招き寄せられていると聞きました。古人が、九九の算術が上手にできる者をも貴び、鶏や犬の鳴きまねのできる者をも食客の列に加えたのは、死馬の骨を購《あがな》うことによって駿馬を来らせ、郭隗を師と仰ぐことによって英傑の士たちを招きよせようとしたからにほかなりません。我々老人は、見識もせまく、ご所望には合わぬとはいえ、わざわざ遠い道のりをやってまいりましたのは、一度王にお目にかかりたいと願ってのことで、たとえご利益をもたらさないにしても、何のご損をおかけすることがございましょう。どうして年が寄っているからと言って最初から嫌われたりするのですか。王が、青年を見れば道を得た者だと考えられ、白髪の者はぼんくらな老人だと決めてしまっておられるのは、石を割って中から玉を採り出し、淵《ふち》を探って真珠を求める道ではありますまい。我々が年とっているのをさげすまれるのであれば、若くなってお目にかけましょう。」言葉が終らぬ内に、八公はそろって童子に変じた。年は十四五ほど、烏のぬれ羽色の角髻《あげまき》、ほほの色は桃の花のようであった。

ここでも劉安は、世間的な常識で判断を下して失敗し、八公たちにまくし立てられている。その劉安の失態を決定的にするかのように、八公は白髪の老人からみずみずしい童子に変化する。

八公は、更に自分たちの能力を並べ立てる。

我々の内の一人は、坐《い》ながらにして風雨を致し、立ちどころに雲霧をおこし、地面に線を引けばそれが大河となり、土をつまみ上げてそれを山岳と成すことができます。一人は、高山を崩し、深淵を埋め、虎や豹を意のままに扱い、蛟龍を呼びよせ、鬼神を手足の如く使うことができます。一人は、分身の術を使い容貌を変え、自由に自らの姿を消したり現したりし、大軍を隠して人の目から見えぬようにし、白日も暗くしてしまうことができます。一人は、雲に乗り虚空を歩き、海を越え波を渡って、隙間もない所を出入りし、一呼吸の間に千里のかなたに行くことができます。一人は、火の中に入っても焼けず、水に入っても濡れず、刃や弓矢もその身に当らず、冬の寒中にも寒さを感ぜず、夏の日なたにあっても汗をかかずにおれます。一人は、千変万化して、全てが思いのまま、禽獣草木など万物を立ちどころに作り出し、山を動かし流れを駐《とど》め、宮殿や家屋を移動させることができます。一人は、災いを防ぎ難儀を無事にくぐりぬけ、もろもろの害を避け、寿命を延ばし、永遠の生命を保つことができます。一人は、泥を煎て金を作り、鉛を精錬して銀を作り、水で八石(八種の鉱石)を錬り、流珠(水銀)を飛ばせ、雲に乗り龍に駕して、太清の天にまで昇ることができます。〔このような術は〕みな王のお望みのままなのです。

このように種々の方術的な能力が、低級な幻術的なものから最高の金丹術への順で列挙されている。恐らくこうした能力は、この物語りの語り手たちが身にまとっている方術者的な側面が反映したものであろう。すなわち、語り手たちの自ら保持すると称する方士としての能力が、八公たちに仮託されているのである。

ちなみに、列挙された八つの能力の中で、永遠の生命(長生久視)の更に上に錬丹術が置かれていることは、この物語りが金丹を最高のものと考える神仙説(葛洪の神仙説もそうである)と密接な関係を持ち、その直接の影響を被っていたことを示している。

この八公と劉安との最初の出合いの場面も、「左呉記」と同様の形式で語られていたらしい。すなわち「太平御覧」巻八八八は「抱朴子」の佚文を引いて次のようにいう。(7)

伍被記に(あるいは、伍被記《しる》す)、八公　淮南王安に造《いた》る。初め老公たり。通ぜられず。須臾にしてみな少年となる。

その題名から見て、この一段も伍被が自らの見聞だとして語ったものであろう。この伍被は「神仙伝」では淮南王の謀反を告発する人物として登場するのであるが、一方では左呉などと共に淮南八公の一人に列せられる。[8]「史記」索隠は「淮南要略」という書物を引いて言う。[9]

〔劉安の〕食客数千人、その中でも高い才能を持った者は八人。蘇非(飛)、李尚、左呉、田由、雷被、伍被、毛被、晋昌がそれで、八公と呼ばれた。

左呉も「神仙伝」で見る限りは八公と別のようであるが、[10] この物語りの語り手の立場が八公に密着してゆくにつれて、語り手がすなわち八公なのだと考えられるようになったものであろう。

また「八公記」と呼ばれる書物もあったとされる。「水経肥水注」に次のような記事がある。[11]

また次のようにもいう。左呉は王春や傅生らと共に劉安を訪ねて玄洲に行き、帰ってからその事を書物に著した。それが「八公記」と呼ばれる。そこには鶏や犬が天に昇ったことは全く記されていない。

この記事の中で特に注目すべきは、前に民間信仰的な色彩の強い筋書きの一つとして挙げた、鶏や犬が昇天したという一段が「八公記」にはないとわざわざ注記されていることである。このことは、「神仙伝」では混合した形で記録されている、民間伝承的な説話と方術者たちの語る物語りとが、元来は異質なもので排他的に伝承されていたことを示唆するであろう。すなわち方士たちの物語りは、意識的に民間伝承を否定し、それをのり越えて展開したものであったのである。

(1)「神仙伝」巻四劉安(広漢魏叢書本。類書などの引用文で文字を改めた所がある。以下の神仙伝の引用も同じ)
左呉記云、……呉記具説云、安未得上天、遇諸僊伯。安少習尊貴、稀為卑下之礼、坐起不恭、語声高亮、或誤称寡人。於是僊伯主者奏安云、不敬応斥遣去。八公為之謝過、乃見赦、謫守都廁。三年後為散僊人、不得処職、但得不死而已。

(2)「抱朴子」内篇第二〇袪惑
又河東蒲坂有項曼都者、……昔淮南王劉安、昇天見上帝、而箕坐大言、自称寡人。遂見謫、守天廚三年。

(3)「論衡」道虚篇(黄暉校釈本巻七)

〔河東蒲坂項曼都之語〕、曼都好道学仙、委家亡去、三年而返。家問其状、曼都曰、去時不能自知、忽〔見〕若臥形。有仙人数人、将我上天、離月数里而止。見月上下幽冥、幽冥不知東西。居月之旁、其寒悽愴。

（4）　斥仙や謫仙といった人間が項曼都以来少なからず存在するのは、その一つの原因として、天上界や仙界でのできごとを直接の見聞として語るための虚構の枠組みとしてそうした存在（現実を超えたものと関係を持ちながら現実世界内に生活する人物）が必要であったことによるのであろう。

（5）　たとえば、巻二の王遠伝、巻七の麻姑伝に見える〝陳尉〟がそれである。

〔蔡〕経比舎有姓陳者。……〔王遠〕臨去、以一符并一伝著以小箱中、与陳尉。告言、此不能令君度世、止能存君本寿。……陳以此符治病有効。事之者数百家。

すなわち、前の斥仙人とも同様に、神仙的存在と関係を持ちながら、しかし神仙にはなれなかったという人々が、神仙たちの物語りをしたのである。このことは、より広く、現世を超えた原理や存在に心を寄せ、それに接触しながら、しかし結局は現世を超え得ない人々によって物語りが生み出されるのだという、物語り成立の基本的な構造にも関っている。

もう一つ例を挙げよう。「神仙伝」巻七の樊夫人の伝に、夫人の夫として、妻に打ち負かされるなど、いささか滑稽な所行を記録されている劉綱（剛）も、実は神仙の物語りの語り手であったらしい。「太平御覧」巻七五九に「神仙伝」の逸文を引いていう。

劉剛未仙時、姮娥降、共向（餉か？）。留一明月杯。云、以示世人。

この明月杯を世人に示しつつ、劉剛が姮娥（月の女神）など神仙の物語りをしていたこと、想像に難くないであろう。

（6）　「神仙伝」巻四

八公笑曰、我聞、王尊礼賢士、吐握不倦、苟有一介之善、莫不畢至。古人貴九九之好、養鳴吠之技、誠欲市馬骨以致騏驥、師郭生以招群英。吾年雖鄙陋、不合所求、故遠致其身、且欲一見王。雖使無益、亦豈有損。何以年老而逆見嫌耶。王必若見年少、則謂之有道、皓首則謂之庸叟、恐非発石採玉、探淵索珠之謂也。薄吾老、今則少矣。言未竟、八公皆変為童子。年可十四五、角髻青絲、色如桃花。……吾一人能坐致風雨、立起雲霧、画地為江河、撮土為山岳。一人能崩高山、塞深淵、収束虎豹、召致蛟龍、使役鬼神。一人能分形易貌、坐存立亡、隠蔽六軍、白日為瞑。一人能乗雲歩虚、越海凌波、出入無間、呼吸千里。一人能入火不灼、入水不濡、刃射不中、冬凍不寒、夏曝不汗。一人能千変万化、恣意所為、禽獣草木、万物立成、移山駐流、行宮易室。〔一人能防災度厄、辟却衆害、延年益寿、長生久視〕。一人能煎泥成金、凝鉛為銀、水錬八石、飛騰流珠、乗雲駕龍、浮於太清之上。在王所欲。

引用文中、括弧でくくった部分は、広漢魏叢書本「神仙伝」には欠け、「雲笈七籤」巻一〇九の引用によって補った。
(7)「太平御覧」巻八八八
抱朴子曰、伍被記、八公造淮南王安、初為老公、不見通、須臾皆成少年。
(8)この伍被自身、「漢書」巻四五には、伍子胥の子孫だとする説が見え、伍子胥の物語りや呉楚七国の乱について語っている(たとえば「史記」巻五四の「集解」は徐広の注として「伍被云、呉濞敗於孤父」という一句を引く。恐らくこの場合も、伍被がこの事件に立ち会ったとして語られていたものであろう)など、遊説家から歴史物語りの語り手への過渡的な様相を持つ。ちなみに「史記」巻一一八劉安伝も、その主要な部分は伍被の弁舌の記録を基礎にして成り立っている。
(9)「史記」巻一一八索隠
淮南要略云、養士数千、高材者八人。蘇非、李尚、左呉、田由、雷被、伍被、毛被、晋昌、号曰八公。

なお八公の名は高誘の「淮南鴻烈解」叙にも見える。
(10)洪邁「容斎続筆」巻七も、八公の中に劉安を告発した人物が入っていることに疑問を呈している。
(11)「水経肥水注」巻三二
亦云、左呉与王春傅生等、尋安同詣玄洲、還為著記、号曰八公記。都不列其鶏犬昇空之事矣。

四　方士たち――幻術者として

淮南八公の示す幻術が実は語り手たちが持つと称していた方術の反映であろうことを上に述べたが、そのことはより広く次のような推測を導く。すなわち神仙たちの伝記をいろどっている種々の幻術や手品、あるいはアクロバットなどは、この段階の仙伝伝承者たちの性格(なりわい)と密接に関連していたであろうということである。

「神仙伝」の神仙たちの事跡の記録の中で最も生き生きしているのは彼らが幻術を行なう場面だと言えるであろう。その幻術はきわめて多彩で変化に富んでいる。巻一〇班孟伝の(1)、班孟は、どこの生れの者か分からない。墨を口に含み、紙を前にのべて、墨をかみくだいてふっとひと吹きすると、紙全体にちゃんとした文字があらわれ、全て意味の通った文章をなした。

といった素朴なもの。あるいは巻五に伝のある左慈は次のようなことをして人々を驚かせている(2)。

左慈、字《あざな》は元放、廬江の人である。若くして不思議な術を身につけていた。あるとき曹公(曹操)の宴席に加わった。曹公が言うには、今日の盛んな集いに、御馳走もほぼ揃っているが、ただ呉江の鱸魚《すずき》の鱠《さしみ》がない〔のが残念だ〕。元放が言った、それなら手に入れることができます。そう言うと銅の盤を持ってこさせ、それに水を張り、竿に鉤《はり》と餌とをつけて盤の中に垂れた。間もなく一匹の鱸魚を釣り上げた。座にいる者はみなびっくりした。

左慈の弟子で抱朴子葛洪の従祖父にあたる葛玄の伝(神仙伝巻七)も、その大部分がこうした幻術の記録である。その一部を挙げてみよう(3)。

葛玄が客と向いあって食事をし、食事のあと口を漱ぐと、口の中にあった飯粒はみな数百匹の大きな蜂となり、ブンブン音をたてて飛んだ。しばらくしてまた口を開くと、蜂の群は口の中に飛び入って、葛玄が咀嚼すると、もとのままの飯であった。葛玄は手で牀をたたいて拍子を取り、蝦蟇やさまざまな虫、野鳥や燕や雀、魚や鼈のたぐいまで、踊らせることができた。みな音楽の拍子に合わせて人間と同じように舞い、葛玄がたたくのを止めると、踊るのを止めた。葛玄は冬の最中でも客のためになまの瓜を用意することができ、夏には氷や雪を出した。また数十枚の銭を用意し、人に命じてそれを井戸の中にばらまかせたあと、葛玄がおもむろに器を手に持って上から銭に出てくるようにかけ声をかけると、銭が一枚一枚、井戸の中から飛び出してきて、みな器の中に収まった。葛玄が客に酒を飲ませるとき、誰も杯を持ってまわる者がないのに、杯が自然と人の前にやってきた。飲みほさない者がいると、杯もその前を動かないのである。彼が流れている水をくぎると、流れは十丈ばかりも逆流した。

このほか、分身の術を使ったり、「坐存立亡」で姿をくらましたりする例は枚挙にいとまがない。巻九の介象伝の言葉を用いて言えば、「其の幻法、種々の変化は、あげて数うべからず」という状態である。

こうした幻法・幻術には、手品的な色彩が濃い。巻一〇の南極子柳融は、次のようなことをやって見せる。(4)

粉を口に含んで〔口中で〕鶏の卵に変え、数十個を一度に吐き出す。煮て食べても本物の鶏卵と変りがない。ただ黄身の中にみな粉が少し残っており、その少しあまった粉の指の端ほどのものを、杯の中に入れて呪文を唱えると、見ている間に亀となる。煮れば食べられ、内臓もそろっていて、杯が亀の甲羅をなしている。煮て肉を取り出すと、甲羅は杯にもどる。(5)

巻九の介象も、呉主の目の前で庭前に掘った穴から鯔魚を釣り上げてみせるのであるが、その術について杜宝の「大業拾遺録」は次のような記事を載せる。(6)

大業六年、呉郡から魚鮸《にべ》の乾膾《ひもの》が四瓶、献上された。瓶の容量は一斗、それを一斗の水にひたせば、直径一尺の面盤(洗面器?)ほどの大きさ〔の魚鮸〕となる(?)。併せて乾膾の作り方が奏上された。帝は、これを群臣たちに示しつつ言った、むかし術人の介象が宮殿の庭で海魚を釣り上げたのも、この〝幻化《めくらまし》〟を用いただけのことで、とりわけ珍奇なことでもなかったのだ、と。

隋の文帝の意を忖度すれば、乾物の海魚を釣竿の先につけ、水にふやけさせて、あたかもその場で釣り上げたように見せたのだ、と言うのであろう。

左慈や介象の術が隋の文帝の言う如くであったかどうかは別にして、「神仙伝」の登場人物の原像となっているのが、少なくともその一部は、こうした手品で人々の目をくらませて自らを神秘化し、その上で神仙の物語りをする方士的な語り手自身であったと考えてよいであろう。後にも述べるように、神仙が存在することを暗示するのに、こうした手品による目くらましが有効なものであったのである。

更に巻六の孔元方の伝には、(7)

孔元方は酒令(酒の席での余興)を一つ行なった。杖を地面につき立てると、手でその杖を握って逆立ちをし、頭を下にし足を上にしたまま、片方の手で杯を持って逆さまに酒を飲んだのである。

とあるように、この人物はアクロバットを行なっている。これもこの物語りの語り手自身に百戯の藝能者としての性格があったことに由来すると考えられる。もちろん宮廷の百戯ではなく、より民衆的な場で興業される軽業や手品の藝能者であったであろうが。

なぜこのように百戯的な藝能者と神仙の物語りとが強く結びついていたのであろう。そうした疑問をもって両者の共通の来源に遡ってゆくとき、この二つの要素がなお未分化な状態にあるものとして、巫覡たちの行なう宗教儀礼にゆきあたるであろう。すなわち巫覡たちの行なう儀礼の藝能化の上に双方が発達してきたと考えられるのである。

巫覡たちの間にも幻術的な実修があったことを窺わせる資料として、劉義慶「幽明録」が記録する東晋時代の俗巫安開の例を挙げてみよう。(8)

安開という人物は、安城の俗巫である。〝幻術〟に巧みで、神を祭祀する時には、いつも太鼓を鳴らし、犠牲《いけにえ》を宰り《ほうふ》、薪を積んで盛んに火を燃え上らせると、束帯して火中に入った。章紙(天帝への上奏文書?)は焼けてしまっても、安開の身体や衣服はもとのままであった。

この安開は王凝之と交渉があったとされ、純粋な民間の巫覡と言うことはできないかも知れない。しかしここに記された〝火わたり〟の実修は、世界各地のシャマン的な宗教者の行なう所であって、中国においても民間の巫覡の宗教実修の中にこの〝幻術〟があったと考えてよいであろう。少し時代は降るが、顔之推「顔氏家訓」帰心篇にも、「世にある祝師や諸幻術だとて、火を履《ふ》み刃を蹈むことができる」と言う。そうしてここでも祝師と諸幻術とがほとんど一つのものとして扱われているのである。

「晋書」巻九四の夏統伝で、祖先祭祀の場に招かれている女巫たちには、更に藝能者的な色合いが濃い(9)。

夏統の従父の夏敬寧は、先人の祭祀のため女巫の章丹と陳珠との二人を招いた。二人ともすばらしい美人で、美しい服装をし、歌舞に巧みで、また隠形の術を使うことができた。夜に入ると鐘や太鼓が打ち鳴らされ、琴や笛の演奏も加わった。章丹と陳珠とは、そこで、刀を抜いて自らの舌を切り、刀を呑んだり口から火を吐いたりした。その場には霧がたちこめ、電光《いなびかり》がひらめいた。……〔こんなことが行なわれているとはつゆ知らない〕夏統が〔従兄弟たちと一緒に〕門から入ってみると、庭の中央では章丹と陳珠とが軽やかにステップを踏み身をくねらせて舞い、神霊や鬼神たちが談笑し、大皿や杯が行きかい、酒のやりとりが盛んに行なわれているのが目に入った。〔品行方正な〕夏統はこれを見ると、びっくりして逃げ出し、門も通らず垣根を破ってとび出すと、そのまま家に帰ってしまった。

この記事からも知られるように、この時代の巫覡たちの行なう宗教的な実修は、藝能に移りゆく要素を多分に持っていた。淮南王の物語りに見られる〝幻術〟の持つ藝能的性格も、その根源を巫たちのこうした実修の上に置いていたのだと考えることができるであろう。

宮廷で行なわれる百戯の一部に幻術的な演目があり、そこでは「奇幻儵忽として、貌を易え形を分かつ。刀を呑み火を吐き、雲霧は杳冥たり。地を画して川を成し、渭を流し涇を通ず」(張衡「西京の賦」)といった術が上演される。この幻術が「神仙伝」の淮南八公の持つとされる能力や、「西京雑記」巻三の鞠道龍の物語り(10)、

淮南王は方士を好み、方士たちはそれぞれ方術をたずさえてやって来て王に目通りし〔食客となった〕。このようにして地に線を引けば江河となり、土をつまんで山や岩を作り、息を吐いたり吸ったりすることで寒くしたり暑くしたりし、口から水を噴いて雨霧をおこすというような術が行なわれた。王もついには〔方術を会得して〕方士

たちと共に仙去した。

という記事の中の方士の術とよく符合することについては既に第二章でそれを指摘し、そこからこうした物語りの伝承者の姿を追おうと試みた。

「西京雑記」などの分析から知られるのは、こうした藝能と結びついた伝承者の語り口の特徴の一つが、語ろうとする事件を自分は実際に目撃したのだという形式を取って物語りをすることであった。前に見たように「神仙伝」の淮南王の物語りの新しい層に属する部分は、左呉や伍被らの実際の見聞の記録に依ったという形を取っている。すなわち方士的外観を取った藝能者という点で「西京雑記」の伝承者も「神仙伝」の淮南王物語りの語り手も一つに括ることができるであろう。彼らの手品師、幻術師、アクロバットの実修者としてのなりわいが、「神仙伝」の神仙たちの事跡の中に同様の能力を誇示する数多くの場面を取りこませることになったのである。

(1) 「神仙伝」巻一〇班孟

班孟者、不知何許人。……又能含墨、舒紙著前、嚼墨噴之、皆成文満紙、各有意義。

(2) 「初学記」巻二二の引く葛洪「神仙伝」による。

左慈、字元放、廬江人也。少有神道。嘗在曹公坐。公曰、今日高会、珍羞略備、所少者呉江鱸魚為鱠耳。元放曰、此可得也。因求銅盤貯水、以竿餌鈎於盤中、須臾引一鱸魚出。会者皆驚。

(3) 「神仙伝」巻七葛玄

玄方与客対食、食畢漱口、口中飯尽成大蜂数百頭、飛行作声。良久張口、群蜂還飛入口中。玄嚼之、故是飯也。玄手拍牀、蝦蟇及諸虫、飛鳥、燕、雀、魚、鼈之属、使之舞。皆応絃節如人、玄止之即止。玄冬中能為客設生瓜、夏致氷雪。又能取数十銭、使人散投井中、玄徐以器於上呼銭出、於是一一飛従井中出、悉入器中。玄為客致酒、無人伝杯、杯自至人前。或飲不尽、杯亦不去也。画流水、即為逆流十丈許。

(4) 「神仙伝」巻一〇柳融

南極子、姓柳、名融、能含粉成鶏子、吐之数十枚。煮而啖之、与鶏子無異。黄中皆余粉少許、如指端者、取杯呪之、即成亀。

煮之可食、腸蔵皆具、而杯成亀殻、煮取肉、則殻還成杯矣。

(5)　原文の「黄中」から「取杯呪之」の部分には文章に脱落がありそうである。なおこの杯は恐らく耳杯であろう。耳杯をうつむければ亀の甲羅によく似る。

(6)　「太平御覧」巻八六二の引く杜宝「大業拾遺録」

六年、呉郡献海鮸乾膾四瓶。瓶容一斗、浸一斗可得径尺面盤。并奏作乾膾法。帝以示群臣云、昔術人介象於殿庭釣得海魚、此幻化耳。亦何是珍異。

(7)　「神仙伝」巻六孔元方

元方作一令、以杖拄地、乃手把杖倒竪、頭在下、足向上、以一手持杯倒飲。

(8)　「幽明録」(『古小説鈎沈』第一〇一条)

安開者、安城之俗巫也。善於幻術、毎至祠神時、撃鼓宰三牲、積薪然火盛熾、束帯入火中。章紙焼尽、而開体衣服猶如初。

(9)　「晋書」巻九四夏統伝

其従父敬寧祠先人、迎女巫章丹陳珠二人。并有国色、荘服甚麗、善歌儛、又能隠形匿影。甲夜之初、撞鐘撃鼓、間以絲竹。丹珠乃抜刀破舌、呑刀吐火。雲霧杳冥、流光電発。……統従之入門、忽見丹珠在中庭、軽歩佪儛、霊談鬼笑、飛触(觴?)挑柈、酬酢翩翻。統驚愕而走、不由門、破藩直出帰。

(10)　「西京雑記」巻三

又説、淮南王好方士、方士皆以術見。遂有画地成江河、撮土為山巌、嘘吸為寒暑、噴嗽為雨霧。王亦卒与諸方士倶去。

五　後漢時代末の情況――社会不安の中での神仙追求

以上に述べてきた藝能者的性格の強い方士たちは、藝能の多くが宗教儀礼の中から成長してくるという藝能史の普遍的な流れから言っても、当然そうした人々の存在が予想される所である。こうした情況を、藝能が漸進的に宗教的色彩を拭い去ってゆく長い歴史の中のひとこまとして位置づけることができるであろう。しかし〝新しい神仙思想〟

は、こうした漸進的な古代から近代、現代への流れの中にあると同時に、魏晋という特定の時代に強く結びついた、一つの時代を画する事がらでもあったと考えられる。

〝新しい神仙思想〟が、どのようにこの時代と社会とに結びついていたかを知るため、「神仙伝」の中でも一つのグループを作っている、後漢時代の最末期に曹操の魏国に集められた方士たちの事跡を、まず見てみよう。「博物志」巻五に、魏国に集められた方士たちの名単がある。そこには次のような名前が挙げられている[1](＊印を付した人物は、「神仙伝」にもその名の見える者)。

魏王が集めた方士たちの名

上党の王真＊　隴西の封君達＊　甘陵の甘始＊　魯女生　譙国の華佗、字は元化　東郭延年＊　唐霅　冷寿光(霊寿光＊)
河南のト式　張貂　薊子訓＊　汝南の費長房＊　鮮奴辜　魏国の軍吏であった河南の趙聖師　陽城の郄倹＊、字は孟節
(元節？)　盧江の左慈＊、字は元放

以上の十六人は、魏の文帝(曹丕「典論」)や東阿王(曹植「辯道論」)や仲長統(「昌言」？)の言う所によれば、みな穀物を断って食べず、分身の術や隠形の術を使い、建物に出入りする際にも門戸を通らなかったという。左慈が姿を変え、人々の目や耳をくらませ、鬼魅《もののけ》を封じたりしたのも、みなこうした類である。「周礼」(天官、閽人)にいう怪民、「礼記」王制篇にいう左道を挟む者にあたる者たちなのである。

こうした方士たちの言動が当時の人々にどんな影響を与えていたかについては、魏の文帝曹丕の「典論」の記録が参考になる[2]。

潁川郡の郤(郄)倹は辟穀(穀断ち)に巧みで、伏苓《ぶくりょう》(薬用きのこ)を服用していた。甘陵の甘始も行気(呼吸術)をよくし、年取っても若々しい顔つきをしていた。盧江郡の左慈は補導の術(房中術)に精通していた。彼らはみな〔曹操のもとで〕軍の役人となった。

はじめ郤倹がやって来たとき、市場の伏苓の値段が数倍に暴騰した。議郎であった安平の李覃は彼から辟穀の法を学び、伏苓を食べ、つめたい水を飲んだため下痢をおこして、すんでに死ぬところであった。のちに甘始がやって来ると、人々はそろって鵄視狼顧(動物の恰好をする体操)や呼吸吐納の呼吸術を行なった。軍謀祭酒であった弘農の董芬は、そのやり方をまちがえ、息がつまり、しばらくしてやっと意識が回復するということもあった。左慈がやって来ると、今度は競って彼から補導の術の教授を受け、宦官の厳峻までが、出かけていって教えを受けた。宦官には、こうした『房中』術は何の役にも立たないのであるが、人々が世間の評判を追うと、かくも甚だしいことにまでなる。

ここに記されている方士たちは、その多くが「神仙伝」にも名の見える者たちであるが、次々と目新しい方術をたずさえてやって来る彼らを、当時の人々が熱狂的に迎え入れていたことが知られる。その過度の熱心さは、この当時の時代と社会的環境とが生み出したものであったにちがいない。

曹丕の「典論」が記録したのは、後漢時代最末期の魏国での情況である。それに対し同じころの南方交州あたりでの様子は、牟融「理惑論」によって知られる。この議論が書かれた時期については諸説があるのであるが、以下に引用する叙述は後漢末の実際の情況を素材にしていたと考えてよいであろう[3]。

牟子《わたくし》は、儒家の経伝や諸子の書を学んで以来、書物はその種類のいかんに関らず、全て好きであった。〔しかし〕神仙不死を説く書物は、それを読んでも、てんで信ずることなく、虚誕《でたらめ》だと考えた。このころ霊帝が崩御されて以来、天下は大いに乱れたが、ただ交州だけがいささか安定していたところから、北方から特異な能力を持った者たちが、みなここにやって来ていた。彼らは多く神仙・辟穀・長生の術を操り、当時多くの人々が彼らのもとでそれを学んだ。牟子はいつも五経によって彼らを詰問したのであるが、道家の術士たちは誰もそれに返答ができなかった。

牟融はまた次のようにも言う。

私もまだ〝大いなる道〟(佛法)を解しなかったとき、一度はそうしたこと(辟穀)を学んだこともある。辟穀の法には数千百もの方法があるが、それらを行なっても何の効験もないところから止めにしてしまったのである。私が学んだ三人の師の例を見ても、七百歳だとか五百歳だとか三百歳だとか自称していたが、私が師事して三年にもならない内にみな死んでしまった。そんな風になったのは、思うに穀物を断って食べぬとは言っても、百果をくらい、肉を食べる時には大皿をいくつも重ね、酒を飲む時には酒樽をからにしてしまう。その結果、精神はくらみ、まどい、穀物の気が身体に充たず、耳目は惑乱して、外からの邪気に抵抗できなくなったからだ。

こうした記録から窺われるように、後漢末から三国への動乱期には、方術者たちの言動が特に強く人々の心を執えていた。社会不安が神仙術の熱狂的な流行を生み出したと言えるであろう。この社会の混乱の中に生きる人々にとって、なによりも強く求められたのは生命の安全を保障するための方術的実修であったにちがいない。曹植の著とされる「辯道論」は、方士の甘始が遠い異域や不思議な方術について物語りをしたことを伝えてはいるが、しかし当時の人々にとって、そうした物語りは方術を彩りその効験を保証するものではあっても、空想的な異人や異域の物語りがそれだけで純粋に楽しみのために聴かれるということは多くなかったであろう。

魏国での神仙実修の様相を比較的よく伝えているのが、前にも引用した「博物志」である。「博物志」の中の方士と方術を述べる部分は、その一部は「神仙伝」の内容とぴったり符合するが、また「神仙伝」の仙人たちの伝記の中には見られぬ要素もそこに含まれている。次のような記事が後者の例である。「博物志」巻五。(4)

左元放度荒年法(左慈による、飢饉の年を無事にやりすごす法)。大豆の粒のそろったものを択んで植え、〔収穫した大豆は〕必ずなまのものを十分につやが出るまで揉んで、豆の芯まで暖気を徹らせる。前もって一日絶食をし、冷水でもって一度にこの大豆三升を服する。それ以後は魚肉菜果、酒や醬油や種々の味の濃いものはもう一切口にしてはならない。喉がかわいたら水を飲む。決して沸かして飲んではならない。はじめ少し体調が狂うが、十数日もたつと体力は以前にまして壮健となり、食物のことは考えなくなる。

また「太平御覧」巻九五三に引用される「博物志」の逸文は次のように言う。(5)

荒乱のため食物が得られぬときには、松や柏の葉を細かく切って、水と共に飲み下すがよい。〔その量は〕個人個人の能力に応じ、飢えずにおられることを目やすにする。粥の澄んだ汁で飲み下せば、なお良い。柏の葉五合に松の葉三合の割合いで用いるのがよく、限度を越えてはならない。

ここに述べられているのは超現実的な神仙長生についての関心ではない。現実の中で荒年をなんとかして生き延びようとする希求である。松の葉や実を食べて仙人になったという伝説は少なからず存する(例えば「抱朴子」内篇仙薬)が、そうした伝説の基盤には、飢饉の年をくぐりぬけるためのせっぱつまった救荒植物としての伝承があったのである。超俗的な神仙になるための服食術も、少なくともその一部はこうした乱世を生きのびるための方途というきわめて現実的な要素を基礎にもっていたことを忘れてはならないであろう。(6)

このように見てくるとき、現実生活の中で有効な〝度荒年法〟の発明者とされる左慈と、「神仙伝」に見える、幻術者(人々の現実的な眼をくらませることをこととする)としての性格を強調する左慈との間には、その人物像に相当大きな隔たりが存在したと考えねばならない。左慈の神仙的伝記に見える藝能者としての性格は、彼自身より時代の下る時期の、彼の事跡を語り伝えた人々のなりわいとの関係で附加されたものと考えられよう。すなわち「博物志」中の神仙的要素は、「神仙伝」のものに時代的に先立つもので、すでに両者の間に神仙観念の風化(主として現実生活からの乖離に原因する)があったと推定されるのである。

同時に注目すべきは、魏国の例でも分かるように、後漢末の混乱期には、方士的な人物の言動が支配階層の人々の心をもとらえ、彼らが小吏として行政軍事機構の中に位置をしめるようになっていることである。曹植の「辯道論」

は、曹操が方士たちを魏国に集めたのは、こうした人物が民間にあると危険だと考えたからだと言う。曹操は、民衆のエネルギーの集中の核となりうる方士たちを支配機構の末端に組みこむことによって、その危険性を中和しようとしたのであるが、民衆層の中に基盤を持つ新しい種類の神仙観念が知識人たちとも接触を持つようになる、その通路の一つがこうした支配者がわからの処置の中にあったと考えられる。以後もこうした方士的な人々の姿を行政機構の末端や幕府の片隅に見ることができる。たとえば、「抱朴子」内篇第二〇祛惑には、古強という方士が広州刺史の嵇含の役所にいて、自分は年齢が四千歳だと誇称し、歴史物語りを語っていたことが、いささか冷笑的にではあるが記されていること、本書第二章(7)ですでに見たところである。

(1)　「博物志」巻五(連江葉氏本巻七)――「博物志」の引用にあたっては指海叢書本の校定及び范寧氏『博物志校証』一九八〇年、北京、を参照した。以下も同じ。

　魏王所集方士名

上党王真　隴西封君達　甘陵甘始　魯女生　譙国華佗字元化　東郭延年　唐霅　冷寿光　河南卜式　張貂　薊子訓　汝南費長房　鮮奴辜　魏国軍吏河南趙聖師　陽城郄倹字孟節　廬江左慈字元放

右十六人、魏文帝東阿王仲長統所説、皆能断穀不食、分形隠没、出入不由門戸。左慈能変形、幻人視聴、厭刻鬼魅、皆此類也。周礼所謂怪民、王制称挟左道者也。

(2)　「三国志」魏書二九裴注所引「典論」

　潁川郄倹、能辟穀、餌伏苓。甘陵甘始、亦善行気、老有少容。廬江左慈、知補導之術。並為軍吏。初倹之至、市伏苓価暴数倍。議郎安平李覃、学其辟穀、餐伏苓、飲寒水、中泄利、殆至隕命。後始来、衆人無不鳶視狼顧、呼吸吐納。軍謀祭酒弘農董芬、為之過差、気閉不通、良久乃蘇。左慈到、又競受其補導之術、至寺人厳峻往従問受。閹豎真無事於斯術也。人之逐声、乃至於是。

(3)　「牟子理惑論」(弘明集巻一、大正蔵五二、一中・六上)

　牟子既修経伝諸子、書無大小、靡不好之。……雖読神仙不死之書、抑而不信、以為虚誕。是時霊帝崩後、天下擾乱、独交州差安、北方異人咸来在焉。多為神仙辟穀長生之術、時人多有学者。牟子常以五経難之、道家術士莫敢対焉。

牟子曰、吾未解大道之時、亦嘗学焉。辟穀之法数千百術、行之無効、為之無徴、故廃之耳。観吾所従学師三人、或自称七百五百三百歳、然吾従其学、未三載間、各自殞没。所以然者、蓋由絶穀不食而啖百果、享肉則重盤、飲酒則傾樽、精乱神昏、穀気不充、耳目迷惑、淫邪不禁。

(4)「博物志」巻五(連江葉氏本巻七)

左元放度荒年法。択大豆麤細調匀、種之。必生者熟挼之、令有光、使煖気徹豆心。先不食一日、以冷水頓服三升。服訖、其魚肉菜果酒醤醎酢甘苦之物、不得復経口、渇即飲水、慎不可煖飲。初小困、十数日後、体力更壮健、不復思食。

(5)「太平御覧」巻九五三所引「博物志」

荒乱不得食、可細切松柏葉、水送令下。随能否、以不飢為度。粥清送為佳。当用柏葉五合松葉三合、不可過度。

(6)「御覧」巻八四二(また巻九一〇)に引く「神仙伝」には、山中で粱《あわ》を種《う》えている人が猿猴が作物をあらすのに困ったとき、仙人の介象が「辟猿猴法」を教えたという一段がある。この条も、神仙たちの方術が元来、一面では一般民衆たちの生活に密着したものであったことを示している。しかもその方術はきわめて合理的(すなわち超現実的・精神的なものであるよりも、現実的・技術的)なものであった。たとえば曹操のもとに集められた方士の一人、華佗の医学がその例になろう。華佗は弟子の呉晋に次のように語っている(三国志魏書巻二九)。

人体欲得労動、但不当使極爾。動揺則穀気得消、血脈流通、病不得生。譬猶戸枢不朽是也。是以古之仙者為導引之事、熊頸鴟顧、引輓腰体、動諸関節、以求難老。

(7) 第二章一二一頁。

六　漢の武帝の求道——知識人たちの神仙論

さきに、淮南王劉安の昇仙の物語りを語る方士的藝能者たちの劉安に対する視点が、巫覡たちのものに比して、より冷淡になっていたことを指摘したが、この傾向は、漢の武帝の求道に対して、更に強くなる。漢武帝の求道を語る語り口の中には、明らかに君主の絶対的な支配に対する反抗の姿勢を見てとることができるのである。

「神仙伝」に名の挙げられる過去の帝王の中では、漢の武帝が最も出現の回数が多い。武帝自身が一つの伝を立てられているのではないが、少しでも武帝の名の見えるものまで挙げれば、巻二の伯山甫伝、巻三の王興伝、巻四の劉安伝、巻五の泰山老父伝、巫炎伝、劉憑伝、巻六の李少君伝、巻八の衛叔卿伝、墨子伝などがある。

伯山甫伝は、武帝の使者が仙薬を服した若々しい女性(実は百三十歳の老齢であった)に遇うという話しで、武帝自身がそれにどのように関ったかは記されていない。泰山老父伝では、武帝が巡狩の途上、不思議な老人を見付け、その老人から長生の方を授かる。劉憑伝は、武帝が劉憑の方術を試みる話しである(この話しは「捜神記」巻二、寿光侯の条にも見える)。

以上の三条は、武帝がこうした仙人や仙術に接した結果がどうであったのかは記さない。しかしそれ以外の条は、みな武帝が仙道を求めながら、結局はそれを完成させることができなかったことを強調して説いている。すでに検討した劉安の伝では、その最後に補足のようにして、武帝は淮南王の昇仙を羨んで自らもそれにあやかりたいと願ったが結局は悪い方士たちに欺かれただけであったという一段を付けている。そのほか、墨子伝では、武帝の招きに墨子は応じようとしない。李少君伝では、武帝を置き去りにして李少君だけが天に昇ってしまう。

王興伝では、神人が伝授した服食方を武帝は中途で止めてしまったのに対し、〝凡民〟で文字も知らなかった王興がそれをやりぬいて仙人になったと説かれている。巫炎伝では幾分か折衷的に、(1)

武帝はいささかその法(巫炎の伝授した法)を行なったのであるが、その効果を十分に発揮させるまでには至らなかった。それでも先帝たちの中では最も長生きすることができたのである。

という。この両条は、武帝に仙道修行をやりぬく意志の強さがなかったことを失敗の原因だとしている。

李少君は、武帝が〝神丹大道〟にあずかれぬ原因を次のように述べている。その理由は、単に武帝の個人的な性向のいかんに関るというよりも、多分に帝王としての地位に関係している。帝王としての立場が必然的にもたらすもの

が求道に不向きであるという主張を含んだ理由づけなのである。(2)

陛下は、驕奢を絶ち美声美色を遠ざけることができず、殺生はとめどもなく、喜怒の感情のままに事を行なわれ、遠く万里のかなたで戦死者たちの魂は宙に迷い、市場役人のもとでは流血の刑が執行されております。〔これでは〕神丹の大道は、なかなか完成させることができません。

しかし、このような公式的、倫理的な理由づけ以上に、次に挙げる衛叔卿伝の筋書きを重視したい。(3)

衛叔卿は中山の人である。雲母を服用して仙を得た。漢の元封二年八月壬辰の日、武帝が殿上に間居していると、ふと一人の人物が、雲車に乗り、白鹿に車をひかせて、天から降ってくると、殿の前に駐《とど》まった。その人物は、年齢は三十ばかり、顔色は童子のようで、羽衣を着て星冠をかぶっていた。武帝は驚いて尋ねた、「何者だ」。答えて言った、「私は中山の衛叔卿です」。帝が言った、「あなたが中山の者であるなら、朕の臣下だ。近く寄って物語りせよ」。もともと衛叔卿が武帝に目通りしようとしたのは、帝は道を好んでいるから、会えば必ずや鄭重な礼を受けるであろうと思ったからであった。ところがいま帝は朕の臣下だと言った。そのため大いに失望し、黙ったまま返事もせず、そのうちふと行方が知れなくなった。

ここで衛叔卿が不機嫌になったのは、武帝が主君という立場を離れず、道を得た者をも臣下として扱おうとしたからである。

ちなみに挙げれば、巫炎伝においても——こちらの方はその意味あいが衛叔卿の場合ほど明瞭ではないが——武帝は巫炎にむかって「おまえは不仁だ。道を得ておりながら、それについて私に聞かせてくれぬとは、忠臣ではないぞ」と言い、巫炎が、この真なる道は人の情に逆らうもので、それが実行できる者は少ないので申し上げなかったのです、と説明すると、「ただちょっと冗談を言ってみたまでだ」と前言を取り消している。

衛叔卿が武帝から「おまえは自分の臣下だ」と言われると、不機嫌におし黙ったまま姿を消してしまったのは、こうした物語りを伝承した人々が、道を得た者は世俗的な君臣関係の外にあるのだという信念を持っていたからに違いない。特に衛叔卿の伝では、彼が雲母を服して道を得たことは一句で済まされているのに対し、武帝との交渉が長々と記述されていて、この仙伝がなによりもそうした信念を具象化して人々に宣伝することを目的としていたことが知られるのである。

漢の武帝にまつわる物語りが淮南王劉安のものから更に一歩展開したものであったことを、上述のような部分が最も特徴的に示していると言えるであろう。六朝期に道教に密接な関連を持ちつつ成立したと推定される小説的な作品「漢武帝内伝」において、叩頭流血して道の教えを請う武帝を前にしながら、神女たちが「劉徹(武帝の本名)には仙人になる才能はない」などと語り合う一節に見える、地上の君主と仙界の者たちとの関係のあり方も、「神仙伝」の武帝の立場をより一段と推し進めたものなのである。

武帝の求道の物語りにあっては、淮南王の物語りにあった方術的色彩がほとんど影をひそめ、かわって物語りが寓話的になり(たとえば、武帝は求道に失敗し、凡民で文字も知らない王興が成功するといった筋書き)、また李少君の誡めに見えるように、公式的、倫理的意見が饒舌に展開され、また仙道は君臣関係など世俗的な羈絆の外にあるのだと意識的に主張されるようになる。淮南王の昇仙譚の段階にあった物語りとしてのはばの寛《ひろ》さ(そのはばの寛さは多くの部分が民衆的な幻想の中にその基盤を持っている)が失われ、主張は集中して鋭くはなったが、観念的でおもしろくなくなったとも言えよう。こうした変質は、恐らく武帝の物語りを中心になって荷ない展開させたのが知識人層に属する人々であったことによると考えられる。

「抱朴子」内篇論仙第二には、秦の始皇帝や漢の武帝が国家の権力と富を傾けて仙道を求めながらそれに成功しなかったことを、次のように説明している。(4)

そもそも長生を求め至道を修業するとき、最も重要な点は志のいかんに在り、富貴にはないのである。ふさわしい人物でないかぎり、高位や財産はかえって大きな妨げの要因となるにすぎない。……漢の武帝が主君の地位にあって特に長命であったのは、〝養性〟の実修によるいささかの利益を受けた結果なのである。しかしそれは所詮、一升一合ほどの供給があっても、なん鍾《しょう》なん石《こく》もの消費に追いつかず、谷川や小川が注ぎこんでも、尾閭（大海の底にあいた穴）から出ていってしまう水の量を補わない〔のと同様なのである〕。仙法は、静寂無為にして自らの肉体を忘却することを求める。しかるに人君たるもの、ばかでかい鐘を打ち鳴らし、雷霆のような太鼓を打って、そのごうごうたる響きは魂を驚かせ心を消し飛ばせてしまう。目まぐるしく展開する演藝が、目も耳も疲れ果てさせ、軽快な鷹を飛ばせ足の速い犬を走らせて〔狩猟を行ない〕、淵に潜む魚を釣り高く飛ぶ鳥を弋《いぐるみ》で射落したりして〔肉体的な楽しみを極めるのである〕。仙法は、うごめく虫たちにまで愛を及ぼし、生きとし生けるものを害なわぬようにと求める。しかるに人君たるもの、烈火の如く憤怒し、皆殺しの誅殺も行なわねばならず、自ら黄鉞《まさかり》を一たび揮い、あるいは斉斧をしばし将軍に授けて〔遠征を行なわせると〕、死骸は千里を覆い、おびただしい血が流されて、市場では斬刑の絶えることがない。仙法は、なまぐさものを拒絶し、穀断ちによって腸を清めるよう求める。しかるに人君たるもの、肥えた牛羊を料理し、多くの生き物を屠殺し、たくさんの珍味佳肴が一丈四方にも陳《なら》べられ、様々に調理した美味によって腹をくちくする。仙法は、世界の隅々の者たちまで博く愛《いとおし》み、他人をも我が身の如く見なすよう求める。しかるに人君たるもの、弱く愚かな国は攻め取り、混乱し危い国を推し倒し、領地を拡大し、他国の社稷を根こそぎにする。民衆たちを駆り集め、彼らを戦場に追いやって、はるかな辺境に祭られぬ魂がさまよい、葬られぬ死骸が原野に腐敗する。南嶺山脈にまで血ぬられた武器を持つ軍隊が出動し、京師《みやこ》の北闕には大宛王の首が懸けられ、降伏した敵を生き埋めにし殺すとき、その数がいく十万人に及ぶことも稀でなく、敵の首級で築いた山は、高く雲霄《そら》に届き、葬られぬ死骸は野草の如く、山に満ち谷をうずめる。秦の始皇のやり方は、十戸の内の九戸までが反乱を望むという結果を導き、漢の武帝も、天下が騒ぎ立て、戸口が半減するという結果をもたらした。〔主君たちの長生希求の〕祈りが有益だとすれば、〔民衆たちの主君に対する〕呪詛もまた〔主君の長生への祈願を〕損うことができるのである。

「抱朴子」論仙篇のこの一段は、「神仙伝」で李少君が述べていた所をそのまま包括している。しかもその主張を、〃仙法〃という観念を核に、倫理的な面を中心として結晶化させ、より鮮明なものとしているのである。

また「後漢書」列伝第二〇下の襄楷伝は、桓帝の黄老・佛教信仰の矛盾をついた、襄楷の次のような上書を載せている(5)。

聞けば宮中に黄老と佛陀の祠を立てられたとのこと。これらの道は、清虚を専らにし、無為をたっとび、生命を重んじて殺生を戒め、欲望と奢侈とを排斥するものであります。しかるに陛下は、欲望や奢侈の心を去ることができず、刑罰殺生は度を越えております。その道に背《そむ》いておられる上は、どうして黄老佛陀からの祚《さいわい》を獲られることがありましょう。（中略。釈迦や佛教者たちの修行の様子が述べられる。）彼らはかくの如く一つの信念を守り通し、やっと道を完成させることができたのです。しかるに陛下は、婦人たちを過度に寵愛されて、全世界の美女をきわめ尽し、飲食の美味を求めて、全世界のおいしい料理を一人じめしておられます。これでは、黄老の如くなりたいと願われても、いかんともしがたいのです。

この襄楷は、一方では于吉の「太平経」を宮廷に献上しようとし、一方では陳蕃らと交友関係を持ち、宦官の専横に反対した人物である。その彼が述べる現実の君主の祈願と宗教的倫理との矛盾も、さきの李少君の言葉や「抱朴子」の主張と基本的に変る所がない。そうして「抱朴子」の引用文によく示されているように、〃仙法〃という現実を超えた倫理体系が成立してくるに従って、現実の君主の性向が良いとか悪いとかいう判断を超えて、君主という存在自体が〃仙法〃と矛盾するという観念が形成されてくるのである。

「神仙伝」の中で李少君が述べている所は、このように見てくるとき、実は襄楷や葛洪といった神仙思想・初期道教思想にかかわっていた知識人たちの主張を代弁したものだと知られるのである。[6] 主君の特権として〝永遠の生命〟の追求が行なわれる古い神仙思想が、こうした知識人層の倫理的価値観によって否定され、その知識人たちの価値観を基盤に新しい神仙思想が、この時代の中に花開いたのである。

「抱朴子」論仙篇には、李少君の事跡を記録したものとして、董仲舒に仮託された「李少君家録」や「漢禁中起居注」といった書物の名前が見え、その内容が「神仙伝」の李少君伝にほぼ重なるものであったことを窺うことができる。これらの書物は、一段階前の「左呉記」に代表されるような一類の記録の方式を超えて、その叙述の中心の対象が李少君自身となり、武帝は脇役に過ぎなくなっていたものと考えられる(「左呉記」の段階であれば、武帝の事跡を李少君が述べつつ、李少君自身の優越性を説明する形を取ったはずである)。そうして記録の全体的な様式も、「家録」や「起居注」といった知識人たちにとって馴染みやすいものとなっていたのである。

「神仙伝」巻一〇の李根伝には、呉太文と神仙の李根との交渉の物語りが見える。この呉太文は、次に引用する「抱朴子」内篇黄白第一六に、成都内史呉大文と見える人物と同一人である。[7]

成都内史の呉大文は、多くのものごとに通じた博識の士である。その彼が自分自身のこととして次のような物語りをした。むかし道士の李根に師事したことがあった。その時に目撃したのであるが、李根は鉛と錫を溶かし、少量の薬の、大豆ほどの大きさのものを鼎の中に投じると、鉄の匙でかきまぜた。ひえるとそのまま銀となった。呉大文はその秘法を修得した。しかし自分でも銀を作ろうと思い、百日の斎戒のあとやってみたのであるが、官位にあることに執着が残り、結局、作り上げることができなかった。彼はいつも嘆息をし、人の世は留まるほどの価値もないのだと言っていた。

李根の物語りをしていた呉大文は、成都内史の官にあったとあるように知識人層に属する人物。その彼が自らの仙道との関り合いを語るとき、官位に未練がのこって錬金術を完成させることができなかったと白状せねばならなかった。知識人層内部の神仙譚の伝承者が、帝王は神仙とは縁がないのだと主張するとき、その視点はそのまま自らが官位に在ることへの疑義ともなることを知らねばならなかったのである。新しい神仙思想は、この時代の知識人たちに現実社会の中での自らの位置を問い直させる契機を含んでいた。こうした思想に彼らが実際にどのように反応したのかを、次に見てみなければならない。

(1) 「神仙伝」巻五巫炎

武帝頗行其法、不能尽用之。然得寿最長於先帝也。

(2) 「神仙伝」巻六李少君

陛下不能絶驕奢、遣声色、殺伐不止、喜怒不勝、万里有不帰之魂、市曹有流血之刑、神丹大道、未可得成。

(3) 「神仙伝」巻八衛叔卿

衛叔卿者、中山人也。服雲母得仙。漢元封二年八月壬辰、孝武帝閒居殿上、忽有一人、乗雲車、駕白鹿、従天而下、来集殿前。其人年可三十許、色如童子、羽衣星冠。帝乃驚問曰、為誰。答曰、吾中山衛叔卿也。帝曰、子若是中山人、乃朕臣也。可前共語。叔卿本意謁帝、謂帝好道、見之必加優礼、而帝今云是朕臣也。於是大失望、黙然不応、忽焉不知所在。

(4) 「抱朴子」内篇第二論仙

夫求長生修至道、訣在於志、不在於富貴也。苟非其人、則高位厚貨、乃所以為重累耳。……漢武享国最為寿考、已得養性之小益矣。但以升合之助、不供鍾石之費、畎澮之輸、不給尾閭之洩耳。仙法欲静寂無為、忘其形骸、而人君撞千石之鍾、伐雷霆之鼓、砰磕嘈囐、驚魂蕩心。百技万変、喪精塞耳、飛軽走迅、釣潜弋高。仙法欲令愛逮蠢蠕、不害含気、而人君有赫斯之怒、芟夷之誅、黄鉞一揮、斉斧暫授、則伏尸千里、流血滂沱、斬断之刑不絶於市。仙法欲止絶臭腥、休糧清腸、而人君烹肥宰腯、屠割群生、八珍百和、方丈於前、煎熬勺薬、旨嘉饜飫。仙法欲博愛八荒、視人如己、而人君兼弱攻昧、取乱推亡、闢地拓疆、泯人社稷、駈合生人、投之死地、孤魂絶域、暴骸腐野、五嶺有血刃之師、北闕懸大宛之首、坑生煞伏、動数十万、京観封尸、仰干雲霄、暴骸如莽、弥山塡谷。秦皇使十室之中思乱者九、漢武使天下嗷然、戸口減半。祝其有益、詛亦有損。

(5) 「後漢書」列伝第二〇下襄楷伝

聞宮中立黄老浮屠之祠、此道清虚、貴尚無為、好生悪殺、省慾去奢。今陛下嗜欲不去、殺罰過理、既乖其道、豈獲其祚哉。

……其守一如此、廼能成道。今陛下姪女艶婦、極天下之麗、甘肥飲美、単天下之味。奈何欲如黄老乎。

(6)　ちなみにこうした政治的合理思想は、遠く遡れば春秋戦国時代の士大夫層の合理思想にその根源を持つ。例えば注(4)の「抱朴子」の最後にある「主君の神に対する長寿の祈願が有効であるなら、人民たちの主君への呪詛もその祈願をそこなう力を持っているだろう」という言い方は、「史記」斉世家第三二の「景公曰、彗星出東北、当斉分野、寡人以為憂。晏子曰、君高臺深池、賦斂如弗得、刑罰恐弗勝、茀星将出、彗星何懼乎。公曰、可禳否。晏子曰、使神可祝而来、亦可禳而去也。百姓苦怨以万数、而君令一人禳之、安能勝衆口乎」という晏子の言葉と、基本的に同じ論理が用いられている。同様の例は洪邁「容斎四筆」巻三「祝不勝詛」の条にも集められている。

(7)　「抱朴子」内篇黄白第一六

成都内史呉大文、博達多知。亦自説、昔事道士李根、見根煎鉛錫、以少許薬、如大豆者、投鼎中、以鉄匙攪之、冷即成銀。大文得其秘方、但欲自作、百日斎便為之、而留連在官、竟不能得。恒歎息言、人間不足処也。

七　葛洪の神仙思想――技術としての神仙探求

前節までに、淮南王劉安の昇仙や漢の武帝の求道の物語りを分析しつつ、民衆的な祖霊信仰が展開して知識人たちの神仙思想になるまでの経路を、幾分図式的に過ぎるであろうが、一つの思想的な上昇過程として跡づけてみた。もちろんこの過程は、ある特定の時代の、一方向的なものであったのではない。民間信仰も独自に展開しつつあり、知識人層のそれは常に民衆的な信仰と交流し、生命力をそこに仰いでいたにちがいない。

民衆の神仙信仰の様相を生《なま》のまま示す資料はほとんど現在に残らない。ただそれを間接的に暗示するのは、後漢時代から南北朝期にかけての大規模な民衆の反乱が、多くの場合、その精神的な結合の中核に神仙信仰を持っていたという事実である。たとえば東晋時代の末期に江南の地を覆った孫恩の乱は、史書も記録するように〝水仙〟信仰を持っており、それが現実の変革のために生命を投げ出す一つの原動力となっていた(1)。

しかし「神仙伝」には、こうした民衆層の、反乱をも支える神仙信仰は記録されることがない。一例を挙げれば、「神仙伝」巻二の李八百伝には、(2)

李八百は蜀の人である。誰も本名を知る者がなかった。遠い昔から代々、彼を見た者があったことから、当時の人はその年齢を八百歳と計算し、それで李八百と名づけたのである。山林に隠れたり、市場に出てきたりしていた。……彼は、丹経一巻を唐公昉に授けた。唐公昉は雲臺山に入って仙薬を作り、薬ができるとそれを服して仙去した。

とあって、何の変哲もないありふれた仙人の伝記である。それに対し「晋書」巻五八の周札伝は、李八百の師弟が反乱をくわだてたことを記している。(3)

当時(東晋の初年)、道士の李脱という者がいて、妖術でもって人々を惑わし、自ら年齢は八百歳だと称し、それで李八百と名のっていた。中原から建鄴にやってくると、鬼道(シャマニズム)で病気を治し、また人々が望む官位につけるよう〔まじないを行なった〕。当時、人々は、彼を信じて仕える者が多かった。その弟子の李弘は、灊山(廬江の天柱山)で多くの弟子を集め、予言に応じて自分は王者になるのだと称していた。〔江南に根を張る周氏一族の潰滅をもくろんでいた〕王敦は、廬江太守の李恒に命じ、周札とその甥たちが李脱と共謀して反乱を計画していると告発させた。この時〔周札の甥の〕周筵は王敦の諮議参軍であったが、〔王敦は〕軍営中において周筵と李脱、李弘らを殺した。

この李脱が「神仙伝」の李八百と同一人物であるかどうかを穿鑿することは、あまり必要のないことであろう。ここで李脱の弟子だとされている李弘が、生れかわり死にかわって幾度も民衆の救世主として出現するのと同様に、(4)李八百も、歴史の中の個人としての存在を超えて、民衆層の信仰の中核となるべき、超時代的な人物の名であったのである。そうして李弘や李八百が時代を超えて存在し得たのは、その基盤に時間を超えた存在である祖霊への信仰があったのであり、恐らく人々が、神仙信仰に結晶する共同の幻想の中で日常的な時間を超越し得たことが、新しい世界(その中核は無時間的な共同体である一種の〝千年王国〟)を打ち建てるべく繰り返し組織される反乱の原動力になったのだと理解することができるであろう。

こうした民衆層に基盤を持つ神仙信仰と対比して見るとき、「神仙伝」に留められているものは、民衆的な伝承の特徴的な部分を意識的に排除した、この時代の神仙観念の総体から言えば極く限られた範囲のものであったことが知られる。そこには、民衆の信仰が持つ強い生命力や生活的な色あい、また現実社会を直接変革しようとする強い意志は受けつがれていない。そうだとすると、こうした民衆層の神仙信仰の核となる部分を拒絶した知識人たちは、代りにどんなものを神仙思想の中に託そうとしていたのであろう。

知識人層の神仙思想は、大きく二つに分けられよう。一つは葛洪「抱朴子」に代表される自力本願的な神仙思想、もう一つは道教信仰に結びついてゆく他力本願的な神仙思想である。前者が魏晋時代の知識人の自恃の精神に支えられた〝新しい神仙思想〟の菁華をなすものであるのに対し、後者は、前者の風化の中から顕著になってきたもので、民衆的な神仙信仰への回帰の傾向を含んでいる。結論めいたものを先に言うことになるが、現行の「神仙伝」は、前者から後者への過渡的な思想の流れの中で生み出されたものであったと考えられる。

まず前者、葛洪「抱朴子」に代表される神仙思想の特徴を見てみよう。前《さき》に神仙の物語りの方術的な段階を特色づけるものとして、その中に幻術の記述が多く見えることを指摘した。「抱朴子」にも幻術への言及がいくつかあり、内篇遐覧第一九の道書を列挙した部分には、変化の術として次のような一段の記述がある。(5)

変化の術として、大きなものはただ「墨子五行記」だけである。〔この書物は〕もともと五巻あったのであるが、むかし劉君安がまだ仙去しなかったとき、その要点だけを写しとって一巻とした。その法は、薬を用いたり符を用いたりすることによって、天地の間を飛行し、ほしいままに姿をひそめ、笑いを含めば婦人となり、顔をしかめれば老翁となり、しゃがみこむと子供となり、杖を手にするとそのまま林の木々となり、種子をうえるとすぐ瓜がみのって食べられ、地面に線を引くと河になり、土くれをつまんで山となし、坐《い》ながらに〔天上の〕食物を招きよせ、雲を興《おこ》し火を燃えあがらせることができるようになり、不可能なこととてない。これに次ぐものとして「玉女隠微」一巻がある。これもまた、自らの姿を飛ぶ鳥や四つ足の獣や、金木玉石にまで変化させ、雲を興して百里四方に雨を降らせ、雪も同様にする。大河を渡るのに船や橋を用いず、身体を分かって千人となり、風に乗って高く飛び、すき間もない所から出入する。七色の気を吐き、坐ながらに世界の果てや地下の物を見通し、一万丈の光を放って、あかりのない部屋を明るくすることができる。これも大きな術なのである。

ここに見える「墨子〔枕中〕五行記」は、金丹の経や「三皇内文」と共に、師の鄭隠から特別に葛洪に授けられたものとされており、金丹による昇仙を最高のものとする葛洪の神仙思想の中で、相当に重い意味を持つ経典であったと推定される。そうして、その経典の内容をなしていた〝変化の術〟を、葛洪は次のように理解し宣伝しようとしている。「抱朴子」内篇対俗第三にいう。(6)

あるいは神仙たちがみな世俗の者とは異なる特別の〝気〟を受け〔て神仙になることができ〕たのだと考えるかも知れないが、しかし伝えられる所によれば、かれらはみな師につき、服食の修行を正しく行なっている。生れながらに〔神仙の道を〕知っていたのではないのである。もし道術が学んで修得できるものでないとすれば、〔次のような事実と矛盾する。すなわち〕形貌を変えたり、刀を呑み火を吐き、自在に姿を消したり現したりし、雲を興し霧を起し、虫蛇を呼び集め、魚鼈を集まらせ、三十六種の礦物を立ちどころに水となし、玉を融かして水飴と化し、金を柔らかくしてスープとなし、淵に入っても濡れず、刃を蹴っても傷つかないなど〔のことが可能であって〕、〝幻化〟のこと九百余種は、やり方を守って行なえば、全てその効験のないということはない。どうして仙人になれるということだけを信じようとしないのであろう。

葛洪は、幻化のこと九百余種は、ちゃんと手続きを踏んで行なえば誰にでもできる。だから誰でも努力をすれば神仙となれるのだ、と言うのである。こうした幻化のことの延長線上に神仙も存在し、この手品的な幻術(この中のいくつかは実際にこの時代、市場などで実演されていたことが知られる)は、神仙の存在を人々に暗示する有効な手段であったのである。

同じく内篇対俗第三には、次のようにもいう。[7]

ある人が非難して言った、神仙方書のたぐいは、一見理がありそうでいてでたらめなもので、きっと好事の者がでたらめにでっち上げたもので、黄帝や老子の筆に成り、赤松子や王子喬が読んだといった〔由緒のある〕ものとは限らないのだ、と。抱朴子が言った、もしあなたの言われるようであれば、〔そうした書物に書かれていることとに〕実際の効果はないはずである。しかしその内の小さいものを試してみるとき、効験のないものはないのである。私はたびたび人が方諸《ほうしょ》(鏡鑑の一種)を用いて夕月から水を取り、陽燧《ようすい》(凹面鏡)を用いて朝日から火を招き取ったり、姿を隠して象《かたち》のない世界に入り、形貌を変えて不思議なものとなったり、手ぬぐいを結んで地面に投げつけると兎となって走り、丹《あか》い帯を針でつづるとそれが蛇となって動いたり、〔植えたばかりの〕瓜がまたたく間に実を結び、〔なにも無かった〕盤盂《おおざら》の中に龍魚を泳がせたりするのを見たが、いずれも説かれている通りであった。……小さいことにもこうした効験がある以上、どうして長生の道だけがそうでないことがあろう。

こうした手品的な幻術が可能である以上、大きな長生も可能であるにちがいないと言うのである。佐中壮氏は、鄒衍の「必ずまず小物に験あらば、推してこれを大にすれば、無垠に至るべし」という言葉を引用しつつ、「こうして卑近な事実より得た観察的・経験的知識を推して、未知・未験の事実に対する結論を出そうとするのが、抱朴子、延いてはまた抱朴子が影響を受け、また影響を与えた方士・道士たちが採っていた方法である」と言われる。[8] 佐中氏は、その小さな験の事例として、雉が蜃となり、雀が蛤となるなど自然界の〝変化〟の例を「抱朴子」の中から三十近く抜き出しつつ、幻術の方にはふれておられぬのであるが、幻術も、上述のように、大きな神仙の存在を暗示する小さな験と考えられていたのである。強いて両者に区別を立てれば、自然界における〝変化〟は神仙の存在を許す現実を超えた法則があることを暗示し、幻術の方は神仙世界の存在を実感として暗示すると言えるであろう。そうして「神仙伝」が専ら後者の幻術に目をすえているのは、神仙の存在を、超越の理論としてよりも、現実と同じ地平での実感として把えようと希求する面が大きかったからだと理解できよう。

このように、葛洪にとって神仙の追求は、まず第一に技術的な問題であった。志を固めさえすれば、誰でも努力によって神仙となれるのであった。おそらくこの技術的傾向の強い神仙術は、前述の魏国の方士たちの技術的、言いかえれば合理的な方術とその根本においてつながるものであろう。そうしてこのような考え方を基礎にして、〝神仙は学んで得られる〟というのが葛洪が絶えず繰り返す主張である。「神仙伝」においても、巻一の老子伝に、(9)

浅見の道士たちは、老子を神異の存在だとすることによって、後世の学習者たちを老子の教えに従わせようとしているが、それでは長生が学習によって得られるということにますます疑いを懐かせることになることを知らないのである。なぜかと言えば、もし老子が〔修行によって〕道を獲得した者だと言えば、人々は必ずや力を尽し競って老子に心を寄せて〔そのやり方に従う〕であろう。もし老子が神秘な霊力を持つ存在で異類のものだと言えば、それは学んで到達できるものではなくなってしまうのである。

と言い、神仙が超越的な存在ではなく、学んで到達できるものであることを強調する。(10) 神仙は学んで到達できるものであり、逆に言えば学ぶ以外にそれに達する道はなかった。「抱朴子」内篇極言第一三で、ある人がいにしえには何も行なわずとも偶然に長生した人もいたのではないですかと質問したのに対し、葛洪は決してそんなことはあり得ないと断言しているのである。

葛洪が神仙になるためには明師(よい教師)を得ることが必要だと説くのも、よい技術指導者を得なければなにごとも上達しないと言うのと変りがないであろう。極言すれば、葛洪にとって神仙追求は純粋に技術の問題であって、精神のあり方には関る所がなかったのである。

「抱朴子」の中でも、神仙になるためには善行を積まねばならないと述べられ、一見するとその神仙観の中に精神のあり方の問題が重要な位置を占めているようにも見える。しかしそこで求められる善行や逆に禁止される悪行は、日常的な儒教的生活倫理の枠を越えるものではなく、独自の絶対的な価値観といったものをそこに発見することはできない。葛洪にとって、神仙的存在の超越性は、その〝小〟なる端緒が現実の地平の上にも出現しており、その端緒をたぐってゆけばそのまま〝大〟なる超越性に到達することができるものであって、現実と超現実との間に大きな断層があり、その断層を絶対的な(すなわち日常的な価値体系を超えた)精神性に支えられて越えてはじめて到達できるようなものではなかったのである。

言いかえれば、葛洪は、人間の方から超現実の法則と超現実の存在とに帰依するのではなく、あくまで強い自恃によってそれらと平等の関係を結ぼうとするのである。「抱朴子」内篇道意第九の次のような言葉が象徴的である。[11]

身を守り危害を却けるためには、身体を守護するための防禁の術を修し、天文の護符や剣を帯びるべきであって、それ以外にはない。祭祀や祈禱のことは、何の益もないのである。自分自身が侵されぬ力を持っていることを頼みとすべきであって、鬼神が自分を侵しはしないであろうと人だのみにしてはならないのである。[12]

葛洪には、自らの意志の延長である呪術は認められても、自らを放棄することによってより高いものをめざす宗教的な行為は認められなかった。神仙も自力本願の呪術的な修業の延長線上に存在するものでなければならなかったのである。その神仙説において金丹が特に重視されるのも、それが自らの技術的操作によって作り出しうる究極のものとして存在したからだと理解されよう。[13]

葛洪は、彼以前の神仙の追求者たちをおしなべてあまり高く評価していない。たとえば「抱朴子」内篇釈滞第八には次のように言う。(14)

古人は質朴であって、それに多くは才能を欠いていた。彼らがものの道理を論ずるとき、十分にゆきとどいた議論でないのみならず、証拠として挙げるところも明確さを欠いている。みな要点を押さえておらぬため理解しにくく、理解できてもあまり深遠なものではない。〔だから彼らの議論は〕奥深い言葉を十分に敷衍し、心中に思う所をはっきりと示し、志ある者を勧進《はげま》し、入門者を教え導いて、玄妙なる真理への道や禍福の根源を知らしめるには、不十分なものなのだ。いたずらにそれを一万遍誦したとしても、全く獲る所がないのである。

葛洪の、こうした古人に対する低い評価づけは、それ以前の神仙説が自力本願の、強い自恃に支えられたものという点で欠ける点があると見られたことに、その一つの原因(それも重要な原因)があったのであろう。すなわち葛洪自身も自らの神仙理論をこれまでにはない〝新しい神仙思想〟と位置づけていたであろうことが窺われるのである。(15)

(1)「晋書」巻一〇〇孫恩伝には、孫恩の党が「長生人」と号し、孫恩が最後に投身自殺をするとその部下たちは「水仙」になったと考えたと記されるほか、反乱に加わった婦人たちは足手まといになる幼い子供を嚢《ふくろ》や箱に入れて水に投ずると、「おめでとう、先に仙堂に登って。私も間もなくあなたの所に行きます」と言ったとある。川勝義雄「中国前期の異端運動——道教系反体制運動を中心に——」『異端運動の研究』一九七四年、京都大学人文科学研究所、を参照。

(2)「神仙伝」巻二李八百

李八百、蜀人也、莫知其名、歴世見之、時人計其年八百歳、因以為号。或隠山林、或出市廛。……以丹経一巻授公昉。公昉入雲臺山作薬、薬成、服之僊去。

(3)「晋書」巻五八周札伝

時有道士李脱者、妖術惑衆、自言八百歳、故号李八百。自中州至建鄴、以鬼道療病、又署人官位。時人多信事之。弟子李弘、養徒灊山、云応讖当王。故敦使廬江太守李恒告、札及其諸兄子、与脱謀図不軌。時筳為敦諮議参軍、即営中殺筳及脱弘。

(4)救世主とされた李弘の信仰については、楊聯陞「老君音誦誡経校釈」『中央研究院歴史語言研究所集刊』第二八本、一九五六年、大淵忍爾「李家道・李弘・真君」『道教史の研究』一九六四年、岡山大学共済会書籍部、砂山稔「李弘から寇謙之へ」『集刊東洋学』二六号、一九七一年、など多くの研究がある。また山田利明「神仙李八百伝考」『吉岡博士還暦記念道教研究論集』一九七七年、卿希泰『中国道教思想史綱』第一巻、一九八〇年、成都、三二四頁、なども参照。

（5）「抱朴子」内篇遐覧第一九

其変化之術、大者唯有墨子五行記。本有五巻。昔劉君安未仙去時、鈔取其要、以為一巻。其法用薬用符、乃能令人飛行上下、隠淪無方、含笑即為婦人、蹙面即為老翁、踞地即為小児、執杖即成林木、種物即生瓜果可食、画地為河、撮壌成山、坐致行廚、興雲起火、無所不作也。其次有玉女隠微一巻。亦化形為飛禽走獣、及金木玉石、興雲致雨方百里、雪亦如之、渡大水、不用舟梁、分形為千人、因風高飛、出入無間、能吐気七色、坐見八極及地下之物、放光万丈、冥室自明。亦大術也。

なおこの「墨子五行記」を伝えた劉君安は「神仙伝」巻三に伝記の見える劉根のことである。

（6）「抱朴子」内篇対俗第三

若謂彼皆特稟異気、然其相伝、皆有師、奉服食、非生知也。若道術不可学得、則変易形貌、呑刀吐火、坐在立亡、興雲起霧、召致虫蛇、合聚魚鼈、三十六石立化為水、消玉為粭、潰金為漿、入淵不沾、蹴刃不傷、幻化之事九百有余、按而行之、無不皆効。何為独不肯信仙之可得乎。

（7）「抱朴子」内篇対俗第三

或難曰、神仙方書、似是而非、将必好事者妄所造作、未必出黄老之手、経松喬之目也。抱朴子曰、若如雅論、宜不験也。今試其小者、莫不効焉。余数見人以方諸求水於夕月、陽燧引火於朝日、隠形以淪於無象、易貌以成於異物、結巾投地而兎走、鍼綴丹帯而蛇行、瓜果結実於須臾、龍魚瀺灂於盤盂、皆如説焉。……小既有験、則長生之道、何独不然乎。

（8）佐中壮『戦国・宋初間の信仰と技術の関係』一九七五年、皇学館大学、一七二頁。

なお同様の推論による超越的な世界の存在の証明は、顔之推「顔氏家訓」帰心篇第一六にも見える。「世有祝師及諸幻術、猶能履火蹈刃、種瓜移井、倏忽之間、十変五化、人力所為、尚能如此、何況神通感応、不可思量、千里宝幢、百由旬座、化成浄土、踊出妙塔乎。」ただ顔之推の場合は、佛教の超越的な神通感応の力の存在を証明しようとするものである。

（9）「神仙伝」巻一老子

浅見道士欲以老子為神異、使後世学者従之。而不知此更使不信長生之可学也。何者、若謂老子是得道者、則人必勉力競慕。若謂神霊異類、則非可学也。

(10)　少なくともこの点において、嵇康「養生論」が神仙を「ただ異気を受け、これを自然に稟《う》け、積学の能く致す所にあらざるなり」と規定し、それ以外の所で養生の努力をしようとしているのと、神仙存在の概念が異なっている。そうして嵇康の概念の方が伝統的なものであったことは、例えば曹植「辯道論」(法琳「辯正論」巻六、大正蔵五二、五三二上、また五〇〇下)の次のような一節からも知られよう。

仙人者党猱猨之属与。世人得道、化為仙人。夫雉入海化為蛤、燕入海化為蜃。当其徘徊其翼、差池其羽、猶自識也。忽然自投、神化体変、乃更為魚鼈、豈復識翻翔林薄、巣垣屋之娯乎。牛哀病而為虎、逢其兄而噬之。若此者何貴於変化耶。

曹植は、神仙を人間とは異なる世界に入ってしまったもので、人間世界の喜怒恩仇を忘れ果てたものと考え、それならば貴ぶに足らぬとするのである。ただ嵇康と葛洪の努力の方向はほぼ一致している。すなわちその違いは、両者の間に神仙観の大きな変化があり、嵇康が神仙とは呼ばなかったものをも葛洪は神仙と呼んだことに起因する。そうして曹植―嵇康―葛洪の間に存在する神仙概念の大きな変化に、この時代に展開した精神史上の変革が反映していると言えよう。

(11)　「抱朴子」内篇道意第九

要於防身却害、当修守形之防禁、佩天文之符剣耳。祭禱之事、無益也。当恃我之不可侵也、無恃鬼神之不侵我也。

(12)　ちなみに最後の二句「当恃我之不可侵也、無恃鬼神之不侵我也」は、「孫子」九変篇の「故用兵之法、……無恃其不攻、恃吾有所不可攻也」という考え方に関連を持とう。このことは、魏晋の神仙思想が戦国の兵家など諸子百家が持った合理思想を受けつぐ面があったことを示している。

(13)　「抱朴子」内篇第一六黄白に師の鄭君の言葉を引いて、

化作之金、乃是諸薬之精、勝於自然者也。……夫作金成、則為真物、中表如一、百煉不減。

と言うのも、人工の金はむしろその純粋さにおいて自然に産出する金よりも勝れていると考えるもので、ここにも人間的な技術に対する信頼、より広く言えば人間の営為に対する自恃を見ることができよう。

(14)　「抱朴子」内篇釈滞第八

古人質朴、又多無才。其所論物理、既不周悉、其所証按、又不著明。皆闕所要而難解、解之又不深遠。不足以演暢微言、開示憤悱、勧進有志、教戒始学、令知玄妙之塗径、禍福之源流也。徒誦之万遍、殊無可得也。

(15)　ただ忘れてならないのは、学習と技術的習練を強調する葛洪の自恃の説も、その根本の所で神秘的なものにたよらざるを得なかったことである。「抱朴子」内篇塞難第七で、なぜ王子喬や赤松子といった凡人が不死の寿命を得ながら、周公や孔子のような聖人が不死を得られなかったのかという質問に答え、ある人が仙道を信じて修行に励む一方、ある人は仙道などに心を向けないというのは、各おのが受気結胎の際に属した星宿によって定まっているのだという運命論を展開するのがその例である。葛洪の神仙思想の持つ不徹底性や矛盾点については、大淵忍爾「抱朴子における神仙思想の性格」『道教史の研究』前掲、を参照。

八　明師と試み——二つの立場

葛洪は、神仙は超越的で絶対的な存在なのではなく、学習(修行)によって到達できるものだと主張した。加えてその学習(修行)を効果あらしめるためには〝明師〟を選ぶことが必要だという[1]。そうしてその明師に対しては、弟子はひたすら真心をささげ奉仕することが求められる。たとえば「抱朴子」内篇辨問第一二の[2]、

> そもそも道家は、仙術を大切に秘めかくし、弟子たちの中から、特に厳密に人物を選び、長く変ることなく心をこめて修行しているものに、はじめて要訣を告げ知らせるのである。

という言葉。また内篇極言第一三の[3]、

> 彼ら(古《いにしえ》の得道者たち)は、例外なく全て、笈《おいばこ》を負って師に従い、勤苦を重ね、霜にうたれ険阻を冒し、風雨に吹きさらされながらも自ら洒掃にあたり、力仕事にも精を出した。まずその陰ひなたのない行ないで師の目にとまり、ついには危険や困難でもって試みられた。篤実な性格で行ないは常変らず、〔いかなるしうちを受けても〕師への怨みや反抗の心のないこと〔が証明されて〕、はじめて堂に昇り、やがて室に入ることができたのである。

といった一段は、「抱朴子」にあってもこうした試みを通じて師への信心《まごころ》を表すことが要訣を授かるための必須条件であったことを示している。

しかし同時にこうした師への奉仕について、内篇勤求第一四では次のようにも言っている。[4]

そもそも学習者が慎しみ深く力を尽してつとめたとしても、師にとって一寸一分の利益があるわけでもない。しかしそうしないと、師の心は完全に開くことがない。師の心が完全に開かねば、中途半端にしか弟子に告げ知らせないことになる。中途半端にしか告げ知らせないのでは、秘められた要訣の全てをどうして得ることができよう。師が〔心からではなく〕やむを得ず教えるのであれば、浅薄なことしか開示せぬであろう。どうして不死という成果を達成することができようか。

人々はただ自分が死ぬであろう日がいつであるかを知らないので、しばらくそれを心配したりしないのにすぎない。もしもそれが分かっておれば、足切り、鼻削《そ》ぎの刑だとて、死期を延ばせるのであれば、必ずや受けるにちがいない。ましてや、ただ自ら洒掃し巾を執って給仕をするなどして、自分より優れた者のために力を尽すだけのことで、不死の道を教え授かることができるのであれば、どうしてそれが苦労となることがあろうか。

「抱朴子」のこの二つの段の言う所は、共にきわめて功利的であることに特徴がある。師のために尽すのは、それによって師の心を動かし、不死の要訣を手に入れることができるからであり、そのみかえりが苦労よりもずっと大きいからだと論じているのである。

しかしこうした葛洪の考え方とは異なり、「神仙伝」に収められた神仙たちの伝記の中では、功利性を越えた、師への絶対の信頼と絶対の服従とが求められている。

師はさまざまな形で弟子、あるいは入門志願者を試み、その多様な内容を包含した〝試み〟という枠組みが、「神仙伝」所収の説話の重要な形式の一つを成していると言うことができよう。まず最初に、神仙修行を志す者は、現世の中にまぎれこんでいる神仙や異人を見つけ出し、その人物が与える試みを無事通過し、弟子として師事することを許可されねばならない。その際、神仙たちは、ことさらに醜く貧しい外見をとることが多い。

「神仙伝」巻二の李八百伝では、唐公昉が道を志しながら名師が得られずにいるとき、仙人の李八百が彼に教授しようとし、まず彼を試みる。李八百は唐公昉のもとで客傭となるが、唐公昉は李八百を手厚く待遇する。やがて李八百は仮病となる。からだ中が膿みただれて悪臭を発する。その病気を治すために唐公昉は李八百の身体を舐め、妻にも舐めさせる。こうしたことを嫌《いや》がらずにするのを見て、李八百は告げる、「私は仙人だ。あなたに志があるので、こんな風に試したのだ。あなたは確かに教えるに足るものだ。」

また巻八の陳安世の伝は次のような内容である。陳安世は権叔本(抱朴子では灌叔本に作る)の家の召使いであった。権叔本が道を好み神仙に思いを寄せていたので、二人の仙人が書生の姿をして権叔本のもとを訪れ、彼を試そうとした。ところが権叔本は彼らが仙人だとは気づかず、貧乏書生を嫌う妻の言葉もあって、邪慳なあつかいをする。一方、召使いの陳安世は二人の書生に丁寧に応対した。書生たちは陳安世に、明日の朝、道北の大樹のもとにやって来るようにと言う(5)。

陳安世は言葉通り、朝早く約束の場所に行った。日が西に傾くまで、どちらもやって来ない。そこで立ち上がって帰ろうとしながら言った、「書生たちは、なんとしたことか、私をだましたりした。」気付いてみると二人が傍《そば》にいて、呼びかけて言うには、「陳安世よ、おまえはなぜこんなにおそく来たのか。」答えて言った、「早く来ていたのですが、あなたがたが見えなかったのです。」二人がいった、「我々はおまえの傍にきちんと坐っていたのだ。」三度まで待ち合わせをしたが、陳安世はそのたびに朝早くからやって来た。陳安世が教えるに足る人物だと知り、二つぶの薬を与えた。

陳安世はやがて道を完成し「白日昇天」して去る。

この伝記の試みの部分は、「史記」留侯世家の張良と黄石公との話しの焼き直しのようであるが、こうした試みに合格してはじめて神仙世界への道が開けるのである。この話しの中で特に注目すべきは、試みを通過できたのは召使いの陳安世であって、主人の権叔本の方は失敗し、のちには権叔本が陳安世に師事し弟子の礼を執ったとされていることである。前に挙げた君臣関係の場合と同様に、神仙を志す者たちにとって、現世の主従関係はなんの意味も持たないのだという観念が寓話化されたものであろう。

このようにして一旦師事したあとは、弟子は師に対する絶対の信頼を要求される。「神仙伝」巻二の李阿の伝に、弟子の古強は「身《みず》から未だ道を知らざる」ゆえに師の李阿の威力を疑ったとあるように、道心の固さは師への信頼の度によって計られるのである。師は弟子にさまざまな不条理な要求をしてその道心の堅固さを試す。要求の不条理さが、神仙を志した者たちが参入しようとしている世界の超越性と対応しているのである。

そうした不条理な要求の一つとして、肉親関係の中の恩愛の念を断つことが求められる。たとえば「神仙伝」巻五の薊子訓の伝では、道を得た薊子訓が隣家の赤んぼうを抱いているうちに、手をすべらせて落し、死なせてしまう。しかし隣家の者たちは、平素から薊子訓を尊敬していたので、恨みの色を見せることがなかった。二十余日たって、薊子訓はその赤んぼうを抱いて来て隣家に還す。調べてみると、手をすべらせて死なせたと見えたのは泥人形であった。

恐らくはこの話しも、隣家の者たちに対する薊子訓の試みのエピソードであったと考えられる。ちなみに「神仙伝」と同じころ、道教徒によって編纂された「化胡経」でも、(6)

関令の尹喜は、老子〔の西方への旅〕におともをしたいと願った。老子が言った、「もしおまえに至心があって私についてゆきたいと願っているなら、おまえの父母妻子など七人の首を斬ってくるように。そうしたら一緒につれていってやろう。」尹喜には至心があったので、すぐさま自ら父母七人を斬り、その首を老子の前にさし出した。その首は見る間に七頭の猪《ぶた》の頭となった。

ここでも老子が幻術めいたものを使って試みたのは、肉親の恩愛を超える〝至心〟であった。そうしてその恩愛の超越は、父母をも殺すという極北の形で寓話化されている。

また師への信頼は死をかけて試される。たとえば「神仙伝」巻一の魏伯陽の伝には、師である魏伯陽が弟子たちの「心懐の未だ尽きざるを知り、乃ちこれを試す」という話しが見える。魏伯陽は弟子三人をつれて山に入り、神丹を完成する。でき上った丹を試しに犬に服《の》ませたところ、犬はその場で死んでしまった。魏伯陽が言う、「この丹を服めば、我々も犬と同様に死んでしまうであろう。しかし私は世に背《そむ》き家を棄てて山に入った。道が得られなかったからと言って、なんでおめおめ里に下れよう。死んだ方がましだ。」そう言うと丹を服み、その場で死んでしまった。三人の弟子たちはどうしようかと相談する。(7)

弟子の内の一人だけは、「我が師は常の人ではない。丹を服んで死なれたのも、お意《こころ》がないはずはないのだ」と言って丹を取って服み、これも死んだ。のこった二人の弟子が語り合うには、「丹を手に入れるのは、長生を求めてのことだ。その丹を服んで死んだのでは、何の為だかわからない。この薬を服まねば、なお数十年は世間に留まることができるのだ。」そう言って丹は服まずに、二人して山を下り、魏伯陽と死んだ弟子のために棺をあつらえようとした。

二人の弟子が去ると、魏伯陽はむっくり起き上がり、自分が服んでいた丹を弟子と犬の口に入れる。弟子も犬も起き上がり、そのまま仙去した。山をおりた二人の弟子は、あとでこの事を知り、じだんだ踏んだが及ばなかった。

この仙伝においては、二人の弟子がなすような世俗的な打算を、師への信頼によって乗り越えることが求められている。その師への絶対の信頼は死をも賭《か》けたものであった。そもそも神仙術が長生を目的とする以上は、その長生のために死を賭けるというのは大きな矛盾である。その矛盾を越えることが要求されているのである。

巻四の張陵伝において、張道陵(張陵)が弟子たちを試す話しは、更に物語り的である。張道陵は自分のもとを訪れて来た趙昇という人物を七度にわたって試みる。その第一は、趙昇を門前に留めて四十日にわたって人の罵辱に耐えさせる、第二には、美女と牀を接して寝ても誘惑に乗らない、等々の試みがあって、最後の第七の試みは次のような内容である。（8）

張陵は弟子たちを雲臺山の絶壁の上につれていった。下には一本の桃の木が、石壁から人間の臂《うで》のように横むけに生えていた。その下は深さも知られぬ淵で、桃にはたくさんの実がついていた。張陵は弟子たちにむかって言った、「この桃の実を手に入れられる者があれば、道の要《かなめ》を告げてやろう。」この時、下をのぞいた二百余人は、足が震え冷汗が流れて、長く見ていることもできず、みなあとずさりして、できませんと辞《ことわ》った。趙昇一人だけは言った、「神の加護があれば、なんの険しいことなどあろうか。聖師がここにおられるのだから、決して私を谷中に死なしめたりはされない。師がこう命ぜられるのは、この桃を手に入れられる道理があってのことに違いない。」そう言うと桃の木の上に飛びおりたが、足を踏みたがえることなく〔桃の枝の上に立った〕。

趙昇はそこで採った桃の実を崖の上に投げ上げる。やがて張陵は、その臂《うで》を二三丈の長さに伸ばして趙昇を引き上げた。みなで桃を食べおわったあと、張陵は冗談のようにして自らその崖を飛びおりる。ところが桃の木にはひっからずに見えなくなってしまった。驚き慌てる弟子たちの中で、趙昇と王長だけは師のあとを追って崖から身を投じた。落ちた所に張陵が坐っていて「おまえたちが来るのは分かっていた」と言う。やがて張陵、趙昇、王長の三人は〝白日冲天〟して仙去した。

このように、世間的な価値観や倫理観の中にあるものにとっては不条理と見える試みを、師への絶対の信頼によって乗り越え、巻四の陰長生の伝にあるように師から〝哀識〟されてはじめて得道、昇仙のための要訣を授けられるというのが、「神仙伝」にみえる神仙への階程の一つの重要な特徴である。弟子は絶対の信心を捧げ、それがあるいは師の〝哀《あわれ》み〟を受けるかも知れないと願うといったように、こうした試みの物語りには他力本願的な傾向が強いと言えよう。

こうした傾向は、学習を強調し、神仙術を技術としてとらえようとする「抱朴子」の自力への信頼の姿勢とは大きく異なったものである。魏伯陽の二人の弟子は、死ぬと分かっている薬をのまず、自らの余生だけは確保しようとして、道を得ることに失敗する。永遠の生命を得るためには一旦この現世の生を放棄することが必要だとされるのは、宗教的な論理に属する考え方であり、「抱朴子」の本文からは出てこないものであろう。「抱朴子」の主張が、その自恃の反面で平面的な功利性の上に立っているのに対し、「神仙伝」の説話の中にはそうした功利性を越えるものが含まれ、その自己放棄の他力本願は強い精神性に支えられていたものと考えることができる。三張道教の中心人物である張陵の伝にこうした試みの説話が特徴的に展開した形で示されているところから考えても、この他力本願の精神性は、初期道教を成り立たせた宗教的感情と不可分のもので、知識人の自恃と対比するとき、その宗教的感情は多分に民衆的なものであったと考えることができるであろう。

（1）葛洪のいう明師については、吉川忠夫「師授考——『抱朴子』内篇によせて——」『東方学報京都』第五二冊、一九八〇年、を参照。

（2）「抱朴子」内篇辨問第一二
夫道家宝秘仙術、弟子之中、尤尚簡択、至精弥久、然後告之以要訣。

（3）「抱朴子」内篇極言第一三
彼莫不負笈随師、積其功勤、蒙霜冒険、櫛風沐雨、而躬親灑掃、契闊労藝。始見之以信行、終被試以危困。性篤行貞、心無怨弐、乃得升堂、以入於室。

（4）「抱朴子」内篇勤求第一四
夫学者之恭遜駆走、何益於師之分寸乎。然不爾、則是彼心不尽、彼心不尽、則令人告之不力、告之不力、則秘訣何可悉得邪。不得已、当以浮浅示之。豈足以成不死之功哉。

人但莫知当死之日、故不暫憂耳。若誠知之、而刖劓之事、可得延期者、必将為之。況但躬親灑掃執巾、竭力於勝己者、可以見教之不死之道、亦何足為苦。

(5)「神仙伝」巻八陳安世

安世承言、早往期処。到日西、不見一人。乃起欲去曰、書生定欺我耳。二人已在其側、呼曰、安世、汝来何晩也。答曰、早来、但不見君耳。二人曰、吾端坐在汝辺耳。頻三期之、而安世輒早至。知可教、乃以薬二丸与安世。

(6)「化胡経」広弘明集第一三、釈法琳「辯惑論十喩九箴篇」、大正蔵五二、一七七下、また五二六中、の引用による。

喜欲従聃。聃曰、若有至心随我去者、当斬汝父母妻子七人頭者、乃可去耳。喜乃至心、便自斬父母七人、将頭致聃前。便成七猪頭。

(7)「神仙伝」巻一魏伯陽

独一弟子曰、吾師非常人也。服此而死、得無意也。因乃取丹服之、亦死。餘二弟子相謂曰、所以得丹者、欲求長生耳。今服之既死、焉用此為。不服此薬、自可更得数十歳在世間也。遂不服。乃共出山、欲為伯陽及死弟子求棺木。

(8)「神仙伝」巻四張道陵

陵将諸弟子登雲臺絶巌之上。下有一桃樹、如人臂、傍生石壁、下臨不測之淵、桃大有実。陵謂諸弟子曰、有人能得此桃実、当告以道要。于時伏而窺之者二百餘人、股戦流汗、無敢久臨視之者。莫不却退而還、謝不能得。昇一人乃曰、神之所護、何険之有。聖師在此、終不使吾死於谷中耳。師有教者、必是此桃有可得之理故耳。乃従上自擲投樹上、足不蹉跌。

なおこの一条の話しは画にも描かれていた。張彦遠「歴代名画記」巻五は顧愷之の「画雲臺山記」を引用する。馬采「顧愷之『画雲臺山記』校釈」『中山大学学報』(哲学社会科学版)一九七九年第三期、も参照。

画険絶之勢、天師坐其上、合所坐石及廕、宜磵中桃傍生石間。画天師痩形而神気遠、据磵指桃、迴面謂弟子。弟子中有二人臨下、到身大怖、流汗失色。作王良(王長)穆然作答問、而超升(趙昇)神爽精詣、俯眄桃樹。

なお馬采氏も指摘するように、馮夢龍「古今小説」第一三に「張道陵七試趙昇」の物語りがある。その中に「這幾樁故事、小説家喚做七試趙昇」という句があることからも、この物語りが口頭演藝の中の一つの演題として広く行なわれていたことが窺われる。そうした情況は、原初的な形として、或いは南北朝時代にまで遡れるのかも知れない。

九 地仙——現世的欲望の追求

魏晋期の神仙思想は、知識人たちの内部において、「抱朴子」的な自恃の精神を昇華したものから、一定の挫折を経て、道教信仰へとつながる宗教的心情へと展開し、道教に近づいた時、それはすでに本来の特徴的性格を喪いつつあった。いわば〝新しい神仙思想〟は時代の中でのその役割りを終えたのである。

この〝新しい神仙思想〟の終末に位置する事件として、第四章に詳しく述べる東晋の哀帝、興寧三年(三六五年)以来の茅山での新しい啓示があったと考えるのであるが、もしこの茅山での降神事件の位置づけに誤りがないとすれば、魏晋期を特色づけた一つの思想はすみやかにその終末を迎えたことになる。その原因は様々な所に求められるであろうが、私は第一に、この思想が新しい人間観・価値観でもって現実を変革しようとする意識に乏しく、かえって既成の価値観の上にのっかって不満を鳴らし、自己主張をしようとしたに過ぎなかったことにあったと考える。

その思想の現実に対する態度を見てみよう。

〝永生〟を求めて神仙となった人々が、その後いかなる〝生〟を生きてゆくのかについては、「神仙伝」も「抱朴子」も多くを語らない。「抱朴子」内篇道意第九に[1]、

　そもそも神仙の法が俗人たちのそれと異なっているのは、ただ不老不死という点で貴重だというだけなのである。

と言うように、現実の水準の上に不老不死が加わっただけで、その永遠の生命によって、より大きな何事かを為そうとするものではなかった。仙を得た者たちの生活は次のように描写されている。「抱朴子」内篇明本第一〇[2]。

　そもそも仙を得たものは、或いは太清に昇り、或いは紫霄を翔《かけ》り、或いは玄洲にいたり、あるいは板桐に棲む。鈞天の音楽を聴き、九芝の御馳走を食べ、外出すれば赤松子や羨門子とつれだって倒景(天の極高所)のかなたに遊び、もどれば常陽山の瑶房の内に宴を開く。

天上や遥かな異域への遊行と、耳目口舌を楽しませることが、彼らが現世を棄てて仙道に身をささげた結果としての生活なのである。ここに見えるのは、現世を越えた高いものに到達しようとする意志ではなく、むしろ現世的な欲

望の最大限の追求であったと言えよう。

「抱朴子」は、神仙になる際の様式によって仙人たちを三つの種類に分けている。内篇論仙第二[3]。

仙経を按ずるに次のように言う。上士はこの肉体のまま天に昇る。これを天仙という。中士は名山に遊ぶ。これを地仙という。下士は死んだあと死体から脱け出す。これを尸解仙《しかいせん》という、と。

この中で特に注目したいのは、地仙の存在である。昇天の能力を獲得しながらそれを行使せず、現世に留まっている者たちを地仙と呼ぶ。「抱朴子」内篇対俗第三にいう[4]、

先師の言われた所では、仙人には天に昇る者もあれば、地上に留まる者もある。彼らがみな長生を得ていることが重要であって、この世に留まるかどうかは各自の好みにゆだねられる。また還丹金液の服用法として、もし暫くは世間に留まっていたい者は、その半分だけを服し、残り半分は取っておく。もし後に天に昇りたいと思ったら、全部を服用する。自らの不死はもう動かないのであるから、人生の短さを愁うることはない。もう少し地上に遊び、名山に入ったりして、何の憂いもないのである。

続けて彭祖自身が八百余歳までこの世に留まった理由を述べた言葉を引用する。

彭祖が言った、天上には尊官大神が多く、仙人になったばかりの者は位も卑く、多くの仙人たちに仕えねばならず、苦労は尽きない。だから天に登ることに汲汲としたりはせず、人間世界に八百年以上も留まったのだ。

同じことを「神仙伝」巻二では、彭祖の師の白石先生が言っている[5]。

白石先生は中黄丈人の弟子である。彭祖と会った時には、もう二千余歳であった。昇天の道を修めることを望まず、不死を保つだけで、人間世界の楽しみを十分に享受していた。彼が拠りどころとして行なっているのは、ただ交接の道(房中術)を中心にして、金液の薬を貴ぶものであった。……彭祖が尋ねた、「なぜ昇天の薬を服用されないのですか。」答えて言った、「天上の楽しみとて、人間世界のものに比べられようか。私が求めるのはただ

不老不死だけなのだ。天上には至尊が多く、それに仕えるのは人間世界におけるよりもずっと苦労が多い。」こうしたことから当時の人々は白石先生を隠遁仙人と呼んだ。彼が天に昇って仙官となることに汲汲としていないことが、ちょうど地上の隠遁者が聞達を求めないのと同様だからなのである。

天上に鶏犬の相い吠える村落共同体を想像した段階があったらしいことは、淮南王の昇仙物語りの分析の中ですでに指摘した。知識人たちにもそうした世界への憧憬があったことは、例えば陶潜の「桃花源記」などからも窺われよう。しかし天上の村落共同体は、神仙思想が知識人層の中で独自の発展をはじめたとき失われてしまって、かわって官僚体制が天上にも布かれた。これは、彼らが神仙思想に求めようとしたものの内容を端的に暗示する変革である。そうして神仙世界が地上の官僚世界のそのままの延長であれば、神仙世界からの隠遁者も当然でてくるわけである。

前に引用した対俗篇の言葉につづけて彭祖は次のようにも語る(6)。

> また言った、いにしえの仙を得た者は、身体に羽翼が生じ、姿かたちを変化させて飛行したりして、人間としての本質が失われ、別に異形を授かったもので、雀が蛤となり、雉が蜃となるのに似て、人間としてのあり方にはずれている。人間としてのあり方は、おいしい食物を食べ、軽快で暖かい衣服を着、男女の交わりを行ない、官位につき、耳目はよく働き、肉体は強健で、つやつやした顔色を保ち、年とっても衰えることなく、寿命を無限に延ばし、ほしいままに進処して、寒暑風湿にわずらわされることなく、鬼神や精霊も害を及ぼすことができず、さまざまな武器や毒もその身にあたらず、悲喜褒貶もその心を乱さない、という生き方をしてこそ価値がある。妻子を棄て、山沢に一人ぼっちで住み、はるかに世間との交わりを断ち、とりつくしまもなく木石と共にあるなどという生き方は、貴ぶに足らぬものなのである。……極言すれば、長生を求めるのは、現在の欲望をひたすら追求しようとするに他ならないのだ。

ここで彭祖がいにしえの仙人の人情を離れたあり方を望ましくないものと述べていることは、こうした現実の欲望の最大限の追求という方向を持った神仙術の理解が、それ以前のものを否定しつつ出てきた新しい傾向であったことを暗示するであろう。すなわちこれも〝新しい神仙思想〟の一つの特徴ある様相であったのである。「神仙伝」巻一の彭祖伝では、この新しい傾向を、得道者と仙人との区別を通じて説明している。[7]

　采女が言った、「お尋ねしたいのですが、青精先生というのはいかなる仙人なのでしょう。」彭祖が言った、「〔先生は〕道を得たもの（得道者）にすぎず、仙人ではないのだ。仙人というのは、身をそば立てれば雲に入り、翅《はね》なくして飛行し、龍に車を牽《ひ》かせ雲に乗って、上《かみ》は天の階《きざはし》にまで至ったり、また鳥獣に化して、青雲のあたりに遊んだり、江や海を潜行したり、名山に翱翔《かけ》ったり、また元気を食し、芝草を餐し、人間世界に出入しても誰も仙人とは気付かず、その姿を隠して誰からも見られず、顔には異常な骨相があり、身体には不思議な毛が生え、ひたすら人の世を避けて、俗人たちとは交わらない。しかしこうした類《たぐい》は、不死の長寿を得ているとは言っても、人間らしい感情から隔たり、人の世の楽しみから離れて、ちょうど雀が蛤に化し、雉が蜃に化すようなもので、もともとの本体を失って、更《かわ》りに別の気を保持するようになったもので、私にはそうしたものは望ましくも思えない。」

ここに「得道者なる耳《のみ》、僊人には非ざる也」と言うように「得道者であるにすぎない」のではあるが、しかし突き詰めた仙人の枯木冷灰の生き方よりも、現世を存分に楽しむこの得道者の方が自分には望ましいと言っている。

　このようなむきつけの現世的欲望をそのまま神仙の存在に反映させる考え方は、必ずしも葛洪の思想ではなく、また「神仙伝」全体を覆う基調でもなかった。こうした彭祖的神仙説は、恐らく房中術を実修していた集団と結びついていたもので、しかもそうした集団の奉ずる彭祖の道の核心はもっと別の所にあったと想像される。[8]ただそれはそうであるにしても、「篤《あつ》く之を論ずれば、長生を求むるは、正《ただ》今日の欲する所を惜しむのみ」という彭祖の言葉は、この時代の知識人たちの神仙観の基礎にあるものを正しく言い当てた、むしろ真率な言葉であったと言えよう。こうした基礎の上に立ち、現実から多くのものを要求するばかりで、現実を疑いそれに対決する姿勢を欠いた思想は、結局は風化しおわらずにはすまなかったのである。

ちなみにここで附言すれば、神仙の画像が人間的になってくるのも、こうした神仙観念の現世的存在への接近と不可分のものであったにちがいない。たとえば五胡十六国時代の西涼の官人の墓とされる酒泉丁家閘五号墓の壁画に見える風に吹かれてただようような〃羽人〃(図五五)は、わずかに肩の所に羽根のなごりは見えるが、ほとんど人間化してしまって、図五二・五三の例のような異形《いぎょう》のものという様相はほとんど留めていない。現世の否定の上に神仙的存在が追求されるとき仙人たちは非人間的な形態を取るが、その否定の精神が喪われるに従って彼らも人間化してくるのだと理解することができるであろう。

(1)「抱朴子」内篇道意第九
夫神仙之法、所以与俗人不同者、正以不老不死為貴耳。

(2)「抱朴子」内篇明本第一〇
夫得仙者、或昇太清、或翔紫霄、或造玄洲、或棲板桐、聴鈞天之楽、享九芝之饌、出携松羨於倒景之表、入宴常陽於瑶房之中。

もちろん純粋に宗教的な観点から言えば、天国や地獄は一つの教理的な比喩である。そうして人間の普遍な性《さが》からか、地獄の描写にはリアリティーが富んでいても天国には存在感が薄いのが常である。神仙たちの天上世界もそうした天国の一種であって、実在感が乏しいのはやむを得ないのではあるが、しかし知識人たちの神仙説ではそれを教理的な比喩として捕えようとすることもほとんどなく、また現実を越えようとする意欲がそこに一つの世界として結晶化されることもほとんどない。たとえば後漢末の太平道信者(彼らは黄巾の乱の中核となった)とその後継者たちによって形成された「太平経」に見える一種のユートピアが、現実を越えた、より厚い人間関係がそこで実現するとされているのと対比

図55　酒泉丁家閘五号墓壁画　羽人

するとき、知識人たちの神仙説が発展性に乏しいものであったことが知られよう。「太平経」のユートピアについては、卿希泰『中国道教思想史綱』第一巻を参照。

(3)　「抱朴子」内篇論仙第二

按仙経云、上士挙形昇虚、謂之天仙。中士遊於名山、謂之地仙。下士先死後蛻、謂之尸解仙。

(4)　「抱朴子」内篇対俗第三

聞之先師云、仙人或昇天、或住地、要於倶長生、去留各従其所好耳。又服還丹金液之法、若且欲留在世間者、但服半剤而録其半。若後求昇天、便尽服之。不死之事已定、無復奄忽之慮。正復且遊地上、或入名山、亦何所復憂乎。

彭祖言、天上多尊官大神、新仙者位卑、所奉事者非一、但更労苦。故不足役役於登天、而止人間八百餘年也。

(5)　「神仙伝」巻二白石先生

白石先生者、中黄丈人弟子也。至彭祖時、已二千歳餘矣。不肯修昇天之道、但取不死而已、不失人間之楽。其所挟行者、正以交接之道為主、而金液之薬為上也。……彭祖問之曰、何不服昇天之薬。答曰、天上復能楽比人間乎。但莫使老死耳。天上多至尊、相奉事更苦於人間。故時人呼白石先生為隠遁僊人。以其不汲汲於昇天為仙官、亦猶不求聞達者也。

(6)　「抱朴子」内篇対俗第三

又云、古之得仙者、或身生羽翼、変化飛行、失人之本、更受異形、有似雀之為蛤、雉之為蜃、非人道也。人道当食甘旨、服軽煖、通陰陽、処官秩、耳目聡明、骨節堅強、顔色悦懌、老而不衰、延年久視、出処任意、寒温風湿不能傷、鬼神衆精不能犯、五兵百毒不能中、憂喜毀誉不為累、乃為貴耳。若委棄妻子、独処山沢、邈然断絶人理、塊然与木石為鄰、不足多也。……篤而論之、求長生者、正惜今日之所欲耳。

(7)　「神仙伝」巻一彭祖

釆女曰、敢問青精先生是何僊人者也。彭祖曰、得道者耳、非僊人也。僊人者、或竦身入雲、無翅而飛、或駕龍乗雲、上造天階、或化為鳥獣、遊浮青雲、或潜行江海、翱翔名山、或食元気、或茹芝草、或出入人間而人不識、或隠其身而莫之見、面生異骨、体有奇毛、率好深僻、不交俗流。然此等雖有不死之寿、去人情、遠栄楽、有若雀化為蛤、雉化為蜃、失其本真、更守異気、余之愚心未願此。

(8)　彭祖伝の最後に、「俗間に、彭祖の道は人を殺すと言うは、王(殷王)これを禁ずるの故によるなり」とあることは、恐らく彭祖の教えを信奉する集団が過激な面を持っていて為政者から危険視されていたことを窺わせるものである。

十 神仙的世界——神仙思想の風化と美学としての神仙観

この時代の大多数の人々にとって神仙あるいは神仙思想とは、道教の信仰に入る階梯でもなく、また金丹を錬ることでもなかったはずである。むしろ日常的に目にふれる絵画の題材であり什器の意匠であり(1)、また物語りの中の存在であった。それらはほとんど日常生活の基調の中にぴったり収まっているものであった。神仙的存在という一見非日常的なものが、どのようにして日常生活の中に矛盾なく収まることができたのであろう。

「神仙伝」のいくつかの条は、神仙を求め修行するようになった動機を記している。巻八の劉政伝は次のように言う(2)。

> 劉政は沛の人である。高い才能と博い見聞とを持ち、学問の全てに通じていた。その彼が考えるには、世の栄華富貴は一時《いっとき》のもの、道を学んで長生を得るにしくはない、と。そこで栄達の道を棄て、養生の術を求めた。異聞を熱心に尋ね、千里の道も遠しとせず、自分より優れる者であれば、奴隷の身分の者であろうといささかもかまわず、その人物に師事した。

この例にも見られるように、知識人的な求道者の経歴を記すとき、正統の学問を修め、更に孝廉などに挙げられて官位につきながら、それに満足できず道を求めるようになったとされることが多い。

巻八の玉子伝には次のように言う(3)。

> 嘆息して言うには、人が世間に生きるとき、日一日と生存の日数を失ってゆき、生からどんどん離れ、死にどんどん近づいてゆく。それなのに富貴を貪って、生命を養うことを知らない。〔それでは〕命が尽き気が絶えたとき死がまっているだけだ。王侯の位にあり、金玉を山と積んでも、この身が灰土に帰するとき、それが何の役に立

とうか。ただ神仙となって現世を越えれば、永久に亡びることがないのだ。

このようにこの世に生きられる時間の短さの認識が彼らをこの世の栄華を棄て長生探求へとかり立てている。「抱朴子」内篇勤求第一四に言う。(4)

世のことわざにも言う、人が世間に生きるとき、日一日と生存の日数を失ってゆく。ちょうど牛や羊が屠所に牽かれてゆくとき、一足ごとに死に近づいてゆくのと同じである、と。この譬えは露悪的であるけれども、たしかな道理ではある。

同時に彼らを求道に走らせたものが世の乱れであったことも忘れてはならない。「神仙伝」巻五左慈伝。(5)

左慈、字は元放、廬江の人である。五経に明るく、また星気による占いにも通じていた。漢王朝の命運が尽き天下が乱れるだろうことを見通して、嘆息して言うには、この喪乱に遭遇しては、官位の高いものは危うく、富めるものには死がまっている。世間の富貴は執着するに足らないのだ、と。そう考えて道を学んだ。

喪乱の中で日常生活の恒常性が失われたが故に、ことに人生の短さの意識が人々を苦しめ、それが人々の心を神仙世界に向かわせたのであるが、ところで人々はそこでなにを得たのであろう。まじめに神仙修行を行ない、その精神が異世界に行ったまま返らなかった人々のことは、ここでは問題にしない。なぜなら、この時代の大多数の人々が神仙説に託していたものは、むしろ現実をふっきれぬままに懐かれるあこがれとも言うべきものであり、「神仙伝」の物語りの主要な基盤もまたそうした所にあったと考えられるからである。

神仙たちの事跡は、現実秩序の鞏固さに対する信頼をゆるがすものであった。しかしそれは秩序をあいまいにするものではあっても、現実とは別に新しい秩序を用意しようとするものではなかった。

この時代の最も重要な秩序体系である君臣関係と父子関係について言えば、神仙たちが君臣関係の絶対性を認めようとしなかったことは、淮南王と漢武帝の求道の物語りを通してすでに見た所である。父子の関係についてもそれが絶対的でないことを言おうとする挿話がいくつか「神仙伝」に記録されている。

巻二の伯山甫伝及び巻七の西河少女伝には、共に次のような話しが載せられている。(6)

漢の武帝が使者を河東に遣わしたときのこと、その使者は城《まち》の西で、一人の女性が老翁を笞打っているのを見かけた。老翁は首をたれ跪いて杖を受けていた。使者はあやしんでわけを尋ねた。女性は答えた、「この老人は私の息子です。むかし私の舅氏《おじ》の伯山甫が神薬について私に教授され、私はそれを息子にも飲ませようとしました。ところがそれを飲みたがらず、今では老いぼれてしまって、足の速さも私に及ばないので、杖で打っているのです。」使者は女性とその息子の年齢を尋ねた。答えて言うには、「私は百三十歳、息子は七十一歳です。」

もし老いを止めて長生することが可能であるとすれば、このように若々しい女性が年取った老人を打擲するということもおこってくる。人の年恰好による年齢階層制と男尊女卑の観念でがっちりと固められた社会に、神仙術は大きな混乱を持ちこむことになるであろう。この西河少女が老人を打つ話しは、単に一つの寓話というに留まらなかった。

次に引く巻九の茅君(茅盈)の伝記は、これをさらに一歩おし進めたものである。(7)

茅君は幽州の人である。斉(山東)の地方で二十年間、道を学んだ。道が完成すると家に帰った。父母は彼を見るとひどく腹を立てて言った、「おまえは不孝ものだ。親に孝養も尽さず、妖妄を求めて、四方を流れ歩いたりして。」そう言うと茅君を笞打とうとした。茅君は深々と跪くと弁解した、「私は天から命を受け、道を得ることが定められていたのです。神仙と孝道とを両立させるわけにはゆかず、御孝養を欠くことになりました。これまで長くお役に立たないままでありましたが、これからは家門の平安と御両親様の寿考とをもたらすことができます。私の道は完成しておりますから、鞭打ち辱しめたりされてはなりません。そんなことをされれば、ただではすまないでしょう。」父親は腹立ちを押えかねて、杖を手にして彼に向かった。杖を振り上げたとたん、杖はたちまち数十に砕けて、破片は、弓で矢を射たように飛びちり、壁に当ると壁に穴があき、柱に当ると柱に食い込んだ。

父親はこれを見て打つ手を止めた。茅君が言った、「さっき申しましたのは、このことを心配したのです。もしひょんなことで人に当ったりすれば、人を傷つけることになります。」

ここで茅盈は、神仙の探求と孝養とは両立しないと言い、道を得た者には、たとえ父親でも手出しができないとされている。神仙としての能力を持つとき、人は父子関係の固い秩序の外に立つことができるのである。ただこの話しで神仙の道が家父長権を越えて存在するという観念が他になく強調されているのは、恐らく道教信仰に傾斜した要素であったろう(茅盈は茅山派道教の伝説的な始祖の一人である)。加えてまた神仙たちが盛んに人々に示す幻術も、常識を疑わせあいまいなものにしてしまうのに力があったにちがいない。

しかし前にも述べたように、この世の秩序と常識とがあいまいにされたあと、別の秩序と信念とが築かれて、それを通して現実に対する鋭い批判がなされたわけではなかった。現実とは直接に接触を持たない所に神仙的世界が築かれて、現実に対する不満も苦痛もその中に吸収されていってしまったのである。

神仙的世界の超現実性は、その時間と空間とが現実世界に直接つながっていないことに端的にあらわれていると言えよう。その空間について言えば、中国を遠く離れた東海上の仙島や極西の山々が神仙たちの住み家とされ、特別に選ばれた者だけが、そこに往来することができるのである。こうした異域への興味は古い神仙説にすでに見えるものであるが、魏晋時代以後にも、「山海経」に似せて「別国洞冥記」が書かれたり、「海内十洲記」を生み出したりしている。もう一つ異なった空間のあり方を挙げてみれば、「神仙伝」巻五の壺公の伝では、費長房という人物が仙人の壺公に導かれて軒端にぶらさげられた壺の中にとびこむと、そこには「仙宮世界、楼観重門、閣道宮(闕)、左右侍者数十人」がいたとあるように、小さな壺の空間の中に別の一つの世界が入っているのである。

しかしより特徴的なのは、神仙世界の時間構造が現実世界のものと異なっていることである。神仙世界では現世よりも時間の進行が遅いとされる。ただその遅さの度合いについては一定していないようである。前述の「神仙伝」壺公の伝では、神仙世界の一日が現世の一年に当るとされている。また同じく巻六の呂文敬伝では、一日が百年に当っている。こうした時間の流れの差は、南北朝期の小説の中でも様々に効果的に使用されている。「異苑」巻五の次の条はその有名な一例である。(8)

むかしある人が馬に騎って山の中を通っていた。遠くの嶺の所で二人の老人が向かい合って樗蒲をしているのが見えた。そこで馬を降りてその場所に行った。策を地について樗蒲を見ていた。自分ではいかほどの時間も経っていないと思ったのであるが、ふと気が付くと馬の鞭はぐちゃぐちゃに腐ってしまい、馬の方をふりかえって見ると、鞍と骨とがひからびてそこに在るだけであった。家に帰ってみると親族は一人もいない。その人は大声で哭いたかと思うと死んでしまった。

山中で樗蒲や六博をやっているのは仙人であり(図三六を参照)、その周辺には現世と異なる時間が流れているのである。(9)

また劉義慶の「幽明録」に載せる天台二女の話しは、劉晨と阮肇という二人の男性が天台山中の神女たちの世界を訪れるというものであるが、その山中に半年留まったあと、人里に出てきた時のことを次のように記す。(10)

山から出てみると親類も旧友もおらず、町も屋敷も改まってしまって、もう知り合いはいなかった。尋ね尋ねして七代目の孫を見付けた。

前に、神仙説話中の最も興味ある部分は仙人たちが幻術を行なうところの描写だと述べたが、それに加えてもう一つ、神仙たちの物語りの中で我々の印象に強く残るのは神仙世界のありさまの描写であろう。その描写は、華麗であると同時に夢幻的でとりとめがなく、独特の雰囲気を持っている。ところがよく観察してみると、神仙説話を特色づけるこの二種類の描写は、どうも並存してはいないようである。

すなわち、神仙世界の空間的・時間的超越性を伝える物語りを集めてみるとき、この一類にあっては幻術的な筋書きがそこにはほとんど見られないことに気付くのである。神仙の事跡を記す物語り群の中にあって、幻術的要素と神仙世界を描写するという要素とは互いに排他的に存在し、混り合わず並立している。この排他的並存関係(両者は現在から見た場合に並存するように見えるのである)は、その排他性の基盤に時代の変化を蔵していると考えられる。すなわち初期の幻術的色彩を帯びた神仙説がその背後に技術的傾向と一定の論理を持っていたのに対し、神仙世界の存在を強調する神仙説は、客観世界と結びついた技術や論理が失われて現実とのつながりを稀薄にし、純粋に感覚的なもの(神仙世界の華麗さなど)にのみ興味を限定してゆくのである。幻術的神仙説と神仙世界の超時空性を語る物語りとの間には、質的な転換、あるいは一種の風化があったと言うことができよう。

この二つの要素が排他的に並立していることを知るとき、特に興味深いのは「神仙伝」巻七に見える麻姑《まこ》の物語りの内容である。

神仙の王遠と共に蔡経の家に降臨した麻姑という女仙は、産婦のけがれをはらうために少量の米を求めてそれを撒く。地に落ちた米粒はみな真珠になっていた。これを見た王遠が笑いながらいう(11)、

「麻姑は本当に若い。私は年を取ってしまって、こんな悪達者な変化の術を行なおうという気は全然なくなってしまった。」

不老不死のはずの神仙に「私は年を取ってしまった」と語らせ、はでな幻術(変化の術)がもう自分の心を動かすことがなくなってしまったと言わせる物語りを育てた人々は、神仙説話に何を託そうとしていたのであろう。ここでは元来の神仙思想の基礎をなしていた不老不死への希求がほとんど風化してしまっている。不老不死でない仙人というひどく矛盾した存在が生み出されているのである。そうしてこの麻姑の物語りの中で、時間と空間を超越した神仙世界のことが、印象的に次のように語られている。

麻姑が自ら語った、「この前にお会いして以来、東海が三度も桑畑になるのを見ました。さきほど蓬萊に行ってまいりましたが、水が浅くなって、むかしお会いした時の半分ほどになっておりました。また山や高原となるのではないでしょうか。」王遠が笑いながら言った、「聖人たちも言っておられる、海中〔の土地も陸地となって〕そこから砂塵がまき上がることがあるのだ、と。」

幻術を語る神仙説話には何等かの意味で神仙修行への心の傾きが存し、それはいかに屈折した形であれ現実に対して行動を取ろうとする姿勢を持ったものであったと言えよう。しかし神仙世界のみを語る物語りにあっては、幻術的要素が払拭され、現実に直接かかわり合おうとする意欲はもう失われてしまっている。現実を越えた華麗で夢幻的な世界を虚空に描き、そこを視点に現実をふりかえろうとする。そこから見た現実はいかにもちっぽけでみすぼらしいものである。現実生活の内の苦痛も不満も取るに足らないもののように見なすことができるであろう。

どのような情況にある人々が現実の苦悩をこうした形で吸収し中和してゆく神仙世界の物語りに心をそそられたのであろう。上述の推論から言えば、この現実社会に一定の不満を懐きながら、しかしそれを現実への積極的反抗という形に結晶させることができずにいた人々であったにちがいない。

晋の荀勗の「文章叙録」(三国志巻二一裴注所引)によれば、魏の将軍の毌丘倹《ぶきゅうけん》が〝仙人薬一丸〟を持っていたので、同郷の杜摯がそれを欲しいと思い、次のような詩を贈ったという。

騏驥馬不試　　駿馬も試みてその真価が知られることがなければ
婆娑槽櫪間　　かいば槽の間にうだつのあがらぬ一生を送ります
壮士志未伸　　壮士もその志を伸ばすことができねば
坎軻多辛酸　　不遇のまま憂き目ばかりをみます

つづいて伊尹以下八人の古人が不遇であった時代の辛苦を述べる。ここでは略す。

才非八子倫　　私の才能はこの八人に及びもしないのに
而与斉其患　　その難儀だけは彼らのものと同じです
無知不在此　　私を推挙してくれる魏無知はここにはおらず
袁盎未有言　　袁盎も私のために口ぞえをしてはくれません
被此篤病久　　久しくかくの如き重病に罹ったままで
栄衛動不安　　血脈は事あるごとに乱れます
聞有韓衆薬　　聞けば韓衆(仙人の名)の薬をお持ちとのこと
信来給一丸　　お手紙と共に一丸をお与え下さいますよう

毋丘倹はこの請求に次のように答えた。

鳳鳥翔京邑　　鳳の鳥が京邑《みやこ》の空に翔り
哀鳴有所思　　哀鳴するのは心に願う所がおありだからだ
才為聖世出　　人材というものは聖なる御世のために出るもので
徳音何不怡　　そうした人物には必ず天子の恩徳ある和いだ言葉がかけられます
八子未遭遇　　八人の人物が苦しんだのはまだ主君と遇うことができなかったからで
今者遘明時　　現在こそは聖明なる天子の治世にめぐり合わせたのです
胡康出壟畝　　胡康もひっこんでいた田舎から出仕し
楊偉無根基　　楊偉も世を避ける理由がなくなってしまいました
飛騰沖雲天　　そうして彼らは大きくはばたいて天に昇り
奮迅協光熙　　力を尽して輝かしい御世に光をそえております

駿驥骨法異　駿馬たるあなたはその骨相からして人なみ優れているのですから
伯楽観知之　伯楽が見れば必ずや才能を正しく評価いたしましょう
但当養羽翮　今は翼を養うことに努められるように
鴻挙必有期　鴻《おおとり》の如く天を翔られる時がきっとやってまいります
体無纖微疾　身体にいささかの病いもない以上
安用問良医　良い医者に相談したとて用もないこと
聯翩軽栖集　出処進退を軽率にされれば
還為燕雀嗤　燕雀ごとき輩に嘲笑されたりすることにもなります
韓衆薬雖良　韓衆の薬は良く効くとはいえ
或更不能治　治せぬ病いもあるのです(以下省略)

こうした詩を贈って毋丘倹は仙薬を与えることを拒んだ。

この二人の詩の贈答から知られるように、杜摯が仙薬を求めたのは官界での昇進が思うにまかせなかったからであり、それに対して毋丘倹は、現在は輝かしい時代で出世の見こみがある、仙薬を求めるなどという馬鹿なことはするな、と言ってそれを拒んだのである。「文章叙録」も、引用部分に先立つ文で、杜摯は、毋丘倹に仙薬を求めることによって自分のせっぱつまった立場を知らせ、毋丘倹からの援助を求めたのだと説明している。神仙度世へのあこがれが官界においてうだつがあがらぬという現況に対する代替物であったことを端的に示す挿話と言えるであろう。

また「神仙伝」巻九の茅君伝には次のような一節がある。茅君の弟が出仕して郡の太守となった。任地に赴くとき、郷里のもの数百人が集まって送別の宴を開いた。茅君もその座にあって人々に言った、(12)

「私は郡の太守などにはならぬが、神霊の職を授かって、某月某日に赴任することになっている。」その場の客たちは口をそろえて言った、「きっとお見送りをさせていただきましょう。」茅君が言った、「お見送りいただけるとは、有難い御厚意です。ただ礼物などをお持ち下さらぬように。お心づかいは無用です。私の方で御招待させていただきましょう。」その日になると賓客たちがそろってやって来た。盛んな宴会が開かれ、張りめぐらされたのは全て青い縑《かとりぎぬ》の帳幄で、地面には何重にも白い毛氈が敷かれた。珍貴な食物や果物が、香り高くまたおびただしく用意され、妓女たちが音楽を奏し、鐘や磬が一斉に鳴らされると、その声は天地にどよもして、数里に響きわたった。おつきの者数千人に及ぶまで、十分に酔い腹をくちくせぬ者はなかった。やがて迎えの官人がやって来た。文官は朱《あか》い上衣に素《しろ》い帯をつけた者が数百人、武官は甲兵を身につけ旌旗を建てて、武器は日に輝き、駐まるとその軍営は数里にもわたった。茅君は父母や親族のものたちに別れを告げて、羽蓋の車に乗って去っていった。旗じるしが所せましと立ちならび、虬や虎にひかれた馬車や、天翔ける禽獣たちが、高く茅君の馬車の上を覆い、流れる雲や彩りある霞《もや》が盛んに湧き上がり、その左右につきまつわっていた。家から十余里もいった所で、ふと全てが見えなくなった。

現世を棄てて仙界に赴く際に仙界の方からのお迎えがあるのは、黄帝が昇仙するに際して龍がおりて来てそれに乗って天に昇ったとされるなど、古くからのことである。そうした伝承を受けながら、茅君の伝記にあっては、仙界への出発が現世の任官の際の行事と二重写しにされ、しかも仙官への赴任の方がよりきらびやかなものだとして描写されている。恐らく、現世の太守赴任の送別に対抗して仙官への赴任を美々しく物語ろうとする人々は、その心底において現世の官位制度の中でこうした晴れの場を熱望しながらも現実には期待できないことに不満を懐き、神仙世界においてならばそれができるのだと、屈折した願望をそこにこめていたものであろう。神仙世界の階層制が現実の社会体制の反映であることはよく指摘される。ただそれは単純な反映なのではなく、現実の体制の中でうだつの上らぬ人人の願望が、神仙世界でならば自分も高位に昇れるという屈折した形を取って表現されたという面が大きく、さればこそそれが現実の階層制とぴったり対応するものでなければならなかったという点を忘れてはならないであろう。

「華陽国志」巻一〇下の陳氏二謙の条には次のような一段がある。[13]

兄の子の伯思が仙道を学ぼうとしたとき、恵謙はそれを誡めて言った、「君子たるもの、死んだあとに自分の名声が伝わらぬことは心配しても、長生ができぬことなどは心配せぬものなのだ。それに神仙などと言うのは、ばかな世迷《よま》いごとで、風を繋ぎとめ影を捕えようとするに等しく、そんなものが得られるはずはない。」伯思はこれを聞いて思い止まった。

資質的に神仙修行をめざし他を顧みることのない少数の人々を除いて、多くの知識人たちにとっては「世を没して名の称せられざることを疾《にく》む」ことが第一義で、神仙を求めることが風を繋ぎ影を捕えるに等しいこと[14]、少なくともそれが確固として信奉しうるものでないことは十分に判っていたに違いない。しかしそれでもなおこの時代の中で、多くの知識人の心が神仙説に向けられたのは、正当に能力を振い後世に留むべき名を立てる場を奪われていたことの、悲しい代償であったのである。このように考えてくると、この時代の神仙思想を育んだ中心的な人々は、知識人の中でも、この世を我が世とぞ思っている当権者とその周辺の人々ではなく、その下にあって圧迫を受け、現世の体制に鬱屈した不満を懐いている人々、特に東晋時代以降では、権力から疎外された南方土着の豪族や知識人たちであったと考えることができるであろう。

しかし彼らの不満はあくまで不平不満であって、反抗として純粋に結晶化してゆくものではなかった。彼らの憧れも現実に対する欲求不満であることに留まり、それを超えて新しい精神の地平を開くものではなかった。前述の、現実への執着を端的に象徴する地仙という奇妙な神仙への関心も、彼らのこうした心情の一つの現れであったのである。したがって、こうした中途半端な心情から生み出される幻想もきわめて弱々しいものにならざるを得ない。この時代の神仙観念が手ごたえのある重みを持たず、すぐさま風化していったのは、ここにその原因が求められるであろう。

六朝時代、人の風貌を神仙に譬えることがよく見られる。「世説新語」から例を挙げれば、容止篇第一四に次のように言う。(15)

王右軍が杜弘治を見て、嘆じて言った、面は凝脂の如く、眼は漆を点じたるが如し。此れ神仙中の人なり、と。

同じく企羨篇第一六に言う。

孟昶がまだ低い官職にあったころ、家は京口に在った。あるとき王恭が高い輿《こし》に乗り、鶴氅の裘を著て通りかかるのを見た。ちょうど雪が少しちらついていたが、孟昶は籬《まがき》の間からかいま見て嘆じて言った、これこそ本当に神仙中の人だ。

両条とも人の姿を神仙中のもの——神仙的世界に属する人——と形容する。神仙的存在が完全に美学的観点からのみ捕えられているのである。また仙人たちの伝記の中に出てくる神仙世界も、過度に華麗であり夢幻的に描き出される傾向があって、そのようにして神仙世界が現実とは全く異なった次元にあることを感覚的に印象づけようとしている。このように神仙世界が超現実的であり、それが美学的な観点でのみ現実世界と重なりあうものであったればこそ、現実生活の中に何の矛盾・衝突を引き起すこともなくそれが収まってしまったのである。

神仙思想が、現実を超える世界を幻想の中に描きながら、しかし現実に対決し、人々が無反省に過ごしている日常生活に鋭く復讐してくるものとならなかった根本的な原因は、その幻想を支えた人々の現実に対する心がまえが、前述のように不平不満といった域を越えることがなく、現実への、強固な精神的仮構世界による反抗という課題が彼らの心を過《よぎ》ることが断えてなかったからにちがいない。この課題に目をすえるとき、魏晋時期の神仙思想を越えて、南北朝期の道教のあり方を問題にせねばならないであろう。

(1) 梁の天監十六年三月丙子の勅(南史巻六)に、公家の織官の紋錦の飾りに仙人や鳥獣の形を織り出してはならない、とある。

それがシャツやパンツの文様になるのがよくないという理由である。こうした禁令が出ていることは、逆にこの時代、仙人の文様が文字通り身近に使用されていたことを示すであろう。

(2)「神仙伝」巻八劉政
劉政者、沛人也。高才博物、学無不覧。以為世之栄貴乃須臾耳、不如学道、可得長生。乃絶進取之路、求養生之術。勤尋異聞、不遠千里、苟有勝己、雖奴客必師事之。

(3)「神仙伝」巻八玉子
歎曰、人生世間、日失一日、去生転遠、去死転近。而但貪富貴、不知養性命、命尽気絶則死。位為王侯、金玉如山、何益於灰土乎。独有神仙度世、可以無窮耳。

(4)「抱朴子」内篇勤求第一四
里語有之、人在世間、日失一日、如牽牛羊以詣屠所、毎進一歩、而去死転近。此譬雖醜、而実理也。

(5)「神仙伝」巻五左慈
左慈、字元放、廬江人也。明五経、兼通星気。見漢祚将衰、天下乱起、乃嘆曰、値此衰乱、官高者危、財多者死。当世栄華、不足貪也。乃学道。

(6)「神仙伝」巻二伯山甫
漢武遣使者行河東、忽見城西有一女子笞一老翁、俛首跪受杖。使者怪問之。女曰、此翁乃妾子也。昔吾舅氏伯山甫以神薬教妾、妾教子服之、不肯。今遂衰老、行不及妾、故杖之。使者問女及子年幾。答曰、妾有一百三十歳、児七十一。

(7)「神仙伝」巻九茅君
茅君者、幽州人。学道於斉、二十年、道成帰家。父母見之、大怒曰、汝不孝、不親供養、尋求妖妄、流走四方。欲笞之。茅君長跪謝曰、某受命上天、当応得道。事不両遂、違遠供養。雖日多無益、今乃能使家門平安、父母寿考。其道已成、不可鞭辱、恐非小故。父怒不已、操杖向之。適欲挙杖、杖即摧成数十段、皆飛、如弓激矢。中壁壁穿、中柱柱陥。父乃止。茅君曰、向所言、正慮如此。邂逅中傷人耳。

(8)「異苑」巻五
昔有人乗馬山行、遥望岫裏有二老翁相対樗蒲。遂下馬造焉。以策注(拄)地而観之。自謂俄頃、視其馬鞭、摧然已爛、顧瞻其馬、鞍骸枯朽。既還至家、無復親属、一慟而絶。

（9） 鏡にも「仙人六博」の図像が見えるように、恐らくより古くは、神仙たちがこうした遊びをすることによってこの世界は秩序づけられているという神話的観念があったものであろう。ただ大きな問題であるので、別に纏めて論じねばならない。

（10） 「幽明録」（古小説鈎沈本第三八条）
既出、親旧零落、邑屋改異、無復相識。問訊得七世孫。

（11） 「神仙伝」巻七麻姑
方平笑曰、姑故年少。吾老矣、了不喜復作此狡獪変化也。

麻姑自説云、接侍以来、已見東海三為桑田。向到蓬萊、水浅、浅于往者会時略半也、豈将復還為陵陸乎。方平笑曰、聖人皆言、海中復揚塵也。

（12） 「神仙伝」巻九茅君
余雖不作二千石、亦当有神霊之職、某月某日当之官。賓客皆曰、願奉送。茅君曰、顧肯送、誠君甚厚意。但当空来、不須有所損費、吾当有以供待之。至期、賓客並至。大作宴会、皆青縑帳幄、下鋪重白氈、奇饌異果、芬芳羅列、妓女音楽、金石倶奏、声震天地、聞於数里。随従千余人、莫不酔飽。及迎官来。文官則朱衣素帯数百人、武官則甲兵旌旗、器仗耀日、結営数里。茅君与父母親族辞別、乃登羽蓋車而去。麾幡蓊鬱、驂虬駕虎、飛禽翔獣、躍覆其上、流雲彩霞、霏霏繞其左右。去家十余里、忽然不見。

（13） 常璩「華陽国志」巻一〇下（顧広圻校本）
恵謙戒之曰、君子疾没世而不称、不患年不長也。且夫神仙愚惑、如繋風捕影、非可得也。伯思乃止。

（14） 「風を繋ぎ影を捕える」という句は、「漢書」郊祀志に見える谷永の上言以来、仙道の虚妄を言う常套語である。

（15） 「世説新語」容止第一四
王右軍見杜弘治、歎曰、面如凝脂、眼如点漆、此神仙中人。
同企羨第一六
孟昶未達時、家在京口。嘗見王恭乗高輿、被鶴氅裘、于時微雪。昶於籬間窺之、歎曰、此真神仙中人。

十一　魏晋の精神の一つの挫折と「神仙伝」の成立

これまでのいくつかの節での分析を通じて、「抱朴子」内篇に典型的な形で示される思想としての神仙観念と「神仙伝」の基礎にある神仙観との間には、もちろん重なる部分も多いのであるが、重要な点で両者は異質なものであり、「神仙伝」のそれが民衆信仰につながる要素を多分に取り入れているであろうことを見てきた。同様のことは、「神仙伝」に記録された説話の性格や、それと密接に関係する「神仙伝」の神仙群像の性格からも確かめることができる。

「神仙伝」に登場する神仙たちの名前は、その相当多くのものを「抱朴子」内篇の中にも見つけ出すことができる。たとえば、魏伯陽については内篇第一九に「魏伯陽内経」、沈義については同篇に「沈義符」、王遠については内篇第一七に「王方平雄黄丸」(方平は王遠の字《あざな》)、玉子については「玉子五行養真経」などといったように、これらの神仙の名を冠した経典や符や薬方などが挙げられている。このように経典や符や薬方に彼らの名が冠せられるについては、その背後に経典の伝承に関してこうした神仙(あるいは方士)たちにまつわる故事が存在したにちがいなく、恐らくは更に、これらの経典類の霊験あらたかさを保証するため、彼ら自身の超能力を誇示する説話もそれに附随していたであろう。

また更に具体的に、「抱朴子」に見える神仙の事跡の記述と「神仙伝」の記事とが重なり、「抱朴子」は行論及び文体的な理由から節略した形を取ってはいるが、両者がその根を一つにするであろうことを窺わせる例もいくつか見ることができる。

たとえば衛叔卿について、「抱朴子」内篇仙薬第一一には、次のような記事が見える。(1)

雲母には五つの種類があるが、人々は多くそれが区別できない。……中山の衛叔卿はこれ(特殊な雲母)を服用して多年に及び、雲に乗って遊行できるようになった。その方《ほう》を記して玉の匣《てばこ》の中に封じこめたが、彼が仙去したあと、その息子の衛名世と漢の朝廷からの使者の梁伯とがそれを手に入れて、その方に従って雲母を調合して服用した。二人は共に仙去することができた。

この記事は「神仙伝」巻八の衛叔卿の伝の、

衛叔卿は〔息子の衛度世《ママ》に〕言った、「……おまえは帰って、私の斎室の西北隅の太い柱の下の玉の函《ふばこ》を取り出しなさい。函の中には霊験あらたかな素書が入っています。取りだしてその方《ほう》に則《のっと》って調合し服用すれば、一年にして雲に乗って遊行できるようになります。」……衛度世はのちに玉の函を掘り出した。それには飛仙の香が封じこめてあった。取り出して服用しようとしたところ、それは五色の雲母であった。そこでそれを薬に調合し服用して、梁伯と共に仙去した。

とある部分によく符合する。同様の例を列挙すれば、次の如くである。

「神仙伝」巻五壺公——「抱朴子」内篇論仙第二「近世壺公将費長房去」云々

「神仙伝」巻五薊子訓——「抱朴子」内篇地真第一八「薊子訓……能一日至数十処」云々

「神仙伝」巻九介象——「抱朴子」内篇遐覧第一九「昔呉世有介象者、能読符文」云々

「神仙伝」巻一〇王仲都——「抱朴子」内篇雑応第一五「王仲都……曝之於夏日之中」云々

更に、部分的ではあるが両者が同文で重なる例もある。たとえば「抱朴子」内篇道意第九には、(2)

ある人が〝李氏の道〟というのは何時はじまったのですかと尋ねた。私は答えて言った、呉大帝(孫権)の時代、蜀の地に李阿と呼ばれる者がいて、穴居して食物を摂らず、いく代にもわたって姿を見せて、八百歳の老人と称されていた。人々はしばしば尋ねごとをしたが、李阿は無言で、ただ彼の顔色で事のなりゆきを占った。もし嬉しげな顔をすれば、ことは全て吉であり、もし悲しげな顔であれば、ことは全て凶、もし李阿が笑みを含めば、

大きな慶びがあり、もしいささか歎息すれば、間もなく深い憂いごとがあるのであった。こうした候《しるし》は、一度だってはずれたことがなかった、と。

とあるが、この記事は「神仙伝」巻二の李阿の伝にほぼ同文で重なる。同様の例はまだいくつかある。

「神仙伝」巻三趙瞿伝――「抱朴子」内篇仙薬第一一「余又聞上党有趙瞿者」云々

「神仙伝」巻六李少君伝――「抱朴子」内篇論仙第二「又按漢禁中起居注云、少君之将去也」云々

このように両者の神仙の事跡の記述に少なからざる量で重なる部分があることは、両者が神仙説話について共通の地盤を持っていたことを物語るであろう（その内の多くの部分は、恐らく「神仙伝」が「抱朴子」より書承したものであろう）。しかし同じ内容の記事ではあっても、その取り挙げ方については、両者に無視できない差異がある。

たとえば、李阿について「抱朴子」内篇第九の記述が「神仙伝」とほとんど同文で重なることを指摘したが、その重なる部分のすぐ後で葛洪は、祝水で病気を治す李寛という者がいて人々の崇信を受け、彼も李阿と呼ばれたり李八百と呼ばれたりしたが、そのうちに死んでしまったと言う。「神仙伝」では李阿と別に李八百の伝が立てられ、その冒頭に李八百の本名は知られないと書かれている。また「神仙伝」の李阿伝に脇役（恐らく李阿の物語りの最初の伝承者）として古強という人物が登場するが、「抱朴子」内篇袪惑第二〇に、この古強がでたらめを語って人々を信じさせていると苦々しげに書いていることについては、前章に彼の物語りを引用しつつ一度言及した。(3)

このように李阿と李八百をめぐる説話について、「抱朴子」と「神仙伝」との間には、少なくとも同一人が書いたとは考えられない記録上の矛盾と視点の差異とが存在する。「神仙伝」の記録する事跡が、「抱朴子」内篇道意第九(4)に、

李寛の弟子がつぎつぎと人々に教授し、〔彼を信奉する者は〕江南の地に布満し、ややもすれば千という数になった。〔彼らは〕李寛の法が薄っぺらで、信奉して守ってゆくに足らないことを覚らない。

とあるような、祖師を崇信する人々が宣伝的に述べ伝えるのと恐らくあまり異ならない調子で書かれているのに対し、

「抱朴子」はこうした民間信仰的な要素の強い神仙伝説を冷やかに見下しているのである。

説話は、その属する時代と階層によって面貌を異にしてゆく。これまでに見た、民間伝承が上昇して知識人層に吸収されたという場合とは逆に、元来の知識階層的な方術者像が民間伝説的要素をしだいに多く含むようになってくる例を取り上げて、「神仙伝」の説話が知識人と民衆との間のどこに位置していたのかを、もう一度確かめてみよう。

例として取り上げるのは欒巴の事跡である。欒巴については「後漢書」列伝第四七に本伝がある。彼は魏郡内黄の人。宦官であったが、「のちに陽気が通暢した(男性としての機能が回復した)」ことから宦官を止めて、地方官をつとめることになった。桂陽太守であったとき、その地の吏民に婚姻喪紀の礼を教え、学校を建てたりした。霊帝の世に陳蕃ら党錮の一味と目されて、廷尉に付され自殺して終る。

「後漢書」に描かれているのは、きわめて知識人的な人物像である。それに対し「神仙伝」の欒巴像は大きく異なっている。その重要な差異を取り挙げてみよう。

まず「神仙伝」では欒巴が蜀の人だとされている。前に挙げた李阿・李八百の例でも知られるように、呉の地方の人々は蜀からやって来たと称する神仙的人物に特別の神秘感を懐いたようである。欒巴が蜀の人であると語られたのは、そうした風潮の中で本貫の変更がおこなわれ、彼の人物像により神秘性が加えられたものであろう。

「後漢書」の欒巴の本伝にいう(5)、

予章郡の太守となったが、その郡には山川の鬼怪が多く、小民たちはそれらを祈禱して家産を破るものが多かった。欒巴は平素から道術を身につけ、鬼神を役使することができたので、おやしろを毀ち、悪い巫《みこ》たちを追いはらった。このようにして妖異は自然に消滅した。郡民たちは、最初は鬼神に祈らずにいることを不安に思ったが、ついには皆な心をおちつけた。

欒巴のこうした事跡が「神仙伝」では物語りとして発展している。欒巴が予章太守となると、それまで霊験あらたかであった廬山廟に巣くっていた鬼神が逃亡する。欒巴は、ほうっておけばこの鬼が天下を遊行し、良民たちに迷惑をかけるであろうと言い、郡守の職を辞してこれを追跡する。そうして遂に斉郡太守のもとで諸生に化けていた鬼神(実は狸)を見つけ出して殺す、という筋書きである。想像を逞しくすれば、ちょうど「西遊記」第六回で灌江口の二郎神君が孫悟空を追いかける場面のように、様々に化けかわりながら逃走する鬼神を欒巴が追跡してゆくという物語りが、「神仙伝」の記事の背後に、民間伝承として存在したと考えることもできるであろう。

また「神仙伝」では、欒巴が朝会の席において酒を吹いて遠い成都の火事を消したことが記されている。口から水や酒を吹いて遠方の土地の火事を消すというのは、この時代の方士的な人々の事跡としてしばしば語られる所である。たとえば「捜神記」巻二では、樊英が水を吹いて成都の市場の火事を消し(このことは後漢書方術伝上にも見える)、「後漢書」方術伝上では郭憲が斉国の大火を消し、また佛教徒では、「梁高僧伝」巻九に佛図澄が酒で幽州の火災を消したとされている。

「後漢書」に記録された欒巴の事跡が全て事実であったとは言えないにしても、その多くの部分が現実にいた欒巴を一人の知識人の伝記として記述しようとしているのに対し、「神仙伝」の欒巴の事跡はずっと物語り化されており、この時代の最大公約数的な方士像に接近していっていることは確認できるであろう。言いかえれば、この時代の人々が方士という言葉によって心中に思い描いたであろう共通の原像に接近することによってその物語りは発展しているのである。

いく度も言うように、こうした神仙像は葛洪のものとは質を異にするものであった。本章第四節にも述べたように、「神仙伝」に見える左慈や葛玄(彼らは葛洪の神仙道の祖師である)は、もっぱら幻術者として奇異な術で人々を驚かせた人物として描かれていた。しかし「抱朴子」外篇呉失第三四は、左慈のことを述べて、(6)

鄭君(葛洪の師の鄭隠)はまた称した、其の師の左先生(左慈)は天柱山に隠居し、世間に出て禄利を営まず、諸侯を友とはしなかった。しかし心に太平を願い、窃《ひそか》に桑梓を憂えていた、と。

と、世から隠れながらも、天下の安定と郷里の平安を希求していたのだという。ここに見える隠士・高士的な人物像も、「神仙伝」のものとは大きく異なっており、こうした事実は、現行の「神仙伝」の基礎になったものが、直接に葛洪から出るのでなく、恐らく少し時代が降り、より民衆的に伝承を受けたものであったろうことを示唆する。

こうした民間伝承への接近の背後には、単に民衆的な層の伝承までが文字に記録されるようになったということのみではなく、より根本的には、知識人層内部で葛洪的な神仙思想が十分な確信を持って信奉されなくなったこと、すなわち〝新しい神仙思想〟の風化があったのだと考えられる。そうしてそれは魏晋の精神の一つの挫折を意味していたのである。

魏晋の精神が挫折してゆく過程は、隠士や高士たちが神仙化してゆく中にも見ることができる。范寧氏は「魏晋志怪小説の伝播と知識人層の思想分化の関係を論ず」と題された論文において[7]、この時代にいくつか著された高士たちの伝記をとり挙げ、高士というのは方士化した名士であると規定する。そうして嵇康の「聖賢高士伝」が〝出処の正しきを得た〟人々の伝記であるとされているように、嵇康はこの書物をまとめることによって[出処の正しくない人人を批判して]現実に対する不満を表明した。ところが皇甫謐「高士伝」の段階になると、その基盤にあった思想的対決の激烈さは失われてしまっていたのだ、とされる。言いかえれば、魏晋時期の高士たちの像も、時代の変化の中で風化の途上にあったと考えることができるのである。

「神仙伝」に纏められた神仙たちの伝記も、いくつかはその来源を高士としての伝記に求めることができる。すなわち高士たちの像の風化してゆきつく先は種々であろうが、その一つに神仙となってゆく人々がいた。この高士から神仙への風化の流れは、特に知識人層内での神仙観念の変質を考える場合、重視されねばならないであろう。

そうした過程を跡づけることのできる一つの例を挙げてみよう。「神仙伝」巻六に見える焦先については、それに先だつ種々の書物に様々な形でその事跡が記録されている。

「三国志」魏書第一一管寧伝の裴注に引く「魏略」から焦先の事跡をまとめれば、次のようなものである。

焦先は漢末の混乱の中で身よりを全て失い、黄河の岸辺に世を避けて住み、草を食らい水を飲み、衣服やはき物は着けなかった。疫病がはやって人が多く死ぬと、県の役所は彼をその埋葬にあたらせた。そうした彼を子供たちまでが軽蔑した。しかし彼は行くに邪径によらず、衣食を与えられても正当な理由がなければ受け取らず、道で女性に遭えばかくれひそんだ。自ら「草茅の人で、狐兎の仲間だ」と称していた。蝸牛廬を結んでいて、太守などが訪れても応対をしなかった。魏が呉を攻めたとき、不思議な歌を唱い、後にそれが魏の敗戦を予言したものであったとされた。年八十九で病死した。

ここには、自らの強い意志でもって人間世界との関係を棄てようとしていた人物の姿が見られる。

この焦先についての記事は皇甫謐の「高士伝」にも見える。現行本の「高士伝」巻下にその事跡が見えるが、魏書同巻の裴注に引く「高士伝」の方が詳しい。「魏略」と異なる点を中心にしてその記事を纏めると、次のような内容である。

焦先の出自を知る者はいない。漢の王室が衰えた時、人と言葉を交すことを断った。魏が禅譲を受けると、黄河の岸辺に草廬を結び、その中に一人住んだ。河東太守の杜恕や安定太守の董経が訪れたが言葉を交さなかった。野火がその廬を焼いてしまうと、そのまま露天で寝て、冬に大雪が降っても、肩ぬぎのままそこに寝ていた。百歳あまりで死んだ。

このあとに皇甫謐は焦先のことを論評して、彼は全ての欲望を断っており、人間の智慧であげつらうことのできるような存在ではなかったと記している。そうして注目すべきは、漢の王朝が衰えたとき、人々と言葉を交すのをやめた、とあるように、こうした生き方を選び取らせた背後には、政治的な理由があったと理解されていたことである。

「博物志」巻五(士礼居本巻七)にも焦先のことが見える。

近ごろ、魏の明帝のとき、河東に焦生(焦先)という者がいた。裸で着物も着ず、火の中に入っても焼けず、寒さの中にあっても凍えなかった。杜恕が太守となったとき、呼びよせて親しく会っていろいろ尋ね、みなたしかにそうした事実があった〔ことを確かめた〕。

そうして「神仙伝」に載る焦先の事跡は次のような所が強調されている。

焦先は、年が百七十歳にもなり、いつも白石を食べていた。山から薪を伐って来ては人々に施していた。魏が禅譲を受けると、黄河のほとりに草庵を結んで、一人その中に住んだ。野火にあって草庵が焼けた時、焦先は火の中に正坐し、衣服もこげなかった。また大雪で庵が倒壊したが、人々が心配して来てみると、雪中に熟睡していた。多くの人々が彼から道を学ぼうとしたが、自分は道など得ていないと言って教えなかった。二百余歳になって、どこかに行ってしまった。

以上にその大要を挙げた各種の記録は、漢末から三国時代に生きた焦先という人物の一つの特異な生きざまを、それぞれに隠者としたり高士としたり神仙としたりして捉えようとしている。これらはいろいろに重点を移しながら記録されていて直接的な継承関係にあるのではないが、時代の流れと説話としての展開から見るとき、上に引用した順、すなわち「魏略」→「高士伝」→「博物志」→「神仙伝」の順につながっていたと、大ざっぱに考えることができるであろう。このようにならべ、恐らく実像に最も近いであろう「魏略」から大きく変形してしまった「神仙伝」までを通観するとき、この流れを、時代と社会の中で貫かれた一つの壮烈な生き方が伝承の中で風化され、時代や社会との緊張した関係を失ってゆく過程であったとして把握することが可能である。

皇甫謐が「豈に群言の能く髣髴する所にして、常心の得て測量する所ならんや」と言い、「魏氏春秋」(三国志同巻裴注所引)も「能くこれを測るなし」という焦先の生き方——後漢時代以来のいわゆる高士たちが何を考え、何をめざしていたのかについては、まだ十分に解明されてはいないが、乱世における彼らの壮烈な生き方は、人間として選択可能な一つの生き方として、人々の日常性を揺がす力を持つものであったろう——が、神仙と範疇づけられて、神仙としての不可思議な事跡として記述されるとき、先験的に日常性をこえた神仙であると位置づけられたが故に、その事跡がいかに非日常的なものであっても、それを読むものに何らの不安感を与えないものとなってしまっているのである。「神仙伝」の記録が、乱世の不安定な生活の中で懐かれた、現実を超えた存在や価値への希求を基礎にしながらも、それが大きく風化してしまった段階の、緊張を欠いた意識の生みだす幻想を基礎にしたものであることは、この焦先の例からも窺うことができよう。

欒巴の例で見たような発展の方向をよりおし進めて、物語り化した神仙像を詳細に記述することによって、根強く祖型の反復をくり返す民間伝承の生命力をくみ上げる道もあったにちがいない(その場合、その記述内容は長篇小説に近づくであろう)。しかし「神仙伝」には、それを積極的に行なおうとする意欲は見られない。しかし、かといって、焦先の伝記の変容を通して見たように、時代の中での個としての鋭い生き方を、その伝記を著すことによって、追求するのでもない。知識人層内部での神仙思想の風化の中にあって、「神仙伝」は、強い主張も厳密な選択基準もない中途半端な立場で、民衆信仰を背景に持つ神仙たちも、高士が風化したあとの方士たちもごちゃまぜにして纏め上げられているのである。

葛洪自身が纏めた原本の「神仙伝」について、「抱朴子」外篇自序篇に、「俗の列せざる所の者を撰して神仙伝十巻を作る」という。〝俗〟を排除しあるいは反駁するために纏められた原本「神仙伝」(その特徴的な神仙説は「抱朴子」内篇の主張と重なるものであったにちがいない)は、俗に就《つ》きすぎたように見える現行本系統の「神仙伝」とは、その根本において性格を異にしていたと推測される。

しかし一方、現行本「神仙伝」は、そのもととなった祖本を六朝期にまで遡ってあとづけることができる(8)。また現行本の内容に金丹説の影響が強いことから言っても、その祖本が葛洪から大きく時代を隔てた時期に成立したものとは考えられない。恐らく祖本「神仙伝」は、葛洪の原本をある部分は受けつぎつつ、その思想性を風化させ、興味本位に神仙たちの伝説を多く集めて纏められたものと推定される。この新しい「神仙伝」は東晋時代末以前に成立していたと考えられるが、その思想性の欠如は内容の雑多さとなって表れ、そこに〝新しい神仙思想〟の無残な挫折のすがたを見ることができるのである。

佛教が、大乗佛教として新たに大きく展開する中で、誰もが佛になり得るのだという、それまでにない考え方が導入されてきたという。それ以前には、佛は超越的な存在であって、修行者がいかに力を尽しても獲得できるのは阿羅《あら》漢果《かんか》にすぎず、佛になるなどと言うことは考えも及ばぬことであったのである。そうした精神史的情況の中から、我我も努力によって佛果が得られるのだという革命的な思想が胚胎し、そうした新しい精神の地平を基礎に佛教は大きく飛躍したのである。

中国の神仙思想にあっても、古い神仙説では、神仙に近づけるのは選ばれた英雄(帝王)だけであった。しかし魏晋時期になると、新しい神仙思想として、誰もが努力によって絶対的な存在である神仙となり得るのだ(神仙になるには努力のみが重要であり、それ以外に生得の特権的な立場などはないのだ)という思想が成長してきた。太古以来、ひたすら崇《あが》めるものであった超越者に、実は我々も成り得るのだという思想の展開は、人間の精神史の中でも一つの時代を画する重大な事件であったに違いない。こうした精神史的な前提の中で、佛教も中国に受け入れられたのである。

しかし中国自体の社会の中から生み出された新しい神仙思想は、あまりにも早く挫折し風化していってしまった。

この新しい思考が中国土着の思想として十分には展開しなかった第一の原因は、中国の思想がこの精神史の新しい段階の中で手さぐりを始めたとき、そうした領域についてすでに十分に思索を積み重ねていた佛教思想が別に準備されていたことにあろう。しかしそうした圧倒的な内容の高さを持った外来思想があったとは言え、新しい神仙思想をそれなりに展開させることができなかったのは、当時の知識人層に属する人々の現実社会に対する凝視の不十分さにその原因があったと言ってよいであろう。その結果、同じように我々が絶対者に近づけると言っても、大乗思想の場合には人間を絶対者の高さまで引き上げようとするものであったのに対し(9)、新しい神仙思想は、例えば地仙の観念に見られるように、逆に絶対者の方を人間のレベルにまで引き下げてこようとする傾向が強かった。この二つの思想の優劣は自ずから明らかであろう。

ただこの神仙思想の風化したさきに生れた神仙世界の幻想は、中国の文藝の伝統(特に小説史の展開)の中に長くその影響を留めることとなった。すなわちそれは、現実に満足しきれない人々の痛みと憧れとを結晶化させ、高い視点から現実をふりかえることを可能とする一つの架空の枠組みとして、多くの物語り的文藝の揺籃となったのである。

(1)　「抱朴子」内篇仙薬第一一

雲母有五種、……中山衛叔卿服之、積久能乗雲而行。以其方封之玉匣之中。仙去之後、其子名世、及漢使者梁伯、得而按方合服、皆得仙去。

「神仙伝」巻八衛叔卿

叔卿曰、……汝帰当取吾斎室西北隅大柱下玉函。函中有神素書。取而按方合服之。一年可能乗雲而行。……度世……後掘得玉函、封以飛仙之香、取而餌服、乃五色雲母。遂合薬服之、与梁伯倶仙去。

(2)　「抱朴子」内篇道意第九

或問李氏之道、起於何時。余答曰、呉大帝時、蜀中有李阿者、穴居不食、伝世見之、号為八百歳公。人往往問事、阿無所言、但占阿顔色。若顔色欣然、則事皆吉、若顔容惨戚、則事皆凶、若阿含笑者、則有大慶、若微歎者、即有深憂。如此之候、未曾一失也。

なお李阿、李八百らの記述について、「抱朴子」と「神仙伝」との間に矛盾があることについては、福井康順「葛氏道の研究」『東洋思想研究』第五巻、一九五三年、にすでに指摘がある。

(3) 本書第二章一二一頁以下。

(4) 「抱朴子」内篇道意第九

寛弟子転相教授、布満江表、動有千許。不覚寛法之薄、不足遵承而守之。

(5) 「後漢書」列伝第四七

遷予章太守。郡土多山川鬼怪、小人常破貲産以祈禱。巴素有道術、能役鬼神、乃悉毀壊房祀、翦理姦巫。於是妖異自消。百姓始頗為懼、終皆安之。

(6) 「抱朴子」外篇呉失巻三四

鄭君又称、其師左先生、隠居天柱、出不営禄利、不友諸侯、然心願太平、窃憂桑梓。

(7) 范寧「論魏晋時代知識分子的思想分化及其社会根源」『歴史研究』一九五五年第四期。

(8) 小南「神仙伝の復元」『入矢小川両教授退休紀念中国語学中国文学論集』一九七四年、を参照。

(9) 人間は佛・聖人に成り得るか。成り得るとすればいかにして成るか、を論じたものとして謝霊運「辨宗論」(広弘明集巻一八)がある。その思想史的意味については、湯用彤「謝霊運辨宗論書後」『魏晋玄学論稿』一九六二年、北京、の分析に詳しい。より広い視野から同様の問題を論じたものとして、荒牧典俊「魏晋思想と初期中国佛教思想――序――」『東方学報京都』第四七冊、一九七四年、も参照。

第四章　「漢武帝内伝」の成立

魏晋南北朝時期の小説史の主流をなしている「捜神記」を代表とする志怪小説と、「世説新語」をはじめとする志人小説(逸事小説)の諸作品は、志怪小説が超自然の存在を記録し、志人小説が人間の非日常的な行動を記録して、共に魏晋南北朝期の不安定な政治社会の中に生活する知識人たちが、日常的な諸要素の総体から現実の意味を帰納するよりも、非日常的な要素に注目し、それを視点として現実の世界と生活の意味を問い直してゆこうとするものであった。そこでは、日常性に裏づけられた量の多さは問題にならない。一つの鋭い事例や挿話が、現実世界全体に疑問を提出し、日常性の持続にひびを入れようとするのである。一つの怪異の出現が目の前の世界の背後にわだかまる超自然の存在を暗示し、個人のある瞬間の行動や言葉が、他の全ての時間の行動や言葉の総和にもまして、その個人の本質的な存在をよく示すとされている。これらの作品は、純粋に虚構の構成だけを意図したものではなかったが、そこに含まれる小説的要素は、すぐれて短篇小説的なものである。

しかしまた、中国における長篇小説の可能性が芽生えたのもこの魏晋南北朝時期であった。

ここで私の言う長篇小説(あるいは物語りと言ってもよい)について、少し説明を加えておこう。言語を通して非現実と関り合うことによって成立する小説的な文藝作品は、その非現実を作品の内部にとりこむ方式の違いによって短篇小説と長篇小説とに大別される。すなわち、それぞれが持つ非現実の様相は、短篇小説においては非現実の視点でもって現実世界を直接に鋭く切ることに在るのに対し、長篇小説においては、現実世界と対置する形で作品の内部に非現実の世界を確固として築き上げることに在ると考えられる。長篇、短篇といった量的な区別は、こうした本質的な〝方法〟の違いの生みだした結果にすぎないと言えよう。

短篇小説が現実を切る刃物であるとすれば、その一瞬に凝集された鋭いきらめきは、それを記した個人の視点の鋭さにかかっている。すなわち、滔々と流れて返らない現実と、個人を外的と同時に内的にも収奪してゆく支配体制とに抗して、ある個人の存在(意識)がどれだけの異なった位相を取り得るかに、短篇小説の価値はかかっている。短篇小説に対する追求は、そうした個人の存在(意識)の特異性とそうした精神的態度の文学表現へのかかわり方とに集中されねばならない。

これに対して、長篇小説の内部に築かれる非現実の世界の持つ持続性と柔軟さとは、たとえそれが一人の個人によって最終的に纏められたものであったとしても、個人を越えて空間的にも時間的にもより広い社会的な集団によって支えられてはじめて成立するものであることに起因しよう。語り継ぎ書き継がれてゆく物語りは、それを支えた社会的な集団の哀歓が昇華し凝集したものである。現実の支配体制に繰りこまれねば存在しえない日常生活の中にあって、逆に生活そのものに固執することにより支配体制の精神的な収奪に対抗しようとするのが、長篇小説に含まれる非現実性の現実社会へのかかわり方の基本的な性格である。したがって長篇小説に対する追求は、それを支えた人々の階層としての存在の時代的・社会的な位置、その生活の基盤と、そこから生み出される劇構造と幻想の、一定の文藝様式との結合の問題とにその重点が置かれねばならない。

このように考えてくるとき、短篇小説は、その質さえ問わなければ、現実社会から一定の距離をおいた所に自らの視点を置くことのできる人々(広い意味での知識人)が共同体から析出されて以来、たえまなく生み出されていたと言えよう。それに対して長篇小説の方は、古代の神話的な伝承を基盤としつつ、社会の発展が、そうした伝承を共同体から離れて自立させうるまでに成熟してはじめて、文藝作品として我々の前に現れてくるのである。

全ての藝術活動が宗教的な祭式に起源するという説は、その説明を急いで短絡を起すことがなければ、文藝についても十分に適応される。ある一つの文藝様式は、その表面のみに視線を留めることなく、それを透して過去に遡ってゆけば、必ず諸様式の未分化な文藝の母体、祭礼のドロメノン(dromenon)とレゴメノン(legomenon)とに帰りつくであろう。また逆に、例えば「詩経」の諸篇を全て呪術的な意味を持った文句であるとして読もうとも、漢代に成立したであろう小序が描き出すようにきわめて政治的なものとして読もうとも、あるいは歓びと悲哀との交錯するローマン的な詩句として読もうとも、それぞれにその正当性を主張することができる。ただそれが、それら全ての解釈を含んだ構造物であって、その表面に出る部分が時代と共に柔軟に変化してゆくことを十分に認識しておらねばならないのである。一つの文藝様式は、おそらくこれまでに想像されてきた以上に柔軟に相貌を変えつつ、時代の流れの中にその生命を保つのであろう。

しかしそうした持続性と同時に、各おのの文藝様式には、母なる呪術的な祭式の世界と訣別する時期とその様式の展開が頂点に到達する時期との二つの決定的な時期がある。そうして、ある文藝様式においては古代に已にその展開の頂点に達しながら、別の文藝様式が祭式の世界から離陸するのには近代市民社会の成立を待たねばならないというように、その各おのの時期は、下部構造の歴史的な展開に、それぞれの文藝様式を通してかかわってゆく人間精神のあり方によって決定されるのである。

一例を挙げれば、演劇という文藝様式の自立の時期は、日本においても、中国においても、また西欧においても、市民社会の成立とほぼ重なっている。叙事詩の成長が氏族社会の一定の段階への発展を基礎としていることも、多くの人々の認める所であろう。社会の一定段階への成熟が、必然的にひとつの文藝様式を開花させるのである(1)。時代の流れと文藝様式の変遷とのこの必然的な関係について、単なる思いつき的な説明に止まらず、その詳細なメカニズムを探求することには非常な困難を伴うであろう。そうして恐らく真の比較文学の研究を待っているのは、むしろこうした領域なのである。これまでの比較文学の研究は、言わば伝播論的に、一つのモチーフが違った文化圏に流伝し変形変質する様相を追求することが中心となってきたように見える。しかし独立発生論的な比較文学研究も可能である。直接関係のないいくつかの文化圏の間で、社会が一定の段階にまで発達すると同じ様式、同じ質の文学が生れてくることがその研究によって確かめられるとすれば、文学と社会との必然的な結びつき、すなわち文学が人々の生活の中に持つ意味やその社会的機能が、より深く掘り下げられる糸口ともなろう。

それはさておいても、文藝様式が人々によって任意に選ばれるのではなく、一見自由に見える人々の選択が実は時代によって強制されたものであることを、文学史家たる者は胆に銘じておく必要があるであろう。

このような視点から、私は、中国において長篇小説という一つの文藝様式が祭式の世界を離れて自立しようとする時期を南北朝時期だと考え、その自立の意味を「漢武帝内伝」という一つの作品を通して探ってみたいと思う。ここに取り挙げる「漢武帝内伝」は、その文学作品としての質から言えば、必ずしもこの時代を代表するものとは言えないであろう。しかしこの作品の成立の基礎には中国の精神史の流れの大きな展開があった。私の興味の中心は、「漢武帝内伝」という一作品それ自体にあると言うよりも、その成立の背後にあった精神史の展開の様相を取り出して、文学がそれにいかに関ったかを考え、文学作品が歴史の中でいかに生み出されてくるのかを分析することにある。問題は大きく、私の試みはいかにもささやかである。しかしこうした試みが多く積み重ねられれば、やがて、少なくとも問題の核心がはっきりとつかめる日がくるにちがいない。

（1）　社会の基盤的な変化が文学に影響を与え、それぞれの時代ごとに特色ある文学が生み出される、その社会と文学との関係の結節点となっているのが〝人間関係〟という項目であろうという考えを述べたことがある（小南「中国文学史研究の方向」『文学』一九七九年十一月号）。たとえば近代市民社会の成立と演劇の自立とが結びついているのは、次のように理解することができるであろう。自分一個を中心にすえた古代的な抒情や、神と人間との関係の中での叙事から離れて、市民社会の中で自分と同じ重さを持つ他の個人の存在を認識するとき、そうした対等の個人の間の交渉を文藝に定着する方法として、登場人物が基本的に同じ重さを持ち得る戯曲という様式が選ばれたのだと考えられよう。より広い視野から言えば、古代文学が強くロマンティシズムに傾くのは、その価値観が自己中心（その自己は背後の共同体と融合したものである）のものであったからであり、〝自我〟の意識がそうした共同体的自己から分離し析出し結晶化するにつれて、自己を客観的に見る視点（すなわち他人の〝自我〟をも自己のそれと等価値のものだとする視点）が確立してきた。近代小説がリアリズムを基本の技法として展開するのも、自己と他者との関係を客観的に見ようとする、そうした人間精神の発達を基盤にしたものだと理解される。

一　七月七日――祖霊の帰還

現行の「漢武帝内伝」の諸テキストには、著者として後漢時代の歴史家、班固の名が冠せられている。しかしこれにはなんら根拠のないことは、すでに「四庫全書総目提要」巻一四二（子部小説家類）が述べており、大まかに言って、魯迅の『中国小説史略』などが言うように(1)、魏晋期以降の方術者的な人々の間から生れたとすることができるであろう。ただこの作品が成立した時代についての推定を行なうのはこの章の最後にまわし、まずこの物語りを育《はぐく》む基盤となった伝承（すなわち儀礼とそれに結びついた説話）の検討からはじめたい。

最初に「漢武帝内伝」の梗概を箇条書きにして示そう。テキストには、現在のところ最も校定のゆきとどいている銭熙祚の「漢武帝内伝附外伝逸文校勘」（守山閣叢書所収）を使用した(2)。

一　漢の武帝の誕生に際しては、いくつかの嘉瑞があった。
二　武帝は子供のころから聡明であり、帝位に即《つ》くと長生の術を好んで、しばしば名山大川を祭った。
三　元封元年（前一一〇年）、帝は嵩山を祭り、神宮を建て、七日間の斎戒を行なった。
四　四月戊辰の夜、青衣の玉女　王子登が訪れ、七月七日に西王母が来訪するであろうと、帝に告げた。
五　七月七日(3)、帝が宮中を清め人払いをして待つと、夜二唱（二更）ののち、西王母が雲車に乗り従者をしたがえて到着した。

六 座が定まると、王母は自ら膳(天厨)をしつらえ、珍肴・異果・紫芝・清酒を設けた。

七 王母は、更に侍女に命じて七個の桃を運ばせ、王母が三個、帝が四個を食べた。帝はその桃の甘美さに核《たね》を取っておこうとしたが、王母はそれを禁じた。

八 酒が巡ると、王母は侍女に命じて楽器を奏し歌を唱わせた。

九 歌が終ると、帝は叩頭して教えを乞うた。王母は、恣欲・淫乱・殺伐・奢侈の性を絶つべきことを命じ、更に元始天王より伝えられた長生の要言を伝授した。

十 言葉が終ると、王母は去ろうとする。帝は慇懃にそれを引き留めた。

十一 王母は侍女を遣わし、上元夫人を同席するように招いた。

十二 上元夫人は、女の従者をしたがえて到着するとまず厨を設けた。食物は西王母のものと同様に珍奇なものであった。

十三 夫人は、帝に暴・奢・淫・酷・残の五性を絶てと教えた。

十四 帝は、王母の巾笈の中に「五岳真形図」が納められているのを見つけた。王母は「真形図」の由来を告げ、それを帝に与えようという。

十五 夫人は「真形図」があっても「五帝六甲霊飛等十二事」がなければ役に立たないという。王母の口ぞえがあって、夫人は青真小童に命じて「十二事」を帝に授けさせた。

十六 夫人は「十二事」を帝に手渡し、天を仰いで祝したあと施用の節度を教えた。王母も「真形図」を手渡して祝した。

十七 酒が酣《たけなわ》に、伝授のことが終ると、夫人は楽器を奏して歌を唱う。王母は侍女に命じて答歌させた。

十八　翌朝になると、王母は夫人と雲車に同乗して去った。
十九　帝は、王母と夫人に会った後、天下に神仙のあることを信じたが、淫色恣性殺伐を絶つことができなかった。そのため王母と夫人は再びは帝を訪れず、柏梁臺に蔵めた「真形図」「十二事」も天火が降って焼けてしまった。
二十　帝は後元二年に崩じたが、死後にも数々の霊異があった。

道蔵本の「漢武帝内伝」は、このあとに「漢武帝外伝」として、東方朔、鈎弋夫人、稷丘君以下十五人の神仙の事跡を附録している。道蔵が「外伝」と呼ぶ部分も、原来は「内伝」の中に含まれていたであろうことは、例えば「後漢書」の李賢注が、その内の魯女生、封君達、王真、東郭延年の条を「漢武帝内伝」として引用することからも知られる。「隋書」経籍志(史部雑伝類)に見える三巻本、或いは「日本国見在書目録」(雑伝家)に見える二巻本の「内伝」の後半を、これらの神仙たちの伝記が構成していたのであろう。

武帝が授かった五岳真形図と六甲霊飛等十二事は、武帝が身を慎しまなかったため柏梁臺に天火が降って失われてしまうのであるが、それ以前に武帝は、五岳真形図を董仲君(董仲舒)に、六甲霊飛等十二事を李少君に伝授していた。そのためこれらの経典は永久に失われてしまうことにはならなかった。道蔵本が「外伝」と呼ぶ部分は、董仲舒と李少君以後のこの二つの経典の伝授の経路を記すことを主として意図したものであろう。そうしてこの経典伝授の経路の最も降った部分に、抱朴子葛洪の外祖父、葛孝先(葛玄)の名が記録されている(表八、四一四頁を参照)。

「漢武帝内伝」という作品は、大きくいって二種類の文体で構成されている。第一種の文体は、物語りの枠組みを成す部分の記述に用いられる文体で、前に箇条書きにした項目で言えば第一から第四項までと、第十八から第二十までの項、及び「外伝」の部分がそれによって書かれている。それに対し、この第一の文体による記述にはさまれた形で、物語りの核心を構成している七月七日の夜における西王母・上元夫人と武帝との会合が、これとは異なる第二の文体で記述されているのである。

第一の文体は、おおまかには歴史記述の文体と言えるであろう。ことがらの進展を、それほど飾ろうとする意識もなく客観的に記述するものである。そうして正史に見える漢の武帝の嵩山における祭祀や柏梁臺の火災の記事を利用して、西王母が武帝のもとを訪れることになった契機や伝授された経典が失われてしまう結末と成すなど、この部分には「史記」の孝武本紀や封禅書、「漢書」の武帝紀や郊祀志などが積極的に用いられている。

その中でも特に「漢書」武帝紀が中心になって用いられていることは、次のような対比からも知られよう。

「漢書」武帝紀　太初元年、十二月、禪高里、祠后土、東臨勃海、望祠蓬萊。春還、受計于甘泉。二月、起建章宮。夏五月、正暦、以正月為歳首、色上黄、数用五、定官名、協音律。

「漢武帝内伝」　其年、禅蒿里、祠后土、東臨渤海、望祠蓬萊、仰天自誓、重要霊応、而終無感。春還、受計於甘泉。二月、起建章宮。夏五月、正暦、以正月為歳首、色尚黄、数用五、定官名、協律呂、此本王母意也。

その年（柏梁臺が焼けた太初元年）、蒿里《こうり》で禅の儀式を行ない、后土《こうど》（大地の神）を祠った。武帝は更に東に進み、渤海の海岸から蓬萊の仙島に向かって望祠《ぼうし》（山川を離れた場所から祭る儀礼）を行ない、〔帝は天を仰いで自ら誓いをなし、重ねて神霊たちの感応を迎えようとしたが、結局その感応はなかった〕。春には京師《みやこ》にもどり、甘泉宮で地方からの会計報告を受けた。二月、建章宮を起工した。夏五月、暦法を改正し、正月を歳首とすることに定め（それまでは十月が歳首であった）、色は黄色をたっとび、数は五を用い、官名を定め、音律を規定して調和するようにさせた〔が、こうしたことは西王母の意向にもとづいたものであった〕。

訳文中、〔　〕で括った部分が「内伝」で付け加えられた所である。

この例からも知られるように、「内伝」は「漢書」の記事をそのまま用い、それに武帝の神仙追求や西王母との交渉による意味づけをして、物語りの枠組みを作っているのである。

第一種の文体による記述の部分が外的な材料を積極的に利用している例として、更に、武帝の誕生に際しての嘉瑞と佛伝との関係を挙げ得るかも知れない。

「漢武帝内伝」には、武帝の誕生にさきだつ事件として、父親の景帝が夢の中で赤い彘《ぶた》が雲の中から下って来て、崇芳閣に入るのを見た。景帝が目を覚まして見ると、果して赤い龍が閣の棟《むね》のあたりにわだかまっているのが見えた。占者の姚翁を召して問うたところ、彼はそれに答えて、「吉姚なり。此の閣に必ずや命世の人の生れん。夷狄を攘いて嘉瑞を得、劉宗の盛主とならん。然れどもまた大妖なり」と占った。このようにして武帝が生れると、景帝は、占者が吉だと判断したということから、武帝に吉という名を付けた、と記している。

この一段の筋書きは、釈迦が六牙の白象に乗って昼寝中の母の胎内に入り、父親の浄飯王がそれを占わせたという佛伝の記事を利用したものかも知れない。呉の支謙訳の「太子瑞応本起経」巻上には次のようにある。[4]

菩薩がはじめて現世に下ったとき、白い象に乗り、太陽の精を頭上に戴いて、母が昼寝をしている間に、その夢の中に現れ、右の脇から胎内に入った。夫人は夢から覚めて身重になったことを知った。王はすぐさま太卜の役目のものを召して夢の意味を占わせた。占いの結果は、「道徳の帰する所にして、世は其の福を蒙らん。必ずや聖子を懐《はら》みしならん」ということであった。

また雲中から赤彘《あかぶた》という不恰好なものが降って来るのであるが、これは「漢武故事」の武帝の最初の名が彘《てい》であったという記述と重ねあわせて[5]、元来は武帝の幼名を説明するための筋書きであったと考えられる。この筋書きは、「南史」巻四(南斉書巻三も同じ)の、斉の武帝蕭賾が生れようとしている夜、孝皇后と昭皇后とは、二人とも夢に龍が屋根にとりついているのを見た。そこで武帝は小字(幼いときの字《あざな》)を龍子と呼ばれた、とある伝承と思い合わせるべきであろう。

こうした例の相互に直接の影響関係があったかどうかは検証が困難であり、むしろ王者(聖人)の誕生にまつわる奇瑞の一つの型としての一般通念を媒介にした間接の関係があったと考えるべきであろうが、少なくとも第一種の文体で記述されている部分は、帝王や聖者の伝記を中心とする外的(すなわち第二種のものと対比すれば、非道教的)な材料を積極的に取りこみつつ構成されていたことが知られるのである。

しかしこの作品の中心を成している七月七日の夜における西王母と上元夫人の教誨と経典伝授とを記した部分は、上記の歴史記述の文体とは別の、第二種の文体で書かれている。それは、個々の用語も文章の形式も飾りの多い、しかし美文を意図しながらも、たとえば対句が厳密でない所からも窺われるように、それを完遂させることのない、奇妙なぐあいに飾られた文章である。七月七日の会合の席上で、西王母は武帝を戒めて次のように言っている。(6)

女《なんじょ》は能く栄を賤しみて卑《ひく》きを楽《ねが》い、虚を躭《たの》しみて道を味わう。自《おのず》から復《ま》た佳《よ》きのみ。然れども女《なんじ》は情は恣《ほしいまま》に体は慾に、淫乱なること過甚、殺伐すること法に非《そむ》き、奢侈を其の性とす。恣は則ち身を裂くの車、淫は年を破るの斧たり。殺なれば則ち響の如く対《こた》え、奢なれば則ち心は爛《ただ》れ、慾なれば神は隕《お》ち、穢《けが》れを聚《あつ》めて命は断ゆ。子《なんじ》の蕞爾《ちいさ》き身を以つて、而も形を滅ぼすの残を宅《すま》わせ、盈尺の材なるに、攻むるに百仞の害を以ってす。此《ここ》に三尸《さんし》を解脱し、身を全くして永久ならんと欲するも、得べきこと難きなり。翅《はね》なきの鶯の、翼を天池に鼓《ふる》わんと願い、朝生の虫にして、而も春秋を楽《ねが》う者に似たるあるかな。

また孫詒讓の「札迻」巻一一は、こうした部分に韻を踏んだ所があることを指摘している。例えば西王母が武帝に向かって長生のための霊薬の名を列挙して聴かせる一段には次のようにある。(7)

太上の薬に至りては、乃ち金瑛の夾草、広山の黄木、帝園の王族、昌城の玉蕊、夜山の火玉あり。逮《つい》で及《ま》た鳳林の鳴酢、西瑶の瓊酒、中華の紫蜜、北陵の緑阜、〔太上の薬〕、風実雲子、玉津金漿、月精万寿、碧海の琅菜、蓬莱の文醜、濁河の七栄、動山の高柳あり。

この一段の前半では、黄木の木、王族の族、火玉の玉が韻を踏み、後半も、瓊酒の酒、緑皁の皁、万寿の寿、文醜の醜、高柳の柳が一韻である。そうして韻を踏み落しているかに見える「風実雲子」の子の字も、有(尤)部と止(之)部とが通韻する古い音韻体系に依って、恐らく韻を踏んでいるのであろう。

これら第二種の文体は、日常の会話や事件記述の言葉でないのはもちろんであるが、また「文選」などに集められた文学作品のように厳密な対句や押韻で構成された美文とも異なる、奇妙なぐあいに飾られた文章である。

このように「漢武帝内伝」は、性格の異なる二つの種類の文体で構成されており、第一種の文体がこの物語りの事件の経過などの枠組みを記述するのに用いられるのに対し、物語りの核心になる七月七日の夜の女神たちと武帝との会合は、第二種の文体を用いて、あたかも会話劇のようにして構成されているのである。

「四庫提要」巻一四二が「漢武帝内伝」の文章の特異性を取り挙げて、「其の文は排偶華麗にして、王嘉の拾遺記、陶弘景の真誥と体格あい同じい」と言うのは、専らこの第二種の文体について言ったものと考えてよいであろう。「王子年拾遺記」の成立については猶お不明な点が多いが、少なくとも「真誥」については、この「内伝」と文体を同じくするのみならず、その成立基盤にも共通する所があったであろうことは、この章の後半で分析しようと思う。

このようにこの作品の独自性は、七月七日の夜の武帝と女神たちとの会合の、特異な文体による詳細な記述にある。ここでは専らこうした七夕の記述がどのようにして成立したのかを追求しつつ、「漢武帝内伝」成立の基盤となった伝承を探ってみようと思う。ただ七夕における五岳真形図と六甲霊飛等十二事の伝授という高度に組織化された道教教理にまつわる問題の検討は後にまわして、大きな廻り道になるが、まずずっと低い民間信仰の中に見える、この作品と共通する所のある〝幻想〟を検討し、そうした〝幻想〟がやがて一つの作品に焦点を結んでゆく過程を追求していってみたい。

西王母が漢の武帝を訪れた七月七日という期日は、この物語りの成立に相当重要な意味を持っていたと思われる。「内伝」の中で、西王母は再会を三年のちの七月に約しており、武帝自身も元封三年七月に五岳真形図を董仲舒に、元封四年七月に六甲霊飛等十二事を李少君に伝授している。また「内伝」よりやや早く成立したと考えられる「漢武故事」（魯迅『古小説鈎沈』に輯本あり）では、武帝も七月七日に生れたのだとされている。このように「内伝」の基盤として重要な意味を持っていたであろう七月七日という日づけは、この物語りを生み出した後漢から南北朝期にかけての社会の中で、どのような意味を持っていたのであろう。七夕の儀礼の神話的な意味あいについては、すでに本書第一章で私の考えを述べた。この章では少し異なった視点で七月七日という日づけについて考えてみたい。

「世説新語」任誕篇の次の話し[8]は、竹林の七賢たちの放誕な処世態度を示すものとして有名である。

　阮咸と阮籍とは道の南側に住んでいた。他の阮氏の一族は道を挟んで北側に住んでいた。北の阮氏はみな富んでいて、南の阮氏は貧しかった。七月七日になると、北の阮氏の家では、これ見よがしに上等な生地の着物を曬《さら》した。それを見た阮咸は、庭のまん中に竿を立て大布犢鼻褌（パンツ）をそれにぶら下げた。それをいぶかしがる者があると、阮咸は答えた、「まだ完全には俗をぬけ切ることができず、こんなことをやってみたまでだ。」

劉孝標の注によれば、この挿話の出典は東晋の戴逵の「竹林七賢論」であり、そこには「旧俗に七月七日は、法として当に衣を曬すべし」との説明があった。後漢の崔寔の「四民月令」の七月七日の条にも[9]、

　この日は、薬丸と蜀漆丸を調合するのによい。経書と衣裳とを曝《さら》す。

とあって、書物や衣服を曝す日であるとしている。すなわち、七月七日は、六朝期にはすでに旧俗と考えられるようになっていたが、もともと衣服の虫干しが行なわれる日であったのである。

旧暦の七月七日は、暦の上では秋に入ったとはいえまだ日中の暑さはきびしく、衣更《ころもが》えにもほど遠くて、日を定めて虫干しをせねばならぬ実用的な理由を見出しにくい。それに加えて、阮咸は大布犢鼻褌を庭の中央に長い竿を立て

て掛けたとあり、同じく「世説新語」の排調篇には、(10)

郝隆は、七月七日に日ざしの中に出ると、あおむけに臥ていた。人がその理由を尋ねると、答えた、「おれは〔おなかの中に収めてある〕書物を曬しているのだ。」

とあって、書物や衣服は直射日光の下にもち出されるのである。これが単にしまってある物の保存をよくするために行なわれる行事であったとは考えにくい。保存を良くするためであるならば、当然陰干《かげぼ》しされるべきであろう。私は、七月七日が夏から秋へのさかい目であることに信仰的な意味があって、その信仰儀礼の一つの変形がこの行事であったのではないかと考える。七月七日に衣服が竿の先に懸けられるのは、単に衣服の湿気を取るという実用的な目的によるのではなく、日本の五月幟《こいのぼり》と同様に、神の招《お》ぎしろであったのではなかろうか。高く掲げられた衣服に、この日、祖霊が依りつくのである。

古代中国において衣服(特に死者が生前に用いていたもの)が祖霊の依《よ》り代《しろ》とされていたであろうことを示す痕跡はいくつか辿ることができる。

「儀礼」士喪礼篇には、死者がでると、すぐさま屋根に登って招魂を行なうことを記して次のように言う。(11)

奥座敷で死ぬと、死者は掛け蒲団で覆われる。魂招《たまお》ぎをする者が一人、死者が正装した時に用いていた衣服を持ち、その裳を衣に結びつけると、左の肩に掛け、その衣の領《えり》を自分の帯の間にはさんで、座敷の前の東の軒から屋根に登る。屋根の中央で、北を向いて衣を振って招いて言う、「おおい、誰々よ、返ってこい。」三度そうしたあと、その衣服を前の軒の所から下に落す。下で待っていた者が、竹籠でもってそれを受けとめ、東の階段から堂に昇ると、死者に着せかける。

依り付いた霊を逃がさぬため、竹籠で絶縁してその衣服を扱い、霊のこもった衣服を着せかけることによって死者が蘇生することを願ったのである。

「周礼」は、春官の守祧の仕事を次のように記述している。[12]

守祧の役の者は、先王先公のおたまやを守ることを掌る。先王先公たちの遺服をしまっておく。もし祭礼を行なおうとする時には、その衣服を尸(よりまし)にわたす。(鄭注に云う、尸は死者の上服を着て、生前の様子に似せようとするのである。)

先王先公の祭祀には、仕舞ってあったその遺服を尸(昭穆制により祖父の祭りの尸にはその孫が当る)に着せ、先王先公の霊を招きおろしたのである。「儀礼」士虞礼篇の記にも、「尸は卒者の上服を服す」と述べている。

時代が下って、南北朝時期の成立であろう「玄中記」には次のような話しが見える。[13]

姑獲鳥は、夜に飛び昼はかくれていて、おそらく鬼神のたぐいであろう。羽毛をつけると鳥になり、羽毛を脱ぐと女人になる。天帝少女、夜行遊女、鈎星、隠飛鳥などと呼ばれる。子供がなく、しばしば人間の子供を取って養い、自分の子供とする。いま子供の着物を夜中に外に出したままにしてはならぬとされるのは、この鳥が子供に目をつけ、血でその衣服に印をつけて、その子供をさらってゆくからである。それで人々はこの鳥を鬼鳥と呼ぶ。荊州にこれが多い。(中略。予章のある男が毛衣を隠してこの鳥の化した女人を妻とし、後に積稲の下に毛衣をみつけてその妻が去ること——日本の白鳥処女説話と同じ。)いまこの鳥を鬼車と呼ぶ。

子供の洗濯物を取りこむことを忘れると、鳥がやってきてその子供を取ってゆくと言うのも、洗濯物を夜分出しっぱなしにしておくと気が狂うというような日本の俗信と考え合わせて、屈折した形ではあるが、祖霊が鳥の形をしてやって来ること、それが衣服に依り付くこと、子供が祖霊の依り代となること(気が狂うというのは、シャマニスティックな憑依状態に起源する伝承であろう)などの古い信仰の残存と考えてよいであろう。

この姑獲鳥(鬼車鳥)がやって来るのは、七月七日のちょうど半年前の一月七日(人日)なのである。六朝時期の長江中流域の年中行事をまとめた宗懍の「荊楚歳時記」には次のような記事が見える。[14]

正月七日には鬼車鳥がたくさん通ってゆく。家々では門を打ちつけ戸じまりをしっかりとし、狗《いぬ》の耳を捩《ねじ》り、燭灯《あかり》を消して、これを禳《はら》う。

狗の耳を捩って鳴き声をたてさせるのは、「北戸録」巻一などによれば、この鳥が十ある首《あたま》の内の一つを犬に噬《か》み切られたため、犬の鳴き声を畏れるからである。

西王母は七月七日の行事と強い結びつきを持つほか、この鬼車鳥がやってくる一月七日とも関係があったらしい。賈充李夫人「典戒」には次のように言う(15)。

〔人日には、華勝(かみ飾りの一種)を作って互いに贈答する〕。華勝は祥瑞図の金勝の形にかたちどったものであり、また西王母が正月七日に勝を頭に飾って漢の武帝と承華殿で会合したことにまねたものである。

一月七日(人日)と七月七日(七夕)とが同じ性格の一対の祭祀の日であったであろうことについては、既に第一章において私の推測を述べた。ここでその要点だけを纏めれば、

一　一月七日から一月十五日までと、七月七日から七月十五日までとは、半年周期の特殊な祭祀の期間であった。たとえば、七月七日から七月十五日までが一続きの特殊な期間であったことは、宋代の東京汴京の繁盛を描いた「東京夢華録」巻八に、盂蘭盆の行事である目連戯が七日を過ぎるとすぐ始められ、十五日まで続けられるとされていることからも窺われるであろう(16)。

二　その祭礼は、西王母という神格と深いかかわり合いを持ち、古い農耕儀礼に起源するものであった。

三　このような古い儀礼が道教教団に取り入れられ、三会日(一月七日・七月七日・十月五日)や三元日(一月十五日・七月十五日・十月十五日)の祭礼へと組織化されていった。「漢武帝内伝」において、西王母と一緒に降臨する女神の名が上元夫人であるのも、三元日となんらかの関係があったものと考えられる。

更に日本の盂蘭盆の行事などと考えあわせれば、一月七日と七月七日は祖霊を迎え入れる日であり、それから十五日まで祖霊がこの世に留まって、また帰ってゆくと考えられていたと想像することができそうである。

七月七日に死者の霊がこの世に戻ってきたという説話は、六朝期の志怪小説の中からもいくつか捜し出すことができる。南斉の王琰の編纂した佛教説話集「冥祥記」には、次のような話しが見える(17)。

晋の孫稚、字《あざな》は法暉、は、斉国の般陽県の人である。父の孫祚は晋の太中大夫をつとめた。孫稚は幼いときから佛法を奉じていたが、年十八で、咸康元年(三三五年)八月に病気で死んだ。孫祚はそののち武昌に家を移した。咸康三年四月八日、沙門の于法階が行像供養《こうぞうくよう》(釈迦の像を車に載せて道行きをする)を行ない、その行列が孫祚の家の前を通りかかった。孫祚夫妻をはじめ家のもの全てが外に出てそれを見物した。その人ごみの中に孫稚がいて、釈迦の像につき従っているのが見られた。孫稚は父母を見つけると、跪《ひざまず》いて挨拶をし、いっしょに家に帰った。孫祚は以前から病気がちであったのであるが、孫稚は「別に禍祟《わざわい》があるというのではありません。十分に健康に気を付けられなかったからなのです。五月には快癒されましょう」と言い、言葉が終ると去っていった。その年の七月十五日に孫稚は再び帰ってきたが、跪いて挨拶する様は、生前と少しも変る所がなかった。孫稚が言うには、彼の外祖父(母かたの祖父)が泰山府君(冥土の支配者)となっていて、孫稚に会うと、その母親の字《あざな》をあげて「おまえは某甲《だれだれ》の子供なのか」と尋ね、また「まだここに来るべきでないのに、どうしてやって来たのか」と言った。孫稚は「伯父がつれてきて、自分のかわりに讁《とが》めを受けさせようとしたのです」と答えた。……咸康五年の七月七日にまた帰って来て、郲城が外敵の攻撃を受けるだろうなど、様々なことを告げたが、全てその言葉通りになった。

このように死んだ孫稚が現世に帰ってきたのは、四月八日、七月十五日、七月七日とされているが、これらの日づけは決して無意味なものではなかったであろう。

この中でも四月八日が死者の霊の現世への帰還にふさわしい日付けの一つとされていることは、佛教行事の中国の習俗中への受容と同化という点で興味深いが、これは或いは「漢武帝内伝」において、西王母からの使者が四月戊辰の日に王母の降臨を告知してゆくという筋書きと関係を持つものかも知れない。そのとき使者は武帝に七月七日までに百日の斎戒をするようにと命じている。しかし実際には閏月でも入らぬ限り四月から七月七日までの間に百日の斎戒を行なうことは不可能である。このことは、百日の斎戒と四月戊辰における告知とがもともと別の来源を持つものであったことを示唆しよう。百日間の斎戒は、例えば「抱朴子」に金丹を作ったり入山したりするに際しては百日のものいみが必要だと言うような所から、ひとまず中国古来の伝承にもとづくものと推定してよさそうであるが、四月戊辰のほうはその来歴が知られない。「内伝」の文章の中にはいくつか佛教の直接の影響を受けたと考えられる用語が見えること[18]などと考え合わせるとき、四月戊辰という日付けも、あるいは佛教の祭日(その中国的な受容)を基礎にした設定であったと考えることが可能かもしれない。

もう一つ「冥祥記」から七月七日に地獄めぐりをするという話しを引こう。[19]

宋の王胡は長安の人である。その叔父は、死んで数年のち、元嘉二十三年(四四六年)に、突然姿を現し家に帰ってくると、慎しみが足らず家がよく治まっていないと言って王胡を責め、罰として杖で王胡を五度打った。傍《そば》にいる者や隣り近所の人々にはみな、叔父の言葉や杖の音が聞え、杖で打った痕は見えるのだが、その姿は見えなかった。ただ王胡だけが親しく応接したのである。

叔父は王胡に言った、「おれは死ぬはずではなかったのだが、あの世の方でおれに亡者の帳簿を扱ってくれと言うのだ。いま大勢の役人や兵士をつれて来ているが、この村の者たちをびっくりさせてはならぬと思い、近くまでは来させていない。」王胡にも大勢のあの世の者たちが村の外にひしめいているのが見えた。

やがて叔父が別れを告げて言うには、「来年の七月七日にもう一度帰って来て、おまえをつれて幽途を廻り、善悪の報いを知らせてやろう。おれのために特別のことはしなくてよい。どうしても何かしたいと言うなら、ただ茶だけは用意してくれてよい。」約束の日になると、果して叔父は戻ってきて、王胡の家の者に告げて言うには、「おれはいま王胡をつれて見物に行くが、終れば帰してやるから、心配しなくてよい。」王胡は、牀の上に横になると死んだようになってしまった。叔父は、そこで王胡をつれてさまざまな山を見物させ、いろいろな亡者や怪物を示し、最後に嵩高山にやって来た。その途中、あの世の者たちは、王胡に遇うとそれぞれに食事を用意してくれた。ほかはこの世のものと味に変りがなかったが、ただ薑《しょうが》だけは歯ざわりがよくて美味であった。王胡は、それを懐に入れて持って帰ろうとしたが、まわりにいた者が笑いながら王胡に言った、「ここだけで食べられるもので、持って帰ることはできません。」

この王胡の入冥譚には、「漢武帝内伝」と共通する要素がいくつかある。叔父が大勢の従官や兵士をつれてくるのは、西王母と上元夫人が従者をつれて降臨するのと同様である。また「内伝」では桃であり王胡の場合は薑であるが、この世の者でない者と食事を共にし、その食事は〝よもつへぐい〟の一種で、その食物を現世に持ちかえることは許されない。それに加えて七月七日は、「内伝」では武帝のもとに西王母と上元夫人とが降臨する日であり、王胡の入冥譚では叔父の霊がやって来て幽途(冥土)を案内する日となっている。

地獄めぐりという説話のモチーフは、或いは西方から伝来したものかも知れない(20)。王胡の冥土めぐりの話しも、中国の在地的な伝承の上に佛教と共に輸入された西方の伝承が覆いかぶさってゆく姿をよく示している。しかしその中の祖霊と関係を持つのが七月七日であること、死者たちの住む世界が嵩高山に統括された諸方の山々であることなどの要素は、中国古来の伝承にもとづいた部分であると考えてよいであろう。

以上、必ずしも十分に証拠がそろったとは言えぬが、一月と七月の半年サイクルの祭祀は、祖霊の帰還を受け入れこれに応接するというのがその基礎になる古い信仰伝承であったと推測することができるであろう。この祖霊帰還の伝承と西王母という神とがどのような観念を通して結びついていたのかを、次に検討せねばならない。

（1）魯迅『中国小説史略』一九三〇年、第四篇。また許広平『魯迅回憶録』一九六一年、にも、魯迅の「漢武帝内伝」成立についての意見が見える。

（2）銭熙祚は、主として「道蔵」洞神部記伝類所収の「漢武帝内伝・外伝」を「太平広記」の引用文で校定し、また「続談助」巻四所収の「漢孝武内伝」との対校を別に附録している。また「漢武帝内伝」全体の解説及び訳注として、K. M. Schipper, *L'Empereur Wou des Han dans la légende Taoïste*, 1965, Parisがあり、特に「漢武帝内伝」に対する道教教理的な検討が詳しい。更に、特殊な主張からするものであるが、平田篤胤「天柱五岳余論」『篤胤全集』第一四巻、一九一七年、法文館、も参考になる。ちなみに「太平御覧」巻六六一に西王母と武帝との七夕の会合の記事があり、一見したところ、緯書「尚書帝験期」の引用のようであるが、「雲笈七籤」巻一一四との比較によって知られるように、「御覧」は杜光庭「墉城集仙録」を節略しつつ引用したもので、「集仙録」のこの部分の記事は、実は「漢武帝内伝」によったものと考えられる。

（3）本文を前から読んでゆく限り、漢の武帝と西王母との会合は元封元年七夕のこととなりそうであるが、後半に見える「其年作甘泉宮通天臺」（守山閣叢書本第二一葉）などの記事と正史とを対照すると、元来の枠組みとしては元封二年のこととされていたらしい。なお「北堂書鈔」巻一二八の引用する「内伝」は元封三年のこととしている。

（4）「太子瑞応本起経」上（大正蔵三、四七三中）

菩薩初下、化乗白象、冠日之精、因母昼寝而示夢焉。従右脇入。夫人夢寤、自知身重。王即召問太卜、占其所夢。卦曰、道徳所帰、世蒙其福、必懐聖子。

なお「内伝」において、占者の同様の祝賀の言葉のあとに「然れどもまた大妖なり」の一句がつけ加えられたのは、「内伝」編者の武帝の求仙に対する視点を示す意図的なものであった。本章第八節を参照。

また同様の記事は、「修行本起経」菩薩降身品第二（大正蔵三、四六三中）、「過去現在因果経」巻一（大正蔵三、六二四中）など諸佛伝中にも見える。

（5）「漢武故事」は魯迅『古小説鈎沈』中に輯本がある。本書第一章三三頁注（3）を参照。

（6）守山閣叢書本第四葉裏面、道蔵本第四紙

王母曰、女能賤栄楽卑、躭虚味道、自復佳耳。然女情恣体慾、淫乱過甚、殺伐非法、奢侈其性。恣則裂身之車、淫為破年之斧、殺則響対、奢則心爛、慾則神隕、聚穢命断。以子蕞爾之身、而宅滅形之残、盈尺之材、攻以百仞之害。欲此解脱三尸、全

身永久、難可得也。有似無翅之鶩、願鼓翼天池、朝生之虫、而楽春秋者哉。

(7) 守山閣叢書本第五葉裏面、道蔵本第六紙。「札迻」の説によって本文を少し改めた。

至於太上之薬、乃有金瑛夾草、広山黄木、帝園王族、昌城玉蘂、夜山火玉。逮及鳳林鳴酢、西瑶瓊酒、中華紫蜜、北陵緑阜、太上之薬、風実雲子、玉津金漿、月精万寿、碧海琅菜、蓬萊文醜、濁河七栄、動山高柳。

(8) 「世説新語」任誕第二三

阮仲容、歩兵居道南、諸阮居道北。北阮皆富、南阮貧。七月七日、北阮盛曬衣、皆紗羅錦綺。仲容以竿挂大布犢鼻幝於中庭。人或怪之、答曰、未能免俗、聊復爾耳。

ちなみにパンツが犢鼻幝(褌)と呼ばれるのは、それがぴっちり肌に着いて、おちんちんの当る所が犢《こうし》の鼻のような形をするからである。李文信「遼陽北園画壁古墓記略」『国立瀋陽博物院籌備委員会彙刊』第一期、一九四七年、一五二頁を参照。

(9) 崔寔「四民月令」石声漢校注本、一九六五年、北京

七日……是日也、可合薬丸及蜀漆丸、曝経書及衣裳。

また守屋美都雄『中国古歳時記の研究』一九六三年、帝国書院、二八五頁を参照。

(10) 「世説新語」排調第二五

郝隆、七月七日、出日中仰臥。人問其故、答曰、我曬書。

(11) 「儀礼」士喪礼第一二

死于適室、幠用斂衾。復者一人、以爵弁服、簪裳于衣、左何之、扱領于帯、升自前東栄、中屋北面、招以衣曰、皐某復。三、降衣于前。受用篋、升自阼階、以衣尸。

なお現在に伝わる屈原の伝説を整理した『屈原的伝説』一九八一年、湖南人民出版社、が招魂の条(一一七頁)に、裏衣《はだぎ》を竹《たけ》篙《ざお》に掛けて死者の魂を呼びかえす風俗を、次のように説明しているのも参考になろう。

「死者の魂魄《たましい》を招こうとすれば、その人が生前に身《はだ》に貼《つけ》ていた衣服を、高く、広げてかかげねばなりません。魂魄は自分が呼ばれているのを聴きつけ、また自分の汗気《あせのにおい》を嗅ぎつけて、縁者が招いているのを知り、きっと戻ってくるのです。」

また同名の『屈原的伝説』一九八一年、上海、少年児童出版社、五六頁では、土地神が屈原の女児《むすめ》に招魂の方法を教えて次のようにいう。

「おまえは、明日から、父親が生前にいつも着ていた肌着を一つ、一丈ほどの竹ざおのてっぺんに掛けなさい。七日七夜の

あいだそれを掛け、夜ごとに香をたき燭《あかり》をともせば、七日めの夜に、おまえは父親と会うことができるであろう。」

ここで「七日七夜」と言っているのも、死者に対する祭礼が多く七日を単位としていることと関連して、興味深い。なお、依(よる)の字が衣に従っているのも、衣服に死者の霊が憑依することと関係があろうと、吉川幸次郎教授よりご教示を受けた。「説文解字」第八篇上に「衣は依なり」とある。

(12)「周礼」春官守祧

守祧、掌守先王先公之廟祧。其遺衣服蔵焉。若将祭祀、則各以其服授尸。(鄭注。尸当服卒者之上服、以象生時。)

(13)「玄中記」第四六条。魯迅『古小説鉤沈』の輯本による。

姑獲鳥、夜飛昼蔵、蓋鬼神類。衣毛為飛鳥、脱毛為女人。一名天帝少女、一名夜行游女、一名鉤星、一名隠飛鳥。無子、喜取人子養之、以為子。今時小児之衣不欲夜露者、為此物愛以血点其衣為誌、即取小児也。故世人名為鬼鳥。荊州為多。……今謂之鬼車。

なお『古小説鉤沈』は、一九七三年版『魯迅全集』本に依る。この『鉤沈』は以前の版に比して校定がゆきとどいている。

(14)「荊楚歳時記」(御覧巻一九、九二七所引)

正月七日、多鬼車鳥度。家家槌門打戸、捩狗耳、滅燭灯、禳之。

なおこの記事については、守屋美都雄訳注、布目潮渢・中村裕一補定『荊楚歳時記』一九七八年、平凡社、の注を参照。蛇足を加えれば、「欧陽文忠公文集」巻九の鬼車詩もこの鳥のことを述べて詳しい。また「西遊記」第六二・六三回に、祭賽国の金光寺の宝塔に血の雨を降らせる九頭虫として出現するのもこの鳥である。現行の「西遊記」では二郎神の犬に首をかみ切られるのであるが、孫悟空に首を斬られるという物語りもあったらしいことについては、磯部彰「中国における『西遊記』の受容と流布」『東方宗教』五五号、一九八〇年、に詳しい。

(15)「荊楚歳時記」杜公瞻注

見賈充李夫人典戒、云、像瑞図金勝之形、又取像西王母正月七日戴勝見武帝于承華殿也。

(16) 沢田瑞穂『地獄変』一九六八年、法蔵館、第四章を参照。

(17) 王琰「冥祥記」第二五条、また劉義慶「宣験記」第二〇条を参照。共に『古小説鉤沈』の輯本による。

晋孫稚、字法暉、斉国般陽県人也。父祚、晋太中大夫。稚幼而奉法、年十八、以咸康元年八月病亡。祚後移居武昌。至三年四月八日、沙門于法階行尊像、経家門。夫妻大小出観、見稚亦在人衆之中、随侍像行。見父母、拝跪問訊、随共還家。祚先病。

稚云、無他禍祟、不自将護所致耳。五月当差。言畢辞去。其年七月十五日、復帰。跪拝問訊、悉如生時。説其外祖父為太山府君。見稚、説稚母字曰、汝是某甲児耶。未応便来、那得至此。稚答、伯父将来、欲以代讁。……到五年七月七日、復帰。説郄城当有寇難。事例甚多、悉皆如言。

(18) 例えば「十方」(「漢武帝内伝」道蔵本第一〇紙)といった方位の数え方、「五濁」の人(第一〇紙)といった言い方、また「身投餓虎」(第一二紙)といった用語などが、その見やすい例である。

(19) 「冥祥記」第一〇一条

宋王胡者、長安人也。叔死数載、元嘉二十三年、忽見形還家、責胡以修譴有闕、家事不理、罰胡五杖。傍人及隣里、並聞其語及杖声、又見杖瘢迹、而不睹其形。唯胡猶得親接。叔謂胡曰、吾不応死、神道須吾算諸鬼録。今大従吏兵、恐驚損墟里、故不将進耳。胡亦大見衆鬼紛鬧若村外。俄然叔辞去、曰、吾来年七月七日、当復暫還、欲将汝行、游歴幽途、使知罪福之報也。不須費設、若意不已、止可茶来耳。至期果還。語胡家人云、吾今将胡游観、畢当使還、不足憂也。胡即頓臥床上、泯然如尽。叔於是将胡遍観群山、備睹鬼怪、末至嵩高山。諸鬼遇胡、並有饌設。余族味不異世中、唯薑甚脆美。胡欲懐将還、左右人笑胡云、止可此食、不得将還也。

(20) 前田恵学「インド佛教文学に現れた他世界訪問譚の性格」『文学における彼岸表象の研究』一九五九年、中央公論社、また岩本裕『目連伝説と盂蘭盆』一九六八年、法蔵館。

二 死霊としての神女たち

晋の干宝の「捜神記」巻一(二十巻本)には、杜蘭香と成公知瓊という二人の神女の降臨譚が記録されている。杜蘭香の物語りのほうは次のような内容である[1]。

漢の時代に杜蘭香という者がいた。自分では南康の人だと言った。建業(建興)四年の春、しばしば張傳のもとを訪れてきた。張傳は年が十七であった。杜蘭香の車が門の外にやって来たのが望みやられ、侍女が案内を請うて言った、「〃阿母〃がお生みになった方で、あなたの配偶者《つれあい》にと遣わされてまいりました。大切にかしずかれますように。」張傳はこれよりさきに碩と名を改めていた。張碩はその女性を呼び入れた。見たところは十六七歳ほどであるが、語ることは遥かなむかしのことであった。二人の侍女がいて、大きい方は萱支、小さい方は松支と呼ばれた。黄金で飾った車に青い牛がつけられ、車上には飲みものや食べものが備わっていた。杜蘭香は詩を作った、「〃阿母〃は霊岳におられ、時に雲霄《おおぞら》を遊行されます。侍女たちは威儀を正して侍り、墉宮《ようきゅう》の外に出ることはありません。しかし飄《かぜ》の輪《くるま》が私をこの世に送りとどけました上は、どうしてこの世の塵穢《きたなさ》を嫌《いと》ったりいたしましょう。あなたが、私の言う通りにすれば福《さいわ》いがあり、私を嫌《きら》えば禍いに遭《あ》うことになります。」

その年の八月のはじめ、杜蘭香が再び訪れて来て、詩を作った、「雲漢《あまのがわ》のあたりを逍遥し、呼吸に(?)九嶷《きゅうぎ》の山から出発します。おまえを配流《なが》すのに道は選ばず、弱水だとて越えてゆきます。」薯蕷子《ながいも》を三つ取り出した。その大きさは鶏卵ほどである。そうして言うには、「これを食べなさい。食べれば風波の心配がなく、寒暑をさけることができるようになります。」張碩はその二つを食べ一つは取っておこうとした。杜蘭香はそれを許さず、張碩にみんな食べてしまわせた。杜蘭香が言うには、「もともとあなたの妻となるためやって来たので、気持ちにへだたりはございません。しかし〃年命〃(年のめぐり合わせ)がまだ合っておりませんので、いささかお別れいたします。太歳の星が東方の卯の方向にあるとき、あなたのもとに帰ってまいります。」

杜蘭香が降臨したとき、張碩は禱祀《おいのり》をどう考えるかと尋ねた。杜蘭香は言った、「〃消魔〃によって病気を癒すことができます。淫祀などなんの益もありません。」杜蘭香は薬のことを消魔と言った。

この杜蘭香の話しは、たとえば「張傳は年十七」とあってすぐその後に、前後の脈絡を無視して「傳は先に碩と名を改めていた」という句が挿入される所からも推察されるように、恐らくは比較的長い原話をむりに縮めたものなのであろう。そのために処々で記述のつながりが切断されている。

これに比べ、同じく「捜神記」巻一に見える成公知瓊の降臨譚には、原話の語り口がよりよく残されているように見える(2)。

魏の済北郡の従事掾に弦超、字《あざな》は義起という人物がいた。嘉平年間（公元二四九―二五四年）のこと、彼がよる一人で宿直していると、夢に神女が訪れてきたのを見た。神女が言うには、「自分は天上の玉女で、東郡の人、姓は成公、字は知瓊、早く両親を失いましたが、天帝は一人ぼっちでいるのを憐れみ、この世に降《くだ》して結婚するようにと遣わされたのです。」弦超はこうした夢に強く心を動かされ、神女の美しく優れたところ、世の常ならぬ容貌に引かれて、目を覚ましてからも思い慕ったが、夢とも現《うつつ》ともつかなかった。こうした夢が三四夜もつづいたあと、ある日、神女が現実に彼のもとを訪れてきた。神女は輜軿車《しへいしゃ》（とばりを垂らした車）に乗り、八人の侍女を従え、綾羅《あやぎぬ》綺繍《ぬいとり》の衣服をまとい、容貌や体つきはあたかも飛仙のようであった。

神女は、自分は七十歳になると言ったが、見たところ十五六の娘のようであった。車の上には壺や榼《さかだる》や青白の瑠璃の酒器のセット、珍奇な飲みものや食べもの、食器や酒が備わっていて、弦超と共に飲んだり食べたりした。

成公知瓊が弦超に言うには、「私は天上の玉女です。下界へ夫を求めるようにと遣わされ、それゆえあなたのもとにやってまいりました。思いがけなくもあなたの徳が遠い昔より運命に感応しており、二人は夫婦になるべきさだめであったのです。私と夫婦になって、あなたに特に利益があるというわけではありませんが、御迷惑をおかけすることもありません。しかし夫婦でおれば、外出の時にはいつも軽快な車と立派な馬に乗ることができ、飲食するのは遠方の珍味と立派な料理、緗素《きぬ》の着物がいつも十分に用意されます。しかし私は〝神人〟ですから、あなたのために子供を産むことはできません。でもまた嫉妬の心もありませんから、あなたが他の女性と婚姻を結ばれるのは、一向にかまいません。」このようにして二人は夫婦となった。

成公知瓊は弦超に詩一篇を贈った。それは次のような内容である。「飄颻《かぜ》に乗って勃逢（渤海の神山？）に遊べば、たかだかと雲石が繁茂しています。霊芝の英《はな》が潤《うるお》うのを待つ必要はありません。立派な徳は時運にめぐりあうのです。神仙の感応にはちゃんとした理由があって、定めに従ってお会いするためにやってまいりました。私を受け入れられれば、五族にわたって栄え、私に逆えば禍菑《わざわい》をまねきます。」ここに引用したのはその詩の大略であって、原詩は二百字を超え、全文を記録することはできない。

成公知瓊は、また「易」に注を付けて七巻の書物とした。それには卦があり象があり、象も付けられていたので、その文章に哲学的な意味があるのみならず、またそれによって吉凶を占うこともできた。ちょうど揚雄の「太玄経」や薛氏の「中経」のようなものである。弦超はその内容全般に精通し、それによって占いを行なった。

二人が夫婦となって七八年を経て、両親が弦超に妻を娶ってやってからは、神女は、現世の妻とかわりばんこに、昼には楽しみを共にし、夜には寝を共にした。夜分にやって来て晨《あした》に去って行き、その去来のすみやかな様は飛ぶが如くであった。

神女の来訪は弦超だけに見えて、他の人には見えなかった。ただ他人がいないはずの部屋でしばしば人の声が聞え、来訪者があった跡はあるのに、その姿を目にすることがない。そうしたことからやがて人々に怪しまれ問い正されて、弦超は神女のことを漏らしてしまった。〔そのことを知った〕玉女は、別れさせていただきたいと告げて言った、「私は〝神人〟なのです。あなたと契りは結んでも、他人に知られることは望みませんでした。しかるにあなたのうかつな性格から私のことが人々に暴露されてしまいました。もうあなたの所にまいることはございません。ただ長年の好《よし》みゆえ、恩義も浅くはございません。いまお別れすることになり、悲しみとなごりおしさに堪えません。やむを得ないことなのです。お互いに自愛してまいりましょう。」そう言うとお付きの者を呼んで、酒を酌み食事をした。簏《つづら》をひらいて織成《つづれにしき》の裙衫ふたかさねを弦超に贈り、また詩一首を贈った。臂《うで》を把《と》って別れを告げると、涙を止めどなく流し、黙って車に乗り、飛ぶように車を馳せて去っていった。弦超は長く悲しみに沈み、ほとんど廃人同様となった。

神女が去ってから五年がたち、弦超が郡の使者として洛陽にゆく途中、済北の魚山の下の街道を、西にすすみつつ遠く見やると、曲り角の所に一台の馬車がいて、乗っているのは成公知瓊のようであった。馬を駆らせて近づいてみると、果して彼女であった。車の帷《カーテン》を開けて顔を合わせ、悲しみと喜びの情がこもごも心にわきおこった。車上の席をあけて、二人は同乗して洛陽に至り、そこに家をかまえて、もとどおりに好みを復した。太康年間(二八〇―二八九年)にも弦超はまだ生きていた。ただ神女は毎日やって来るのではなく、三月三日、五月五日、七月七日、九月九日と毎月の初めと十五日に降臨し、夜を過ごして帰っていった。

張茂先はこの事をよんで「神女の賦」を作った。

この二つの神女降臨譚の内、成公知瓊の話しは「藝文類聚」巻七九に「捜神記」の文として引用されるところから、古い「捜神記」にこの話しが載っていたことが知られるのであるが、杜蘭香の話しの方はそうした引用がない。唐宋の類書はこの話しを「杜蘭香伝」「杜蘭香別伝」といった名前で引用し(3)、晋の曹毗の名を筆者として冠している場合もある。したがってこの説話が文字に定着した時代についてはどこまで遡れるか問題がないわけではないが、参考になる資料として劉宋の劉義慶が編纂した「幽明録」に次のような話しがある(4)。その要点だけを記せば、

呉県の費升は九里亭の吏であった。ある日、墓まいりに来たが日が暮れたため郭《まち》の門が閉って家に帰れなくなった女性を見つけて、亭に泊めてやった。夜中、費升が琵琶を弾くと、その女性は歌をうたった。

成公は義起に従い、蘭香は張碩に降る。苟しくも冥分　結ぶと云わば、纏綿は今夕に在り。

この女性は実は狸であって、次の日の朝になって犬に咬み殺されてしまった。

このように狸の化けた女性の唱う歌にまで出現するように、六朝期には杜蘭香と成公知瓊の降臨譚が人口に膾炙していたのであり、またこの二つの話しが一対のものとされていたらしいこともここから窺われるのである。

この杜蘭香と成公知瓊の二つの説話からその筋書きを成す重要なモチーフを抜き出せば、次のようになるであろう。

一 神女が降るのは未婚の若者である(夜一人でいること)。
二 神女の降臨には前触れがある(夢あるいは侍女の通知)。
三 神女は車で降臨する。
四 若者は神女の設ける食事を食べる。その食物を残しておくことは許されない。
五 神女は詩を贈って自らの境涯を説明する。
六 神女と若者とは夫婦になる。
七 神女が経典を授け、若者はそれに精通して方術の能力を得る。
八 神女から若者に、この世のものでない贈り物がある。
九 若者が事を他人に漏らしたため、神女は去る。
十 若者は神女と再会する。この時も神女は車に乗っている。

第十項の再会という筋書きが杜蘭香の物語りにもあったことは、「藝文類聚」巻七一に引く「杜蘭香別伝」(5)に、杜蘭香は下界の張碩のもとを訪れていたが、張碩が結婚をすると、彼女は去っていったまま、ぱったり通《かよ》ってくることがなくなった。それから一年あまりして、張碩が船に乗っていると、山ぎわにいる車に杜蘭香が乗っているのが目に入った。張碩は驚喜して杜蘭香のもとに駆けつけ、彼女に会うと悲しみと喜びがこもごも胸に迫った。杜蘭香の方でも嬉しそうな様子であった。

という一段(ただこの後、杜蘭香の従者が張碩との会合のじゃまをするのであるが)があることからも知られる。

以上十項目に分けて取り出した神女降臨譚の主要なモチーフのうち、第二、第三、第四、第五、第七の各項目は、「漢武帝内伝」の筋書きと共通するものである。また第九項も、若者が神女の言いつけを守ることができなかったため神女が訪れなくなると考えれば、「内伝」で武帝が西王母と上元夫人の誡めにそむいたため、再びは降臨がなかったという筋書きに共通している。これに加えて更に、成公知瓊の言葉の「往来には常に軽車に駕し肥馬に乗るを得べし。飲食は常に遠味異膳を得べし。繒素は常に用に充《み》ちて乏しからざるを得べし」という奇妙なぐあいに飾られた表現は、「内伝」の第二種の文体に通い合う所のあるものである。神女降臨譚と「漢武帝内伝」とがこのように多くの共通する要素を持っているということは、何を意味するのであろう。

この二つの降臨譚を詳しく見てみると、杜蘭香は、その文中に言う所によれば「阿母の生みし所」で、その「阿母は霊岳に処る」のである。成公知瓊の方は「天上の玉女」と称している。しかし彼女たちは、天上に生れ育って、地上の世界とは降臨して始めて関係を持つという純粋に天界に属するものではなさそうである。杜蘭香は南康の人氏、知瓊は東郡の人であるという。南嶺山脈中の南康の出身の杜蘭香は、京兆・濮陽・襄陽などの郡望である杜氏とは直接には関係がなさそうであるが、東郡の成公と言えば、「晋書」巻六一に、

成公簡、字は宗舒、東郡の人なり、家は世々二千石。

とあり、また「文選」に載る「嘯の賦」などの文学作品で記憶される成公綏も、東郡白馬の人である。成公知瓊が東郡の人と称した時、当時の人々は、代々二千石の名族を思いうかべたはずである。このように天から降臨する神女には、現世の人間としてのかげが濃く付き纏っている。地上に本貫のある女性が、天上玉女、あるいは阿母(後に説くように西王母を指す)の子供として降臨するというのは、どうしたことなのであろう。

「法苑珠林」巻七五(6)、十悪篇、邪婬部の感応縁の部分には、いくつか奇妙になまなましい再生譚が集められていて、六朝期にこの一類の説話が盛んに行なわれたことが知られる。馮孝将の息子の馬子の例を要約して挙げれば、次のような話しである(7)。

晋の時代のこと、広州太守馮孝将の息子の馬子は、年は二十余であったが、ひとり廐中に寝ていると、夢に十七

八の娘が現れた。娘が言うには、自分は前の太守の徐玄方の娘で、若くして死にました。しかしこれはまちがいであって、八十歳以上まで生きる寿命があったのです。いま蘇生を許されましたが、それにはあなたの援助が必要です。あなたの妻となし、私のたのむ通りにして、救って下さらないでしょうか、と。馬子はそれを承諾した。約束の期日になると、牀の前の地面に頭髪が現れた。これが約束の女性だと気づいて人々を遠ざけると、やがて地中から頭が出、からだ全体が出てきた。馬子は娘と話しを試みたが、その語る所は奇妙で世間一般のものではなかった。馬子は娘と寝を共にした。再生の日が近づくと、彼女は馬子になすべき事を教えて去った。馬子は、言われた通り、酒食をたずさえて彼女の墓前にゆき、祭祀をすませたあと墓を掘った。彼女の身体を取り出してとばりの中に置いておくと、やがて口がきけるようになり、二百日もたつと歩けるようになって、一年目にはもとの身体にもどった。そこで徐氏に通知をし、吉日を選んで馬子と徐氏の娘とは正式に結婚をした。

この条は「続捜神記」に出づと注記され、現行の「捜神後記」巻四にほぼ同文の一段がある。

「珠林」の同じ巻にある李仲文の娘の話しは再生に失敗した例である。

武都太守の李仲文は、郡に在任中に十八歳の娘を死なせ、仮りに郡城の北に葬った。かわって太守となった張世之には、子長という字《あざな》の二十歳の息子があった。子長が廐にいたとき、(8)夢に李仲文の娘が現れて言うには、私は前の太守の娘で、不幸にして早く死にました。いま再生することになり、あなたが気に入ってやってまいりました。このような夢が五六夜も続いたあと、昼間にその娘がやって来て、子長と夫婦になった。のちに前の太守の李仲文は、婢女に命じて娘の墓にまいらせた。婢女は、墓まいりのついでに張世之の妻に挨拶をしたとき、廐に死んだ娘の履《はきもの》があるのを発見した。婢女はてっきり墓をあばいたのだと考え、李仲文にそれを知らせた。李仲文が問い正したところ、子長は事の次第を語った。李氏と張氏の人々は、不思議なことだと思い娘の墓を掘ったところ、娘の身体には肉が生じていた。しかし〔途中で事が漏れたため〕、その肉も腐ってしまい、再生することができなかった。

この条も同様に「続捜神記」に出づと注記され、現行本「捜神後記」巻四に見える。

次に挙げる「捜神記」巻一六の漢の談生の例は、墓中の骨に肉が付くのではなく、直接幽霊の身体に肉が付くという話しである。ここでは、その再生に要する期間は三年だとされている。

漢の時代のこと、談生には年が四十になっても妻がなかった。夜中に詩経を読んでいると、年のころ十五六の女性が現れて、二人は夫婦となった。その女性は、三年間は自分を火《あかり》で照らしてはならないと言った。二人の間には子供もできたが、二年目でがまんができなくなった談生が秘かにあかりで照らして見ると、女は腰から上には肉がついていたが、腰から下は枯骨のままであった(「珠林」巻七五の引用によれば、腰から下だけに肉が付いていた)。約束を破ったことを知って彼女は去っていったが、去るに際して、子供を養うようにと言って珠の袍《じゆばん》を談生に残した。この袍を市場で売ったところ、睢陽王の家のものがそれを買った。睢陽王は、それが死んだ娘の袍であるというので、談生が墓をあばいたのだと考えて彼を拷問した。睢陽王は、娘の墓をひらき、また二人の間にできた子供に会って、談生の語ることが真実であると知った。

以上に挙げた三つの例からも、これらの奇妙になまなましい再生譚の背後に、若死にした女性(恐らくは未婚の女性)は、一度幽霊のままで現世の男性と交わることによって、枯骨に肉が付いて再生することができるとする信仰が生きて存在していたと推定することができよう。馬子を訪れた女性は、寝を共にしたあと、「我れは尚お虚なり。自ら節すべし」と戒めている。これは「聊斎志異」などの霊怪小説に多く見られる幽霊や狐に精を吸い取られるというモチーフの早く見えるものであり、逆に節しつつ行なわれる男女の交わりが再生をもたらすとされるのは、初期の道教教団で実修された「握固不泄、還精補脳」の房中術と関係を持つものと思われる。

「漢武故事」にも、神君が霍去病と交接して太一の精を補い延年を得させようとしたことや、東方朔の房中術を伝えた女性が長生きをしたという話しが記録されている(第二章一〇三頁)。房中術の実修によって長生が得られると考えられたのは、古い農耕儀礼に起源する観念なのであろう。日本の農耕の予祝祭儀においては、一年の農耕作業の象徴的な模倣とともに、男女の交接の模倣が行なわれている。実際に耕作地で男女の交接が行なわれることについては、世界中から報告があるが、フレイザー(9)は、人間の多産が作物の多産を導くという共感呪術(sympathetic magic)の概念でこれを説明している。後にも述べるように、中国における長生の概念は再生(復活)の観念を基礎として発達したものである。佛教徒からしばしば非難を受ける房中術のオルギーも、人間の交接が植物に再生と豊穣の活力をもたらすという観念をもとに、それが人間自身にも長生の活力をもたらすと考えての実修であって、古い農耕儀礼の基本観念を後世的に展開させたものなのであろう。

陳寿の「三国志」にいくつか見える冥婚の行事(10)も、恐らく同様の観念を基礎にしたものであろう。「魏書」巻五の文昭甄皇后伝にいう、

大和六年、明帝の愛娘《まなむすめ》の淑が薨じた。淑を追封し諡《おくりな》して平原懿公主となし、廟を建てた。甄皇后の死んだ従孫の黄と一緒に合葬し、黄を追封して列侯となした。

「魏書」巻二〇では、

鄧哀王の沖は、建安十三年、病いが重くなった。太祖は自ら沖のために命請いをした。沖が死ぬと、太祖は深い悲しみに沈んだ。……沖のために甄氏の死んだ娘を配偶者として選び、一緒に合葬した。

また「魏書」巻一一の邴原伝では、太祖が死んだ愛子の倉舒のために邴原の亡女を求めて合葬しようとしたとき、邴原がそれは礼にはずれ「凡庸」だと言って辞《ことわ》っている所から見て、こうした冥婚の風習がこの時代広く民間に行なわれていたことが推測される。そうしてこの風習も、幼くして死んだ男女の死後の仮りの結婚が再生をもたらすという観念を背景にしたものであったのであろう。

以上にいくつか挙げた馮馬子らの再生譚を神女降臨譚と比較してみるとき、この両者にも深い結びつきがあることが知られる。神女の成公知瓊も再生譚の李仲文の娘も、訪問の前に三夜から六夜ほどまず夢にあらわれている。訪れるのは若い女性であり、訪問を受けるのは一人でいる男性である。二人の交わりは人に漏らしてはならないとされるのも、両者に共通している。ただ、男性を訪れる以前の神女たちが天上あるいは阿母のもとにあるのに対して、再生しようとする女性たちは、少なくともその身体は墓中にある。両者の比較によって、土俗的な信仰により近い再生譚の中から神女降臨譚が発達してきたのだと考えることができるであろう。すなわち、再生譚では全然姿を見せない、彼女たちの再生を許可した主権者が、降臨譚では天帝もしくは阿母として現れていると考えれば、両者の結びつきと、更に墓中の身体を処理してしまった降臨譚がより発達したものであろうことが理解されるのである。

降臨譚の中の「若者が神女からこの世ならぬ物を贈られる」というモチーフは、再生譚の中で重要な意味を持って、事の露見と再生の失敗の原因となる「女性が自分の墓中の副葬品を若者に贈る」というモチーフにもとづいているのであり、また降臨譚で一度去った神女が再び若者の前に現れるという結末も、再生譚における再生を得て両者が現世で結婚をするという結末のあとをひいたものと考えてよいであろう。降臨譚の神女たちに現世の本貫があるということも、再生譚との関係を考えて始めて理解できるものである。杜蘭香も成公知瓊も、もとをただせば若死にした女性たちの死霊なのである。

「法苑珠林」巻三六、華香篇の感応縁には「続捜神記」の文として、神女降臨譚や再生譚と西王母とを結びつける次のような話しが収められている。(11)

劉広は予章の人である。年が若くまだ結婚していなかった頃のこと、田舎(荘園の管理にあたる建物)に行ったとき、一人の女性が現れて言うには、「私は何参軍の娘なのですが、年十四のとき若死にいたしました。西王母に養われて、いま下界の人と交わるようにとさしむけられました。」劉広はこの女性と仲良くなった。その日、席《しきもの》の下に鶏舌香をくるんだハンカチを見つけた。彼の母親がハンカチを焼いたところ、それは火浣布（火に焼けない布地）であった。

この条は、現行の「捜神後記」巻五にも見えるが、ほぼ同文で、この女性との交渉の結末が知れない。その内容から言うと、現れた女性が何参軍の娘で若死にしたとあるところは再生譚的であり、同時に火浣布といった非日常的なものが出現するところは神女降臨譚に似ている。そうしてこの再生・降臨譚を背後から支えるものとして西王母が顔をのぞかせている。何参軍の娘は、若死にしたあと西王母によって養われ、西王母の指図によって現世の若者に配されているのである。

次に挙げる、劉義慶の「幽明録」に収められた山中の異世界訪問の話しも、神女降臨譚と共通する所がある。[12] 漢の時代に太山の黄原という人物がいて、ある朝、門の前で待っていた青い犬に導かれて不思議な世界を訪問する。

……行くこと数里にして、一つの穴に出くわした。穴中を百歩あまりも進むと、突然ひろびろとした大通りに出た。街路樹として槐《えんじゅ》や柳がつらなり、家々には行牆《かきね》がめぐらされていた。黄原は犬の導くままに〔とある屋敷の〕門を入ったが、建物が連なり格子まどや扉があって、全部で数十間もありそうであった。そこに住むのは全て女性で、美しい容姿にきらきらしく着飾って、琴瑟を弾いたり、すごろくや囲碁をしたりしていた。北閣（一番奥の御殿）にやってくると、そこには三間の建物があり、二人〔の女性〕が取りつぎ役にあたって、なにかを待っているようであった。黄原を見つけると互いに顔を見あわせ笑って言った、「青犬がつれてきた妙音のお婿さんだわ。」一人が留まり、一人が〔知らせるため〕建物に入って行った。まもなく四人の侍女が出てきて、太真夫人が黄郎（黄の若さま）に申し上げると言って次のように伝えた、「一人の娘がございますが、もう裳着《はかまぎ》もすませ、冥数に従ってあなたの妻とならせたいと存じます。」日が暮れると、黄原は奥に案内された。内には南に向いた堂があり、堂の前には池があり、池の中央には臺があって、臺の四角《すみ》には直径一尺の穴があり、その穴の中からさす光が帷《カーテン》や席《しきもの》にてり映《は》えていた。[13] 妙音の容色はういういしくあでやかで、侍女たちも美しかった。婚姻の礼もおわり、二人してやすんだが、こまやかな気持ちは古くからのなじみのようであった。

数日がたち、黄原はひとまず家にもどって知らせて来たいと思った。妙音は言った、「人と神とは道を異にしますゆえ、二人の仲はもともと長くは続かぬものであったのです。」次の日、妙音は珮《おび》ものを解き袂《そで》を分かって〔黄原にあたえ〕、階《きざはし》に出て涙を流しながら言った、「いつまたお会いできるのか分かりません。どうかお身体にお気を付け下さいますように。もし私のことを忘れずにいていただけますならば、三月の旦《ついたち》には、どうか身を潔《きよ》めていて下さい。」四人の侍女が門の所まで送り、半日にしてもとの家にもどった。

黄原は、それ以後、気持ちがぼんやりとしてしまい、毎年三月旦になると、空中に軿車《へいしゃ》(婦人乗りの馬車)がぼんやりと飛んでいるような様子が見られた。

黄原と同様に山中の穴をくぐって異世界を訪れる話しは陶潜の「桃花源記」が有名であり、また山中の異世界の女性と婚姻を結ぶ話しの中では、同じく「幽明録」に収められた、劉晨・阮肇と天台二女の例がよく知られている。六朝期の小説的な作品の中に多数残されている、同様の異世界訪問の説話については、小川環樹教授が『文学における彼岸表現の研究』の中で蒐集を試みておられるので、そちらを参照していただきたい。[14] この一類の異世界訪問の話しは、これまで扱ってきた説話に比べてより小説的ではあるが、黄原・妙音の話しの最後に「ぼんやりと空中を軿車が飛んでいるのが見られた」とあることは、成公知瓊が輜軿車で降臨していることと考えあわせて、男性の方が異世界の女性を訪れる説話と神女降臨譚とにも深い関係があることを示している。

「幽明録」の妙音には太真夫人という母親がついていて、その指図で黄原と結婚することになったらしい。黄原の

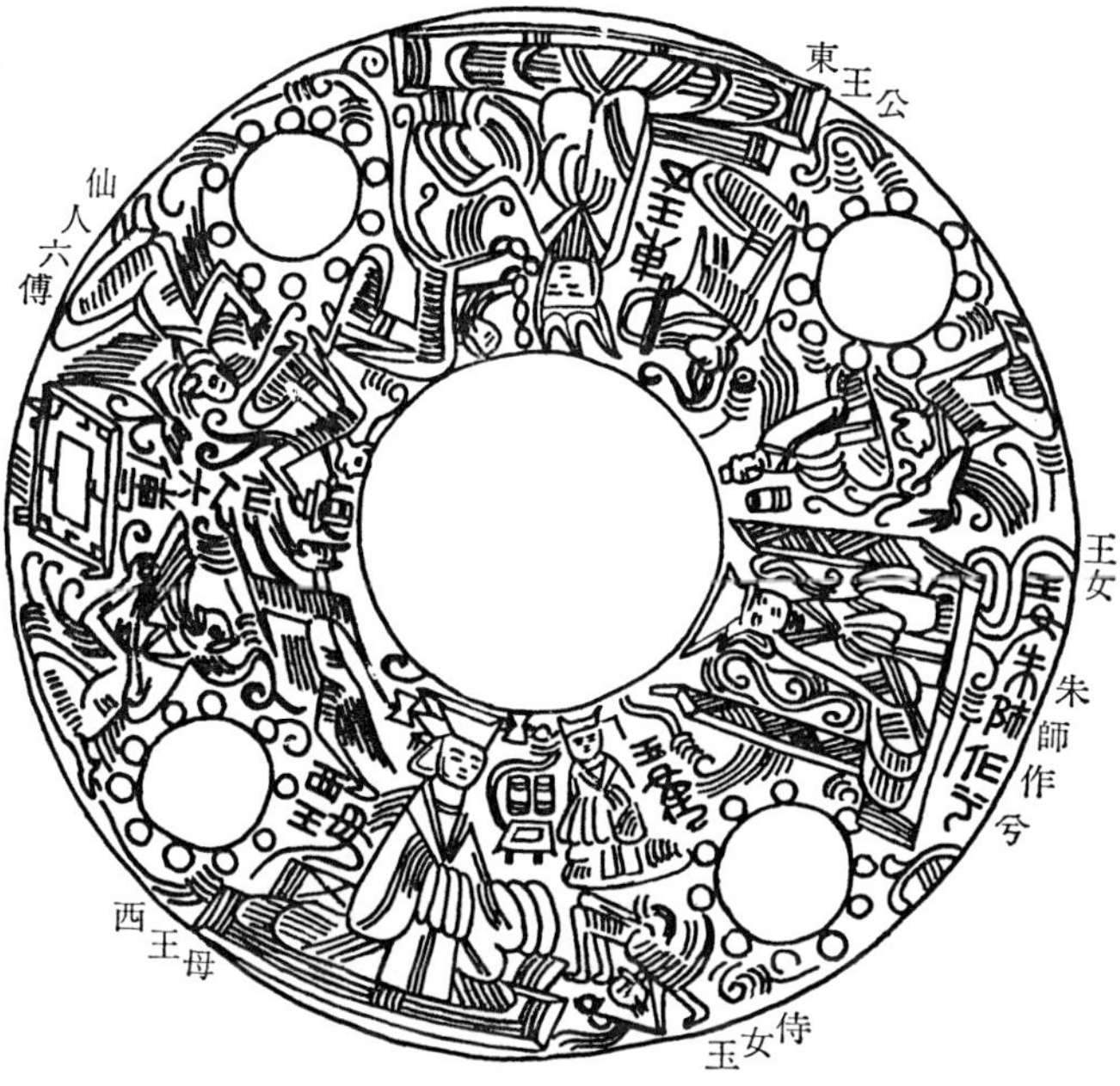

図 56　神人画像鏡

訪れた女性ばかりの世界の支配者が太真夫人なのであろう。そうして、妙音に対する太真夫人の位置が、杜蘭香に対する「阿母」の位置であり、何参軍の娘を養った西王母の立場ではなかろうか。

　杜蘭香の唱った詩に、

　　阿母は霊岳に処り、時として雲霄の際に遊ぶ。
　　衆女　侍して羽儀あり、墉宮の外に出でず。

と言うが、衆女たちが「阿母」に侍している世界は、黄原が訪れた女性ばかりの世界と本質的に同一のものであるにちがいない。杜蘭香の唱うもう一つの詩——これは杜蘭香を下界に送り出すに際して阿母が唱ったものであろう——には次のようにある。

　　雲漢の間に逍遥し、呼吸《またたくま》に九嶷を発す。汝を
　　流すに路を稽えず、弱水　何んぞ之《ゆ》かざらん。

ここで弱水のかなたの墉宮に住むとされている「阿母」は、そのまま崑崙山の西王母を意味していたと考えてよいであろう(15)。「山海経」大荒西経にも言うように、弱水は崑崙山をとりまく川であ

り、また崑崙山に崑崙宮があって、その墉城金臺玉楼が西王母の治所であることは、「水経注」巻一に引く「十洲記」に見える。成公知瓊が「玉女」と称していることは、後漢三国期の鏡背の西王母に侍する女性の画像の傍に「玉女侍す」の銘のある例がいくつかあることから考えて(16)(図五六)、知瓊もまた西王母のもとに集められた衆女の一人であったことを意味しよう。そうして「漢武帝内伝」では、上元夫人が西王母を「阿母」と呼んでいるのである。

　このように、以上に検討してきたいくつかの類型の説話は、西王母を中心として発達した説話群として纏めることができるのであるが、更にこれらは単にこの時代に流行した民間説話であるに留まらず、古い神話的な領域にその基盤を持っていたと考えられる。それは、例えば再生譚の談生の例で、再生のための準備期間中は火で照らすことがタブーであり、そのタブーを犯したため再生することができなかったとされているが、その筋書きは日本のイザナギ・イザナミの夜見の国での神話と符合することからも知られるであろう。

　この章の最初の、一月七日の祖霊帰還について述べた部分に見えた不思議な鳥、姑獲鳥について、「重修政和証類本草」巻一九は、次のように言っている(17)。ちなみに「証類本草」は、姑獲と鬼車とを別の鳥だとしている。

　姑獲は、能く人の魂魄を収む。今人一《いっ》に乳母鳥という。言うこころは、産婦死し、変化してこれと作《な》る。能《よ》く人の子を取りて以って己《おの》が子となす。胸前に両乳あり。

姑獲鳥が、お産で死んだ女性の魂であるとされるのは、日本のウブメの説話と死んだ母親に養われて墓中で成長した人の伝説(赤子塚の伝説(18))との関係からも推察されるように、遥かなむかしの大地母神信仰の残存なのである。この一月七日の祖霊帰還の伝承に深い関係を持つ西王母が「阿母」と呼ばれて死んだ女性たちの擬制的な母親となって養いそだてていることも、太古の大地母神のおもかげを伝えたものと考えられよう。

未婚の者が死んでも正式には死んだとされず、成人に対するのとは別の儀式によって葬られるのは、全世界的な習俗である。日本においても、成人は成佛してしまうが、幼児は再び生れかわるとされている。「晋書」巻三四に見える、羊祜が隣人の李氏の子供の生れかわりであったという伝説や、すでに述べた冥婚の制から考えて、中国においても、未成人の死者はもう一度この世に生れかわるという伝承があったことが窺われる。(19)

中国の古代神話における西王母は、月神としての性格を多分に持っている。漢代の画像においても、西王母が兎をしたがえているのは、「楚辞」天問篇などに見える月の中に兎がいるという伝説と考えあわせて、西王母が月神でもあったことを示している。画像に現れた西王母の兎は杵を持ってなにかを搗いている(たとえば図二四・三〇)。月の兎がお餅を搗いているというのは、もちろん日本的な歪曲であって、「御覧」巻四に引く晋の傅玄の「擬天問」が「月中に何か有る、白兎は薬を擣く」と言うように、不死の霊薬を調合しているのであろう。この霊薬と不死の話しが屈折して嫦娥(姮娥)奔月の神話となったであろうことについては、小川環樹教授の説を引きつつ、すでに第一章で述べた(六六頁)。月の満ちては欠け、欠けては満ちるという変化が、月に再生の能力があるのだという信仰を呼び起し、月神は人間にもその不死性を分かち与えることができるとされ、その媒介物として不死の霊薬も登場して来たのである。(20)

図 57 朱曼妻薛氏買地券

月神は、同時に大地母神としての性格を持つ。大地母神は、植物の神、豊饒の神であると共に、冥府の女王でもある。西王母が、後漢時代以降、冥府の女王としての性格を強めていたであろうことは、例えばこの時代の墓中に収められた遺物からも窺うことができる。買地券は、もともと墓地を現世的な契約で買うだけで

なく、神々に対しても買ったことを証明するために墓中に入れられる呪術的な証文であったと考えられる。例えば、

黄武四年十一月癸卯朔、廿八日庚午、九江の男子浩宗、□月を以って予章に客死す。東王公・西王母より南昌東郭の一丘を買う。賈《あたい》は□□五千……

浩宗買地券(羅振玉『地券徴存』)

は、呉の孫権の二二五年のもの。また、

晋の咸康四年二月壬子朔、四日乙卯、呉の故《もと》の舎人・立節都尉・晋陵丹徒の朱曼の故妻の薛、天より地を買い、地より宅を買う。……薛の地に志あらば、当に天帝に詣ずべし。薛の宅に志あらば、当に土伯に詣ずべし。任知する者、東王公・西王聖母。天帝の律令の如くせよ。

朱曼妻薛氏買地券(『地券徴存』また『文物』一九六五年第六期、図五七)

とあって、東晋の成帝、三三八年のものである。このような文句から、天帝の下に墓地の売買の管理者として西王母と東王公の二人の神がいたことが知られる。祖霊帰還の伝承に西王母が関係をもつのも、かの女が死者(特に東王公との職務分担で、女の死者)たちを管理し、時に現世に送り帰す冥府の支配者であったからである。

西王母は、このように冥府の女王としての性格を強めてはいても、なお月神・大地母神としての前身に由来する再生を付与する力は失われてはいない。古く絶対的な力を振った神々もその信仰が衰えると冥府の神となる場合が多いが、この神女降臨譚もまた太古の西王母神話の一つの零落した様相なのである。神女降臨譚・再生譚の背後にこのような神話的世界からの来源を考えて、その筋書きをもう一度纏めてみれば、次のようになるであろう。

未婚のまま死んだ女性は、完全に成人した者たちとは別に、女性ばかりの世界に集められる。そこで、大地母神たる西王母が擬制的な母親となって彼女たちを養い育てる。やがて西王母の命令で現世の男性のもとに配され、一定期間(談生の例によれば三年間)その男性と夫婦生活を続けることができれば、彼女は、再び現世に生れかわ

ることができた。

「漢武帝内伝」と神女降臨譚とが、その説話的モチーフの多くの部分で重なることを前に指摘したが、このように探求してきて、「内伝」における上元夫人の位置が理解されよう。すなわち「内伝」を神女降臨譚という視点から見れば、漢の武帝は神女の訪問を受ける若者であり、上元夫人は降臨する神女なのである。だからこそ、南北に対座するのは武帝と上元夫人であって、西王母は西側で両者の取り持ちをつとめるのである。(21) 上元夫人と西王母の関係は、杜蘭香と阿母の関係であり、妙音と太真夫人の関係とも重なっている。三年のちに再び訪れようと西王母が言うのも、再生譚の談生の例で再生に三年の期間がかかるとされることとなんらかの関係があるものかも知れない。

更に武帝が長生や不老不死を求めたという筋書き自体も、長生不死が単なる個人的な願望の結晶ではなくて、それを背後から支える再生に関する神話的伝承が存在すればこそ、しっかりとした現実性を持って当時の人々の心の中に生きつづけており、新しい物語りの核ともなりえたのである。

（1）　干宝「捜神記」巻一（秘冊彙刊二十巻本）

漢時有杜蘭香者、自称南康人氏、以建業四年春、数詣張傳。傳年十七、望見其車在門外、婢通言、阿母所生、遣授配君、可不敬従。傳先改名碩。碩呼女前。視可十六七、説事邈然久遠。有婢子二人、大者萱支、小者松支。鈿車青牛上、飲食皆備。作詩曰、阿母処霊岳、時遊雲霄際、衆女侍羽儀、不出墉宮外、飄輪送我来、豈復恥塵穢、従我与福倶、嫌我与禍会。至其年八月旦、復来、作詩曰、逍遥雲漢間、呼吸発九嶷、流汝不稽路、弱水何不之。出薯蕷子三枚、大如鶏子、云、食此令君不畏風波、辟寒温。碩食二枚、欲留一。不肯、令碩食尽。言、本為君作妻、情無曠遠、以年命未合、其小乖。太歳東方卯、当還求君。蘭香降時、碩問、禱祀何如。香曰、消魔自可愈疾、淫祀無益。香以薬為消魔。

テキストの校定については、汪紹楹『捜神記校注』古小説叢刊、一九七九年、北京、を参照した。また杜蘭香の物語りについては、竹田晃「杜蘭香説話について」『東方学会創立二十五周年記念東方学論集』一九七二年、の論文がある。

（2）　「捜神記」巻一

魏済北郡従事掾弦超、字義起。以嘉平中夜独宿、夢有神女来従之。自称天上玉女、東郡人、姓成公、字知瓊、早失父母、天帝哀其孤苦、遣令下嫁従夫。超当其夢也、精爽感悟、嘉其美異、非常人之容、覚寤欽想、若存若亡。如此三四夕、一旦顕然来遊。駕輜軿車、従八婢、服綾羅綺繡之衣、姿顔容体、状若飛仙。自言年七十、視之如十五六女。車上有壺榼青白瑠璃五具、飲啖奇異、饌具醴酒、与超共飲食。謂超曰、我天上玉女、見遣下嫁、故来従君。不謂君徳、宿時感運、宜為夫婦。不能有益、亦不能為損。然往来常可得駕軽車、乗肥馬、飲食常可得遠味異膳、繒素常可得充用不乏。然我神人、不為君生子、亦無妬忌之性、不害君婚姻之義。遂為夫婦。贈詩一篇、其文曰、飄颻浮勃逢、敖曹雲石滋、芝英不須潤、至徳与時期、神仙豈虚感、応運来相之、納我栄五族、逆我致禍菑。此其詩之大較、其文二百余言、不能悉録。兼註易七巻、有卦有象、以象為属、故其文言既有義理、又可以占吉凶。猶揚子之太玄、薛氏之中経也。超皆能通其旨意、用之占候。作夫婦経七八年、父母為超娶婦之後、分日而燕、分夕而寝、夜来晨去、倏忽若飛。唯超見之、他人不見。雖居闇室、輒聞人声、常見踪跡、然不睹其形。後人怪問、漏泄其事。玉女遂求去、云、我神人也、雖与君交、不願人知。而君性疏漏、我今本末已露、不復与君通接。積年交結、恩義不軽、一旦分別、豈不愴恨、勢不得不爾、各自努力。又呼侍御、下酒飲啖、発簏取織成裙衫両副遺超、又贈詩一首。把臂告辞、涕泣流離、粛然昇車、去若飛迅。超憂感積日、殆至委頓。去後五年、超奉郡使至洛、到済北魚山下陌上、西行遥望、曲道頭有一馬車、似知瓊。駆馳前至、果是也。遂披帷相見、悲喜交切、控左援綏、同乗至洛。遂為室家、剋復旧交。至太康中猶在、但不日日往来。毎於三月三日、五月五日、七月七日、九月九日、旦、十五日輒下来往、経宿而去。張茂先為之作神女賦。

（3） 類書などに引用されている杜蘭香の伝記を纏めて示せば、「曹毗杜蘭香伝」の類、「斉民要術」巻一〇、「北堂書鈔」巻一四三、一四八、「藝文類聚」巻八一、「太平御覧」巻三九六、五〇〇、七五九、七六一、八一六、八四九、九六四、九八四、九八九、また「御覧」巻一八九の「曹毗曰」の条もこの類に属す。「杜蘭香別伝」として引用されるものは、「藝文類聚」巻七一、七九、八二、「御覧」巻七六九、九七六、「太平広記」巻二七二。

（4） 「幽明録」第一八〇条

呉県費升為九里亭吏。向暮、見一女従郭中来、素衣哭入埭、向一新冢哭。日暮、不得入門、便寄亭宿。升作酒食。至夜、升弾琵琶令歌。女云。有喪儀、勿笑人也。歌音甚媚。……中曲云、成公従義起、蘭香降張碩、苟云冥分結、纏綿在今夕。

（5） 「杜蘭香別伝」(「類聚」巻七一、また「御覧」巻七六九の引用もほぼ同文)

香降張碩、碩既成婚、香便去、絶不来。年余、碩船行、忽見香乗車於山際。碩不勝驚喜、遥往造香、見香悲喜。香亦有悦色。

（6） 以下「法苑珠林」は百巻本(大正新脩大蔵経第五二冊所収)を用いる。「四部叢刊初篇」所収の百二十巻本「法苑珠林」が明版大蔵経の系統を引いた特殊なもので、テキストとして優れぬことについては、陳垣『中国佛教史籍概論』一九六二年、北京、が述べ、また勝村哲也「魯迅所見書考(上)——法苑珠林と太平御覧——」佛教大学通信教育部『鷹陵』四三号、一九七二年、にも詳しい。

(7) 馮馬子の話しは、「捜神後記」巻四のほか、「異苑」巻八、「幽明録」第二〇五条にも見える。

(8) 前引の馮馬子の例でもこの張子長の例でも、神女は廐にいる若者に接触している。「幽明録」第一二七条の高雅之の話しにおいてもまた廐中に神が来降する。廐という場所、或いは若者が廐に籠っているということに、特殊な宗教的な意味があったのであろう。恐らくそこでひどく孤独な通過儀礼《イニシエイション》が行なわれるのだと考えられる。

(9) G. Frazer, *The Golden Bough*, 1922.

(10) 冥婚については、趙翼「陔余叢考」巻三一冥婚の条、が歴代の例を集めている。また近年の例については、内田智雄『中国農村の家族と信仰』一九七〇年新版、清水弘文堂書房、に報告がある。

(11) 「続捜神記」珠林巻三六所引

劉広、予章人。年少未婚。至田舎、見一女云、我是何参軍女、年十四而夭、為西王母所養、使与下土人交。広与之纏綿。其日於席下得手巾、裹鶏舌香。其母取巾焼之、乃是火浣布。

(12) 「幽明録」第四六条

漢時太山黄原、平旦開門、忽有一青犬在門外伏。……行数里、至一穴。入百余歩、忽有平衢、槐柳列植、行牆迴帀。原随犬入門。列房櫳戸可数十間、皆女子、姿容妍媚、衣裳鮮麗、或撫琴瑟、或執博碁。至北閣、有三間屋。二人侍直、若有所伺。見原、相視而笑、此青犬所致妙音壻也。一人留、一人入閣。須臾有四婢出、称太真夫人白黄郎、有一女、年已弱笄、冥数応為君婦。既暮、引原入内。内有南向堂、堂前有池、池中有臺、臺四角有径尺穴、穴中有光映帷席。妙音容色婉妙、侍婢亦美。交礼既畢、宴寝如旧。経数日、原欲暫還報家。妙音曰、人神異道、本非久勢。至明日、解珮分袂。臨階涕泗、後会無期、深加愛敬。若能相思、至三月旦、可修斎潔。四婢送出門、半日至家。情念恍忽。毎至其期、常見空中有軿車、髣髴若飛。

(13) 堂の前に池があり、池中に臺があるという建築物の配置は、敦煌壁画の浄土変相図などを思いおこさせるが、他界表象の中でこうした建物がなにを意味するのかは、なお考察する必要があろう。この時代の実際の建物のプランとして、こうした例はまだ知られていないとのこと、田中淡氏のご教示を得た。

(14) 小川環樹「中国の楽園表象」『文学における彼岸表象の研究』一九五九年、中央公論社、のちに『中国小説史の研究』一九六八年、岩波書店、第二部第九章。

(15)「御覧」巻三九六の引く曹毗「神女杜蘭香伝」は、「神女、姓杜、字蘭香、自云、家在青草湖。風溺、大小尽没。香時年三歳。西王母接而養之於崑崙山、於今千載矣」と言い、彼女が西王母に養われていたことを明らかにしている。

(16) 後漢三国期の画像鏡に見える玉女については、林巳奈夫「画像鏡の図柄若干について——隅田八幡蔵鏡の原形鏡を中心として——」『小林行雄教授古稀紀念考古学論考』一九八二年、を参照。

(17)「重修政和証類本草」巻一九
姑獲能収人魂魄。今人一云乳母鳥、言産婦死、変化作之。能取人之子以為己子。胸前有両乳。

(18) 柳田国男「赤子塚の話」定本『柳田国男集』第一二巻、を参照。

(19)「礼記」曾子問篇に、「成(成人)の喪者を祭るには必ず尸《よりまし》あり」と言うところから、逆に未成年の喪者は成人とは違った扱いを受けたことが知られる。更に遡れば、西安半坡など新石器時代の村落遺跡において、子供は共同墓地に葬られず、瓮棺に入れて住居のそばに埋められていることも参考となろう。

(20) 大地母神、月神、再生の観念などについては、Mircea Eliade, *Patterns in Comparative Religion*, 1963 を参照。

(21) ちなみに、宴席において西側に東向きに坐る者が尊者だとされたことは、「史記」巻一〇七、魏其武安侯列伝に「[武安侯田蚡]嘗召客飲。坐其兄蓋侯南郷、自坐東郷。以為漢相尊、不可以兄故私撓」とあることからも知られる。

三　巫覡たちの幻想

以上に述べてきた神女降臨譚の神女たちは、もちろん現実の世界にそうしたものの存在が許されるわけではない以上、全て幻想の所産である。広く言えばこうした幻想はこの時代の多数の人々の心の中にその住み家を持っていたのであるが、同時にまた、多くの社会的な幻想がそうであるように、この神女に関する幻想にもそれを集中的に管理し宣伝する人々がいたと考えられる。そうしてその幻想が物語り化され、文藝として成長してゆく途上で、幻想の管理者たちの影が濃くその作品を彩り、更には直接その物語りの中に彼ら自身が登場してくることになるのも、古今東西を問わぬ一般的な現象である。

一つの幻想が、日常生活の哀歓の中にすっぽり漬かった求心性を持たぬものである状態から抜け出して文藝化されるためには、幻想を集中させ濃縮させる働きをもったなんらかの核が必要である。その核となりうる重要な因子の一つが、幻想の管理者たちの社会全体に対する〃怨み〃である。管理者たちの自らを人々の日常生活から切り離されたもの、社会全体から疎外されたものとする意識が核となって、古くからの恒常的な生活の中で生きつづけてきた伝承が新しい様相をもって結晶化されるのである。しかも管理者たちの社会からの疎外感が深ければ深いほど、逆に人々の生活意識を深部から把えた作品を生み出しうるという弁証法的な構造がそこには存在している(1)。

中国の神女譚について、こうした伝承文藝成立の構造を明らかにするには、時代が隔たり、また余りにも資料が乏しすぎる。しかし少なくとも一つの物語りの社会の中での意味を考えるとき、まずその物語りの管理者たちの社会的な位置(それも静的な位置づけだけではなく歴史の流れの中にある位置づけ)を確実に押えて、はじめてその意味づけは恣意的であることを免れるであろう。

これまでに分析してきた祖霊の帰還の物語りや神女降臨譚の中にシャマニズムの影を見つけることは容易である。これまでにも言われてきたように、先秦時代以来の巫覡たちを中国におけるシャマンの伝統を承け継ぐものとして理解するのも、そこには雑多な要素が加わっているとはいえ、恐らく基本的にはまちがっていないであろう。

魏晋南北朝期にも、そうしたシャマニズムの伝承が生きていたことは、様々な記録から窺うことができる。例えば「南斉書」巻五五、孝義伝には次のような話しが載せられている(2)。

諸曁県東洿里の屠氏に娘がいた。父は失明し、母も長わずらいで、親戚にも見棄てられ、隣り近所からもつまはじきにされた。彼女は父母をつれて遠く苧羅山中に住みかを移し、昼はたき木を採《と》り、夜は機織りにはげんで、父母に孝養を尽した。父母がともに亡くなると、自ら葬儀を営み、土を運んで墳を築いた。そうするうち、突然空中に声がして言った、「おまえの立派な性格はみあげたものだ。山神がおまえを使いたいと思っている。（山神の手下となれば）おまえは人の病気を治すことができ、きっと富を積むであろう。」彼女は妖魅《もののけ》のことばだと思い、それに従おうとしなかった。そうすると病気にかかって、久しく治らなかった。隣家の者で渓蜮（水辺にいる寄生虫）の毒に中《あた》った者がいて、彼女は試しにそれを治療してみた。そうすると自分の病気もずんずんと治ってゆくように感じた。これ以後、彼女は〝巫道〟によって人々の治療にあたり、治らぬものはなく、家は日ごとに豊かになった。

この話しは孝女譚ということで歴史書に取り挙げられたのであるが、その中に典型的な形で、シャマンへの〝召命〟、その召命に応じない間にかかる〝巫病〟などが記述されている。

また干宝の「捜神記」巻一五には、次のような話しがある。(3)

戴洋、字《あざな》は国流は、呉興郡の長城の人である。年十二のとき、病気にかかって死んだ。五日たって蘇生すると、死んでいた間のことを次のように物語った。

彼は天の命を受けて酒蔵の吏となり、符籙を授かり、吏従《おつき》や幡麾《はたさしもの》を与えられ、彼らをひきつれて蓬萊、崑崙、積《し》石《せき》、太室、廬山、衡山などの山に登った。山々の遊覧が終ると現世に還され、占候《うらない》のことが巧みになった。

この話しも、本章第一節で引用した「冥祥記」の王胡の例（二五三頁）と同様に、シャマンの入巫（イニシエイション）の際の魂の天上や地下への神秘的な旅行の一つの形として理解されるであろう。このような入巫の形式を通じて中国のシャマンたちは各おのの巫術の能力を獲得したのである。

このように中国の伝承の中に、世界各地のシャマニズム一般に共通する形式の存在を指摘することはたやすい。しかしこの章での私の主たる関心は、中国の社会と時代の中でそうしたシャマニズムの伝承がどのような特色ある表れ方をし、その特色がどのように文藝と結びついているかにある。

そうした視点で魏晋南北朝時期の物語り的な要素の強い作品を見るとき、まず第一に指摘できることは、巫覡自身が物語りの中に登場すると共に、その物語りの語り手ともなっていることである。一つの例として、曹著と廬山神の娘の物語りを取り挙げてみよう。

建康の小吏の曹著が廬山の神に招かれてその娘の婉と交渉をもつという物語りが、「捜神記」巻四、祖台之「志怪」、「雑鬼神志怪」などの六朝期の小説的な作品の中に断片的に引用されている。祖台之の「志怪」には次のような断片がある。(4)

建康の小吏の曹著は廬山夫人と会った。夫人は彼のために酒食を設けた。金鳥啄の罌《かめ》(金鳥のくちばしのついた形の酒つぼ――鳥首壺の類か)があって、その中に彫りきざまれた不思議な文様や形象《かたち》は、その名も知られぬものであった。七子盒盤(七つの子持ちの蓋《ふた》つきの盤)が置かれ、その盤中の御馳走も世間一般にあるようなものではなかった。

夫人は娘の婉を呼んで曹著に会わせた。婉は曹著と会って嬉しそうな様子で、侍女の瓊林に命じて琴を出させると、それを弾じつつ歌った、「廬山に登れば鬱として嵯峨たり。陽風に晞《ひなたぼっこ》し紫霞を払う。若《か》くのごとき人を招きて霊波に濯《ゆあ》みし、良運を欣びて雲《たか》き柯《えだ》も暢《の》ぶ。鳴琴を弾じて楽しみ過ぐるなく、雲龍は会し太和を楽しむ。」

歌が終ると、婉はそのまま辞去した。

同じ書物のもう一つの断片には次のような記事が見える。(5)

建康の小吏の曹著は、廬山使君に迎えられ、その娘の婉にめあわされた。曹著は不安で落ちつかず、しばしば帰りたいと願った。婉はさめざめと涙を流すと、詩を賦して別れの気持ちを述べ、織成《つづれにしき》の単《ひとえ》の衫《そでなし》を贈り物とした。

六朝期に成立したものであろうが作者のはっきりしない「雑鬼神志怪」の記事もきわめて断片的である。(6)

建康の小吏の曹著が廬山府君に招かれた。その門には一つの大きな甕《かめ》があって、数百石《こく》も入りそうな大きさであった。見れば、その中から風や雲が吹き出していた。

現在知りうる曹著の物語りの断片はこれだけで、「捜神記」のものも「志怪」の記事とほぼ同文である。しかし、もともと六朝期には、曹著が廬山に招かれ、廬山府君の娘と結婚し、詩の贈答があり、また立派な贈り物を受け、さまざまな不思議なものを見物したあと、再び現世に戻ってくるという、相当の長さを持った物語りがあったであろうと推測することも、あながち不可能ではなさそうである。

廬山の神である廬山府君の娘の婉は、これまで検討してきた神女たちと少し性格が異なるが、直接的には現世に関係をもたない彼岸の女性であるという点はかわらない。その神女と現世とを結びつける役目を果しているのが曹著という人物である。彼の持ついかなる性格が彼をこの物語りに登場させることとなったのであろう。

曹著の社会的な身分は建康の「小吏」であったと、それぞれの断片の冒頭に銘記されている。小吏という言葉は、漢代以来、下っ端の役人たちを広く呼ぶ呼称として用いられている。しかし数多い小吏たちの中で曹著が任意に白羽の矢を立てられたものではあるまい。そのことは次のような断片的な記事からも推測されるであろう。

「水経注」巻三九は、「張華博物志」の佚文を引いて次のように言う(7)。

曹著は廬山の神の言葉を伝えて言った、「自分は徐という姓で、廬山に封を受けたのだ。」

ここで曹著は廬山の神の代言者《みこともち》をつとめているのである。右の言葉は、廬山神が曹著に憑依して語る自序の形式を取っている。残念ながらきわめて断片的な資料しか見つけ出せぬのであるが、曹著という人物が廬山府君の娘との交渉の物語りに登場しえた直接の原因は、廬山の山神の祭祀に関係し、神の代言者をつとめるという彼の巫覡的な性格の中にあったにちがいない。恐らくは、巫覡、特に男のみこが、神を我が身に憑依させるために、神の娘と擬制的な夫婦関係になるという祭祀の方式が基本にあって、それが崩れてゆく過程の中で神女と巫覡的な性格を留めた若者との交渉の説話が物語り（主たる内容は別離に終る婚姻譚）として発展したものであろう。

成公知瓊が降臨した弦超や杜蘭香が降臨した張碩たちにも、同様の祭祀者・巫術者としての性格を見てとることができる。弦超は成公知瓊から「易」の特殊な注釈を授かり、それによって吉凶を占ったとされている。また張碩について言えば、杜蘭香から授かった薯蕷《ながいも》は霧露を避け、風波を畏れず、寒温を避ける功能を持つた薬物であるほか、杜蘭香の誡めとして、頭巾をかぶらずに食事をしたり厠《かわや》へ行ったりしてはならない、厠でそうをしたときには〔厠の神々に対し〕拝謝をせねばならない等々の言葉を伝えている。恐らく弦超は、彼女から授かったと称する特殊な「易注」によって人々の身辺におこる出来ごとの吉凶を占い、張碩は薬方によって人々の病気を癒し、神女の誡めとして生活上の規律を説いていたものであろう。「太平御覧」巻五〇〇が引く「杜蘭香伝」には、杜蘭香の侍者の来歴を述べたあとに、「張碩がこのように語ったのである」という一句が添えられていて、杜蘭香の物語りの第一次の語り手が張碩自身であったことを窺わせる。彼らが神女との交渉の物語りをしたのは、彼らの持つ呪術が天上に由来して、いかに神秘的なものであるかを人々に印象づけるのがその実利的な目的の一つであったと考えられよう。

巫覡と神女たちの交渉の物語りの第二の特色は、両者の間の恋愛関係が強調されて、それが文藝として独立して発展してゆく萌芽を持っていることである。この第二の特色も元来はシャマニズムの守護霊の観念に基礎を置いたものであったと考えられる。

知瓊が弦超と始めて夫婦になった時に贈った詩には、その最後に次のような数句が見える。

……神仙　豈に虚しく感ぜんや、運に応じて来たりて之に相《したが》う。我れを納《い》るれば五族さかえ、我れに逆えば禍菑を致さん。

杜蘭香が張碩に贈った詩の後半もよく似た内容のものである。

……飄《かぜ》の輪《くるま》は我れを送りて来たる、豈に復た塵穢を恥じんや。我れに従わば福と倶《とも》ならん、我れを嫌わば禍と会せん。

知瓊と杜蘭香の物語りの荒筋だけを見れば、知瓊が「我れは天上の玉女にして、遣わされて下嫁す。……益あること能わざるも、亦た損をなす能わず。然れども往来には常に軽車に駕し肥馬に乗るを得べく、飲食は常に遠味異膳を得べく、繒素は常に用を充たして乏しからざるを得べし」と言うように、神女の降臨によって現世的な願いは全て遂げられ、まことに願わしいことのように見えるのである。しかし右に引いた知瓊と杜蘭香の二つの詩によれば、この〝おしかけ女房〟は拒否することを許されなかったようである。神女たちを拒否すれば、わざわいを被ることを覚悟せねばならなかったのである。このように、一つの話しの中の一人の神女が、拒否を許さぬ相と望ましい相との二つの相を持っている。それは恐らく神女降臨譚の筋書きが、時代の流れの中でしだいに現世の男性に都合のよいものに変化した中にあって、可塑性の少ない詩という形式の中に古い性格の神女のおもかげが留められたことによるのであろう。

神女の拒否を許さぬ相を留めた、おしかけ女房の神女との結婚を拒絶して結局死に至ったという話しも残されている。「幽明録」から例を挙げると、次のような話しがある。(8)

京口に徐郎と呼ばれる者がいた。家はひどくぼろぼろで、いつも長江の岸辺で流木を拾ってくらしていた。あるとき突然に長江いっぱいに船が連なり、岸辺をさしてやって来ると、徐郎の家の前で船は留まった。船から遣わされてやって来た使者が言うには、「天女がただいま徐郎の妻となるべく〔やって来られました〕。」徐郎は家の隅に隠れて出てゆこうとしなかったが、母親や兄妹が強いてつれ出した。船に入るに先だって、別室で徐郎は入浴をさせられた。その水は香り高く、世間に普通にあるものではなかった。〔着がえのために〕縑《かとり》ぎぬの絳《あか》い上衣が贈られた。徐郎はひたすら懼れて、牀の端にひざまずくばかりで、夜になっても酬接(三々九度?)の礼を行なわなかった。神女は、やがて徐郎に帰ってもよいと言うと、贈り物とした衣服を返させて、去っていった。徐郎の家の者たちはひどく残念に思って彼を責めたて、彼も心のはれぬまま死んでしまった。

同じく「太平広記」巻三一八に引く「幽明録」の甄沖の条も、〃社公〃(土地神)の娘をむりやりにおしつけられ、甄沖の現世の妻が死んでしまう物語りである。(9)

このようなおしかけ女房の神女は、もともとシャマン的な巫が巫術を行なうための聖なる力を得るため、その媒介をつとめる守護霊(tutelary spirit)に起源するものであったと考えられる。スターンバーグ(Sternberg)が記録したゴルディ(Goldi)のシャマンの守護霊の例を挙げよう。シャマンは次のように語る。(10)

あるとき、私が病気で寝ていると、一つの霊が私に近づいた。それは美しい女性であった。……彼女は言った、「私はシャマンであったあなたの先祖のアヤミ(守護霊)でした。私は彼らにシャマンの技法を教えました。今度はあなたに教えてあげます。昔のシャマンたちは死んでしまい、人々の病気を療やす者がおりません。あなたはシャマンとなるのです。」続けて彼女は次のように言った、「私はあなたが好きです。私にはまだ夫がおりません。あなたは私の夫となり、私はあなたの妻となります。私はあなたに手伝いをする精霊たち(assistant spirits)をあげましょう。あなたは彼らの手助けで病気の治療を行ない、私自身もあなたを教えかいぞえいたします。人々は我々に食物をくれるでしょう。」私はうろたえて拒絶しようとした。そうすると彼女は言った、「もしあなたが私の言うことを聴かねば、あなたにたくさんの災難がおこります。私はあなたを殺すことになります。」

これは一例ではあるが、最後の部分で守護霊の言うことが、成公知瓊や杜蘭香の詩の中の言葉とあまりにもよく似ていることに驚かされる。弦超と張碩がシャマン的な呪術者であり、知瓊と杜蘭香が彼らの守護霊であるというのが、神女降臨譚の宗教的な基盤であったことは疑いえないであろう。フィンダイゼン(H. Findeisen)が、シャマンの入巫伝承の主要な形式の一つとして取り挙げる「天の精霊がシャマン職につくよう定められている人物を愛し、憑依下で結ばれる神秘的な情交により入巫が行なわれる型」(11)に対応するものである。

神女との交渉の物語りの基盤としてこうした宗教的な〝型〟が指摘できると同時に、より重要であるのは、そうした基本的な〝型〟が中国の社会と時代の中で独自のあらわれ方をしていることである。すなわち物語りに現れているのは原来の〝型〟そのままではなく、その〝型〟が崩れかかって初めて文藝として成長することが可能になったのであり、その崩れ方の中に、時代と社会との関連を窺うことができるのである。

最も見やすい点を挙げれば、文字に定着された物語りの中では、巫術者と神女との関係は、最終的にはみな破局を迎えている。元来、巫術者は神女(守護霊)と関係を持つことによってその宗教者としての能力を獲ていたのであるから、本来の宗教的な〝型〟の中では両者の関係は確実なものでなければならなかったはずである。それが両者の関係が破れることによって、文藝としての独自の展開をすることになる。そうしてこれと並行して、神女と巫術者との関係もしだいに人間的な男女の恋愛関係という傾向を強くしてゆくのである。神女と交渉する男性の方からも、だんだんと巫術者としての性格が消えてゆく。

そうした文藝化の進んだ物語りの例として、前に挙げた黄原と妙音の話しや劉晨・阮肇と天台二女の話しをもう一度見てみれば、双方とも物語りの舞台が漢代になっていることに気づく。基本的に同じ筋書きの話しでも、語られた当時に近い時代にそれが設定されている場合と、遠い過去にそれが設定されている場合とを比べると、遠い過去に舞台を持つ話しの方が物語り化が進行しているというのは、魏晋南北朝時期の小説的な作品中に広く見られる傾向である。元来の強い宗教的意味を持った伝承の〝型〟が、その宗教性を稀薄にするのと並行して、現実から切り離された、遠い時代の架空の時間と空間の中で、その物語り化(すなわち人間化)が進行しているのである。

こうした宗教性の強い一つの型が人間化することになるには、その背景として、そうした型を支えた社会観念(その基礎にある社会構成)の変質があり、その変質はなによりもその型の中心的な管理者の社会の中での位置の変化と結びついていたにちがいない。

廬山府君の娘の婉と交渉を持った曹著は建康の小吏であった。同様に成公知瓊が降臨した弦超も魏の済北郡従事掾とその身分を記され、下っ端の役人であった。従事掾というのは、厳耕望『中国地方制度史』上篇三（一九六三年、台北）の二八四頁に、郡国佐吏の中に諸散吏として見え、「散吏にして職任なき者」と説明されている待事掾の類の官名であろうか。

知瓊が弦超のもとを訪れていることが人々に知られるようになったその詳しい経過は現行の「捜神記」の記事には見えないのであるが、「集仙録」が、「捜神記」と前後がほぼ同文で、その部分だけが詳しい成公智瓊（知瓊）の物語りを伝えている。恐らく干宝の原本の「捜神記」、或いは「捜神記」がもとづいたもとの記録にもこの部分があったものと思われる。その部分だけを引用すれば、次のような内容である。(12)

弦超は後に済北王の門下掾となった。文欽が乱を起し、魏の明帝が東方へ軍を動かしたとき、諸王たちはみな鄴宮に移住することを命ぜられた。済北王の官属たちも監国の役人に従って西の鄴に移った。鄴の町は狭くて、四人の吏が一つの小さな建物で一緒にくらさねばならなかった。弦超は一人離れて寝ていたため、智瓊はいつもそこに通って来ることができた。しかし同室の者たちは彼になにか不思議なことがあるのではないかといぶかった。智瓊はただその姿は隠せても、その声を隠すことはできなかった。それに加えて〔彼女の降臨に際しては〕高い香りが家いっぱいに広がって、その結果、一緒にいる吏たちの疑惑を招いたのである。後に弦超が使者として京師《みやこ》に出たときのこと、彼はお金も持たずに市場に入ったが、智瓊がそこにあった五匣《はこ》の弱緋と五端の綳紵とを彼に贈ってくれた。それらの織り物は彩りも鮮かで、鄴の市場では手に入らないものであった。同室の吏たちはどのようにしてそれを手に入れたのかと尋ねた。弦超は心中を隠して口先でごまかしたりできる性格でなかったところから、最後には全てを白状してしまった。吏たちはこのことを監国に言上した。監国は詳しく問い正したが、この世にはこうした妖幻《あやし》いこともあるのかも知れないと考えて、罪にはしなかった。訊問が終って夕方に弦超が帰って来ると、〔すでに事情が漏れてしまったことを知った〕玉女は別れたいと告げた。……

この一段から、成公知瓊の話しにあっても、第二節で述べた再生譚の場合と同様に、神女からの珍貴な贈り物が二人の関係の破綻の原因であったことが分かる。そうして特にここで注目したいのは、弦超のような霊媒的能力を身につけた人物が、下級の役人として多くの官吏の間にたちまじっている様子が描かれていることである。

巫覡が政治に関係を持つ度合いは、時代を遡れば遡るほど大きかった。政事《まつりごと》が祭事《まつりごと》であった時代が中国にも存在したであろうことは、殷代の卜辞などからもよく窺うことができる。しかし殷周革命以後の中国においては、少なくとも理念的には〝政〟と〝祭〟とがかっきりと区分され、巫覡的な人々は専ら〝祭〟の部分にのみ関係することになる。後世の皇帝の中に巫覡を重く用いる者はあっても、それはもっぱら〝祭〟の部分においてであって、巫覡が〝政〟の部分に進出することは、原則的には許されなかった。「東観漢記」の高鳳の伝に、[13]

> 高鳳は、年老いても志を執り行なって倦むことがなかった。彼の名声は広く聞え、太守はしきりに官職につけようとした。高鳳は辞退しきれなくなるのを恐れて、次のように言った、「自分はもともと巫家の出身で、官吏になるべきではないのです」と。

という記事があり、〝巫家〟のものが〝吏〟にはなれぬと言っているのも、巫覡は〝政〟の部分に関係することができないという原則を言ったものであろう。

しかし神女譚の語り手であった、巫覡的な性格の強い曹著が建康の小吏に、弦超は従事掾・門下掾となっている。このような古来の原則の無視は、恐らく後漢末以来の社会変動に関連しつつ起ったものであろう。それは一方から言えば、巫覡たちが以前のようには〝政〟の世界に強い影響を及ぼす毒を持たなくなったため、官吏の世界への進出が認められたことを意味している。神女説話も同様にそこに含まれる従前の毒が薄められつつあり、伝承者たちの官界への進出がその変質を決定的にしたものであろう。彼らが純粋に宗教的な環境にあった時代の神女は、拒否することを許さない〝嫉《ねた》み深い〟存在であった。そうした性格が彼女たちが唱う詩の部分に残存しているのである。しかしやがて彼らが宗教的世界と政治的世界とに二股をかけるようになると、神女もその相貌を変え、現世の男性にとって都合のよい存在となってきた。こうした段階になって始めて、神女説話は文藝として独自に展開しだしたと考えることができるであろう。

このような神女の性格の変化を直接に記録したものがある。「捜神記」にも成公知瓊の物語りに関心を持った張茂先が「神女の賦」を作ったと記されているが、この張茂先は晋の司空の張華(二三二―三〇〇年)のことではなく、「藝文類聚」巻七九によれば晋の張敏のことで、彼の作った「神女の賦」がそこに引用されている。その賦には序が冠せられ、その序の詳しい内容は「集仙録」の中に見える。それは次のような内容である。[14]

(前略。智(知)瓊の降臨譚が引用される。二六〇頁以下に引用の「捜神記」とほぼ同文。) 張茂先はこの事件を詠んで「神女の賦」を作った。その序には次のように言う。

世間に神仙のことを語る者は多いが、たしかな証拠のあるものはなかった。しかし弦超の妻となった神女の例は、ほぼ信ずることができ証拠もあるものである。甘露年間(二五六―二六〇年)のこと、河済(中原の東部)のあたりから京師《みやこ》にやって来る者たちは、盛んにこの事件のことを語り伝えた。しかし自分はそれを聞いても、鬼魅のなす妖事《あやかし》に過ぎぬと考えていた。自分が実際に東方に行ったとき、これを論ずる者は満ちあふれ、異口同音にこの事件を説いていた。自分はそれでもなお、世上の庶民たちが根も葉もない虚事《うそ》を好んで伝えるので、まったくのデマだと思って、深く考えてみようともしなかった。

たまたま済北郡の劉長史に会うことがあった。その人となりは、見識を備え立派な信念を持った人物である。その彼が実際に弦超と会ったことがあると言った。弦超が語ったという言葉を聞き、彼の文章を読み、神女から贈られた衣服や贈り物を目にしたが、それらは弦超のような凡下陋才の者がデッチ上げられるようなものではなかった、とのことであった。加えて、劉長史の側近で弦超と面識のあった者に尋ねたところ、次のように言った、「神女が降臨する時には、人々はみな芳香をかぎ、その言葉を聞きました」と。こうした証拠があるのであるから、弦超が心惑ったのでも彼の単なる夢想でもないことは、明らかだ。また人々は、弦超が強壮で、雨の中に大沢中を通っても濡れないのを見て、ますます不思議に思った、とも言った。

鬼魅が人に依り憑く場合、憑かれた者はみな病気に罹り痩せおとろえる。ところが弦超の場合は、平安無事で何の故障もなかった。しかも神女と飲宴寝処を共にし、楽しみの限りを尽した。すばらしいことではないか。私は、贈答された歌詩を見て、その言葉と内容とがなみなみならず優れているのに心を動かされ、この事件を詠んだ賦を作ったのである。

この賦の作者の張敏は、太原の人で、益州刺史となった。晋の武帝の時代に文学者の張載と交渉を持ったことが、「晋書」巻五五の張載の伝に見える。また成公智瓊(知瓊)の話し自体も、彼によって文章にされたと考えられていたらしいことは、「北堂書鈔」巻一二九が智瓊の事跡を述べた「張敏神女伝」を引用することからも知られる。張敏自身、もともと神女降臨の話しを信じなかったのであるが、東方の現地に行く機会があり、済北郡の劉長史という信頼するに足る人物を通じて智瓊の話しが本当だと保障されるに及んで、始めて信じられることかもしれないと考えるようになった。そうしてこの序の最後の部分では、「鬼魅の人に近づくや、羸病損瘦せざるはなし、いま義起(弦超のあざな)は平安にして恙なし。しかも神人と飲宴寝処し、情を縦にし意を極む。豈に異ならざらんや」と言って、この事件に対してほとんど賛嘆を表明しているのである。

鬼魅と接触をもてば、必ず病気になり痩せ衰えるというのは、前にも述べた神女信仰の古い相貌を伝えたものであろう。日本の憑きものの信仰がそうであるように[15]、憑きものはその所持者にさまざまな能力を与えると同時に、一旦憑いてしまった上はどうしてもそれから逃れることができず、結局はその人物を社会的にも身体的にも破滅させるものであったと考えられる。しかし智瓊の降臨譚では、弦超にはよいことばかりがあった。張敏がそうした憑きものとしての神女の性格の変化を書き留め、「異なるかな」と感嘆している所からも、このような変質が西晋時代からそれほど離れぬ時期に始まったと考えることができるであろう。

弦超は、済北郡から京師にのぼる途上、魚山の下で神女と再会している。魚山は、山東省東阿県のすぐ西方に位置し、「水経注」などによれば、この時代には済水の北岸に臨んでいた。東阿王であった曹植はこの山で梵唄を感得したとされ、唐代では王維の「魚山迎神歌・送神歌」などがあるように、強く宗教的な雰囲気を持った山である。特に王維の歌辞は、「河岳英霊集」巻上では「漁山神女瓊智《ママ》祠」と題されている。唐代にもなお魚山に成公智瓊の祠廟があり、その楚辞風の歌からも窺われるように、歌舞をともなった祭祀が行なわれていたのである。また杜蘭香についても、李賀に「蘭香神女廟(三月中作)」の詩があり、その祠廟が唐代に存在したことを伝えている。

建康小吏の曹著と廬山府君の娘との交渉などの例から類推すれば、知瓊は擬制的な魚山神の娘であり、弦超にもこの山の祭祀者という前身があったのかも知れない。このような巫覡的性格を強く持った弦超の語る物語りが、まず下級の役人たちの間で評判になり、それが現地の劉長史を介して張敏に伝えられて、文字に定着されたのである。

これは別に纏めて論じなければならないことであるが、魏晋南北朝時期に盛行した志怪小説の内容をなしているさまざまな説話は、その多くの部分が下級の役人、すなわちここでいう小吏たちの間で語られていたもので、その説話の場は下級役人たちの役所での交際の間にあったのであろうと、私は推定している。小吏たちの半官半民的な性格が、民間伝承的な要素の濃い話しを官吏の世界に持ちこみ、その結果、より高位の官人であった知識人たちに記録される機会を得ることになったのである。同じ時代に成立した楽府「孔雀東南飛」[16]も、その主人公は小吏であったとされている。「孔雀東南飛」の内容——ある小吏が親の命でむりやりに離婚をさせられたが、自殺をした妻を追って彼も自殺をする——と表現のしかたの他に例の少ない特殊性も、恐らく小吏層に属する人々の幻想(すなわち心と社会の接触点に形作られる劇構造)とその表現の独自性にもとづくものと思われる。このような小吏層の伝承が社会的にはより身分の高い県の令長や太守たちの心をそそるなにものかを含んでいて、彼らの手を経て文字化され、或いはすでに文字化されていた作品が詩文の総集などに収められることになったのである。

杜蘭香の降臨譚も、その詳しい経過は知られないが、同様の過程を経て文字に定着されたものであろう。杜蘭香の話しを「藝文類聚」や「北堂書鈔」は「曹毗杜蘭香伝」という名で引用し、「太平御覧」は「曹毗神女杜蘭香伝」という名で呼んでいる。曹毗は「晋書」文苑伝に伝記の見える人物。下邳太守から光禄勲となった。また「志怪」という名の志怪小説のジャンルに属する作品を書いたともされる。

「晋書」の曹毗の本伝は、杜蘭香の伝説と彼との関りを次のように述べている。(17)

当時、桂陽の張碩のもとに神女の杜蘭香が降臨した。曹毗はこの事件を取り挙げ、二篇の詩を作って嘲笑した。同時に杜蘭香の作った歌詩十篇に続篇を作ったが、なかなか華麗なものであった。

この記録は、張碩と神女との交渉が多数の詩の贈答を通じて行なわれたことを窺わせ、この時代の神霊の憑依の形態を示唆する。それと同時に、太守層に属する曹毗が幾分かの距離はもちながらも、神女の伝承に捲き込まれていった様子をも暗示している。彼は「詩を以ってこれを嘲った」のではあるが、そうしたことをすること自体が、彼らがこのような伝承に心を引かれ、それを無視することができなくなったことを示しているのである。

三月三日(上巳)の節句の起源について、「続斉諧記」は次のような挿話を載せる。(18)

晋の武帝が尚書郎の摯虞《しぐ》に尋ねた、「三月三日の曲水の宴というのは、そもそもいかなる意味を持ったものなのか。」摯虞は答えた、「漢の章帝の時代、平原郡の徐肇には三月のついたちに三つ子の女子が生れましたが、あかちゃんは三日の日になってみな死んでしまいました。村中の者たちは怪事だとし、つれだってお酒を持って東に流れる川の水辺にゆき、洗滌《みそぎ》をしました。そうしたことから流水に觴《さかずき》を泛《うか》べるようになり、曲水の宴のもともとの意義はこうしたことからおこったのです。」帝が言った、「言うとおりだとすると、嘉《おめで》たいことではなかったのだな。」尚書郎の束皙《そくせき》が口をはさんだ、「摯虞は青二才で、本当のことなど知りっこないのです。その始めを説明させていただきましょう。むかし周公が洛邑のまちを定めると、流水に觴を汎《うか》べて〔祝宴を張りました〕。されば逸詩にも「羽觴《さかずき》は波に随って流る」とあるのです。また秦の昭王が三月上巳の日に河の曲《くま》において宴会を開いたとき、東方から金人が現れて水心剣を献上して言いました、「あなたに西夏(中国の西部)の地を領有させよう」と。秦の国が諸侯の上に立つ覇者となると、その場所に曲水の宴の会場をしつらえました。前漢・後漢の王朝ともそれに倣って、上巳の日には盛んな宴を張ったのでございます。」武帝は「善《よろ》しい」と言うと、束皙には黄金五十斤を賜わり、摯虞を陽城令に左遷した。

三月上巳の儀礼は、摯虞の言うように死の穢れを祓い、また「韓詩章句」が言うように「招魂と続魄」を行ない、「風俗通義」に見えるようにみそぎをして病気を祓うのが、元来の目的であった(19)。摯虞の言葉に「一村相い携えて」とあるように、それは村落共同体の生活の中に基盤をもつ風習であったのである。それを束皙は、過去の有名な歴史的事件に結びつけて新しい意味づけをしている。元来の行事が持っていた宗教的な要素は、政治的色合いの強い〝祥瑞〟という観念の中にわずかに留められているにすぎない。こうした意味づけの変化は、病気と死とにおびやかされた生活の中で有効であり、また不可欠であると考えられていた季節ごとの宗教儀礼が、純粋に楽しみのための年中行事に転化してゆく歴史の流れに対応したものなのである。

魏晋から南北朝にかけての時期に三月上巳の禊《みそぎ》の儀礼が曲水の宴に変化したように、古くからの民衆の生活の上に成り立っていた儀礼が、その中心をなしていた古来の信仰的な要素が風化することによって、風流化し、楽しい季節の行事となっていった。今日につながる七夕の行事の成立がこの時代であろうことについては、すでに本書第一章で述べたが、日本の五節句につながる行事のいずれもが、この時代に同様の質的な転換を遂げている。三月上巳が三月三日となり、[20]五月端午が五月五日へと日の定め方が変化するのも、その理由は知られないが、この質的な転換と関係するもののようである。この変化の根本的な原因は、本書の序章にも述べたように、古い伝承を支えてきた地域的・社会階層的な共同体が、後漢末以来の戦乱の中で崩壊していったことに求められるであろう。

前に述べてきた神女の幻想の質的な変化も、大きく見ればこのような社会構造の変遷に対応したものであったに違いない。巫覡たちが純粋に巫覡だけであることに執着しなくなり――或いは巫覡としてだけでは生活できなくなり――それと同時に知識人層の内部にも、彼らをその幻想をも含めて受け入れる心の体制ができてきた。このような社会的な変化を通じて、神女にまつわる幻想にあっても、古い巫術者の伝承が持っていたであろう憑く者と憑かれる者との間の鋭い関係は失われて、楽しく寝食を共にするという関係に変化してゆく。神女と巫覡との宗教儀礼のための擬制的婚姻関係は、両者の恋愛関係に変化して文藝化される。また、両者の会合の場であった宗教的な神聖性に支えられたはれの時間と空間(それは、祭祀を通じて、現実の中に実現する聖なる時空である)は失われて、ひたすら現実を超えた夢幻的な物語りの時間と空間とが形づくられてゆくのである。

(1)　こうした文藝成立の弁証法的な構造については、岩崎武夫『さんせう太夫考――中世の説経語り』一九七三年、平凡社、が、日本の説経節の成立をめぐって、漂泊の語り物師たちが、定住的な人々の生活への反感の深さに比例して、かえって人々の生活感情を強くとらえた作品を作りだすことができたという構造を分析しているのが、一つの参考となろう。

(2)　「南斉書」巻五五孝義伝(御覧巻七三四の引用によって校定してある)

諸曁東洿里屠氏女、父失明、母痼疾、親戚相棄、郷里不容。女移父母遠住紵羅、昼採樵、夜紡績、以供養。父母具卒、親営殯葬、負土成墳。忽聞空中有声云、汝至性可重、山神欲相駆使。汝可為人療病、必得大富。女謂是妖魅、弗敢従。遂得病、積時。隣舎人有中渓蜮毒者、女試療之、自覚病便差。遂以巫道為人療病、無不愈、家産日益。

(3)「捜神記」巻一五
戴洋、字国流、呉興長城人。年十二、病死、五日而蘇。説死時、天使為酒蔵吏、授符籙、給吏従幡麾、将上蓬萊崑崙積石太室廬衡等山、既而遺帰、妙解占候。

この記事については、「建康実録」(御覧巻八八七)、王隠「晋書」(御覧巻三四一)のほか、唐太宗御撰「晋書」巻九五藝術伝も参照。

(4) 祖台之「志怪」第八条(『古小説鈎沈』の輯本による)
建康小吏曹著見廬山夫人。夫人為設酒饌、金鳥啄罌、其中鏤刻奇飾異形、非人所名。下七子盒盤、盤中亦無俗間常肴敉。夫人命女婉出、与著相見。婉見著欣悦、命婢瓊林令取琴出、婉撫琴歌曰、登廬山兮鬱嵯峨、晞陽風兮払紫霞、招若人兮濯霊波、欣良運兮暢雲柯、弾鳴琴兮楽莫過、雲龍会兮楽太和。歌畢、婉便辞去。

(5) 祖台之「志怪」第一〇条
建康小吏曹著、為廬山使君所迎、配以女婉。著形意不安、屢求請退。婉潸然垂涕、賦詩叙別、并贈織成単衫也。

(6)「雑鬼神志怪」第六条(『鈎沈』の輯本による)
建康小吏曹著、為廬山府君所迎。見門有一大甕、可受数百斛、但見風雲出其中。

(7)「水経廬江水注」巻三九
按張華博物志、曹著伝其神自云、姓徐、受封廬山。

(8)「幽明録」第二〇六条
京口有徐郎者、家甚繿縷、常於江辺拾流柴。忽見江中連船、蓋川而来、径廻入浦、対徐而泊。遣使往云、天女今当為徐郎妻。徐入屋角、隠蔵不出、母兄妹勧励彊出。未至舫、先令於別室為徐郎浴。水芬香非世常有。贈以紬絳之衣。徐唯恐懼、累膝牀端、夜無儔接之礼。女然後発遣、以所贈衣物乞之而退。家大小怨惜煎罵、遂懊歎卒。

ちなみに、この徐郎も流柴を拾っていたとあり、水神と柴との密接な関係から言って、彼に神をまつる者という性格があって、こうした神女との交渉の物語りが発生したのであろう。

(9)「幽明録」第二〇八条。

(10) Leo Sternberg, *Divine Election in Primitive Religion*, p. 476. (M. Eliade, *Shamanism, Archaic Techniques of Ecstasy*,

p. 72――原文はフランス語、四五頁注(5)をみよ――の引用による)

なおゴルディ族はナナイ(Nanai)とも呼ばれ、アムール河下流域に住むツングース語系の民族である。

また、この章で扱ったシャマニズムの観念及びその実践や幻想については、右記のエリアーデの説に依る所が大きい。

(11)　Hans Findeisen, *Schamanentum*, 1957.(和田完訳『霊媒とシャマン』一九七七年、冬樹社)

(12)　「集仙録」太平広記巻六一

超後為済北王門下掾。文欽作乱、魏明帝東征。諸王見移于鄴宮、官属亦随監国西徙。鄴下狭窄、四吏共一小屋。超独臥、智瓊常得往来。同室之人、頗疑非常。智瓊止能隠其形、不能蔵其声、且芬香之気、達于室宇。遂為伴吏所疑。後超嘗使至京師、空手入市。智瓊給其五匣弱緋、五端絅紵、采色光沢、非鄴市所有。同房吏問意状、超性疎辞拙、遂具言之。吏以白監国、委曲問之、亦恐天下有此妖幻、不咎責也。後夕帰、玉女已求去。

(13)　「太平御覧」巻七三四巫上

東観漢記曰、高鳳年老、執志不倦。名声著聞、太守連召請。恐不得免、自言、本巫家、不応為吏。

なおこの時代の巫覡たちの性格については、私とは少し視点が異なるが、宮川尚志『六朝史研究・宗教篇』一九六四年、平楽寺書店、第一三章、の考察がある。

(14)　「集仙録」広記巻六一

張茂先為之賦神女。其序曰、世之言神仙者多矣、然未之或験。如弦氏之婦、則近信而有徴者。甘露中、河済間往来京師者、頗説其事、聞之常以鬼魅之妖耳。及遊東土、論者洋洋、異人同辞。猶以流俗小人、好伝浮偽之事、直謂訛謠、未遑考核。会見済北劉長史、其人明察清信之士也。親見義起、受其所言、読其文章、見其衣服贈遺之物、自非義起凡下陋才所能搆合也。又推問左右知識之者、云、当神女之来、咸聞香薫之気、言語之声。此即非義起淫惑夢想明矣。又人見義起強甚、雨行大沢中而不沾濡、益怪之。夫鬼魅之近(下)人也、無不羸病損痩。今義起平安無恙、而与神人(女)飲燕寝処、縦情兼慾(極意)。豈不異哉。余覧其歌詩、辞旨清偉、故為之作賦。

この引用文は「藝文類聚」巻七九の文で補正してある。また「藝文類聚」では、以下に「張敏神女賦」の本文が続く。

(15)　石塚尊俊『日本の憑きもの』一九五九年、未来社、を参照。

(16)　「楽府詩集」巻一三焦仲卿妻。

(17)　「晋書」巻九二

時桂陽張碩為神女杜蘭香所降。眦因以二篇詩嘲之。并続蘭香歌詩十篇、甚有文彩。

(18)「荊楚歳時記」三月三日注(宝顔堂秘笈本)、また「初学記」巻四、「広記」巻一九七の引用も参照。

続斉諧記、晋武帝問尚書摯虞曰、三日曲水其義何指。答曰、漢章帝時、平原徐肇、以三月初生三女、至三日具亡。一村以為怪、乃相与携酒至東流水辺、洗滌去災。遂因流水以泛觴。曲水之義起於此。帝曰、若如所談、便非嘉事。尚書郎束皙曰、摯虞小生、不足以知此。臣請説其始。昔周公卜城洛邑、因流水以汎酒。故逸詩云、羽觴随波流。又秦昭王、三月上巳置酒河曲。有金人自東而出、奉水心剣。曰、令君制有西夏。及秦覇諸侯、乃因其処立為曲水。二漢相沿、皆為盛集。帝曰、善。賜金五十斤。左遷摯虞為陽城令。

なおこの記事は「晋書」巻五一束皙伝にも引かれている。ちなみに「宋書」礼志二では、

旧説、後漢有郭虞者、有三女。以三月上辰産二女、上巳産一女。二日之中而三女並亡。俗以為大忌、至此月此日、不肯止家。皆於東流水上為祈禳、謂禊祠。分流行觴、遂成曲水。

とあって、摯虞の言う所といささか異なる。

(19)「韓詩章句」は種々の書物に引用されているが、ここでは「年中行事秘抄」(群書類従巻八六)三月、曲水宴事の条が引用するものを挙げる。

韓詩云、溱与洧、方渙々兮、士与女、方秉蕑兮。注云、今三月桃花水下、所以招魂続魄、祓除歳穢。昔秦昭王以三月上巳置酒是(於?)河曲。有金人、奉水心剣。

韓詩章句云、溱与洧、方洹々兮、謂三月桃花水下之時、鄭国俗、三月上巳日、此両水上、〔執蘭〕招魂続魄、祓除不祥。

応劭「風俗通義」藝文類聚巻四、また現行本巻八、祀典

按周礼、女巫掌歳時以祓除疾病。禊者潔也、故於水上盥潔之也。巳者祉也。邪疾已去、祈介祉也。

また「南斉書」礼志上は、一説の「三月三日、清明の節、将に事を水側に脩せんとし、禱祀して以って豊年を祈る」という言葉を引いて、この行事が農耕儀礼に関係を持つものであったとする。

(20)「宋書」礼志二は、「自魏以後、但用三日、不以巳也」と、上巳の祭日が三日に変ったのは三国の魏以来のこととしている。本書第一章九三頁注(12)を参照。

四　霊媒たちの技法と社会

梁の陶弘景(四五六―五三六年)が編纂したとされる道書「真誥」(道蔵太玄部第六三七―六四〇冊)の核を成しているのは、東晋時代、哀帝の興寧三年(三六五年)夏を中心にして数年間、特に集中的には二年ほどの期間に、江南の地で行なわれた神降ろしの際に神々が語った言葉の記録である。この核になる記録(真授と呼ばれる)を中心に、その儀式の関係者たちの宗教的な体験(例えば夢で神仙たちと交渉することなど)の記録と、更にそれらを補い説明するための道教教理的・伝記的資料を集めて「真誥」二十巻(元来は七巻)はできている。[1]

「真誥」に記録された神降ろしの儀式は、建康の東南六十公里《キロ》に位置する茅山(句曲山)山中の許氏の山館で夜間に行なわれた。記録に遺《のこ》る日付けで見れば、興寧三年の六月にはほとんど毎夜のように神降ろしが行なわれて〝衆真〟たちが降臨し、後には少し間隔を置くようになるが、ひと月に数度、様々な神仙たちが神降ろしの場を訪れ、色々のことを人々に向かって語っている。

神降ろしの場では、楊羲と呼ばれる人物が霊媒となって神々を招いた。降臨した神仙たちは、楊羲に語りかけ、或る場合には書きとるようにと指示して様々なことを伝える。この神仙たちが語りかけた言葉を、楊羲と許氏一族の許謐(許長史と呼ばれる)や許翽(許掾)たちが書きとどめて記録としたのである。この神々のおつげの記録が上清経と呼ばれる一群の道書に成長し、上清派(茅山派)と呼ばれる道教の一派も成立することになるのである。なおこの神降ろしの儀式は許氏一族が中心になって行なっていたのであるが、郗愔《ちいん》(字《あざな》は方回)もこれに関係し、神仙たちから言葉をかけられている。この郗愔は、佛教信者で「奉法要」(弘明集巻一三)の著者として知られる郗超の父親である。

許氏一族は、もともと後漢時代の末(正確には中平二年、一八五年)に汝南郡から江南に渡ってきたとされ、丹陽郡の句容県都郷吉楊里に居を定めて、呉王朝に参画すると共に、地主としてこのあたりの土地の開発につとめていたらしい。許氏が伝説通り汝南から移住してきたのであったにしても、永嘉の乱に前後して北方から渡来した貴族たちと対比するとき、彼らはすでに江南の土着の豪族の一部であったと言ってよいであろう。「真誥」真冑世譜に記す詳細な系譜にも見えるように、許氏は、丹陽の陶氏(のちに道教の指導者であった陶弘景を出す。陶淵明の属する尋陽の陶氏もその支派である)、晋陵の華氏、そうして抱朴子葛洪を出した句容の葛氏など江南の豪族たちと排他的にいく重にも重なる通家の関係を結んでいる(表一)。

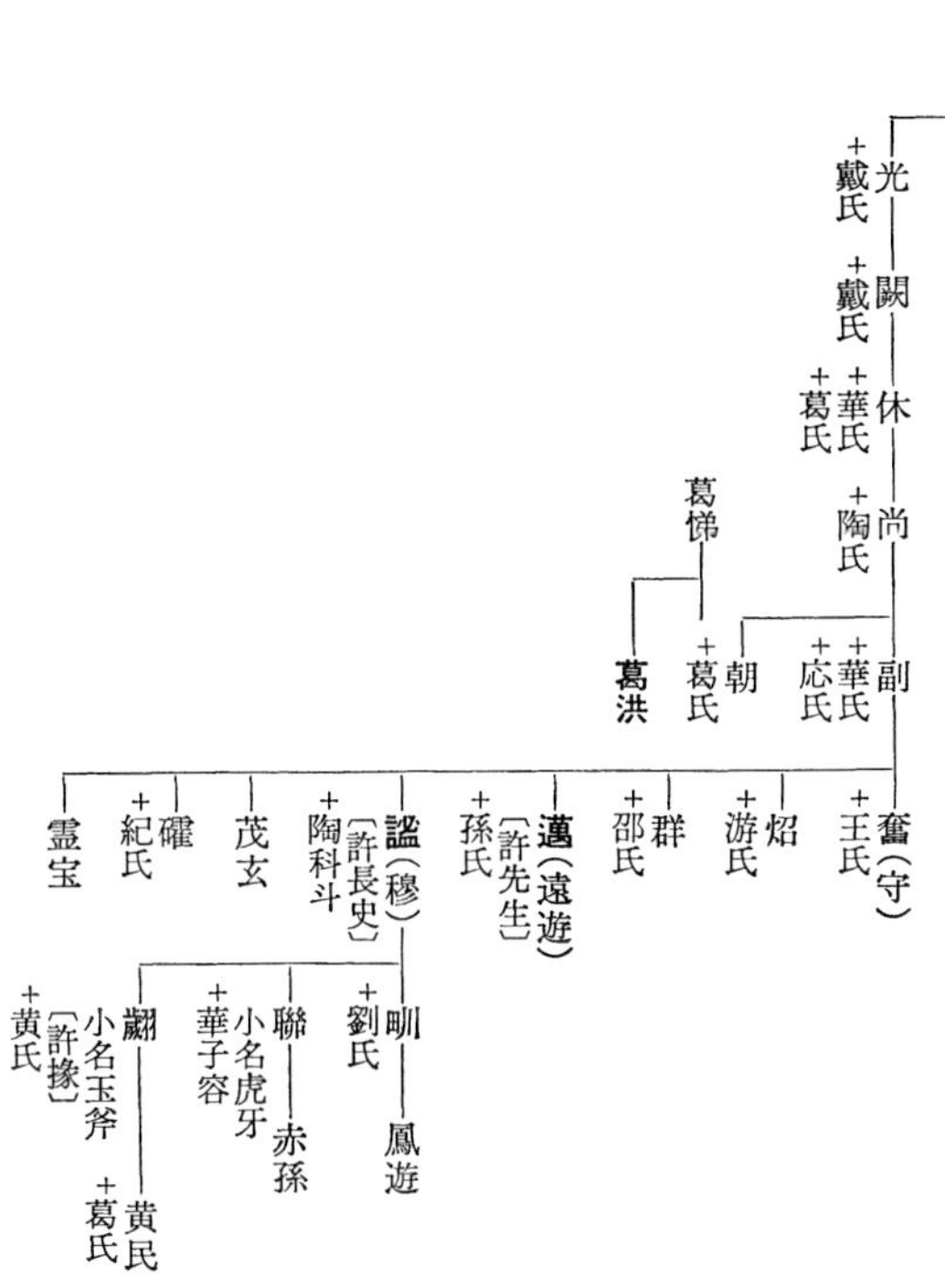

表1　丹陽句容許氏系譜(「真誥」真冑世譜による)

許氏は代々呉に仕えていたが、許副の時代になって東晋の元帝の政権に出仕し、その子で、「真誥」に記録される神降ろしを主催した許謐は、許長史と呼ばれているように、東晋王朝に仕えて尚書郎・郡中正・護軍長史・給事中・散騎常侍などの官にあり、簡文帝とも接触をもった。許謐の兄である許邁は、王羲之との交わりで知られる(ちなみに、神降ろしに参加した郗愔の姉が王羲之の夫人)が、出仕はせず、宗教的雰囲気を持った人物としてその一生を送った。しかし「晋書」巻三二に見えるように簡文帝と接触し〝広接之道〟(房中術)を勧めたりしている所から言っても、まったく現世に興味を持たぬ人物ではなかったであろう。

霊媒の役をつとめた楊羲については、真冑世譜もその詳しい出自は分からないとしている。もともと呉郡の人で句容に移居したらしいとされる。彼は、許謐や許邁と〝神明の交わり〟を結んでおり、許謐の推薦を受けて簡文帝の公府舎人の職を得たこともある。

許氏一族は、楊羲がその役に当る以前から、いろいろな人物を霊媒に立てて神降ろしの儀式を行なっていた。「真誥」によって名の知られる者を挙げると、李東、華僑、羊権などがそうした霊媒をつとめたことのある人物である。李東は、許氏一族がいつも〝祭酒〟として神々との交渉に当らせ、また許邁が師事した人物であるが、道教の組織の中で言えば、天師道の吉陽治(治は各地に置かれた教会組織)の左領神祭酒の役をつとめる人物であった。華僑は晋陵の華氏に属する人物。もともと〝神鬼〟と通じていたが、のちに〝真仙〟が憑依するようになり、特に裴清霊(裴玄仁)、周紫陽(周義山)といった神仙と許謐との間を取り持っていた(表四、三五二頁)。しかし軽はずみな性格から神仙たちのことばを他人に漏らしたため、許氏専属の霊媒の役目をはずされてしまった。この華僑に代って霊媒の役目に就いたのが楊羲なのである。

楊羲は、晋の成帝の咸和五年(三三〇年)の生れ。幼いころから〝通霊の鑑〟があり、許邁や許謐は彼のそうした宗教的な能力を重んじて交わりを結んでいた。永和五年(三四九年)に「中黄制虎豹符」を受け、翌六年には魏夫人(魏華存）の長子の劉璞から「霊宝五符」を受けるなどして、楊義は道教の実修者としての経験と知識とを深めていった。彼には以前から真仙の憑依があり、京師《みやこ》にいたときにも、自分の家にいたときにも真仙降臨の現象があって、その能力を買われて許氏の霊媒をつとめることになったのであろう。そうして前述のように、この楊義を霊媒として行なわれた、興寧三年から数年間の許氏の山館での衆仙の降臨の記録が承け継がれつつ、その中から上清経と呼ばれる一群の道教経典と教理とが形成されることになるのである。

このように許氏の人々は以前からその心中の宗教的な要求を、霊媒を使った神降ろしの実修によって満たしていた。(2)興寧三年以後数年間の降神の記録もそうした流れの中のひとこまである。しかしそれと同時に、興寧三年の夏、毎夜のように衆真が降臨してきていることは、その儀式の意味するものがこれまでのような許氏一族のいわば〃日常的〃な宗教的要求を満たすものではなくなり、神仙たちのことばが人々にとって新しい啓示であったであろうことを示唆している。神々の降臨の回数の多さは、その儀式を行なう人々の神の啓示への希求の深さをものがたるであろう。そうしてそれが新しい啓示であったればこそ、以前の神降ろしの記録はほとんど失われても、この時の記録は書き写されて伝播し、新しい道教運動の源流となりえたのである。

この茅山での啓示が六朝精神史の流れの中でいかなる位置にあったのかについては、M・ストリックマン「茅山における啓示——道教と貴族社会——」の論文がよく纏めている。(3)この論文の主旨を要約して述べれば次のようになるであろう。

永嘉の乱によって北方の権力と文化とが江南へ流れこむ以前には、南人たちはその心霊上の要求を、呉越の巫によるエクスタシーをともなう祭儀、あるいは「抱朴子」に見えるような、道を保有し奇蹟を行なう内学者・有道の士への崇信、この二者により満たしていた。西晋の滅亡によって北方の支配者が江南へ入りこむと、南人たちは政治的に彼らに屈服すると同時に、精神的にも北方から渡来した天師道の祭酒たちの支配下に入ることをよぎなくされた。そうした中で、南方の土着の伝統と北来の伝統とを変容し超越すべく、南人たちによって努力が重ねられた。茅山での啓示はその努力の記録を保存している。

このストリックマン氏の巨視的な情況分析を考慮に入れつつ、前節までに分析してきた、「漢武帝内伝」の基盤となっている神女説話を核とした伝承が、こうした精神史の一つの激動期の中でいかなる位置を占め、いかなる変容を遂げたのかを、以下に見ていってみようと思う。

この章の初めに、「真誥」に纏められたのは興寧三年夏から数年間の神降ろしの記録だと述べたが、実は「真誥」開巻冒頭の一条は、それより六年以前、升平三年(三五九年)に、霊媒の羊権に愕緑華という女神が降臨した際の記録である。

最初に愕緑華が羊権に贈った詩が記録されるがそれは省略し、その後に次のような説明文が付いている(4)。

愕緑華は、自分では南山の人と言ったが、いずれの山であるか分からない。女性で、年齢は二十ばかり。上も下も青色の衣服を着て、容貌は非の打ちどころがなかった。升平三年十一月十日の夜に羊権のところに降臨した。これ以後しばしばやって来るようになり、一ヶ月に六度も訪れて来た。もとの姓(生前の姓)は楊であるとのことであった。かの女は羊権に詩一篇を贈り、あわせて火浣布の手巾《ハンカチ》一枚と金と玉の条脱《うでわ》それぞれ一個とを贈った。条脱は大きくて特に精巧であった。

神女は次のように羊権に語った。あなたはくれぐれも私のことを他人に漏らしてはなりません。私のことを漏らせば、二人とも罪を得ることになります、と。この女性のことを〔他の人に〕尋ねてみると、彼女は九嶷山中にすむ道を得た女性の羅郁《らいく》なのである。宿命の時(前生のことか)、師母のために乳婦を毒殺したことがあって、この昔の罪が消えていないため、玄洲の役所の指示、この臭濁の下界に謫《なが》され、その罪を償うのです、と。彼女は羊権に尸解《しかい》の薬を与えた。いまは湘東山にいる。この女性はもう九百歳にもなるのである。

この愕緑華降臨の記録は、その大筋でこれまで分析してきた杜蘭香や成公知瓊の降臨の物語りとよく合致していると言えるであろう。神女愕緑華は地上の男性のもとに降臨して、詩を贈ると共に火浣布の手巾や金玉の条脱といった非日常的な贈り物をもたらす。また神女は自分のことを他人に漏らしてはならないと言う。加えて羊権と愕緑華との関係は、詩の中では〃金蘭〃とか〃三益〃とか述べて親密な友人関係にあるのだとしているが、これは両人が同祖であることからくる変更であって、本来は夫婦の関係になるはずであったと考えられる。(5) このように両者の内容がよく重なり合うことから考えて、興寧三年夏以前に許氏一族の間で行なわれていた神降ろしの儀礼は、成公知瓊などの物語りを生み出した基盤にほとんどそのまま重なるであろうことが推測される。記録に留められた神女降臨譚の多くが、民間説話を引きつぎつつも同時に士大夫階層の人々の観念に由来するであろう要素を多分に含んでいるのは、許氏と同様の士人の家に霊媒として入った巫覡たちが宣伝した物語りであったからだと理解できるであろう。

しかし「真誥」の中にあって、この愕緑華の一条は少しく特異なものである。これ以外の条にあっては、神仙たちは愕緑華の如く華やかで物語り的な雰囲気は持っていない。もっとしかめっつらをして人々に高所から教訓を垂れる存在なのである。たしかに興寧三年夏以後にあっても、霊媒の楊羲と神女の九華真妃とは〃伉儷《めおと》〃の関係にあるとされてはいるが、両者の夫婦関係は神降ろしの儀礼の中心的な要素ではなくなってしまっている。興寧三年夏以降の茅山での降神の儀礼の記録が新しい啓示として道教の一派を生み出し得たのは、それが従来の神女降臨の伝承を乗り越えて、新しい精神の規律を人々に示し得たからであったに違いない。

陶弘景が纏めた茅山の霊媒の記録として、もう一種「周氏冥通記」(道蔵洞真部記伝類第一五二冊)が現在まで伝えられている。(6) この書物の主人公である霊媒の周子良は、楊羲の場合に比べて、ずっと孤独である。

周子良は、建武四年(四九七年)余姚《よよう》に生れた。周氏はもともと汝南に本貫があり、建康に寓居していたが、子良の父の周耀宗のときになって余姚へ移り住んだのである。周氏はもともと江左に聞えた家がらであったとされる。しかし家運はだんだん傾き、郡の五官掾をつとめていた父が天監二年(五〇三年)に死んだあと、孤児となった周子良は母方で養育され、とし十歳のとき、姨母(母の姉)と共に永嘉に移った。周氏はもともと俗神(帛家道)に仕える家がらであったが、そうした因縁もあったのであろう、子良は永嘉の天師治(天師道の教会)に身を寄せた。

天監七年、陶弘景は東方の海岸地帯への旅に出た。浙江を下る途中、潮のぐあいが悪く、目的地の余姚に行くことは断念し、山水が美しいと聞いたこともあって、永嘉郡へ足を延ばした。そうして永嘉で天師治堂に立ちより、そこで周子良を見つけることになった。当時、周子良は十二歳であった。

周子良は陶弘景に会うと、その弟子になりたいと申し出て許された。それ以後、彼は陶弘景の旅につき従って雑用にあたると共に、陶弘景から「仙霊録」「老子五千文」「西岳公禁虎豹符」などの道教の初歩的な経典や護符などについて教示を受けた。天監十一年、陶弘景が茅山に帰還したのにともなって、周子良も茅山に入った。茅山に入ってからは、一歩進んで「五岳図」や「三皇内文」などの道典について教えを受けた。十二年の秋には、周子良の親族一同が茅山にやって来てそこに住むことになる。そうして天監十四年(五一五年)五月二十三日、夏至の日に、周子良にはじめて神が降り、それ以後さまざまな神霊たちが彼のもとを訪れるようになる。その神々の現世を棄てるようにとの指示に従って、次の年の十月、周子良は毒薬を服して自殺した。ときに年は二十であった。

その死後、彼が書き残していた天監十四年五月から翌年の七月までの間の降神の記録が発見され、陶弘景はそれを四巻に纏め、周子良の略伝と降神の始末とを附録として、梁の武帝に上呈した。これに対し武帝からは自筆の勅答が降された。周子良自殺の年の十二月のことである。これが「周氏冥通記」四巻成立の由来である。

周子良に初めて神が降った時の様子を「周氏冥通記」巻一は、次のように記録している。(7) 少し長くなりよく読めない部分もあるのであるが、降神現象を生々しく伝えているので、以下に訳出してみよう。

夏至の日の正午の少し前、宿舎の入口の南側の牀《ベッド》で寝ていたが、目覚めて朱善生（親類の少年）に言って簾《すだれ》を降ろさせ、また眠った。まだ十分に寝ついていないとき、ふと一人の人物が現れた。身の丈は七尺ばかり、顔つきは口と鼻が小さく（?）たけだけしい眉で、たくさん鬚《ひげ》が生えて白いものが雑っていた。年齢は四十ほどで、朱《あか》い上衣と赤い幘（頭巾）を着け、その上に蟬冠をかむり長い纓《ひも》を垂らしている。紫色の革帯《かわおび》ははばが七寸ほど、それに鞶嚢（帯につける革袋）をさげ、鞶嚢は龍の頭の形をしている（龍の頭のアップリケがついているのである）。足には双頭の舄《くつ》を穿き、舄は紫色で、歩くとき索索《さくさく》と音がした。従者は十二人。二人は裾をかかげ、頭上に二つの髻《まげ》を結《ゆ》って、その髻は永嘉の地の老夫人の髻のような恰好である。紫色の衫《さん》（短い一重《ひとえ》の上衣）に青色の袴《こ》（ズボン）と履《はきもの》をはき、袴はすこぶるゆったりと結ばれていた。三人は紫色の袴褶《ズボン》に平巾の幘を着け、手にはそれぞれ箇を持っている。箇には字が書いてあるが、よく読めない。更に七人の従者がいて、みな白い布《あさ》の袴褶と白い履と靺《くつした》を着け、それぞれに持ち物がある。一人は坐席《しきもの》を挟《たばさ》み、一人は如意棒と五色の毛扇を執り、一人は大きな巻物を執り、一人は紙と筆と大きな硯を持ち、その硯は黒色で、筆は普通に世にある筆と変らない。一人は繖（きぬがさ）を手にし、繖は毛羽のようでもあり綵帛《あやぎぬ》のようでもあって、まだら文様で美しい。繖の形は円《まる》く深々とし、柄《え》は黒色で、はなはだ長い。屋内に入ったあと、繖は簷《のきば》の前にもたせかけられた。他の二人は共に嚢（細長い嚢《ふくろ》）を持っている。嚢の大きさは小さな柱ほどで、文書が入っているようである。

席《しきもの》を挟んでいた人物がそれを書牀の上に敷きのべた。席は白くて光沢があり、草縷の方は茀子《しょうぶ》のようであるが、織縷の方は特別に太い（草縷・織縷は編む際の経《たて》の材料と緯《よこ》の材料を言うか）。侍者の六人は室内に入ると、子平の牀の前に倚って立った。

この人物は室内に入るやいなや、顔をしかめて言った、「住む場所が近すぎる。」そう言った後、座に就いて、書桉《かきものづくえ》に臂《ひじ》をついて倚りかかった。この時、筆と約尺（文鎮）とが共に桉の上に出ていたが、それをとって格

(筆たて?)の中に入れ、格を北の端に移した。侍者に尋ねるには、「どうして几(脇息)を持ってこなかったのだ」と。〔侍者が〕答えた、「すぐそこまでお出かけになるということで、持ってまいりませんでした。」こうした問答のあと、〔この人物は〕子良《わたくし》に向かって言った、「私はこの茅山の府(華陽洞天府)の丞だ。あなたが行ないを慎んでいるのを嘉《よみ》して会いにやって来た。」子良《わたくし》はそれを聞いて立ち上がり衫を整えた。返事をする前に、むこうの方から尋ねた、「今日は吉日で、もう正午になろうとしている。あなたは斎戒を為しましたか。」答えた、「いつも通り朝拝と中食(斎食)とをいたしました。〔特別の〕斎法については存じません。」そうすると言った、「中食をしたのであればそれでよい。ただ夏に昼寝をするのは身体に良くない。眠ってばかりいてはならない。」そこで答えた、「身体が弱く、なにかをするとすぐくたびれて眠くなり、自分でもどうにもなりません。」言った、「少しばかり休息するのならかまわない。」

風が立って繖《きぬがさ》が吹き倒されそうになったので、侍者に命じて繖に気を付けさせた。赤豆(子供の名)が庭で遊んでいたが、走ってきて繖に近づきそうになると、侍者が手でさえぎって追いはらった。徐郎善もやって来て、架子《たな》から甌《かめ》を取ろうとし、この侍者に触れると、郎善はひっくりかえった。この侍者は手を引いて助け起した。この人物が尋ねた、「どうしてこんな幼い子供がいるのか。」子良が答えた、「この子の家は銭塘にあり、姓は兪と言うのですが、しばらくここに寄寓しています。」そこで〔その人物が〕言った、「裸にならせてはならない。善神が見ているから。」重ねて尋ねた、「郎善はいかなる人物か。」子良は答えた、「家は永嘉にありますが、陶先生(陶弘景)をたよって来ているのです。」それで言った、「陶には立派な心がけがあるので、人々が身を寄せてくるのだ。」

また子良《わたくし》に語った、「あなたの父は、むかしいささかの過ちがないではなかった。その罪を赦されてからもう三年になり、今では平穏無事な場所にいる。彼が自分から言うには、墳墓は越の地にあって、故郷を離れたままではあるが、現在の墓地を離れたいとは思わない。〔ただ墓の〕南側の穴があいている。それを塞いで欲しい、と。彼は今度、私と一緒に来たいと願っていたのだが、役所での事務処理がまだ終っておらず、来ることができなかった。来年の春には王の家に生れかわるであろう。過去の罪が完全には消えていないので、もう一度、世に生れるのだ。あなたは前生で福を積んだので、正しい教えに値《あ》うことができ、今生でも人々からも神々からも愛されるのだ。録籍を調べてみると、あなたの寿命はまだ四十六年残っている。生を受けて人となっている間は、この世間にひどく執着する。〔しかし一旦〕死んで神となれば、今度は幽冥世界の方に心がひかれることになる。両者を実際について比較してみれば、幽冥世界の方が勝っている。いま役所の方には一つあいた官《ポスト》があって、あなたをそれに当てようと思っている。任命のさたはもう定まりかかっているから、辞退などせぬように。来年の十月に迎えにこよう。前もって十分な用意をしておくようにと思って、やって来て告げたのだ。もしこの命令に従わないときには、三官（天地水の三つの彼岸の役所）の符がやって来て〔強制的に召し出す〕ことになる。あだやおろそかな事ではないのだ。」

子良は懼れで顔色が変った。

この人物が言った、「あなたはこの世に留まりたそうな様子であるが、罪ばかりを種《う》えてどうするのだ。我々の洞（華陽洞天）の中の職に就くことができれば、目《ま》のあたりに天真（天界の真人）に会い、聖なる役所へも遊行することができる。天下にこれほどすばらしい場所は無いことを考えてみなさい。」

子良《わたくし》は、このように言われて、「仰せに従います」と答えた。

〔この人物は〕次のようにも言った、「あなたには幼いときから今までに、小さい過失がなかったわけではない。すすんで反省をし懺悔をなすように。もしそれをしなければ、身の累《わずら》いになることもあろう。なべて道を修する者は、みな裸体となったり冠を脱いで髻《まげ》を露《あら》わにしたり、無辜の者にひどいしうちをしたりしてはならない。立ち居《い》ふるまいも飲食も、全て科《さだめ》に依って行なわねばならない。後にまた告げることもあろう。今はこれまでにして、もう役所の方へ還ろう。いま伝えたことについてあなた自身の心がなお定まらぬにしても、どうかなおざりにしないでほしい。慎んで私のことばを守り、真理と縁もなくその日その日を過ごしている世間の人々にはこの事を知らせてはならない。山中の〝気〟を同じくする人々には知らせてもかまわない。」

こう言うと座を立ったが、まだ戸を出ないところで、門のそばに令春や劉白たちがいるのを見て、また言った、「子供たちを壇や靖(道教の儀礼を行なう建物)に近づかせてはならない。靖の中には〝真経〟が収められているのだ。先に火を出した大屋の基壇の所には、いまも〔幽冥界の〕役人や兵卒が守りについている。彼らを軽率に辱かしめることがあってはならない。ああした子供たちが無知でしでかしたことが、その累を家主にまで及ぼすことになる。あなたの姨《おば》の病気は原因が深く、死ぬことにはならぬにしても、なかなか快癒はしない。」子良はそこで尋ねた、「どんな風に治療をすればよいのでしょう。腹中にはしこりも有りますが、病気はいつごろ快癒いたしましょう。」答えた、「すぐに快癒させることはできない。歳月がたつ内に自然とよくなるだろう。腹中のもの方はすぐ治すこともできる。のちほどあなたに〔その治療法を〕告げよう。」

令春たちが行ってしまうと、階をおりて姿を消した。

以上、長く引用した一段には、周子良の半眠半醒の朦朧とした意識の中に訪れてくる神(茅山の下にある華陽洞天府の役人)の幻覚がよく描かれている。現実の風景と訪れてきた神の幻影とが二重写しになり、特に繖が風にあおられて倒れる所などは、新鮮な情景の描写である。

この一段を読んで誰もが気づくであろうように、訪れた神の言葉は、実は周子良の心中にある屈折が生み出したものなのである。例えばこの神は昼寝などをしていてはならないと言い、周子良の弁解を聞いて、まあよかろうと認めているが、これは周子良自身が昼寝をしていることに対してやましさを感じていたことが生み出した対話であったにちがいない。また父親のお墓を越の地に残したまま茅山に入ったことに対する後ろめたさが、その墳墓についての父親自身の意志を神が伝えてくれるという幻想を導き出したのである。周子良は神との対話と信じているのであるが、実はその内容は彼自身の内心にわだかまるものの直截な表明であったのである。凡そ人々の生み出す幻想というものは、それを荒唐無稽なものとしてうち棄てぬ限り、かえってそこから人々の飾らない内心を窺う手がかりを捜し出すことができるであろう。

「周氏冥通記」によれば、この最初の神の降臨に引き続いて様々な神仙や女仙たちが周子良のもとを訪れ、彼に教訓を与えたり、経典を伝えたり、神仙世界での出来事を語ったりしている。しかしその詳しい記録はその年の七月まででであって、それ以後の神仙との接触については簡単な目録しか残されていない。その目録から見ると、周子良のもとに神仙が降るだけではなく、彼自身の方からも天上や地中の洞天や東海の島にある神仙世界を訪問したりしている。ただ残念ながら彼の訪れた神仙世界の詳しい情景は目録だけからでは十分に窺い知ることができない。

周子良を最初に訪れた神は、現世に留まって罪を重ねるよりは、この世を棄てるようにと勧める。周子良には神仙世界での官位が約束されているというのである。加えてその官に就くのは来年の十月だと指定している。周子良は、時にはもう少し現世に留まりたいと神仙に向かって願ったりしているが、結局は神仙たちの言いつけに従って次の年の十月、自ら毒を仰いで死んでしまった。

周子良を訪れる神仙たちは、言うまでもなく彼の心中にのみ存在する幻影にすぎない。ところが周子良はその神仙たちの命令に従って自ら死を選んだ。自らの生み出した幻想に現実の肉体の方が殺されてしまうことがあることを示す典型的な例である。しかし幻想に殺されたのは、彼の精神が特に虚弱だったことだけにその原因が求められるべきではないであろう。その幻想を支える確固たる伝承と当時の社会的情況とがあってはじめて幻想が人を殺すほどの力を持ち得たのである。

霊媒、或いはその前身であるシャマンたちが、ヒステリー患者でも性格異常者でもなく、彼らの生きる社会の持つ矛盾や問題点を最も鋭敏に感受しそれに解決を与えようとする強烈な個性の持ち主であったことは、最近の宗教民族学の成果の教える所である。もし霊媒やシャマンが異常であるとすれば、それは彼らが通常の人間の日常生活を超えた高い精神性を持っていたからである。古代のシャマンたちは、人々の共同的な日常生活の背後にあるものを見ることができ、人々の生活に意味を与えるべく選ばれた人物であったのである。(8)

もちろんこうしたシャマンたちの精神的な高さは時代を降るにつれて失われてゆき、やがては人々の現世的欲望にのみ媚びるものとなってしまう。孤独の中で自らの幻想に殺された周子良は、こうした共同社会の中における個性的な存在としての中国の巫覡の伝統のほとんど最後に位置する人物と見なしてよさそうである。しかし彼ら六朝期の霊媒たちがなお社会の動きに鋭く反応する存在であり得たことは、例えば彼らの言葉の中に佛教思想の影響を受けたと考えられる用語や考え方が散見することからも窺われるであろう。「真誥」の衆真たちの言葉の中には佛教的用語が挟まれ〝本無理〟を論ずる神仙がいたりする(9)ほか、特に佛典「四十二章経」の〝盗用〟があることがよく知られている。(10)しかしこの事実も盗用といった言葉で理解すべきでなく、霊媒たちが佛教思想の流入に鋭く反応し、それを柔軟に吸収しようとしていたことを物語るものと考えるべきであろう。時代の思想的情況に鋭く反応できることは、霊媒たちが単に古くからの伝統的な宗教技法を守っているだけに留まらず、この時代にあってもなお彼らが人々の精神の内部を純粋な形で顕在化する力を完全に失ってはいないことの保証となっていたのである。

周子良に向かって語られる神仙たちの言葉は、実は彼自身の内心での葛藤であり自問自答であった。そうしてそれは単に一人の霊媒の個人的な内心の自問自答というに留まらず、霊媒の鋭敏な精神が捕えた、当時の社会を生きる人人の心中の葛藤であったが故に、多くの人々の心をそそるものを持っていたのである。同様に「真誥」において、楊羲に向かって神仙たちが語る言葉は、許氏一族の人々の心にわだかまるものをはっきりとした形にとり出そうとするものであり、より広く言えば許氏を含む江南土着の豪族たちの精神的な情況(そうしてその情況を越えようとする希求)を顕在化しようとするものであった。それ故、その記録は人々の間で書きつがれて道教経典を形成していったのである。もしそうであるとするならば、楊羲や周子良といった霊媒を通じて顕在化される当時の人々の精神の奥底を占めていた問題とはいかなるものであったのであろう。

そうした人々の心中の矛盾葛藤は、神仙世界と現実世界との関係性の中に象徴的に示されていると言えるであろう。まず第一に、神仙たちの世界を清浄なものとし、それを視点にして見るとき、この現実の世の中は穢れに満ちたものだとされている。すでに引用した神女の愕緑華の言葉にも、「先の罪の未だ滅《き》えざるを以って、故に謫せられて臭濁に降る」とあって、現世は臭濁と言いかえられている。また「真誥」巻九には次のような一条がある。(11)

「太上九変十化易新経」に言う、もし汚いものの上を歩いたり、さわがしい場所に足を踏み入れたりしたときには、身体を洗い〝解形〟を行なってそれを払わねばならない。その方法は、竹の葉十両(両は重さの単位)と桃の皮を平らに剝いて白い部分を集めたもの四両とを用い、清水一石二斗でもって釜の中で煮、ひとたび沸騰したものを汲み出して適当な温度まで〔冷《さ》ます〕。これで身体を洗えば、身体にしみついた全ての穢れは除き去られる。……天人たちが下界におりたあと、天上に戻ると、必ずこの水によって自らを清めるのである。

ここでは天人が下界に降ることが、汚い場所に足を踏み入れることと同一視されている。現実世界の政治の中枢にいる侍中や公卿たちも〝塵俗〟として一括され、真仙たちにははるかに及ばぬものとされる。「周氏冥通記」巻二に言う、(12)

〔神仙が尋ねた〕、天上界での官位や職務は、現世の侍中や公卿と比べてどうだ。周子良が答えて言った、真仙や高霊がどうして〝塵俗〟と比べられましょう。

この世の人々は〝塵濁之人〟〝肉人〟と呼ばれる。霊媒は神仙たちに対し自分自身のことをこんな風に言う。「真誥」巻一一(13)。

愚心鄙近にして、亦た肉人穢濁、精誠懇《ねんごろ》ならざるを以って、よく上達するなし。悟らざりき、已に高聴に暢し、省察を蒙るを得しを。

このように現世の人間は穢れに満ちたものとして神仙たちの前にひれ伏さねばならない。現世とそこに生きる人間が穢れたものとされるのは、神仙世界の清浄さを視点にしてそれが顧みられたからである。

神仙世界は単に清浄であるのみならず、そこには現世の相対性を超えた絶対的なものがあるとされる。〃真〃という言葉がそれを象徴するであろう。「真誥」巻一にいう(14)、

夫れ真人となるを得たる者は、事事みな尽く真を得たるなり。

このように清浄で絶対的な神仙世界と対比して、現世が穢れて価値が相対化した世界と位置づけられるとき、そうした観念は人々に鋭い二者択一を迫ることになる。おまえはこの両者の内のどちらに身を置こうとするのか、と。

「周氏冥通記」巻二にいう(15)、

龍をかけらせ霄《そら》をはせる才能は、当然のこととして世の中を渉《わた》ってゆくには役立たない。栄華を求めてさまざまな計略をめぐらす心が、どうして神人や真人たちの思いに合致することがあろう。

神仙は、この言葉につづけて、より具体的に次のように言う、

あれこれと世間のことに執着し、親族友人に心を牽かれ、富貴に目を奪われ、美味や欲望の充足を願ったりしてはならない。これらはいずれも罪を積む場所であり、身を煮る鼎や鑊《かま》なのだ。この言葉をよくよく思いめぐらし、それらが執着するに足らぬものだと思い定めなさい。もしそれらを棄てることができさえすれば、仙道はもうやすやすたるものなのだ。

「真誥」では、より具体的に、官界との関係を断つようにと神仙たちはしばしば戒めている。巻一四には次のよう

な一句がある。(16)

〝道〟は簪によりて喪わる。良《まこと》に哀しむべし。

簪は冠を止めるための短い棒のことで、冠は官位を象徴する。この部分の注はそれを次のように説明している。

簪とは、人の仕宦衣冠を貪るを謂う。此れが坐《ため》に〝道〟に務むるを得ず。

同じく巻二では、神仙は次のように言う。(17)

玉の醴《さけ》、金の漿《スープ》、交生の神梨、方丈の火棗、玄光の霊芝、〔こうした長生のための仙薬を〕私は山中の許道士にあげます。人間《じんかん》の許長史にはあげません。

こうした霊薬は、山中に道士として修行する許謐に伝授しても、官界で長史の任にある同じ許謐には伝授しないと言うのである。

こうした観念とそこから導き出される二者択一の問いかけに忠実に反応した周子良は、自殺によって現世を棄てぬわけにはゆかなかったのである。

くわえて、このような現実社会と神仙世界とを鋭く対立させる観念を支えていたのは、彼らの強い唯心論的な傾向である。茅山での啓示がそれまでの神仙・道教思想を越えていたのは、なによりもその唯心論的な傾向の深さによっていたのだと思われる。

「真誥」巻二では、神仙の雲林右英夫人が許謐に答えて次のようにいっている。(18)

玉の醴、金の漿、交梨と火棗、これらは騰飛(天上に昇る)の薬として、金丹など比べものにもならないものです。あなたは身体がまだ〝真正〟でなく、穢れたおもいが懐《むね》の内に満ちているので、こうしたものはやって来ようとはしないでしょう。もし〝真正〟がまだ純一でないならば、〝道〟もあなたに特別に目をかけることがなく、そうしたことを尋ねてもならないのです。

火棗や交梨の樹はすでにあなたの心中に生えています。ただ心中になお荊棘《いばら》があってそれと雑り合っているため、この二本の樹が見えないのです。

ここでは、世界の果てに生える〝生命の木の実〟に来源するであろう神秘的な果物、火棗や交梨が、人の道心の純粋さに対応して心中に成長するものとなっている。しかもそれらは〝金丹〟よりもずっと優れるとされるのである。不死のための修行についても同様である。ここでは修行のための手段はほとんど問題にならず、精神の純一さこそが仙道の獲得を可能にするのだとされている。(19)

むかし道に心を寄せてはいても道を求める方法を知らぬ人物がいた。彼はただ朝夕ごとに一本の枯木に向かって拝跪し「長生をお与え下さい」と言いつづけた。二十八年間、これを倦むことなく続けたところ、ある日突然、その枯木に華が咲き、華には蜜のように甜い液体が付着していた。一人の人物がこれを食べるようにと指示をした。そこでこの華と液体とを取って、両方とも食べた。食べ終ると、その場で仙人となった。

「真誥」の本文は、「心を用いること精誠の至り」であったからこうしたことが起ったのだと言う。仙人になるための修行の方法は問わず、心の精誠さだけを計ろうとするこうした説話は、自力による修行を重視する、前章で分析した魏晋時期の〝新しい神仙思想〟を、その唯心的傾向の深さで越えようとしていたのだと言えよう。

「周氏冥通記」においても、道との関り合いが純粋に個人の心の問題として捉えようとされている。巻二の次のような言葉がそれである。(20)

道を得るは悉く方寸《こころ》の裏《うち》に在るのみ。必ずしも形《かたち》労し、神《こころ》損ずるを須《もち》いざるなり。

あるいは「真誥」巻四では、定録君が次のように告げている。(21)

いま〔神仙修行を〕僻《おこた》ったりそれを疑ったりするのは、〔神仙の〕有り無しについて無闇に推測しようとするからだろう。もし無いのだという心で我々に対すれば、我々も存在しないのである。〝空〟の中に〝真〟があるのに、あなたはそれを見ずにいる。神仙の存在を示す徴候が少ないなどと言ってはならない。

すなわち、神仙の存在は論理で推察すべきものでなく、なによりも信ずべきものであって、神仙は人がその存在を信ずるときはじめてその人にとって存在するのだと言うのである。唯心論の一つの極致だと言えるであろう。

しかし彼らの精神がこのように強く唯心論に傾くことは、決して彼らが当時の現実社会に興味を持たなくなってしまったことを意味するのではない。むしろその逆なのである。当時の世の中は「真誥」の中で次のように把えられている。巻八。(22)

いま六天の横縦にして、太平の微薄なる、霊は以って順を助くるに足らず、適《た》だ群奸を招くに足るのみ。所以《ゆえ》に神光は披越して、邪は正任に乗ず。高齢なるものの徳なきこと久しく、鬼訟の紛錯たること積めり。許長史よ、将にこれを理《おさ》めんと欲するや。

ここで「高齢なるものの徳なきこと久し」というのは、具体的な為政者を背後に考えているのであろうか。同巻にはまた次のような一条もある。(23)

天子に憂いあり。上相の座　動く。いま聊か讖を作りて、密かに以って相い示す。

という神仙の言葉を前書きにしてその讖文が記録されている。注によれば、この讖文は「みな晋代のことを説き、並《み》な明徴があった」ものである。

またこの節の最初に述べたように道士の許邁は房中術を以って宮廷に近づいたのであるが、それに関連するであろう、皇帝の広嗣の術を述べた一条も「真誥」の同巻に見える。神仙の中候夫人は「九合内志」という書物を引いて次のように言う。(24)

公よ、試みに竹を宮中の北宇の外に植え、美しき人をその下に遊ばせてみなさい。そうすれば天上に機神(北斗の神)を感ぜしめ、大いにあと継ぎをもたらし、受胎してはすこやかに、誕生ののちにも長寿でありましょう。

これに加えて神仙たちの言葉の中に、当時あるいは一代前の有力者たちの名前がしばしば見え、特に闡幽微篇(巻一五・一六)では、彼岸での死者たちの位づけという形で、前代の著名人たちがさまざまにあげつらわれている。このように見てくるとき、神降ろしに熱中していた人々は、信仰の中に現世を忘れていたのではなく、逆に現世に対する深い執着がむりやりに変形されて、神仙との交渉の幻想を織り上げていたことが知られるのである。

幻想の中の神仙たちの言葉を通して窺われるのは、東晋時期の江南の豪族たちがきわめて矛盾した心をもって現実社会に相い対していたことである。一方では現世の全て(彼らにとって官界での活動が現世ということの大部分を占めたであろう)を棄てて別の絶対的な価値の存在する世界に入りたいと望み、他方ではこの現世に対する強い執着を棄て切れずにいたのである。深い唯心論的な傾向は、この二つの矛盾する願望を調和するためのものであったと理解されよう。

神降ろしの儀礼の中に現れる神仙たちという虚構の存在の持つ社会的な意味については、専門の宗教社会学者たちの手によってより深く探求されるであろう。ここでは以上のような専門外の人間の初歩的な指摘を記しておくに留めたい。ただこれに関連してもう一つ、私の追求する神仙の物語りとの関係で取り挙げておきたいのは、神降ろしの場に現れる神仙たちの行動の描写とその言葉とについてである。「漢武帝内伝」の、七月七日の夜における西王母、上元夫人と漢の武帝との会合の場面の記述が独特の文体を持っていることについては、この章の最初に指摘したが、その独特の文体は「真誥」に記録された神仙たちの言葉と行動の描写にきわめて類似しているのである。

「内伝」の奇妙なぐあいに飾られた羅列的な表現と共通する神仙の言葉として「真誥」巻二に見える南岳魏夫人の言葉を例に挙げてみよう。(25)

虚妄なる者は徳の病《やまい》、華衒なる者は身の災、滞なる者は失の首、恥なる者は体の篇。此の四難を遣りて然る後に始めて以って道を問うべきのみ。是《ここ》に於いて霊軫の轅を鳴らすこと、日びに彷彿たるあるなり。

ここには、「内伝」の、すでに例に挙げた「恣は則ち身を裂くの車、淫は年を破るの斧たり」云々(二四六頁)ほどには息が長くないにしろ、同様に口常の言葉でない、不完全な対句を用いた羅列的な表現が見える。神仙たちの教誨の中にこうした文体がはさまれてくることは、両者に共通しているのである。

また神仙たちの用いる特殊な言葉のほか、その容貌や服飾の描写、及び行動の記述にも、その表現に両者共通する所が多い。その例として「真誥」巻一の、九華真妃が最初に降臨する際の描写を挙げてみよう(26)。前にも述べたように、この九華真妃は霊媒の楊羲と伉儷の関係を結ぶ神女である。

興寧三年乙丑の歳、六月二十五日の夜、紫微王夫人が降臨された。夫人はもう一人の神女と共にやって来た。神女は雲錦の襹(ワンピース)を着ており、その襹は上が丹《あか》く下が青くて、文様があってキラキラしかった。腰には緑の繡《ぬいとり》の帯をしめ、帯には十個余りの小鈴がぶら下がっていた。鈴は青色や黄色のものがいりまじっていた。左側には玉佩を帯びていた。その佩は世間にある佩と変りなく、ただ少し小さいという点で異なるのみであった。衣服はキラキラと輝き、部屋の中を明るくするさまは、太陽光線の中に映《はえ》る雲母を見るようであった。豊かな髪とつややかな鬢とはきちんと手入れされ、頭の頂上で髻《まげ》を作り、余った髪は腰のあたりまで垂れていた。指には金の指輪をはめ、白い真珠の腕輪をつけていた。見たところは年のころ十三四ばかりであった。左右には二人の侍女がいて、一人の侍女は朱い上衣を着、青い章嚢を腰につけ、手にも一つの錦の嚢を持っていた。嚢は長さが一尺一二寸ばかりで、書物が入っている。書物は十巻ばかりもあるであろう。白玉の検で嚢の口が閉じてある。検の上に刻された文字を見ると、「玉清神虎内真紫元丹章」とあった。もう一人の侍女は青い上衣を着て、白い箱を捧げ持っていた。それは絳《あか》い帯で縛られており、白い箱は象牙の箱のようであった。二人の侍女は年のころ十七八ほどはありそうで、とてもきちんと装《よそお》っていた。神女も侍女も顔はつややかで、汚れない様は玉のようであった。よい香りがただよい、嬰香(外国産の香料)を焚いているかのようであった。

〔神女は〕最初、戸口を入るとき、紫微夫人のあとに〔かくれるようにして〕従っていた。夫人は戸口を入るとすぐ〔私に向かって〕告げられた、「今日は大切なお客さまがみえました。ここに来られて好《よし》みを結ぼうとされるのです。」これを聞いて私(楊羲)はすぐ立ち上った。夫人が言った、「立ち上る必要はありません。一緒に坐って、互いに挨拶するだけでよろしい。」夫人は南向きに坐った。私は、この晩もともと承床(承塵か)の下に西向きに坐っていた。神女は、そこで顔を見せて、同じ床に東向きに坐った。それぞれ左手でもって挨拶の礼をなした。礼が終ると、紫微夫人は言った、「この方は、太虚上真元君である金臺李夫人の末娘です。太虚元君はむかし彼女を亀山(西王母の住む山)にやって上清の道を学ばせました。道の修行が完成すると、太上からの任命書を授かり、紫清上宮の九華真妃という職務に就いたのです。その際に安という姓、鬱嬪という名、霊簫という字《あざな》を賜わりました。」紫微夫人は、続けて「世間でこんな風な人がいるのに会ったことがありますか」と私に尋ねた。私は答えた、「霊なる真人は高く秀でておられ、比べるすべもありません。」夫人はそれを聞いて愉快そうに笑われ、「あなたは彼女をどう思いますか(彼女が好きですか)。」私は何も答えなかった。

紫清真妃は、座に就いて久しくなるのに少しものを言わなかった。真妃は初めから手の中に三個の棗を握っていた。それは、色は乾した棗のようで、形は大きく、中には核《たね》がなく、また棗の味はせず、梨のような味がするのであった。真妃はまず一個を私に下さり、つづいて一個を紫微夫人に与え、自分のもとにも一個を留めると、それぞれに食べるようにと言った。棗を食べ終って、ややあって真妃は私に、年はいくつで、何月に生れたのか、と尋ねた。私はすぐさま、年は三十六で庚寅の年の九月の生れです、と答えた。真妃はまた言った、「あなたの師の南真夫人(南岳魏夫人)は司命として権威があり、高度な〝道〟を完成し、玄妙な術を備えられて、まことに立派な徳の宗《おおもと》となっておられます。あなたの御令聞は久しい以前から耳にしておりましたが、思いがけなくも今日、前世よりの因縁によって、お会いできる喜びを得ました。どうか不可思議なめぐりあわせによってお会いできました上は、長くお側に侍らせていただけますように。」私はこれに答え、名をなのって言った、「俗世に沈湎し、世塵に汚れるばかりのこの身は、天上の神々との間に雲ほどの高下の隔たりがあって、敬意を伝えるすべもございませんでした。しかるに尊神がわざわざ御光臨下さり、喜びに踊り立つ心は限りもございません。どうかお教えを賜わって、この身の蒙昧をお払い下さり、民草たる私をお救い下さいますように。これが常ひごろ変らず願っている所でございます。」真妃は言った、「あなたはここでお話しをするのに、へり下った言葉づかいをしてはなりません。へり下った言葉づかいは、この場にふさわしいものではないのです。」いささか間があって真妃はまた告げられた、「短い文章を作ってお贈りしたいと思います。あなたにお書き取りいただいて、私の気持ちをお伝えしたいのですが、そうしていただけますか。」私は、お言い付け通りにしますと答え、紙をたたみ筆に墨を含ませた。すぐさま口頭で言葉を伝えて、〔真妃は〕次のような詩を作った。

その詩はここでは省略する。紫微夫人も楊羲に詩を贈る。つづけて紫微夫人は言う。

「今日は私は二人の因縁をつかさどる主人であり、また二人の意《こころ》を導く謀客《なこうど》でもあります。」紫微夫人は次のようにも言った、「明日は南岳夫人が帰ってこられます。私は真妃と一緒に雲陶のあたりまで迎えに出ねばなりません。明日帰られぬ場合には、数日後のこととなりましょう。」またややあって紫微夫人が言った、「もう帰ります。明日もまた真妃と一緒にやって来ましょう。」牀を下りたと思うとその姿が見えなくなった。真妃は少し後に留まって言った、「私の気持ちを十分にお伝えできませんでしたが、お心は忘れがたく思います。どうかあなたもともども今日のことを思いかえしていただきますように。明日またやってまいります。」そう言って私の手を取って握ると、牀を下り、戸口から出ぬ内に、ふっとその姿は見えなくなった。

以上少し長い引用になったが、これは九華真妃の最初の降臨の場面の描写である。この中に思わせぶりに真妃の侍女が捧げ持つ道典の名が見えているが、やがて楊羲は真妃の所持する「神虎内真丹青玉文」「上清玉霞紫映内観隠書」「上清還晨帰童日暉中玄経」などの伝授を受けることになる。

一方「漢武帝内伝」では、上元夫人の降臨の場面が次のように描写されている(27)。

上元夫人が到着した。到着に際しては〔西王母の到着のときと〕同様に雲中に簫《ふえ》や鼓《たいこ》の音が聞かれた。到着したのを見ると、文武の官千余人がつき従って、それが全て女子であった。年齢は全て十八九ばかり、容姿は端麗、大部分の者が青い上衣を着て、その光彩は太陽に輝くよう。まことに霊官と呼ばれるにふさわしい様子であった。上元夫人は、年齢は二十余り、天成の容姿は清らかで輝かしく、秀でた眸《ひとみ》は明るく光った。赤霜の袍《うわぎ》を着していたが、その複雑な文様は目をくるめかすよう。錦でも繡でもなく名づけがたいものであった。頭には三つに分かれた髻《まげ》を結い、余った髪は腰まで垂れていた。九霊夜光の冠を戴き、六出火玉の佩を帯び、鳳文琳華の綬《じゅ》(腰に下げる色どりのあるリボン。印章を結ぶ)を垂らし、流黄揮精の剣を腰にしていた。

上元夫人は殿に上ると、西王母に向かって再拝した。西王母は坐ったままそれをおし止めると、一緒に北向きに坐るようにと言った。夫人は廚(食事)を用意したが、その廚の立派で珍貴なことは西王母が用意したものと異ならなかった。西王母は武帝に命じて言った、「この方は真元(三天真皇)の母親で、尊貴な神人なのです。立って拝をするように。」帝は上元夫人を拝し、挨拶をしたあと座にもどった。……帝は席をはずすと跪いて感謝の意を表わして言った、「臣《わたくし》は天性凶頑にして、混乱と穢れの中に成長し、壁と向かい合ったように閉されて、広々とした目を開くすべもございませんでした。それでも生命を惜しみ死を畏れて、天の霊神たちを敬い尊んでまいりました。今日お教えを受けることができますのは、これこそ天のお恵みによるのでございます。聖なる御命令を決して疑うことなく、我が身の範といたします。そのようにしてつまらぬ劣った臣《わたくし》めにも、永生を獲ることができるのでございます。どうかお哀れみと御加護をお垂れ下さり、民草たる私にお恵みを賜わりますようお願いいたします。」夫人は帝に席に戻るようにと言った。……帝はそこでまた西王母の巾笈《つづら》の中に巻子《まきもの》の小さい書物が、紫錦の嚢に入れられて入っているのを見つけた。帝は、「その書物は仙霊の方なのでしょうか。その題名を目にすることができましょうか」と尋ねた。西王母は巾笈からそれを取り出して示して言った、「これは五岳真形図です。以前、青城の仙人たちが私のところに来てこれが欲しいといったので、いまあちらに行って授ける所なのです。これは三天太上がこの世にもたらされたもので、その文は厳《かた》く秘められていて、どうしておまえのような穢れた肉体を持つものが佩びたりしてよいものでしょう。いまはひとまずおまえに霊光生経を授けましょう。これによって神秘なものと通じ合い志を励ますことができます。」

以下、いろいろないきさつがあって、結局武帝に対する経典伝授が行なわれ、そのあと上元夫人が歌を唱し、西王母がそれに答歌をする。翌朝になって二人の神女は帰ってゆく。帰るに際して上元夫人は少しあとに留まり、武帝に対してそれらの経典を更に誰に伝授すべきか指示を与える。

「内伝」の上元夫人降臨の際の筋書きやその記録法には、例えば登場人物の坐る位置が注意深く記されているように、「真誥」の九華真妃の降臨の記録といくつか重なる点が見えるほか、特に神女の顔だちや衣服、持ちものの詳細な描写という点で、両者はよく一致している。そうしてこれは「周氏冥通記」の神々の描写の部分にも見えた所である。こうした文章が神降ろしの記録の基本的な特色なのであり、更に推測すれば、神の容貌や衣服のありありとした描写は、神の姿を心中にはっきり描き出そうとする道教の実修と関係をもつものであったのかも知れない[28]。

このように見てくるとき、「漢武帝内伝」の七夕の場の文章は、霊媒たちの神降ろしの記録のための文体（純粋な自動手記であったかどうかには疑問が残るが）をその基礎にしていることが知られる。そうして「内伝」と「真誥」の神女の描写を比較して見るとき、九華真妃に比べ上元夫人の描写がいささか装飾過多になっているように感じられるであろう。この描写の差違の間の距離が、「内伝」が神降ろしの実修をその基盤としながらも、そこから少し離れた環境と精神の中で成立したことを暗示するのである。

もうひとつ、霊媒による神降ろしの記録の中で注目すべき点は、そこに神々の間でなされる〝共語〟という部分が見えることである。降臨した神々は、主として人間に向かって教えや戒めを説くのであるが、時として人間をそっちのけにして神々どうしが話しをする。それが神たちの〝共語〟として記録されている。例えば次のようなものである。「周氏冥通記」巻二に言う、(29)

〔降臨した〕仙人たちは、彼らの間でしばらくの間〝共語〟をした。子良《わたくし》のことを論じているらしいのであるが、その言葉の意味ははっきりとは分からない。

神仙たちの間で自分のことについて何か気になることを話し合っているらしいのであるが、周子良にはそれがよく聴きとれない。同じく巻三にも「自共語良久」とあって、上の例と同様である。巻四では夢の中で神仙たちの共語を聴くのであるが、この場合は彼らの語る内容が理解できる。(30)

十四日の夜、許仙侯たち五人が〝共語〟をしているのを夢に見た。許仙侯が言った、「この宇《たてもの》に住まうようになってから、それほど久しいと思わぬうちに、もう二百年ほどにもなった。」そうすると別の一人がそれに答えるのが聞えた、「兆の劫《ごう》だとてあっという間であるのだから、この二百年ほどがどうして長い年月であろう。」

「真誥」にも神仙たちの共語の場面がいくつか見える。巻一には、(31)

これ以下は真人たちが共語するだけで〔お告げはなかった〕。

という注記がある。また巻八には、神仙たちの言葉を〝旁聴〟すると表現されている。(32)

郗相はいま大曹史に逮《とら》えられ、その妻の形(刑)嬰桃はまだ身の振り方が決まっていず、ちょうど代りの人をこの家の中から求めているところだ。これは茅小君の言葉を傍から聴いたもので、書きとるようにという命令によって〔書いたもの〕ではない。自発的に記録して〔許長史に〕見せるものである。

ここでは郗愔の属する郗氏一族の死者のことが神仙たちによって論ぜられている。巻一の王子喬の降臨についての次のような記録も興味深い[33]。

別に一人の神仙がいて、年ははなはだ若く、きちんとした身なりをしていた。芙蓉冠をそびやかせ、朱い上衣を着て、白い真珠を衣服の縫い目に綴って、剣を帯びていた。この人物が来るのはこれまでに絶えて見たことがなかった。金庭山中のことについていろいろ論じ、真人たちと言葉を交したが、理解できぬ部分もあった。紫微夫人、紫清夫人、南真夫人の三人の女真にはうやうやしい礼を執ったが、他の人たちとは対等の言葉を交していた。彼は桐柏山真人の王子喬だとのことであった。私には少しも語りかけなかった。他の場合も同様に、初めて降臨した真人は、いつもすぐには私に語りかけぬのであった。

このように降臨してきた神仙どうしで行なわれる共語の主たる内容は、金庭山や二百年以前のことなど神仙世界(現世を空間的、時間的に超越した世界)のことと、もう一つはその儀礼の関係者についての神仙たちの間での人物評価を中心としたうわさ話しである。

神降ろしの場での神仙たちの直接のお告げは、人間に向かって告げ下されるという関係で、その内容は教訓的なものを離れられない。それに対して、人間を前にしながら人間の存在を忘れてしまったようにしてなされる神仙どうしの共語は、より文学的なふくらみを持った形で神仙世界の存在とその独自の価値観を人間に暗示することを可能にしている。この章の最後の部分で分析することになるのであるが、「漢武帝内伝」はこの神仙どうしの共語の記録という技法を存分に利用して漢の武帝をあげつらい、編纂者〔たち〕の思う所を物語りの中に定着させているのである。

(1) 「真誥」については、張爾田「真誥跋」『内藤博士頌寿記念史学論叢』一九三〇年、胡適「陶弘景的真誥攷」『慶祝蔡元培先生六十五歳論文集』下冊、一九三五年、のほか、最近では石井昌子氏に「真誥の成立に関する一考察」『道教研究』第一冊、のちに『道教学の研究』一九八〇年、国書刊行会、をはじめとする一連の論考がある。

(2) 中国における神降ろしの実修およびそれにまつわる伝説一般については、許地山『扶箕迷信底研究』一九四一年、長沙、を参照。

(3)『道教の総合的研究』一九七七年、国書刊行会、所収。

(4)「真誥」巻一第一紙より（道蔵本による）。以下「真誥」原文の引用には、石井昌子編『稿本真誥』一九六六—六八年、大正大学道教刊行会、の校定をも参照した。

愕緑華者、自云是南山人、不知是何山也。女子、年可二十。上下青衣、顔色絶整。以升平三年十一月十日、夜降羊権。自此往来、一月之中輒六過来耳。云本姓楊。贈権詩一篇、幷致火浣布手巾一枚、金玉条脱各一枚。条脱乃太而異精好。神女語権、君慎勿泄我。泄我則彼此獲罪。訪問此人、云是九嶷山中得道女羅郁也。宿命時、曾為師母毒殺乳婦。玄州以先罪未滅、故令謫降於臭濁、以償其過。与権尸解薬。今在湘東山。此女已九百歳矣。

なおこの愕緑華の条は「太平広記」巻五七にも「真誥」の文として引用されるが、だいぶ書き改められたものである。

(5) 羊権は泰山南城の羊氏。黄老を好み、医術を善くした羊欣の祖父にあたる（宋書、巻六二）。羊権の姓の羊と愕緑華の姓の楊とが通じたことは、「洛陽伽藍記」の筆者楊衒之が羊衒之とも書かれることからも知られる。

(6)「周氏冥通記」については、幸田露伴「神仙道の一先人」『露伴全集』第一五巻、にその内容の全般的な紹介があり、また福井康順「周氏冥通記について」『内野博士還暦記念東洋学論集』一九六四年、は書誌学的な検討を加えている。

(7)「周氏冥通記」巻一第八紙より（道蔵本による）

夏至日、未中少許、在所住戸南牀眠。始覚、仍令善生下簾、又眠。未熟、忽見一人、長可七尺、面小口鼻猛眉、多少有鬚、有白色。年可四十許。著朱衣赤幘、上戴蟬、垂纓極長。紫革帯、広七寸許、帯鞶嚢。鞶嚢作龍頭。足著両頭舄。舄紫色、行時有声索索然。従者十二人。二人提裾、作両髻。髻如永嘉老姥髻。紫衫青袴履、縛袴極緩。三人著紫袴褶、平巾幘、手各執簡。簡上有字、不可識。又七人、並白布袴褶自《ママ》履韎。悉有所執。一人挟坐席、一人把如意五色毛扇、一人把大巻書、一人持紙筆大硯。硯黒色、筆猶如世上筆。一人捉繖。繖状如毛羽、又似綵帛、斑駮可愛。繖形円深、柄黒色極長。入屋後倚簷前。其二人、並持嚢。嚢大如小柱、似有文書。挟席人舒置書牀上。席白色有光明、草縷如茀子、但織縷尤大耳。侍者六人入戸、並倚子平牀前。此人始入戸、便皺面云、居太近。後仍就座、以臂隠書案。于時筆及約尺悉在案上、便自捉内格中、移格置北頭。問左右、那不将几来。答曰、官近行、不将来。乃謂子良曰、我是此山府丞。嘉卿無慾、故来相造。子良乃起整衫、未答。仍問曰、今是吉日、日已欲中、卿斎不。答依常朝拝中食耳。未暁斎法。又曰、中食亦足。但夏月眠不益人、莫恒貪眠。又答、体羸、有小事竟覚倦倦如欲眠、不能自禁。曰、小小消息無苦。因風起吹繖欲倒。仍令左右看繖。赤豆在庭中戯、走来垂至繖辺。左右以手格去。郎善又来、架子上取塩。触此左右、善便倒地。此左右以手接之。此人間(問)、那得此小児子。子良答、家在銭塘、姓兪、権寄此住。又曰、勿令裸身、善神見之。又問郎善何人。子良答、家在永嘉、依廕陶先生。又曰、陶有美志、為人所帰投。又語子良曰、卿父昔不無小過、釈来已三年、今処無事地。自云、墳塚在越、雖自羈迴、亦不願移之。南頭有一坎、宜塞去。其今欲同来、有文書事未了、不果。明年春、当生王家。以其前過未尽、故復出世。卿前身有福、得値正法。今生又不失人神之心。按録籍、卿大命乃猶余四十六年。夫生為人、実依依於世上、死為神、則恋恋於幽冥。実而論之、幽冥為勝。今府中闕一任、欲卿補之。事目将定、莫復多言。来年十月当相召。可逆営辦具、故来相告。若不従此命者、則三官符至。可不慎之。子良便有懼色。此人曰、卿趣欲住世、種罪何為。得補吾洞中之職、面対天真、遊行聖府。自計天下無勝此処。子良乃曰、唯仰由耳。又曰、卿自幼至今、不無小愆、可自思悔謝。若不爾者、亦為身累。凡修道者、皆不裸身露髻、枉濫無辜、起止飲食、悉応依科。聊復相告、言窮於此、今還所任。方事猶疑、冀非遠耳。卿勖吾言、勿示世中悠悠之人。山中同気、知之無嫌。便下席、未出戸、見門上有令春劉白等、乃又曰、勿令小児輩逼壇靖。靖中有真経。前失火処、大屋基、今猶有吏兵防護。莫軽洿慢。其輩無知、事延家主。卿姨病源乃重、雖不能致斃、亦難除。子良因問、不審若為治療。腹中又有結、病何当得除。答曰、不可即除、歳月之間不知若為耳。腹中亦有卒可差、別当向卿言。令春等去、便下階而滅。

(8) M. Eliade, *Shamanism, Archaic Techniques of Ecstasy*. 原本はフランス語、一九五一年、パリ、邦訳『シャーマニズム――古代的エクスタシー技術』前掲、フィンダイゼン『霊媒とシャマン』邦訳、前掲、など。

(9) 「真誥」巻一三第一一紙

張玄賓者、定襄人也。……昔在天柱山中、今来華陽内、為理禁伯。理禁伯主諸水雨官也。此人善能論空無、乃談士。常執本無理云、無者大有之宅、小有所以生焉云云。

晋代の格義佛教流行の中で、般若や空の理解のため〝本無〟とか〝心無〟とかの論が立てられたことは、湯用彤『漢魏両晋南北朝佛教史』一九五五年、北京、第九章、また同氏『魏晋玄学論稿』一九五七年、北京、などに詳しい。

(10) 「朱子語類」巻一二六、釈氏の部に、「真誥」が「四十二章経」の意を盗んだとする朱熹の指摘が見え、胡適「陶弘景的真誥攷」(前掲)は、両者を対照してそれが陶弘景の作偽であることを結論づけた。しかし石井昌子「真誥の成立をめぐる資料的検討――登真隠訣・真霊位業図及び無上秘要との関係を中心に――」『道教研究』第三冊、一九六八年、のちに『道教学の研究』に再収、が指摘するように、「真誥」が材料とした原資料の中にすでに「四十二章経」が使用されている。すなわち陶弘景の作偽でこうした部分が附け加えられたのでなく、恐らくこの佛典が霊媒たちの心に少なからざる影響を及ぼしており、その結果、神降ろしの場で神々に「四十二章経」を換骨脱胎した内容の言葉を吐かせることになったものであろう。

(11) 「真誥」巻九第一三紙から

太上九変十化易新経曰、若履淹穢、及諸不静処、当洗澡浴与解形以除之。其法用竹葉十両、桃皮削取白四両、以清水一斛二斗於釜中煮之、令一沸、出適寒温、以浴形、即万淹消除也。……天人下遊、既反、未曾不用此水以自蕩也。

なおこの条は「登真隠訣」巻中第七紙にも見える。

(12) 「周氏冥通記」巻二第八紙

此中諸位任、何如世上侍中公卿邪。子良答曰、真仙高霊、豈得以比於塵俗。

(13) 「真誥」巻一一第一九紙

愚心鄙近、亦以肉人穢濁、精誠不懇、無能上達。不悟已暢高聴、得蒙省察。

(14) 「真誥」巻一第九紙

夫得為真人者、事事皆尽得真也。

(15) 「周氏冥通記」巻二第一紙

華陽童乃言曰、夫騰龍駕霄之才、理非渉世之用。栄華籌略之心、豈会神真之想。……勿区区於世間、流連於親識。眷眄富貴、希想味欲、此並積罪之山川、煮身之鼎鑊。善思此辞、勿足為楽。若必写此、則仙道諧矣。

(16) 「真誥」巻一四第五紙

道嬰由簪、良可哀矣。〔注〕簪者謂人貪仕宦衣冠、坐此不得務道。

(17) 「真誥」巻二第二〇紙

玉醴金漿、交生神梨、方丈火棗、玄光霊芝。我当与山中許道士、不以与人間許長史也。

(18) 「真誥」巻二第一九紙

玉醴金漿、交梨火棗、此則騰飛之薬、不比於金丹也。仁侯体未真正、穢念盈懐、恐此物輩不肯来也。苟真誠未一、道亦無私也。亦不当試問。 火棗交梨之樹、已生君心中也。心中猶有荊棘相雑、是以二樹不見。

(19) 「真誥」巻一二第一二紙

昔有一人、好道而不知求道之方。唯朝夕拝跪向一枯樹、輒云乞長生。如此二十八年不倦。枯木一旦忽然生華。華又有汁、甜如蜜。有人教令食之。遂取此華及汁、並食之。食訖即仙矣。

(20)「周氏冥通記」巻二第九紙

得道悉在方寸之裏耳。不必須形労神損也。

(21)「真誥」巻四第一紙

今之所以為懈難者、蓋闇推於有無之間耳。以無期我、我亦無也。空中有真、子不覩之。不可謂罕彷彿矣。

(22)「真誥」巻八第八紙

今六天之横縦而太平之微薄、霊不足以助順、適足以招群奸。所以神光披越而邪乗正任矣。高齢之無徳、久矣。鬼訟之紛錯、積矣。許長史将欲理之耶。

(23)「真誥」巻八第一一紙

天子有憂、上相座動。今聊作讖、密以相示。

(24)「真誥」巻八第一〇紙

公試可種竹於内北宇之外、使美者游其下焉。爾乃天感機神、大致継嗣、孕既保全、誕亦寿考。

ここに見える「公」が後の簡文帝であり、許邁が「広接の道」を以って簡文帝に取り入ったこと、陳寅恪「天師道与濱海地域之関係」『陳寅恪文集之二、金明館叢稿初篇』一九八〇年、上海、に言及がある。なお簡文帝が後嗣を求めたのに関連して、「異苑」現行本巻四(北堂書鈔九〇、御覧五二九所引)、また「道学伝」巻一八(三洞珠嚢巻一所引)に、

晋簡文既廃世子道生、次子郁又早卒、而未有息〔嗣〕。漢陽令在帝前禱。至三更、忽(鬱)有黄気自西南来、逆(遥墮)室前。爾夜幸李太后而生孝〔武〕皇帝。

とある記事は、「漢武帝内伝」の、

至二唱之後、忽天西南如白雲起、鬱然直来、遥趨宮庭間。雲中有簫鼓之声、人馬之響。復半食頃、王母至也。

という、西王母到着の際の記述と考え合わすべきものであろう。たとえ両者に直接の伝承関係がなかったにしても、その基盤を一にした〃幻想〃であったことは確かであろう。

(25)「真誥」巻二第四紙

虚妄者徳之病、華衎者身之災、滞者失之首、恥者体之籥。遣此四難、然後始可以問道耳。於是霊軫鳴轅、日有彷彿也。

(26)「真誥」巻一第一一紙以下

興寧三年歳在乙丑、六月二十五日夜、紫微王夫人見降。又与一神女倶来。神女着雲錦襹、上丹下青、文彩光鮮。腰中有緑繡帯、帯係十余小鈴、鈴青色黄色更相参差。左帯玉佩、佩亦如世間佩、但幾小耳。衣服儵儵有光、照朗室内、如日中映視雲母形也。雲髪鬒鬢、整頓絶倫、作髻乃在頂中、又垂余髪至腰許。指着金環、白珠約臂。視之年可十三四許。左右又有両侍女。其一侍女着朱衣、帯青章嚢。手中又持一錦嚢。嚢長尺一二寸許、以盛書、書当有十許巻也。以白玉検検嚢口、見刻検上字、云玉清神虎内真紫元丹章。其一侍女着青衣、捧白箱、以絳帯束絡之、白箱似象牙箱形也。二侍女年可堪十七八許、整飾非常。神女及侍者顔容瑩朗、鮮徹如玉。五香馥芬、如焼香嬰気者也。初来入戸、在紫微夫人後行。夫人既入戸之始、仍見告曰、今日有貴客来、相詣論好也。於是某即起立。夫人曰、可不須起、但当共坐、自相向作礼耳。夫人坐南向。某其夕先坐承床下西向。神女因見、就同床坐東向。各以左手作礼。作礼畢、紫微夫人曰、此是太虚上真元君金臺李夫人之少女也。太虚元君昔遣詣亀山学上清道。道成、受太上書、署為紫清上宮九華真妃者也。於是賜姓安、名鬱嬪、字霊簫。紫微夫人又問某、世上曾見有此人不。某答曰、霊真高秀、無以為喩。夫人因大笑、於爾如何。某不復答。紫清真妃坐良久、都不言。妃手中先握三枚棗。色如乾棗、而形長大、内無核、亦不作棗味、有似於梨味耳。妃先以一枚見与、次以一枚与紫微夫人、自留一枚、語令各食之。食之畢、少久許時、真妃問某年幾、是何月生。某登答言、三十六、庚寅歳九月生也。真妃又曰、君師南真夫人、司命秉権、道高妙備、実良徳之宗也。聞君徳音甚久、不図今日得叙因縁歓。願於冥運之会、依然有松蘿之纚矣。某乃称名答曰、沈湎下俗、塵染其質。高卑雲邈、無縁稟敬。猥虧霊降、欣踊罔極。唯蒙啓訓、以祛其闇、済某元元、宿夜所願也。真妃曰、君今語不得有謙飾、謙飾之辞、殊非事宜。又良久、真妃見告曰、欲作一紙文相贈、便因君以筆運我鄙意、当可爾乎。某答奉命。即襞紙染筆。登口見授。作詩如左。……今日於我為因縁之主、唱意之謀客矣。紫微夫人又曰、明日南岳夫人当還。我当与妃共迎之於雲陶間。明日不還者、乃復数日事。又良久、紫微夫人曰、我去矣。明日当復与真妃倶来詣爾也。覚下牀而失所在也。真妃少留在後而言曰、冥情未攄、意気未忘、想君倶詠之耳。明日当復来。乃取某手而執之、而自下牀、未出戸之間、忽然不見。

(27)「漢武帝内伝」道蔵本第一〇紙以下

上元夫人至。来時亦聞雲中簫鼓之声。既至、従官文武千余人、皆女子。年同十八九許、形容明逸、多服青衣、光彩耀日、真霊官也。夫人可廿余、天姿清輝、霊眸絶朗。着赤霜之袍、雲彩乱色、非錦非繡、不可名字。頭作三角髻、余髪散垂之至腰。戴九霊夜光之冠、帯六出火玉之佩、垂鳳文琳華之綬、腰流黄揮精之剣。上殿向王母再拝。王母坐而止之。呼同坐北向。夫人設廚。廚之精珍、与王母所設者相似。王母勅帝曰、此真元之母、尊貴之神、女当起拝。帝問寒温、還坐。……帝下席跪謝曰、臣受性凶頑、生長乱濁、面牆不啓、無由開達。然貪生畏死、奉霊敬神。今日受教、此廼天也。輒戢聖令、以為身範。是小醜之臣当獲生活。唯垂哀護、願賜元元。夫人使帝還坐。……帝又見王母巾笈中有巻子小書、盛以紫錦之嚢。帝問、此書是仙霊之方邪。不審其目可得瞻晒。王母出以示之。曰、此五岳真形図也。昨青城諸仙就我求請、当過以付之。廼三天太上所出、其文秘禁極重。豈女穢質所宜佩乎。今且与汝霊光生経、可以通神勤志也。

(28)　たとえば「無上秘要」巻一七道君冠服の条に「洞真太極金書上経」を引いて、元始天王の服飾を次のように描写する。

元始天王、建無極洞天之冠、披九色離羅之帔、飛森霜珠之袍、帯晨光日鈴育延之剣、左佩豁落、右佩金真。

これは「漢武帝内伝」に西王母を描写して、

王母……着黄錦袷襹、文采鮮明、光儀淑穆、帯霊飛大綬、腰分頭之剣、頭上大華結、戴太真晨嬰之冠、履玄璚鳳文之舄。

といった記述とよく似ており、共通の宗教的幻想に出るものと推定されよう。すなわち、このように神々の姿を特にその服飾によって詳細に区別しようとするのは、神の姿を心中にありありと描き出す実修と関係があったものと考えられる。「抱朴子」内篇雑応第一五は、鏡を用いて神仙の姿を見《あらわ》す方法の内、四つの鏡を用いる〃四規鏡〃の方を次のように述べる。

四規を用いて見《あらわ》れ来たる神は甚だ多し。或いは縦の目あり、或いは龍に乗り虎に駕し、冠服彩色、世と同じからず。みな経と図あり。其の道を修めんと欲すれば、当にまず、当に到し見さんとする所の諸神の姓名と位号とを暗誦し、其の衣冠を識るべし。しからざれば則ちにわかに至りて其の神を忘れ、或いはよく驚懼すれば、則ち人を害うなり。

と神仙たちを〃存思〃する方法が説明される。鏡を用いる以外にも種々の〃存思〃の方があり、佛教の観想や観法に通じる実修があったと考えられるが、こうした場合、特に諸神の衣冠を識ることが重要だとされていたのである。

ちなみにこうした場面で、多く〃玉女〃は頭に髻を結び余った髪は垂れて腰に至ると描写される。「漢武帝内伝」において上元夫人が

夫人可廿余、……頭作三角髻、余髪散垂之至腰。

と述べられている(九華真妃の場合にも、作髻乃在頂中、又垂余髪至腰許、と描写されている)ことは、彼女が〃夫人〃とは呼ばれるが元来は玉女の一人であったであろうという前述の推測を助ける。

(29)　「周氏冥通記」巻二第一二紙

衆仙自共語良久。似論子良事、不正了其旨。

(30)　「周氏冥通記」巻四第一四紙

十四夕、夢見許仙侯等五人、自共語。許云、自宅此宇、未足久、便已近二百許年。又聞一人答、兆劫尚復倏爾、此何足為遠。

(31)　「真誥」巻一第七紙
自此後諸真共語耳。
(32)　「真誥」巻八第八紙
郗相今為大曹吏所逮、其妻形嬰桃受事未了、方索代人於此家。　此自是旁聴小君之言語耳。不令書之、為自疏識以示耳。
(33)　「真誥」巻一第一五紙
又有一人、年甚少、整頓非常。建芙蓉冠、著朱衣、以白珠綴衣縫、帯剣。都未曾見此人来。多論金庭山中事。与衆真共言、又有不可得解者。揖敬紫微紫清南真三女真、余人共言平耳。云是桐柏山真人王子喬也。都不与某語。又前後初有真人来見降者、時皆自不即与某共語耳。
なお〃共語〃という現象が降霊の巫術の中に広く認められたであろうことは、次のような例からも窺われる。「御覧」巻七五九の引く「神仙伝」に言う、
劉剛未仙時、姮娥降。共語如人語、不解其章。
この例では特に、姮娥(嫦娥)などという古典的な女神が降臨していることに興味を引かれる。

五　「五岳真形図」と六甲霊飛等十二事

「漢武帝内伝」の七夕における神女との会合の場面は、前半の西王母と武帝との二人の会合の部分と、後半の西王母と武帝に更に上元夫人が加わった三人の会合の部分との二つに分けて考えるのが便利であろう。

前半部分は、降臨した西王母が武帝に〃青い桃〃[1]を与えて二人してそれを食べたあと、武帝の請いに応じて西王母は〃養生之要〃を語り、それだけでは満足せぬ武帝に対して更に元始天王から伝授された〃長生之術〃を伝えるという内容から成っている。この前半部分は、例えば西王母が持ちだす桃の数が七つだとされているように七夕の伝承に強く結びついている。この七夕という場面設定の上に長生のための教訓が伝えられるのであるが、その教えは後半部

分に伝授される経典の性格よりもずっと古い要素を留めたものと考えられる。そうしてこの部分は、西王母の侍女たちが〝玄霊之曲〟を唱う部分が或いは少し時代の新しい附加かと考えられるのを除いて、物語りとしても、基本的には「博物志」巻三(士礼居黄氏叢書本)や「漢武故事」の一節の内容をそれほど越えるものではない。例えば「漢武故事」は西王母と武帝の七夕での会合を次のように記している。[2]

主上(武帝)は出迎えて拝したあと、西王母を座にいざなうと不死の薬を請うた。王母は言った、「太上の薬として、中華の紫蜜、雲山の朱蜜、玉液と金漿とがあります。それに次ぐ薬としては、五雲の漿、風実雲子、玄霜と絳雪とがあり、上は蘭園の金精を握り(?)、下は円丘の紫柰を摘んで[不死の薬とすることができます]。しかし帝は凝り固まった情を発散させることなく、慾心がなお多いため、まだ不死の薬を招きよせることはできません。」そう言うと桃を七個取り出して、王母自身は二個を食べ、帝には五個を与えた。

ここで不死の薬として挙げられている神話的な薬物の名は、「内伝」においては〝長生之術〟として元始天王が西王母に伝授した要言の中に、

西瑶瓊酒、中華紫蜜、北陵緑阜、太上之薬、風実雲子、玉津金漿《ママ》、……北采玄都之綺華、仰漱雲山之朱蜜、……其次薬有八光太和、斑龍黒胎、文虎白沫、……上屈《ママ》蘭園之金精、下摘円丘之紫柰、……五雲之漿、玄霜絳雪

とその全てが見える。「内伝」の薬名リスト自体にも乱れがありそうであるが、しかし「漢武故事」のものに比べればなお完全なものと言えよう。すでに本章第一節でも指摘したように「内伝」の薬名リストは押韻しており、その韻は尤部と之部とが通韻するなど、上古音の系統に通じるきわめて古い要素を留めたものであった。このことは、この薬名リストがその起源を相当古い時代に持っていることを示唆するであろう。それが一種の呪文として伝承されたが故に、そうした古風な韻による一段が南北朝期まで生き延びて来た。そうした呪文を「漢武故事」が断片的に借用したのに対して、「内伝」の方はより完全な形で内部に取りこんだのである。[3]なおこの薬名リストは、「無上秘要」巻七

八の、地仙薬品、天仙薬品、太清薬品、上清薬品、玉清薬品のリストとよく対応する。このことについては第七節で「漢武帝内伝」と「道迹経」との関係を考える際に、もう一度ふれることになる。

このように考えてくるとき、「漢武帝内伝」の七夕の場面の前半部分には、きわめて古い伝承をそのまま承けている要素が多いであろうと推定される。もし更に大胆に推論を行なうならば、この前半部分の中でも特に古い要素は、武帝が西王母の与える桃を食べるという部分であって、それは生命の木の実を食べることによって永生を得るという英雄神話的な伝承の流れを汲んだ筋書きであったと考えることができよう。

これに対して、後半部分を形成している主要な要素はより新しいものである。この前半と後半との二つの部分がもとから一つのものであったのではなく、大きくは一つの伝承の流れの中にありながらも、それぞれに独自に発達して来たものが後の時代に結合されたのであろうことは、前半部分で最高神とされているのが元始天王であるのに対し、後半にはその名が見えず、代って太上道君がその位置を占めていることからも窺われよう。そうしてこの後半部分の筋書きの中心を成しているのは「五岳真形図」と六甲霊飛等十二事の伝授をめぐる二人の神女どうし、或いは神女と武帝との交渉である。以下に、七夕の場面の後半の成立を考える手段として、「五岳真形図」と六甲霊飛等十二事という二つの道教経典の来歴とその性格とについて考えてみよう。

「五岳真形図」については、「内伝」の中に西王母による次のような説明がある。(4)

むかし上皇清虚元年(道教の神話的な太古の年代)、三天太上道君は天上からこの世界を見おろし、河や海の大小を見、丘陵や山岳の高低を観察し、天柱を建てて地理を安定させ、五岳を据えてその鎮《おさ》えに擬しました。〔また〕崑崙山を貫《たか》くしてそこに霊仙たちを住まわせ、蓬萊山を尊んでそこを真人たちの住み家とし、水神を極陰の源におちつかせ、太帝を扶桑の墟に住まわせました。このようにして方丈の山は司命の神の居間となり、滄浪の海島は九老たちが生活する座敷となりました。〔十の海島には〕それぞれ祖洲・瀛洲・玄洲・炎洲・長洲・元洲・流洲・生洲・鳳麟洲・聚窟洲という名が付けられ、それらはみな滄流大海の玄津の中にあって、〔そのあたりの〕海水は碧色のものと黒色のものとが流れをなし、波立つとき、もろもろの精霊たちをゆさぶるのです。仙人や玉女たちは、滄溟の海中に集い居て、それぞれの名は推し測りがたくても、その実際の様子ははっきりと見て取ることができるのです。そこで山や水源の形態にのっとり、大河や大山がわだかまる様を観察され、丘がめぐり、山がそびえ尾根が続いて、ぐるぐるつながっている形が字に似ている所から、その形に因《よ》って名を付け、正しい名号を定められました。その形をうつし取った図は玄臺に秘蔵されていますが、それが霊真の符《わりふ》としてこの世に伝えられ、仙人たちはこれを伝章(印章の一種)のようにして腰に佩《お》びています。道士がこれを手にして山川を経巡るとき、百神群霊たちが親しく出迎えていろいろと世話をやいてくれます。

ここに言うように「五岳真形図」は、天上から見下ろしてこの地上の山河の形を平面図として写しとったとされるものである。(5) そうしてその「五岳」という名からも知られるように、元来は大地の鎮めとして置かれた五岳の図が中心となっていた。しかしシペル氏も指摘するように、(6)「漢武帝内伝」の考えている「真形図」は、崑崙山・蓬萊山・海中の十洲を中心として描く「神洲真形図」とも呼ぶべきものであったことが、この西王母の説明から窺われる。ただ前引の「真形図」の説明の中で、崑崙山以下海中の仙島を述べた部分(「貴昆陵」から「其実分明」まで)は文章的に見ても後から挿入されたものらしく、前後の続きぐあいが良くない点から考えて、この「神洲真形図」は「内伝」の編者、或いはその関係者が古い「真形図」の権威を仮りて、意図的に作り上げたものであったのかも知れない。

この「五岳真形図」には、二種類の系統のものが現在に伝えられている。(7) その第一種は、泰山近辺に石刻として多く残り、シャバンヌ『泰山』がいくつか集めているものの系統である(8)(図五八)。これは中岳を中心に他の四岳が四方に配されて一枚の図を成すのであるが、五岳それぞれの図はきわめて図案化されている。もう一つの種類のものは、この図の効力を述べる符文と五岳それぞれの独立した図に、更に霍山・潜山・青城山・廬山の真形図が加わったもの

図 58 五岳真形図
（第一類）

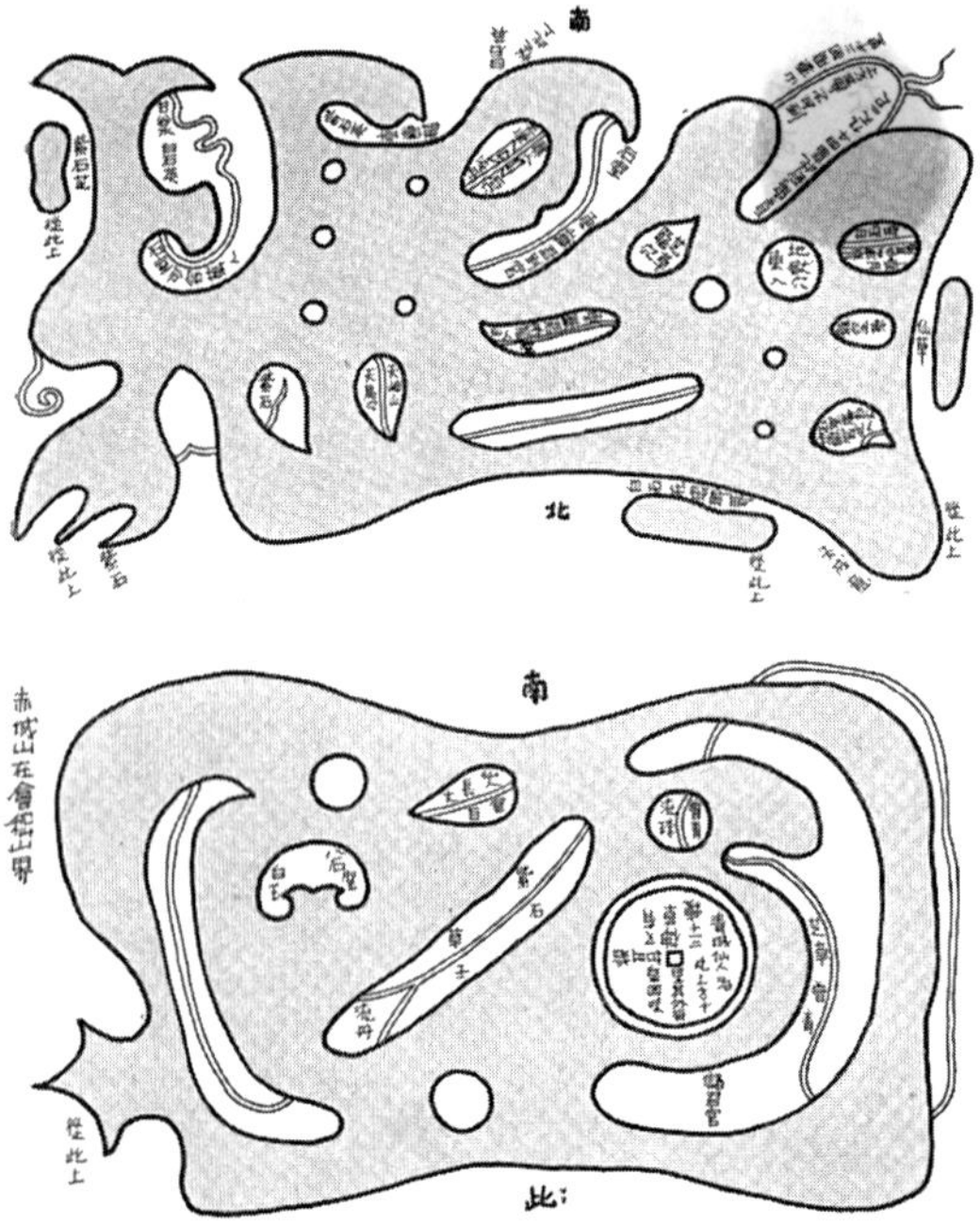

図 59 五岳真形図(第二類) 上 東岳(泰山) 下 霍山

である。[9]「洞玄霊宝五岳古本真形図」(道蔵洞玄部霊図類)を例に取れば、真形図は天上から見た山岳の平面図として、前の系統のものよりずっとリアルであり、その説明文によれば「黒いのは山の形、赤いのは水源、黄色の点は洞穴の口である」とあって、原来は彩色されていたらしい。また図中に山の登り口や仙人の宮殿、特殊な産物が細字で附記されている。この附記には、それぞれの山について「夏禹がここまで登った」という記述があり、後に述べる江南での禹の伝説と道教との関係から考えて、相当古い来源を持つものと思われる(図五九)。

この二つの系統の「五岳真形図」の内、六朝時期の江南の地での道教運動と関りのあるものとして、後者の系統の「真形図」の来歴を追ってみようと思う。

「五岳真形図」については、「雲笈七籤」巻七九の符図の章に、これに関連した文章がいくつか纏めて収められている。その題目だけを挙げれば次のようなものである。

五岳真形図序 東方朔
五岳真形神仙図記
王母授漢武帝真形図(「内伝」のひき写し)
五岳真形図法幷序(葛洪)
請五岳儲佐等君 鄭君所出
授図祭文・受図祭文
晋鮑靚施用法

これらの文章が書かれた年代はみな確定しにくいのであるが、この目録からだけでも「五岳真形図」の伝承が葛洪の関係者に結びつけて考えられていたことが知られるであろう。すなわち葛洪自身のほかに、鄭君(葛洪の師の鄭思遠)、鮑靚(葛洪の岳父)の名が見えるのである。こうした文章を実際に彼らが書いたかどうかについては、むしろ疑うべき点が多い。しかし葛洪自身「抱朴子」内篇遐覧第一九に、(10)

私は〔師の〕鄭君から聞いたのであるが、道書の重要なものとして「三皇内文」と「五岳真形図」にまさるものはないのである。

といっており、「五岳真形図」を伝承した人々が葛氏道の神仙術をその信仰の起源に置いていたらしいことだけは推測されよう。

もう一つ「雲笈七籤」のこれらの文章を読んで知られるのは、その背後にあった「五岳真形図」が前に上げた二種の「真形図」の内の第二類の方に属したであろうということである。すなわち五岳のほかに、南岳衡山に属するものとして霍山と潜山があって、他の四岳の場合とは違った特別の地位を与えられているのである。東方朔の「五岳真形図序」は次のように言う[11]。

〔黄帝は天下の山々を経《へ》めぐったあと〕四岳にはみなそれぞれ佐命の山があるのに、南岳だけは孤立して輔佐のないことを見てとり、そこで三天太上道君に上章して、霍山と潜山とに命を下し〔南岳の〕儲君となしてほしいと申しのべた。この上奏は許可された。黄帝はそこで自ら霍山と潜山とに至り、親しくその形を写しとって五岳図のあとに続けた。また青城山に丈人となるように命じ、廬山を使者の役目につけた。

この文章が五岳の真形のあとに霍山、潜山、西城山、廬山の図を附け加えた第二類の「真形図」に対応することは明らかであろう。また鄭君が伝えた所の「請五岳儲佐等君」の文章は、五岳とそれに附属する山の一覧表を作っているが、次のような内容である。

東岳泰山君	羅浮・括蒼佐命
南岳衡山君	黄帝所命霍山・潜山儲君
中岳嵩高山君	少室・武当佐命
西岳華山君	地肺・女几佐命
北岳恒山君	河逢・抱犢佐命

この表から見ても、他の山々が佐命（建国の重臣）とされているのに対し、霍山と潜山が儲君（皇太子）とされていて、この二山が特別あつかいを受けていることが知られる。すなわち第二類の「五岳真形図」を形成し伝承した人々は霍山と潜山とに特別な注意をはらっていたのである。ちなみに言えば、この表で泰山の佐命が羅浮山と括蒼山だとされているのも、この類の「真形図」とかかわった人々を考える場合、見逃がせない点である[12]。

潜山は廬江の天柱山のことである。すなわち長江と淮水にはさまれた地域を東西に走る大別山脈の東端に位置する高峰である。霍山も元来はこの天柱山のことであったが、後に述べるようにある時期、会稽の赤城山（天台山の文峰）

にあてられていた。第二類の「真形図」の霍山も赤城山を指している。

廬江の天柱山は時に南岳に比定されることがあった。南岳の名は「尚書」舜典篇(すなわち元来の堯典篇)や「爾雅」釈山などに見えるのであるが、その位置については様々な議論がある。ただ漢の武帝が南岳を霍山(天柱山)に比定して以来、六朝時期にはしばしば霍山が南岳として登場する。「史記」封禅書にいう[13]、

其の明年(元封五年)冬、上(武帝)は南郡を巡り、江陵に至りて東し、登りて灊(潜)の天柱山に礼し、号して南岳と曰う。

また干宝「捜神記」巻一三にいう[14]、

漢武は南岳の祭りを廬江灊県の霍山の上に徙《うつ》す。

郭璞の「爾雅」の注(左伝昭公四年正義所引)も同じである[15]。

霍山は今の廬江郡の灊県にある。灊水がこの山から出る。別名を天柱山という。漢の武帝は、衡山が遠すぎるところから、その神をここに移した。いまこの地方の民衆たちも、この山を南岳と呼んでいる。

漢の武帝以前の南岳が湖南省南部の衡山であったかどうかの問題[16]には立ち入らぬとして、六朝時期の人々が広く、南岳の祭りを霍山(天柱山)に移したのは武帝だと考えていたらしいことが、こうした資料によって知られる。潜山や霍山に特別の注意をする「五岳真形図」の伝承と漢の武帝が結びつきうる一つの原因がここにあったのであり、「真形図」の伝授の起点において武帝が大きな役割りをになうという「漢武帝内伝」の根本的な筋書きも、これに関連しつつ物語り化されたものと考えることができるであろう。

こうした意味から、六朝時期における霍山の祭祀について、もう少し追求してみたい。南朝の人々が、五岳の内でも特に霍山の祭祀を重視したのは、淮水以北の地を失って江左に都を移したあと、実際に祭りが行なえるのは南岳だけであり、それも遠い荊楚の地の南にある衡山でなく、都に比較的近い霍山(天柱山)が南岳だとする伝承を便利だと

したからであろう。東晋時代、穆帝の升平年間(三五七—三六一年)に、何琦は五岳の祠を修すべきことを論じた文章を作っている。「宋書」礼志四(「晋書」礼志上もほぼ同文)に載せられたその論は、大略次のように主張している。

唐虞以来、天子は天下を巡狩して五岳の祭祀を行なってきた。しかし永嘉の乱で中原の地が失われ、五岳の祭祀は廃れてしまった。ただ灊の天柱山だけは王者の版図の中に留まり、元来は中央政府の役人が天柱山の祭祀を行なって来たのであるが、東晋王朝中興に際して、そうした官が置かれることなく、廬江郡の役所が役人をおくって四季ごとの祭祀を行なって来た。しかしそれも咸和年間(三二六—三三四年)以後廃れたまま現在に及んでいる。いま行なわれているのは〝淫昏の鬼〟の祭りで、正しい祭祀ではなく、またそれは人民たちに多額の出費を強いている。大悪人が滅ぼされたいま、旧来の典式を復活させるべきで、お供え物や祭文については古い記録がないので、礼官に命じて手本を作らせればよい。いま行なわれている〝妖孽〟の祭りは、定めに因《よ》り、その甚しいものは除き去らねばならない。

以上に要約した何琦の主張の根本は、いま民間で盛んに行なわれている祭りに代って、国家の手で、五岳の祭祀の中に位置づけられた天柱山の祭祀を行なって欲しいと言うものである。

何琦は「晋書」巻八八に本伝がある人物で、当時の権力者の何充の従兄に当る。政治の世界に出ることを避け、「養性を善くし、老いて衰えることがなかった」とその伝にあるように、隠者の風貌をとって世を渡った。恐らくはこの何琦の主張の背後には次のような打算が働いていたであろう。すなわち、何琦や何充の属する何氏は廬江郡灊の名族で、天柱山の祭祀の国営化はその故郷の高山の格を上げることにつながり、何氏に有形無形の利益をもたらすものであったと考えられるのである。ただこの何琦の主張は結局、省みられることがなかったと「宋書」や「晋書」は言う。

これよりちょうど一世紀が過ぎたころ、宋の孝武帝は、大明七年(四六三年)に江北の地の巡狩を行なった。その間、二月丙辰の日に詔が出され、「霍山、これを南岳と曰う。実に維れ国の鎮《しず》めにして、霊を韞《つつ》み瑞を呈し、宋の道を肇光す」ということで、使者を遣わして奠祭を行なわせることになった(宋書、孝武帝紀)。

　これに関連して同年六月には、かかりの役人から、霍山を奠祭するに際し、いかなる官のものが使者に立ち、牲饌には何を用い、いかなる器によって食物を神に薦めればよいか分からない、という奏上があった。それに答えた殿中郎の丘景先の議論が「宋書」礼志に引かれている。丘景先は、「周礼」では宗伯が川岳の祀りにあたり、また山海(「山海経」のことか)に霍山を祭るに太牢と告玉とを以ってす、とあるといった例などによって、太常の官のものが節《しるし》を授けられて使者に立ち、太牢の料理に璋幣をそえて神に薦め、その場合の食器には陶製と匏製(ひょうたんを縦割りにしたものをひしゃくなどに用いる)の器を用いるのがよいと主張し、それが認められた。

　以上の例は、国家の祭祀に組みこまれようとする霍山(天柱山)の祭りの様相を伝えるものであるが、霍山は一方では何琦から〝妖孽〟と呼ばれているような民衆層に根をおろした宗教信仰が広く行なわれる場でもあった(17)。そうしてこの論文が追求しようとしている問題に関連して特に興味があるのは、葛洪たちの葛氏道と呼ばれる神仙術もこの山に強く結びついていたらしいことである。

　「真誥」巻一二の注や「茅山志」巻五の最後の部分の記述から葛氏道を中心とした伝説的な道教師承の系譜を復元すると次の表(表二)のようになる。そうしてこの系譜に見える人物の内、直接葛洪につながる人々と南岳霍山とのつながりを探ると、次のような資料を見つけることができる。

王遠(方平)　西城王君
├─王褒(子登)　清虚真人──魏華存(賢安)　南岳魏夫人──楊羲
├─茅盈(叔申)　太元真人
└─李翼(仲甫)──左慈(元放)　太極左仙公──葛玄(孝先)　葛仙公──鄭隠(思遠)──葛洪(稚川)　抱朴子

表2

> 左慈については「神仙伝」巻五に伝記があり次のようにいう。左慈、字は元放、廬江の人である。五経に明らかで、幷《か》ねて星気による占いにも通じていた。漢王朝の命数が尽き天下が乱れようとしているのを見て、嘆じて言った、「この喪乱の世にめぐり合わせて、官位の高いものは危うく、財の多いものは殺されよう。当世の栄華など執着するに足らない。」そう言って道を学び、特に六甲に明るく、鬼神を使役し、行廚(神仙の食物)を術力で取り寄せることができた。天柱山中で思いを凝らし、石室中に「九丹金液経」を得た。……のちに左慈は自分の意志を葛仙公(葛玄)に告げ、「霍山に入って九転丹という最高の丹薬を調合するつもりだ」と伝えた。そうしてそのまま仙去してしまった。

この伝記の前半部分の天柱山で「金丹仙経」を神人から授かったことについては、「抱朴子」内篇金丹第四にも見える。そうしてこの左慈の錬丹修行に関連して天柱山と霍山の双方の名が見えているのである。

鄭思遠の最後について、「抱朴子」内篇遐覧第一九は次のように言う。[18]

> 鄭君(鄭思遠)は単に五経に明らかで、仙道を知っていただけではない。九宮、三奇、推歩、天文、河図、洛書、讖記の全てにわたって、精しく究めていない分野はなかった。太安元年(三〇四年)、末世に戦乱が起こり、江南の地が大混乱になるであろうことを察知して、そこで笈を負い仙薬の原料を持ち、入室の弟子たちを引き連れて、東のかた霍山に入った。以後、その所在を知るものがない。

また「元始上真衆仙記」(葛洪枕中書)にも、「鄭思遠は南霍に住す」と言う。

このように左慈と鄭思遠と、葛氏道の源流に位置する二人までが霍山に入って、行くかた知れずになっているのである。そうしてここで更に注意すべきは、上に引用した「宋書」などの場合と違って、彼らの伝記に現れる霍山が天柱山の別称ではないことである。左慈の行跡の中には天柱山と霍山とが並立して出てくる。また鄭思遠は「東のかた霍山に投じた」とあり、霍山は東方に位置している。葛洪の言う霍山が天柱山でないことは「抱朴子」内篇金丹第四の次の文でも明らかであろう。[19]

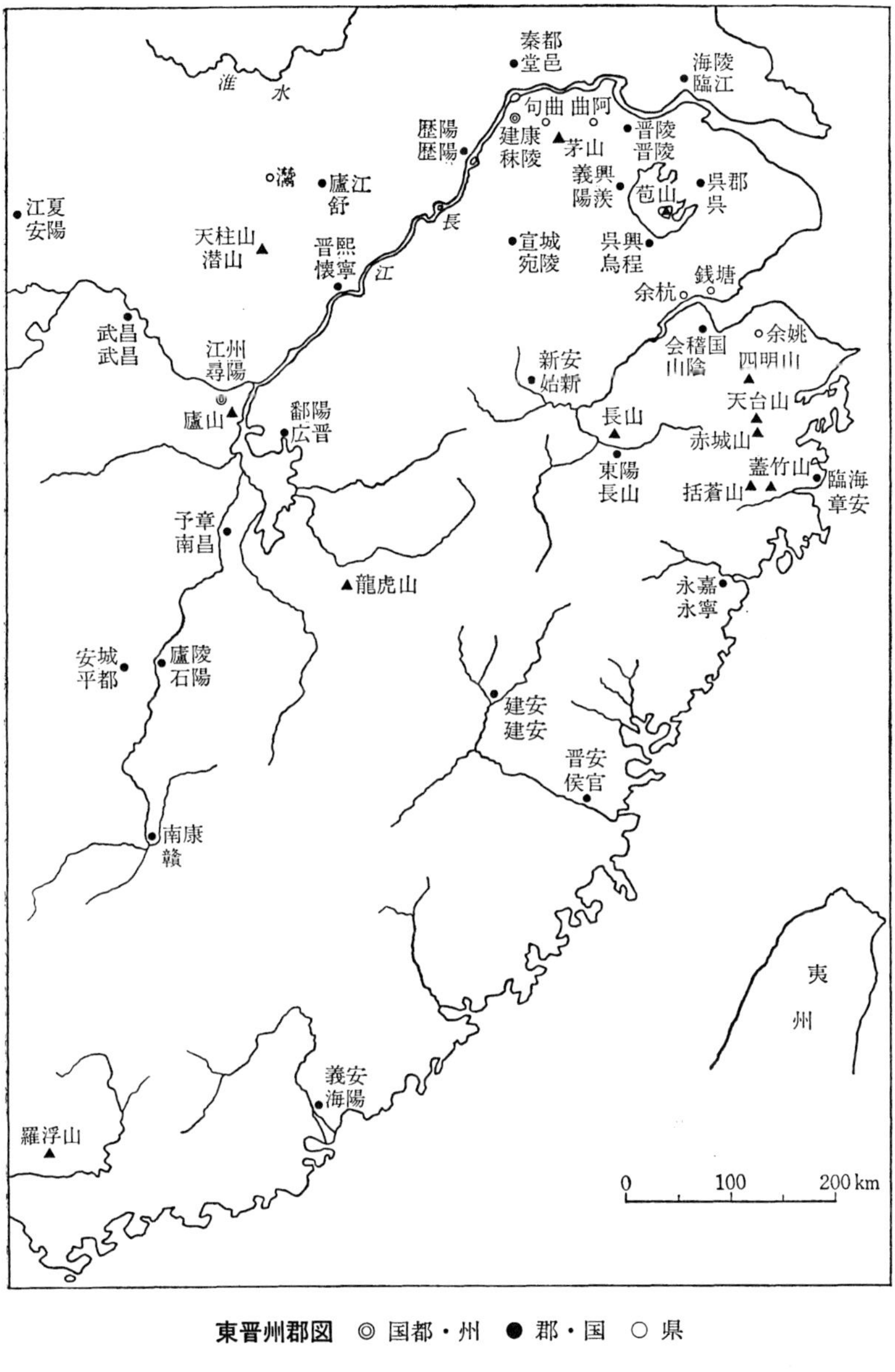

東晋州郡図　◎ 国都・州　● 郡・国　○ 県

現在、中国(中原地帯)の名山には〔戦乱のため〕行くことができない。江東（江南）の名山で行くことのできるものとして次のようなものがある。霍山が晋安郡にあり、長山、太白山が東陽郡にあり、四望山(四明山のことか)、大小天台山、蓋竹山、括蒼山が共に会稽郡にある。

すなわち霍山は晋安郡(現在の福州一帯)にあると言うのである。晋安の霍山が現在のいかなる山に比定されるのかは分からない。ただ広州の羅浮山への指向などと共に、これも葛洪の南方の海岸地帯の山々への憧れを伝えるもので、次に述べるように東海に臨む山が東海中の仙島と通じあっているという観念がその背後にあってこうした山々が重視されたものと推定される。

霍山が晋安郡にあるとするのは「抱朴子」だけに見えるものらしく、六朝時期の道教書は普通は霍山を天台山系に属する赤城山(赤城は天台の南門とされる。孫綽「遊天台山賦」を参照)に当てている。現行の第二種の「五岳真形図」も霍山の図に赤城山であるという注記を加えている。「真誥」巻九の注は霍山を説明して次のようにいう。[20]

霍山、赤城もまた司命の役所である。ただ太元真人(茅盈)と南岳夫人(魏華存)だけがここにいる。李仲甫は西方におり、韓衆は南方におり、他の三十一の司命〔の官の仙人たち〕は全て東華にいる。青童(方諸青童君)が大司命とされるのは、こうした司命たちを統率するからである。

ここで注目すべきは、先に左慈の師として名を挙げた李仲甫も霍山の司命府と関係して出現していることと[21]、南岳夫人の名が見えて、恐らくこの霍山(赤城山)が道教の内部で南岳に比定されていたらしいこと、更に東華山(方諸という海中の仙島にあるとされる山)が霍山と結びついていて、この道教内部の南岳が東海の仙島との連絡から海からそれほど隔たらぬ地に求められたらしいことが推定されるなどの点である。

ここで南岳と密接に連絡を持っていたと考えられる東海の仙島　方諸山について簡単に述べておこう。「無上秘要」巻四は、「真迹経」の紫微夫人の言葉を引いて次のように言う。[22]なおこの「真迹経」が茅山の神降ろしの記録と密接な関係があることについては本章第七節に述べる。

方諸山は正方形である。だから方諸と呼ばれるのだ。一つの面の長さが一千三百里、四つの面を合わせて五千二百里。山の高さは九千万丈。〔方諸山以外に〕長明大山と夜月高丘とがあり、それぞれ周廻《まわり》が百里。玄寒山という山もある。

方諸の東、西、南の各面にそれぞれ小方諸山があり、大方諸山から三千里離れている。小方諸もそれぞれの面〔の長さ〕が三百里である。大方諸は会稽の南にあって会稽と向かい合い、会稽の海濱から七万里の距離にある。東北に向かえば暘谷郷（太陽の出るところ）があって、方諸からさらに六万里の距離にある。

また「無上秘要」巻二二は、『洞真経』「道迹経」「真迹経」を引いて、この方諸の仙島にある東華方諸青宮を詳しく紹介し、この青宮には六門があってそれぞれの門を通る仙官たちが定まっており（ちなみに西王母は西門を出入する）、門内に方諸青宮、玉保青宮、玉華青宮があり、上相青童君以下がそこに役所を持つことなどを述べている。

この道教の方諸島の説は、古い東海の三神山の伝承を受けたものであろう。しかしその島の形が真四角になってしまっているところからも見られるように、三神山の伝説が観念的に整理されて受けつがれているのである。恐らく生命力の起源の信仰に結びついていた壺形の仙山などは、もうこの方諸島には無くなっていたのであろう。また方諸という名も、月から陰水を取るための鏡鑑類に通ずるなど[23]、方士たちの呪術と関係をもつものである。古い伝承が受け継がれつつも、時代と江南という地域の中にあって大きく変質をし、元来の生命観に結びついた要素が失われて観念化していった跡を、この方諸島のあり方からも見てとることができそうである[24]。

少し方諸島の方へ廻り道をしたが、本題にもどって、霍山が灊の天柱山から南方の天台山一帯の山々へ移ったことについて、井上以智為氏は次のように説明される[25]。すなわち北方の土地を失って江南に都を置いた南朝政権が実際に祭祀のできるのは、五岳の内の南岳霍山だけであった。しかしぐあいの悪いことに天柱山は都建康の西方にあって、南岳というには方向が合わない。そこで都の南方に名山を求めて会稽郡の赤城山が南岳に比定されることになったのだ、と。ただ前にも見たように晋宋王朝の内部では南岳の祭祀に関し天柱山のみが問題になっていた。したがって天台山一帯の山々を南岳霍山に比定することを強調するのはある特殊な人々(葛氏道の流れをくむ南方系の道教を信奉する人々)のみであったのかも知れない。(26)

霍山(赤城山)にいる南岳夫人魏華存は、前節で述べた茅山の霊媒楊羲の師の劉璞の母親であり、許氏の主宰する神降ろしの場にしばしば訪れ、教誨の言葉を発している。この南岳夫人の事跡については、その弟子の范邈が書いたとされる「南岳魏夫人内伝」があり、その内容を現在からもほぼ窺うことができる。(27)

それによれば、南岳夫人魏華存は、任城の人。晋の司徒であった魏舒の娘である。若いときから神仙や真道に心を寄せ、閑居を好んだ。両親に強いられて南陽の劉文(字は幼彦)に嫁いで劉璞と劉遐の二子をなしたが、子供たちが成長して手がかからなくなった後は、家族たちと起居の場を別にし、専ら斎戒を事としていた。身を浄めること百日(三ケ月)にして、ある日、太極真人の安度明、東華大神の方諸青童、扶桑碧河湯谷神の王景林、真人小有仙王・清虚真人の王褒が魏夫人のもとに降下した。王褒が言うには、我々は扶桑太帝君の命により、あなたに〝神真之道〟を伝えるためにやって来たのだ、と。王褒は侍女に命じ、玉笈の中から「太上宝文八素隠身大洞真経・霊書八道紫度炎光石精金馬神真虎文・高仙羽玄等の経、凡そ三十一巻」を出して夫人に授けた。また王景林も夫人に「黄庭内景経」を授けた。これ以後、夫人のもとに真人たちがしばしば訪れるようになった。

夫人は中原が乱れるであろうことを知って、子供たちをつれて江を渡り東南の地にやって来ると、更に心をこめて〝真〟を修した。凡そ世に在ること八十三年、晋の成帝の咸和九年(三三四年)、夫人は王褒と東華青童(方諸青童君)の与える霊薬を服して世を去った。神剣に身を託して尸解《しかい》した夫人は陽洛山に入り、王褒の指示に従ってそこで五百日の清斎を修しつつ「大洞真経」を読む一方、張道陵ら真人たちの教えを受けた。この修行が完成したところで亀山九霊太真の西王母、金闕聖君、南極元君が現れ、こうした神々に導かれて夫人は天上に昇り、上清宮に参台した。そこで太微帝君、中央黄老君、扶桑太帝君、金闕後世君などの神々から〝玉札金文〟を授かり、紫虚元君の位につき、上真司命・南岳夫人の職務を領し、秩は仙公に比し、天台大霍山の洞臺の中に役所を置いて、人間たちの中で道を奉じて仙になる資格のある者たちに対する教育の任に当ることとなった。

こうした〝受錫の事〟が終ったあと、夫人は王屋山の小有洞天の中で三ケ月の斎戒を行なう。斎戒がすむと夫人のいる小有清虚上宮の絳房の中に、九微元君、亀山王母、三元夫人、馮双礼珠などの衆真が降り〔夫人の仙官赴任のための送別会が開かれた〕。その会は夫人が主賓で、夫人の師の王褒が主人をつとめた。神肴がいっぱいに並び、觴《さかずき》のやりとりがあったあと、真人たちは侍女に命じて音楽を演奏させ、まず西王母が節をうちつつ歌を唱う。馮双礼珠が雲璈を弾じつつそれに答歌をし、更に他の真人たちもそれぞれに歌を唱った。そうしている時、司命府の神仙の下僚たちと南岳の神霊たち(夫人の赴任さきの役所の役人たち)が夫人を迎えにやって来た。西王母をはじめとする真人たちは、夫人につきそって、東南のかた天台の霍山臺まで同道した。その途中、句曲の金壇(茅山の洞天)の茅叔申(茅盈)のもとにたちより、そこで二日二夜の宴会を開いたあと、茅叔申も夫人と共に霍山までやって来た。夫人が霍山の役所におちついたあと、神仙たちはそれぞれに別れを告げて帰っていった。

以上に要約した魏夫人の伝記は、魏夫人の修行の次第と経典伝授の描写のほか、特に仙界で官位を受ける手つづきと任地へ赴任する際の儀礼(送別の宴会)を詳細に描写しており、すでに第三章二二〇頁に見た茅盈の仙官赴任の宴の華麗な描写と重ねあわせて、この伝記を形成した人々の興味がいかなる所にあったのかを窺わせて興味深い。そうしてこの伝記も霍山(天台赤城)を南岳と考える伝承の上にあり、南岳への赴任の途上でわざわざ茅山に茅盈を訪れたりして、茅山もこの伝承の中に組み込まれていたことが知られる。

こうした江南の地での南岳に関する伝承についての追求は、もう少し時代をさかのぼらせることができそうである。

南岳魏夫人の師は、王屋山にある小有洞天の支配者の清虚真人王褒(字は子登)であった。この王褒の師とされるのが西城王君と呼ばれる王遠(字は方平)である。この王遠は茅山の主である太元真人茅盈の師でもある(表二参照)。

この王遠(方平)の名は、「三国志」呉書一二の虞翻伝の裴注が引く「呉書」に見える。[28]

〔孫策が江南平定のため会稽に攻めこんだとき、会稽太守の王朗はそれに抵抗して孫策に破れた。郡の功曹であった〕虞翻は、もともと王朗を守って広陵へ行くつもりであった。ところが王朗は王方平の「記」の「急いで来たりて私を迎えよ。南岳に私を尋ねるがよい」という言葉に惑わされて、南方へ向かった。東部侯官まで来て、更に交州(ベトナム)に身を寄せようと考えた。虞翻は王朗を諫めて言った、「これはでたらめな書物です。交州に南岳などないのに、どこへ身を寄せられるのですか。」これを聞いて王朗は交州へ行くのを思い止まった。

ここでは、南岳は漠然と戦乱の中で身を寄せるに足る聖地と考えられているようであるが、その南岳に王方平(王遠)が人々を待っているという乱世の予言書的な書物があって、会稽太守の心をも動かしたのである。ちなみにこの王遠は「五岳真形図」の伝授とも間接的につながっている。すなわち「神仙伝」巻七帛和の伝では、帛和は西城山王君(王遠)のもとにゆき、太清中経神丹方、三皇天文大字、五岳真形図を石壁中に感得したと言う。このように王遠―王褒―魏華存とつながる上清派道教の伝説的な創始者たちの伝記がさまざまな所で南岳と関係を持ち、その位置は王方平の伝承や葛洪が考える漠然たる南方の〔海に臨む〕霊岳というものから、やがて会稽郡の天台山一帯の山々にその焦点がしぼられて来たらしいことを知り得るのである。

もう一度「五岳真形図」にもどって考えてみると、天地の始めに大地の五鎮として置かれた五岳の真形図のほかに、霍山と潜山(すなわち天柱山)、青城山と廬山の図を附け加えたのは、恐らく六朝時期の長江流域の人々が自分たちに近い信仰の山々を重視してのことであったろうと推定される。そうしてその内でも中心になる霍山は海に近い山々から選ばれ、その山は東海中の仙島と密接な連絡があると考えられていたのである。恐らくそれが「五岳真形図」から

「神洲真形図」が導き出される原因となったのであろう。

「漢武帝内伝」における「五岳真形図」の伝授も、この段階の第二類「真形図」を背景にして物語り化されている。その一証を挙げれば、「真形図」の中の霍山以下の附加の山々の中で、青城山だけがとび離れて遠く蜀に位置している。そうして「内伝」において、西王母が漢の武帝に示す「真形図」が、〃青城の諸仙〃たちの求めに応じて彼らに与えるはずのものであったと説明され、「真形図」と青城山との関連が暗示されているのである。(29) 更に大胆に推測を加えれば、「内伝」において、次に考える六甲霊飛等十二事が東海の仙島の支配者の方諸青童君に由来するものとされていることと考えあわせ、東極の仙島の方諸に対《つい》するものとして、青城山を西極の聖山とする観念があったのかも知れない。そうしてその西極の観念に、西王母(神話的な西極の神)も結合していたと考えられよう。

以上こまごまとした考証を通して明らかにしたかった最も重要な点は、「漢武帝内伝」の背後にあってこの物語りの枠組みを構成する一つの重要な柱である「五岳真形図」の伝承が、江南での道教の展開(それも特に葛氏道の伝承)と強く結びついていたということである。「内伝」の物語りを育《はぐく》んだ人々を推定しようとする場合、これが一つの重要なヒントとなるにちがいない。

「五岳真形図」と並んで「漢武帝内伝」の七夕の場の後半の筋書きを作っているのは、「六甲霊飛等十二事」の伝授である。これは上元夫人から武帝に与えられている。十二事の目録は「内伝」に二度列挙されて、双方にはいささか文字の異同があるが、表三の上段に示すような名を持った符や籙の類である。

この十二事の持つ威力について、上元夫人は次のように説明している。(30)

〔たとえ「五岳真形図」を持っていても〕この十二事を闕いたなら、いかにして山霊を召し、地神を朝さしめ、万精を総摂し、百鬼を駆策し、虎豹を来たらせ、蛟龍を役使することができましょう。

表3　六甲霊飛等十二事対照表

	漢武帝内伝	紫陽真人内伝	真誥（巻五）	上清大洞真経目
1	五帝六甲左右霊飛之符	黄素神方五帝六甲左右霊飛之書四十四訣　黄（王）先生（王屋山）	霊飛六甲経（巻一四） 黄素神方四十四訣	上清素奏丹符霊飛六甲一巻 上清太上黄素四十四方一巻
2	太陰六丁通真遁虚玉女之籙			
3	太陽六戊招神天光策精之書			
4	左乙混沌東蒙之文	太素伝左乙混洞東蒙之籙　上魏（衛）君（嶓冢山）		
5	右庚素収摂殺之律	右庚素文摂殺之律　上魏（衛）君（嶓冢山）		
6	壬癸六遁隠地八術之方	隠地八術　李子耳（陸渾山　潜入伊水洞室）	丹景道精隠地八術	上清丹景道精隠地八術上下二巻
7	丙丁入火九赤班文之符	九赤班符　陰先生（岷山）	九赤班符封山墜海	上清太上六甲九赤班符一巻
8	六辛入金致黄水月華之法	黄水月華四真法　九老仙都君（太冥山）	黄水月華服之化而為月	上清八素真経服日月皇華一巻
9	六己石精金光蔵影化形之方	石精金光蔵景化形法　司馬季主（委羽山）	石精金光蔵景録形	上清石精金光蔵景録形一巻
10	子午卯酉八稟十訣致六霊威儀	大丹隠書八稟十訣　寧先生（峨嵋山）	大丹隠書八稟十訣	上清大有八素太丹隠書一巻
11	辰戌丑未地真曲素之訣 長生紫書三五順行	憂楽曲素訣辞　臧延甫（岐山） 丹字紫書三五順行　幼陽君（陽洛山）	曲素決辞以招六天之鬼 青要紫書金根衆文	上清曲素訣詞五行秘符一巻 上清青要紫書金根上経一巻
12	寅申巳亥紫度炎光内視中方	紫度炎光内視中経　墨翟子（鳥鼠山）	紫度炎光夜照神燭 紫度炎光内視中方（巻九）	上清紫度炎光神玄変経一巻

あるいはその魔術的な能力について次のような説明もある。ちなみにこの一文は韻をふんでいる(31)。

唯《こ》れ百霊を駆策し、日月の華精を致し、形影を蔵匿し、万物を化生し、水火に出入し、杳冥を唾叱し、徹視反聴し、千精を収束し、虎豹に乗りて以って駆馳し、月華を采りて以って長生し、八地に隠淪し、辰星を回倒し、久視し身を軽くし、天と相い傾く(天が崩れるまで長生する)のみ。

このほかにも「五帝六甲通真神」の術、「致霊の途」などと呼ばれているように、この十二事は、特に真人神仙と交渉する際に不可欠のものと考えられていたもののようである。

漢の武帝は西王母の口ぞえによって、この十二事を伝授されることになる。ただ「これは太虚にある群文の一つで、真人赤童がこの世にもたらしたものであって、伝授には男女の別がある」。そのため上元夫人の持つ十二事を直接に武帝に伝えることができない。そこで青真小童の所持する同じ内容の十二事が武帝に伝授された。

この六甲霊飛等十二事は、霊験あらたかそうな名前が列挙されていてまず人を驚かせるのであるが、具体的な内容については、「五岳真形図」以上にその詳細を知り得ない。そこで外側からの接近でしかないのであるが、この十二事のリストと重なる所の多い道教経典名を載せている「紫陽真人内伝」をまず取り挙げてみよう(32)。

「紫陽真人内伝」は、周義山(字は季通)という人物が、修行を積んで天上の太微宮に昇り、そこで紫陽真人の位を与えられて葛衍山の紫陽宮に治するようになるまでの伝記である。その筆者は華僑であるとされる。華僑という人物については、すでに前節に、楊羲の前任者として許氏の霊媒をつとめた者としてその名が見えた。すなわちこの「紫陽真人内伝」も茅山における宗教活動に関係しつつ生み出されたものであることが知られる(表四を参照)。

「紫陽真人内伝」は、「南岳魏大人内伝」と異なって、その修行の過程の記録にたくさんの道典の名が載せられていることと〝内視〟が重視されていることにその特徴がある。内視というのは自己の体内の神々を透視することであるが、「紫陽真人内伝」では、外的な道教修行の進展と自己の体内の神々の内視が完全になっていく過程とが並行しているのである。

漢代の人、周義山は、若いときから服気などの実修を行なうと共に、陰徳を積んでいた。そうするうち、陳留の市場で芒履《わらぐつ》を売っていたみすぼらしい人物を仙人だと認めて、いろいろと援助をする。その好意に感じた仙人は、周義山の家を訪れて静室(道教修行を行なうへや)に入ると、自分は中岳仙人の蘇林だと本名をあかした。

蘇林は、自分が修行中に岑先生、仇先生、涓子などから授かった道術について説明すると共に、周義山が導引や服気を行ないながら効果が上がらないのは、体中に三びきの穀虫がおり、また三尸も死んでいないからだと言って、殺虫の方を伝授する。周義山がこの教えに従い食餌療法につとめると、五年にして、身体に光沢が生じ、自分自身の五臓を徹視することができるようになった。そこで再び蘇林のもとに行き〝飛仙要訣〟を授けてほしいと願った。蘇林は、もう自分には教えるべきことがないと言い、新しい師を求めて名山を巡るがよいと教えた。

名山を巡る途上、蒙山で衍門子に会い、「龍蹻経」と「三皇内文」とを授かると共に、王屋山の清虚洞宮には仙人が多いからそこに行くようにとの指示を受ける。

王屋山などの山でいろいろの仙人たちから種々の道書を授かったあと、周義山は三ケ月の斎戒をして嵩高山に登り中央黄老君に会った。黄老君は、白元君〔と無英君〕が見えるかと尋ね、白元君しか見えないと答えると、更に遊行していろいろの要訣を授かってくるように、〔そうしたのち〕おまえに〝上真道教〟を授けよう、と言う。

周義山は更に様々な聖山や神話的な山々を巡って、そこにいる神仙たちからそれぞれに道書を授かった。最後に西方に旅をし、空山に登って、そこに左右に無英君と白元君を従えた黄老君がいるのを見た。そこで再拝して〝上真要訣〟を請うたところ、黄老君はおまえの体内の洞房中を還視してみよと言う。周義山が内視したところ、自分の体内にも、空山にいるのと同じいでたちをした無英君と白元君がいるのを発見した。

黄老君の指示により、もどって常山の石室の中で周義山は九十余年の斎戒を行なう。やがて白元君、無英君、黄老君が「大洞真経」三十九篇を周義山に授け、それを十一年間、昼夜を分かたず習した彼は白日昇天し、天上の太微宮で紫陽真人の位を授かり、葛衍山にその役所を置くことになった。

以上に要約した周義山の伝記の中で重要な働きをしている、体内の神々を内視する修行については、H・マスペロの『道教』に詳しい(33)。宇宙というマクロコスモスと体内のミクロコスモスとが対応するという観念が内視の修行の背後にあったものであろうが、ここでもう一つ注目すべきは、宇宙と人間の身体との対応の中間に洞天というものを置くのが、中国の道教の特色である。

天・地・人が構造的にも対応していることについては、「茅山志」巻六に引く次のような言葉がそれをよく表すであろう(34)。

> 真人が言った、天の〃無〃の部分を空と言い、山の〃無〃の部分を洞と言い、人の〃無〃の部分を房と言う。山腹中の空虚な部分を洞庭と言い、人の頭中の空虚な部分を洞房と言う。

この洞庭がすなわち名山の下にある洞天のことである。茅山の下にある華陽洞天(金壇華陽之天)については、「真誥」巻一一以下の稽神枢篇に詳しい。それによれば、天下に三十六の洞天があり、句曲(茅山)の洞天はその第八にあたる。華陽洞天の大きさは週廻《まわり》が一百五十里、周壁はみな石でできており、五つの門があって地上と連絡している。洞内には陰暉夜光と日精之根とが玄空中にかかって日月のような光を送り、草木や水沢も外と異ならず、鳥が飛び風や雲がおこって、そこが洞天の内部だとは気付かない。この句曲洞天から、東方には林屋山(太湖の苞山)へ、北方には岱宗(泰山)へ、西方には峨嵋山へ、南方には羅浮山へ地中の大道が通じている。後漢末の建安年間に、左元放(左慈)がこの洞天の中を探って陰宮に至り、三茅君(茅盈の兄弟三人)から神芝を授けられた。

こうした洞天は、天と人との接触の場でもある。例えば天上の道教経典は、その複製がある洞天に置かれ、それが地上にもたらされたのだとされている場合も少なくない。「紫陽真人内伝」の多くの聖山の遍歴も、聖山にある洞天を訪れて天との接触を強くするためのものであり、それが同時に自己内部の洞房の神々の直視をも確実なものにするという天・地・人三位一体の修行であったのであろう。

　このように「紫陽真人内伝」は、聖山を巡る修行が自分自身の身体への内視の深まりになると言う、大宇宙＝小宇宙の並行観念を枠組みとして成り立っている。こうした枠組みの中で、この「内伝」のもう一つの特徴である、おびただしい経典名の列挙がなされている。周遊した聖山のそれぞれでその山に住む仙人や真人から経典(或いは要訣)を授かるという形式でその列挙がなされるのである。そのようにして列挙された経典名の中には、「漢武帝内伝」の六甲霊飛等十二事の目録と重なる名称のものが多い。それを表三に書き加えた。

　更に、六甲霊飛等十二事及び「紫陽真人内伝」に見える道典とよく重なる目録は、「真誥」巻五にも見えている。「真誥」巻五の記述は、「紫陽真人内伝」のように伝記の形式は取らず、その注によれば裴君(裴清霊、すなわち清霊真人裴玄仁)の言葉として伝えられたものである。この裴清霊という真人は、表四のような関係で中央黄老君に結び

太上高聖玉晨（上清真人）――中央黄老君（太極真人）――南岳赤松子（太虚真人左仙公）――裴玄仁（清霊真人）
方諸青童君――涓　子――蘇　林（中岳仙人）――周義山（紫陽真人）
→(華僑)→許謐

表4

つき、また華僑に降って周義山と共に許謐に「旨意を通伝した」とされる(真誥、巻二〇)。華僑が霊媒としての任を解かれたあとも、楊羲が行なう神降ろしの場に、裴・周二人の真人は降臨している。この裴清霊の言葉の中に見える、十二事と重なる道書名を、表三に書き加えた。なおこれらのリストが形成期の上清経典の目録であろうことを示すため、表三の最下段には、「洞玄霊宝三洞奉道科戒営始」巻五に載る「上清大洞真経目」を抜き書きした。

　このようにして完成した表三を見るとき、十二事のリストが、「真誥」巻五のもの→「紫陽真人内伝」→「漢武帝内伝」の順で発展していったと考えられそうなことに気がつく。更にもう一点、十二事の第五の右庚素収摂殺之律ま

でと、それ以下の第十二の寅申巳亥紫度炎光内視中方までとが、元来は少し違った伝承に属するものであったらしいことにも気がつくであろう。すなわち「真誥」巻五には前者の名前が一つも出ていないこと、「紫陽真人内伝」においても、前者の名は周義山が嵩高山で最初に中央黄老君に会う以前に手に入れた経典の目録の中に見えるのに対し、後者は全て黄老君の指示で天下の名山を周遊する途上で伝授される経典の名なのである。これに加えて「紫陽真人内伝」のリストでは、前者は十干十二支がその名の一部を成すのに対し、後者にはそうした例が一つもない。

以上の事実は次のように整理することができるであろう。すなわち「紫陽真人内伝」の段階ではなお区別のあった二つの伝承——一方は恐らく漢代以来の遁甲孤虚の干支を使った呪術に来源すると考えられ、もう一方は中央黄老君の信仰と内視の道教的実修に結びついた伝承——この二つの伝承が「漢武帝内伝」の段階になって一つにされて六甲霊飛等十二事の目録が作られたのである。「漢武帝内伝」を纏めた人々(或いはその一段階手前でこの十二事のリストを「漢武帝内伝」に提供した人々)は、両者を一つにすると同時に両者の命名法の不統一を隠すために、十二事の後半部分の目録にも十干十二支をかぶせたのである。このように経典名が勝手に書き改められていることは、逆の方向から言えば、「漢武帝内伝」の十二事のリストはもう道教の実修とは直接の関係がなくなって、その曰くありげな名前のみが〝文学的〟に利用されたのだということになろう。

もう一つここで指摘すべきは、「紫陽真人内伝」から知られるように、十二事のリストの来源を探るとその大部分が陝西省から四川省にかけての中国西部の聖山に住む神仙から伝授されたものとされていて、「五岳真形図」が江東の土地と強く結びついているのと対照を成していることである。すなわち「漢武帝内伝」の七夕の場の後半を構成する二つの経典伝授の場は、その源流をたどると主として江南で展開した「五岳真形図」の伝承と、中国の西部に神山を求める、恐らく中原地帯に起源するであろう十二事の伝承とが結合して作り上げられたものであることが知られる。そうしてこの両つの要素の結合は、東晋時代の茅山での神降ろしの場に(すなわち真授の中に)すでにそれが見られるように、両晋時期にもう準備されていたのである。もし想像を逞しくすることを許されるならば、次のように考えることができるのではないだろうか。すなわち両者は共に護符信仰的性格が強いのであるがその起源を少しく異にしており、江南の聖山信仰の中で独自に展開しつつあった「五岳真形図」の伝承に、遁甲孤虚や内視など知識人層の観念的呪術としての傾向の強い六甲霊飛等十二事が結びついて「漢武帝内伝」の基盤をなすものが作り上げられたのだ、と。そうしてこうした情況は、単にこの小説的な作品だけに限られるのではなく、南方の土着の伝承の上に北方からの観念性が結びついて新しい展開を示すという、江南の道教の流れ全体にもあてはまるものであったのである。

この節の最後に「五岳真形図」と一対のものであり、また本章第三節に論じた神女説話の性格にも関連する所のあることから、「三皇文」にも少し言及しておこうと思う。すでに引用したように「抱朴子」内篇遐覧第一九に、「余《われ》鄭君に聞くに言う、道書の重きもの、三皇内文・五岳真形図に過ぐるはなく」、これを帛仲理が山中で感得したのだと言い、「神仙伝」巻七の帛和(字は仲理)伝には、より詳しく、西城王君(王方平)の指示により帛和が西城山の石室中でその北壁を熟視していると、三年目に石壁上に「太清中経神丹法」「三皇天文大字」(すなわち三皇文)「五岳真形図」が刻されているのが見えるようになったと記す。後世まで「三皇文」と「五岳真形図」とは一括してとりあつかわれて、唐代には両者がひとまとめにして焚書のうき目を見たりしている。(35)

「三皇文」の三皇とは、天皇・地皇・人皇を指す。この「三皇文」が「五岳真形図」と対になることについて、シペル氏は、「真形図」が宇宙を水平に切ったものであるのに対し、「三皇文」はそれを垂直に切ったものであるからだと言う。(36) あるいはそうかも知れない。「紫陽真人内伝」では、衍門子が周義山に「龍蹻経」と「三皇内文」とを与えるとき、その呪力について「以って神霊を召き、以って百鬼を劾す」(「真誥」巻五も同じ)と言うように、その効能の点でも「五岳真形図」と基本的に一致している。

この「三皇文」は、佛教徒側からは西晋時代に鮑靚《ほうせい》が偽造したものとして非難を加えられている。道安の「二教論」や甄鸞の「笑道論」などに、晋の元康年間(二九一―二九九年)に鮑靚が「三皇経」を作ったが、その事が露見して彼は誅殺されたと言っているのがそれである。

道教側でも「雲笈七籤」巻四の三皇経説の条に「三皇経」を引いておおよそ次のように言っている。(37)

むかし天皇の治世のこと、上天は天皇に天経一巻を授け、天皇はそれによって天下を治めて二万八千歳に及んだ。地皇と人皇の時代にもそれぞれ上天は経一巻を授けた。三皇が授かった経三巻が三墳と呼ばれ、また三皇経とも呼ばれた。三皇に続いて八帝がそれぞれ八千歳のあいだ天下を治めたが、上天はまた八帝のそれぞれに経一巻を授けた。これが当時、八索と呼ばれたものである。

このように「三皇経」の起源を述べたあと、続けて言う。

三皇八帝の後になると、その文はまた隠れてしまった。晋の武帝の時代になり、晋陵の鮑靚という人物がいて、官は南海太守にまで至ったのであるが、その彼は若くして仙道を好み、晋の元康二年二月二日、嵩高山に登り、石室に入って清斎していると、突然「古三皇文」が現れてきた。それは全て石の上に字として刻されたものであった。そのとき〔三皇文伝授の〕師となるべき者がいないところから、鮑靚はおきてに従い、四百尺の絹を信《しるし》とし、自分一人で盟《ちかい》をなしてその文を受けた。のちにそれを葛稚川(葛洪)に伝え、種々の伝授の流れがあって現在に至っている。

鮑靚、字は太玄については「晋書」巻九五に伝があり、学は内外を兼ねて天文・河洛の書に明るかったこと、南陽中部都尉から南海太守となったこと、仙人の陰君(陰長生)から道訣を授かったことなどが記されている。特に注意すべきは、「晋書」巻七二葛洪伝にも見えるように、葛洪が彼に師事し、更に鮑靚の女《むすめ》を妻としていることである。それに加えて、「真誥」巻一二によれば、鮑靚とその妹が茅山の下にある華陽洞天で地下主者の位にあるとされ、同じく巻一四では鮑靚が鬼帥の范疆を通じて許長史に接触しようとしており、その注に、鮑靚は許先生の師であるとされている。[38]「三皇文」が本当に鮑靚によって偽造された(或いは感得された)かどうかは確かめることができない。ただここでは「三皇文」を伝承する人々がその経典が鮑靚や葛洪を通じて世に広まったと考えていたこと、また鮑靚をめぐる伝承が茅山での宗教活動の中にも流れこんでいたことを知るだけで十分であろう。

もう一つ附け加えれば、福井康順氏も指摘される通り、鮑靚が手に入れたものが「古三皇文」と呼ばれているように、この段階の「三皇文」は六朝後半の時期に道教教団内で普通に行なわれていた「三皇文(経)」とはちがった内容のもので、恐らくより古い伝承を留めたものであったと推定されることである。現在普通に伝わる道教経典の前身が、魏晋時期に原始的な道典として存在し、それを止揚する形で六朝後半期に新しい経典が作られ、その作り直されたものが後世に広く行なわれたという例は、「古霊宝経」の場合とも重なり、こうした事実の背後にあったであろう道教の質的変化はまた「漢武帝内伝」の成立と直接、間接に関連すると考えられるので、もう一度、本章第七節で言及することになる。

「雲笈七籤」巻六に引く、「三皇文」に付けられた鮑南海(鮑靚)序目は次のように言う。[39]

小有三皇文(小有は王屋山にある洞天の名)というのは、もともと大有(天の名)からもたらされたもので、みな上古の時代に三皇たちが[天から]授かった書物なのである。天皇が一巻、地皇が一巻、人皇が一巻の凡そ三巻で、みな上古の三皇の時代に[この世で]伝授されるようになった書物なのである。その字体は符文に似、また篆文に似、古書(古文か)にも似ていて、それぞれに定まった字数がある。神宝君(洞神の教主)がそれを地上にもたらし、西霊真君が編纂して書物とした。その本文は小有洞天の玉府の中にあり、仙人たちがこれを授かって、それぞれの名山の石室の中にこれを蔵した。ほかはみな欠損があるが、ただ蜀郡の峨嵋山にのみその全文が備わっている。むかし仙人の智瓊が皇文二《ママ》巻を義起に示したが、義起にはそれが理解できず、そのままこの経文はもとに戻された。王公(王遠)は帛公(帛和)が心をこめて修行を行なっていることからこれを授け、それが賢者たちに伝えられて、今の世にまで行なわれている。

ここでは、鮑靚から葛洪に伝わったのとは少し違った伝授経路が記され、帛和が主要な役割りを果している点で、「神仙伝」巻七の彼の伝の記事と重なる。そうしてこの伝承の中に第二節で述べた神女の成公智瓊(知瓊)と弦超(字は義起)の名前が見えているのである。「三皇文」の伝授の中で、あとに続かない挿話のようにして智瓊と弦超のことが見えるのは、恐らく元来は「三皇文」が智瓊から弦超に伝えられて世に広まったという伝承があったからであり、そうした神女伝説を乗り越えようとする人々によってこの伝授は成功しなかったのだと変形されながらも、古い伝承の名残として二人の名が少し唐突にここに留められたものであろう。

このように仙人の成公智瓊から弦超への「三皇文」の伝授は、弦超の理解能力(恐らく道教についての素養)の不足ゆえに成功しなかったとする筋書きの中で神女を斎《いつ》く巫覡であったろう弦超のみが切り棄てられ、成公智瓊は仙人となり、神女にまつわる幻想の方は道教伝承の内部に取り込まれようとしているのである。前に纏めて分析した神女たちの伝説の中で、杜蘭香は禱祀について尋ねられたとき「淫祀は益なし」と断定したり、或いは自分は「運数に応じて」降下したのだと述べているように、神女たちが元来は民間信仰の中から成長しながらも、すでにこの時代の知識人的な神仙・道教思想に相当深く関っていた[40]。このように神女たちのあり方が知識人たちの観念性にそうような方向に変質するにつれて、元来その神女を斎くものであった巫覡たちの影が次第に薄くなっていったのである。そうしてこの事は、より広い視点から言えば、道教儀礼の中での霊媒的な人々の地位が低下し、道教が知識人の観念性に応《こた》えるものとして成長してゆく過程とも並行しているのである。

(1) 桃の色が青いとされていることは、それが未成熟だということをあらわすのでなく、あるものに与えられた矛盾した色彩はそのものが現実を超えた統一体であることを意味し、それ故に霊妙な力を持つと考えられた。詳しくは、拙論「桃の伝説」

『日本の文様』第二一巻、一九七五年、光琳社、を参照。「内伝」にも玄《くろ》い霜、絳《あか》い雪といった仙薬の名が見え、こうした命名法が流行した時代(或いは錬金術と関係するのであろうか)があったことを推測させる。

(2)「漢武故事」第三二条(古小説鈎沈本)

上迎拝、延母坐、請不死之薬。母曰、太上之薬、有中華紫蜜、雲山朱蜜、玉液金漿。其次薬有五雲之漿、風実雲子、玄霜絳雪、上握蘭園之金精、下摘円丘之紫柰。帝滞情不遣、欲心尚多、不死之薬、未可致也。因出桃七枚、母自噉二枚、与帝五枚。

(3) こうした伝承は、単に古い仙薬名が口承されて魏晋南北朝期にまで伝わっていたというに止まらない。恐らく先秦時代にまで遡るであろう、方技の秘伝の伝承を受けて道教の経典伝授の儀礼も成立したと考えられるのである。たとえば「漢武帝内伝」第二四紙に見える、

王母起立、手以付帝。又祝曰、天高地卑、五岳鎮形、元津激気、滄沢玄精、天回九道、六和長平、太上八会、飛天之成、真僊節信、由茲通霊、泄墜滅腐、宝帰長生、徹其慎之、敢告劉生。祝畢授帝。帝拝稽首。(○印は韻字)

という経典伝授の場面は、「黄帝内経」霊枢禁服第四八の、

黄帝乃与倶入斎室、割臂歃血。黄帝親祝曰、今日正陽、歃血伝方、有敢背此言者、反受其殃。雷公再拝曰、細子受之。黄帝乃左握其手、右授之書、曰、慎之慎之。

とある黄帝から雷公への医方の伝授の細節とその基盤を一にすることは明らかであろう。山田慶児「古代中国における医学の伝授について」『漢方研究』一九七九年一〇・一一号、を参照。

(4)「漢武帝内伝」第一三紙以下

昔上皇清虚元年、三天太上道君下観六合、瞻河海之長短、察丘岳之高卑、名立《ママ》天柱安于地理、植五岳而擬諸鎮輔。貴昆陵以舎霊仙、遵蓬丘以館真人、安水神乎極陰之源、栖太帝乎榑桑之墟。於是方丈之阜為理命之室、滄浪海島養九老之堂。祖瀛玄炎長元流生鳳麟聚窟各為洲名、並在滄流大海玄津之中、水則碧黒倶流、波則振蕩群精。諸仙玉女聚於滄溟、其名難測、其実分明。廼因山源之規矩、睹河岳之盤曲、陵回阜転、山高壠長、周旋委蛇、形似書字、是故因象制名、定実之号。画形秘於玄臺、而出為霊真之信。諸仙佩之、皆如伝章。道士執之、経行山川、百神群霊、尊奉親迎。

(5) 小川琢治博士は、「五岳真形図」を中国の地図のうち原形を保存する最も早い時期のものの一つとされる(『支那歴史地理研究』一九二八年、弘文堂)。もちろん現在では、より早い時期のものとして、長沙馬王堆前漢墓出土の地図が知られている。その中でも特に九嶷山の部分の表現は、なんらかの形で「五岳真形図」の神山の描き方とつながるものであろう。次頁図(『文

物』一九七五年第二期)。
(6) K・M・シペル「五岳真形図の信仰」『道教研究』第二冊、一九六七年。
(7) 「五岳真形図」の系統については、井上以智為「五岳真形図に就いて」『内藤博士還暦祝賀支那学論叢』一九二六年、に詳しい検討がある。
(8) É. Chavanne, *Le T'ai Chan—Essai de Monographie d'un Culte Chinois*, Annales du Musée Guimet, tome 21, 1910, Paris. なおこの系統の「真形図」の流布は広く、日本においても、例えば江匡弼「五岳真形図伝」(安永四年刊)は第一種の系統の「真形図」に注を付けたもの。
(9) この第二の系統の「真形図」の内でも頗る原形に近いと小川琢治博士が考えられる、富岡鉄斎旧蔵の古版本(巻子本、二色刷り)は、現在、富岡益太郎氏が所蔵される。
(10) 「抱朴子」内篇遐覧第一九

余聞鄭君言、道書之重者、莫過於三皇内文、五岳真形図也。

(11) 「雲笈七籤」巻七九

察四岳並有佐命之山、而南岳独孤峙無輔。乃章詞三天太上道君、命霍山潛山為儲君。奏可。帝乃自造山、躬写形像、連五図之後。又命拜青城為丈人、署廬山為使者。

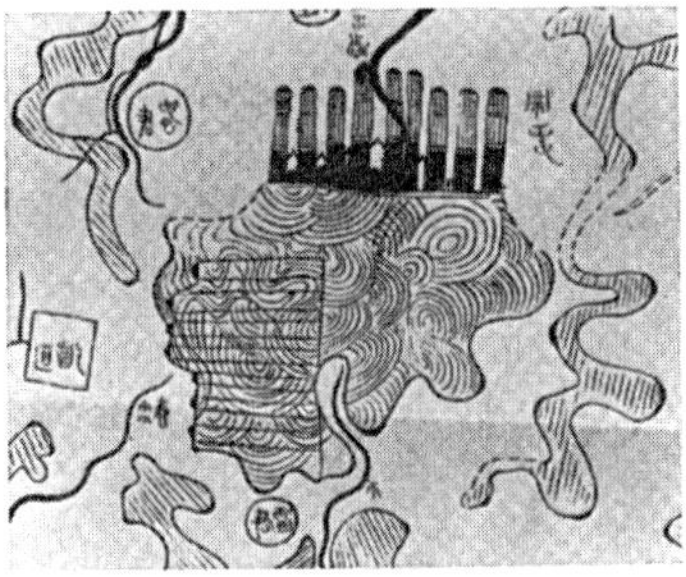

馬王堆漢墓出土地図(九嶷山)

(12) たとえば「神仙伝」巻二王遠伝で、この王遠は「常に崑崙山に在り、羅浮・括蒼等の山に往来す」とある。この王遠が「漢武帝内伝」の伝承の中にあって重要な位置を占めたことは、以下に説く如くである。
(13) 「史記」封禅書第六

其明年冬、上巡南郡、至江陵而東、登礼灊之天柱山、号曰南岳。

(14) 干宝「捜神記」巻一三

漢武徙南岳之祭於廬江灊県霍山之上。

汪紹楹の校注(古小説叢刊、一九七九年)を参照。
(15) 「春秋左氏伝」昭公四年「四岳」正義

郭璞注爾雅云、霍山今廬江灊県、灊水出焉。別名天柱山。漢武帝以衡山遼曠、故移其神於此。今其土俗人皆呼之為南岳。

(16) 顧頡剛「四岳与五岳」『史林雑識』初編、一九六三年、北京、を参照。なお霍山を南岳に比定する説は「尚書大伝」虞夏伝の「中祀大交霍山、貢雨伯之楽焉」の句まで遡るとされる。その鄭玄注に言う、「中仲也、古今通。春為元、夏為中。五月南巡守、仲祭交之気於霍山也。南称大交。書曰、度南交、是也。」

(17) 「後漢書」列伝第一四馬援伝に、

初巻人維汜、訞言称神、有弟子数百人、坐伏誅。後其弟子李広等宣言、汜神化不死、以誑惑百姓。十七年、遂共聚会徒党、攻没皖城、殺皖侯劉閔、自称南岳大師。遣謁者張宗将兵数千人討之、復為広所敗。於是使援発諸郡兵、合万余人、撃破広等、斬之。

とあり、皖城(潜山県)を占領した宗教的反乱者の頭領が〝南岳大師〟と名のっていることから、後漢初年すでに天柱山が南岳として民衆的な信仰の一つの中心となっていたことが推測される。

(18) 「抱朴子」内篇遐覧第一九

鄭君不徒明五経、知仙道而已、兼綜九宮三奇、推歩天文、河洛讖記、莫不精研。太安元年、知季世之乱、江南将鼎沸、乃負笈持仙薬之樸、将入室弟子、東投霍山、莫知所在。

なお鄭思遠も、霊宝経の伝承の中で南岳先生と呼ばれていたこと、例えば「太極真人敷霊宝斎戒威儀諸経要訣」第二三紙に「南岳先生鄭君」とあることからも知られる。この道典の詳細については、大淵忍爾『道教史の研究』一九六四年、岡山大学共済会書籍部、四〇二頁を参照。

(19) 「抱朴子」内篇金丹第四

今中国名山、不可得至。江東名山之可得往者、有霍山在晋安、長山太白在東陽、四望山大小天台山蓋竹山括蒼山並在会稽。

(20) 「真誥」巻九第二一紙「大方諸宮青君常治処也」注

霍山赤城亦為司命之府。唯太元真人南岳夫人在焉。李仲甫在西方、韓衆在南方、余三十一司命皆在東華。青童為大司命、総統故也。

ちなみに言えば、魏晋南北朝時期の志怪小説中に記録された江南系の物語りの中に司命神が出現し、ちょうど北方の泰山府君と同じような役割り(すなわち死者の支配者となっている)を果している。恐らくこうした江南の土着的な伝承をうけて霍山・赤城山(時に東岳と呼ばれる)に道教の司命の府が置かれることになったのであろう。中国古代の司命神一般については、

稲畑耕一郎「司命神像の展開」『中国文学研究』第五期、一九七九年、を参照。

(21) 更に附け加えれば、「文選」巻一一の孫綽「遊天台山賦」の李善注は「名山略記」を引いて、天台山が葛仙公山と呼ばれたと記す。このようにして、表二に示した直接葛洪につながる祖師たちの全てが、霍山・赤城山・天台山に関係を持つとされていたことが知られるのである。

(22) 「無上秘要」巻四第一〇紙

紫微夫人曰、方諸山正四方、故謂之方諸。一面長一千三百里、四面合五千二百里。上高九千万丈。又有長明大山、夜月高丘、各週廻百里。又有玄寒山。

方諸東西南面又各有小方諸山、去大方諸山三千里。小方諸亦方面各三百里。大方諸対会稽之南、看去会稽岸七万里。東北看則有暘谷郷、又去方諸六万里。

なおこれとほぼ同様の記事は「真誥」巻九第一二紙以下にも見える。またこの方諸の島が、古来の伝承の中の東海三神山のうち方丈島のあとを承けるものであったことは、「漢武帝内伝」第一三紙の「方丈の阜は理命(すなわち司命)の室となる」(本節注(4)に引用文あり)とあることからも知られる。

(23) 駒井和愛『中国古鏡の研究』一九五三年、岩波書店、また拙論「鏡をめぐる伝承——中国の場合」『日本古代文化の探求——鏡』一九七八年、社会思想社、を参照。

(24) 「三国志」巻四七呉書二によれば、黄龍二年、呉の孫権は将軍を遣わし甲士万人をひきいて東海中に夷洲と亶洲とを求めさせたという。これも単なる探検ではなく、その背後には江南に伝わった東海の仙島の伝承があったものであろう。

(25) 井上以智為「五岳真形図に就いて」前掲。

(26) なお霍山・赤城山は、赤松子のいる南岳との関係では〃東岳〃と考えられていたようである。茅盈が「東岳上真卿司命君」と呼ばれる(真誥、巻一第二紙)のもそのためであろう。また同時に東岳治鬼(司命)といった観念もあったのかもしれない。本節注(20)参照。

(27) 顧氏文房小説に収められた「南岳魏夫人伝」は、恐らく「太平広記」巻五八(「集仙録」及び「本伝」に出づという)の魏夫人の伝記を使用したもので、その最後に顔真卿に言及することからも、それが更に顔真卿の「晋紫虚元君領上真司命南岳夫人魏夫人仙壇碑銘」の魏夫人の伝記の部分を利用したものであったと推測される。この顔真卿がもとづいたのが「南岳魏夫人内伝」であったことは、「仙壇碑銘」の序の部分に、小有清虚真人王褒の命を受けて中候上仙の范邈が書いた伝記を略引するとあることからも知られる。ここに見える魏夫人が紫虚元君・上真司命・南岳夫人として南岳霍山に鎮することになるまでの筋書きは、「太平御覧」巻六七八が「南岳魏夫人内伝」を三葉にわたって引用するのともよく合致する。

(28)「三国志」巻五七呉書一二虞翻伝裴松之注所引「呉書」

翻始欲送朗到広陵。朗惑王方平記、言疾来邀我、南岳相求、故遂南行。既至侯官、又欲投交州。翻諫朗曰、此妄書耳。交州無南岳、安所投乎。乃止。

なお同様の言葉は、後漢末の革命的な雰囲気を留めたものとされる敦煌本「老子変化経」にも見え、老子がさまざまな時代にいろいろな名前で出現したとする中に「漢時には号して王方平と曰う」とあったあと、「大白の横流するとき、疾《いそ》ぎ来たりて我れを逐い、南岳に相い求めよ。以って厄を度《すご》すべし」という老子の言葉を引く。この「老子変化経」については、アンナ・ザイデル「漢代における老子の神格化について」『道教研究』第三冊、一九六八年、を参照。

(29) 蜀の青城山は時に赤城山とも呼ばれて、天台の赤城山と対になる山と考えられていたらしい。「太平御覧」巻四四の青城山の項に引く「玉匱経」にいう、

黄帝封為五岳丈人、乃岳瀆之上司、真仙之崇秩。……一名赤城、一名青城都、一名天谷山。亦為第五大洞宝仙九室之天。

(30)「漢武帝内伝」第一四紙

凡闕此十二事者、何以召山霊、朝地神、総摂万精、駆策百鬼、来虎豹、役蛟龍乎。

(31)「漢武帝内伝」第一八紙

唯駆策百霊、致日月之華精、蔵匿形影、化生万物、出入水火、唾叱杳冥、徹視反聴、収束千精、乗虎豹以駆馳、采月華以長生、隠淪八地、回倒辰星、久視軽身、与天相傾耳。

(32)「紫陽真人内伝」(道蔵洞真部記伝類)。この書物については、吉岡義豊『道教経典史論』一九五五年、大正大学、第一部第三章、陳国符『道蔵源流考』一九六三年、北京、八頁に紹介と考証とがある。

(33) H・マスペロ『道教』遺稿集Ⅱ、一九五〇年、パリ。(川勝義雄邦訳、一九六六年、東海大学、のちに平凡社、東洋文庫第三二九冊)

(34)「茅山志」巻六第一〇紙(道蔵洞真部記伝類)。同様の表現は「紫陽真人内伝」第一二紙にも見える。

真人曰、天無謂之空、山無謂之洞、人無謂之房。山腹中空虚謂洞庭、人頭中空虚謂洞房。

(35)「法苑珠林」巻五五(大正蔵五三、七〇八上中)

至大唐貞観二十二年、有吉州囚人劉紹略妻王氏有五岳真仙図及旧道士鮑静《ママ》所造三皇経合一十四紙。上云、凡諸侯有此文者、必為国王。大夫有此文者、為人父母。庶人有此文者、銭財自聚。婦人有此文者、必為皇后。……州官将為図讖。……勅旨云、三皇経文字既不可伝、又語渉妖妄、宜並除之、即以老子道徳経替処。有諸道観及以百姓人間有此文者、並勒送省除毀。其冬、諸州考使入京朝集、括得此文者、総取礼部尚書庁前並従火謝也。

なお「三皇経」が焚《や》かれたこと、道宣「集古今佛道論衡」巻丙、太宗下勅以道士三皇経不足伝授令焚除事第九(大正蔵五二、三八六上中)にも見える。

(36) K. M. Schipper, *L'Empereur Wou des Han dans la légende Taoïste*, École Française D'Extrême-Orient, 1965, Paris. なお「漢武帝内伝」の内容のうち特に道教教理に関する部分については、すでにこのシペル氏の研究によって詳細な検討が加えられている。

(37) 「雲笈七籤」巻四第一〇紙以下

三皇経云、昔天皇治時、以天経一巻授之。天皇用而治天下二万八千歳。地皇代之。上天又以経一巻授之。地皇用而治天下二万八千歳。人皇代之。上天又以経一巻授之。人皇用而治天下亦二万八千歳。三皇所授経、合三巻。爾時号為三墳是也。亦名三皇経。三皇後又有八帝、治各八千歳。上天又各以経一巻授之。時号為八索是也。……自三皇八帝之後、其文亦隠。至于晋武皇帝時、有晋陵鮑靚、官至南海太守。少好仙道。以晋元康二年二月二日、登嵩高山、入石室、清斎、忽見古三皇文、皆刻石為字。爾時未有師、靚乃依法以四百尺絹為信、自盟而受。後伝葛稚川、枝孕相伝、至于今日。

なお三皇文については、福井康順『道教の基礎的研究』一九五二年、書籍文物流通会、第二篇第一章、また大淵忍爾『道教史の研究』前掲、第三篇第二章。

(38) 楊羲の先任の霊媒の一人である李東が鮑靚の教えを許邁に伝えていた。「真誥」巻一三第一一紙の注は次のようにいう。

李東曲阿人。乃領戸為祭酒、今猶有其章本、亦承用鮑南海法。東才乃凡劣、而心行清直、故得為最下主者使。是許家常所使。永昌元年(三二二年)、先生年二十三、就其受六甲陰陽行厨符。

(39) 「雲笈七籤」巻六第一一紙

序目云、小有三皇文、本出大有。皆上古三皇所受之書也。天皇一巻、地皇一巻、人皇一巻、凡三巻。皆上古三皇時所授之書也。作字似符文、又似篆文、又似古書、各有字数。神宝君所出、西霊真人所撰。此文在小有之天玉府之中、諸仙人授之、以蔵諸名山石室。皆不具足、唯蜀郡峨嵋山具有此文。昔仙人智瓊以皇文二巻見義起、不能解、遂還之。王公以帛公精勤所得、伝之賢達、宣行至今。

(40) この時代の神女説話が深く道教の伝承と関っていたことは、例えば劉宋時代の初めにすでにその基礎的な部分ができていたとされる道典「太上洞淵神呪経」巻四第九紙に、次のような一節があることからも窺われよう。

道言、中国有三千九万人応仙。秦川漢蜀三呉之中、孫道留、王子寧、……支道林等三千人、為杜蘭香採薬、悉来武当宮中。今世道士、一心受此三洞法、亦得与此仙人等相値耳。

ここに見える武当宮は、恐らく道教の、そうして後には佛教の聖地ともなる武当山中の洞天のことであろう。佛教信者として著名な支道林といった人々までも仙人の一人に数え、そうした仙人たちにかしずかれるものとして神女説話の主人公であった杜蘭香の名が見えているのである。

六 会と厨——神々との共食

前節までに、「漢武帝内伝」の七夕における漢の武帝と神女たちとの会合の物語りが、その前半は西王母が持ち出す七個の桃に端的に示されるような古くからの七夕の伝承(多分に呪術的要素を残したもの)と、後半はそれといささか来源を異にする新しい道教信仰の展開に密着した伝承の上に纏められていることを分析してきた。しかしこの二つの部分は、元来互いに何の関係もなかったのに、「漢武帝内伝」が纏められる時になり、機械的に前後に結合されたのではない。すなわち、「詩経」国風時代までその起源を遡ることができる一つの文化複合(それは現在の我々に伝えられているよりもずっと豊かな内容を持っていたにちがいない)としての七夕伝承が、もともと人々の生活に深く根をおろしたものであり、道教もまた人々の生活の中から成長してきたという要素を大きく持っているところから当然予想されるように、七夕の伝承は初期の道教信仰の上に大きな影をおとしていた。「漢武帝内伝」の七夕の場の前半と後半との結合も、道教教団内に取り入れられた七夕伝承の上に成り立っていたと考えられるのである。

七夕の行事を分析した際に、正月七日の人日の行事と七月七日の七夕の行事とがひとまとまりの祭日であったことを指摘した。この人日と七夕を特別の日とする考え方は、初期の道教教団の中にもそれを見ることができる。すなわち教団を成す道教として我々に知られるものの内の最も早いものの一つである張陵(張道陵)の教団、或いはその教えを嗣ぐ人々の中では、正月七日・七月七日という日付けが重要視されていたことを窺わせる資料が少なくない。

釈道安の「二教論」は佛教の立場から道教の虚妄を攻撃するものであるが、その中の服法非老第九の章に李膺の「蜀記」を引いて次のように言う。(1)

張陵は〔蜀の〕鶴鳴山に入り、自ら天師と称した。後漢の嘉平の末年、彼は蟒蛇《うわばみ》に呑まれてしまった。息子の張衡は危い所を逃れたあと、父親の屍を捜したがどこにも見付からない。〔父を見棄てたという〕世論の譏りを受けることを畏れ、詐術を設けて、父親が霊化したのだということを示そうとした。生きたまま鶴の足をひもで縛るとそれを絶壁の上に置き、光和元年(一七八年)、使者を遣わして、正月七日に天師は玄都に昇られると〔信者たちに〕告げさせた。〔そうして集まった信者たちを前に鶴を飛ばせ、天師が昇天されたのだと言った。〕米民(五斗米道の信者)や山獠(山中の異民族のもの)たちは、このことから〔張陵の死について〕でたらめを言い伝えるようになった。親の死を利用して自分の利益を計るとは、悪逆これに過ぎるものはない。

このことは釈玄光「辯惑論」(弘明集巻八)や「古今佛道論衡」にも見え、佛教徒が道教を攻撃する際の恰好の材料とされていたようである。実際に張陵が蟒蛇に呑まれて死んだのかどうかは分からない。しかし正月七日が祖師の命日として天師道の教徒たちに伝承されていることを背景にしてこうした話しができたことは確かであろう。道教を悪く言おうとするものが勝手に正月七日という日を設定したのでなく、正月七日に天師が昇天したという道教内の伝承をもとに、実は昇天したのではなく蟒蛇に呑まれたのだという史料を提出するからこそ、真実味があり、天師の神性を剝ぎ取るのに有効であったのである。

魏晋南北朝時期の天師道信者にとって正月七日と七月七日とが極めて重要な日付けであったことを推測させるもう一つの点は、天師道の教義の中心をなす内容がこの日に啓示されたと伝えられ(2)、教団の教会組織もまたこの日に定められたとされていることである。

後漢時代の道教信仰がすでに民間信仰に密着したものでも、また方士たちの呪術的な内容のものでもない段階にまで発展していたことを端的に示すものとして、その内部に信徒たちを結びつける教会組織が確立していたことが特筆されるであろう。東方の黄巾教徒——太平道の組織においては、それは〝方〟と呼ばれ、三十六の教会組織(三十六方)が置かれていた。これに対し漢中に根拠地を置き、やがて全国にその信仰を広めた五斗米道——天師道では、教会組織は〝治〟と呼ばれ、基本になるものとして二十四治が置かれた。この五斗米道の二十四治が定められたのが漢安年間の正月七日、七月七日と十月五日だとされている。

「無上秘要」巻二三の正一気治品は「正一気治図」という書物を引用して次のように言う(3)。

太上は、漢安二年(一四三年)正月七日、日中の時に、二十四治を地上に降した。〔二十四治は〕上の八治、中の八治、下の八治から成り、天の二十四気に応じ、また〔天の〕二十八宿にも合致する。これを天師張道陵に預け、これに依拠しつつ教化を行なうようにと命じた。

上皇元年七月七日、無上大道老君が設立した上品治の八品(以下に陽平治以下の八治が列挙されるが、ここでは省略)。

無極元年十月五日に正真無極太上が中治の八品を設立した(昌利治以下の八治が列挙されるが、省略)。

無極上皇二年正月七日、無為道君玄老が下治八品を設立した(雲臺治以下の八治を列挙するが、省略)。

天師は、漢安元年七月七日に二十四治を定めて嗣師(張衡)に預け、〔また別に四治を加えて〕二十八宿に応ずるようにした(剛互治以下の四治を列挙。省略)。

嗣師は、建安二年（一九七年）十月五日に天師の教化の及んだ所に（?）八品の治を設立し〔上の二十八治に〕附属するものとした（濔沅治以下の八治を列挙。省略）。

係天師（張魯）が太元二年（二五二年?）正月七日に設立した八品の遊治（峨嵋治以下の八治を列挙。省略）。

この「正一気治図」の言うところを要約すれば、太古の時代（上皇・無極などの道教の神話的な太古の年代）の七月七日・十月五日・正月七日に天上に設立された二十四治の組織が、漢安二年に張道陵に授けるという形で地上に降され、更に張道陵の後を継いだ天師道の指導者たちによって正月七日・七月七日・十月五日という日付けを守りつつ教会組織が拡充されていったというのである。

実際にこうした日どりで教会組織が設立されたのかどうかは確かめるすべがない。しかしここで重要なのは、正月七日・七月七日・十月五日という日付けが祖師の命日であり、また教会組織が設立された日として、魏晋南北朝時期の天師道教徒にとって宗教的にきわめて重要な日付けであったことが推測できることである。そうして、それが単に教団の創立記念日として祝われる日であっただけでなく、天師道の教団活動の基盤をなす、教団の信者把握のための種々の実務的な行事が儀礼の形式を通して行なわれる日でもあったのである。

三元の日の行事が盛んになる以前に、その前身として三会日という祝日があったという議論は本書第一章第三節に紹介したが、この三会日の日付けがここで問題にしている正月七日と七月七日と十月五日なのである。この一年に三度の一組になった祭日は、単なる季節の行楽の日ではなかった。三会日とあるように、道教信徒たちが各おのの所属する教会本部（本治）に会合する日であったのである。そうしてその〝会〟において信徒たちの名簿の確認が行なわれた。劉宋時代の陸修静「陸先生道門科略」に言う。(4)

天師（張道陵）が〝治〟を立てて教団内の聖職を置かれたのは、ちょうど現世の官僚組織に郡や県や城や府があって万民を治めているのと同様なのである。道を信奉する者はみな戸籍に編入され、それぞれの〝治〟に所属させる。正月七日・七月七日・十月五日の一年三度の会合の日には、民衆たちはそれぞれの属する〝本治〟に集合するようにと命ぜられた。〔そのとき本治の指導者である〕師は、戸籍を調べ直し、死んだものは戸籍から外し、新たに生れたものを戸籍に載せ、人口を正しく調べ名簿を確定する〔と共に〕、さまざまに命令を伝え、民衆たちにおきてを知らしめなければならない。この日には天上の官僚や大地の神々がみな本治に会し、文書を取り調べるのである。〔だから〕師も民衆も行ないを慎しんで厳かにせねばならない。酒を飲んだり肉を食べたり、騒いだり談笑したりしてはならない。この会が終って信徒たちが家に帰れば、〔この会で〕伝えられた科《おきて》や禁令、或いは威儀（宗教儀礼の行ない方？）を家の全ての者に教え、一家そろって守り行なうように務めなければならない。このようにすれば、道による教化は広く伝わり、家も国も太平になるのである。

これが天師の定めたおきてである。しかるに現在はこれが正しく行なわれていないとして、「陸先生道門科略」は続けて次のように言う。

しかるに現在の人々は、道を信奉すると言っても、多くは〔この三〕会に赴かない。或いは道が遠いことを理由にし、或いはその〝治〟には行きたくないと言って（？）、本来の師の所へは行かず、わざわざ別の治に行ったりする。〔治の方でも〕ひたすら酒食のふるまいを盛大にして信徒たちを誘いこみ、立派な掟や正しい教えの方はほったらかしにして宣べ伝えることをしない。則《のっと》るべき典《のり》も古来の章も、このようにして地に墜ちてしまう。元《もと》になる大綱《おおづな》が緩んでしまえば、小さい網目はみな乱れて秩序がなくなってしまう。〔師の方は道教の〕掟を知らず、信徒からの献上物にのみ心を注ぎ、道民の方は正邪も分からず、〔どこの治の〕御馳走〔が盛大であるかということ〕ばかりに聴き耳を立てている。上も下も共に道から外れ、掟を守り行なう者など絶えてない。

この「道門科略」が述べるように、本当に天師道成立の当初に三会日の制度が厳密に行なわれていたかどうかについては疑問がないではない。しかし最小限、次のようなことは確認できるであろう。

一、この三会日は、天師を信奉する教団にあって、その組織の根本に関る重要な日であった。すなわちこの日には、信徒たちは所属の治に集まり、教徒としての身分の再確認が行なわれ、また掟を師から伝えられた。

二、この日には信徒から師にむかって献上物が捧げられ、信徒たちは御馳走をふるまわれた(このことが三会日の制度を乱すもとになっていると考えられている)。

三、こうした儀式の場には天神たちが降下して立ち合うとされた。

第三の、この日に天神たちがそれぞれの治に降下して、その来臨のもとに儀式が行なわれることについて補えば、「赤松子章暦」巻二、三会日の章に次のように言う。(5)

正月五日の上会、七月七日の中会、十月五日の下会。これらの日は天への上章を行ない、功(善行)を言上するに宜《よ》い日である。疾風暴雨、日月の昏晦、天地の禁閉があってもそれを避けない。この日には天帝と一切の大聖たちが共に降下して治堂(治の正殿)に集う。神々は形を分かって全ての治堂にその姿を現し、万里のかなたであっても、いささかも変るところなく応じられる。

この三会日の儀礼が道教の教団組織とどのような観念を基盤にして結びついていたのかを知るため、もう一度「陸先生道門科略」を引用してみよう。(6)

道の科《さだめ》による宅録(家ごとに置かれる信徒の名簿)、これは民衆たちの第二の戸籍であって、男女の口数は全てこれに記録されておらねばならない。家を守護している天の官吏も、この宅録を正本として、そこに載る人々の行動に常に保護を加えようとしているのである。一年に三度の遷言(三会日における本治での報告?)に際しては、そのやり方に定まった掟があって、口数に増減があればみな〔本治にある〕命籍を改めなければならない。……三会の日には、天・地・水の三官と万神たちがこもごも命籍を吟味する。もし人数が増えても上告してないと、天の役所にその名前がなく、人数が減っても命籍から除いてないと、名簿が不正確ということになる。いま人々が道教に入信したとき、ある場合には最初に教化を受けた一人〔が登録された〕だけで、子々孫々に至るまでそのまま受け継がれたりしている。三会の日に本治に文書で通知することもせず、よりどころがないため本師も〔正確なところを〕知ることができず、それゆえ以前の報告された年のままにしておく。〔その結果〕死んでから久しくなり骨も腐ってしまったのに命籍には猶お生きていると記載されていたり、或いは年をとって白髪になってもまだ登録されていない場合もあり、或いは妻を娶っても上告せず、或いは嫁いでも戸籍から除かず、その結果として百歳の童男や処女がいるということになる。このようにして生者と死者とが混乱し、在籍者と不在者と〔の記録〕が不正確になる。

病気に罹った時にも、本来の師のもとには赴かず、他の治の道官に告げて〔病気の平癒を〕祈ってもらったりする。その道官も彼の来歴を尋ねたりすることもなく、安易に病人のための〔天の役所への〕上章文を作ってやる。病気に苦しむ者の録籍がもともとそこにはないのに、この時になって突然に上章文が〔天の役所に上達される。これでは〕家を守る天の役人の職掌の外であり、三師も扱わず、天の三つの役所にも帳簿がなく、司命神のもとにも名前が届いていない。地上で心をこめて祈願しても無駄で、いかに多数の文書を天に上章しても、法に外れているのであるから、〝道〟はその人を救いはしない。こうした道理を思いみなくてよいものだろうか。

道を信奉する際のおきてとして、師は〔その治に保管する〕命籍を第一に重要なものとし、道民は信（ささげもの）を第一に重要なものとする。師は、道民のために三天に対しその名をつらねて上告し、家を守護する天の役人たちには、その名簿の人名によりつつ保護を加え、禍いや災難を斥けてくれるようにと請願する。

一年に三度会するの〔が定め〕ではあるが、〔それができない場合にも〕最小限一度だけ、十月五日には信をもって本治にやって来る必要がある。また、もし家内安全で恙《つつが》なければ、五人の客を招いて上厨（上等の宴会）を設ける。もし家口が減った場合には、厨は設けずとも、信を本治にもたらすことは定め通り欠かしてはならない。もしこの〝命信〟が本治にやって来ないと、命籍が天に上告されない。たとえ他《ほか》でいかにお金をかけて廚会や祈福を行なったとしても、この信が欠けていることの補いにはならない。だから教えにも言う、「千金は貴しと雖も、未だ本齎の信命《ママ》には如《し》かず」と。道を信奉している家でも、命信を本治にもたらさないことが、ややもすると多年になることがある。そうなると三天はその名籍を削除し、家を守護していた天の役人も天の役所に帰ってしまう。〝道の気〟がもうその家を覆って〔保護することが〕なく、鬼や賊に傷つけられ、死亡や病気や横死にみまわれる。〔ところが〕不幸にみまわれた家では、こうした道理を少しも覚ることなく、かえって師を咎め道を怨む。哀しいことではないか。

この数段の記述からも知られるように、陸修静の考える道教教団の組織の根本的構造は、道教の聖職者が天の役所（天曹）と道民との間にあって、両者の間の連絡を独占的に取りしきるものであった。その際の基礎になる拠り所は、道民の家にある宅録と、本治にある命籍と、天曹にある帳簿なのである。したがって道民がいかに真心をこめて祈ったにしても、この文書行政的機構の必要とする手続きを欠き、教会の仲介が得られなければ、なんの効果もないのである。ましてやこの機構に組みこまれていない巫覡たちを介しての〝淫祀〟に効験のないことは言うまでもなく、〝淫祠〟的信仰はこの「科略」の中で厳しく非難されているのである。

このように三会日は、教団組織が成立した日であると共に、宅録や命籍の改訂が行なわれて、教団がその基礎において正しく組みかえなおされる日でもあった。そうしてまた教団の経済的基礎をなす〝信〟が道民から教会に奉納される日でもあった。

この〝信〟の内容は、天師道が社会の各層に広がると共に象徴的な物品に変化したのだと思われるが、元来は〝五斗米〟がその中心であった。「要修科儀戒律抄」巻一〇に引く「太真科」には次のようにある。[7]

家ごとに靖（靖室）を立て、信米五斗を大切にし、造化（天地の創造者）が五性の気を調和させたことを正しく守り行なう(恐らく、五斗米と五性の気とが対応するのであろう)。家中の人々の命籍はこの米にかかっているのである。年ごとに〝会〟を正しく守り、十月一日には〔五斗米を〕みな天師治に集めて〝天倉〟に納め、また五十里の亭中にも蓄える。このようにして凶年において飢えた人々が往来する際に食糧が不足するのを防ぎ、また旅をする人たちが食糧を携えなくてもよいようにするのである。

この五十里亭中に食糧を蓄えるという規定は、張魯以来の〝義舎〟の制を承け継いだものであろう(8)。天師治の天倉に五斗米を納めるため集まるのは十月一日だとされているが、主要な儀式は十月五日に行なわれたようである。上引の段につづけて「太真科」は次のように言う(9)。

> 十月一日に集めた米を天師治に持ってゆくのは、十月の初めは太陽の元気が始めて生ずるので、人々に寿命を与え生命力を盛んにさせることができるからである。十月五日の清旦に天師治で朝会が行なわれる。〔道民たちは〕行列し皆なして治堂の前庭に入ると、北を向いて一斉に拝礼をなし、地に伏したまま堂上で主者がおきてを伝えいましめをのべるのを聴く。勝手に雑食をたずさえて治の門を入り〝真正〟を穢し損ずることがあってはならない。十月五日には生籍を天に言上する。七月七日の中会には生命籍を度《わた》し(?)、中外の法気合会の功(?)を評定して位を進める。正月七日は道官たちの官位昇進の会で、善行の勧奨や遷官のさたがある。

このように三会日の中でも、正月七日と七月七日の方が道教修行者あるいは道官のために設けられた日であるのに対し、十月五日は一般の道民に直接関りのある日であったことが知られる。「太真科」もいうように、その期日設定は十月を歳首とする古い観念を留めたもので(10)、そのことは三会日という行事に含まれている民衆的な要素が、道教儀礼という枠を越えて、ずっと古い時代にまで遡る根を持っていたことを推測させるであろう。

ちなみに「玄都律文」では、七月七日から十月五日までの期間に〝天租米〟を納めるように、それも早いほど〝功〟が多いと規定して次のように言っている(11)。

男官、女官、籙生、道民に制す。天租米は天の重宝であり、命籍の大信である。軽々しく考えることがあってはならない。その身の禍と福との原因は、全てこの天租米にかかっているのだ。七月七日に供出するのを上功となし〔大きな福を授かる〕、八月に供出するのを中功となし、九月に供出するのを下功となし、十月五日に納めるのは功も過もないのである。これらはみな本治に納められる。捉に違って〔天租米を期日通りに納めないと〕、命籍が天上の担当の役人に報告されず、〔その災いは〕上は七世の祖にまで及び、下は子孫代々に伝わる。家長は罰として二百日の寿命が削られ、家人たちはそれぞれ二紀（六百日）の寿命が削られる。

また「玄都律文」は、このようにして納められた天租米のうち百分の七十をそれぞれの治で使用し、百分の三十だけを上級の天師治に送るようにとも規定している。

このように七月七日の日付けをふくむ三会日は、初期の道教教団にとってきわめて重要な日であったのである。そうして小説成立の場を追求しようとする私にとって何よりも興味があるのは、それらの日に行なわれる祭礼の筋書きであり、それに伴う〝幻想〟がいかなるものであったのかということである。

道教が一つの確立した宗教であることの具体的な表れは、教理があり教団組織があるほかに、独自の宗教的な儀礼を持っていたことにも見られる。道教の儀礼の中では、これまで塗炭斎、黄籙斎、霊宝斎など斎とよばれる儀礼が主として注目されてきたようである。こうした斎の中で、人々の強い宗教心が行動に示されるという点で、たしかに道教の宗教的側面を窺うための重要な手がかりである。しかしここでは、より民衆的、より日常生活的な〝厨〟と呼ばれる儀礼の方に注目してみたいと思う。

厨というのは、一言で言えば共食の儀礼である。道教徒同士の共食儀礼であると共に、より原初的には神人共食の場であったと考えられる。

三会の日にも共同の食事が行なわれ、それがこの日の儀礼の重要部分であると考えられていたことは、前引の「陸先生道門科略」が、信徒たちは教会が供する御馳走ばかりを気にしていると嘆じていることや、逆にこの日には雑食を持ちこんではならないと規定していることからも知られるであろう。「玄都律文」も次のように言う。(12)

律に曰う、男官、女官、主者は、三会の日に〝厨〟に供するために〝租米〟を分配させよと。しかるに近ごろでは、道官たちは民衆たちの方に〝会〟のための必要品を準備させている。こうしたことはみな科典《おきて》に合わない。律に違えば罰として寿命を一紀(三百日)だけ削る。

すなわち会での食事などのために本治に蓄えられた天租米を用いるのが本来の形式だと言うのである。「玄都律文」はまた次のようにも言う。(13)

律に曰う、道士、女官、主者は、邪偽を誅罰し、天下を清寧にし、民衆たちを厚い礼で受け入れ、群生を養育するの〔が務め〕である。三会の吉日には、飾ることなく天上の役人に応対し、愚俗を教化し、功徳を敷き広げて、人と鬼と調和せしむるの〔が務め〕であると。しかるに近ごろでは、道官たちは畜生を殺して料理し、それを厨会に出している。これは冥法に背き、生あるものを殺して〔自らの〕生命を求めるのでは、生命から遠ざかるばかりである。この掟を犯すものは、禍いは子孫に及び、主者も罰として寿命一紀が削られる。

こうした条文から、三会日には参会者に食事がふるまわれ、ある場合には家畜を殺して料理することもあったことが知られる。

この厨の儀式は三会日に行なわれるだけに限られず、さまざまな場合に厨が設けられた。「陸先生道門科略」には次のように言う。(14)

男の子が生れて一ケ月になったら、紙百枚と筆一対とを本治に納めて、十人の客を招いた上厨(上等の厨)を設ける。女の子が生れて一ケ月になったら、箒《ほうき》と塵取りを一つずつと席《しきもの》一枚を本治に納め、五人の客を招いて中厨を設ける。婦《つま》を娶ったときには、十人の客を招いて上廚を設ける。籍主(宅録の筆頭人)はこうした場合に必ず宅録をたずさえて本治に出むき、新しい宅録を受け取ると共に、本治に保管されている命籍に正しく書き加える。このような人生の通過儀礼に伴う廚のほか、重大事件に直面して行なう願廚、死者(或いは生者)の罪を除くための解廚(?)などの名が見えている。

こうした廚の儀礼は、宗教的精神の興奮から泥の中を転げまわる塗炭斎に典型的に示されるような斎の儀礼に比すれば、きわめて平静で日常生活に密着したものであり、恐らく共同体の共食儀礼として、その根源は先秦時代の郷飲酒、郷食の儀礼にまで遡る古い性格を留めた行事であったと考えられる。すなわち、共同で蓄えていた食糧を、季節を定めて(恐らく秋の収穫のあとの収穫祭として設定される場合が多かったであろう)共同体の成員全員で食べることにより、共同体の結合を確認し、共同体を再生させるべく設けられていた儀礼・祭礼を、廚の行事はその基礎にもっていたのである。共食・共飲酒の場を訪れるのは、本来は祖霊であり穀霊であったであろう。ちなみに「郷」という字自体が、食物を中央に二人の人間が対坐する、共食の儀礼を表す会意字に起源する。そうしてここで考えたいのは、こうした基礎の上に立つ道教の儀礼が、その形式のみならず、その行事の間に太古以来の〝幻想〟をも保持していたであろうということである。

道教の廚の場には、祖霊・穀霊に代って道教的な天神たちが降臨する。天神たちが降臨するが故にその場は厳粛なものだとされているのである。「玄都律文」に言う[15]。

律に曰う、男官、女官、籙生、道民が解廚に参加する場合、家主は斎戒し、前もって客として招く人々に通知をしておく(?)。招かれた者たちは、きっちりと身づくろいをし、穢れた所に足を踏み入れることがあってはならない。みな沐浴をし、衣裙や幘《ずきん》、褐《ころも》、袴褶《ズボン》を新しいものに改める。〔旧い〕裙や履《くつ》や露衣(破れたころも?)を着て〔儀式に臨み〕〝至真〟を軽んじ冒すことがあってはならない。なぜそうなのかと言えば、この律は天官の威によって定められ、その場には神仙たちが降臨するのであって、決して軽々しいものではないからである。参会者たちは心を定めて神々の姿を想い描き、勝手な言葉や世間の不急のことを語ることがあってはならない。そうして参会者たちは降臨した神々と同じ食物を食べる。その時、この食物はすでに地上のものではないものに変化していた。すなわち神々が用意した食物を参会者たちもお相伴すると考えられたのである。「漢武帝内伝」において、西王母も上元夫人も、武帝のもとに降臨すると、教えを垂れる前にまず自ら〝膳〟を設け〝厨〟を設けたが、その内容は「膳(天厨)の精なること非常にして、豊珍の肴、芳華百果、紫芝は萎蕤、紛若たる塡樏、清香の酒、地上の有る所にあらず」と飾って描かれている。これもこうした厨の場の食物がすでに「地上の有る所」のものでなくなっているという幻想を基礎にした筋書きであったと考えられる。

先秦時代の郷飲酒礼などの共食儀礼が、単に郷人たちのリクリエイションに止まるのでなく、その背後に宗教的な基礎観念があって行なわれる行事であったろうことは想像にかたくない。ここで追求している厨の儀礼も、その共食の儀礼を支えていたのは、全世界的に見られる〝よもつへぐい〟の観念であったと考えられる。そうしてこの場合、現世の人間が〝よもつへぐい〟を避けるというのでなく、逆に彼岸の食物を摂ることによって彼岸の存在に近づき、現世的存在の束縛を超えてゆこうとするものであった。

仙道の修行を積んで一定の段階に達すると〝行厨〟(天から下される弁当)を招き致すことができるようになるとされる。例えば「太上霊宝五符序」巻中の霊宝三天方の条は、太清に上昇するための丸薬の処方を述べたあと、それを服しつづけて六年目になると「行厨辺《かたえ》にあり、位は仙人となる」とされる。現世の材料を用いた薬方によって身を養ううち、ある段階になると彼岸の食物によって身体を養うことができるようになるのである。「五符序」によれば、行厨を招き寄せることができるようになった後にはもう次の段階はなく、「天と相い傾き、変形千化し、太清に上昇する」という最高の境地が待つばかりなのである。既に引用した「玄都律文」にも、厨は生(長生)を求めるためのものである(だからそのために殺生するのはおかしい)とされていた。神々と共に彼岸の食物を摂ることによって、現世的な時間の中にある生を超えて、永遠の生命に近づくことができるとされたのである。

ちなみに敦煌文書の中に「佛説三厨経」と称する偽経(スタイン二六七三、二六八〇)があり、[16] その中に「観音は我れに法を受け、仙人は我れに糧を賜う」などの句が見えるところからも知られるように佛教と道教が混淆した民間信仰の様相を窺わせるものであるが、この「三厨経」にも、「仙人と玉女は我が神に事え、天官の行厨もて身を供養す。我が顔色をして常に充悦ならしめ、年を延ばし寿を益すこと数万年なり」という句がある。天官の行厨により永生を得られるという観念が広く民衆層にまで広がっていたことが知られよう。

このような、神々との共食によって現世に束縛された人間としての存在を超えることができるという観念は、さまざまな幻想の形をとって道教の伝承の中に現れている。道教(あるいは仙道)修行者をめぐる説話の中にしばしば華美な食物の描写が現れるのは、こうした観念が基礎にあったからであろう。

祭りの場に鬼神たちが集まり飲食が行なわれるという幻想は、本書第三章(一七一頁)に引用した「晋書」巻九四夏統伝の例が参考になろう。夏統が目撃したのは、先人を祀るために女巫の章丹と陳珠の二人が迎えられ、この女巫たちの舞いと共に霊鬼たちの酒宴がくりひろげられるありさまであった。

丹と珠とは中庭に在りて軽歩佪舞し、霊は談じ鬼は笑い、触(觴《さかずき》か)を飛ばせ槃《さら》を挑げ、酬酢すること翩翻たり。

また「紫陽真人内伝」はその最後に「周裴二真叙」という文章を附録し、茅山の霊媒の華僑がまだ俗神に仕えていた時期のことを次のように記している。[17]

江乗の令であった、晋陵の華僑は、先祖代々〝俗神〟を奉じてきた。あるとき突然に夢に多くの鬼神が現れ、彼をつれて遊行したり飲食したりした。鬼たちが与えるものを華僑は彼らと一緒に飲み食いしたのである。華僑も酔ってしまい、家に帰るといつも飲み食いしたものを吐いた。そのようにして数年が過ぎる内に、鬼たちは華僑に才能のある人物を推挙するようにと迫るようになった。華僑は已むを得ず前後十人あまりを推挙したが、推挙された人物は皆な死んでしまった（冥界で仕事についたのであろう）。鬼の方では、華僑が推挙した者たちに才能があったことから、彼には人を見る目があるとし、いよいよ多くの人物の推挙を迫るようになり、少しでもぐずぐずしたり言いつけに背いたりすると、すぐさま罰を加えた。華僑は〔このままでは〕きっと鬼たちのために身を亡ぼすであろうと畏れ、そこで〝俗〟を棄て〝道〟に入った。祭酒であった丹陽の許治のもとを訪れ、〝奉道の法〟を授かると、鬼たちはみな消散し、二度とやって来ることがなくなった。

ここでも群鬼たちとの飲食のことがわざわざ記録されている。これは華僑が俗神を奉じていた時のことであった。「晋書」夏統伝の二人の女巫たちの場合と考えあわせれば、こうした鬼神たちとの食事という幻想は巫覡たちの降神の儀礼の中にすでにそれがあり、恐らく本来は巫覡たちの宗教的実修に伴う幻想であったものが、神仙思想や道教にも取り入れられたものであろうことが推測される。

多くの宗教儀礼の場と同様に、この神々との共食の場も、その幻想の中で、現実的な空間ではなくなっていたものと推定される。「真誥」巻一七の夢の記録は、蓬萊山で酒食をふるまわれるものである(18)。

四月九日戊寅の夜、鼓四の時刻、北に歩んで高山に登る夢を見た。……目が覚めてから思い出すには、山を登りつづけて半日ほどで頂上に達した。頂上にはたくさんの宮室、数千間があって、重なりあって建つ荘麗なさまは名状しがたいほどであった。山の四面はみな果てしない水面に囲まれ、そこがどこなのか分からなかった。目を移して天を見上げると、天の中央に一匹の白い龍が見えた。龍の身の丈《たけ》は数十丈で、東に向いて空中を飛び、その光彩はまばゆく天に輝いた。そうするうち、今度は東の方角に白衣の美しい女性が現れ、彼女もまた空中を飛んで西に向かうのが見えた。彼女は龍に近づくと、まっすぐ龍の口の中に入り、間もなくまた出てきた。三たび龍の口中に入り三たび出て、そこでその行動を止め、もどって来て私の右側に私の方を向いて〔立った〕。そのとき私の左側にも一人の老人がいるのに気が付いた。その老人は繍《ぬいとり》の上衣と裳を着け、芙蓉冠をかむり、赤い九節の杖を杖ついて立ち、一緒にその白い龍を眺めやった。私は老人に、彼女はいかなる女性で〔何のために〕龍の口にとびこんだりするのか、と尋ねた。老人は答えた、これは太素玉女の蕭子夫という者で、龍の気を取って形《からだ》を錬えているのだ。この人は間もなく役目をもらって官に就くだろう、と。私はまた尋ねた、あなたはどなたで〔どうして〕この場所まで登って来られたのですか。老人は答えた、私は蓬萊仙公の洛広休で、ここは蓬萊山だ。私はここに役所を持っているのだ。……私は老人とこの女性と席《しきもの》を敷いて一緒に山上に坐し、三人して北方の海水と白い龍とを望みやった。その場には酒食も用意され、酒の中には石榴《ざくろ》の子《み》のような果物が入っていて、それも幷せて食べた。槃《おおざら》は世間の槃と変りなく、槃の中には鮭《さかな》が用意されていた。

ひきつづきこの場へ許玉斧ら四人が加わって互いに詩を作り合ったりする。宴がはて山を下りた所で目が覚める。

これは霊媒の夢が記録されたもので、前にその詳細が分からないと述べた「周氏冥通記」の後半の周子良の神仙世界への遊行も、恐らく同様のものであったと推定される。そうしてこの蓬萊山で酒食をふるまわれるという幻想は、恐らくは儀式的な神々との共食の場がすでに現実の空間でなくなり、神仙世界に直結したものになるという観念の上に成り立ったものであろう。ちなみに玉女と龍との結びつきは図六〇に示す壁画からも窺われる。

図60　玉女と青龍（雲南東晋墓壁画）

神々との共食の場が現実を超えたものになるという幻想は、もう一つの方向としてその場の時間が現実のものではないという形をとる。これはある食物（特に果実——生命の木の実の後を承けるものであろう）を食べたことの思い出が長大な時間の経過を思い起させるという定まった筋書きを取ることが多い。例えば「藝文類聚」巻八七に引く「馬明生別

伝」には次のような一段がある。(19)

仙人の安期生は神女に会った。〔神女は〕〝厨膳〟を設けた。安期生は言った、「むかし女郎《あなた》と西海のほとりまで行き、そこで休息したとき、棗《なつめ》を食べましたが、とびきり美味でした。このあたり(現世を指すか)の棗は小さくて、あれには及びません。あの時の棗の味は久しく忘れられませんが、もう二千年もむかしのことになってしまいました。」神女が言った、「むかしあなたと一緒に棗を一個食べましたが、二人で食べてもその一個を食べきれませんでした。このあたりの小さな棗が、どうしてあの時の棗に比べられましょう。」

次の「真誥」巻一三の展上公の場合には、直接には厨や膳という言葉は出てはいないが、同様の観念を背景にしていたと考えられる。(20)

むかし高辛氏の時代に仙人の展上公なる者がいた。伏龍の地に李《すもも》を植え、李はその土地いっぱいに満ちわたった。展先生は今は九宮内の右司保の官に就いている。彼がいつも人に語るには、むかし華陽の下(華陽洞天の中)で白い李を食べたが、その味は特にすばらしかった。あれからいかほども経たぬと思ううちに、たちまち三千年が過ぎ去ってしまった、と。

このような仙人や神々どうしの超現実的な時間に関する会話を俗人が傍聴するという話しの枠組みは、「捜神記」巻一七の度索君という廟神についての挿話の中にも見える。(21)

蘇という姓の士人がいた。母親が病気になったので〔度索君の廟に〕出かけて禱った。廟の主簿(神官)が言った、「度索君はいま天上の士人と会われるので、少しお待ち下さい。」やがて西北に音楽が聞え、度索君がやって来た。それから間もなく一人の客人が訪れてきた。皁《くろ》い角のある帽子をかぶって単衣《ひとえ》を着、頭には長さ数寸もある五色の毛が生えていた。この客が去ったあと、また一人の人物がやって来た。白布の単衣を着て高い冠をかぶっていた。その冠は魚の頭のような恰好である。その人物が度索君に向かって言った、「むかし廬山に出むき、一緒に白い李を食べましたね。そんなにむかしの事とは思えないのに、もう三千年にもなってしまいました。日月の経つのは速いもので、悵然たるを禁じ得ません。」この客が去ったあと、度索君は蘇に向かって言った、「さきほどやって来たのは南海君なんだ。」

このように神々との共食の場は、幻想の中で現実を超え、食物は天上の食物となり、その場が時間的にも現実の枠を超えたものであることを印象づけるような神々どうしの会話が取り交されるのである。神々の間の共語を傍聴するという幻想は、すでに本章第四節で検討した神降ろしの記録の中によく見えるものであった。

「漢武帝内伝」もこうした場の幻想の伝承を律儀に守っている。西王母は上元夫人に向かって次のように語るのである。(22)

「むかし夫人《あなた》と一緒に玄壠朔野に登り、曜真の山にまで足をのばして、王子童に会いました。……そののち朱火丹陵へ行き霊瓜を食べましたが、それはとても美味でした。あれからいかほども経っていないと思ううちに、もう七千年にもなりました。」

このように追跡してきた神々との共食の幻想を最も生き生きと文字に定着したものとして、麻姑の物語りを挙げることができる。H・マスペロの『道教』も指摘するように、(23)「神仙伝」の麻姑の条は「廚の祭りに関する幻想的な要素のまじった記述」であり、「この理想化された物語りのなかに、道教の律文によって規定されたあらゆる特色を拾いだすことができる」のである。その物語りは七月七日の廚の場を舞台としたもので、その儀礼のもつ雰囲気――それは参会者たちの共通の幻想を基礎としたものである――をよく伝えている。

麻姑の物語りは、現行の「神仙伝」の巻二と巻七とに両見する。テキストとしては顔真卿の「麻姑山仙壇記」の引く「神仙伝」が最も信頼できるであろう。(24)

王遠、字は方平、東海の人である。（中略。王遠が仙去するまでの事跡が記される。）王遠は東方の括蒼山へゆく途上に呉(蘇州)を通り、胥門の蔡経の家に滞在して尸解《しかい》を教え、〔蔡経は〕蟬の脱け殻のように〔身体だけを残して王遠と共に仙去した〕。蔡経は、仙去してから十余年がたって、突然に家へ帰ってきた。その容貌は若々しく、鬢や髪は黒々として豊かであった。家人に向かって言うには、「七月七日には王君(王遠)が訪れてこられるであろう。その日には御馳走や酒をたくさん用意して従官《おつき》たちを供応するように」と。その日になると蔡経の家の者たちは、甕《かめ》や器を借りてきて、食べものや飲みものを百石あまりも作ると、座敷の前の庭に陳べた。この日、王君が本当にやって来た。

到着に先だって、まず鐘や太鼓や簫管《ふえ》の音と人馬の声が聞えてきた。近隣の人々はみなびっくりしたが、どこにそれがあるのか分からなかった。一行が蔡経の家に到着すると、家の者はみな来訪者たちを目に見た。王遠は、遠遊冠をかむり、朱い上衣を着、〔腰に〕虎頭の鞶嚢(虎の首のアップリケの付いた革製のものいれ)をさげ、五色の綬と剣を佩びて、顔色は黄色っぽく、まばらな口ひげを生やし、中くらいの背丈の人物であった。王遠は羽車に乗り、五匹の龍にそれを引かせていた。龍はそれぞれに色が異なっており、前後に旗さしものがならび従官などがいて、その威儀の盛んなさまはあたかも大将軍のようであった。十二人の先導者がいたが、彼らはみな蠟でその口を封じていた。楽隊はみな龍に乗って天から下り、庭の上空に留まっていた。従官はみな背丈が一丈あまりで、彼らは地上の道は通らずにやって来た。一行が到着すると、従官たちはみな姿を消し、どこにいるのか分からなくなった。ただ王遠が坐っているのが見えるだけであった。ほどなく王遠は蔡経の父母兄弟を引見した。ひきつづいて〔王遠は〕人を遣って麻姑に挨拶を送った。麻姑がいかなる神なのか誰も知る者がなかった。麻姑への伝言は次のようなものであった。「王方平が謹んで申し上げる。久しく人間たちのところにやって来ることがなかったが、いまこちらに来ている。麻姑《あなた》には、しばらくこちらにまいられ、一緒にお話しいただくことはできないだろうか」と。間もなく返事があった。使者の姿は見えず、返事の言葉だけが聞えた。言うには、「麻姑《わたくし》は再拝して〔御挨拶いたします〕。お目にかからぬことが、またたく間に五百年にもなってしまいました。尊卑の身分は厳しく隔てられ、御挨拶いたすにもその術《すべ》もございませんでした。わざわざお便りを下さり、承われば彼の地におられるとのこと。すぐさま、取るものも取りあえず参上いたすべきところながら、先に命令を受け、蓬萊へ巡察のためまいらねばなりません。いますぐに出発し、ほどなく帰ってまいります。帰ってまいればすぐにお目通りをいただきますので、どうか今しばらく御出発《おたち》になりませんように」と。

それから二刻ばかりたって、麻姑が到着した。到着の際には、またまず人馬の声がし、到着したのを見ると従官は王遠の場合の半分であった。

麻姑が到着すると、蔡経はまた家中の者たちに麻姑を見させた。麻姑は美しい女性で、年は十八九ばかり。頭の上に髻《まげ》を結い、余った髪は腰まで垂れていた。衣服には文采《あやもよう》があるが、錦でも綺《あやぎぬ》でもなく、きらきらしく輝いて、言葉に尽せぬすばらしさ。みな現世にはないものであった。麻姑は入ってくると王遠に向かって拝をなし、王遠はそれに対し立ちあがって〔返礼をした〕。

座が定まるとそれぞれが〝行厨〟を用意した。みな金の盤《さら》に玉の杯を用い、限りなくすばらしい御馳走であった。料理の多くはさまざまな華であって、香気は部屋の内外に満ちわたった。脯《ほしにく》を擗《さ》いて食べるようにと勧められたが、それは麒麟の脯とのことであった。

麻姑が自ら言った、「この前にお会いしてからあと、すでに東海が三度も桑田《くわばたけ》になるのを見ました。さきほど蓬萊にまいりましたが、また水はこの前にお会いしたときより浅くなって、ほぼ半分になっております。また陸地になるのではないでしょうか。」王遠が笑って言った、「聖人がたもみな、海中にもゆくゆくはまた沙塵が起《た》つようになるだろうと言っておられる。」

麻姑は、蔡経の母親や婦《つま》たちにも会いたいと言った。ちょうど蔡経の弟の婦は、お産をして十日あまりがたったばかりであった。麻姑は遠くから彼女を見ただけでそのことを知り、言った、「ああ、そこで止まって近寄ってはなりません。」すぐさま少量の米を求めると、それをゆかにほうり投げた。米によってその穢れを祓うのだとのことであった。見てみるとその米はみな丹砂となっていた。王遠が笑って言った、「麻姑《あなた》はまったく年が若い。私は年を取ってしまって、こんな風な悪だっしゃな目くらましをやる気はなくなってしまった。」

王遠が蔡経の家人たちに言った、「あなたたちに美酒をあげよう。この酒は実は〝天廚〟から出たもので、その味は濃厚で、俗人が飲むに適したものではない。飲めば腸を爛れさせることにもなりかねない。いまこの酒に水を混ぜるが、いぶかしんだりせぬように。」そう言うと一斗の水を一升の酒に加えてかきまわし、蔡経の家人たちに授けた。人ごとに一升ばかりを飲んでみな酔ってしまった。しばらくして酒が尽きると、王遠は侍者たちに命じた、「わざわざ〔天上まで〕取りに帰る必要はない。一千銭を持っていって余杭の老女から酒を買ってくるように。」間もなく使者がもどってきて、一つの油嚢に入った五斗ほどの酒がもたらされた。使者が余杭の老女の返事を伝えて言った、「地上の酒ではお口に合わぬのではないかと心配いたします」と。

麻姑の爪は鳥の爪のようであった。蔡経はそれを見て心中に思うには、「背中がひどく痒《かゆ》い時には、あの爪で背中を掻いてもらったらさぞかしよい気持ちだろう」と。王遠は、すぐさま蔡経が心中に考えていることを知って、人に命じ蔡経をひきすえて鞭打たせた。そうして言うには、「麻姑は神人だ。おまえはなぜ軽々しくもその爪で背中を掻いてもらいたいなどと考えるのか。」鞭が蔡経の背中に当るのが見えるだけで、鞭をふるう人の姿は見えなかった。王遠が蔡経に告げた、「おれの鞭はあだおろそかには受けられぬものなのだぞ」と。

この麻姑の降臨の話しについて附言すれば、その中心に上清派の神話的な祖師である王遠（王方平）がいることからも分かるように、この物語りは「神仙伝」の中でも恐らく最も新しい層に属するものと考えられ、より古い形を留めると思われる断片のいくつかが「列異伝」の中に見える。[25] また「歳華紀麗」巻一の上元〝送酒〟の条には古詩の「漢帝は桃の核《たね》を窺い、斉侯は棗花を問う。上元に応に酒を送り、来たりて蔡経の家にあるべし」という句を引用している。この古詩の出来た時代は知られないのであるが、蔡経の家で神仙たちが酒を飲むという物語りが、七月七日のみならず、上元節（恐らく元来は一月七日にも）にも関係を持っていたことを窺わせよう。

以上に長く引用した「神仙伝」の麻姑の条は、七月七日における神々との共食を筋書きとし、超現実的な空間と時間が語られるなど、廚の儀礼に伴う幻想が華麗に物語り化されている。そうして前述のようにその内容が細部まで「漢武帝内伝」と重なるというだけに留まらず、恐らくは「内伝」の編者（たち）は麻姑の物語りを下敷きにし、それに手を加えるという形で「内伝」の主要な部分を纏め上げたものと考えられる。そのことは、例えば先に降臨した西王母が上元夫人を招く際の細節が「神仙伝」の麻姑の物語りの記述と符合しすぎるほど合致することからも推測されよう。「内伝」のその部分の記述は次のようなものである。(26)

西王母はそこで侍女の郭密香を遣わして上元夫人に挨拶を送った。その伝言にいう、「王九光母《わたくし》は謹んで御挨拶いたします。お会いせぬことが四千年あまりにもなりました。天の公事に奔走しますうちに、久しくお目にかかることもないままとなってしまいました。劉徹（武帝）は道を好んでいるとのことで、たまたまこちらにやって来て会ってみました。劉徹のことをはっきりと見ましたが、その修行を助けて完成させてやることができそうです。しかしその肉体にはしまりがなく精神も汚れ、脳血は淫にして漏、五臓は淳《きよら》かでなく、関（みぞおち？）胃は彭勃として、骨には津液がなく、外と内とがばらばらになり、肉ばかりが多くて精が少なく、瞳子《ひとみ》はきょときょととして、三尸は手のつけようもなく暴れまわり、玄白も時を得ておりません。彼に〝至道〟を語り聞かせても、仙となる才能はありますまい。私は久しく人間世界におりますが、まことに臭濁で〔堪えがたく〕思います。しかし時時はここにやって来てわずかな念《おも》いでも写《つた》えることも必要かと思います。凡庸な君主と対坐しておりますと、鬱鬱として心は楽しみません。夫人《あなた》には、しばらくこちらにおいでになるお気持ちはございませんか。もしおいで下さるのであれば、しばらくお待ちいたしましょう。」

武帝は上元夫人がいかなる神仙であるのか知らなかった。また見ていると、侍女は殿のきざはしを降りると、そのまま姿が見えなくなった。

間もなく郭侍女が帰り、上元夫人の方からも侍女が遣わされて挨拶があった、「阿環《わたくし》(上元夫人の名)は再拝してご機嫌をおうかがいいたします。遠く絳河より隔たり、官事に煩わされて、お目にかからぬまま五千年ちかくにもなってしまいました。〔しかしいつも〕玉顔《おかお》を恋い懐かしく思うことは絶えることがございませんでした。郭密香がやって来てお便りを賜わりましたが、承われば、御尊体は劉徹のもとに降臨されたとのこと。お招きを被りました上は取るものも取りあえず参じますべきところながら、先に大帝君の勅を被り、玄洲にまいって天元(天の住民――地上の住民の〝元元〟のもじりか)たちの戸籍を確かめよとのことでございます。いましばらくあちらにまいり、すぐ戻ってまいります。戻りましたら、衣装を整えました上、〔参上したいと存じます〕。どうかもうしばらくそちらにお留まり下さいますように。」

この一節は、劉徹の悪口の部分(この部分は「内伝」の編者が意図的に附け加えたと考えられる。のちの第八節を参照)を除けば、その筋書きの細節まで麻姑の物語りと一致している。例えば、招かれた上元夫人が、いま公用があるので玄洲(麻姑の場合は蓬萊)へいって仕事をすませたあと、すぐそちらに行きますと答える部分など、両者に直接の伝承関係を考えねばその一致は理解しがたいであろう。そうして表現が誇大化する傾向があるという点から言っても、「内伝」が「神仙伝」を利用したことはほぼ確かである。加えてそうした意図的な筋書きの利用があっても、それが任意の剽窃によるものではなく、七夕の伝承の枠を外れることがなかったことに注目せねばならない。

このように追跡してきて、「漢武帝内伝」の七夕の場の描写と筋書きとが、道教儀礼の中でも古い生活的な要素を留めた厨の儀礼に伴う幻想にその基盤を置いていることが明らかになってきた。本章第三節末で述べた〝幻想的な物語りの場〟も、完全に空中に浮いて存在するのではなく、人々の生活に密着した儀礼とそれに伴う幻想に根を持っていたことが知られるのである。

（1）「広弘明集」巻八釈道安二教論（大正蔵五二、一四〇下）

蜀記曰、張陵入鶴鳴山、自称天師。漢嘉平末、為蟒蛇所噏。子衡奔出、尋屍無所。畏負清議之譏、乃仮設権方、以表霊化之迹。生糜鶴足、置石崖頂、到光和元年、遣使告曰、正月七日天師昇玄都。米民山獠遂因妄伝。販死利生、逆莫此之甚也。

（2）天師道の教理の伝授について、「雲笈七籤」巻六第一八紙、正一経の項には次のように言う。

玉緯云、昔元始天王以開皇元年七月七日丙午中時、使玉童伝皇上先生白簡青籙之文。……漢末有天師張道陵、精思西山、太上親降、漢安元年五月一日、授以三天正法、命為天師、又授正一科術要道法文。其年七月七日、又授正一盟威妙経、三業六通之訣、重為三天法師、正一真人。

この一段からも、天師道の教義の伝授について、七月七日という日付けが重要であったことが知られよう。また「神仙伝」巻四の張道陵の伝において、張道陵の後継者である趙昇が正月七日日中の時に張道陵のもとを訪れ、七度の試みを通過して経典を授けられたというのも、同じ伝承によるものである。

（3）「無上秘要」巻二三第四紙以下

太上漢安二年正月七日日中時、下二十四治。上八中八下八、応天二十四気、合二十八宿。付天師張道陵、奉行布化。

上皇元年七月七日、無上大道老君所立上品治八品。……

無極元年十月五日、正真無極太上立中治八品。……

無極上皇二年正月七日、無為道君玄老立下治八品。……

天師以漢安元年七月七日立二十四治、付嗣師、以備二十八宿。……

嗣師以建安二年十月五日、天師所布、立八品配。……

係天師以太元二年正月七日所立八品遊治。……

天師道の〝治〟については、陳国符「南北朝天師道考長篇」設治第四（『道蔵源流考』附録、一九六三年、北京）に詳しい。

（4）「陸先生道門科略」（道蔵太平部）第二紙

天師立治置職、猶陽官郡県城府治理民物。奉道者皆編戸著籍、各有所属。令以正月七日、七月七日、十月五日、一年三会、民各投集本治。師当改治録籍、落死上生、隠実口数、正定名簿。三宣五令、令民知法。其日天官地神咸会師治、対校文書。師民皆当清静粛然、不得飲酒食肉、諠譁言笑。会竟民還家、当以聞科禁威儀、教勅大小、務共奉行。如此道化宣流、家国太平。而今人奉道、多不赴会、或以道遠為辞、或以此門不往、捨背本師、越詣他治。唯高尚酒食、更相衒誘。明科正教、廃不復宣。法典旧章、於是淪墜。元綱既弛、則万目乱潰。不知科憲、唯信脆是親。道民不識逆順、但肴饌是聞。上下倶失、無復依承。

この会についても、陳国符「南北朝天師道考長編」宣化第三の章に詳しい。

（5）「赤松子章暦」（道蔵洞玄部表奏類）巻二第五紙

三会日　正月五日《ママ》上会　七月七日中会　十月五日下会。

右此日、宜上章言功。不避疾風暴雨、日月昏晦、天地禁閉。其日天帝一切大聖倶下、同会治堂。分形布影、万里之外、響応斉同。

（6）「陸先生道門科略」第三紙

道科宅録、此是民之副籍、男女口数、悉応注上。守宅之官、以之為正、人口動止、皆当営衛。三時遷言、事有常典。若口数増減、皆応改籍。……三会之日、三官万神更相揀当。若増口不上、天曹無名、減口不除、則名簿不実。今人奉道、或初化一人、至子孫不改。三会之日又不投状、既無本末、本師不能得知、為依先上年。或死骨爛、籍猶載存、或生皓首、未被紀録。或納妻不上、或出嫁不除、乃有百歳童男、期頤処女。如此存亡混謬、有無不実。至於疾病之日、不帰本師、而告請他官。他官不尋所由、便為作章。疾痛之身、録籍先無、今章忽有。非守宅所部、三師不領、三天闕籍、司命無名。徒砕首於地、文案紛紛、既不如法、道所不済。如此之理、可不思乎。奉道之科、師以命籍為本、道民以信為主。師為列上三天、請守宅之官、依籍口保護、禳災却禍。雖一年三会、大限以十月五日齎信一到治。又若家居安全、設上厨五人。若口数減落、厨則不設、齎信如故。若命信不到、則命籍不上。雖復別有重脆厨福、不解此信之闕。故教云、千金雖貴、未若本齎之信命。奉道之家、不齎命信、動積年歳。如此三天削落名籍、守宅之官還天曹。道気不復覆蓋、鬼賊所傷害、致喪疾夭横。轗軻之家、永不自覚、反咎師怨道。可不哀哉。

（7）「要修科儀戒律抄」（道蔵洞玄部戒律類）巻一〇第二紙

太真科云、……家家立靖、崇仰信米五斗、以立造化和五性之気。家口命籍、係之於米。年年依会、十月一日同集天師治、付天倉及五十里亭中。以防凶年飢民往来之乏、行来之人不装粮也。

（8）「三国志」魏書巻八張魯伝

皆作義舎、如今之亭伝。又置義米肉、県於義舎。行路者量腹取足。若過多、鬼道輒病之。

（9）「要修科儀戒律抄」巻一〇第二紙

又云、十月一日、到集米天師治者、十月初、太陽元気始生、故令人受命主生。十月五日清旦、朝会天師治。列行集入治堂前、北向倶拝、伏地聴堂上主者宣令科戒。不得私賚雑食詣治門、穢損真正。十月五日、言上生籍。七月七日中会、度生命籍、考進中外法気合会之功。正月七日、衆官挙遷次会、勧賞遷職。

（10）十月を歳首としてその際に会合が行なわれたことについては、Derk Bodde, *Festivals in Classical China—New year and other annual observances during the Han dynasty 206, B. C.–A. D. 220*, 1975, Prinston U. P., 特に第五章第二節 "The Tenth Month Reception and Fiscal New Year" を参照。ちなみに七月七日の日が、梁代においても道教修行者の官位昇進の日とされていたことは「周氏冥通記」巻三第一一紙の次のような記述からも知られる。

保命仍将往、共定録省察良久、乃作讃上東華。曰、周玄秀徳、心志虚清、謹按紫格、可刻仙名。東華乃更命、以七月七日会仙官、検名簿、因得爾品目、位合中仙、更奏上仙、為保晨司。……青君命云、如牒。仍作簡文曰、惟周太玄、因業樹茲、刻名仙簡、為保晨司。

なおこうした仙官昇進のための煩瑣な手続きは、現世の官界のものをそのまま模したものであろう。

（11）「玄都律文」(道蔵洞真部戒律類)第一一紙

律曰、制男官女官籙生道民、天租米是天之重宝、命籍之大信、不可軽脱。禍福所因、皆由此也。七月七日為上功、八月為中功、九月為下功、十月五日輸者、無功無過。皆輸送本治。違法則命籍不上吏守人。上延七祖、下流後代。家長罰算二百日、戸口皆各罰二紀。

（12）「玄都律文」第一二紙

律曰、男官女官主者、三会之日所以供厨使布散租米。而比者衆官令使百姓以供会。此皆不合科典。違律罰算一紀。

（13）「玄都律文」第一五紙

律曰、道士女官主者、誅罰邪偽、清寧四海、受民以礼、養育群生。三会吉日、質対天官、教化愚俗、布散功徳、使人鬼相応。而比者衆官烹殺畜生、以供厨会。不合冥法、殺生求生、去生遠矣。犯者殃及後世、主者罰算一紀。

（14）「陸先生道門科略」第三紙

若生男満月、賚紙一百筆一双、設上厨十人。生女満月、賚掃箒糞箕各一枚、席一領、設中厨五人。娶婦設上厨十人。籍主皆賚宅録詣本治、更相承録、以注正命籍。

(15)「玄都律文」第一三紙
　律曰、男官女官籙生道民、至於解厨、家主斎戒、宿請客言刺。被請之身皆厳整、勿履穢汙。悉沐浴、換易衣裙幘褐袴褶。不得著裙履露衣、軽冒至真。所以爾者、此律是天官之威、神仙降臨、非小故耶。皆正心存想、不得乱語流俗不急之事。

(16) 大正蔵八五、一四一四中。牧田諦亮『疑経研究』一九七六年、京都大学人文科学研究所、第一二章「三廚経と五廚経」を参照。

(17)「紫陽真人内伝」第一八紙
　江乗令晋陵華僑、世奉俗神。忽夢見群鬼神、与之遊行飲食。群鬼所与、僑共飲酒。僑亦至酔、還家輒吐所飲噉之物。数年諸鬼遂課限僑挙才。僑不得已、先後所挙十余人、皆至死亡。鬼以僑所挙得才、有知人之識、限課転多。若小稽違、便弾治之。僑自懼必為諸鬼所困。於是背俗入道、詣祭酒丹陽許治、受奉道之法。群鬼各便消散、不復来往。

　なお同様の記事は「真誥」巻二〇第一三紙にも見える。

(18)「真誥」巻一七第六紙
　四月九日戊寅夜鼓四、夢北行登高山。……覚憶、登山半日許、至頂。上大有宮室数千間、鬱鬱不可名。山四面皆有大水、而不知是何処。某因仰天、天中見一白龍。身長数十丈、東向飛行空中、光彩耀天。因又見東面有白衣好女子、亦於空中行西。向就白龍、径入龍口中、須臾復出。三入三出乃止、又還某右辺向某。而又覚某左辺有一老翁、著繍衣裳芙蓉冠、柱赤九節杖而立、俱視其白龍。某問公、何等女子、径入龍口耶。公対曰、此太素玉女蕭子夫、取龍気以錬形也。此人似方相隷為官也。某又問、翁何人、来登此宇。公答曰、我蓬萊仙公洛広休、此蓬萊山、吾治此上。……某与公及此女、以敷席共坐山上、俱北向望海水及白龍。并有設酒食、酒中如石榴子合食之。枠亦如世間枠、枠中鮭也。

(19)「藝文類聚」巻八七
　馬明生別伝曰、安期生仙人見神女。設厨膳。安期曰、昔与女郎遊息於西海之際、食棗異美。此間棗小、不及之。憶此棗味久、已二千年矣。神女云、吾昔与君共食一枚、乃不尽。此間小棗、那可相比耶。

(20)「真誥」巻一三第八紙
　昔高辛時有展上公者、於伏龍地植李、弥満其地。展先生今為九宮内右司保。其常向人説、昔在華陽下食白李、味異美、憶之未久、而忽已三千年矣。

(21)「捜神記」巻一七

有一士姓蘇、母病往禱。主簿云、君逢天士、留待。聞西北有鼓声而君至。須臾一客来。著皁角単衣、頭上五色毛、長数寸。去後復一人、著白布単衣、高冠、冠似魚頭。謂君曰、昔臨廬山共食白李。憶之未久、已三千歳。日月易得、使人悵然。去後、君謂士曰、先来南海君也。

(22)「漢武帝内伝」第一五紙

吾嘗憶昔日与夫人共登玄壠朔野、及曜真之山、視王子童。……後造朱火丹陵、食霊瓜、其味甚好。憶此未久、而已七千歳矣。

(23) H・マスペロ『道教』(川勝義雄邦訳本、平凡社、東洋文庫、五二頁)。

(24)「神仙伝」巻二、また「顔魯公文集」巻一三「撫州南城県麻姑山仙壇記」所引「葛稚川神仙伝」

王遠、字方平、東海人也。……初遠東之括蒼山、過呉住胥門蔡経家、教之尸解、如蟬蛻也。経去十余年、忽還家。容色少壮、鬢髪鬒黒。語家人言、七月七日、王君当来過。其日可多作飲食、以供従官。至其日、経家乃借瓮器、作飲食百余斛、羅列布置庭下。是日王君果来。未至、先聞金鼓簫管人馬之声。比近皆驚、莫知所在。及至経舎、挙家皆見。遠冠遠遊冠、朱衣、虎頭鞶嚢、五色綬、帯剣。黄色少髭、長短中形人也。方平乗羽車、駕五龍。龍各異色、前後麾節旌旗導従、威儀奕奕如大将軍也。有十二伍伯、皆以蠟封其口。鼓吹皆乗龍従天而下、懸集於庭。従官皆長丈余、不従道衢。既至、従官皆隠、不知所在。唯独見遠坐耳。須臾引見経父母兄弟。因遣人与麻姑相聞。亦莫知麻姑是何神也。言王方平敬報、久不到民間、今来在此。想麻姑能暫来語否。須臾信還。不見其使、但聞其語。曰、麻姑再拝。不相見忽已五百余年、尊卑有序、修敬無階。煩信承来在彼。登山(当)顛倒、而先受命、当按行蓬萊。今便暫往、如是便還。還即親覲、願未即去。如此両時間、麻姑来。来時亦先聞人馬声。既至、従官半於方平也。麻姑至、蔡経亦挙家見之。是好女子、年可十八九許、頂中作髻、余髪散垂至腰。其衣有文章、而非錦綺、光彩耀目、不可名字、皆世所無有也。入拝方平、方平為之起立。坐定、各進行廚。皆金盤玉杯、無限美膳。多是諸華、而香気達於内外。擗脯而食之、云麟脯。麻姑自説云、接侍以来、已見東海三為桑田。向到蓬萊、又水浅於往日会時、略半耳。豈将復為陵陸乎。方平笑曰、聖人皆言、海中行復揚塵也。麻姑欲見蔡経母及婦等。時経弟婦新産十数日。麻姑望見之、已知、曰、噫且止勿前。即求少許米来、得米擲之堕地。謂以米袪其穢也。視其米、皆成丹砂。方平笑曰、姑固年少也。吾老矣、了不喜復作此曹狡獪変化也。遠謂経家人曰、吾欲賜汝輩美酒。此酒乃出天廚、其味醇醲、非俗人所宜飲。飲之或能爛腸。今当以水和之、汝輩勿恠也。乃以斗水合升酒攪之、以賜経家人。人飲一升許、皆酔。良久酒尽。遠遣左右曰、不足復還取也。以千銭与余杭姥乞酤酒。須臾信還、得一油嚢酒五斗許。信伝余杭姥答言、恐地上酒不中尊飲耳。麻姑手爪似鳥。経見之、心中念言、背大癢時、得此爪以爬背、当佳也。方平已知経心中念言、即使人牽経鞭之。謂曰、麻姑神人也。汝何忽謂其爪可爬背耶。但見鞭着経背、亦莫見有人持鞭者。方平告経曰、吾鞭不可妄得也。

(25) 「列異伝」(古小説鉤沈本)第三三―三六条。例えば第三五条の麻姑の手の段に、

神仙麻姑降東陽蔡経家、手爪長四寸。経意曰、此女子実好佳手、願得以搔背。麻姑大怒、忽見経頓地、両目流血。

とあって、神仙の怒りの激しさは、この説話の原始性を表すと思われる。また麻姑が東陽の蔡経の家に降臨したとされているのも、この説話の元来の伝承地を示し、それが当時、江南の先進地帯であった呉郡・会稽に伝わり、そこで語られるようになった結果、蔡経は呉の人ということになったのであろう。なお「神仙伝」に見える、霊媒的な人物の背中に自然と鞭のあとのみみずばれが表れるという記述は、他の神女降臨譚などにもいくつか見え(本書二五三頁の王胡が杖で打たれる一節もその例)、元来は神霊現象の一種であったとして理解されよう。

(26) 「漢武帝内伝」第九紙以下

王母廼遣侍女郭密香与上元夫人相問。云、王九光母敬謝。但不相見四千余年。天事労我、致以愆面。劉徹好道、適来視之、見徹了了、似可成進。然形慢神穢、脳血淫漏、五蔵不淳、関胃彭勃、骨無津液、浮反外内、宍多精少、瞳子不夷、三尸狡乱、玄白失時。語之至道、殆恐非仙才。吾久在人間、実謂臭濁。然時復可游望、以写細念。庸主対坐、悒悒不楽。夫人肯暫来否。若能屈駕、当停相須。帝不知上元夫人何神人也。又見侍女下殿、仍失所在。須臾郭侍女返。上元夫人又遣侍女答相問、云阿環再拝、上問起居。遠隔絳河、擾以官事、遂替顔色、近五千年。仰恋光潤、係係無違。密香至、奉信、承降尊於劉徹処。聞命之際、登当顛倒。先被大帝君勅、使詣玄洲、校定天元。正爾暫往、如是当還。還便束帯、須臾少留。

七　霊宝派と上清派――「内伝」の位置

前節の末において、「漢武帝内伝」の一部分が「神仙伝」の麻姑の物語りを元として、それに手を加えて出来たものであろうことを推定した。実は「漢武帝内伝」には、これ以外にも他の書物の記事を取りこみ、それにあまり変更を加えぬまま使用したと考えられる部分が多い。極言すればこの「内伝」は一種の継ぎはぎ細工で出来ているとも言い得るのである。

「内伝」の七夕の場以外の部分が、「史記」「漢書」等の歴史書の記事を意識的に利用しているであろうことについては、この章の最初に述べた。しかしより重要であるのは、七夕の神女たちとの会合の部分が、「神仙伝」以外にも、いくつかの道教書の換骨脱胎によって成り立っていることである。そうした部分が重要であるのは、単に外的な材料を意識的に利用したというに止まらず、一つの伝承の流れの中での材料の選択であり、内的な必然性を持った発展としての換骨脱胎であったと考えられるからである。そうした材料として特に「道迹経」「真迹経」と「内伝」との関係に注目したい。「道迹経」と「内伝」との関係がはっきり分かる二つの部分を取り挙げてみよう。

「内伝」の七夕の場の記述の中には、西王母の誦する相当に長い仙薬のリストが含まれている。以前にも述べたようにこのリストは韻を踏んだもので、恐らくその背後には古くからの口承の伝承があったと考えられる。そのリストが「無上秘要」巻七八に引用する「道迹経」及び「洞真太上智慧経」の内容とよく一致しているのである(1)(表五)。

この表について簡単に説明すれば、「漢武帝内伝」の薬名リストが高級な仙薬から低級なものへの順にならんでいるのを上段に置き、それに対応する「無上秘要」(玉清薬から太清薬まで「道迹経」、天仙薬・地仙薬は「智慧経」)のリストを下段にならべた。玉清薬・上清薬・太極薬などの区分は「内伝」には無く、「無上秘要」の区別によってそれを表示した。表には句を単位とする両者の異同のみを記し、例えば「内伝」の「生子大道」が「道迹経」の「霊妃所討」に対応するなど字形や発音の相似に由来する文字の異同は多いが、それらは一切表示しなかった。

このように対照させてみるとき、この二つのリストに伝承関係があったことはすぐ読みとれるであろう。ただ両者の伝承の前後関係は簡単には定めにくい。しかし「道迹経」のリストの方が仙薬の貴賤の段階をはっきりつけて構成されていたと考えられるのに対し、「内伝」では、その順序を乱してはいないにしても、区分の方は明確でなくなっている。「内伝」のリストを新たに区分けをして「道迹経」が利用したと考えるより、「道迹経」のリストを利用する際に「内伝」の記述がその区分けをあいまいにしたと考える方が蓋然性が高いであろう(2)。もしそうであるとすれば、

表5 薬名リスト対照表

	玉清薬	上清薬
*漢武帝内伝	ナシ ナシ 金瑛夾草　広山黄木 ：　： 至於太上之薬　乃有 中華紫密　北陵緑阜 太上之薬　風実雲子 ：　： ナシ ナシ ナシ 紫虬童子　九色鳳脳 ナシ 太真虹芝　天漢巨草 ：　： 有得食之　後天而老 此太上所服　非中仙所保	其次薬有 八光太和　斑龍黒胎 ：　： ナシ ナシ 左食神光　右飲玄瀬 ：　： 有得食之　後天而逝 此天帝之所服　非下仙之所逮
道迹経	六淳発栄　玄光八角 鳳実雲子　帝垣玉闕 金敷英英　広天黄木 ：　： ナシ 中華紫蜜　北陵緑阜 ナシ ：　： 上和九転之飛玉 下咽青玄之霞宝 太虚結鐶　素女懐抱 紫虬童子　九色鳳脳 太極隠芝　絳樹日道 太上虹李　天漢大草 ：　： 右有得食之　後天而老 此玉清所服　太上所保	其次上清幽芝太上九時有 八光太和　斑龍黒胎 ：　： 左服玉童之光 右把玉女之気 上招神光　下飲玄瀬 ：　： 右有得食之　後天而逝 此天帝之所服　太上之宝貴 非太極之所闘　中夏之所逮

	太極薬	太清薬	天仙薬	地仙薬
漢武帝内伝	其次薬有 ナシ ナシ 九丹金液　紫華紅英	太清九転　五雲之漿 玄霜絳雪　騰躍三黄	東瀛白香　炎州飛生 ：　： 高丘余糧　精石瓊田 ：　： 子得服之　白日昇天 此飛仙之所服　地仙之所見	其下薬有 松柏之膏　山薑沈精 ：　： 如此下薬　略挙其端… 子得服之　可以延年　雖不 長享無期　上升清天　亦能 身生光沢　還髪童顔　役使 鬼神　得為地仙
道迹経　太上智慧経	其次太上之品四真常珍乃曰 九石錬煙　丹液玉滋 冠首流珠　琳華石精 円鑪金液　紫華紅英	太清九転　五雲之漿 玄霜絳雪　騰躍三黄	東瀛白香　滄浪青銭 ナシ 高丘余糧　積石飛田 ：　： 右亦能使上飛軽挙超体霄真 此天仙之所服　飛仙之所研 非陸遊之所聞　山客之所見	太上道君曰其下薬有 松柏階脂　山薑伏精 ：　：(順不同) 右其類繁多　略挙一端 服之為能小益　不能永申 高可七百年　下可三四百歳 恐不便長享無期　上昇清天 也　亦能身生光沢　還白童 顔　役使千神　得為地仙

＊「漢武帝内伝」本文の引用は「続談助」本などで校定してある。

「内伝」の編者にとって必要であったのは仙薬のリストに伴う神仙的な雰囲気であって、天界の構造に対応する薬物と神仙たちのランクづけといった教理的な要素の方は必ずしも必要としていなかったことになる。

両者の伝承の前後関係についても、同様のことは「道迹経」のもう一つの部分（無上秘要巻二〇所引）と「内伝」の記述との重なりあいについても言うことができる。「道迹経」のこの文は、茅山のぬしである茅盈の伝記の断片であったと思われるが、それは次のような内容である。[3]

西王母は、茅盈のために音楽を奏させた。侍女の王上華には八琅の璈を弾《ひ》くように命じ、また侍女の董双成には雲和の笙を吹くように命じ、また侍女の石公子には昆庭の金を撃《う》つように命じ、また侍女の許飛瓊には震霊の璜を鼓すように命じ、また侍女の琬絶青には吾陵の石を拊《う》つように命じ、また侍女の范成君には洞陰の磬を拍《う》つように命じ、また侍女の段安香には纏便の鈞をならすように命じた。このようにしてさまざまな楽器の音が完全に調和し、霊《ふしぎ》な音楽が空を駭《ふるわ》せた。王母は侍女の于善賓と李龍孫とに命じて玄雲の曲を歌わせた。その辞《ことば》は次のようである。

「大象は寥たりと云うと雖も、我れは九天の戸を把る。雲を抜きて八景（輿《のりもの》の名）を汎べ、倏忽として下土に適《ゆ》く。大帝は扶宮に唱い、何ぞ風塵の苦しきを悟らん。」

この「道迹経」の断片は、「漢武帝内伝」の「坐上に於いて酒觴《さかずき》数過《あまたたび》す。王母は乃ち侍女の王子登に命じて八琅の璈を弾ぜしめ、また侍女の董双成に命じて雲龢の笙を吹かしむ」以下の奏楽と唱歌の一段にそのまま重なる。両者の大きな違いと言えば「内伝」に見える〝玄霊(玄雲)之曲〟が「道迹経」のものより長くなっていることである。そうして、例えば「道迹経」の玄雲曲中の一句「雲を抜きて八景を汎べ」が「内伝」の「雲を抜きて霊輿を沈め」に対応し、八景という語を分かりやすい霊輿（八景は天人の乗り物の名）と言いかえている所からも、「内伝」が「道迹経」を受けつぎつつ、道教教団内部に限られず、より広い人々を読者に予想して編まれたものであることが知られよう。

表6 西王母侍女一覧

道迹経		漢武帝内伝		真霊位業図
王上華	八琅之璈	王子登	八琅之璈	王上華
董双成	雲和之笙	董双成	雲龢之笙	董双成
石公子	昆庭之金	石公子	昆庭之鐘	石公子
許飛瓊	震霊之璜	許飛瓊	震霊之簧	
琬絶青	吾陵之石	阮霊華	五霊之石	苑絶青
范成君	洞陰之磬	范成君	洞庭之磬	地成君
叚安香	纏便之鈞	叚安香	九天之鈞	郭密香
于善賓 李龍孫	玄雲之曲	安法嬰	玄霊之曲	于若賓 李方明 張霊子

後にも関係するので、音楽を奏する侍女を両者対照させて表示し、加えて陶弘景の「洞玄霊宝真霊位業図」第二女真位の〝西王母侍女〟の項に見える名を順序を動かすことなく上欄に示した(表六)。

「漢武帝内伝」の一部(それも主要な部分)が茅盈の伝記を換骨脱胎して出来たであろうことは、「茅山志」三神紀巻五の部分に記載されている茅盈の事跡の内、西王母と上元夫人の降臨の場面が、その言葉づかいまで「内伝」の記述と一致していることからも予想される。ただ「茅山志」は元の劉大彬が編纂したとされるもので、時代が大きく降る点から決定的な証拠とすることはできないのであるが、巻五の茅盈の伝記の一部分が「神仙伝」の彼の伝記をそのまま使用していることから類推して、この西王母との交渉の場面も同様に六朝時期に出来た茅盈の伝記(恐らくは「太元真人茅君内伝」)をそのまま使用していると考えてよいと思われる[4]。

このように「道迹経」には、その現存する断片から見ても、「漢武帝内伝」と重なる記事が多かったことが推察され、それは恐らく「内伝」の方が「道迹経」を利用したのだと考えられるのであるが、それならばこの「道迹経」とはいかなる道典なのであろう。

「道迹経」の編者の名は知られないが、これと内容的にもほぼ重なる、双生児の関係にあるとも言える道典に「真迹経」があり、その編者は南斉の道士の顧歓である。顧歓、字は景怡、一の字は玄平、呉郡の塩官の人。「南斉書」巻五四高逸伝及び「南史」巻七五隠逸伝にその伝が立てられている。彼の名は、佛教と道教の対立を調停するというふりをしながら、実は道教の中国での有効性を称揚した「夷夏論」の筆者として記憶されている[5]。そうして彼の「真跡経」は、すでに本章第四節で述べた、東晋時代、興寧年間における茅山での神降ろしの記録を、彼なりに整理して作ったものなのである。すなわち陶弘景の「真誥」と基本的に同じ材料によって、「真誥」と同じような性格の書物を、より早い時期に顧歓は編んでいたのである。

しかし陶弘景は「真誥」の中で、顧歓のこの仕事をきびしく批判している。「真誥」巻一九では、まず〝真迹〟という名がよくないとし、また根本の記録の中に後人が増損僞改した部分があるのに顧歓にはそれが弁別できず、加えて「真迹経」が真人たちの詩や誡めや応酬などをそれぞれ部門別に収録したため本来の体裁が失われてしまっている等々と非難が加えられている。こうした批判は、一見すると「真迹経」の書物としての体裁のみを問題にしているようであるが、恐らくそのきびしい言葉の背後には、顧歓と陶弘景との間の道教信仰に対する考え方の質的な違いがあり、その隔たりがこのような非難を生んだものと考えられよう。

「道迹経」「真迹経」と「真誥」との関係については、すでに石井昌子氏の「真誥の成立に関する一考察」の論文が基礎的な検討を加えている。(6) 石井氏は「無上秘要」の引用する「道迹経」と「真迹経」の断片を全て抽き出して「真誥」の本文との重なりぐあいを比較検討し、両者が合致するもの(九条)、部分的に合致するもの(五条)、全く合致しないと考えられるもの(八条)という三つの場合があることを示した上で、両者の関係に考察を加えられた。すなわち陶弘景は、「真迹経」や「道迹経」が材料としたのと同じ神降ろしの記録に取捨選択を加え、更にそれに彼自身が入手した「三君の手書」を加えて「真誥」を作り上げたことが知られるのである。そうであるとすれば、原材料から「道迹経」や「真迹経」が採用しながら「真誥」には取られなかった部分に陶弘景の選択基準が端的に示され、道教信仰に対する両者の考え方の差もそこから窺うことができるであろう。石井氏が抽き出された例を比較することによって、そのおおよその方向は見出せるようである。

陶弘景は、神降ろしの記録の中から、哲学的、倫理的、あるいは唯心論的傾向の強いものを選び出す一方で、仙人

たちの伝記にまつわる幻想的な記述は多く除き去ってしまっている。例えば真人たちの歌の中でも(7)、

> 待つ無し　太元の中、待つ有り　大有の際、小大は一波を同じくし、遠近は斉しく一に会す。紘を鳴らす　玄霄の巓、吟嘯して八気を運らす。奚んぞ霊酒を酣《たのし》まざらん、眄目して九裔を娯む。有無は玄運に得、二待も亦た相い蓋う。

といった、有待・無待の思想的内容を含んだ歌謡は採用されるが、

> 丹明は上清に煥き、八風は太霞を鼓す。我が神霄の輦を廻らせ、遂に玉嶺の阿《やま》に造《いた》る。咄嗟す　天地の外、九囲みな吾が家なり。上に日中の精を採り、下に黄月華を飲む。霊観す　空無の中、鵬路に間邪なし。顧みて魏賢安(南岳魏夫人)を見るに、濁気は爾《なんじ》の和を傷つく。懃めて玄中の思いを研《みが》け、道成れば更に相い過《よぎ》らん。

といった遊仙の歌謡(8)は採用されていない。以前から仙人たちの事跡の記録を飾ってきた〝神仙世界〟を暗示する幻想は切り棄てられ、道徳的教訓や思想の表明に視線が向けられているのである。つきつめて言えば、人々の間で支えられていた共同の幻想は棄てられ、かわって個人の心のあり方が興味の中心となり、それを倫理によって律しようとする方向へ、陶弘景を中心とする道教がその重心を移しつつあったと理解できよう。そうして我々にとって重要なことは、前に挙げた「漢武帝内伝」と重なる内容を持った「道迹経」の二つの断片は、いずれも陶弘景によって切り棄てられた部分に属していることである。この事実は、「漢武帝内伝」の内容をなすものが、陶弘景らの道教ではすでに重視されぬものになっていたことを示唆するであろう。陶弘景の主要な著述のどこにも「漢武帝内伝」の名が見えぬことも、そのことを傍証するのである。

　六朝期の茅山での宗教活動を考える場合、興味深い資料となる記事が「真誥」巻一一に見える。すなわちこの巻の「三月十八日、十二月二日。東卿司命君(茅盈)は、この日に総真王君(王遠)や太虚真人(赤松子)や東海青童(方諸青

童君)を天上から招いて句曲の山(茅山)で会合し、洞天の内部を見てまわる。道を好むもので神仙たらんと志す者は、あらかじめ斎戒してこの日を待ち、山に登って願いごとをすればよい。志あつく誠なる心を持つ者には、三君が親しく会って下さり、御前に近く招いて、要道を授けて下さる」云々の条に付けられた注には次のように言う(9)。

いま十二月二日は、寒くて雪が降ることが多いところから、どこからもほとんどやって来る者がない。三月十八日のほうは、いつも官吏や民衆が雲集し、車は数百台、人は四五千人にもなる。道俗男女の〔雑踏する〕様は、あたかも都の市場の人出のようである。それらの人々を見てみるに、ただ山に登って〝霊宝唱讃〟を行なうだけで、それがすむとそのまま散っていってしまう。深い誠と密なる契をもって神人真人たちを目にしようと願う者などいはしない。……ただ隠居(陶弘景)の住むあたりは、山が険しく俗界とは隔絶されていて、年久しく無関係の者がたち入ることもなく過ごしてきた。

この一条からも、茅山における宗教活動が大きく二重の構造になっていたことが窺われる。官吏たちをも含めた民衆的な祭祀は、神々の月日を定めた会合の日にこの山に登り、〝霊宝唱讃〟のことを行なって帰ってゆく。それに対して陶弘景一派の人々は、こうした民衆的な祭祀を〝諠穢〟なものとして退け、〝深い誠と密なる契〟を以って神人真人たちと対しつつ、別に独自の哲学と宗教とを構築していたのである。

同じく「真誥」巻一一の注には次のような記事も見える(10)。

三君(茅君の三人兄弟)が道を得たとき、白い鵠《つる》に乗って山頂に留まった。当時、村々の住民たちはつぎつぎとこれを目撃し、加えて霊験のあらんことを祈った。そこで共同して廟を山の東に建て、白鵠廟と呼んだ。いつも祭祀の際には、言葉が聞えたり、白い鵠が帳《とばり》の中にいるのが見えたり、伎楽の声が聞えたりした。そこで人々は競って供養し奉侍した。この廟はいまも山の東の平阿村の中にあり、尹《いん》という姓の女子が祝《かんなぎ》となっている。山の西方の村々までがそれぞれに廟を建てている。大茅の嶺の西にあるのを呉墟廟といい、中茅の嶺の後ろの山上にあるのを述墟廟という。こうした廟では、みな季節を定めて音楽と踊りとが行なわれ、それは〔道教で嫌われる〕〝血祀〟(犠牲を殺して神を祀る祭り)とかわるところがない。思うにこれらは西明公(死者たちの管理者)の支配下にあるもので、真人仙人の僚属などではないのである。

ここでも注の筆者は、在地的な信仰の対象を西明公に属するものだとする一方、自分たちの宗教活動を真仙に関るものとして、民衆たちの信仰から高く隔たった所にあることを標榜しているのである。

この茅山にもかつて〝霊宝斎〟を実修する道教教団があった。同じく「真誥」巻一一には、南斉の初年、句容の人の王文清が勅を受け、茅山に崇元館を建て、堂宇廂廊が置かれたことを記す。その崇元館には堂に七八人の道士がおり、遠近の男女がここに身を寄せ、数里にわたる範囲に廨舎十余坊があったという。しかしここでも「真誥」の注者は、その教団においては「上道を学ぶ者は甚だ寡《すくな》く、霊宝斎および章符を修するに過ぎざるのみ」と言って、自分たちの〝上道〟をめざす宗教信仰に劣ることを強調している。

ここで「真誥」の言い方に倣って、民衆信仰的な要素の強い、〝霊宝唱讃〟や〝霊宝斎〟を実修している人々の道教信仰を広く霊宝派と呼び、それを超えたと信じている陶弘景らの道教を上清派と呼ぼう。すなわち茅山における宗教活動は、古くからの、民衆的な霊宝派の道教と、新しい上清派の道教との二重構造になっていたのである。そうして、恐らく自らの信仰の純粋さを強調するためであろう、上清派の人々は、その発達の母胎となってきた道教信仰の中の古い民衆的な要素を容赦なく切り棄てているのである。その傾向は、大きくは南北朝時期の道教の清整運動のひとこまとして位置づけられるのであるが、ここで特に注目したいのは、上清派の人々が、葛玄・葛洪らのいわゆる葛氏道の宗教活動にもあまり価値を認めていないことである。

「真誥」巻一二の「葛玄は変幻に巧みではあったが、身の用いかたに拙かった。現在はただ不死を得ているだけで、仙人ではない」云々という条の注に、次のように言う。(11)

葛玄、字は孝先。抱朴子葛洪の従祖で、すなわち鄭思遠の師にあたる。若い時代に山に入り仙を得た。……彼の「伝」に、東海中の仙人が手紙をよこして彼のことを仙公と呼んだとある。だから抱朴子葛洪も同様に仙公だとしている。〔しかし〕許長史の問いにいまこのように(「真誥」本文にあるように)真仙が答えているのであるから、彼は地仙であるに過ぎない。〃霊宝〃が彼のことを太極左仙公と言うのは、このことからもでたらめだということになろう。

ひきつづいて「真誥」の本文は、葛玄の師の左慈(字は元放)のことを述べ、左慈は現在小括蒼山におり、若々しい顔色をしているのは〃鑪火九華丹〃の効用によるのだと述べるが、その注に言う[12]。

九華丹とは太清中経〔神丹〕法のことである。……凡そ以上の諸人たちは、術解を多く修得しておりながら、仙人としての位階がなお低いのは、彼らがみな〃三品高業〃のことを聞いておらぬからなのである。

「抱朴子」においては最高の求仙の方途であった鑪火九華丹といった煉丹術が、ここではすでにごく低い仙階までにしか修行者を導かないものとなっている。左慈たちが多く修得していたのは「術解」だとあるのも、第三章に述べた、魏晋の新しい神仙思想の〃自力本願〃を基礎とする技術的傾向を指したものであろう。上清派の道教運動は、それを唯心的傾向の深さによって乗り越えようとしていたのである。そうして、〃霊宝〃は葛玄を太極左仙公と呼んで〔尊重して〕いたとあるように、霊宝派の道教の中には、こうした葛氏道の神仙術も、その重要な構成要素として流れこんでいたのである。

しかし陶弘景一派は、自分たちの道教は葛氏道・霊宝派を越えたずっと高いものであると標榜する。葛洪らが、古来の道家の観念を承けて、仙人たちがいる天を太清天と呼んでいた所から、ここでも煉丹術を「太清中経法」だというように、煉丹術や神仙術を中心とする道教を太清天に属するものとし、それに対して、天のより高い位置に上清天〔更に玉清天〕を設けて、陶弘景たちの道教はそちらの天に属するのだと主張し、自らの信奉する教えの質の高さを示そうとしたのである。[13] 上清派、上清経という呼び名もこれに起源する。

同様に上清派が「抱朴子」やその流れを受けた「神仙伝」の神仙術を越えたことを示すものとして、〃仙人〃より更に高い段階のものとして〃真人〃が存在することが強調される。それはすでに「紫陽真人内伝」において、その主張の一つの中心を成している。「内伝」のはじめの、周義山がまだ俗界にあったころの挿話として次のような記事がある。[14]

漢の侍中の蔡咸は、陳留の高士として〔名を知られ〕、いささかは〃道〃についても知識があった。……あるとき蔡咸は客人たちを集め議論の場を設けたが、その論議は神仙の道や〃変化〃のことにまで及んだ。君《きみ》(周義山)はじっと黙って内に閉じこもり、精神《こころ》を秘めてあくまでも平静に、頷《うなず》いて同意するだけで、一つも返答はしなかった。

高士たちの清談の場で論ぜられる神仙の道について、一つも返答しない周義山を描いている所に、知識人的な神仙議論に同調しえない、この「内伝」の筆者の精神のあり方を見ることができよう。

更に周義山が修行を積む過程の中でも、仙人と真人との階層的な高下の差が強調されている。周義山が欒先生に教えを請おうとすると、衍門子はそれを止めて言う。[15]

欒先生は仙の下なるものにすぎません。あなたは真人なのです。真人が仙人に教えを請うのは、矛盾しているではありませんか。あなたが真人と会ったとき、その真人があなたの師なのです。

「荘子」など原始道家のものとはちがった内実を持った真人が出現し、それが仙人よりも上位にあるとする考え方は、すでに後漢末の「太平経」などに見えるものであるが、[16] 江南の思想的情況の中で言えば、自力の修行を強調する「抱朴子」などの神仙思想を越えるために、真人の存在が導入され、その仙人に対する優越性が強調されたのである。

上清派が乗り越えようとしていた〃霊宝〃というのは、「真誥」の注からも窺われるように、「霊宝五符」の段階の霊宝経の教えであった。霊宝経典の複雑な伝承については、これまでに、主として〝宝〟という語の意味を古代まで遡って検討したカルタンマルク氏の仕事と、六朝以降の霊宝経の展開をあとづけた福井康順氏の仕事とがある。(17)「霊宝五符」という経典は、福井氏が後世につながる霊宝経の一段階前のものとして「古霊宝経」と呼び、またカルタンマルク氏は「五符」を出発点として古代に遡ってゆくように、古代的な霊宝伝承の最後に位置するものであったと言えよう。この「五符」が六朝時期に止揚されて「霊宝度人経」を生み、以後の霊宝経の伝承は「度人経」を主流として展開してゆくのである。

「霊宝五符」の本来のおもかげを現在に最もよく伝えているとされるのが、道蔵洞玄部神符類(第一八三冊)所収の「太上霊宝五符序」三巻である。この「五符序」が魏晋時期の「五符」そのままでないことは確かであるが、(18)しかしその中からもこの時代の霊宝信仰の特質を抽き出すことが可能である。ここで特に注目したいのは、この書物が記す〝霊宝〟伝授についての伝説である。「五符序」の記す〝霊宝五符〟の伝承は、かいつまんで言えば次のような経路を取っている。

黄帝の曾孫の高辛氏帝嚳が天下を正しく治めて天地の心を得たとき、九天真王、三天真皇という〝天人神真の官〟が彼のもとに降り、「九天真霊経」「三天真宝符」「九天真金文」を授けた。ただ帝嚳はそれを十分に理解することができず、その経典を青玉の匱に封じて鍾山の峰に蔵した。降って堯の時代になって大洪水がおこり、舜が登用した禹がその洪水を治めた。天地が平らいだあと、巡狩して鍾山に至った禹は、上帝を祀ったあと峰に登って帝嚳の封じた書を手に入れた。そこに現れた真人が、口訣をもって長生の道を教え〝真宝服御の方〟を示した。

禹は会稽の野で論功行賞をし、神々を東越の山に召集したあと、自らはこの世から身を隠そうとした。ただ天の降した経典の内容が奥深くて、群生たちがその根本の意味を悟っていないことを愍《あわ》れんで、別に〝真霊の玄要〟を撰し、〝天官の宝書〟を集め、それを整理して編纂し「(太上)霊宝五符天文」と名づけた。本文は玄臺の中に蔵したほか、別に一通を作り〝金英の函〟に封じ、玄都の章《はんこ》で封印したあと、川沢の水神に命じ、震水洞室の君に預けさせ〝三千の会〟を待ち、水師に伝授し伯長(覇者)の助けとなすようにと指示した。それが終ると禹は霊方を服してすがたを隠した。

時代が降って呉王闔閭の十二年、孟春正月、闔閭は江湖に軍船を浮かべて敵国に威を示し、包山(太湖――東洞庭湖中の島)で休息をした。そのとき包山隠居の龍威丈人と号する者が呉王の使者として、包山の下にある洞室・洪穴の奥を窮めるように命じられた。隠居はそこであかりを持って穴中を探り、一百七十四日で戻ってきた。帰ってきたあと述べるには、七千余里も行った所で、各地からの地穴が一つに会合している場所に出た。その中央に周囲五百里の金城玉屋があり明月が輝いていた。その城門には〝天后の別宮〟と題され、扉の上には〝太陰の堂〟と題されていた。隠居はそこで三ケ月の斎戒を行なったあと城中に入った。城中を見まわるうち、玉房の中の北机の上に一巻の赤い素《きぬ》の書物があるのを見つけた。隠居はその書物を手に入れて戻ると、それを闔閭に献じたのである。

闔閭はこの〝天文〟を貴んだが、そこに書かれた言葉は理解できなかった。そこで使者を遣わし、魯の大夫の孔丘のもとに行って尋ねさせた。孔丘は自らが聞いた〝童謡〟(流行歌)を按じて、それが禹から伝わった「霊宝符太上真文」であろうと言い、もし呉王に山林に幽居することができれば、その意味を教えようと言った。使者が帰ってそのことを告げると、闔閭は嘆息しただけで、再びはその解釈を求めようとしなかった。闔閭はこの霊文を秘蔵していたが、のちに暇なおりに見ようとしたところ、封印もはずれていないのに、その書物は失われていた。

以上に節略して示した筋書きからも知られるように、「霊宝五符」の伝承は、江南の地の禹王や闔閭の伝説と密接な関係を持っていた。[19] そうしてカルタンマルク氏の指摘されるように、この「霊宝五符」伝承の骨組みの部分は、すでに「越絶書」にあったと考えられる。

「甄正論」巻中の引く「呉楚春秋《ママ》」「越絶書」には次のようにある。[20]

禹は洪水を治めて牧徳の山まで来ると、そこで神人に会った。神人は禹に言った、「あなたの身体を労し、あなたの心慮を役して洪水を治めているが、それは真剣な方法ではないのではないか。」禹はこの人物が神人だと知って、再拝して教えを請うた。神人は言った、「私には〝霊宝五符〟があり、それで蛟龍や水豹を役使することができる。あなたがこれを手に入れられれば、すぐにも仕事は完成するだろう」と。禹は稽首してそれを請うた。そこで神人は五符を授けると同時に禹を誡めて言った、「仕事が終ったらこれを霊山にかくすように。人の世に流伝させてはならない」と。禹はそこでこれを用い、その仕事はみごとに完成した。仕事が終ると、これを洞庭(太湖)の苞山の穴中に蔵した。

呉王闔閭の時代になって、龍威丈人という人物が、洞庭の苞山でこの五符を得て、呉王闔閭に献上した。呉王は五符を手に入れると群臣たちに示したが、誰もそれが分かる者がいない。魯の孔丘はものごとに広く通じて古《いにしえ》を好み、多くの書物を読んでいると聞いて、使者を遣わし、五符を持っていって孔丘に尋ねさせた。……

比較してみれば、両者が一つの伝承に出るもので、「越絶書」になく「五符序」に詳しい包山(苞山)の穴中の描写は、洞天説の発展を承けて附け加えられたものであろうことが推測される。

「越絶書」成立の事情についてはいまなお不明な点が多い(21)。ただこの書物が呉越の地方の細かい地名の説明やそれにまつわる事跡の記述に力を入れていることから見ても、呉から会稽にかけての地で行なわれていた在地的な物語りを基礎にして成立したものであろうことが推測される。その物語りには専門の語り手がいたらしく、純粋に娯楽のために語られるのではなく、また多分に呪術的なものと結びついていることにその時代性が示されている。

禹が治水に勤める間に特別な経典を授かり、それによって治水事業を完成させることができたという筋書きは、「尚書」洪範篇の〝洪範九疇〟の伝説と重なっている。恐らく両者はもともとは同じ伝承に出たものが、江南の地での展開のうちにその経典が〝五符〟と呼ばれることになったのであろう。

このように見てくるとき、「霊宝五符」という経典は、南方での禹の神話や呉王闔閭の伝説など江南(それも江東)の地での古くからの伝承を受けてまとめられたもので、この段階での霊宝の信仰は江東の土地と強く結びついた在地性の強いものであったことが知られよう。また前に見たように茅山での大衆的な〃霊宝〃の祭祀は、日月を定めた神の会合に合わせて行なわれるものであったが、恐らくこれは先秦時代からの〃霊宝〃の観念を多分に留めた、例えば「史記」封禅書に見える〃陳宝〃の祭祀と重なる部分が大きかったものと考えられる。(22) すなわちきわめて古い民衆的な共同の幻想を基礎にした祭祀の様式が人々の間になお根強く残っていたのである。

北朝の寇謙之、南朝の陸修静などの道教の清整運動は、房中術の排除などが特徴的に示すように、生命力にあふれた民衆層の共同の信仰伝承を切り棄て、ある部分はそれを止揚して、知識人たちの心をそそる個人の内面を問題にした哲学的、思想的なものにしてゆこうというものであった。そうした中で古い在地的、民衆的要素を多分に留めた〃霊宝(五符)〃の信仰は、どうしても乗り越えられる必要があったのである。「五符」から「度人経」への霊宝の発展は、こうした古い要素を切り棄て、思想的に昇華し(すなわち信仰よりも哲学的な面を強調し)、より普遍性を持つものへの変身であったのである。このようにして「五符」は忘れられ、以後の霊宝の伝承は新しい「度人経」を中心にして展開してゆくことになるのである。

より広く言えば、三国両晋南北朝期は、その上限を知り得ない太古からの多くの伝承が、ここで一旦断絶し、新しく編成しなおされる時期だったと規定できよう。道教内部での経典の書きかえはその極く小さなあらわれであったのである。「漢武帝内伝」と密接な関係をもつ事がらの中にも、そうした時代の大きな変化はひしひしと押し寄せている。さきに「五岳真形図」と対になるものとして取り挙げた「三皇文」も、六朝時代の後半期には新しい「三皇経」に編成しなおされたという。(23) また三会日という節日も、同じころほぼ同じ日取りを持った三元日へと組織がえがなされているのである。

もしここでヨーロッパの民俗学の知識を応用してよいとすれば、古来のゲルマン的な祭日に重ねるようにして(あるいは意図的にぶつけるようにして)キリストや聖者たちの祭日が設定され、古来の伝承の中にあった生命力にあふれるものをキリスト教化し、穏健なものに変えていったように[24]、三会日から三元日へのうつりゆきの過程にも、古くからの民衆的エネルギーの発揚される祭日を穏便なものにし、その生命力を中和してしまおうという企てを見ることができそうである。「荊楚歳時記」に見られるように、この時代に五節句をはじめとして、現在までうけつがれている年中行事の多くが成立するのであるが、古い共同体社会の中で生きつづけてきた伝承的な宗教行事を止揚し、その本来の民衆的エネルギーを季節の行楽の中に吸収してしまおうとするものであったと理解できるであろう。

漢代末期の社会の混乱の中で古くからの共同体が破壊され、多くの伝承は共同体と運命を共にして消え去った。しかしその中のいくつかは、共同体を越えた広汎な人々の心の中に、それまでとはちがった形で根を下ろすことによって、全中国的な普遍性を獲得していった。しかしその普遍性を獲得しえたのは、共通の幻想を背景にした宗教反乱などがあったとは言え[25]、結局は共同体の伝承の中にあったエネルギーを安全に制御することができたものに限られたのである。

「漢武帝内伝」の背後にあったひとまとまりの伝承は、共同体を越えた幻想として普遍性獲得への方向に一歩を踏み出したが、その強い共同幻想という性格から、道教清整運動の中で個人的、思想的要素が強調される段階になって、道教発展の本流から離れたものになっていったのである[26]。そのことは南北朝時期の道教思想家たちの誰もが「漢武帝内伝」に言及しないことからも、確かめられるであろう。

恐らくこのことは「内伝」という命名のしかたからも窺われそうである。上清派の伝説的な祖師たちは、それぞれに〝内伝〟と名付けられた伝記を持っている。「隋書」経籍志史部雑伝類に見える「内伝」と呼ばれている書物を列挙してみると次のような例がある。

漢武内伝三巻
太元真人東郷《ママ》司命茅君内伝一巻弟子李遵撰
清虚真人王君内伝一巻弟子〔魏〕華存撰
清虚(霊)真人裴君内伝一巻(七籤、弟子鄧子雲撰)
正一真人三天法師張君内伝一巻(唐志、〔弟子〕王萇撰)
太極左仙公葛君内伝一巻(唐志、呂先生撰)
仙人馬君陰君内伝一巻(唐志、趙昇撰)
……
関令内伝一巻鬼谷先生撰
南岳夫人内伝一巻(中候上仙范邈撰)

このほかに重要なものとして周義山の伝記である「紫陽真人内伝」があること、第五節に述べた(表七をも参照)。

この一覧表を見るとき、「関令内伝」といった時代の降るものを除くと、上清派の祖師たちの内伝は本来「○○真人○君内伝一巻弟子○○撰」という基本の形式によって書かれたらしいこと、加えて内伝は上清派の先師たちだけに限られず、天師道や葛氏道の始祖たちの伝記もこの名称でもって纏められていたことが知られる。特に注目されることは、「真誥」の中で〝霊宝〟派が葛玄を太極左仙公と呼ぶのは僭称だと非難されていたが、ここにはその名を冠せられた葛玄の内伝があることである。

内伝という名の真人たちの伝記が盛んに編纂された時代を想定すれば、興寧三年の衆真降臨前後の上清派の形成期であったとすることができよう。葛洪「抱朴子」の神仙思想を受けつぎつつ神仙世界の幻想をそこに織りこんだ「神仙伝」の時代があったとすれば、そのすぐあとを「内伝」の時代が襲い、その中から上清派の信仰が生み出され展開

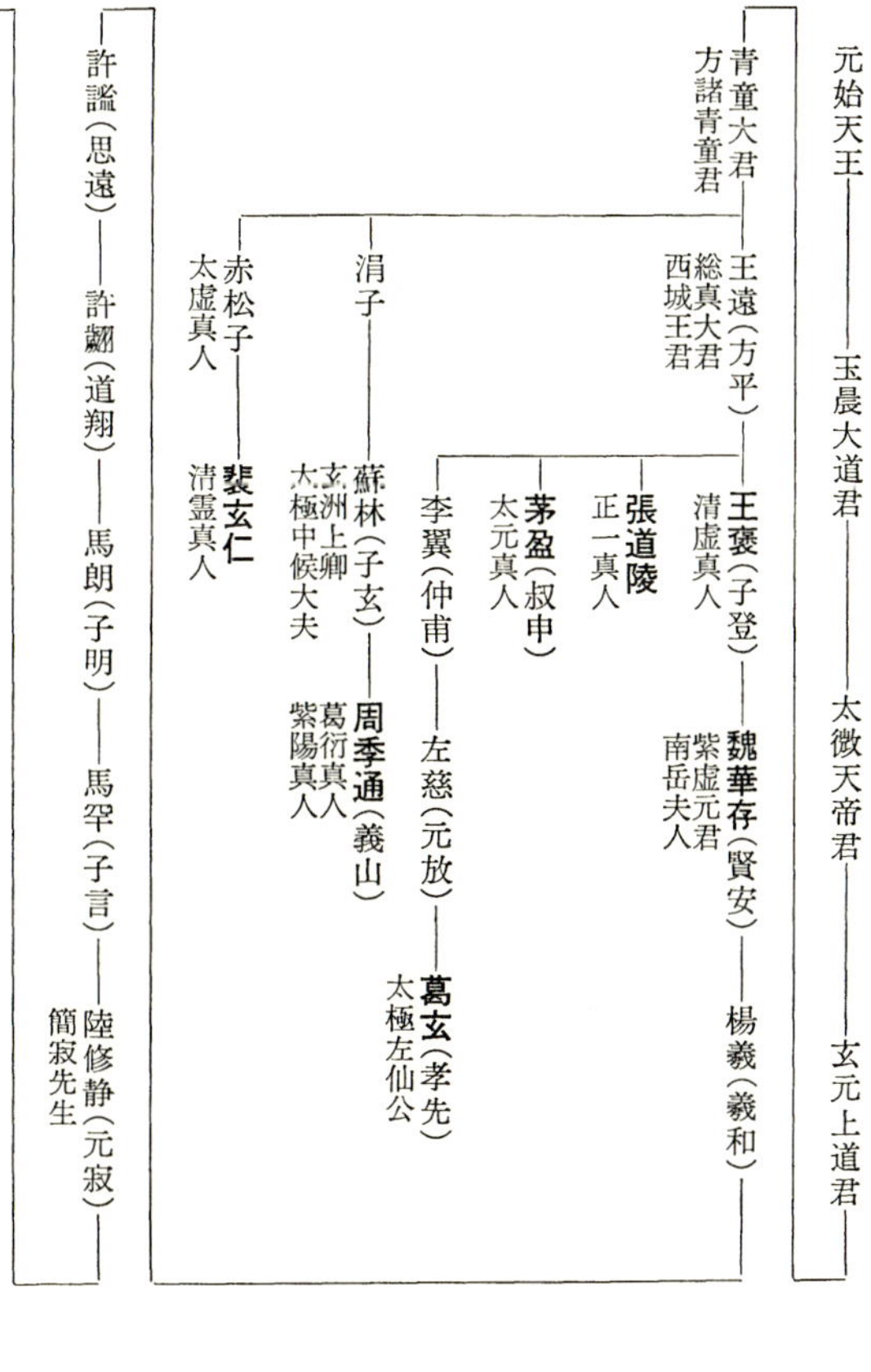

表 7　上清派系譜(人名のゴチックは内伝のある真人)

してゆくのである。張道陵や葛玄の内伝があることは、天師道や葛氏道がこの形式を借用してその始祖の伝記を書いたと言うよりも、むしろ準備期の上清派が以後の展開のためさまざまな流派の道教を集大成して自己のものとしていたことの表れだと理解したい。

こうした「内伝」は、その内容から言うと、単に真人たちの伝記や修行の過程を記録したというにとどまらず、すでに「南岳魏夫人内伝」や「紫陽真人内伝」で見たように、その書物自体が一つの道教修行の指針として、修行者たちにさまざまな教えを垂れるものであったのである。「内伝」が盛んに編まれた時代には、それは一種の経典であって、〝内〟という語が〝伝〟に冠されているのも、そのことと関連するのであろう。

ただ上清派の信仰の展開の中で、このような「内伝」に結びついた教えという段階はすぐに乗りこえられていってしまった。例えば「真誥」には、「内伝」と呼ばれる書物は一条も引用されていない。「隋志」に「内伝」という名の伝記を持つことが記されている真人たちの事跡が「真誥」の本文や注に引かれることは多いのであるが、茅盈の場合には「茅伝」、王褒の場合には「王清虚伝」、魏華存の場合には「南岳夫人伝」、周義山の場合には「周紫陽伝」などと記されていて、決して「内伝」と呼ばれることがない。恐らくこれは偶然のことではなく、陶弘景を中心とする一派の人々が「内伝」という形式で宣伝される教えの内容にあきたらず思い、自分たちはそれを超えているのだという意識でもって、意図的にそうした名を避け、ある場合には「伝」自体を書き改めていたものと思われる。

「周氏冥通記」巻一の注には、(27)「〔周子良の〕姨母《おば》は、黄庭と三一を修し、魏伝、蘇伝と五岳、三皇、五符などを供養していた」とあって、魏夫人の伝記と蘇君(周義山の師の蘇林)の伝記が、「五岳真形図」や「三皇文」「霊宝五符」と共に供養の対象となっている。周子良の姨母は、茅山に入って陶弘景のそばに居ながらも、恐らく上清派の最先端をゆく思想とは無縁に、古い形の道教儀礼を守っていたのである。そうしてこれまで「漢武帝内伝」との関係で取りあげてきた「五岳真形図」「三皇文」「霊宝五符」などと一緒に魏夫人伝や蘇君伝が〝供養〟されている。「漢武帝内伝」は、真人の伝記ではないが、他の「内伝」と同様に梁代の思想的情況の中では相当に古くなってしまった内容をかかえていたのである。

上清派の祖師たちの内伝の中でも、「太元真人茅君内伝」は、その内容が茅盈自身の事跡に限られず、さまざまな道教知識の集大成といった性格を持っている。「茅山志」の引用や「太平御覧」をはじめとする類書などに残る佚文を組み合わせて見ると、その内容は、彼自身の伝記のほかに、茅山・泰山・羅浮山の洞天のこと、玉清天のこと、神々の乗りものや持ちもののこと、霊芝のこと、錬金術や金丹のことなどと、きわめて多彩である。恐らくこれは、茅君というのが本来は茅山(句曲山)の山神であり、その地が上清派の活動の中心となったがために他の祖師たちと同じような称号を与えられるようになりはしたが、上清派の系譜の上では傍流であって、それゆえに古い要素が整理を加えられぬまま彼の伝記の中に多くまざることになったことによるのであろう。

前にも述べたように「茅山志」巻五の茅盈の伝記の内容は時代の降るものでなく、多くの部分は六朝時期の資料からなり、特にそうした原資料の中でも「茅君内伝」が重要な部分を占めていたと推定される。この巻の茅盈の事跡によって六朝時期の彼にまつわる伝説の輪郭をほぼつかめるのではないかと考えられるのである。そこに見える彼の伝記の主要な部分を要約して示せば次のようなものである。

茅盈、字は叔申、咸陽の南関の人である。漢の景帝の中元五年(前一四五年)に生れた。茅固、茅衷の二人の弟があった。茅盈は十八歳のとき家を棄てて恒山に入ると、「道徳経」「周易伝」を読み、服食の修行に勤めた。六年にして夢に太玄玉女が現れ、西城王君(王遠)を師とするようにと教えた。すぐさま西城にゆくと、三ヶ月の斎戒をしたあと、王君に会った。王君から〝志あるに似たり〟と認められて、そのまま洞宮に留まり下働きに励むうち、十七年目には衣服や書物の管理に当ることを許された。

二十年目に、王君に従って白玉亀山にいたり、西王母に目通りした。西王母に向かって長生の要を請うと、王母は茅盈に元始天王と榑桑大帝君から伝えられた要言(玉佩金璫の道、太極玄真の経)を伝授した。

西城に戻ったあと、茅盈は王母から伝えられた要訣によって修行に勤めた。三年たつと、王君は九転還丹一剤と神方一首を授けたあと、もう家に帰るようにと指示する。そうして言うには、「おまえの道はすでに完成している。百年の後、私を南岳に尋ねてくるように。おまえに呉越の地域をつかさどる仙官の任を与えるであろう」と。

家にあること五十三年、父母がみまかったあと、迎えの仙官たちがやって来て、茅盈は仙去する。出発に際し、彼は「自分はまず句曲山(茅山)に足を留め、やがて天命を待って、大霍山に鎮し、赤城山に居ることになろう」と告げた。時に元帝の初元五年(前四四年)のことで、年は一百二歳であった。

茅盈は句曲山に留まると、その洞宮に遊んで、呉越の境にその霊化を及ぼした。二人の弟も官を棄てて兄のもとに至って、不死の法を授かり、更に王君の口ぞえで仙官を請うて、定録君と保命君の位を得た。

茅盈は句曲山に留まること四十三年、哀帝の元寿二年(前一年)八月十八日、南岳赤真人(赤松子)、西城王君、亀山王母、方諸青童君が同席する場で、彼に対し、天皇大帝からは神璽玉章といった印璽が、太微天帝君からは八龍錦輿・紫羽華衣といった車馬服飾が、太上大道君からは金虎神符・流金の鈴といった執《と》りもの佩びものが、金闕聖君からは四節、燕胎、流明の神芝、長曜霊飛夜光洞草といった霊薬が、それぞれ使者を介して授けられた。また司命上真東岳卿君の位を授かり、呉越の神霊を統率し、江左の山元を総統することになったと告げられる。ひきつづいて五帝君がそれぞれの方角の色(東帝なら青、南帝なら朱など)の車に乗り従官をつれて降下し、茅盈に九錫文を授けた。

任官の儀式が終ったあと、西城王君と西王母がその場にのこり、王君は〝天厨〟を設け、王母は侍女たちに命じて音楽を奏し〝玄雲の曲〟を唱わせた。王君と王母は茅盈の二人の弟にも会った。

やがて西王母は侍女の郭密香を遣わして上元夫人に挨拶を伝え、この場に加わるようにと招いた。二時《ふたとき》ばかりあって上元夫人が女ばかりの従官をつれて到着した。茅盈の二人の弟は上元夫人に向かって教えを請うた。上元夫人は二人の志をあわれんで、三元流珠・丹景道精・隠地八術・太極緑景の四つの経典を伝授した。西王母も、司命君茅盈に玉佩金璫・太霄隠書・洞飛二景内符を授けた。

経典伝授のことも終り宴も果てると、西王母と上元夫人は去り、茅盈も二人の弟に別れを告げ、王君につれられて赤城玉堂の府におもむく。出発に際し弟たちに向かって、自分は一年に二度、三月十八日と十二月二日に、王君や赤松子と共にこの茅山を訪れることにするから、道に心を寄せる者たちはこの日に私を待つように、親しく教えを垂れるであろう、と伝えた。

以上に節略して示した茅盈の伝説は、恐らく元来の彼の伝記ではなく、二人の弟の事跡が後から加わったために少し混乱しているように見えるが、そうであるにしてもこうした伝説は恐らく六朝時代の中期までには纏めあげられていたであろうと考えられる。ここには天厨があり、玄雲の曲が唱われ、上元夫人が出現するように、「漢武帝内伝」の主要な要素がほとんどそろっている。加えて、そうした登場人物や筋書きだけでなく、表現までがまるごと重なっているのである。例えば茅盈は初めて西王母に目通りしたとき、次のように述べて教えを請う。[28]

> 叩頭して自ら陳べて曰く、盈《わたくし》は小醜賤生にして、枯骨の余なるも、敢て不肖の軀《み》を以って龍鳳の年を慕い、朝菌の質を以って積朔の期を求む。遠流を仰ぐと雖も、能く済《わた》る莫し。常に恐るらくは一旦、鑽訪の難きに死し、笑いを世俗の夫に取らんことを。王君の、盈《われ》の丹苦を哀れまるるに遭遇し、粗《おおよ》そ治身の術を受けたり。豈に図らんや、今日一たび聖姿を覩《み》、恍惚大象、神夢に淪るが如し(?)。生を救い死より護り、これを乞丐に帰せよ(?)。願わくは長生の要を賜わり、暫く行尸の身を悟らしめよ。

「漢武帝内伝」では武帝が西王母に向かって次のように言っている。[29]

> 帝は跪きて曰く、徹《わたくし》は小醜賤生にして、枯骨の余なるも、敢て不肖の軀を以って龍鳳の年を慕い、朝花の質を以って晦朔の期を希《ねが》わんと欲す。遠流を楽《ねが》うと雖も、以って済《わた》るを知る莫し。塗路は堅塞して、要《もと》むる所も寄する無し。常に恐るらくは一旦、鑽仰の難きに死し、笑いを世俗の夫に取らんことを。豈に図らんや、今日光会に遭遇し、一たび聖姿を覩《み》んとは。精神の飛揚し、恍惚大夢、以って世を渉ること千年、死帰の日に救護せらるるが如し(?)。乞い願わくは哀詰を垂れ、徹元元に賜わらんことを。

この両者の間に書承による継承があったことには疑問がないであろう。私は、この六朝中期には成立していたと考えられる茅盈の伝記、あるいはその一段階前のものを材料にし、それを武帝の求仙の物語りの枠組みの中で纏めなおして「漢武帝内伝」が成立したのだと推定する。[30]

道蔵本の「漢武帝内伝」には、そのあとに多くの仙人たちの事跡を並べた「漢武帝外伝」が附録され、その内容の大部分は現行の「神仙伝」に載る仙人たちの伝記と重なっている。両者の関係は、単に彼らの事跡の記録の筋書きが重なるというのみならず、その言葉づかいまでも同じである部分が多く、両者の間に書承の関係があったことは確かである。[31] この「外伝」の部分も元来は「内伝」と呼ばれていたであろうことは、例えば「後漢書」の李賢注が「漢武帝内伝」として引用しているのと同じ記事が道蔵本の「外伝」の中に見出されることからも推定でき、[32]「隋書」経籍志の三巻本、「日本国見在書目録」などの二巻本の「漢武内伝」は、現在の「内伝」と「外伝」とを併せてできていたであろうと考えられる。

この「漢武帝外伝」は、多くの仙人の伝記から成ると言っても、現行本の「神仙伝」のように神仙たちの伝記を系統もなくたくさん集めて出来ているといった性格のものではなかった。すなわちこの「外伝」の部分は、「五岳真形図」と六甲霊飛等十二事の伝授に関係する人々の伝記が核となって構成されているのである(表八)。この表から知

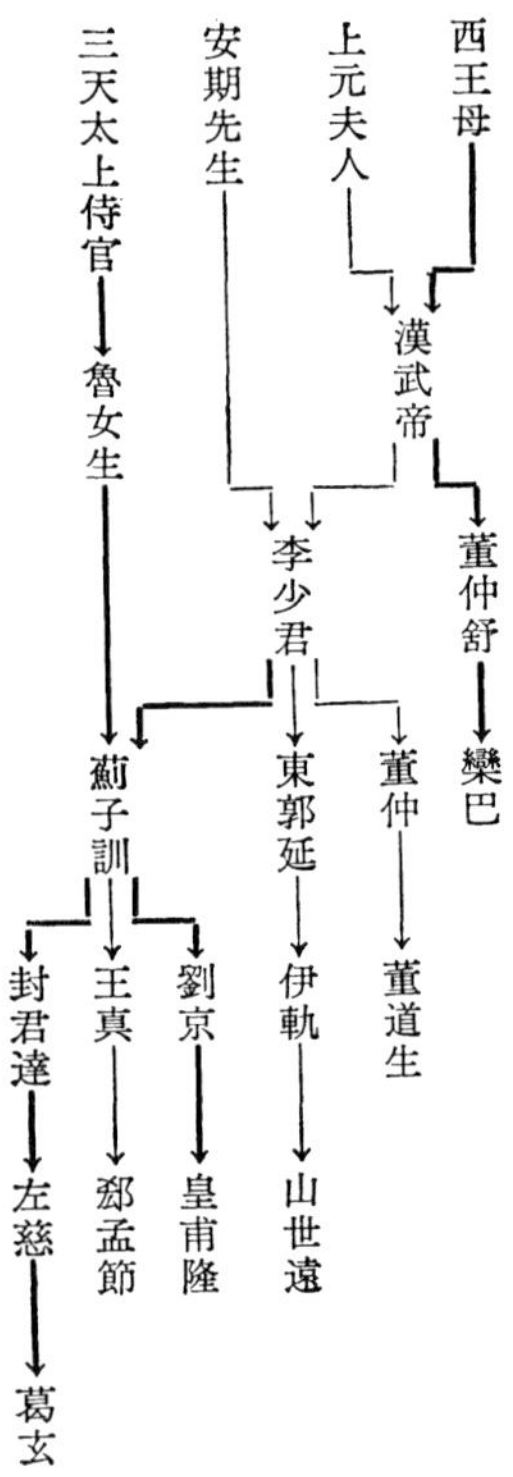

表8 「漢武帝外伝」経典伝授系譜(太線の矢印は五岳図の伝授)

られるように、「五岳真形図」の伝授にはいくつかの系統があって、それがここに一つに纏められているのである。「外伝」の魯女生の伝の中でも、(33)

魯女生が〔三天太上侍官より得た〕「五岳図」は、西王母のものとその文章が全く同じい。いま世間で見られるものは、李少君、董仲舒および魯女生から伝わったものではなかろうか。

と言って、「五岳図」には李少君・董仲舒・魯女生のそれぞれに由来する三つの系統を考えている。西王母→漢武帝→董仲舒→欒巴と伝えられた「五岳真形図」のその後のゆくえについては、よく分からない。このことは、「漢武帝内伝」が直接かかわっているこの系譜が、実際の道教の経典伝授には関係しない、物語りの中だけのものであったことを示唆しよう。他の二つの系統について、シペル氏は、魯女生から薊子訓を経て葛玄に伝えられたのは、禹の制作にかかるとされる古い「五岳図」であり、李少君→薊子訓→劉京→皇甫隆へと伝わったのは、海中の仙島を中心とした「神洲真形図」であったと考えている。(34)

「漢武帝外伝」に集められている仙人たちの伝記は、恐らく現行の「神仙伝」の祖本(35)が纏められる際の素材になったものの一つで、このひとまとまりの素材が葛洪が持っていた神仙たちの伝記資料ときわめて近かったことは、「抱朴子」内篇論仙第二に引用する、董仲舒が撰したという「李少君家録」に、(36)

李少君は〝不死の方〟を持っていたが、家が貧しく、不死を得るための薬物を買うすべがなかった。それゆえ漢の王朝に出仕し、仮りに官位に就いて必要な財貨を集め、道が完成すると仙去した。

とあり、ひきつづいて引用される「漢禁中起居注」には、

李少君が仙去する直前、武帝は夢に彼と共に嵩高山に登るのを見た。登山の半ばで、龍に乗り節《しるし》を持った使者が雲の中から降ってきて、言うには「太乙(太一)が李少君を召しておられます」と。武帝は目が覚めてから左右の者に語った、「もし私の夢の如くであれば、李少君はもう私を棄てて行ってしまうのだ」と。数日たって、李少

君は病気と称し、死んだ。しばらくたってから、武帝がその棺を開かせたところ、死体はなく、ただ衣冠だけがそこに在った。

とあるが、この二つの引用文の内容が、そのまま「漢武帝外伝」の李少君伝に見えることからも知られる。

そうして注目すべきは、「外伝」の李少君伝に彼の上表として、(37)

陛下は、心に玄妙を思い、長生を甄《あきら》めんと志す。ここに於いて道術を招誘し、遠しとして至らざるは無し。精誠は霊を感ぜしめ、天神はここに降れり。宿命の適《かな》う所に非ざるよりは、孰《たれ》かよく諧合せん。然れども丹方の禁は重く、宜しく臭腥を絶つべく、仙法は物を養み、仁は蠢動に充《およ》(及か)ぶ。而るに陛下は、奢侈を絶ち、声色を遠ざくることあたわず。殺伐は止まず、喜怒は除かず、万里に不帰の魂あり、市朝に流血の形《しかばね》あり。神丹の大道は未だ成るを得べからず。

と言い、武帝の道が完成しない理由を列挙するが、これは「内伝」が挙げる理由と基本的に同じである。またこの李少君伝には、柏梁臺が焼けてもろもろの秘書妙文が失われたという一節もあり、加えて李少君の修行過程で安期先生は彼をつれて「東は赤城に至り、南は羅浮に之《ゆ》き、北は太恒に至り、西は玉門に遊ぶ」と、赤城山と羅浮山の名が見える。この二つの聖山は、「五岳真形図」の信仰の江南での発展を述べた所で見たように、魏晋南北朝時期に、左慈から葛洪につながる人々の中で重視された山で、こうした李少君の伝記も葛氏道に関係を持つ人々の中で成長したのであろうことを窺わせる。

ただこの「漢武帝外伝」の内容がそのまま葛洪のものであったとは考えられぬことは、「抱朴子」が述べる帛和(馬明生)の感得した「五岳真形図」への言及が少しもないことから知られよう。しかし同時に完全に無関係ではなかったことも、上に例に引いた「抱朴子」の引用する李少君の伝記から窺われた。そうして現行本「神仙伝」の祖本を纏め上げた人々が見ていた材料の一つがこの「外伝」(もちろんその時代には「外伝」とは呼ばれていなかった)とよく重なることは、祖本「神仙伝」を編纂した人々が葛氏道の流れの中で、葛洪の神仙思想を風化させつつ承け継いだ人人であったという、第三章末に述べた私の推定と矛盾しないであろう。「外伝」の内容は、祖本「神仙伝」が纏められるのとほぼ同時期の神仙思想が定着されたものなのである。

恐らく「外伝」を形成するもとになった一群の「五岳図」と霊飛等十二事の伝授の伝承の中には、その一齣として、他の神仙たちとそれほどとび離れぬ分量で記述された漢武帝の伝も立てられていたと考えられる(あるいは李少君伝と一つになっていたのかも知れない)。そこに武帝の西王母との会見の記事があっても、それは「博物志」や「漢武故事」のものをそれほど超えるものではなく、ただ経典の伝授という面に重点が置かれて記述されていたと考えられるのである。

その一段の記事が、形成期の上清派道教の〃内伝の時代〃の影響を受け、〃内伝〃という形式を積極的に利用し、神降ろしの場の幻想とその記述法を取りこみ、特に茅盈の伝記を換骨脱胎して、武帝と西王母、上元夫人との会合の物語りを長大に膨らませたのである。その結果、「内伝」といわゆる「外伝」とは元来は一つのものであったものが、現在に伝わるように武帝の経典伝授の部分だけが大きくなって「漢武帝内伝」を形成し、それ以外の部分は「外伝」としてひと纏めに附録されるという、いささかバランスを失した形態の書物が残されることになったのである。

(1)　「無上秘要」巻七八第一紙以下。

(2)　同様の仙薬リストは、「三洞珠嚢」巻三第九紙に引く「上清消魔経」にも見え、薬名及びランクづけに共通する所が多い。「上清消魔経」の消魔という語は、すでに見た神女杜蘭香の伝(捜神記、巻一)にも「杜蘭香は薬のことを消魔といった」とあった。こうした道典の成立と神女説話との関り合いについても、更に追求する必要があるであろう。

(3)　「無上秘要」巻二〇第一五紙

西王母為茅盈作楽。命侍女王上華弾八琅之璈、又命侍女董双成吹雲和之笙、又命侍女石公子撃昆庭之金、又命侍女許飛瓊鼓震霊之璜、又命侍女婉絶青拊吾陵之石、又命侍女范成君拍洞陰之磬、又命侍女叚安香作纏便之鈞。於是衆声徹合、霊音駭空。

王母命侍女于善賓、李龍孫、歌玄雲之曲。其辞曰、大象雖云寥、我把九天戸、披雲汎八景、倏忽適下土、大帝唱扶宮、何悟風塵苦。

（4）シペル氏も「三茅伝」(茅盈の兄弟三人の伝記)と「漢武帝内伝」とが、その言葉づかいまで重なることを表示している。K. M. Schipper, *L'Empereur Wou des Han dans la légende Taoiste,* (前掲) Introduction, p. 16.

（5）「夷夏論」については、吉川忠夫「夷夏論争」京都大学教養部『人文』第一七集、一九七一年、を参照。

（6）石井昌子、一九六五年、前掲。

（7）「無上秘要」巻二〇第一一紙(出道迹経)

無待太元中、有待大有際、小大同一波、遠近斉一会、鳴絃玄霄巓、金簫(吟嘯)運八気、奚不酣霊酒(液)、眄目娯九裔、有無得玄運、二待亦相蓋。

この条「真誥」巻三第四紙に重なる。

（8）「無上秘要」巻二〇第一一紙(出道迹経)

丹明煥上清、八風鼓太霞、迴我神霄輦、遂造玉嶺阿、咄嗟天地外、九围皆吾家、上採日中精、下飲黄月華、霊観空無中、鵬路無間邪、顧見魏賢安、濁気傷爾和、懃研玄中思、道成更相過。

この歌は魏夫人の伝記の一部で、魏夫人の受賜の際に太極真人が歌った〃扇空の歌〃である。

（9）「真誥」巻一一第一三紙

今臘月二日多寒雪、遠近略無来者。唯三月十八日、輒公私雲集、車有数百乗、人将四五千、道俗男女状如都市之衆。看人唯共登山作霊宝唱讃、事訖便散。豈復有深誠密契、願覩神真者乎。……唯隠居所住中、厳禁清断、年得無遊雑。

（10）「真誥」巻一一第九紙

按三君初得道、乗白鵠在山頭。時諸村邑人互見、兼祈禱霊験。因共立廟於山東、号曰白鵠廟。毎饗祀之時、或聞言語、或見白鵠在帳中、或聞伎楽声。於是競各供侍。此廟今猶在山東平阿村中、有女子姓尹為祝。逮山西諸村、各各造廟。大茅西為呉墟廟、中茅後山上為述墟廟。並歳時鼓舞、同乎血祀。蓋已為西明所司、非復真仙僚属矣。

（11）「真誥」巻一二第三紙

葛玄、字孝先、是抱朴従祖、即鄭思遠之師也。少入山得仙。……伝言、東海中仙人寄書呼為仙公、故抱朴亦同然之。長史所以有問、今答如此、便是地仙耳。霊宝所云太極左仙公、於斯妄乎。

ちなみに、東海の仙島に漂着した人物が、そこで葛仙公あての手書を託されたという伝説は、陶弘景「呉太極左仙公葛公之碑」(太極葛仙公伝、道蔵洞玄部譜録類)にも見える。

(12) 「真誥」巻一二第三紙

九華丹是太清中経法。……凡此諸人術解甚多、而仙第猶下者、並是不聞三品高業故也。

(13) 福井康順「葛氏道の研究」『東洋思想研究』第五巻、第三章は、葛氏道から茅山道への継承の面を強調されるが、その内容に取捨選択を加えた上での継承であったことも忘れてはならないであろう。なお霊宝派と上清派との間隔については、吉川忠夫「師授考——抱朴子内篇によせて」『東方学報京都』第五二冊、一九八〇年、小林正美「劉宋における霊宝経の形成」『東洋文化』六二号、一九八二年、も参照。

(14) 「紫陽真人内伝」第一紙

漢侍中蔡咸、陳留高士、亦頗知道。……咸大発請問、及論神仙之道、変化之事。君乃凝黙内閉、斂神虚静、領而和之、一不答也。

(15) 「紫陽真人内伝」第七紙

欒先生、仙之下耳。子乃真人也。以真問仙、不亦頌《ママ》乎。子遇真人、乃子之師也。

(16) 吉川忠夫「真人と革命」『東洋学術研究』第一七巻五号、一九七八年、を参照。

(17) M. Kaltenmark, *Ling-Pao: Note sur un Terme du Taoïsme Religieux*, Mélanges II, Bibliothèque de L'Institut des Hautes Études Chinoise, vol. XIV, 1960, Paris. 福井康順「霊宝経の研究」『東洋思想研究』第四巻、一九五〇年。

(18) 「霊宝五符」は、「抱朴子」内篇第一一にその名が見え、また「真誥」巻二〇第二紙には「楊書霊宝五符一巻、本在句容葛粲間。泰始某年、葛以示陸先生」とあって、この道典をめぐって、葛洪・葛粲の葛氏道と楊羲・陸先生(修静)の上清派形成の流れとが複雑にからみ合っていたことが知られる。

(19) 呉の包山(苞山、音が〝霊宝〟の宝に通じること、カルタンマルク氏の指摘がある)から諸方に通じる地道に関連して、「博物志」(指海本巻六)に次のような一段がある。

君山、洞庭之山是也。帝之二女居之、曰湘夫人。帝女遺精衛至西王母、取西山之玉印、印東海北山。又荊州図語(経)曰、湘君所遊、故曰君山也。有道与呉包山潜通。上有美酒数斗、得飲者不死。漢武帝斎七日、遣男女十人至君山得酒。

この一段の記事は、霊宝経の伝承と結びついた包山の地道の観念が、西王母や漢武帝の伝説とも、その基盤において重なる所を持っていたことを暗示しよう。ちなみに〝洞庭〟の語も洞天の観念と結びついていたことは、すでに前に見た所である(三五一頁)。

更に遡れば、霊保(保は宝と通じること、西周の金文以来のことである)の語は「楚辞」九歌、東君篇に見え、「楚辞」の他の篇に種々な語彙に結びついて表れる〝霊〟の語と共に、楚の地でのシャマニズムに関係する観念として理解されている。霊宝派の江南での成長の一つの背景として、「楚辞」以来の南方の宗教伝承があったことは確かであろう。

(20) 玄嶷「甄正論」巻中(大正蔵五二、五六四上)

禹治洪水、至牧徳之山、見神人焉。謂禹曰、労子之形、役子之慮、以治洪水。無乃怠乎。禹知是神人、再拝請誨。神人曰、我有霊宝五符、以役蛟龍水豹。子能持之、不日而就。禹稽首而請。因而授之、而誡禹曰、事畢、可秘之於霊山、勿伝人代。禹遂用之、其功大就。事畢、乃蔵之於洞庭苞山之穴。至呉王闔閭之時、有龍威丈人、於洞庭之苞山、得此五符、献之於呉王闔閭。呉王得之、示諸群臣、莫能識之。聞魯孔丘者、博達好古、多所該覧。令使賫五符以問孔丘。

(21) 陳橋駅「関于越絶書及其作者」『杭州大学学報』(哲学社会科学版)一九七九年第四期、を参照。

(22) 「史記」封禅書に、

〔秦〕文公獲若石云。于陳倉北阪城祠之。其神或歳不至、或歳数来。来也常以夜、光輝若流星、従東南来、集于祠城、則若雄鶏。其声殷云、野鶏夜雊。以一牢祠、命曰陳宝。

その「集解」に引く臣瓚の注に、

陳倉県有宝夫人祠。或一歳二歳、与葉君合。葉神来時、天為之殷殷雷鳴、雉為之雊也。

とあって、神々の会合(それも男女の神の会合)というシナリオがその宗教観念の重要な要素となっていたことが知られる。なお雷鳴と共に神が到着するという筋書きは、「漢武故事」の西王母の到着の際の記述にも見える、「是夜漏七刻、空中無雲、隠如雷声、竟天紫色、有頃王母至」。カルタンマルク「霊宝」(前掲)を参照。

(23) 福井康順「三皇文と三皇経」『道教の基礎的研究』前掲、また大淵忍爾「三皇文より洞神経へ」『道教史の研究』前掲、などを参照。

(24) 例えば *Die Religionen der Menschheit*, 19-1——*Germanische und Baltische Religion*, 1975, Stuttgart を参照。

(25) 「晋書」巻一一七姚興載記には、「屢有妖人、自称神女、戮之乃止」とあって、この章で分析してきた神女の幻想も、その物語りの基礎には支配者たちをおびやかす、恐らく宗教的反乱につながる危険性を持ったものが存在して、その根強さは、幻想の宣伝者たちを誅殺せねば止まらぬものであったのである。

(26)　例えば厨の儀礼も、「雲笈七籤」巻四の三皇説の部分に述べるところによれば、衆生たちは昏惑にして頓悟させがたいので、まず「厨食、章書、雑法、黄赤之道(房中術)などの雑化浅近なるを教え」それから徐々に深い教えに入ってゆく、だから「当に知るべし、章、厨、雑化は漸導の義たりて、奉道と名づくと雖も、未だ正理を知らざるを」とあって、房中術などと共に正式の道教信仰には属さぬものとされている。

(27)　「周氏冥通記」巻一第一一紙

姨母修黄庭三一、供養魏伝蘇伝及五岳三皇五符等。

(28)　劉大彬「茅山志」巻五第三紙

叩頭自陳曰、盈小醜賤生、枯骨之餘。敢以不肖之軀、慕龍鳳之年、朝菌之質、求積朔之期。雖仰遠流、莫之能済。常恐一旦死於鑽訪之難、取笑於世俗之夫。遭遇王君、哀盈丹苦、粗受治身之術。豈図今日一覩聖姿、恍惚大象、如淪神夢。救生護死、帰之乞丐。願賜長生之要、暫悟行尸之身。

(29)　「漢武帝内伝」第五紙以下

帝跪曰、徹小醜賤生、枯骨之餘。敢以不肖之軀、而慕龍鳳之年、欲以朝花之質、希晦朔之期。雖楽遠流、莫知以済。塗路堅塞、所要無寄。常恐一旦死於鑽仰之難、取笑於世俗之夫。豈図今日遭遇光会、一覩聖姿。而精神飛揚、恍惚大夢、如以渉世千年、救護死帰之日。乞願垂哀誥、賜徹元元。

(30)　「漢武帝内伝」が茅盈の伝記に出ること、シペル氏前掲論文(注4)に詳しい。ただ孫克寛「道教茅山宗神話」『広文月刊』第一巻一期、一九六八年、は、「太玄真人(茅盈)内伝」の方が「漢武内伝」を模倣したのだとする。

(31)　「漢武帝外伝」が「神仙伝」とその文章まで対応するのみならず、「内伝」の部分でも「神仙伝」と書承の関係があったことは、さきに「神仙伝」の麻姑の伝を引いて示した所である。更に一例を挙げれば、「四庫提要」巻一四二も指摘するように、「神仙伝」巻六の孔元方伝中の言葉、「此道之要言也。四十年得伝一人。世無其人、不得以年限足故妄授。若四十年無所授者、即八十年而有二人可授者、即頓授二人。可授不授、為閉天道。不可授而授、為泄天道。皆殃及子孫」は、「内伝」第二三紙の「聴四十年授一人。如無其人、八十年可頓授二人。……得真者四万年授一人。如無其人、八万年頓授二人。昇太上者四十万年授一人。伝非其人、是為泄天道。可授而不伝、是為閉天宝。……泄之者身死道路、受上刑而骸裂。閉則目盲耳聾於来世」云々の段に対応し、両者の間にある差異(すなわち「内伝」の表現の、人間的時間を越えた時の流れの強調や文章の装飾的傾向の強化といった特色)が、「内伝」の物語りとしての発展の方向を示している。なお四十年を単位とする経典伝承については、すでに「抱朴子」内篇遐覧第一九に「三皇内文、五岳真形図……受之四十年一伝、伝之歃血而盟、委質為約」とある。

(32) 「後漢書」方術列伝巻七二下の李賢注に引く「漢武内伝」「漢武帝内伝」四条は、いずれも道蔵本の「外伝」の部分に対応する内容の条を見つけることができる。

(33) 道蔵本「漢武帝外伝」第六紙
其五岳図、与王母文正同。今得見於世間者、豈不由李少君董仲舒及女生得之。

(34) K・M・シペル「五岳真形図の信仰」『道教研究』第二巻、前掲。

(35) 葛洪が纏めた原本「神仙伝」と現行の「神仙伝」の祖本になるものとの間には一定の距離があったであろうという推定は、本書第三章、また拙論「神仙伝の復元」『入矢小川両教授退休記念中国文学語学論集』一九七四年、を参照。

(36) 「抱朴子」内篇論仙第二
按董仲舒所撰李少君家録云、少君有不死之方、而家貧無以市其薬物。故出於漢、以仮塗求其財、道成而去。又按漢禁中起居注云、少君之将去也、武帝夢与之共登嵩高山。半道、有使者乗龍持節、従雲中下。云、太乙請少君。帝覚以語左右曰、如我之夢、少君将舎我去矣。数日而少君称病死。久之、帝令人発其棺、無尸、唯衣冠在焉。

(37) 「漢武帝外伝」第一〇紙
上表云、陛下思心玄妙、志甄長生。於是招誘道術、無遠不至。精誠感霊、天神斯降。自非宿命所適、孰能諧合。然丹方禁重、宜絶臭腥、仙法養物、仁充蠢動。而陛下不能絶奢侈、遠声色、殺伐不止、喜怒不除。万里有不帰之魂、市朝有流血之形。神丹大道、未可得成。

八 「漢武帝内伝」の成立

以上の各節で「漢武帝内伝」の素材となっていると考えられる伝承のいくつかを取り挙げ、それぞれの来歴と性格とを検討してきた。このように見てくるとき、たしかに「漢武帝内伝」は、さまざまな素材をあまり加工せぬままつなぎ合わせた、継ぎはぎ細工であるという印象をまぬがれないであろう。しかし同時に、継ぎはぎされた素材のそれぞれが、決して手あたり次第に集められたものではなく、一つの古くからの伝承の核があり、それをめぐる儀礼と幻想があって、その核を中心にしてそれぞれの素材が結び付き合っていたことを論じた。そうしてそれらの素材が「内伝」という形式のもとに纏められ文字に定着されたことには、精神史展開の上の特定の時代と密接な関連があったのだということも明らかにしようとしてきた。すなわち「漢武帝内伝」のこうした素材の選択とそれを〃内伝〃という形式を借りて定着したという事実に、すでにこの作品の時代の中での位置と意味とがかかっていたのである。

しかしまた、このような大局的な視点からの作品の位置づけが不可欠であると同時に、この作品を最終的に纏め上げた編纂者〔たち〕がなにをこの作品に託そうとしていたのかを追求することも忘れてはならない。この最終的な編纂者がその編纂の作業を通してなにを為そうとしていたのかを考えて、この章のしめくくりにしたいと思う。

前節で西王母の侍女のリストを対照した際、「漢武帝内伝」のものと道教関係の書物に見えるものとが大部分重なり合いながら、侍女の頭《かしら》である王上華が「内伝」では王子登になっていて、両者に違いのあることを示した(表六)。この王子登という名が王上華という名の単なる書き誤りでないことは、「内伝」でもう一個所、この物語りの最初に西王母の使者として武帝のもとを訪れ、西王母が七夕に訪れるであろうと告知する神女の名が王子登だとされていることからも知られる。「内伝」ではこの王子登に相当重要な役割りが与えられているのである。王子登の登場の場面は次のように記述されている[1]。

> 四月戊辰の日の夜、武帝は承華殿にくつろいでいた。そばには東方朔と董仲舒とが侍していた。その場に突然に一人の女性が姿を現した。青い着物を着て、すばらしい美貌であった。武帝はびっくりして尋ねると、その女性は答えて言った、「私は墉宮玉女の王子登です。さきほど西王母の仰せを被りお使いとして崑崙山よりまいりま

した」と。〔彼女は西王母からの伝言を〕武帝に伝えた、「あなたが四海に君臨する主君としての尊厳をそこなうことも気にかけず、道を尋ね永生を求め、帝王としての位を無視してしばしば高山大岳に祈禱していると聞きました。立派な心がけです。あなたに教えを伝えることが出来そうに思えます。いまから百日の間、潔斎を行ない、俗世のことにかかずらわぬように。七月七日には、たずねてまいることにいたしましょう」と。武帝は席から下り跪《ひざまず》いて仰せを畏むむね返事をした。言葉が終るとその女性はフッと姿を消した。

このあと更に東方朔がこの玉女について説明をし、彼女は西王母の使者として世界の四方の果てまで往来していること、かつて西王母の命によって北燭仙人に嫁したことがあることなどが明らかにされる。

「漢武故事」では、西王母の七夕における来訪を告知するのは〝青鳥〟である。青鳥が西王母の使いをするというのは「山海経」海内北経(三五頁)以来の伝説であるが、それを「内伝」は青衣の女子に入れ替え、更にその名を王子登だとしているのである。

この王子登という名は、王褒を字《あざな》で呼んだものと同じで、その王褒は、王遠の弟子、魏夫人の師として上清派の師承の中で極めて重い位置を占めている(表七)。そうして王褒が男の真人とされていたことは、「真誥」巻一の初めに見える男の真人二十三人と女真十五人のせいぞろいの記述の中に、男の真人のがわに「清虚小有天王王子登」と見えるところから疑い得ない。しかるに「漢武帝内伝」は西王母の第一の侍女にその名を与え、北燭仙人の配偶者であったという物語り的な経歴まで附け加えているのである。

あるいは王子登という人物については、後世の上清派が採用した以外の違った性質の伝承があったのかも知れない(2)。王褒の師の王遠が、上清派の最初期(あるいはその一段階前の時期)の伝説の中にさまざまな姿を現しているのに対し、王褒の方にはそうした伝説が多くないのは、かえって彼が王遠とは別の系統の伝承に属していたことを暗示するとも言えよう。しかしたとえそうであっても、上清派の重要な真人である茅盈の伝記を利用しつつ「漢武帝内伝」を纏め上げた編纂者が、上清派の中での王子登の位置を知らなかったとは考えられない。上清派の師承の系譜をよく知りながら、しかも西王母の侍女にわざわざ王子登という名を与えたとすれば、編纂者の上清派の宗教活動に対する立場はきわめて微妙な屈折したものと考えざるを得ないであろう。

漢の武帝が長生を得たかどうかについては、確かに神仙となり長生を得たとする全面肯定の伝説はないにしても、さまざまな取りざたがあったようである。例えば「異苑」巻七（太平広記巻二二九にも引用あり）には、武帝の死後、その梓宮中に収めたはずの玉符と瑶杖とが民間で買われた。追求してみるとそれを売っていた人物の姿かたちは武帝にそっくりであった、という一条がある。これは恐らく民間伝説に近いもので、そこでは武帝は完全には死にきっていないようである。「漢武帝内伝」も、その最後の部分で、こうした伝説を取り入れて、武帝は最低の段階で尸解することだけはできたとしている。

しかし本来、神仙思想や道教思想の中では、漢の武帝の求道に対してあまり同情が示されていない。「抱朴子」内篇の述べるところの基本の論調がすでにそうであるが、「漢武帝内伝」とそのあらすじで重なるものとして道教経典「三天内解経」巻上の記事を挙げれば、そこには次のようにある。(3)

漢の武帝は〝上道飛仙の法〟を学ぼうとした。太上は再び東方朔を遣わして漢の統治に力をかさせようとした。〔しかるに〕武帝も、東方朔が真人であることには気付かず、一般の官吏人民と異ならぬ者として、特別の扱いをすることはなかった。西王母と上元夫人も、ともども車にのって武帝のもとに降臨し、その〝道〟を完成させてやろうとしたのであるが、武帝には、心に悟り、神霊の恩沢を感受して、穢濁を棄てさってしまうことができず、世間の栄誉を貪り、殺伐を止めることがなかった。天・地・水の三つの官に血の罪によって拘引され、被髪して冤罪を訴える者たちが〔武帝を〕鬼官に告発し、加えて情欲を絶つことができなかったことから、〝道〟はついに完成せず、肉体は太陰に帰したのである。

このように武帝は道を完成することができなかったとするのが、神仙思想から道教信仰につながる思想の主流であった。しかし帝王という存在自体が仙道と相い背くものであるという思想は、魏晋の神仙思想の中では重要な主張であっても、上清派道教の中では必ずしも強調されない。上清派の唯心論的傾向は、道教徒の各個が官に在るか山林にあるかの選択を迫っても、帝王の権力は個人の心の外にあるものとしてあまり問題にされないのである。このような上清派道教(より広く言えば知識人的な道教)の全体的な流れと対比するとき、「漢武帝内伝」の七夕の場における、武帝に神仙となる才能も資格もないことを強調する執拗な記述は、「内伝」の編者の一つの主張にもとづくものであったと考えねばならないであろう。

「漢武帝内伝」が茅盈の伝記をそのまま受けついだ部分であろうとして前節(四一三頁)に引用した条でも、神仙の前にひれふし哀れみを請う修行者をそのまま武帝に入れ替えるとき、地上の絶対的支配者の権威は完全に失われてしまって、皮肉な寓意的な構造を持つことになるであろう。特にその最後に編纂者は、武帝に自分のことを「徹《わたくし》元元」と言わせ、神仙たちの前では地上の帝王も元元(庶民)に過ぎぬことを印象づけようとしているのである。

道教修行者の伝記の一部をそのまま帝王の行動に入れ替えたためにおこる、こうした皮肉な効果だけに止まらず、「内伝」の編者はより積極的に、地上の帝王も神仙たちの目から見れば何の権威もないのだということを印象づけるための言葉と情景とをさまざまな形で附け加えている。前に対比した「神仙伝」の麻姑の条と「内伝」との重なり合いの中でも、「神仙伝」に無くて「内伝」において意図的に附け加えられたのは「武帝のところに降臨しても何の意味もないではないか」と言って反対する上元夫人の言葉であった。

「内伝」の七夕の場を通じて、この上元夫人が武帝に対し厳しい言葉を吐く。本章第四節で述べたように、神降ろしの幻想の中には、神々の間での共語が霊媒に聞えてくるという場合があり、その神々の共語は多く霊媒自身のことをあげつらっているらしく、ひどく気になるものであった。この神降ろしの際の幻想の一つの形式が「内伝」の記述の中に活用され、西王母と上元夫人とは、武帝をそっちのけにしておいて、武帝に神仙になる資格があるかどうか、経典を伝授すべきかどうかを議論するのである。例えば、武帝にはその資格がないと言って経典の伝授をしぶる上元夫人を西王母は次のように言って説得する。(4)

私のもつ「五岳真形文」は、太上天皇が地上にもたらされたもので、その文は宝妙にして天仙たちが信《わりふ》としているものです。どうして劉徹(武帝の実名)などに授け下してよいものでしょう。ただ彼がひたすらなる心をもって、しばしば大川高岳に祈願し、つとめて斎戒を修し、神仙の感応を求め、現世を超えようと志しながら、立派な師に会うことがないまま〔その努力もむなしくなっているので〕、それ故、私たちは下界に降って彼に会ってやったのです。……私がいま「真形文」を劉徹に授けるのは、彼がきっと道を得ることができると思ってのことではありません。ひたすらで誠なる心に効験《しるし》をあらしめ、惑うことなく仙を求めるよう彼を導こうとするものであって、〔そうすることによってより広く〕道による教化に心をよせる人々を誘い励まし、またこの世を酔生夢死の中に渡ってゆく者たちにも、天地の間にこうした〝霊真の事〟が存在することを知らしめ、それを信ぜぬ狂夫たち〔の妄言《たわごと》〕を退けるに足ろうと考えるものです。私の意図はここにこそあるのです。しかしこの人(武帝)は、性気が淫にして暴、身につけた精は不純であって、どうして真人・仙人となり、空を飛んで縦横に十方に往来することができましょう。努力して修行すれば、なんとか不死だけは得られるのです。

武帝の口ぞえをする西王母自身も、武帝が道を得られるとは思っていない、武帝と接触をもったのは〝霊真の事〟がこの世に存在することを広く人々に知らせたいがためだ、と言うのである。

また六甲霊飛等十二事を武帝に伝授するようにとの上元夫人からの手紙を受けとった扶広山の青真小童は、次のように返事をする。(5)

承われば、夫人は阿母のお招きで劉徹の家に出向かれたとのこと。天霊の至尊たる御身《おんみ》が、臭濁の中に下降されたりしようとは意外のことでございました。……劉徹には神仙を求め慕う心はあっても、実際は仙を得べき才ではございません。どうしてこの術を行尸(歩く屍《しかばね》)に漏らし伝えてよいものでしょう。阿昌《わたくし》は近ごろ天帝のもとで、たくさんの者たちが上言しているのを目にしました。彼らが訴えますには、山鬼は山野に哭し、祭られぬ魂が辺疆の地に号《さけ》び、軍旅を興しては却って功労ある者を族滅し、恩賞慰労を忘れて士卒たちに刑罰ばかりを加え、白骨は無残にちらばり、万民を不安のどん底に落し、しかも淫乱残虐の行ないを少しも慎もうとしない、と。劉徹の罪はすでに太上のもとで顕《あきら》かになり、人々の怨みは天の気にも反映して、騒がしい非難の声は各所に聞えております。決して永遠の生命など得られますまい。

このように武帝は神仙たちによってさんざんに悪口を言われながら、ただひたすら〝叩頭流血〟して教えを請うているのである。

このように執拗に武帝を虐待する「内伝」の編纂者には、恐らく一つの主張があったのであろう。上に見た王子登という玉女の登場と考え合わせる時、次のような想定も可能ではなかろうか。

東晋期以降の道教は、清整運動を進める中で民衆信仰的な要素を棄て去って観念化し唯心論的傾向を深めてゆくのと反比例して、信仰と君主権の対立関係についてはほとんど言及されることがなくなる(6)。信徒個人が官界にあるべきか山林にあるべきかの自問自答はあっても、現実の俗権と宗教的価値体系とが鋭く対立するものだという観点は風化していってしまう。俗権を犯さぬ範囲に限って宗教的世界を築こうとするのである。寇謙之、陸修静、陶弘景といった道教界の大物たちが君主と積極的に接触を持つとき、こうした変質は促進されずにはおらなかったであろう(7)。

しかし信仰と俗世の権力とが相い容れないものだとする観念は、道教信仰の本来的な要素の一つであったと言えるであろう。「霊宝五符序」では、呉王闔閭は君主である限り「五符」の意味は明かせないと言われてその探求をあきらめたのであり(8)、また第三章に述べた如く、「神仙伝」の中にも君主権と神仙追求とが相い容れないものであることを強調する寓話が多く収められているのである。

東晋期以降の道教がこのように民衆的な要素を棄て、君主権とも和解してゆこうとするとき、それにあき足らぬ人人がいて、古来の民衆信仰の幻想を核に、神仙の存在が現世的な権威を高く超えたものであることを強調して、「漢武帝内伝」が纏められたのである。

「漢武帝内伝」が最終的に纏められた時代は、このような想定から言うと、道教の流れの中での〝内伝の時代〟より一時期おくれて、上清派の教理が自らの持つ傾向をはっきり現してきた時期に、それと対抗する意味をもって編纂されたと推定される。南北朝期の上清派道教の理論家たちが一様に「漢武帝内伝」を無視しているのは、実はこの作品の持つそうした意味を十分に知っていたからなのだと考えることができるであろう。

「漢武帝内伝」は、現世の絶対的な支配者である漢の武帝も、神女たちの目から見れば極くつまらぬ存在にすぎないということを繰り返し強調している。そうした視点は、とりもなおさず現世の支配体制の重みを相対化し、更にはわれわれ自身にとっての現実の意味をも問い直させずにはおらない。われわれに絶対的な重みをもって迫る現実世界の価値体系も、違った原理による価値体系の上に築かれた別の世界から見直すとき、それはいかにもみすぼらしいものでしかない。

西王母は、自分が持ってきた桃について説明して言う。(9)

「この桃は三千歳に一度しか実を結びません。中国の土地は地味が薄くて、植えても育たないのです。」

このような大きな時間の流れ、あるいは広大な空間を視点に入れてわれわれの〝生〟を顧みるとき、われわれが執着している中国の土地はいかにも地味が薄く、現実世界の中での喜怒哀楽もその絶対的な意味を失って、一様に哀愁の色を帯びて帰ってくることになる。

李義山の「碧城詩」に言う(10)、

　武皇内伝　分明に在り、道《い》う莫《な》かれ　人間《じんかん》すべて知らずと。

人間(人間世界)を、それを超えた価値体系によって見わたす視点を獲得し、そこを拠点に現実に関りあい、現世の価値の相対化のあと、哀愁の色を帯びて帰ってくるものを単に感傷の中に留めるのではなく、強い精神力と独自の価値体系でもって再構成することができたとき、長篇小説が成立してくるのだと言えよう。そうして「碧城詩」に言い、また「漢武帝内伝」自体も「この世を酔生夢死の中に渡る人々に、天地の間に〝霊真の事〟があるのを知らしめるためだ」と言うように、そうした作品は、現実生活のまっただ中にとじこめられている人々に別のものの見方を伝える(「内伝」の中の言葉で言えば、天機を漏らす)ものであり、現実生活もそうした外からの視点を得てはじめて、その意味を結晶化させることが可能になるのである。

　ふりかえって「漢武帝内伝」を見てみるとき、長篇小説として、そうした契機はもちながらも、きわめて不十分な作品と言わざるをえないであろう。それは編纂者たちに、現実を解体して再構成するための鞏固な価値体系と精神力がなかったというだけでなく、それを可能にする精神史的、文学発展史的な成熟を欠いていたためなのである。

　中国小説史の流れを見るとき、唐代というのは、伝奇小説作品に見るように、短篇小説の一つの発展・完成期ではあったが、長篇小説の分野では、「遊仙窟」といった作品はあるにしても、停滞期でしかなかったように見える。南北朝期にその萌芽を見せた長篇小説は、そのまま宋代まで大きな発展を示さぬままに留まるのである。

　他の文学ジャンルでも同様であろうが、長篇小説の場合、特にその内容の展開が新しい文体の開拓と密接に結びついている。文体と内容について、因果関係を含めず現象面だけで言うとき、新しい文体が新しい内容を可能にすると言い得よう。すなわち、南北朝期の長篇小説が萌芽以上に成長できなかったのは、神降ろしの際の霊媒が用いる記録のための文章をもとにした文体の限界がそこにあったのである。長篇小説を成り立たせるためには、現実の社会と生活とに密着しうる饒舌な文体が準備されておらねばならない。神降ろしの幻想を写す文体は、たしかにその詳細な人物や情景の描写によって一つの可能性を開きながらも、古来の伝承と時代的な制約である〝美文意識〟を棄てさることができなかった。長篇小説の真の発展のためには、日常生活の中での口頭語(白話)を基礎にした新しい文体の開拓が待たれていたのである。(11)

(1) 「漢武帝内伝」第一紙

四月戊辰、帝夜間居承華殿。東方朔董仲舒侍。忽見一女子。着青衣、美麗非常。帝愕然問之。女対曰、我墉宮玉女王子登也。向為王母所使、従昆山来。語帝曰、聞子軽四海之尊、尋道求生、降帝王之位、而屢禱山岳。勤哉。有似可教者也。従今百日清斎、不閑人事。至七月七日、王母暫来也。帝下席跪諾。言訖、女忽然不知所在。

(2) 例えば「雲笈七籤」巻一〇六に引く「清虚真人王君内伝」(弟子南岳夫人魏華存撰)によれば、王褒は漢初に陳平とならんで丞相であった安国侯王陵の七世の孫、その母は司馬遷の孫女、彼自身は孔子十四世の孫の孔光の女《むすめ》を娶ったという。こうした有名人の系譜の中に王褒を位置づけるという特色は、他の真人たちの「内伝」には見られぬ所で、その伝記が元来は前漢時代の宮廷内の物語り(すなわち「西京雑記」と同性質の伝承説話)と関係を持っていたことのなごりであるのかも知れない。なお「法苑珠林」巻五五や「法琳別伝」などの佛教側からの議論では、「洞玄経」は王褒が偽造したものだとされる。

(3) 「三天内解経」(道蔵正一部)巻上第八紙

漢武帝欲学上道飛仙之法。太上又遣東方朔、輔助漢治。武帝又不知朔是真人、而為吏民、令不異於凡人。西王母上元夫人皆輪駕降於武帝、欲成其道。武帝不能開悟、仰感霊沢、棄蕩穢濁、而貪世栄、殺伐不止。三官有血罪相牽、被髪告冤、称訴鬼官。又情欲不絶、道遂不成、帰形太陰。

ここで「太上がまた東方朔を遣わした」とあるのは、すでに同経第四・五紙に「太上は真人及び王方平、東方朔を遣わし、漢世を輔助せんとす」とあったからであろう。ここに王方平(王遠)の名が見えることも注目に値いする。なおこの「三天内解経」については、楊聯陞「老君音誦誡経校釈——略論南北朝時代的道教清整運動」『歴史語言研究所集刊』第二八本上、一九五六年、を参照。

(4) 「漢武帝内伝」第一六紙

吾之五岳真形文、廼太上天皇所出。其文宝妙而為天仙之信。豈復応下授之於劉徹也邪。直以孜孜之心、数請川岳、勤脩斎戒、以求神仙之応、志在度世、不遭明師、故吾等有以下眄之耳。……吾今所以授徹真形文者、非謂其必能得道。欲使其精誠有験、求仙之不惑。可以誘進向化之徒、又欲令悠悠者知天地間有此霊真之事、足以却不信之狂夫耳。吾意在是矣。然此子性気淫暴、服精不純、何能得成真仙、浮空参差十方乎。勤而行之、適足以不死耳。

（5）「漢武帝内伝」第一九紙

承阿母相邀、詣劉徹家。不意天霊至尊、廼復下降於臭濁中也。……雖有心求慕、実非仙才。詎宜以此術伝泄於行尸乎。阿昌近在帝処、見有上言者甚衆。云、山鬼哭於叢林、孤魂号於絶域、興師旅而族有功、忘賞労而刑士卒、縦横白骨、奢擾黔首、淫酷自恣。罪已彰於太上、怨已見於天気、囂言互聞、必不得度世也。

（6）後漢末以来の太平道や五斗米道の道教運動が反国家的で社会革命的であったものが、抱朴子につながる神仙術の中ではその傾向が弱められ、更に道教内部で「三張の偽法を除」こうとする清整運動が展開する中で、道教信仰が、今度は逆に、反国家的な行動よりも、国家と結ぼうとする新しい傾向を強めていったこと、宮沢正順「抱朴子と張角一派」『宗教文化』第一一輯、一九五六年、を参照。抱朴子の段階ではなお君主の求道という行動には根本的な矛盾があるとされていたものが、やがてその矛盾を強調することもなくなってゆくのである。

（7）佛教のがわでは、廬山の慧遠の「沙門不敬王者論」以来、佛法は王法の外にあるのであるから沙門は王者（皇帝）に敬礼を行なうべきでないという主張が、いささかの曲折はありながらも、貫かれていた。もちろん王権の方は佛教徒を自らの権威の下に組みしこうと、機会あるごとに種々の施策を試みるのであるが、佛教徒たちはそれに鋭く反応し、反対のための果敢なデモが組織され、生命をも投げ出そうとする僧侶たちが出てくる（礪波護「唐代における僧尼拝君親の断行と撤回」『東洋史研究』第四〇巻二号、一九八一年、を参照）。それに対し道教徒は、主君の前での佛道優劣論争の場において、道教は佛教ほど支配権力に反抗的ではありませんなどと主張している。少なくともこうした面での道佛二教の思想的優劣は明らかであろう。

（8）闔閭のもとから「霊宝五符」が失われてしまうという結末と、柏梁臺に天火が降って「真形図」以下の経典がその函と共に焼失してしまったという「漢武帝内伝」の筋書きも、決して無関係のものではないであろう。そうしてそれが単に観念的なモチーフの継承というのに留まらず、より深く〝西王母コンプレックス〟とも呼ぶべき文化の複合に根ざしていたであろうことが、三国時代を中心にした西王母画像鏡に〝呉王〟が出現することからも知られる。〝呉王〟や〝伍子胥〟画像鏡と江南での西王母信仰との関係については、別に纏めて考察を加えたいと思う。

（9）「漢武帝内伝」第三紙

此桃三千歳一生実耳。中夏地薄、種之不生。

(10) 李商隠「碧城三首」其三(玉渓生詩集箋注巻三)。

(11) 拙稿「漢字の表現」『中国の漢字』一九八一年、中央公論社、に長篇小説を可能にするものとしての白話表現の特質について、不十分ではあるが考察を加えた所がある。

図版説明

口絵一　西王母画像石（京都、藤井有隣館所蔵）　京都大学人文科学研究所考古資料九八五一。

口絵二　唐祥瑞鏡（京都国立博物館所蔵瑞図仙岳八花鏡）　京都大学人文科学研究所考古資料（未編号）林巳奈夫氏手拓。京都国立博物館編『守屋孝蔵蒐集　漢鏡と隋唐鏡図録』一九七一年、図三四を参照。

図一　孝堂山画像石、織女図　傅惜華編『漢代画象全集初編』一九四九年、上海、図版二一。

図二　南陽画像石、牽牛織女星宿　「考古」一九七五年第一期、周到「南陽漢画像石中的幾幅天象図」図三の一。

図三　四川省郫県出土石棺蓋画像、牽牛織女　「考古」一九七九年第六期、四川省博物館・郫県文化館「四川郫県東漢磚墓的石棺画像」図二。

図四　大安里一号墳壁画、織女　朝鮮民主主義人民共和国科学院考古学及民俗学研究所『考古資料集第二輯——大同江及載寧江流域古墳発掘報告』一九五九年、平壌、口絵。

図五　徳興里壁画墓、牽牛織女　「朝鮮画報」一九七九年第一一期、「徳興里古墳壁画」一四頁。

図六　正倉院、針七隻　帝室博物館『正倉院御物図録』第一四輯、一九四二年、南倉納物、図一七。

図七　武氏祠画像石、玉勝　É. Chavanne, *Mission Archéologique dans la Chine Septentrionale, Planches*, 1909, Paris, Pl. 48, No. 102.

図八　楽浪漢墓出土、玉勝　梅原末治・藤田亮策『朝鮮古文化綜鑑』第三巻、一九五九年、養徳社、図版六五。

図九　定県後漢墓出土、玉勝座屏　「文物」一九七三年第一一期、定県博物館「河北定県43号墓発掘簡報」図版一。

図一〇　鎮江東晋墓画像磚、一足怪人と玉勝　姚遷・古兵編『六朝藝術』一九八一年、北京、図一五六・一五七。

図一一　鄧県画像磚墓壁画、玉勝をくわえる守門神　河南省文化局文物工作隊『鄧県彩色画像磚墓』一九五八年、北京、口絵一。

図一二　金王陳南朝陵墓画像磚、日月と玉勝文様　『六朝藝術』図一九九・二〇〇。

図一三　郫県石棺、迎賓図　「考古」一九七九年第六期（図三の報告）、図一一。

図一四　唐祥瑞鏡、金勝　口絵二の部分。

図一五　トルファン唐墓出土、人勝剪り紙　「文物」一九七三年第一〇期、新疆維吾爾自治区博物館「吐魯番県阿斯塔那――哈拉和卓古墓群発掘簡報(一九六三―一九六五)」図一四。
図一六　呉王西王母画像鏡(部分)　梅原末治『紹興古鏡聚英』一九三九年、桑名文星堂、図五六。
図一七　滕花　郭宝鈞「古玉新詮」図一七。
図一八　江蘇省曹荘画像石、紡織図　「文物」一九七五年第三期、「泗洪県曹荘発現一批漢画像石」附図。
図一九　成都曾家包出土画像石、機織図　「文物」一九八一年第一〇期、成都市文物管理処「四川成都曾家包東漢画像磚石墓」図四を参照。
図二〇　三段式神仙画像鏡　樋口隆康『古鏡』一九七九年、新潮社、図録冊、図版九一。
図二一　河南省済源県前漢晩期墓出土、陶製桃都樹　「文物」一九七二年第三期、郭沫若「出土文物二三事」図版六。
図二二　陝北画像石　陝西省博物館・陝西省文物管理委員会『陝北東漢画像石刻選集』一九五九年、北京、図二八・八九・九九・一一二。
図二三　楽浪王盱墓出土漆盤、西王母と侍女　東京帝国大学文学部編『楽浪』一九三〇年、刀江書院、図五八。
図二四　沂南画像石、東王公・西王母　南京博物院・山東省文物管理処『沂南古画像石墓発掘報告』一九六五年、上海、図版二五・二六。
図二五　四川省彭山双江崖墓出土、揺銭樹　「人民中国」一九八〇年一二月号、彩色図版。
図二六　西安昆明池、牽牛織女石像　「文物」一九七九年第二期、湯池「西漢石雕牽牛織女辨」図一。
図二七　綏徳軍劉家溝後漢墓門楣石画像、西王母・東王公　『中国の歴史』第一〇巻、一九七五年、講談社、三〇―三一頁。また『陝北東漢画像石刻選集』図二〇も参照。
図二八　山東省出土画像石、西王母・東王公　E. Chavanne, *Mission Archéologique*, 1909, Pl. 91, No. 171.
図二九　望都二号漢墓、玉枕しきり板画像(摹図)　河北省文化局文物工作隊『望都二号漢墓』一九五九年、北京、図三七。
図三〇　鄭州新通橋漢墓空心磚、玉兎と西王母　小南所蔵拓片(鄭州にて購入)、「文物」一九七二年第一〇期、鄭州市博物館「鄭州新通橋漢代画像空心磚墓」図一四の一六を参照。
図三一　王莽始建国二年銘鏡、玉兎と西王母　駒井和愛『中国古鏡の研究』一九五三年、岩波書店、図二三。

図三二　楽浪(平壌)出土銅盤図像、西王母　梅原末治『日本蒐儲支那古銅精華』第六冊、一九六四年、山中商会、図四四一。

図三三　成都出土方磚、西王母　迅冰編『四川漢代雕塑藝術』一九五九年、北京、花磚図六一。

図三四　成都西門外出土方磚、西王母　聞宥『四川漢代画像選集』一九五六年、北京、図八四。

図三五　新津出土画像磚、西王母　『四川漢代画像選集』図九九。

図三六　郫県石棺画像、西王母・仙人六博　「考古」一九七九年第六期(図三の説明に前掲)、図一〇。

図三七　嘉祥県洪山画像石、西王母・三足烏・九尾狐など　山東省文物管理処・山東省博物館『山東文物選集——普査部分』一九五九年、北京、図一九九・二〇〇。

図三八　済寧県慈雲寺天王殿画像石、西王母　傅惜華編『漢代画象全集二編』一九五一年、上海、図三四。

図三九　滕県宏道院画像石、西王母など　『漢代画象全集初編』図九五。

図四〇　滕県西南郷画像石、西王母など　『漢代画象全集初編』図八三。

図四一　嘉祥県宋山画像石、西王母　「文物」一九七九年第九期、嘉祥県武氏祠文管所「山東嘉祥宋山発現漢画像石」第四石。

図四二　武氏祠画像石、第一石・第二石　É. Chavanne, *Mission Archéologique*, 1909, Pl. 44, No. 75, Pl. 45, No. 76.

図四三　沂南画像石墓中室八角柱画像、西王母・東王公　『沂南古画像石墓発掘報告』図版六五・六六。

図四四　紹興出土騶氏作神仙画像鏡(部分)、東王公　『紹興古鏡聚英』図一六。

図四五　浙江出土神仙画像鏡(部分)、東王母　王士倫『浙江出土銅鏡選集』一九五七年、北京、図一三。

図四六　新繁県清白郷画像磚墓　「文物参考資料」一九五六年第六期、四川省文物管理委員会「四川新繁清白郷東漢画像磚墓清理簡報」図版。

図四七　邛崍県花牌房出土画像磚、羽人(太陽神と月神)　『四川漢代画像選集』図八六・八七。

図四八　秋胡故事画像石　『四川漢代画像選集』図四〇。

図四九　郫県後漢墓石棺画像、曼衍角抵戯　「文物」一九七五年第八期、李復華・郭子游「郫県出土東漢画像石棺図像略説」(この報告が中央の人物を東海の黄公かもしれないとするのには疑問がある)、四川省博物館展示の拓本によって加筆。

図五〇　沂南画像石、百戯図　『沂南古画像石墓発掘報告』図版四八上。

図五一　武氏祠画像石、升鼎図　É. Chavanne, *Mission Archéologique*, 1909, Pl. 59, No. 122.

図五二　武威後漢墓出土連枝灯(部分)　「人民中国」一九七二年四月号、彩色グラフ。「文物」一九七二年第二期、甘博文「甘粛武威雷台東漢墓清理簡報」図版六の一を参照。

図五三　西安出土銅羽人　「文物」一九六六年第四期、西安市文物管理委員会「西安市発現一批漢代銅器和銅羽人」図版二の四。

図五四　営城子二号漢墓中室奥壁壁画　東亜考古学会『営城子——前牧城駅附近の漢代壁画磚墓』一九三四年、図三六。

図五五　酒泉県丁家閘五号墓壁画、羽人　「人民中国」一九七九年八月号、彩色図版。この墓の発掘報告は「文物」一九七九年第六期、甘粛省博物館「酒泉、嘉峪関晋墓的発掘」に見える。

図五六　神人画像鏡　『紹興古鏡聚英』図六。

図五七　朱曼妻薛氏買地券　「文物」一九六五年第六期、方介堪「晋朱曼妻薛買地宅券」附図。

図五八　五岳真形図(第一類)　É. Chavanne, *Le T'ai Chan—Essai de Monographie d'un Culte Chinois*, Annales du Musée Guimet, Tome 21, 1910, Paris, Fig. 58.

図五九　五岳真形図(第二類)　「洞玄霊宝五岳古本真形図」(宮内庁書陵部所蔵道蔵)より東岳、霍山のみ書きおこし。

図六〇　雲南省昭通県後海子東晋墓壁画、玉女と青龍　「文物」一九六三年第一二期、雲南省文物工作隊「雲南省昭通後海子東晋壁画墓清理簡報」口絵二。

あとがき

この論集の各章は、次の四つの論文を基礎に成り立っている。それぞれの論文が載った雑誌、出版物を記すとともに、各論文が書かれた事情についても、いささか述べておきたい。

第一章は、「西王母と七夕伝承」の題で、東方学報京都第四六冊、一九七四年、に掲載された論文による。この論文は、もともと林巳奈夫氏を班長として京都大学人文科学研究所で開かれた〝漢代の文物研究班〟の研究報告として執筆されたものである。この研究会は主な資料として画像石を取り上げ、沂南や徐州の画像石の〝解読〟を行なった。この章に特に挿図が多いのも、元来の研究会の性格を反映している。私の書きおこしの図版については、考古学的な図というよりも〝漫画〟だという悪評があるのを知らぬではない。しかしここで資料として取り上げた遺物のほとんどが、それを直接に調査することができないという事情もあって、不鮮明な写真から、他の同種の遺物を勘案しつつ作り上げた書きおこしもある。ここに示す図は、私の一つの解釈なのだと理解していただければ幸いである。

第二章は、「西京雑記の伝承者たち」の題で、日本中国学会報第二四集、一九七二年、に発表された論文に、大はばに書き加えをしたものである。この論文が書かれるについては、「漢武故事」と「西京雑記」との関係を考えてみてはどうかと、小川環樹教授から書信で示唆をいただいたことが発端となった。わざわざ書信をいただいたのは、当時なお大学内が流動的で、お会いする機会が多くなかったからである。そうした発端もあって、この論文の基礎となった口頭発表を、一九七一年秋、金沢での日本中国学会大会で行なった際には、「西京雑記と漢武故事」という題であった。日本中国学会報に掲載のあと、この論文に対して幸いにも同学会賞(文学部門)を賜わった。ちなみに同年の哲学部門の受賞者は日原利国先生であった。受賞のことなど自ら言揚げするのは面はゆいのであるが、この論文が評価を受けたことがいささか意外で、以後の研究にも力づけられる所が多かったところから、書き留めておきたく思う。すなわち、私自身の研究にとってこの論文を書くことはどうしても必要であったのであるが、しかしこれまでの研究が専ら「西京雑記」の著者は誰かという探索を中心にして進められてきた中で、著者の比定にはあまり興味を示さぬ私の議論がすぐに受け容れられようとは考えていなかったのである。ある作品の持つ意味を作者個人に集中させて考えるのではなく、作品が表現としての水準で持っている論理や価値体系を抽出し、しかもそれを時代と社会階層の中に位置づけて理解しようとする私の方法が、未熟ではあるがこの論文で初めて根づいたように思われる。いささか愛着のある論文である。

第三章は、「魏晋時代の神仙思想——神仙伝を中心にして——」の題で、『中国の科学と科学者』一九七八年、京都大学人文科学研究所、に収められた論文をもとにしている。『中国の科学と科学者』の論文集は、山田慶児氏を班長として人文科学研究所で開かれた〝科学者列伝研究班〟および〝博物志研究班〟の報告論集として出版された。本書に再収するに当り、その論文に相当に手を入れたのであるが、本章にはなお不満がのこる。恐らくこの時代の神仙思想の根幹となる部分が私にはまだ十分に把握できていないのであろう。それ故に現象面の記述ばかりが冗長になってしまっているのである。今後の課題として、より民衆的な神仙信仰に目を注ぎ、その生命力あふれるものの実態を掘り起すことと、時代を遡って後漢時期の神仙観念を検討することとが必要であると考えている。

第四章は、「漢武帝内伝の成立」の題で、東方学報京都第四八冊、一九七五年、同第五三冊、一九八一年、に上下に分けて掲載された論文による。この論文は、もともと京都大学文学研究科博士課程の研究報告論文として構想され、その要旨はすでに『博士課程研究論文要旨、昭和四三年度』一九六九年、京都大学大学院文学研究科、に発表されている。基本的な構想は早く組み立てられていながら、論文の完成に十年以上の時間が必要であったのは、言うまでもなく私の怠惰が最大の原因ではあるが、道教信仰に対する私自身の理解の深まりを待つ必要があったことにもよっている。もちろん理解の深まりと言ってもわずかなものである。しかしたとえば「真誥」の中の神仙たちの言葉について、なぜ彼らがそうした言葉を吐かなければならなかったか、最初は皆目理解できなかったものが、今では少しはその意味が見えるようになったと感じる。現在到達しえた理解を基礎に、長らくの課題であったこの論文に一つの纏りを与えて、本論文集の最後にすえた。

以上に述べたように、本書に収めた四篇の論文は、その構想のはじめから数えれば、私の十余年にわたる文学史、思想史への思索の足あとである。まことに遅々としたものではあるが、その間に私の視点にも変化と発展とがある。したがって本当ならば、本書の各章はそれぞれの素材にまで還元して、現在到達しえた理解でもって、もう一度新しく組み立てなおすべきであろう。しかし一度完成した論文を根本から改変するのは、たいへんに苦痛な作業である。そうしたことから本書には、土台を改めずに建て増しや補修ばかりの多い、また互いに重なる点も少なくない四つの論考が収められることになった。

大学院の博士課程を単位修得退学したあとの三年間、私は定職のない生活を送った。二年間は学術振興会の奨励研究員として、のこりの一年は東方学会の奨学金を受けて生活したのである。ちょうど〝大学紛争〟の退潮期にあたり、互いに議論をかわした(その内容はともかくも時間の点だけで言っても積算すれば莫大なものとなろう)人々がばらばらになってゆく時期であった。この三年間は、順序が逆のようであるが、議論のあとの、思索のための基礎がための時間であったように思う。この時期に、恐らく実際の作品に即して実証することは不可能であろうと思いながら、脳裏の理論としてのみ考えていたことのいくつかが、時間の経過の中で実例との対応を見出だし、本書の議論の一部ともなっている。

この当時、読んだと言い得るのは、エリアーデと柳田国男の著作であろう。そのころエリアーデは現在ほどには有名でなく、訳本もまだ多くなくて、その著書の英語版を辞書を引き引き読んだ。本書にもエリアーデの理論を援用した所が多いのは、本文中の引用に見られるとおりである。ただ私としては、単に彼の理論が中国の場合にもあてはまることを指摘するだけではなく、その中国における特徴的な表れ方を見ることに努力したつもりである。しかしより大きな影響を受けたのは柳田国男からであった。柳田国男の著書は以前から読んでいたのではあるが、この時期に改めて生活と文化現象への接し方を柳田から教えられたように思う。神道の教理学でしかなかったものを『先祖の話』に纏めなおし、有職故実の知識や中国から伝来したものという説明だけで満足していた風習、風俗の起源と実態とについて、我々の生活の歴史の中での重い意味を掘りおこしている柳田の仕事から、知識の〝重さ〟というものを学んだ。表面的な知識をいくら広げても単なる物知りにすぎない、必要なのは知識の深さなのであり、その深さは人々の生活の上に支えられている——このような、なによりも知識の質を問題とする柳田国男の視点は、中国の人々の生活の実際について少しも知らない中国文学史研究者にとってつらいものではあるが、しかしそれ故にまた示唆を受ける所も多かった。

詳しくは知らないので妄言は避けなければならないが、柳田国男を信奉する人々は、柳田の議論の結論めいた部分をあくまでも守護しようとし、反対する人々はその結論ばかりを攻撃しているように見える。しかし私には、柳田が我々に示しているのは、その結論ではなく、問題の輪郭であるように思える。ここに解決すべき、こんなにも大きな問題があるではないかと、問題の所在とその大きさ、重さを指し示しているのである。問題の大きさを指し示す時、柳田が確かに悲しげな表情をしていると感じたのは、青春の遅暮の中での、私の読書の深読みであったのだろうか。

西施の顰みにならうことになるのであるが、私がこの論文集で提出しようとしたのも、文学の歴史的な展開にまつわる種々の問題点であった。論文を書くとき、どうしても結論めいたものを設けなければならない。しかし少なくとも私の意図の中心は結論の正しさを証明しようとすることにはない。論証の過程で浮かび上ってくる種々の問題に輪郭を与えようと努力したつもりである。そうした問題は、私にとって、ある時にはその重さとその表面の膚ざわりまでが確かに感じとられ、またある時には同じ問題が雲をつかむような、焦点の定まらぬものと感じられたりもする。問題のそれぞれが、とても個人では背おい切れぬ重さを持ったものであることも確かである。

一九七六年の初夏、梅雨のまだ開け切らぬむし暑い日曜日に、洛北岩倉の永田英正氏方の二階にわび住まいする私のもとを、岩波書店の高草茂氏が訪ねてこられ、はじめて論文集出版の話しがあった。いつもそうなのであるが、一つの論文が出版されたあと初めて通読するとき、校正の際には少しも気付かなかった欠点がいくつもはっきり見えて、すぐにも書き改めたくなる。そうしたことから、論文を再収する論文集を出していただけるのはたいへんに有難いのであるが、しかしなかなかその作業に取りかからなかった。私自身の中国小説史に対する視点の成熟をもう少し待ちたいと考えていたのである。そうした考えが変化したのは、一九七九年夏に、盲腸が破裂したのを三日ほどほうっておいたため腹膜炎をおこして死にかけるなどという馬鹿なことをしてからである。二度の手術を受け、酸素のテントをかぶっていた間は無念無想の境地にあった(どういうわけか水の流れる幻影ばかりを見ていた)のであるが、少し回復しかかると、これまでに発表してきた論文をこのままにしてしまうわけにはゆかないという気持ちが強く湧いた。しかし論文集を早く纏めようという決心がついてからも、また五年に近い時間が流れた。その間に父を失い、また論文集を早く纏めるようにいく度も励まして下さった吉川幸次郎先生も逝去された。吉川先生が他界される年の春のはじめ、お宅で最後にお目にかかった際、話題の前後になんの脈絡もなく、ふと「尾崎君(尾崎雄二郎先生)が論文集を出したよ」と言われて、嬉しそうな顔をされたのを思い出す。本書の出版にも、もし吉川先生が生きておられれば、誰よりも一番に喜んで下さったであろうと思う。その事を考えると、本書の完成を喜ぶ気持ちの内に何か大きな張り合いが欠けるように感じるのである。

本書が成るについて、直接にご指導をいただいた小川環樹教授をはじめとする諸先生がた(「漢武帝内伝の成立」についての構想を初めて口頭発表した際に意見を述べて下さった高橋和巳先生もまた早く鬼籍に入られた)、同じ研究会に参加された班員の方々、また四篇の論文が発表されたあと、ご注意や反論を提出して下さった方々に、心からお礼を申し上げたい。特にお寄せ下さった反論は、実はいただいた当初には言われることがよく分らぬこともあったのであるが、時間の経過とともに、私の論拠の弱さや論旨の展開の不十分さが、そうしたご指摘を通して私にも客観視できるようになった。今回、本書に再収するために各論文に手を入れたのも、そうしたご意見に対する回答の意味も含めているつもりである。なお未成熟な私の議論に、以後も多くのご注意、ご指摘をお寄せいただけるようお待ちしている。

本書の校正刷りを井波陵一君が読んで下さり、いくつかの貴重なご指摘をいただいた。索引の作成に当っては小野桂子君のご助力をいただいた。また本書の完成まで長くお付き合い下さった岩波書店の皆さまにも、あわせてお礼を申し上げたい。

一九八三年十二月二十五日

小南一郎

■岩波オンデマンドブックス■

中国の神話と物語り──古小説史の展開

1984 年 2 月 23 日　第 1 刷発行
1999 年 6 月 15 日　第 2 刷発行
2013 年 12 月 10 日　オンデマンド版発行

著　者　小南一郎《こみなみいちろう》

発行者　岡本　厚

発行所　株式会社　岩波書店
〒101-8002 東京都千代田区一ツ橋 2-5-5
電話案内 03-5210-4000
http://www.iwanami.co.jp/

印刷／製本・法令印刷

ISBN978-4-00-730084-4　　Printed in Japan

索　引

＊多出する項目は，その一部のみを挙げた．
＊書名・作品名索引については，「藝文類聚」「太平御覧」など，単に資料の原拠にすぎないもの，また本書の議論に直接の関係がない作品などには，省略したものもある．

一　著書・論文著者名

日本

ア行

カ行

サ行

タ行

ナ行

ハ 行

マ 行

ヤ 行

ワ 行

中 国

ア 行

カ 行

サ 行

マ 行

ラ 行

二　人名・神名

ア 行

カ 行

サ 行

タ 行

ワ 行

三　書名・作品名

ア 行

カ 行

サ 行

タ 行

ナ 行

ハ 行

四　事　　項

タ 行

ナ 行

ハ 行